中国抗战题材小说丛书

# 弯弯的永定河

倪　勤◎著

WANWAN DE YONGDINGHE

中国言实出版社

**图书在版编目（CIP）数据**

弯弯的永定河 / 倪勤著 . —— 北京：中国言实出版社，
2020.6

ISBN 978-7-5171-3487-9

Ⅰ . ①弯… Ⅱ . ①倪… Ⅲ . ①长篇小说—中国—当代
Ⅳ . ① I247.5

中国版本图书馆 CIP 数据核字（2020）第 101408 号


出 版 人　王昕朋
责任编辑　罗　慧
责任校对　崔文婷


出版发行　**中国言实出版社**
　　　　　地　　址：北京市朝阳区北苑路 180 号加利大厦 5 号楼 105 室
　　　　　邮　　编：100101
　　　　　编辑部：北京市海淀区花园路 6 号院 B 座 6 层
　　　　　邮　　编：100088
　　　　　电　　话：64924853（总编室）　64924716（发行部）
　　　　　网　　址：www.zgyscbs.cn
　　　　　E-mail：zgyscbs@263.net
经　　销　新华书店
印　　刷　北京中科印刷有限公司
版　　次　2020 年 7 月第 1 版　　2020 年 7 月第 1 次印刷
规　　格　710 毫米 ×1000 毫米　1/16　31 印张
字　　数　490 千字
定　　价　69.00 元　　ISBN 978-7-5171-3487-9

　　我 1950 年出生于首都南大门、大兴县（今日的大兴区）最南端、紧靠永定河的一个小村子——十里铺。十里铺因北距古镇榆垡、南离固安县城均为十里而得名。十里铺又俗称河沿儿，曾是古渡口，为南北通衢，历史上多次的皇帝巡幸、战争攻伐、举子赴考、商贾往来，皆取道于此，在史书上占有一席之地，至今公交车站牌上写的仍是河沿。我的童年、少年和青年时代，都是在十里铺度过的。当年那重重叠叠的沙岗，那水坑密布的"大河行"，那葱葱茏茏的田野，那弯弯曲曲的河堤，那河道里柔软的沙滩，都留下了我无数的足迹和辛劳的汗水，以及说不尽的欢乐和道不清的酸楚。因此，我对家乡的一草一木，对村里的父老兄弟，永远怀着深厚的感情，即使后来调到市里工作，每有闲暇，都要回老家小住，和乡亲们喝酒、聊天儿，到永定河大堤上回忆、遛弯儿。虽然，如今的村庄早已旧貌换新颜，永定河也不复原来的模样，但仍使我激动，仍使我感到亲切。

　　我自幼喜欢看书，对历史人物和历史事件尤感兴趣。很小的时候，每逢老人们或在田间地头，或在炭火盆旁"说古"，我都坐在一边静听。20 世纪 80 年代初，我开始练习文学写作。由于受刘绍棠先生的影响，我迷上了乡土文学，对自己的家乡更加关注。一有空闲，就去拜访村里的长者，听老船工、老河兵、老八路们讲撑船摆渡、打桩镶堤、杀鬼子除汉奸，以及一些奇闻逸事和风土人情，然后把这些素材融入我的写作。

时至今日，我所发表的近二百万字的文学作品，无一不是写家乡、写永定河的。在老人们讲述的故事中，最使我心灵产生震颤的，便是"闹日本"。虽然我有幸躲过了那炮火连天、血雨腥风的年代，没有亲身经历那段苦难，但老人们口中那血淋淋的事实，仍让我毛骨悚然，感触万千。日本侵略者的烧杀淫掠，让我愤慨；汉奸狗腿子的奴颜婢膝，让我憎恶；乡亲们的苦难经历，让我同情；抗日先烈们的浴血奋战，更是让我敬佩。我便试想：把家乡的这段受难史用文学式样记录下来，留给后人。为弄清抗战过程、丰富小说内容，我开始搜集抗日史籍。从大兴县史志办找来的资料中，我进一步了解了日本帝国主义者在大兴境内犯下的滔天罪行：1937年7月北平沦陷后，日军沿平大公路向南推进，直至永定河北岸，"血洗大兴"。仅从7月下旬至9月上旬，一个多月时间内，日军就在团河、安定、西麻各庄、西胡林等村采用枪杀、刀砍、火烧、枪挑、活埋的方式，杀死平民二百人，迫使百姓纷纷外逃。在日寇盘踞的八年中，杀害的百姓、烧毁的房屋、抢掠的牲畜和粮食，无以数计。面对如此暴行，素有斗争传统的大兴人民毫不屈服，奋起反抗。据《大兴县革命斗争史》记载，日军占据永定河北岸后，避难到河南长安城的辛庄村民李万兴、刘瑞等二十余人，自发成立了"长安城义勇队"，在国民党26路军爱国军官支持下，偷渡永定河，袭击了鬼子的巡逻队。这是大兴民间武装在永定河畔打向侵略者的第一枪！此后，为了抗日这一共同目标，自卫队、联庄会等各种民间组织蜂拥而起，给予日寇沉重打击。据史料载，凤河营的阎墨缘组织十几个村子建起联庄会，被中共冀中五分区改编为分区游击11团，由阎墨缘为团长，阎墨缘后又改任游击第三路总指挥，在与日军作战中壮烈牺牲，被日军割下头颅，悬首示众。与此同时，我八路军也挺进永定河北，打击敌人，建党建政。日军占据华北后，平南地区成了敌后的敌后，也成了抗敌的最前沿。在"囚笼政策""铁壁合围"的险恶环境下，大兴抗日军民前仆后继，奋力拼杀，建立抗日游击区，谱写了一曲中华民族抵御外辱的正气歌！手捧史料，面对一组组滴血的数字，面对一幅幅惨烈的场景，倏地，一股压力，一种责任感，在我心中油然而生。我觉得，以我的良心，我的热血，创作一部揭露日寇在平南的野蛮兽行和表现大兴人民在永定河畔英勇抗击敌寇的历史长卷，是我义不容辞的责任！

可惜的是，就在我酝酿这部长篇的时候，我于20世纪90年代中期调入北京一家报社，报社领导对我的文学创作不感兴趣，告诫我不要不务正业，要专心写好新闻稿件。我被迫放下了写小说的笔，这一放就是十五年。

我虽然停了笔，但创作冲动并没有消逝，搞长篇创作的欲望时时在脑海中萦回。喧嚣的城市，夜深人静，我凭窗远眺，仿佛又看到了家乡，看到了父老乡亲，看到了波涛汹涌的永定河，看到了河堤上那连绵不绝的"土牛"和堤坡上那合抱不交的老柳。那一座座"土牛"下，掩埋着的惨死于日寇刀枪的冤魂，似乎在向我呻吟；那一朵朵浪花中，跳跃着的为杀敌而献身的英灵，似乎在向我呐喊；而那穆然肃立的老柳，睁着历尽沧桑的眼睛，深情地向我呼唤：写吧，写吧，把那一时段的苦、难、羞、耻、不屈、英勇、光荣，统统写出来！我立刻热血沸腾，潸然泪下！

世界局势纷乱动荡，波诡云谲。中华民族应做的，就是不忘国耻，自强不息。于是，便有了这部书——《弯弯的永定河》。

倪　勤

2014 年

河桩兴冲冲出了固安县城北门，顺着两旁长满绿油油麦苗的官道，一路北行。各种形状的粉蝶在麦梢儿上笨拙地扇动着翅膀，叫不出名字的野花散发着呛鼻的浓香。河桩步履轻快，心情舒畅，直到爬上十里路外的永定河大堤，望见了河对岸渡口上那两棵枝繁叶茂的老柳树，心里那股激动劲儿还没有过去。

河桩此次进县城，是跟随他的大爷王老奎相亲的。

河桩不是土生土长的河沿儿人，他的祖籍是河北沧州。当年，他家说不上多富有，可也不算穷，是个殷殷实实的肉头户，男人们都能读上几年私塾。那一带人尚武，他家几辈人也都喜爱武术，尤其是王老奎，从八九岁起就在他爹的带领下遍访名师，只磨练得长拳短棍样样精通，三口飞刀更是威震一方。清光绪末年，十八岁的王老奎已长成一条膀阔腰圆的大汉，更兼文武双全，是个十乡八镇闻名的人物，提亲的媒婆踏破门槛。左挑右选，王老奎相中了邻村的娥子。谁知成亲的第三天夜里就遭了大难，雁儿滩的土匪围了院子，一阵狂砍乱杀之后放起大火，只王老奎领着弟弟王老宽冲出包围圈，其他家人全烧死在倒塌的房子里。事后得知，原来娥子早就被雁儿滩的土匪首领看中了，几次给娥子父母下话儿，要娶娥子做压寨夫人。娥子父母当然不愿意把女儿嫁给土匪，可又惹不起，便一边假意应承，一边急急忙忙托媒人把女儿嫁了出去。土匪首领得知消息后暴跳如雷，先灭了娥子的家，又带人来灭了王老奎的家。幸亏王家兄弟本领高强，才保住性命。为躲避追杀，王老奎卖掉所有的田地，草草葬埋了家人，带着弟弟朝北方逃了出来。一路辗转，走到距京城百里的永定河边停住了脚步。

这永定河乃北京地区第一大河，发源于山西累头山天池。经过千回万转，合溪水汇百川，形成气势，浩浩荡荡流经北京城西，穿过卢沟桥，斜刺里朝东南注入天津海河。因河流发源于黄土高原，河水中裹挟了大量泥沙，黄澄澄稀粥一般，人们就叫它"浑河"。有史可考，北京自建城以来，历朝历代都在筑堤防汛，只是朝廷拨出的银两大部分被治河官员贪污，偷工减料筑起的堤坝抵不住洪水的威力，每每大水一到，费了大量人力物力和心血筑起的堤坝便支离破碎，千百年来始终没有固定的河道，滚地龙般东翻西卷，河两岸庄户人家吃尽苦头，便又叫它"无定河"。清朝皇帝坐稳北京龙廷后，深忧此河的危害。康熙三十七年三月，"浑河水患频仍，上亲临阅视，命巡抚于成龙大筑堤堰，疏浚兼施"。于成龙是一位罕见的清廉能吏，领受皇命后，殚精竭虑，亲督河工修堤筑坝，务求稳固。堤成，康熙自认受命于天，替天代言，便赐名"永定河"，以求平安。"金口玉言"果是厉害，河道自此相对稳定，只是决口溃堤之事仍屡有发生。更让康熙没有想到的是，二百多年后，他的龙子龙孙被赶出紫禁城，北京也改成北平。无定河"永定"了，大清朝却没了踪影。

王家兄弟落脚点是永定河北岸的一个村子，因紧挨河堤，村名便叫河沿儿。河沿儿是永定河的一个渡口，乃南北交通要道，往北十里是京南第一古镇榆垡，往南过河十里便是固安县城，再前走二十里又是一大古镇柳泉。商旅往来，举子赴考，圣驾巡幸，战争攻伐，皆取道于此。堤坡上榆柳连荫，这里那里坐落着一家家饭店、酒馆、茶棚、烟摊儿。饭店酒馆没有城里那般阔气，也就不起名号，只以特色、香味诱人。茶棚却是讲究的，悬挂的块块水牌上都写着"扬子江心水，蒙山顶上茶"，牌下缀的红布条随风展扬，煞是喜人。再加候渡者的喧哗声、往河里哄赶骡马的吆喝声及船工粗犷的号子声，形成一种别样的野韵和繁华，引得不少文人墨客大发骚性，摇头晃脑地吟出一首首或高雅或鄙俗的诗歌，流传最广的便是咏春景的两句："柳泉柳林飞柳絮，榆垡榆树落榆钱。"河沿儿渡口确是个吸引人的好所在。

王老奎和弟弟王老宽乘船从永定河南岸来到北岸，已是衣衫褴褛，筋疲力尽，盘缠将罄，饭店酒馆里飘出来的香气馋得两兄弟直咽口水。王老奎望着弟弟饥饿的目光，狠狠心，从饭店里买出三斤大饼，兄弟俩坐在堤顶的"土牛"上干嚼。这"土牛"即是高三四尺、长两丈三丈不等的土堆，是河工们用土筐从堤下挑来堆积而成，待发大水出现险情时，作填沟压埽之用。因其状似卧牛，人们便叫它"土牛"。吃完大饼，蹲在河边用手捧着喝了一气河水，王老宽斜靠着"土牛"呼呼大睡了。王老奎睡不着，站在高高的堤顶上四处张望，阳光下粼粼闪光的河水，河流中摆过来摆过去的木船，渡口上三教九流的各色人等，堤外老大一片高低不等的房屋，尽收眼底。更有那广大的无主荒地，似乎在等待着人们开发。望着望着，王老奎下了决心，不走了，就在河沿儿安身了。

这一住就是三十多年。先是在渡口干零活。从渡口过往车辆拉重载的很多，有粮食、油盐、布匹、木材等，凡重车来到渡口都要卸车装船，大车、骡马、货物和人分别摆渡，以防出险。渡口为节省开支，不设专业装卸队，有活儿了临时找几个人，干完就分钱。王老奎托饭店的秦掌柜作保，跟船头李五达成协议，和弟弟当了临时装卸工。哥儿俩身强体壮，干活儿不惜力，很快得到船工和周围人的喜爱。后来，哥儿俩夜里练武的事被人发现，就有很多年轻后生找上门来向他们求艺。王老奎是个有心计的人，懂得"在家靠父母，出门靠朋友"的古训，深知外来户得罪不起"坐地虎"，便来者不拒，敞开门收徒。若干年下来，吃不了苦的自然淘汰，剩下十来个坚决的，不仅把他的武艺学了个八九不离十，还与他建立了父子般的感情。王老奎对这几个爱徒也是眼里看着心里喜欢，就又在冬闲时教他们识字，渐渐地，也都能磕磕绊绊地念出不少字。另外，王老奎凭着他的豪爽大气，又结交了些方方面面的朋友，便在河沿儿立住了脚。立住脚就能在人前说话了，便托出两个有头脸的，带着礼品去求李大裤裆。李大裤裆是船头李五的儿子，李五得噎嗝死后，李大裤裆接了船头，还当着河沿儿村的村长。李大裤裆爱财，见王老奎送的礼重，便答应王老奎可以开荒。几年时间，王老奎带着王老宽，在无主荒滩上开出四五亩沙地。哥儿俩年轻力壮，不知疲劳，除去当装卸工、种地，闲暇时还打草、捕鱼，给村里人做零活，春夏秋冬不失闲儿。经过苦挣苦拽，有了点积蓄，便又买了二亩河滩地，盖了两间土房，才从栖身的破庙里搬出来。再后来，哥儿俩又盖起几间房，王老奎给弟弟娶了媳妇，便分家另过，自己却一直不娶。王老宽每次与媳妇亲热后，深知女人的好处，便流着泪恳求哥哥娶个嫂子，王老奎总是摇头，说是经过那场灾难，他的心早就死了。一想起娥子那秀美的脸庞被烧得面目全非，丰满的躯体成了焦木桩子，王老奎心里就刀剜似的疼，五脏六腑翻江倒海，对女人再也提不起兴趣。

眨眼，王老宽的妻子怀了孕。那天，王老宽想给将要临盆的媳妇补补身子，拿了把鱼叉来到河边。前天上游下大雨，河水暴涨，混浊的河水滔滔而下，河面上漂浮的杂草、树木、死猪烂狗翻滚沉浮，时隐时现，哪里有半条鱼的影子？王老宽正在徘徊，忽听河中心骈啦啦一声响亮，一排四五根捆扎在一起的桥桩突地立起，愣一愣，一个怪蟒大翻身，啪地又倒进水里，顺流而下。老宽知道是上游冲下来的东西，三两把甩掉衣服，一个猛子扎下河去。当老宽和哥哥把桥桩扛进家门时，孩子已经"落草"了，于是就给儿子取名叫河桩。

王老奎对这个虎头虎脑的侄子，真是眼里喜欢心里爱。他已决定不再婚娶，便把侄子当儿子，在河桩三岁时接进自己的土屋，好吃好喝供养他，早早晚晚教他下腰劈腿练武术，还送入私塾读了三年书，《百家姓》《千字文》《名贤集》背得滚瓜烂熟。十几年过去，河桩长成精精壮壮的大小伙子，不仅继承了大爷的全套武艺，而且捕鱼、撑船、收拾庄稼，无一不精。去年麦收前，河桩与船工郭永林的闺女柳芽成了亲。儿子成亲，自然要把媳妇娶到自己家，王老宽和哥哥商量后，麻麻利利办了喜事。河桩虽然一有空闲还往大爷家里跑，可王老奎心里仍是不自在，总觉得冷清空落。左思右想，终于想出一个办法，不由大喜，背着弟弟一家悄悄操持起来。

在一个晚霞铺满西天，太阳压近堤顶的时候，王老奎左手拎着两条金翅大鲤鱼，右手抱着个灌满二锅头的酒葫芦进了弟弟的院门。王老宽正脱着个大光膀子在院里擦身子，河桩抢着石锁练筋骨。见哥哥来了，老宽连忙招呼，河桩也放下石锁走过来。听见说话声，柳芽婆媳俩也从灶屋迎出。王老奎笑哈哈地把鱼递过去："弟妹侄媳妇赶快收拾收拾，今儿咱全家好好喝几杯。"

婆媳俩笑嘻嘻接过鱼去了。

老宽问："哥，有事？"

老奎仍是笑哈哈地："有点儿事，等人齐了再说。"便不再理睬弟弟，和河桩说起练武强身的事。

一会儿，柳芽把矮脚饭桌摆在院子当中，饭菜就上来了：一个爆腌小红萝卜，一盘韭菜炒鸡蛋，侉炖鲤鱼放在桌子中间，外加一篮儿金黄金黄的棒子面贴饼子。待大家在蒲墩上坐定，河桩给老哥儿俩满上酒，老宽又问哥哥什么事。老奎端起酒碗朝弟弟举一举，咕咚喝下一大口："我想给河桩娶一房媳妇！"全家人大吃一惊："河桩不是有媳妇了？"柳芽更是羞得低下了头。老奎又喝下一口酒："柳芽是你们做爹娘的给娶下的。我这当大爷的，要给河桩另娶一房，娶在我家，两头为大。这叫一儿撑两家，一子两不绝！咱家在河沿儿是外来户，还怕人多吗？"

　　老奎的想法一时让全家人不知所措，柳芽早已站起身躲进屋里去了。老宽理解哥哥的想法，哥哥单身这么多年，把全部心思都用在了他这个弟弟身上，帮他成家立业，帮他教养儿子，尤其是对河桩，哥哥比他这个亲爹付出的心血还多。河桩因娶媳妇回家来住，哥哥能不孤单吗？老宽望着年过五旬，满头白发的哥哥，内心充满愧疚。他转头去看媳妇，老伴儿也正用不安的眼神望着他。老宽长吁一口气："哥哥说好便好。"老伴儿也便连连点头。老奎问河桩的意见，河桩支吾了半天："我听老人们的，只是……"

　　老奎说："我知道了。"扬头便叫柳芽。

　　柳芽在屋里已把事情听得明明白白。说心里话，作为一个女人，谁也不愿意让另一个女人分享自己的男人。大爷的事，她已从公婆和河桩口中听说了，她对大爷充满敬意。大爷这个想法对她来说虽然有些难以接受，可于情于理又没有什么说不过去。既然公婆和河桩都同意了，她何必去做恶人？她进这个家门才一年，还算是个新媳妇，想拦也拦不住啊。正胡思乱想，听到大爷叫，忙胡噜把脸抿抿头，稳定一下神情走出屋子。

　　老奎见柳芽蔫蔫儿的样子，心中也有些不忍，和缓了口气说："闺女，大爷……"

　　柳芽不等老奎说完，轻轻开了口："大爷，您不用说了，我听您老的。"

　　老奎心里的一块石头落了地，嘴里连连叫着好闺女，把碗中的酒一饮而尽。

　　老奎向全家人说起了那个女孩儿的情况。

　　老奎寒冬腊月没事时就到河堤上拾柴草。永定河堤坡和"十丈"内长满了百年老树，柳树、榆树、槐树、椿树，枝缠藤绕，盘根错节，一是为保沙固堤，一是在河堤决口时砍"挂柳"用。树老焦梢，便常出现一些枯死的干枝。老奎躲开巡堤的河兵，细的枝杈用木棒投下来，粗的打不动，就爬到树上砍。多年风干的东西，又起火又好烧。攒得多了，老奎便把粗的树干截成一段一段的，打成捆，挑到固安城里，卖给炸油条、打烧饼的。一来二去，老奎认识了"油条张"。"油条张"的店铺坐落在县城北关，紧靠城门，属于前店后家的那种，店前支口油锅炸油饼，两开间的店内打烧饼、卖老豆腐，穿过后门就进入住家的小院。全家三口人，"油条张"专炸油条，老婆打烧饼卖老豆腐，十六岁的女儿小桂管收钱兼打下手。老奎挑来的木柴大多被"油条张"买下，原因是老奎的木柴质量好，且为人豪爽，不斤斤计较。时间长了，老奎和这一家人熟络起来，卖完柴就便吃几根油条，喝一碗老豆腐，拉拉家常。每当这时，小桂就围着他转，一会儿给续热水，一会儿给取点烟的火炭。老奎看着这个聪明伶俐且长相清秀的小姑娘，也打心里头喜欢。自从冒出那个主意，老奎一下子想到了小桂，掂量来掂量去，觉得事有七八，抽个空子到北关去说，果然一家三口都愿意。

老奎介绍完情况，看着河桩说："儿女的婚姻大事虽说由父母做主，可大爷不想委屈你。明天你跟我到北关看看，看小桂合不合你的意。要是合意，收完秋庄稼就办事儿。听人说这些日子驻南苑的日本兵老闹事，不定哪天就打起来。兵荒马乱的，早办完早省心。"老奎的话让一家人的心霎时沉重起来。

第二天正好是县城大集，爷俩收拾收拾，早早往固安去了。走在宽阔的官道上，两边是一眼望不到边的麦田，间或这里那里杂着一块块白薯地，白薯秧已合了垄，显现出一派紫油油的旺盛。初夏的晨风凉丝丝的，吹在身上说不出的舒坦，麦浪便在这晨风中荡漾。"一穗儿两穗儿，一月入囤儿"，眼下麦穗已经出全，不出二十天就可收割了。闹上个好麦收，办事儿时请席就不犯愁了。爷俩兴兴头头地边走边说，不知不觉就进了北关，"油条张"的小吃店迎在眼前。

这一去，河桩碰上了一件事，遇上了几个人，从而改变了他的人生命运。

"油条张"见王老奎领个年轻后生走来，心中已是有数，忙热热乎乎地招呼。且吃早点的高潮已过，生意不忙，大家便一起走进店内。小桂见河桩长得壮壮实实的身子，漂漂亮亮的脸庞，浓眉大眼，自是欢喜不尽。她从小就帮父母在店里张罗，不会认生，心里又待见河桩，等两人一坐定，就端上两碗热乎乎的老豆腐。小桂娘心里也乐，忙忙把油条、烧饼、老咸菜摆在面前。河桩对小桂也很满意，看她小小的身子小小的脸，孩子气还未脱就要做自己的媳妇，不由龇牙一乐。小桂见河桩对她笑，竟害起羞来，瞪他一眼，故意使劲一扭身子，低着头搓弄辫梢。

两个年轻人的举动，三个大人都看在眼里，知道已是心肯意肯，便商量起婚事。最后定在阴历七月十八过礼，八月十六娶亲。又说了一阵闲话，爷俩告辞出门。

走进城门，老奎还有些事办，头前走了，河桩便在街上闲逛。走到城隍庙前，见空场上围着一群人，时不时传出叫好声，就过去看热闹。

人群内用绳子围出好大一个场子，靠边摆着兵器架，两匹备好鞍鞯、脖戴铜铃的高头大马拴在装戏箱的大车上。河桩知道这是跑马卖艺的，挤进人群去看。场内正有一个身穿绿绸裤褂的中年女子舞剑，舞到妙处，真个是剑光闪闪，呼呼生风，引出阵阵叫好声。外行看热闹，内行看门道。河桩看出此女子不凡，不仅剑法娴熟，而且招招致命，绝非花拳绣腿可比。舞罢，女子退下，一个二十多岁的小伙子端着铜锣敛钱。河桩钦佩女子的剑法，掏出零钱放在锣内。猛然锣鼓响起，一匹马沿着场子跑起来，骑在马上的是位身穿红衣的十五六岁小姑娘。小姑娘先是做了几个伸展动作，随着马速加快，便大动起来。只见她在马背上一会儿蜻蜓直立，一会儿镫里藏身，忽儿挺身平躺，忽儿俯身拾物，恰似灵猴一般，看得人张嘴瞪眼，忘了喊叫，直到一套动作做完，才哇的一声叫起好来。姑娘跳下马，向观众做了个罗圈揖，人们不等敛，纷纷把钱扔入场内。红衣姑娘见观众捧场，又抖擞精神，跑入场中练拳。

正在此时，场外一阵大乱，一群人吆吆喝喝闯入场来。"'镇北关'来了！"有人低叫，胆小的便开始往外挪动脚步。河桩定睛一看，见领头的是个瘦高汉子，瓦刀脸上一个粗大鼻子，细眯的眼睛小得像席篾儿割开的，头戴一顶黑礼帽，身穿一套黑裤褂，脚穿一双黑靸鞋，浑身上下黑得像只黑老鸹。跟他同来的六七个人也都是一样打扮，黑乎乎的一片，让人胆寒心颤。河桩听说过"镇北关"。"镇北关"名叫郝玉桥，祖上也是大户人家，城外有良田千亩，城内有四五家店铺。可惜后人不成器，吃喝嫖赌无所不为，百十年内把祖宗的心血踢蹬个罄尽。到了郝玉桥的爹郝天浩这一辈，实在撑不下去了，就把城里仅有的一处院落卖掉，在北城门外买了两间破房居住。人常说，穷了富好过，富了穷难挨。郝天浩衣来伸手饭来张口的日子过惯了，一下跌进穷人窝里，如何受得了？下苦力糊口自然是不肯的，于是便做了狗盗鼠偷的勾当。一次去乡下偷牛，被打成重伤，抬回家没几天就死了。媳妇不愿苦守下去，跟个南方侉子跑了，十三岁的郝玉桥成了孤儿。十三岁已是半大小伙儿，要真想办法干点事，也能混个肚儿圆，可惜他不是那个种。爹死了，娘跑了，吃喝没人管了，可也少了约束，便整天在街上乱串，和痞子、混混儿纠结一起，今天勒索这家，明天敲诈那家，倒也自在逍遥。郝玉桥幼年时也随人练过拳脚，打起架来心黑手狠，经过几次火并，做到"老大"，他那两间破房便成了窝点。随着势力的扩展，财富的增多，他又买通官府，垄断了北关一条街的税收，饭店铺户、小商小贩，都成了他的口中食。随后，盖起了大宅院，手下养着一二十个弟兄，和税务所长称哥们儿，跟警察局长拜把子，一跺脚满街乱颤，人送外号"镇北关"。

"镇北关"一进场子就喊："谁他娘吃了熊心豹子胆，敢不拜码头就开场子？"

绿衣女子愣一愣，连忙走上前，满面赔笑："这位大爷请息怒。我们初来贵地，两眼一抹黑，不知深浅。大爷大人大量，饶过我们这回，明天定将孝敬送到府上。"

"镇北关"听了，紧绷的脸放松下来："哈哈，你这娘儿们说话还挺肉头……"一眼看见红衣姑娘，精神立时一振："哎哟，这小妞长得还真爱人，会练什么？大爷陪你玩玩。"伸手去摸红衣姑娘的脸。红衣姑娘后退两步，毫不畏惧地拉开架势。

绿衣女子忙上前拦挡："这位大爷请高抬贵手，小孩子家会什么玩意儿？别让大爷见笑。"

"小孩子？大爷我就喜欢小的。""镇北关"一把推开绿衣女子，伸手便朝红衣姑娘胸前抓来。

红衣姑娘轻巧闪过，矮身一个侧踹，蹬在"镇北关"的小肚子上。

"镇北关"连退数步险些跌倒，不由恼羞成怒，冲着带来的人一声大叫："他娘的反了！弟兄们，砸了他的场子！"那些随从炸雷般应和一声，就要往场子里冲。

"慢！"河桩实在看不下去，挺身拦在众人面前。

"镇北关"见有人出来挡横，更是怒火中烧："谁的裤裆破了把你露出来？敢管大爷的事！"

河桩见他出口伤人，气得满脸通红，理也不想跟他讲了："你嘴巴放干净点儿！你不是想练练吗？我陪你练！"

"镇北关"一声狞笑："不知死的鬼！"一个冲天炮捅向河桩的鼻子。河桩不慌不忙，轻轻一闪转到"镇北关"背后，脚下一钩膀子一撞，"镇北关"一个狗抢屎趴在地上。

"镇北关"看出不是对手，三爬两爬滚到一边："弟兄们，连这小子一勺儿烩喽！"

场上一时大乱。"镇北关"的弟兄们围着河桩乱踢乱打，河桩施展开拳脚，指东打西地奋力抵挡，绿衣女子也带领她的人加入打斗。围观的人看到要出大事，躲的躲逃的逃。混乱中，一个二十五六岁的青年人跳入场中，先在绿衣女子耳边低语几句，转身投入混战。绿衣女子立即把她的人叫到一边，匆匆装好车，由刚才敛钱的小伙子赶着一溜烟跑了。绿衣女子和红衣姑娘翻身上马，直直地向人群冲来。"镇北关"的人本来对付河桩和那个青年人就有些吃力，被两匹马一冲，立时倒的倒伤的伤。"镇北关"

呼哨一声，带着众人转身便逃。

绿衣女子勒住马，双拳一抱："多谢二位兄弟挺身相救！"

那个青年人也忙一抱拳："路见不平，拔刀相助，不用称谢。你们赶快走吧！"

"你们怎么办？"

"我们自有办法。你们快走，待会儿'镇北关'找人来，就麻烦了。"

绿衣女子略一迟疑："那好。二位兄弟保重，后会有期！"拨转马头，扬鞭而去。红衣姑娘深深看了河桩一眼，也拨马跑开。

河桩望着空荡荡的场子，呆呆地不知所措。

青年人一推河桩的膀子："还不快走，等人来捉呀？"

"去哪儿？"

"出城呀！"

河桩如梦方醒，带头猛跑起来。

两个人刚跑出北门，"镇北关"领着一群人连喊带骂地扑了过来。河桩拉着青年人拐进胡同，翻身跳进一个院子。

两个人蹲在墙根下，听外面乱哄哄的声音远去了，心里轻松下来。那个青年人冲河桩一竖大拇指："兄弟，好汉子！"

河桩憨憨一笑："大哥也不孬。"

"兄弟哪儿的人？怎么称呼？"

"县城北十里河沿儿村的，叫王河桩。大哥哪儿的人？怎么称呼？"

"河沿儿可是个好地方。我是过路的，叫张卫。"

两个人正说着，里屋的门吱呀一声开了，出来个姑娘。姑娘冷不丁见墙根下蹲着俩人，吓得一声尖叫，叫声未完又憋了回去，两眼定定地看着河桩。河桩这时也看清了，是小桂。

张卫看出门道："你们认识？"

河桩不好意思地红了脸，在张卫耳边轻轻说了几句。张卫笑了。

小桂莫名其妙："你俩怎么回事？怎么跑到我家院子里来了？"

张卫见河桩回答不出，忙接过话头："我和河桩是朋友。刚才出北门时，见'镇北关'带一帮人骂骂咧咧地过来，怕惹事，就躲到院子里来了。"

小桂信以为真，热情地往屋里让。

张卫看看河桩："不麻烦了。我还有事，先走了。"

河桩觉得和小桂虽说定了亲，可毕竟是初次见面，不宜久留，便朝小桂点点头，说声"我跟你一块儿走"，和张卫一起跳出围墙。

两人出了北关大街，张卫要往另一条路上走，河桩有些不舍。张卫笑着说："河桩，你是个有血性的汉子，我记住你了。说不定我们很快就能见面的。"

河桩独自走在官道上，回忆着刚才发生的事，仍然激动不已。不知不觉爬上了永定河南堤，一只渡船正好停在岸边。

# 三

　　水生赤着上身，蹲在船帮上抽烟，一条灰不灰白不白的破裤衩子遮住下体。平面的船舱上，散散落落地坐着几个渡河人。河沿儿渡口的渡船没有准时准点，只等过河人坐满了便开船。水生见河桩走来，站起身打招呼。

　　河桩顺着跳板走上船，挨水生站下："水生叔，婶子的病好些了？"

　　"好什么？挣这点儿船钱连肚子都顾不上，哪有钱吃药？挨到哪天算哪天吧。"水生叹口气，蹲下身在船帮上啪啪地磕掉烟灰，两眼望着翻翻滚滚的河水不再言语。

　　水生自幼在河边长大，练得一身好水性，十七八岁就在渡口当船工，二十年没出过差错。家里穷，说不上好媳妇，娶了个病秧子，三天两头闹不好。病是病，却能生，一连养了两男两女，累得家里无隔夜粮蔽体衣。水生不到四十岁，就腰弯发白，活脱脱一个小老头。

　　今天是集日，河北不少人去固安赶大集，回来扛着锄镐扫帚，抱着升斗簸箕，都要坐船，等了一袋烟的工夫，人便满了。水生和另外两个船工抽掉跳板，抄起船篙，插入河底用力一顶，随即吼出一串号子，船就慢悠悠驶入河中。快麦收了，河水不大，风也是微微的，船行很平稳，一里地宽的河面在阳光下闪烁，就有人说起"镇北关"挨打的事。河桩听着，心里暗暗发笑。

　　一会儿船到岸边，河桩跳下船爬上大堤，就有一个脆生生的嗓音传来："河桩兄弟，赶集去了？"河桩抬头，见是香巧站在小吃店前，正挖挈着两只油手冲他笑。

"顺嫂子！"河桩叫一声。

香巧刚还灿烂的笑脸黯了下来："顺嫂子顺嫂子，你就会叫顺嫂子！你哥没了两年多了，你就不能像过去那样叫我一声香巧姐？"

河桩站住，嘴唇动了半天也没发出声音。他理解香巧的心思，可他只愿叫嫂子，不愿叫姐，他忘不了顺子。

顺子也是王老奎的徒弟，在渡口当船工，跟河桩的感情最好，两人常在一起切磋武艺，讲究拳脚。三年前的那个夏季连降暴雨，河水猛涨，河面上笸箩大的漩涡转得人眼晕。为防事故，渡船停了摆。那天，固安城内"二合义"粮行五辆拉黄豆的大车来到河边，找到船头李大裤裆，愿出高价过河。这五车黄豆全都淋了雨，把麻袋胀得鼓鼓的，再一耽搁，麻袋会涨破，黄豆也会发芽，将是血本无归。李大裤裆贪图高价运费，叫顺子带几个船工摆渡。顺子被逼不过，只得让河桩约几个壮汉子装船。顺子从大车上卸下一匹马，往上游走出半里多地，拉着马尾巴下了河。河水以无法抗拒的力量带着一人一马往下猛冲，直冲出二里地才爬上对岸。待顺子再游回来，已是浑身颤抖面色灰白。顺子告诉李大裤裆，河水太急，不能出船。李大裤裆不答应，扬言谁不出船就摘了谁的鸟食罐儿。果然，第一船就出了事，刚到河心就被激流打翻了。

河桩装完船没有走，密切关注着船工的安危。一见船翻了，顾不得多想，三把两把甩掉衣服，一个猛子扎下河去。几个船工散在翻船四周探头探脑地挣扎，独独不见了顺子。

"顺子呢？"河桩大喊。

"不知道。一出事就没见他！"

河桩知道，以顺子的水性，绝不会被水卷走，一定是压在船下了。他从水中拔出身子，深吸一口气，顺着倾斜的船帮扎下水。河桩在水下极力瞪大双眼，无奈河水太浑，黄澄澄一片，什么也看不清。一会儿便胸中憋闷，眼珠子像要从眼眶里迸出来。实在忍不住，从水中蹿出，一边噗噗地喷水，一边大口大口地喘息。见几个船工已筋疲力尽，留下来更是累赘，便吩咐他们快上岸，自己一坐身子又潜入河底。当他再一次钻出水面，也有些力不从心了。猛地，他看见了河堤上的人群，一大群男女老少，站在河边呼喊着，哭叫着，最前边那个俊俏的身影，就是顺子的媳妇刘香巧。

三

河桩终于摸到了顺子。顺子果然被船绳缠住大腿，压在了船下。麻绳浸透水，又硬又紧。河桩的指甲掰裂了，牙齿咬松动了，换了三回气，才把顺子从绳套里解出来。他抱着顺子的尸体浮出水面时，全身已没了丁点力气。

　　香巧抚着顺子的尸体哭得死去活来，好半天缓过一口气，拉着河桩哽哽咽咽："兄弟，我的命是你救的，如今又把顺子捞了出来……"

　　香巧是被大水冲下来的山里人。那年永定河上游发了山洪，连根拔起的大树、垮塌的房架、淹死的猪狗满河里翻滚。十二岁的河桩起个大早，来到渡口捞"河漂儿"。渡船已停摆，整个河道里除了哗哗的水声，不见一个人影。忽然，远远的河面上漂来一根木头，随着波浪沉沉浮浮。河桩等木头靠近，一个猛子扎下河。游到跟前才发现，木头上还挂着个人。河桩自小胆大，张开胳膊，连木头带人夹在胳肢窝下，奋力朝岸边游来。来到浅水处，河桩才看出被他救的是个小姑娘。摸摸鼻子还有气，便抬头往堤上望，可巧一间杂货铺的门开了，忙喊："连升叔，我捞出个人！"话音未落，门内蹿出个十四五岁的男孩，边跑边问："河桩，捞了个什么人？"

　　"小丫头！"

　　这时金连升两口子也跑来了，见人还有救，就让儿子金顺子背进杂货铺。灌了两碗姜汤，小姑娘醒过来。一问，姑娘叫香巧，一家人都遭了难，她是落水时抱住根檩条，才得救了。

　　金连升两口子是菩萨心肠，见香巧无家可归，就把她留下了。河桩和顺子本来就是练武的师兄弟，整天缠磨在一起，有了香巧，就更热闹了。三个人一块儿上树撸榆钱，下河抓小鱼，荒滩里挖野菜，风道口里捡干树枝，好得就像亲兄妹。即便这样，香巧还是时不时地感到孤苦，背地里常唱起那首让人心碎的歌谣："小白菜啊，叶儿黄啊，三两岁呀，没了娘啊……"唱着唱着，泪珠儿就成串地滚出眼眶。

　　香巧不但人长得清秀，心眼也乖巧，她知道是河桩救了她的命，便对河桩格外喜爱，有点儿好吃的，就偷偷塞给河桩。香巧十五岁那年，和十七岁的顺子成了亲。其实，香巧与顺子成亲并非自己的本意，香巧心里恋的是河桩。虽然几年来金家待她如亲人一样，可她心里总觉得跟河桩近，但她不能拒绝金家老两口儿的要求，金家天高地厚的恩情她要回报。

河桩倒没什么感觉，自香巧与顺子成亲后，便改口叫香巧嫂子，人前背后再不开玩笑。后来，一场瘟疫夺去金连升的命，香巧又生了孩子，杂货铺不能开了。王老奎心疼徒弟，便托人向李大裤裆说情，让顺子当了船工。谁知这营生竟要了顺子的命。

香巧成了寡妇，对河桩那种深藏已久的感情又爆发出来，没早没晚，她的心总牵挂在河桩身上。

顺子出事后，河桩遵循"寡妇门前是非多"的古训，很少到香巧家去，闹得香巧心里空落落的。河桩虽然不去香巧家，对她家的事却挂在心上。他知道香巧难，一个六十多岁的婆婆，一个三岁的女儿，都是鹰嘴鸭子爪能吃不能拿，除去三间破土房，一无所有。河桩想帮她，一是为了好哥们儿顺子，二是为了这个命苦的女人。琢磨了一阵，想出卖小吃的主意。女人干这种营生不太累，且香巧为人随和，有人缘，应能挣出吃喝。河桩与香巧一说，香巧当然乐意。河桩便找了几个师兄弟挖泥打坯，在堤顶开阔处盖起两间小土房，买了些家当，小吃店就开张了，卖油条油饼，卖五香茶鸡蛋。虽是蝇头小利，但生意红火。人们喜欢吃香巧的油条油饼茶鸡蛋，更喜欢看香巧俊美的笑脸，听她甜脆脆的声音。香巧是个聪明女人，知道和气生财的道理。渡口是个杂巴地，三教九流、五行八作什么人都有，香巧逢人开口笑，周旋在各色人等中，但她心底永远藏着一个最亲最近的人，那就是河桩。过了些时日，香巧又发现了生财之道，一些客人或是没赶上饭点儿，或是错过了宿头，常常饿着肚子在大堤上转悠。于是香巧的服务添加了内容，想吃大饼的烙大饼，想吃饺子的包饺子，想吃面条的擀面条，当然也有穷人吃的棒子面饼子老咸菜，不分早晚，随时营业，自己索性就住在店里不回家了。常言说女人漂亮也是祸，不少人对香巧馋涎欲滴，驻防部队的军官，打家劫舍的土匪，本乡的地痞混混儿，甚至花心的过客，都想在香巧身上揩油。香巧机敏善辩，能化解不少事，方方面面结交了很多朋友。可碰到硬茬儿，也受了不少委屈。每到这时她就想起河桩，常在无人时默默流泪。

河桩对香巧的交往过杂很看不惯，虽然他知道香巧不是水性杨花之人，这么做只是为了生存，可心里仍是不舒服。他也知道香巧对他有好感，可他不是那种人，一个有家有室的，何必去撩拨这个苦命人？这样一想，心就平稳了，对香巧表现得也淡了，碰面说句话，能躲开时就躲开。

河桩这样想，香巧却不这样想，她总觉得在河沿儿河桩是她最亲最近的人。在家里和婆婆孩子没什么可说的，在渡口接触的人再多不过是逢场作戏，那些人只想在她身上占便宜，哪有一个可说肺腑之言？河桩对她的冷淡，让她痛苦万分，她知道河桩对她误会了，河桩不理她，她就想办法和他接近，见面主动打招呼。

香巧和河桩对面站着，河桩不说话，香巧也有些尴尬。正在这时，一个沙哑的声音传过来："呦嘿，相对无言，这是唱的哪一出呀？"

河桩扭头一看，船头李大裤裆来了。

河桩讨厌这个人，拔腿就要走。香巧忙急急地说："你别走，我给你炒饼吃！"

河桩望着香巧那哀求的目光，读懂了其中的意思，便走到小店前的桌子旁坐下来。

香巧一边跟李大裤裆应酬，一边切饼、拍蒜、刷锅："河桩兄弟，别着急，下锅就得。你尝尝姐的手艺，比早先强多了。"又不忘招呼李大裤裆："李头儿，您先坐，炒完饼就给您沏茶。"

李大裤裆左一眼右一眼看看香巧又看看河桩，鼻子里哼哼地直劲儿冷笑。

李家在河沿儿渡口当船头是世袭，据说这得益于李家有个不怕死的老祖宗。清朝某年，皇帝要打通南北交通，命水道衙门在永定河上设几个渡口。经反复勘察，核定了上游的卢沟桥和下游的河沿儿。河沿儿渡口设官船三只，每船配船工四人。因渡口过小，朝廷不派员管理，由固安县知县在当地遴选熟悉水性、精明强干者充当船头，掌管渡口的一切事务。渡船维修和河难抚恤由官府负责，摆渡收入除一部分缴官府外，剩余做船头的俸禄和船工的工钱。当时河沿儿村一个叫李贵的闻知此事，觉得是个发财的机会，便到县衙上下走动，破费了些钱财，写下协约。这李贵心机深沉，敢想敢干，是个不怕事的。按约定，每到枯水季节，河上要搭临时浮桥，方便来往客商通过。有了浮桥谁还坐船？李贵少了收益心中烦恼，天天坐在大堤上望着浮桥发呆。猛地，想起个主意，颠颠儿地回了家。夜里带领几个船工潜到桥下，在河心几棵桥桩下挖出大坑。过几天天降暴雨，浮桥刹那间被冲了个七零八落。李贵又让船工们在下游蹲守，冲下来桥桩捞桥桩，冲下来桥板捞桥板，然后用大车拉到集市上卖，所得钱财竟也不少。尝到甜头，一搭浮桥李贵就用这个法子。没有不透风的墙，李贵被抓进县衙。几经拷打，李贵坚不吐实，知县决定亲审。知县望着浑身是血的李贵，指着脚下的钉板，冷笑说再不招供就让他尝尝厉害。李贵说不用大老爷费事，小人自个儿来，说着就狠狠跪在钉板上。知县惊得面如土色，忙叫左右将李贵搀起，尖尖挺挺的铁钉竟被李贵的肉膝盖压弯了四五根。知县嘴里叫着"刁民"，慌忙退堂。县衙内的师爷、书办和衙役头们都是得过李贵好处的，轮番到老爷面前求情说好话，甚至威胁说，河边汉子都是凶蛮之人，动不动就伤人害命，逼急了，恐怕对老爷不利。知县是南方人，离家千里，眼前无一亲信可靠之人，真怕成了外乡野鬼。踟蹰再三，只得将李贵无罪释放，仍当船头。李贵的膝盖被扎烂，伤至骨头，虽经著名骨科大夫贾先生尽力医治，仍落下残疾，成了"瘸李"。"瘸李"常常在渡口上叫嚣："这船头差使是大爷用性命挣来的，看哪个小子敢饯行！"还真有几个想吃这块肥肉的，结果不是被活埋，就是被装进麻袋塞进冰窟窿，落得个尸骨无存。自此李家独霸了渡口的船头差使，李大裤裆已是第五代。

　　李大裤裆名叫李文成，三十多岁，长得身高体胖，各个部位哪儿哪儿都大，大鼻子大眼大嘴岔儿，就连裆里的蛋包子因患疝气都大得像个小西瓜，把裤裆撑起老高，走起路来咔啦咔啦地并不上腿。人们不叫他的名字，就叫李大裤裆。李大裤裆眼下比他的祖父辈还要威风，不仅是渡口的船头，还是河沿儿村的村长，家里住着高房大院，娶着两房老婆，专管种地的长工就有四五个。李大裤裆平时没有什么正经事，渡口上收船钱、安排活儿有他的把兄弟二船头孙秃子，村里跑腾事的是他的心腹李狗子，他只在有大事时才出面。闲得无聊，就牵条大狗扛把火枪打兔子、捉狐狸，或是嬉皮笑脸地撩拨女人。香巧是河沿儿第一美人，细挑挑的个儿，直溜溜的腿儿，弯弯的眉毛，水灵灵的大眼，长圆形的脸上配一只小巧的鼻子和一张红润润的嘴，上身水红袄，下身豆青裤，腰中扎条花围裙，更显得腰细乳高，风情万种，馋得李大裤裆像闻着肉香的猫，围着香巧团团转，只是碍于顺子是他的船工，不敢下手。两年多前的那场河难就是他有意安排的。可惜顺子死了两年多他还没有勾搭到手，心里急得火烧火燎。今天见香巧亲亲热热地跟河桩在一起，心中的妒火一下子升起来，又不便发作，也就一屁股坐下来，阴阴地盯住他们。

河桩早就看出李大裤裆对香巧不怀好意，刚才从香巧眼神中看出，香巧对李大裤裆是既恨又怕，想请他帮忙摆脱困境。此时天已正午，来回走了二十里路，又和"镇北关"打斗了一场，肚子早就饿了，干脆就在这儿吃一顿，也看看李大裤裆耍什么花招。于是爽快地说："好，我就尝尝嫂子的手艺。多放点儿油！"

香巧见河桩不走了，心里踏实下来，反不忙着炒饼，先给李大裤裆沏上一壶茶："李头儿，这是刚来的新茶，你尝尝香不香？"

李大裤裆见香巧先伺候自己，高兴了，大嘴一咧哈哈地笑："香，香，你的东西哪儿都香！"

香巧不搭言，扭头慢慢地捅炉子。

河桩讨厌李大裤裆涎皮赖脸的样子，可自己在他手下当装卸工讨饭吃，不敢得罪，便皱着眉头喊香巧："嫂子，炒饼快点儿，饿坏了！"

香巧仍是慢腾腾地捅炉子，捅得炉灰乱飞："兄弟耐心等等，炒饼要大火，温火不好吃。"

河桩知道香巧是在故意拖延时间，想把李大裤裆耗走，也就不再言语。

李大裤裆见二人不愿理他，也觉没趣，就一边品茶一边东张西望。忽然嘿嘿一乐："河桩，我昨儿有一件喜事，你知道是什么吗？"

"什么？"

"我又娶了个第三房！"

河桩冷哼一声："是吗？那得送贺礼呀。"

香巧也觉奇怪，站起身子看着李大裤裆。

"他娘的，闹了半天是做了个梦。这可是寡妇梦见鸡巴，空欢喜一场！"李大裤裆哈哈大笑，也斜着两眼瞟着香巧。

香巧羞得满脸通红，慌慌地去给河桩炒饼。河桩没想到李大裤裆会说出这样的话，一时竟不知说什么好，见香巧送上炒饼，就默默地吃起来。

李大裤裆占了上风，高兴得拍着肚子唱戏："我正在城楼观山景……"唱了两句，扭头叫香巧："香巧，人都说你聪明伶俐，我有个谜儿你破破？"

香巧无奈，只得走过来："我这脑袋笨得跟猪似的，能猜出李头儿的谜儿？"

"能猜，懂点儿事的女人都猜得出。听好了啊：万木丛中一老翁，常年吊在半空中，虽然不是神仙体，阎王降死它降生。你猜这是个什么？"李大裤裆紧盯香巧，两眼露出淫邪的光。

河桩忍无可忍："李头儿，你是有头有脸的人，哪能说出这样不尊贵的话？"

李大裤裆是个欺软怕硬的主儿，知道河桩爷儿仨不好惹，强压怒火讪讪地笑："一个村子住着，一个渡口搅饭吃，说个笑话有什么了不起？"又意味深长地补了一句："山不转水转，谁就不用谁了？"

河桩见李大裤裆没有走的意思，怕再纠缠下去香巧应付不了，索性也不走了："嫂子，再炒一盘！"

"真他娘穷汉大肚子，整个儿一个吃货！"李大裤裆没了待下去的兴趣，骂骂咧咧地离开了。

## 四

　　河桩回到家，一家人已吃完饭，柳芽和婆婆刷锅洗碗，王老宽蹲在房凉里抽烟。河桩叫了一声爹，竟不知说什么好。王老宽还未开口，河桩娘就甩搭着两只湿手过来了："河桩，怎么你一个人回来了？你大爷呢？见到小桂姑娘了？满意吗？"

　　河桩一一回答了娘的提问，说到最后那个问题，不免有些难为情。

　　河桩娘高兴地说："看着好就行。等你大爷回来，咱们就商量……"腰眼被老宽捅一下，猛然觉醒，瞥一眼柳芽，不言语了。

　　柳芽是个通情达理的人，知道在这件事上一家人不好面对自己，这种尴尬只能由她来打破。于是走过来，平平静静地对河桩说："还没吃饭吧？给你留着呢。"

　　河桩感激地笑笑："我在顺嫂子那儿刚吃的炒饼，不吃了。"

　　王老宽冲河桩娘使个眼色，河桩娘会意，忙笑着对柳芽说："芽儿呀，大晌午炎天老日头的炽热，先上屋里歇歇吧，想干什么等天凉快点儿再干。"

　　柳芽嗯一声，进自己屋去了。河桩娘推推儿子："傻站着干嘛，还不快进去哄哄！"

　　河桩走进屋，柳芽已躺在炕上。麦收头的晌午热得厉害，柳芽脱去长大衣服，只穿短袖汗衫和大花裤衩，显得又丰满又健壮，让河桩见了不由怦然心动。两人成亲一年多，新鲜劲儿还没过去，白天碰在一起，你看我我看你，眼里是情心里是爱；更深夜静，更是缱绻缠绵，说不尽的风流恩爱。河桩也脱得只剩条短裤，爬上炕去。柳芽面朝里不理河桩，河桩伸手去扳柳芽的肩膀，被一把推开，再扳，又被推开。河桩急了："柳芽，你干嘛不理我？"

柳芽忽地转过身，双眼噙满了泪水："你马上就有新媳妇了，还理我干什么？"说着，眼泪簌簌流下来。

河桩忙搂住柳芽的膀子："昨儿黑夜不是跟你说过了，就是把小桂娶过来，我也对你好。"

"骗人吧。看你那兴头劲儿，有了她你还能想着我？"

"我怎么兴头了？那不是大爷硬给定的吗？"

"大爷定的也是你愿意。那人儿又年轻又漂亮，还不把你的魂儿勾住？你们男人哪个不是花心的？"

河桩正为说不清着急，这一下逮住了理："哎，你在嫁给我之前有几个男人？你怎么知道男人花心？"

柳芽一听让河桩套在圈儿里了，爬起来扑在河桩身上又捶又打："你个缺德的，敢这么糟蹋我？"

河桩趁势把柳芽压倒在炕上，热乎乎的嘴唇凑上去。柳芽本来就不是真恼，只是借机发发小脾气，让河桩看重她。经河桩一温存，早已没了气，哼哼唧唧任由摆布。

激情过后，两人躺在炕上歇息。柳芽忽然想起什么，幽幽地叹了口气。河桩忙问："不是好了吗？又叹的哪门子气？"

柳芽摸着肚子："怎么回事啊？一年多了也没动静，咱娘都问好几回了。"

"哪能那么快？"河桩忙安慰，"这又不是买东西，给了钱就拿回来。"

"怎么不快？村东头的二丫，跟我脚前脚后嫁过来的，人家的孩子都满月了。"

"这种事哪能比？人各不同，有的早有的晚。再说了，咱俩才刚二十来岁，时间长着哪。"

柳芽自说自话："把那个人儿娶过来也好，我要是真生不了，让她多生，我帮她看着。"

河桩看着柳芽那个憨样儿，心疼得不得了，一把将柳芽搂在怀里："咱们能生，生一大帮！"

傍晚，王老奎又来到弟弟家，商议河桩的婚事。

　　王老奎说："跟'油条张'定的是七月十八过礼，八月十六娶亲。过礼呢，要重一点儿，别让人家看不起。咱们虽是小家小户，可还没穷到吃不上饭的地界儿。'油条张'是我朋友，不好意思说彩礼的数儿，咱就自个儿定。我想打一副银镯子，一对金耳环，一套春夏秋冬的衣裳料子，再加二十块钱。"

　　"哥这样做，体面倒是体面，可也太过铺张了。加上娶亲时的花费，你这多半辈子的积蓄都不够。"老宽有些迟疑。

　　老奎高兴，不同意弟弟的看法："铺张是铺张了点儿，可值！河桩虽是我侄儿，我娶的可是儿媳妇。再说，我一个老头子，有粗茶淡饭填饱肚子就行了，留着钱干什么？"

　　"哥要是不够，我这儿还有点儿，也添上。"老宽忙说。

　　"不用，这事我自个儿操办。你的钱留着以后有用处。"

　　老宽深知哥哥要强的脾气，也就不再言语。

　　"哥劳累了一辈子，就要有儿媳妇伺候了，也该享享老福了。"河桩娘凑趣说。

　　"是啊，"老奎点头，"居家过日子，过的就是人。尤其是咱这单门独户的，更得人多。将来柳芽、小桂给咱生一大帮孙子孙女，那可就红火了。"老奎的话让大家都兴奋起来，柳芽也低着头哧哧地笑。

　　说着聊着，晚饭摆上桌子。老奎一边吸溜吸溜地喝棒子糁粥，一边给河桩安排活儿："说话就进五月了，离八月十六还有三个半月。你叫上志刚、小强、二愣几个师兄弟，赶紧挖泥脱坯，再把房前屋后能用的树砍了，趁雨季前盖两间厢房，给你当新房。"说着叹口气："眼下的局势是越来越紧了。刚才在县城听拉脚的吴大麻子说，日本人在北平城南的丰台、黄村一带三天两头搞演习，又是枪又是炮地闹得邪乎，宋哲元的29军也是拔刀弄枪地紧盯着。他去北平送粮食，一路上被卡住好几回。看那样子，眨眨眼就能打起来。要真打起来，老百姓可就遭瘟了。"

　　"中国养着那么多兵，又有那么多人，一人一口唾沫就能把小日本淹死，怎么让他们随便折腾？"河桩激愤地说。

　　"国家的事，谁能说得清？听说张学良就是听了老蒋的话，把东三省白白送给了日本人。"

"老百姓年年出捐纳税，不就是养兵保护我们？日本人又杀人又抢地盘的，他们就干看着不管？"王老宽也很气愤。

　　"要真打起来，我就去当兵，看看小日本是什么铜头铁胳膊的东西！"河桩跃跃欲试。

　　"别胡说！"河桩娘连忙呵斥。

　　王老奎站起身："真打起来，河沿儿离北平这么近，指定先受害。这些日子耳朵灵醒着点儿，有个风吹草动赶紧跑。"顿一顿，又狠狠地说："能跑就跑，跑不了就跟狗日的拼，反正就是一条命！"

　　王老奎一走，一家人也无心再待下去，收拾收拾睡觉了。

　　柳芽躺在炕上沉默了一会儿，捅捅河桩："哎，你真要当兵去？"

　　"日本人就要打到家门口了，能坐着等死？"

　　"那，我也去。"

　　"你？"河桩吃一惊，"你一个女人当什么兵？"

　　"听说日本兵都是畜生，见了女人不放过。万一……我跟你走，永远不离开你。你当兵打仗，我给你送水做饭！"

　　河桩大为感动，紧紧搂着柳芽："芽儿，我会保护你的。日本人敢动我老婆一根汗毛，我就跟他玩命！"

# 五

仗真打起来了。

1937 年 7 月 7 日，震惊中外的卢沟桥事变爆发，日本帝国主义发动全面侵华战争。

日寇华北驻屯军司令官香九清司命驻北平的日军向中国守军发动猛攻，宋哲元指挥所率部队奋勇抵抗，在平南的团河、南苑一线展开激战。在日军飞机大炮的狂轰滥炸下，中国守军伤亡惨重，29 军副军长佟麟阁、132 师师长赵登禹相继阵亡。29 军被迫撤到永定河南岸，北平沦陷。

日军占领北平后，扇子面般向南推进，沿着平（北平）大（大名府）公路很快侵占了黄村、庞各庄、榆垡各镇，一路烧杀，直到永定河北岸。因河水湍急无船可渡，加之对岸守军枪炮猛烈、情况不明，领队的日军大佐毛利只得下令停止追击，与国民党军隔河对峙。

河桩一家和乡亲们躲在村北的野地里，已经三天了。

河沿儿村北是永定河旧道，常年的雨水和渗堤水汇集在一起，形成方圆十几里的湿地，一片连一片的水坑里长着一人多高的芦苇、蒲草。水坑里繁衍着数不清的鱼虾，村人们若想换换口味，只需用土叠堰圈起一片水，用水桶、水盆淘干，必有不少收获。芦苇蒲草中栖息着各种鸟类，水鸟在里面搭窝，或颤悠悠悬在芦苇蒲草中间，或就搭在水面上。不论悬在空中还是贴水面，都编织得精精巧巧，让人赞叹不已。野鸭们在水中觅食，却大部时间活动在旱地上，便就在岸边做窝。野鸭们的窝做得粗糙，虽也经过地形地势的挑选，亦不过在密集的草丛中铺些枯枝败叶，那笨啦啦的样子，足可和它们的形体相比。人们围着水坑转一转，便可在这儿那儿的草丛中捡到一窝窝或白或绿或花的鸭蛋，拿回家去炒一炒，煮一煮，别有一番风味。

湿地北面是一片几十里宽窄的沙荒地，一条条两三丈高的沙岗纵横漫延，岗上密匝匝满是杨树行子，也有榆树、桑树、杜梨树杂乱其间。周围各村避难的百姓就躲藏在这里。

王老奎和他的几个徒弟坐在一棵大杨树下，人人都手持火枪、大刀，王老奎腰里更是挂着他那三把心爱的飞刀。

"河桩怎么还不回来？村里又有两处起火了。"王老宽从岗顶上走过来，一脸焦急。

"别忙。河桩是机灵人，不会出事。"王老奎的话还没落地，河沿儿方向传来一阵枪声。或躺或坐的人们忽地站起来，河桩娘和柳芽神色慌张地跑上高处，踮起脚朝村里探望。

河桩是受大爷的指派，回村探察情况的。

一听说日本人顺着平大公路打过来，村里就乱了营。人们知道，渡口是平大路的咽喉，日本人只要顺着平大路走，就非到河沿儿不可。身为村长的李大裤裆，几天前就带着一家老小跑进固安县城了，村里成了群龙无首。更为糟糕的是，渡船全被国军撑到南岸去了，说是不让日军用来渡河，可也断了难民们的南逃之路。于是，偏僻村庄有亲朋好友的，就拖儿带女投亲友去了，无处投奔的，就打点些吃食，拿上些衣物，慌慌地躲进树行子。

王老奎一家无处可去，觉得村北荒滩确是理想的藏身之地，就招呼几个也是无可投奔的徒弟，带上家伙，躲了进来。

刚躲进来的时候还没觉出什么，沙岗上的沙子松软干净，或躺或坐，舒适惬意，虽有阳光如火般洒下，却被岗上如盖的树荫遮挡得严严实实，微风徐来，凉爽非常。吃有遍地皆是的酸溜溜、野韭菜和带来的贴饼子、咸菜疙瘩，喝有洼坑里的水，即便拉撒也极方便，找个远处的草丛、树棵子就行了。平时各家过各家的日子，除去红白喜事，很难在一起坐坐，如今这么多人聚在一起，竟使一些年轻人和孩子们有些兴奋，似乎忘了是在生死大逃亡。可没过两天情况就发生了变化，带出来的干粮吃光了，略有富裕的也馊臭得不能再吃，死坑里的水有不少漂浮物，喝得人们拉起肚子。人们不知怎么办，慢慢凑到王老奎一家跟前，把他们当成了主心骨。王老奎是个侠肝义胆之人，见大家看重他，也就担起出谋划策的责任。

三天过去，日本兵还没有撤走的迹象，王老奎决定不再等下去，派河桩潜回村子了解情况。望着怀揣攘子、腰挂飞刀，浑身利索的河桩，王老奎一再嘱咐："你偷偷进村，摸清日本兵的路数就回来，千万别惊动他们。等夜深咱多去几个人，弄两口锅和些米面出来。不能再这样熬下去，大家快挺不住了。"

娘和柳芽也连连叮咛多加小心，别惹事，快去快回。河桩答应着，走下沙岗，钻进一眼望不到边的芦苇塘。

出去了两个时辰，人没回来，却传来一阵枪声，不能不叫人着急。王老奎正要再派志刚、二愣前去看看，河桩背上背着个人，跟跟跄跄爬上沙岗。

众人赶紧迎上去，把河桩背上的人扶下来，原来竟是香巧。

香巧满头满脸的伤痕，河桩也是浑身是血。在人们一再追问下，河桩和香巧互相补充着讲了事情的经过。

日本兵来到河沿儿前，香巧没和大家一起逃避。一是婆婆不愿走，老太太舍不得炸油饼油条的两袋白面和半坛子花生油，这是一家三口赖以生存的命根子；二来香巧带着一老一小也感吃力，更不知往哪里躲，又看到有些人也没跑，觉得日本兵也就是一阵风，刮过去就完了，所以就没走，拾掇了些吃喝，带着白面和花生油钻进白薯窖。没承想日本兵过不去河，竟在大堤和附近村子支起帐篷住下来。在白薯窖里待了三天，吃喝用完了，人也憋闷得脸色苍白，香巧壮着胆子爬出窖口，听听没动静，就把婆婆和女儿小燕叫出来。一家人洗洗手脸，和面点火贴饼子。一锅饼子还没熟，烟囱里冒出的烟就引来了在街上巡逻的日本兵。五六个日本兵踹开院门闯进来，看见美貌如花的香巧先愣了愣，随即欢呼起来，"花姑娘、花姑娘"地叫。香巧没跑出几步，就被一个日本兵拦腰抱住，其他几个嘻嘻哈哈围过来，有的摸香巧的脸，有的摸香巧的胸，有的撕扯香巧的衣服。香巧哭叫着拼命撕打。吓呆了的婆婆醒过神，拉住一个日本兵就咬。被咬的日本兵一声大叫，抢起枪托砸在老太太头上，又一刺刀捅进她的胸膛。四岁的小燕见奶奶满身是血倒在地上，娘也被日本兵拉扯着撕打，吓得站在原地哇哇大哭。那个日本兵兽性大发，跳过去一刺刀扎进小燕的肚子，举起来抡了一圈，狠狠摔在地上。小燕的哭叫声戛然而止，软塌塌趴在地上没了动静。目睹这一切的香巧闷哼一声，晕了过去。一个日军小头目狞笑着，急急忙忙脱衣服。

此时河桩已摸进村子，听见香巧院内的喊叫，匆匆跑过来。爬上墙头，正好看见日本兵要对香巧施暴，来不及细想，摸出飞刀抖手打了出去。得意忘形的日本兵见头目突然倒下，大吃一惊，端起枪紧张地往四处踅摸，见墙头上趴着个人，哇呀一阵怪叫，挺着刺刀冲过来。

河桩一不做二不休，索性将剩下的两把飞刀都打了出去，趁两个日本兵倒下的空当，纵身跳下墙头。日本兵见河桩赤手空拳，立时来了精神，围过来要捉活的。河桩面对三个日本兵毫不畏惧，对峙着转了一圈，抓过一把锄头对打起来。河桩武功高强，闪转腾挪灵巧快捷，三个日本兵也是训练有素，步步紧逼，一时间杀得难解难分。突然身后一声枪响，对面的日本兵瘫倒在地。趁着两个日本兵愣神之际，河桩一锄头砸倒一个，另一个见势不妙，转身就跑，刚到院门，随着枪声也倒在地上。

河桩正纳闷，院门外跳进几个黑衣黑裤黑纱蒙面的人，快速捡起日本兵的枪，朝河桩打个快跑的手势，风一样消失在门外。河桩觉得黑衣人中有个身影似乎熟悉，急切间又想不起是谁。此时外面枪声大作，一队日本兵跑下河堤，冲进村子。河桩急忙从日本兵尸体上拔出飞刀插入刀鞘，见香巧已醒，拉起来背在身上，拐弯抹角向村外跑去。跑出村子，距苇塘还有一大段开阔地，日本兵的枪弹飞蝗般追来，打得脚下噗噗冒烟。正在危急时刻，不远处的芦苇丛中又响起枪声，日本兵被枪声吸引，掉转枪口射击，河桩借机跑进芦苇塘。

王老奎听完情况，觉得事态严重，日本兵一下子被打死五六个，是不会善罢甘休的，肯定要报复。沙岗树行子虽离村子有七八里路，中间还隔着地形复杂的湿地，可日本人要想来，是用不了一顿饭工夫的。为今之计，只能分散开，往更偏远的地方躲避。

王老奎把想法和身边的人说了，大家都觉得有道理。他便让几个徒弟把人们召集起来，给大家讲话："乡亲们，这儿不能待了，日本人很可能要来搜查，说不定眼下就已经往这边来了。要想活命，只能往更远的僻静地方躲。各家各户散开走，不能扎堆儿，人多招眼，吃喝也不好对付。时间不多了，大家快走吧！"人们一听，立时慌了神，纷纷收拾东西，各自逃生。就在这时，沙岗下响起枪声，从树木缝隙中可以看见，一大群黄乎乎的日本兵已穿出湿地，一边走一边打枪，往沙岗上搜索过来，十几个骑东洋大马的走在前面。树行子里顿时大乱，人们无头苍蝇似的四处逃散，小的哭大的叫，有的连包裹都抛掉了。

香巧此时已缓过劲儿来，流泪说："是我连累了大家。"

老奎赶紧拦住："事到如今，说什么都没用了。你没了家，就跟我们一起走吧！"老奎老宽在前领路，河桩在后压阵，护着河桩娘、柳芽、香巧三个女人，急急钻入树林深处。

日本兵上了沙岗，发现了乱跑的人群，立刻开枪射击，打得树叶乱掉树皮飞迸。十几个骑兵扬刀跃马，雪亮的马刀闪着瘆人的白光。人腿如何跑得过马腿？很快，马队就追上了人群，四下散开乱杀乱砍，不时有人惨叫着倒下去，殷红的鲜血染红白花花的沙子。老奎一家跑进一丛树棵子趴伏下来，茂密的枝叶把他们遮挡得严严实实，日本的骑兵从不远处跑过，竟没有发现他们。看着日本兵的狂暴，河桩恨得两眼要冒出血来，几次想冲出去和日本兵拼命，都被老奎死死摁住。

天渐渐黑下来，日本兵发泄完兽性，整队回去了，只剩下东一具西一具的死尸。

王老奎一家从树棵子里钻出来，面对这一场景，一时也不知怎么办。王老奎一具具翻看着尸体，想着老邻旧舍平时的音容笑貌，一向刚强的他也忍不住流下热泪："这些不是人揍的东西，太凶狠了！"

王老宽也泪流满面："都是好街邻啊，说没就没了！"

三个女人不敢看，躲得远远的还直劲儿干呕。

河桩随在大爷和爹的身后，一具一具细细察看尸首，紧咬牙关一言不发。当一家人坐在大树下歇息的时候，河桩突然说了话："大爷、爹、娘，我要走！"

"走？去哪儿？"河桩娘先发了慌。

"当兵去！这些街坊都是因我惹祸遭害的，我得为他们报仇！"

老宽不知怎么办，活半辈子了他已习惯听从哥哥，这时便把眼望向老奎，河桩和三个老少女人也把眼望向老奎。

老奎吧嗒吧嗒抽着旱烟，直到一袋烟抽透了，才在鞋底上磕掉烟灰，缓缓开了口："当兵也不能说不是条正路。总这么东躲西藏的，说不定哪会儿就……既是躲不过，干脆就跟他拼！"沉一沉，似发问又像自语："去哪儿当兵？当谁的兵？"

河桩说："过河找 29 军。他们在河南岸守着，打日本人不孬！"

老奎点点头："也好。只是眼下还不忙走，死了这么多乡亲，不能让他们暴尸荒野。四下找找，把没跑远的人叫回来，相帮着把尸首埋了吧。不管怎么说，入土为安。"

不一时找回来一些人，志刚、二愣等几个徒弟也在其中。大家趁着月光，把一具具尸首挖坑埋了，做上标记，等太平了再重新安葬。

听说河桩要过河当兵，志刚、二愣等师兄弟们都要去，家有被害人的小伙子们也嚷嚷着要去，一下竟有十几个。

"你们等月亮落下去后，往北多走几里地，在杨家铺和王家场之间过河，那儿河道宽，水缓些。一定要小心，别让日本兵发现了。"王老奎给大家出主意，"剩下的人跟我走，找几个没日本人的村子先住下，等日本兵走了再回来。"

# 六

河桩他们游过河，刚爬上大堤，就被黑影里钻出的一群人围住。

"干什么的？"其中一个打头的低喝。

河桩在晨光微曦中看出对方穿着国民党的军装，背上背着系着红布的大砍刀，知道是29军大刀队，忙说："老总，我们是来投军的！"

"投军？投什么军？我看你们是来当奸细的！"

"我们不是奸细，真是来当兵打小日本的！"人们七嘴八舌地乱喊。

打头的把他们仔仔细细看了一遍，回头命令："带回连部去！"

此时天光已亮，河桩看见堤顶上趴满了大兵，几个"土牛"上还支着机关枪。堤下不远有个村子，村里也有士兵走动。河桩他们被带进一个院子，打头的让几个兵看着他们，转身出去了。

工夫不大，一群人走进来。刚才打头的那个兵对一个身材魁梧、腰挎匣枪的人报告："周营长，就是他们。"

周营长好像对这些湿淋淋的小伙子很感兴趣，笑眯眯地挨个看了一遍，才开口问："说说，为什么要当兵？"

"小日本杀了我们那么多人，我们要报仇！"河桩大声说，就把这几天的遭遇说了，说到伤心处，不禁泪如雨下。

"好，有志气，是汉子！日本鬼子杀了我们的人，不能白杀，得让他们偿命！"周营长也激动起来，"不过，我们是正规军，不能随便招兵。这样，你们先住下来，我再想想办法。"又了解了一下河北日军的情况，对那个打头的兵说："孙连长，这些人是抗日的好汉。要是全国民众都像他们一样，何惧日寇猖狂？现在我把他们交给你，安排好他们的吃住，我到上边报告。"

孙连长叫河桩他们把湿衣服拧一拧，等候开饭。一会儿伙夫挑着担子进来了，一桶小米粥，一箕箩馒头和老咸菜。河桩他们几天没吃上热饭菜了，此时也不客气，风卷残云吃了个痛快。

吃完饭，孙连长把他们领进一座大庙，庙堂地上已铺好麦秸和苇席："你们就暂时住这儿吧。天气不冷，用不着铺盖。"

闲谈中，河桩得知孙连长是辽宁人，"九·一八"事变时孙连长还是东北大学的学生，国恨家仇集于一身，毅然加入抗日义勇军，在盘锦一带转战半年多，失败后退入关内，被编入 29 军。

"蒋介石这个卖国贼，把东三省让给小鬼子不算，又让热河，现在又逼我们撤出北平。喜峰口一战，弟兄们打得多英勇啊，大刀砍得小鬼子屁滚尿流！团河、南苑一战，死了多少人，就连佟长官、赵长官都殉国了。可惜，弟兄们的血白流了！"孙连长拍得匣枪啪啪响。

"孙连长，你们怎么把日本人叫小鬼子？"河桩问。

"你想，霸人国土，污人妻女，抢人财物，烧人房屋，还能算人吗？他娘的，"孙连长狠狠啐一口，"当鬼也是小字辈儿！总有一天老子要打回老家去，把他们赶下东洋大海！"

河桩被孙连长的英气感动了，紧紧拉住他的手："孙连长，你就把我们收留下吧，我们跟你打小鬼子，一直打到东北去！"其他人也纷纷表态。

孙连长也很激动："好，从现在起你们就是我的弟兄，咱们一块儿打鬼子！"随即，神情又黯淡下来，"谁知上边准不准呢？"

"打鬼子还怕人多？"河桩不明白。

"是呀，人多力量大嘛。"

"以往你们拉兵都拉不到，我们自愿来的，能不要？"志刚、二愣几个也跟着嚷嚷。

孙连长苦笑着摇摇头，一声没吭走了出去。

果然，周营长回来告诉大家，上峰不准收留他们。

河桩他们一下傻了眼："这不是报国无门吗？"

孙连长呆愣了一会儿，眼睛一亮，把周营长拉到旁边低声嘀咕。周营长犹犹豫豫地望着河桩他们，终于点了头。

孙连长把大家聚在一起，说："有办法了，就看你们有没有胆量。"

"只要能打鬼子，有什么可怕的？"

"那好，"孙连长高兴地说，"上边不准收留你们，你们就自己干。我和周营长请示了，你们组织个抗日义勇队，就像我们在东北那样，枪支弹药我给你们凑。我再抽几个人教你们射击投弹。只是刀术不是短时间能学会的。"

"我们会武术！"

"真的？那就更好了。你们会什么套路？"

河桩四处看看，一指二十步外的柱子，手往腰里一摸，一把飞刀嗖地飞出，牢牢钉在柱子上。大家刚要叫好，河桩一个鹞子翻身，又是两把飞刀飞出，在柱子上钉成一个三角形。随着，志刚、二愣每人打了一套长拳，也是步法娴熟，虎虎生风。孙连长大喜，立即帮他们组织起抗日义勇队，河桩为队长，下设两个班，志刚当一班长，二愣当二班长，每人配一杆步枪，二十发子弹，四颗木把手榴弹。孙连长庄重地说："原来拿这些枪的弟兄都牺牲了，你们用他们的枪，狠狠打小鬼子！"又调来一个班，手把手教他们拆卸枪械、射击和投弹。好在这些人中大部分用火枪打过水鸭、野兔，对枪不陌生，几天工夫就熟练了。

河桩急于报仇，几次跑到孙连长那里商量出战。

孙连长很为难："上峰给我们的命令是'只守不攻'，如擅自行动，是要按军法处置的。我们不出动，光靠你们那十几个人怎么行？"

河桩却信心十足："这几天我常到河堤上观察，估计大部分鬼子都住在堤下的村子里，堤顶只有一个小队往来巡逻。我们夜里悄悄游过河去，打他个措手不及，准能行！我们过河一个多月了，不能总这么白吃饭！"

孙连长被河桩打鬼子的决心感动了，也觉得这个计划可行，就点点头："没想到你还有些军事素质。行，你们先准备着，我再考虑考虑。"

此后，孙连长和河桩常躲在堤顶大树后，望着对岸指指划划。

一个月黑之夜，孙连长和河桩带着他们的那班弟兄来大庙里。抗日义勇队的队员们感觉要行动了，既紧张又兴奋地站起来。

孙连长环视了大家一遍，低声说："弟兄们，根据河桩队长的多日观察，抗日义勇队今夜过河袭击鬼子的巡逻队。担心你们的力量不够，我带一个班和你们一起去。现在，宣布作战方案！"

作战方案是：河桩带志刚的一班从上游的杨家铺上岸，待鬼子的巡逻队过去后，悄悄跟进；二愣带二班从下游的王家场上岸，占据有利地形，鬼子的巡逻队一到，立即开火；河桩听到枪声，迅速截断鬼子退路，聚歼；孙连长带人乘船在堤下掩护、接应。

河桩、二愣分别带人走了，孙连长也把人在船上隐蔽好，密切关注对岸的情况。

河桩几个人刚游过河，就听到远处传来日本兵咔咔的皮靴声，忙隐在柳棵子下。等日本兵走过，河桩一摆手，大家爬上堤，利用树荫、"土牛"做掩护，在后面悄悄跟进。

二愣带人过了河，找好地形埋伏下，掏出手榴弹嘱咐大家："都把手榴弹准备好，等鬼子走近了，听我口令狠狠地砸！听好了，谁也不许当孬种！"

日本兵越来越近，大约有三四十人。他们肩扛三八大枪，头戴猪耳朵般的战斗帽，肆无忌惮，毫无防范。二愣拉出手榴弹弦儿，往左右看看，弟兄们也都做好了准备。鬼子兵距离还有三十几步，二愣猛地从树后蹿出，大喊一声："打！"扬胳膊将手榴弹甩了出去。队员们随着他，一齐把手榴弹投入敌群。剧烈的爆炸炸得鬼子晕头转向，立时倒下七八个，剩下的哇哇怪叫着掉头往后跑。没跑出几步，迎头又是一顿手榴弹砸过来，河桩带人截断退路，又有十来个鬼子倒在地上。鬼子发现被包围，就地卧倒，开枪还击，两挺歪把子机枪一向前一向后，咕咕嘎嘎狂叫起来，两边都有义勇队员倒下。很快，河沿儿、杨家铺方向也响起枪声，鬼子大队来增援了。孙连长一看形势不妙，忙带领一班士兵渡过河，爬上大堤。孙连长的匣枪喷出一溜火光，先打哑了鬼子的一挺机枪。河桩趁势跑过来，会合在一起往前冲，又把另一挺机枪打哑了。增援的鬼子坐着装甲车，顺着大堤杀过来，怪蟒似的车灯光扫得堤上堤下一片雪亮。残余的几个鬼子借机滚下河堤外坡，消失在树木的阴影里。

增援的鬼子越来越近，机关枪弹刮风般地扫过来，又有两人倒下了。孙连长急命河桩带人把牺牲的和伤者背上船，先行撤退，自己留下三个士兵做掩护。河桩要争，孙连长急了眼："你想让大家都死在这儿吗？快撤！"河桩只得含泪下船，往对岸撤去。

北岸的枪声惊动了南岸守军，急忙上堤防卫。周营长此时才知是孙连长和河桩捅的篓子，急得大骂："好你个孙雪峰，你要害死老子呀！"一边向上峰报告，一边观察对岸的战况。

河桩在船上指挥射击，用火力支援孙连长，接应其后撤。孙连长受到左右夹击，抢过鬼子的机枪拼命扫射，但仍处境困难。见河桩的船已到河心，便抱枪滚下大堤，隐在柳棵子里向河边潜行，身边只剩下了一个士兵。就在孙连长扑入河中的时候，一梭子弹打来，射中后背，软软地倒在水里。那个士兵赶来，架起连长，艰难地在浅水中跋涉。

周营长在对岸急得眼中出血，命令营副防守，自己前去接应。

营副迟疑："上峰命令……"

周营长火冒三丈："什么狗屁命令！打鬼子有罪？眼见弟兄们危急，能见死不救？"

人们被接应回来了，但孙连长牺牲了。

这一仗消灭鬼子30余人，29军的孙连长和两名士兵牺牲，抗日义勇队两死五伤。这是日本人占领平南大兴县后，在永定河边遭到的第一次打击。

七 |

日本鬼子被河桩的抗日义勇队袭击后，对永定河北岸的村庄进行了疯狂报复，尤其是挨着河边的十几个村子，被杀百余人，烧房千余间，牲畜和猪羊也被抢个精光。毛利大佐还命将大炮摆上堤顶，对河南的守军阵地和村镇狂轰滥炸。望着腾起的滚滚浓烟，毛利挥舞着指挥刀满目凶光："杀过河去，鸡犬不留！"

毛利虽然恨不得一步跨过永定河，把对岸守军摧毁打烂，以宣泄他的占领欲、烧杀欲，但面对滔滔河水和对岸猛烈的炮火，却是一筹莫展。驻守南苑的旅团长犬养少将几次下令催促，要他尽快攻占固安，更让他急得抓耳挠腮。这天，他站在河堤上发了半天呆，也没想出办法，于是派人去叫心腹部下龟田中佐来商量对策。

龟田带着翻译官胡耀祖来了，皱了好一会儿眉头，也没想出什么高招儿。

毛利见胡耀祖一直在观察河水，便对他招呼："胡桑，你的有什么办法？"

胡耀祖出生于天津一个洋行买办家庭，自小耳濡目染，对外国人无限崇拜，反倒看不起中国人。他在日本读大学时，东北战事爆发，应召进入日军，充任翻译官，随着毛利一直来到北平。这时见毛利询问他的意见，感到莫大荣幸，忙凑上来献计："太君，依我看，河水太大，河面过宽，架设浮桥肯定不行，也会受到对岸守军的轰击。不如到附近村子抓些百姓来，让他们探路。这些百姓生长在河边，熟悉水性，应该知道河水的深浅。找到水浅的河段，就可涉水过河。只要渡过河去，中国守军不堪一击！"

毛利连连点头，赞赏地拍拍胡耀祖的肩膀，便令他带龟田去抓人。

龟田没出河沿儿村，就抓住了一个，是水生。

水生这些天可愁死了。水生在河沿儿挣扎了半辈子，只凭着一身好水性当了个船工，以船份儿养活一家老小，现挣现吃，不像那些有三亩五亩土地的，大麦二秋收拾下来，多掺些糠糠菜菜，还能攒下个升升斗斗。自日本兵占了河边，断了摆渡，水生一家就算线绳扎了脖子。村里人四散走了，他没走，他知道穷汉没亲戚，就带着一家人在芦苇塘、沙岗子里头转。饿了，就吃猪尾巴菜、酸溜溜，采雨后的蘑菇填肚子。有时在水坑里摸到些鱼虾，草丛里捡到一窝两窝野鸭蛋，就如同过年了。时间一长，人就垮了，躺在地上不愿起来。水生不能眼看着一家人活活饿死，就想冒死碰碰运气。他猜想，不管局势多凶险，总还是有人要过河的，船没了，他可以背，以他的水性，背个人过河毫不费力。如能背上一两个人，挣上些钱，买些盐和粮食，一家人就能渡过难关了。他把想法和媳妇说了，就钻出树行子。摸进村，肚子饿得实在难受，就想找点儿吃的长长劲。好不容易在一家院里找到几棵茄子秧，秧上结着几个嫩茄包子，他如获至宝，拧下一个就往嘴里塞，茄包子还没完全吃下去，就被龟田捉住了。

龟田面对这个瘦小枯干、弯腰驼背、满头白发的人，不屑一顾，用军刀一指："你的，这个村庄的？"

水生望着一群用刺刀指着自己的日本兵，首先感到的是恐惧。他知道这些日本兵比恶狼还凶狠，他亲眼见过他们怎样的杀人放火，怎样的烧房抢东西，现在落在这些畜生手里，八成是死定了。面对顶到胸口的刺刀，水生想到了躲在沙岗子里的病老婆，想到了几个未成人的孩子，浑身禁不住地颤抖，眼泪也不由自主地流下来。

"太君问你话，你他娘哭什么？"胡耀祖狠狠搡了水生一把。

龟田见状哈哈大笑："中国人，胆子小小的！"然后用手拍拍水生的脸，"你，游水的？"

水生还没从痛苦中清醒过来，木然地望着龟田说不出话。

"八嘎！"龟田一巴掌扇在水生脸上，"不说话，死啦死啦的！"

"太君问你会不会游水？"胡耀祖在旁帮着问。

水生懵懵懂懂地点点头。

"那好，你听着。大日本皇军要过河，你给找个水浅的河段。办好了，太君有赏。耍花招儿，小心脑袋！"

水生又点点头，在胡耀祖的示意下走出院子。

水生走在街上，望着一处处断壁残垣，想着无家可归逃难在外的人们，由乡亲们又想到奄奄待毙的老婆孩子，心里的情绪慢慢起了变化。他知道，日本人叫他探河，是要过河去杀河南的人，烧河南的房，这帮兔崽子在河北糟害够了，还要去河南糟害。现在自己被他们抓住，是不会有活路了，他听人说过，日本人抓人带路，带到地点就把人用刺刀挑死。既然活不了，就更不能帮日本人杀中国人。水生爬上大堤的时候，一个主意在心里打定了。

站在堤顶，河滩里的一切尽收眼底，滔滔河水滚滚东去，在阳光下闪着耀眼的白光。往下一里远近的水面上，腾起一片浓浓的水雾，那就是令人生畏的"王八坑"。水生在龟田的逼迫下，走下大堤，脱掉衣服，赤条条进入河中，没走多远，一下就没了顶。好一会儿，水生从下游十多丈远的地方钻出来，爬上岸，冲龟田大喊："不行，水太深！"

"哪里的浅？"

"那边！"水生用手往下一指。

"开路！"

水生领着龟田走出半里远："这儿水浅。"

龟田命水生下河，又指挥跟来的士兵架起机关枪，用王八盒子指着水生："逃跑，死啦死啦的！"

水生慢慢走进河中，不论怎样摇摇晃晃，跌跌爬爬，河水最深只到腰部。

水生从对岸走回来，龟田派人报告毛利。

毛利坐着坦克来了。听了龟田的报告，看了水生一会儿，又看了大河一会儿，决定水生领路，坦克跟着下河，再探虚实。

水生在前摇摇摆摆地走着，水深不过肚脐眼儿。坦克慢慢跟在后面，车顶的盖子敞开着，一个日本兵探出半截身子，持枪监视着水生。

突然，水生一个趔趄，栽入水中没了影。坦克上的日本兵还没弄清怎么回事，坦克猛地往下一沉，河水没过了车顶，人也就被卷出，顺流而去。

堤上的毛利和龟田大吃一惊，明白上了中国老头儿的当，忙命开枪射击，可哪里有中国老头儿的影子，只有那辆坦克被水冲刷着慢慢往下溜，溜着溜着溜进那片水雾，轰然一声没了踪影。

　　三里多外的河滩地里，水生赤条条躺在柳棵子下歇息。他用踩水的功夫欺骗了日本人，把日本人的坦克引进深沟，冲进了"王八坑"。躺在柳棵子下的水生浑身无力，回想着刚才发生的一切，后怕得哆嗦起来。

# 八

1937年9月15日拂晓，日本人强渡永定河。对岸守军进行了顽强抵抗，伤亡惨重，终于不支，向南撤退，日军遂占领了固安县城。

毛利联队没有南进，留下来驻守，负责维护平南大兴至固安一线占领区的治安。毛利的联队部设在固安城里，命令在各重要村镇盖炮楼，修公路，架设电话线，派龟田大队驻守黄村、庞各庄、榆垡、太子府、南庄等据点。河沿儿渡口是紧要去处，在河两岸都修了炮楼，每个炮楼由一名曹长带十来个鬼子把守。紧接着又在各村建立起"维持会"，帮助日本人收粮收款，维持地方治安。李大裤裆当了河沿儿的维持会长，头上戴顶日本帽，手里拿个太阳旗，挺着个大肚子，耀武扬威，不可一世。

建立起"维持会"后，日本人有所收敛，不再随意杀人放火。他们知道，把人杀光了，吓跑了，占领区就是一片白地，一片白地对大日本是没有用处的。他们需要中国人为他们服役，需要中国人为他们创造财富。于是他们让"维持会"的人到处敲锣吆喝，到各村张贴布告宣示，逃避在外的人都可回家过日子，只要按时交粮交款，按时出劳役，做安顺良民，皇军绝不干扰。当然，如胆敢违抗皇军，做任何不利于皇军的事，即格杀勿论。与此同时，他们四处搜罗地痞、流氓、恶霸和散兵游勇，给钱、给枪，让这些人牵头组织伪军，协助皇军清匪防共。人们看到局面有所安定，避难在外的便陆续回了村。

王老奎一家也回来了。家已不成样子，缸倒锅烂，屎尿满地。幸运的是房子没有被烧，收拾收拾就能凑合住了。香巧家已被烧成平地，无处可去，就和柳芽暂时住在一起。

"河桩走了两个多月了，也不知跑哪儿去了？"生活一安定，做娘的自然想起儿子，眼泪汪汪地磨叨着。

王老宽低头叹气，柳芽早已泪流满面，香巧忙搂着柳芽宽慰。

"都是小日本闹的！他们一来，把老百姓的日子全糟害了！"王老奎气愤地挥舞着短烟袋，"河桩没有音信，小桂一家也不知怎么样了。挺好的一桩婚事，让兔崽子们给搅了！"又忧心忡忡地说，"前些日子河南岸那一仗打得邪乎，河桩要是投了军……"

听哥这一说，王老宽沉不住气了："哥，听人说，渡口要恢复摆渡了。到时候咱俩过河一趟，你到北关看看'油条张'，我到周围村子转转，打听打听河桩的下落。"

就在一家人为河桩担心的时候，河桩已带队潜回河北。

袭击鬼子巡逻队一战，抗日义勇队虽然有些损失，待他们亲如兄弟的孙连长也牺牲了，但弟兄们也经受了锻炼，有了真刀真枪实战的经验。因不遵命擅自出战，周营长受了处分，由营长降为连长，上面还要抓捕河桩，以共产党扰乱战局论罪，幸亏周营长及时送信，河桩才躲过一劫。河桩带着弟兄们逃离大庙，没着没落，心中说不出的苦闷。亏得乡亲们听说他们是打鬼子的，到哪个村子都能混顿饭吃。鬼子强攻永定河，河桩带着义勇队也参加了抵抗。那一仗异常惨烈，鬼子上有飞机，下有大炮，把守军阵地炸成一片火海。鬼子兵快要冲上堤岸的时候，周连长拔出大刀杀入敌阵，力尽而亡。守军抵挡不住，放弃阵地，向南溃退。河桩不敢跟着跑，带队逃进附近村子。这一仗义勇队又遭到重大损失，幸存下来的只有八个人。好在他们弹药不缺，一路上捡拾了不少被丢弃的枪弹。

鬼子进入固安县城后，乡村里没了敌情，河桩他们趁着天黑，又摸回原先住的大庙。大庙被炮火炸坍半边，殿堂里飘散着呛人的烟尘味儿。河桩找到油灯，幸好未被炸坏，里面还有残油，便划根洋火点燃了。昏暗的灯光照见地上铺的麦秸基本烧光了，苇席也烧得七零八落。大家坐在地上，情绪很是低落。河桩理解大家的心情，从小一起长大的伙伴，一下子没了七八个，任谁心里也不会好受。再说，眼前的局面，真是有点走投无路。沉默了一会儿，河桩开口问："大家说说，今后怎么办？"

"怎么办？小鬼子把咱们糟害成这样，有一口气就跟他们拼！"二愣凶巴巴地说。

"拼是一定得拼，咱们死了那么多人，这个仇不能不报。只是，国军不要咱们，咱们又没个落脚的地方，吃喝住就是个大事，总不能老这样东要一口西要一口的，那能坚持多久？"志刚是个沉稳人，想事深远，他知道河桩问话的意思。

"他奶奶的！咱这不是成了鼓词里唱的，有家难归有国难投了？"二愣暴躁的脾气再也按捺不住，跳起身来骂大街。

"兄弟，话不能这么说，咱有家，更有国！"冷不丁的，门外有人接了话头，吓得屋里人呼地站起来。河桩哗啦推弹上膛，大喝一声："什么人？"

外面的人轻轻笑两声："兄弟，别紧张，是老朋友。"随着话音，一个人推门走进来。

河桩把灯端到眼前，突然认出来："是你？张卫大哥！"

张卫用力拍着河桩的肩膀："河桩兄弟，我说咱们还能见面嘛，看是不？这么快就见面了！"

望着众人疑惑的目光，河桩把和张卫相遇的经过说了一遍，大家的心一下放松了。

"张大哥，黑灯瞎火的，你这是？——"河桩望着头戴礼帽，身着长衫，教书先生打扮的张卫，诧异地问。

"来找你们呀。"

"找我们？我们可是打小鬼子的！"二愣望着张卫的打扮，有些看不起。

"以为我不敢？"张卫轻轻一笑，"我就是来和你们一起打鬼子的！"

"真的？"河桩兴奋起来，"我们正发愁往后的出路哪！"

"这东跑西藏的，不是个长法。"志刚也慢悠悠地开了腔。

"对，这位兄弟说得对，照眼下这个样儿肯定不行。"张卫朝志刚点点头，又指指二愣，"但也不像那位兄弟说的那样，有家难归有国难投。咱们有家呀：个人的家眼下是被小鬼子毁了，可如果全国的老百姓团结起来，组成一个大家，咱走到哪儿不都如鱼得水？咱们更有国呀：中国这么大，又有这么多抗日的英雄，小日本想灭亡中国，那就是小蛇吞大象。只要全国人民团结抗战，咱们不但能把小日本赶出去，而且能建设一个人人有衣穿有饭吃的新国家！"

张卫的话让大家的情绪高涨起来。河桩由衷地说:"张大哥,你说得太好了!你肚里的韬略多,就领着我们干吧,我们听你的!"

张卫郑重起来:"河桩兄弟,这些日子我就在固安附近,你们组建抗日义勇队,袭击鬼子的事,我都知道。你们这些兄弟都是好汉,都是抗日英雄。可是,光靠少数人硬拼不行。日本鬼子目前的力量很强大,武器也很精良,拼消耗我们肯定会吃亏,所以要讲策略。这策略就是广泛发动群众,武装群众,我们融入其中,四处出击,使鬼子顾头顾不了腚。时间一长,小日本自然顶不住。到时候咱来个大反攻,一下子就把他打出去了!"

"好!张大哥这一说,我们心里更亮堂了。张大哥,你就说怎么干吧!"

张卫仍是笑笑:"怎么干,放放再说。大家都饿了吧?走,吃饭去!"

"吃饭?到哪儿吃饭?"河桩正为吃饭的事犯愁呢。

张卫没说话,挥挥手往外走。

河桩跟出门,见门外树荫里过来一个人,走到张卫跟前,低声说:"没有情况。"

河桩一听,头嗡地一下大了,由于心情烦闷,竟忘了放哨。幸亏是张卫,若是鬼子,就把他们一锅端了。

张卫低低说句什么,那个人头前走了。

一行人顺着堤根走出十来里地,进到一座黑乎乎的村子里。穿过两条巷子,河桩辨出这个村庄叫长安城,他曾带队到这里找过饭吃。

来到一个门楼前,张卫弯腰捡个瓦块扔进院内。

木门轻轻开了,黑暗中看不出是什么样的人。大家谁也没说话,张卫带头走进北上房。有人划火点上灯,灯光下,见窗户都用被子遮挡了,屋内四方桌上放个笸箩,里面盛着半下子玉米饼子。一个身材壮实、五六十岁的老头捧上一盆腌咸菜:"穷家破业,没什么好吃的,凑合填饱肚子吧。"

河桩几个人惊喜得叫起来:"这不是许大爷吗?"前几天他们到这村找饭吃时,就是许大爷带人给做的。

张卫指指许大爷:"我们是亲戚,这是我表叔。大家别客气,赶快吃。"

吃完饭,许大爷进来说厢房安排好了,让大家歇息。

河桩出了门,猛见房顶上模模糊糊有个人影,一下站住了。

许大爷轻声说:"没事,我老伴儿,望风呢。"

河桩被提醒,忙对张卫说:"张大哥,要不要……"

张卫告诉河桩，村子的几个路口都有人把守，不用担心，只管踏踏实实睡觉。河桩对张卫更加钦佩，同时对他的身份也更加怀疑。

鸡叫三遍，河桩被张卫叫醒。河桩打个哈欠坐起来，觉得满身是劲，这是多少天来睡得最舒服的一个觉。

张卫把河桩拉到屋外："这里不能久住。鬼子刚占了县城，很快就会下乡扫荡。咱们趁天不亮赶快到河北去，不然被鬼子发现就走不了了。大兴东北乡有联庄会，抗拒鬼子，咱们找他们去。"

河桩望着张卫，不说话。

张卫迎着河桩怀疑的目光："兄弟，有什么话，直接说。"

"张大哥，你到底是什么人，怎么知道这么多事？"

张卫觉得该把事情挑明了，就告诉河桩，他是共产党，自从前年日本人鼓噪"华北自治"，妄图吞并华北五省，共产党中央就派出大批干部来到华北，了解敌情，发展组织，秘密积蓄抗日力量。他原是延安"陕北公学"的学生，家在河北，便于隐蔽，组织上就分派他负责平南几个县的工作。大兴是平南抗日最前沿，半年多来他一直在黄村、固安一带活动。

河桩听说张卫是共产党，高兴极了，紧紧拉住张卫的手："共产党我听说过，是主张坚决抗日的。张大哥，我跟定你了！"

张卫也很高兴："以前共产党是地下的，现在国共合作了，可以公开亮相了。今后我们一起组织群众，领导群众，和小鬼子拼到底！"

# 九

河桩他们跟着张卫过了永定河，穿过就要成熟的高粱、玉米地，悄悄钻进沙岗子。一踏上河北的土地，大家心里立时生出到家了的感觉。

河桩把人们聚在一棵大杜梨树下，听张卫讲话。张卫介绍了共产党，介绍了共产党领导下的红军，讲了延安、西安事变、国共合作和现在的八路军、新四军，讲了中国面临亡国灭种的危险，更讲了全国人民的抗日热情，听得人们心里像有把火一蹿一蹿的，争先恐后表示要跟着共产党抗日。

"好。"张卫继续激励大家，"从现在开始，你们就是共产党领导下的抗日武装了！别看我们眼下力量小，只要我们坚持，很快就会壮大起来的！"

天黑透后，河桩带着志刚向河沿儿村摸去。张卫让他们一是了解情况，二是向家里报个平安，顺便找些吃的带回来。

两人来到村头，远远便看见堤顶上那座高耸的炮楼。听听没有什么动静，便约定好时间，一个向东一个往西，分开了。

河桩来到家门口，见屋里黑灯瞎火的，就轻轻抬开柳条编的梢门，巡视一圈，来到父母的窗下。屋里静静的，待了一会儿，里面传出叹息声。河桩听出是爹的声音，就在窗上拍了拍。屋里立刻发出一声惊问："谁？"

河桩低声回答："爹，娘，是我！"

河桩听到娘"哎呀"一声，接着就是一阵窸窸窣窣的响动。

"别点灯！"老宽低斥。

房门打开，河桩一跨进门槛，就被两只胳膊抱住了："我的儿啊！"

河桩娘低泣着，在儿子头上身上乱摸。老宽激动得语无伦次，自己也不知道自己说了些什么。

等爹娘平静下来，河桩问："村里有没有鬼子？"

老宽说："除去堤顶上那座炮楼，村里倒是没有。可李大裤裆闹得邪乎，天天带着孙秃子、李狗子在村里乱转，说是搜查共产党。他娘的，哪儿是搜查共产党，我看他是对香巧没安好心！"

忙乱一阵，老宽吩咐老伴儿："你把窗户用被子遮住，点上灯，把柳芽叫过来，我去找哥。"

柳芽很快过来了，欢喜得直掉眼泪。香巧也跟过来，也是眼泪汪汪的。

一会儿，王老奎来了，拉着河桩上下看看，用手重重拍了一下河桩的肩膀："好，一根汗毛都没掉！"

河桩当着全家人的面，把这几个月的经历简略说了说，听得人们大眼瞪小眼。相互探询情况中，老奎也把老哥儿俩过河的事说了："你爹跑了好几个村子，都没有打听到你们的下落，担心坏了。我去找了'油条张'，咳，别提了！"老奎拍了下大腿，"小桂被'镇北关'霸占了！"

"什么？"河桩噌地站起身，眼前浮现出那个稚嫩、顽皮的小姑娘。

"日本人占了县城后，'镇北关'跟屁虫似的围着那个日本官儿毛利转，没几天就成了毛利的红人。北关成立警察所，毛利就让'镇北关'当了所长。他见小桂漂亮，就硬抢去了。'油条张'两口子老实巴交，只能干瞪眼！"

"幸亏还没过礼，"王老宽丧气又带点儿庆幸，"要是过了礼，就是咱王家的媳妇，那可丢大人了！"

河桩紧咬着牙，一声不吭，半天，倔倔地说："娘，给我拿点儿吃的，我马上就走！"

"去哪儿？"

"打鬼子！"

河桩、志刚回到沙岗子，一边拿出干粮让大家吃，一边向张卫汇报情况："自打鬼子在各村修了炮楼，除去隔三岔五地'讨伐'，平时倒是不怎么出来。听说要搞什么保甲制，连坐法，清查户口，发良民证。李大裤裆成了小鬼子的哈巴狗，带人闹腾得欢实着哪。"

张卫说："这是鬼子的一贯做法。他们每占领一地，就搞强化治安，维护稳定。这里离固安、榆垡太近，不利于活动。咱们到东北乡去，那里偏僻，离鬼子据点远，群众的抗日热情高，咱们把他们组织起来，跟小鬼子对着干！"

河桩听老人们讲过大兴东北乡，那里有七十二连营，据说是明朝年间从山西洪洞县大槐树下移民过来的。千里跋涉历尽艰难，初时又是军伍编制，虽经三四百年，仍是民风剽悍。

张卫带领着河桩这支小小的队伍，连夜出发，在第二天太阳升起一竿子高的时候，来到一个叫霍家营的庄子。霍家营是个一千来户的大村子，大部分人家都姓霍。这个村子很富足，十几家地主都有枪。卢沟桥事变后，人们怕鬼子烧杀抢掠，就组织起自卫团，团长是一个大地主的儿子，叫霍墨斋，原是北平大学的学生，曾参加过共产党的外围组织，事变后回到老家。自卫团有二百来人，步枪、火枪加起来也有百十来支，还有一门土炮，剩下的就是大刀长矛。为壮大声势，霍墨斋牵头，与附近的皮家营、赵家营、兵器营、沙地营等十几个村的自卫团联合起来，组成"联庄会"，公推霍墨斋为总指挥，兵器营的梁国兴为副总指挥，总兵力有六七百人。张卫他们刚走到村口，就被两个自卫团员拦住。张卫说明来意，请转告霍团长。话音未落，矮墙后站起几个人，其中一个肩背短枪的青年人向张卫打招呼："张先生，小弟等候多时了。"

张卫告诉河桩："这人就是霍墨斋。"

原来，霍墨斋很警惕，除要求各村自卫团放出眼线外，本村控制得更严，四面八方昼夜设有瞭望哨，安排巡逻队，发现异常，及时报告。张卫他们还在二里路外，就被瞭望哨发现，报告给霍墨斋。随着越来越近，霍墨斋认出是张卫，但前几次张卫来都是单身一个，这回却带着八九个人，为防意外，便没有早早露面，躲在墙后观察情况。

霍墨斋与张卫热情握手后，将目光转向河桩他们。张卫将河桩介绍给他，并把义勇队永定河堤打鬼子的事说了。霍墨斋很是钦佩，忙把他们引进村。

众人走进一个大院子，院里有二十左右间房，不时有背枪的人在各房间出入。霍墨斋说，这院子是村里的公产，现在充作自卫团团部。众人在北上房堂屋坐定，有人送上热水，霍墨斋吩咐做一桌客饭。张卫要拦阻，霍墨斋摆摆手："张先生不用客气，墨斋受教多矣。自上次先生走后，我们按先生的指导，对防御部署和个人负担作了调整，效果果然好多了。"

霍墨斋介绍，自卫团现在分为两个队，一个是基干队，由六十个有步枪的团员组成，吃住在团部，负责放哨、巡逻任务；其余的一百多人为预备队，在家吃住，无敌情时可以做自己的事情。消费负担按财产分配，地多的多出，地少的少出，无地的不出。又和各村的自卫团商定，设置三道防线，一村有警，村村驰援。

张卫听了，很是高兴，说："霍团长，你这么一弄，简直就是一个小抗日根据地了。"

河桩几个也连连称赞。

霍墨斋说："中国的土地，岂能让小日本横行？"又问："张先生，我让你和党联系的事怎么样了？我们很需要党的领导。"

张卫站起来，紧紧握住霍墨斋的手："霍团长，我党对霍团长率众抗日的壮举非常赞赏，特派我来与霍团长联系。今后，我和王队长的义勇队就是你的战友了。至于番号，待上级批下来我再通知你。"想想又说，"大敌当前，我党主张建立全民族的抗日统一战线，不分党派，不分阶层，不分军队，只要抗日，我们就联合。大兴境内有两支较大的绿林武装，不知霍团长有无了解？"

霍墨斋沉思一下，说："这两股土匪听说过，但不了解。你想，我们这样的人家，躲都来不及，还敢招惹他们？只知道一个是陈部，一个是洪部。陈部的头领叫陈善继，手下有两个得力干将，是亲哥儿俩，一个叫吴敬仁，又叫吴二，一个叫吴敬礼，又叫吴三，窝点是离这儿三十里地的礼贤镇。洪部是个女首领，叫洪玉秀，人称洪老太太，有两儿一女，儿子叫洪文龙、洪文虎，女儿叫腊梅。洪部原来是马戏班子，男班主因为赌博纠纷，让人弄死了。女班主为报仇，就拉起杆子。据说她的人不少是马戏、杂技班子的，会轻功，能蹿房越脊，窝点是靠近永定河的南辛庄。"

河桩说："这两股土匪我也听说过，都是以收保护费、绑票为生。不过洪部比较仁义，只吃大户，不糟害老百姓。陈部就不同了，纯粹就是打家劫舍，欺男霸女，穷人富人都祸害，名声很坏。"

张卫点点头，思考好久，望着大家说："这两股武装都要设法联系上，不能让日本人拉过去。"

# 十

　　张卫把河桩他们安顿好，就匆匆走了。霍墨斋对河桩很热情，特意在自卫团部腾出一间房，让他们几个人住，吃饭就和基干队一起吃。

　　闲住几天后，河桩对村里村外的情况有了些了解，就向霍墨斋建议，不能只是放哨巡逻，还应加紧训练，提高战斗力。霍墨斋说他也早有这个想法，只是没处请教官。河桩自告奋勇："自打义勇队来到霍家营，承蒙霍团长多方关照，我们也不能白吃饭。要是霍团长看得起，我们帮助训练。"

　　"你们懂军事？"霍墨斋很是惊喜。

　　"军事我们也不懂，可射击投弹受过 29 军的传授，我的弟兄都会武术。"

　　霍墨斋立刻传令集合队伍，请义勇队演示。

　　义勇队先表演射击，果然弹无虚发，发发命中。又表演投弹，都在五六十步远近。然后又表演了拳术、刀术、枪术，尤其是河桩的三口飞刀，准确得更是让人瞠目结舌。

　　霍墨斋高兴坏了，当场宣布义勇队为自卫团的教官，河桩负责制订训练计划。河桩又提议把眼线放到鬼子据点附近，时刻注意鬼子的动向，防备敌人偷袭。霍墨斋一一照办。

　　东北乡组织自卫团，建立联庄会的举动，自然瞒不了人，早有汉奸报告到鬼子那里。

　　驻守黄村的龟田中佐得到情报后，立即派出一个小队的日军来讨伐。

小队长石川带领两辆汽车的日军，气势汹汹地向东北乡各村扑来。

霍墨斋得到鬼子即将出动的情报，立即召开联庄会议，研究御敌方案。最后商定：先动员村民转移，免受鬼子伤害；再采取诱敌深入，前后夹击的战术，力争围歼，一战把鬼子打怕，以后再不敢出来。

石川带领日军一路烧杀，没有遭遇抵抗，更加猖狂，驱车向前猛进。来到沙地营，公路被几条深沟截断。石川指挥日军下车，冲进村去，村里也是空无一人。便烧毁几间房子，继续向前冲。来到皮家营，日军以为又是空村，大摇大摆，毫无防范。没想刚到村口，一阵密集子弹袭来，立时将四五个日军打倒在地。石川忙令卧倒，组织还击。

在机关枪、掷弹筒的猛扫猛轰下，霍墨斋有些抵敌不住。见接二连三有人倒下，胆小的自卫团员开始往后溜。霍墨斋一边抡着驳壳枪射击，一边高喊："谁也不许后撤，坚决顶住！我们的援军就要到了！"

就在这时，鬼子背后响起剧烈枪声，河桩带着义勇队和两个村的自卫团包抄上来。

石川见陷入包围，忙指挥后撤，和河桩的人搅在一起。河桩一手持枪，一手握刀，指挥义勇队冲在前面，与鬼子展开肉搏。日本兵虽然训练有素，刺杀术精良，但不如义勇队武术高强，再加上霍墨斋也带领自卫团围上来，四五个、五六个围着一个鬼子打，鬼子哪里抵挡得住？纷纷落荒而逃。不到一顿饭工夫，战斗结束，除石川带七八个鬼子逃脱外，全被消灭。自卫团缴获了二十多支三八大盖，还有两挺歪把子机枪。

首战获胜，大大坚定了人们的抗日信心。霍墨斋亲眼看到义勇队的战斗力，对河桩更加信任，防守大计均与河桩谋划。

石川大败而回，被龟田抽了两个嘴巴，痛骂一顿。龟田咽不下这口气，打电话给毛利，请求增兵复仇，却被毛利拒绝。原来此时毛利已接到犬养的指示，尽快建立起伪组织，协助皇军维护地方治安。随着战争的扩大和战线的拉长，日本上层顾虑到日本的人、物资源有限，就制定了"以华治华""以战养战"的策略，要求占领区"首先完成军队驻地及主要交通线附近的治安，逐渐向外扩展而及于全区"，"对已建成的共产地区，努力尽早将其摧毁；对一般土匪兼用宣抚怀柔政策"。同时建立与大日本亲善的各级地方政权，建立起保安团、警备队、警察局，协助皇军防守炮楼、据点和下乡扫荡。

按照这一指示，犬养命令所辖各地搜罗人才，组建起伪大兴、宛平、固安县公署，各区乡镇也组建起相应的伪组织。为加大防卫力量，刚组建起的保安团、警备队就被分派到各炮楼、据点，警察局也在重要乡镇设立了警察所。给十八岁以上的成年人发了"良民证"，各村设立"报告员"。一切准备就绪，犬养才命令在辖区内进行大扫荡，摧毁敌对势力，以靖地方。

接到情报，霍墨斋和河桩召集"联庄会"的各村首领研究敌情。众人一致认为，敌人这次兵力强大，来势凶猛，只能集中兵力，逐村抵抗。河桩觉得硬拼不是好办法，仅凭"联庄会"的一二百支步枪、火枪，如何抵得住人数众多、拥有精良武器的鬼子攻击？可他又想不出别的高招，只好提出让村民们早做准备，形势不好及时撤离。

散会后，霍墨斋带人挖断公路，河桩带人修筑工事。把沙地营作第一道防线，霍墨斋、河桩带一百名步枪手防守；皮家营为第二道防线，由皮家营自卫团长皮青林带火枪队防守；赵家营团首赵老大带领大刀、长矛队员，组织青壮妇女做饭送水；副总指挥梁国兴安抚群众，组织撤退。

第三天拂晓，龟田为报一箭之仇，倾巢出动，带领一千多名鬼子、保安团和警备队，在刚被招安的大土匪、保安团长陈善继的带领下，扑到沙地营村前。龟田见村口有矮墙工事，便命支起小炮、掷弹筒，向村里轰击。河桩逐个告诉人们，不要暴露目标，等敌人接近再射击。

龟田待一轮轰击过后，见村内无动静，拔出指挥刀，命令进攻。鬼子兵挺着刺刀，呀呀地冲在前面。

霍墨斋与河桩趴在矮墙后，紧紧盯着冲上来的敌人。当相距只剩五六十米时，河桩扣动扳机，一个打太阳旗的鬼子应声倒地。霍墨斋大喊一声："打！"密集的子弹射出，冲在前面的鬼子应声倒地。突然的打击使鬼子们一时愣了神，竟有些不知所措，正要掉头往回跑，石川一摇指挥刀，嗷嗷怪叫着冲上前，鬼子兵遂又潮水般涌上来。联庄会员按照河桩的部署，沉着应战，排子枪一拨一拨打出去，打得鬼子只有伤亡，不能前进。铁牛和二愣配合，一个用枪，一个用手榴弹。铁牛不慌不忙，瞄准目标一枪一个；二愣力气大手头准，颗颗手榴弹都在密集的敌群中开花。鬼子不能前进，只得退了回去。

龟田又气又急，命令轻重武器一齐开火。颗颗炮弹落在联庄会的阵地上，房子炸坍了，矮墙炸倒了，机枪子弹刮风一样扫得人抬不起头。霍墨斋一边命将伤亡人员转送霍家营，一边派人通知皮青林，要皮家营做好战斗准备。射击一停，龟田逼着陈善继带领保安团和警备队在前，鬼子兵在后，又号叫着攻了上来。警备队刚组建，没有战斗力，一听枪响就趴在地上不敢动。陈善继的保安团大多是土匪出身，凶狠残暴，平时欺负惯了老百姓，认为对面不过是种地的庄稼人，根本没放在心上，挺着肚子往前冲。陈善继刚当了官，正在兴头上，又要在主子面前显本事，挥着手枪大喊大叫："弟兄们，给我冲！打胜了太君大大有赏！"

铁牛在对面看得清楚，气狠狠地骂："不要祖宗的王八蛋，比小鬼子还可恶！"一枪打飞了陈善继的帽子，鲜血溅了半边脸。吴二、吴三跳过来，一把将陈善继按在地上。二愣高兴得哈哈大笑："好，我再给他们吃两根酥梢瓜！"两颗手榴弹扔过去，准确地在敌群中爆炸。保安团没了胆气，扭头就往后面跑。

对峙的时间一长，联庄会的劣势就显出来了，武器太差，压不住敌人的火力，而且弹药越来越少，伤亡人员却越来越多。趁着敌人暂停攻击，霍墨斋和河桩商量，决定向后转移，撤到第二道防线。

众人撤到皮家营，和皮青林几个会首交换了情况。皮青林说："鬼子这回来势太凶了，看来不把咱们彻底消灭不肯罢休。咱不能一味蛮干，得想好退路。"

赵老大啪啪拍着胸脯子："想什么退路？咱们要是想当顺民，就不组织自卫团、联庄会了！小鸡不叫就是'鸡嗝'（今儿个），和狗日的拼，拼一个够本，拼两个赚一个！"

皮青林涨红脸："赵老大你什么意思？我皮青林怕死怎么的？我说的退路是给乡亲们找退路，总不能让小鬼子把乡亲们都杀绝了吧？"

霍墨斋连忙解劝："二位不要争了，大家都是好意。赵团长坚决打鬼子，好；皮团长想着乡亲们，也好。眼下的形势非常严峻，咱们得抓紧商量出个好办法，不然就来不及了。"

河桩站出来说："情况紧急，请大家听我说几句，如果认为可行，就照我说的办。我的意见是，先赶快派人到各村通知乡亲们，出村避难，跑得越远越好。大家认为可行不？"大家点头赞同。霍墨斋立即让赵老大派人，飞快去了。河桩接着又说："皮家营的仗我们要换个打法。"低低把主意说了，大家又是一致赞同，分头去布置。

鬼子冲进沙地营，杀了几个未来得及抬走的伤员，放火烧着房子，又向皮家营杀来。

龟田还是老一套，远远就把队伍停住，架炮向村里猛轰，然后机关枪扫射。足足打了一顿饭的时间，才下令攻击。

鬼子、汉奸有了刚才的教训，再不敢大意，战战兢兢地往前蹭。直到离村口还剩三四十步，仍未发现丝毫动静。石川一扬手，令队伍停下，狐疑地向村内张望。良久，确定村内无人，指挥刀一举，下令冲锋。就在此时，惊天动地一阵爆响，无数铁砂伴着硝烟迎头打来，鬼子、汉奸立时倒下一片。

原来这就是河桩的计策。打兔子的火药枪虽然射程短，但射幅宽，近距离射击，一杆火枪的铁砂就能扫出四五尺的宽面，比步枪的威力大得多。距敌近，鬼子怕伤着自己人，机枪小炮就失去作用，然后反冲锋，用长矛大刀跟鬼子肉搏。

就在鬼子、汉奸晕头转向之时，四五百名联庄会员举着长矛大刀，呐喊着冲了出来，和敌人搅在一起，大杀大砍。

近身肉搏是河桩和义勇队员的拿手好戏，只见大刀翻飞，长矛挥舞，鬼子、汉奸不是被劈掉脑袋，就是被刺穿胸膛。鏖战多时，鬼子、汉奸丢下几十具尸体，溃退下去。联庄会也伤亡近百，撤回村内。

人们还没喘过气，鬼子的炮弹就飞了过来。猛烈的爆炸声中，不少人又倒在血泊中。霍墨斋和大家商量一下，决定撤往霍家营。刚离开村子不远，二愣一声惊叫："鬼子的马队！"

众人回头一看，一队鬼子骑兵从远处疾风般驰来，夕阳映照下，挥舞的马刀闪着刺目的寒光。

在空旷的野地里，步兵无论如何是抵挡不住骑兵的，更何况是激战一天、又饥渴又疲累的联庄会员。眨眼间，鬼子的骑兵追上了腿慢的人，刀光闪动下，联庄会员一个接一个被劈倒在地。河桩大喊："赶快跑，抢占霍家营！"

鬼子骑兵砍杀一阵后，兵分两路，绕过人群，隔断去霍家营的退路，妄图将联庄会包围在旷野里，聚而歼之。

河桩见情况危急，朝他的队员一挥手，飞奔着抢进村子。他叫志刚和二愣带人阻击鬼子，自己爬上土炮台。土炮旁已预备好火药、铁弹和碎犁铧片子，河桩急忙装药填弹。这时霍墨斋也爬上来，两人调准方向，点燃火绳。轰然一声巨响，几个鬼子人仰马翻。两人紧忙装药填弹，又恶狠狠地放了一炮。这时，联庄会员大部进了村子，而鬼子的步兵也尾追上来。河桩对霍墨斋说："我们不能让鬼子围住村里，趁敌人还没合围，赶快冲出去。天就要黑了，天一黑，鬼子就拿咱们没办法了。"

霍墨斋同意："你带领突围，我掩护！"

"不，你熟悉地形，你带领突围，我掩护！"

"也好！"霍墨斋转身跑走了。

河桩把自己的队员叫到一起："我们打掩护，一定要等乡亲们冲出去再撤。"

天渐渐黑下来，田野里飘起朦朦胧胧的烟雾。

突围开始了。志刚和二愣一人一挺机枪在前开路，冲出村后，义勇队闪在两旁，霍墨斋大喊一声："往凤河沟里跑！"带领联庄会员冲上前去。

霍墨斋刚接近凤河，鬼子的骑兵就顺着河堤围过来。霍墨斋抢枪打翻一个鬼子，也被一颗子弹击中胸膛。摇摇晃晃欲倒未倒之时，一个鬼子催马赶到，挥刀便砍。紧随其后的赵老大见霍墨斋受伤，红了眼，跳起一刀将鬼子劈下马来。赵老大扶着霍墨斋，望着乡亲们散入黑暗的旷野。又一鬼子骑兵冲来，一刀刺入赵老大的后心，赵老大硬挺了一霎，和霍墨斋一起倒下了。

天黑透后，河桩他们从鬼子的缝隙中钻出来。茫茫暗夜中，又剩下了他们孤零零的几个人，而且人人带伤，尤以二愣、铁牛的伤势最重，二愣被枪打断了胳膊，铁牛背上挨了一刀。大家一商量，决定仍回河沿儿去，先找贾先生治伤。

龟田在霍家营进行了疯狂的大烧杀。得知霍墨斋是联庄会的总指挥，就割下他的头，送到南苑旅团部。犬养命人在十字路口埋上高杆，悬首示众。

香巧见环境安定些了，渡船也恢复了摆渡，来往行人慢慢增多，不愿再拖累王老宽一家，就把小吃店又张罗起来。有人带头，过去的饭店、酒馆、茶棚、烟摊儿也一个接一个重新开张了，渡口又热闹起来。

这天一早，香巧刚捅开火，水生上穿空心破棉袄，下穿防水皮衩裤走上堤来。

"水生叔，这么早就来了？"香巧离老远就打招呼。

"在家也是凉锅冷灶的，还不如出来溜达溜达，暖和。"水生双手插在破棉袄袖子里，身上微微打着战。

香巧望着水生穿的皮衩，同情地说："这么冷的天，还要下河，怎么受啊！"

水生无奈地苦笑笑："这就是命！谁不想穿得暖暖和和，躺在家里吃香的喝辣的？爹娘没给那个福分。"

河沿儿渡口自古以来就没有码头，木船只在河心的深水处摆渡，两岸浅滩靠跳板衔接，跳板不够长，就得船工下水，过人背人，过货背货。早年间船工们有个陋习，即"有礼的街道，无礼的河道"，夏景天为了省裤子，就赤条条光着屁股，不管青春少妇，还是弟妹小姨子，百无顾忌。女人要过河，也只得让光屁股的船工背来背去。有那嘎咕的船工就借机抠抠摸摸，占女人便宜，被占了便宜的女人出于害羞，也不敢声张，只能哑巴吃黄连。据说清朝某年，一个官员在京城谋得固安知县职位，携眷赴任。夫人在轿车里见河边这般情景，哭哭啼啼哪肯下车？知县也觉得这光景太伤风化，更觉得自己丢了颜面，便派人唤来船头大加训斥。不想船头还未说话，一群光屁股船工竟爬上岸来，光溜溜跪在县官面前，有的说家贫无力买布匹，有的说穿裤子容易出危险，更有的说此风俗自古传下，不能更改，恳求大老爷恩典。知县口中大骂"刁民"，却也无法。相持半日，知县为了保住官体，只得拿出银两，命船工们穿上裤子。哪料知县到得县衙没几天，他的父亲又受到侮辱。那天，老太爷带着管家来到渡口，李家船头见是个阔主儿，便强加船钱。老太爷觉得在儿子的治下，哪能服软？两边就吵骂起来。情急之下，老太爷端出儿子："我是知县的爹！"不想船头更横："你是知县的爹？我是知县的爷爷！"老太爷本来是要依仗儿子作威作福的，却遭此羞辱，当即气得胡须乱颤，浑身发抖，手指口张，一个字也说不出。管家见状，知道争也无益，连忙如数奉钱。来到县衙，知县闻报，急忙趋出迎接。老太爷一脸铁青，甩下一句："甭接我，接你爷爷去！"径进后堂去了，闹得知县一头雾水。管家说明原委，知县不由勃然大怒，就要发签拿人。但随即就冷静下来，他知道地方上的关系盘根错节，自己独身一人，孤掌难鸣，还是少惹是非为妙。即发出告示，贴在渡口大树上，严令船工不许光腚，不许勒索行人，否则严惩不贷。船头也怕把事闹大，就提高些"船份儿"，让船工们买条裤衩穿上。又在船工们的强烈要求下，给每人置了一条连脚的胶皮衩裤，天冷时套在衣服外面。这皮衩高到腰际，水浅时确实管用，水深时水钻进皮衩浸湿裤子，又重又冷更难受。河沿儿的船工大多没有土地，全凭微薄的"船份儿"过日子。也许是在风口浪尖上讨生活，也许是日子过于寒苦，船工们大都变得凶狠野蛮，遇到有油水的客商，上船时收一份钱，船到河心，再收一次钱。遇有不给的，就以"扔下河去喂王八"相威胁。在波涛汹涌的大河中，谁不害怕？只得心里骂着八辈祖宗掏钱买命。久而久之，恶名远播，南来北往的客商，提起河沿儿渡口人人色变。清时《固安县志》曾载一进京举子写下的诗句，名曰《永定河凌泛观渡》，将渡河情景描摹得淋漓尽致：

> 昨夜有客市金钱，
> 驱车满载关中绵。
> 不知客从何处来，
> 纷纷车马河岸排。

我闻舟子索渡钱，

面目狰狞恶声喧。

行客不敢或违拗，

为囚仰吏殊堪怜。


世上终究好人多，为非作歹的到底是少数，水生就是这好人中的一个。他觉得人活着都不容易，不能损人利己；他觉得人要活得有骨气，不能为几个小钱让人看不起。他只规规矩矩拿他的份儿钱，所以他家的日子就更加艰难。

香巧见水生那凄凄苦苦的样子，心里很不是滋味。水生和顺子原是同一条船上的，顺子出事那天，水生碰巧去给病老婆抓药。事后几次流着泪说，他对不起顺子，当时要是他在场，可能就出不了那样的事，让香巧非常感动。香巧开小吃店，常受坏人骚扰，水生也是她的保护者之一。

小北风嗖嗖地刮着，尖得能钻透人的骨头。香巧见炉火上来了，忙坐上油锅，招呼水生："水生叔，快来烤烤火。我先给你炸俩油饼，吃了暖和暖和。"

水生走上前，伸出双手在炉火上烤着，嗞嗞哈哈地说："冷点儿能忍，就怕封河。封了河，船停摆，我一家大小可就绳系脖子啦。"

香巧不再说话，从和好的面团中揪出两个面疙瘩，在案板上撮平，用擀面杖擀薄，再用菜刀在中间拉出两条口子，拎起来，平展展顺进油锅里。翻了几个个儿，用铁筷子挑起来，放在柳条浅子里，递到水生面前："水生叔，趁热吃！时间紧，面没醒透，油也不热，炸出的东西色气不好，凑合吃吧。"

水生冻白的脸泛红了："这……"

"水生叔，别不好意思，你平日帮我帮得多了。你先吃着，我再炸点儿，待会儿给婶子和孩子们带回去，只当今天没开张！"香巧豪爽地说。

两人正说得热乎，柳芽背着一筐头枯树枝走过来。

"水生叔，香巧姐！"柳芽甜甜地叫。

"哎呀，你看你，大清早起的，冻死人了，还去拾柴火？"香巧看着柳芽冻红的鼻子尖儿，心疼得忙上前给她拍打身上头上的霜雪。香巧对这个占去自己心爱男人的小女人并不记恨，只是羡慕，有时还为自己那点儿心思感到内疚。自打两人同住了那段日子，就更亲近得胜过姐妹。

"我大爷、我爹我娘说了，趁天还没冷实在，先把过冬的柴火备足了。等刮风掉雪的时候，就把炕烧得热热的，在屋里猫冬了！"柳芽笑嘻嘻的，冻得红彤彤的脸蛋儿更显得娇艳可人。香巧心里一动，不由得一丝酸溜溜的醋意涌了上来。心想河桩真是好福气，柳芽这么俊美就够叫人眼馋了，还要娶第二个。由此又想到河桩走了半年，毫无消息，生死不明，心里暗暗叹了口气，眼角竟湿润了。

柳芽没注意香巧脸上的变化，把柴火筐放在地上，往外捡拾："香巧姐，今儿我捡了不少硬木的树棒子，都是榆树、杜梨树的，经烧，给你留下炸油饼吧。"抬头见香巧脸上木木的，有些奇怪，便叫："香巧姐，你忙吧。我得回家熬粥了。"

香巧醒过神，忙说："等等，我炸几个油饼带回去。"

炸着油饼，香巧低声问柳芽："河桩有信儿吗？"柳芽的脸色立时黯淡了，香巧见状，也不再言语。

正在这时，李大裤裆挺着裆里那个肉球，咔啦咔啦走上堤来。

伪政权建立后，李大裤裆当了保长，兴头很高，三天两头往榆堡镇公所跑，又委任心腹李狗子做"报告员"，搜集抗日情报。伪镇长刘世昌为表彰李大裤裆的忠诚，经与日军中队长宫崎少佐商量，把河沿儿定为"模范村"，还奖励一把王八盒子。李大裤裆更加嚣张，常带着几个狗腿子满村乱翻，说是搜查共党、八路，借机勒索钱财，调戏妇女。闲得实在无聊了，便钻进树棵子里打枪玩，吓得村民们一惊一乍的。

柳芽见不得李大裤裆那涎皮赖脸的样子，背起筐就走，被李大裤裆迎头拦住："大妹子，怎么见了哥哥就走？"

柳芽只好搭话："我要回家做早饭。"

"做饭？给谁吃？河桩？"李大裤裆哈哈地笑，"我可知道河桩半年没露面了。去哪儿了？"

"到外村扛活了。"

"扛活？扛活也早该回来了。不是有那么一句话吗，'地净场光衣裳破，做活的回家去挨饿。要想活命，过年儿再扛活'。眼下风寒地冻的，他还给谁扛活？是不是当八路去了？"

柳芽心里一惊，急赤白脸地说："你可不能胡说，谁当八路去了？"

"当没当八路，日后自然知道！"李大裤裆恶狠狠地说。继而话锋一转："河桩这小子可真够狠心的，竟能丢下你这花朵似的小媳妇，一去不回头。柳芽，凉炕冷被的，你也受得了？"

柳芽涨红了脸，狠狠瞪一眼，扭头走了。李大裤裆像得了天大的便宜，哈哈地怪笑。

水生实在看不下去，走过来愤愤地说："李头儿，你是个有头有脸的人，跟柳芽一个小女嫩妇，怎么能说那样的话？"

李大裤裆被水生扫了兴，立时翻了脸："好你个徐水生，我早就知道你他娘有反骨！要不是看你水性好，十年前就摘了你的鸟食罐儿，让你一家子喝西北风！"

提起十年前，水生心里一哆嗦，看来李大裤裆是把十年前的事记在心里了。

原来，李家在渡口当了几辈船头，也当了几辈暗土匪。他们和各路土匪勾结，充当眼线。渡口人多嘴杂，正好打听消息。探知富商几时出京，在哪儿打尖，就派人通知土匪，途中抢夺，坐地分赃。到了李大裤裆这辈，更加狠毒，尤其看不得本村人富足，谁家日子好过，必勾来土匪，抢劫一空。远近闻名的贾家世代为医，以正骨出名，家资丰厚。李大裤裆看得眼里出火，恨不得一下抢个精光。再加贾家自恃悬壶济世，为人清高孤傲，对李大裤裆这样的匪类嗤之以鼻，更让李大裤裆怀恨在心。一天，李大裤裆探知老贾先生带着儿子小贾先生，到廊坊给一阔主儿看病，当天回不来，家中只剩女人孩子，就让李狗子给礼贤的陈部送信，派人前来"绑票"。不想二人在船房密谋时，被到船房拿东西的水生听了个满耳。水生深知贾家是积善之家，不忍心任其遭此大祸，就请了病假，去追老贾先生。老贾先生一听此信，双眼一翻晕倒在地。可巧病人是驻廊坊的骑兵团长，出操时掉下马摔坏了大胯。团长了解情况后，一边安慰老贾先生不用着急，安心诊病，一边派副官带一个骑兵班，火速赶到贾家保护。当天夜里，陈部的土匪果然前来，可一看贾家的阵势，一声没吭就"扯乎"了。李大裤裆白欢喜一场，倒让土匪勒索了一桌酒席，岂能罢休？暗地里查找"漏风"的人，查来查去，疑到了水生头上，可没有真凭实据，只能言来语去地敲打他。

李大裤裆见水生不敢再说话，更来了劲："别他娘瓷鼓着俩眼充好人，把皇军坦克引进王八坑的人还没找到哪！到时候送进宪兵队，灌凉水，压杠子，要了你小子的命！"

水生一听这话，吓得脸都白了："李头儿，这事可不能随便往人身上安，掉脑袋呀！"

香巧一见话越说越大，忙打圆场："你看看，这是哪儿跟哪儿呀？那种事跟咱们这样的人能扯上边儿？来来，李头儿，我给你炸俩薄脆吃！"边拉李大裤裆，边使眼色让水生快走。

李大裤裆见香巧拉他，又见水生惊惊慌慌地走了，心里的气消了大半，骂骂咧咧坐在凳子上："水生这个王八羔子，表面上装得老实，其实蔫坏蔫坏的，早晚收拾他！"

香巧手里边忙活，边替水生开脱："水生一个穷得叮当响的人，老实得屁都放不响，干得了什么事？你李头儿大人大量，跟他生气不值！"

李大裤裆蛤蟆般的大嘴岔咧开来："香巧呀，真他娘怪了，我怎么就爱听你说话？你一说话我的心里就痒痒。你看你，人长得好，嘴又甜，真让人心疼！"伸手便来摸香巧的脸。

香巧用油手挡开："看你，别弄一身油。"

李大裤裆嬉笑一阵，凑近香巧，神秘地问："香巧你说，河桩跟他那几个狗扯连环的，怎么老长时间没露面，是不是投八路去啦？"

香巧一惊，忙掩饰："哪儿会呢？我在他家住了那么多日子还不知道？在北边扛活哪。前几天还托人往回捎钱来着。"

李大裤裆摇摇头："这小子不是好鸟儿，得多加小心。哎，香巧，你知道哥对你不错，替我打听着点儿，少不了你的好处。"

香巧笑嘻嘻地说："李头儿放心，咱俩谁跟谁？有什么消息，我立马儿告诉你。"

就在李大裤裆在堤顶纠缠香巧的时候，河桩几个已在贾先生的厢房炕上歇息了半夜。

昨天夜里，河桩几个人互相搀扶着来到贾先生门外，已是筋疲力尽。见四外无动静，河桩蹬着志刚的肩膀爬上墙头，跳进去打开大门。这是一座二进的院子，外院是柴草棚和牲口棚，柴草棚隔成两间，车把式兼长工老魏在里间屋睡得呼噜山响。牲口棚里，一骡一马在咯嘣咯嘣地嚼着草棍儿。几个人来到二门前，志刚拔出刀拨开门闩，众人一拥而入。河桩让志刚把大门二门都插好，轻轻敲老贾先生的窗子。老贾先生的老伴儿已过世，一个人住在正房东间里，虽然年过七旬，却耳聪目明，窗棂一响就惊醒了，静听一会儿，轻声问："哪位呀？"

"大爷，是我，河桩。开开门吧。"河桩也轻声回答。

老贾先生摸索一阵，打开门。借着朦胧月光，见门口站着七八个拿枪的人，吓了一大跳："这是？"

"大爷别怕，进屋再说吧。"

老贾先生把众人让进屋，遮挡好门窗点上灯，见都是本村的年轻人，又见人人满身是血，一下呆住了。

"我们打鬼子受了伤，请大爷给治一治。"河桩解释。

"打鬼子？"

"是。我们在北边跟鬼子干了一仗，都受伤了。"

"快让我看看。"老贾先生一边查看，一边哎呀哎呀地惊叫："伤太多了，等我把知达叫起来。"话未落音，小贾先生已披着衣服走进来。

爷儿俩忙活半天，查清了伤情：多数人都是轻伤，没大关系，上些消炎药就行了。铁牛背上挨的那一刀也不要紧，刀口不是太深，换几次药也就好了。只是二愣的胳膊麻烦，子弹虽没留在肉里，却把骨头打断了，没有半年三个月的恢复不了。

"大爷，知达大哥，你们看着治，越快越好。完了，给我们拿点儿药，我们就走，绝不连累你们。"河桩得知大家的伤不太重，放心了，催着爷儿俩赶快治。

老贾先生望望他们："你们走不了。"

"怎么？"

"看看你们这身衣裳，一出门，日本人就知道了。"

众人相互看看，可不是，浑身上下沾满血迹泥污不算，衣裳还被炮弹炸的、刺刀挑的一条一缕的。

"那怎么办？不走更危险。"河桩一时也没了主意。

"我看不如这样，你们先治伤。知达，叫你媳妇也起来，做锅疙瘩汤，让他们热热乎乎吃饱睡一觉。"

"在你这儿睡觉？"众人都露出怀疑的神情。

"你们放心，我这里除去病人，平时不来闲杂人。我的为人想必你们也知道，我赞成抗日，绝不会向着日本人。你们治完伤，吃完饭，就在东厢房睡觉。天明我让老魏到你们各家去，一报平安，二取衣服。等天黑换了衣服再走。在我家，我敢保，出了门，就靠你们自个儿了。"

河桩见老贾先生说得实在，很受感动，就答应住下来。想想，还是不放心，又问老魏是否可靠。

老贾先生边给伤员包扎，边告诉河桩，老魏是贾家的远亲，河南魏家屯人，来贾家十来年了，人很实诚。这次日本兵过河，把他一家六口全都杀光了。一提起日本人，就恨得咬牙切齿，不会出问题。

大家的伤都处理完了，只剩下二愣。老贾先生皱着眉头看了半天，又和儿子悄悄商量，就是迟迟不下手。

河桩问原因。

老贾先生为难地说，贾家祖传医术是专治跌打损伤，正骨是绝招儿。无论是骨折断、骨挫裂、骨错缝儿，还是肌腱拧伤，都是以手法复位，再用秘方配制的大药贴于患处，轻者三五帖即好。重骨折者，凭手法将断茬捋顺，再涂药、上夹板，然后用纱布绑紧，五天一换药，三个月后完好如初，绝无后遗症。他们的疗法属于中医范畴，不动刀剪，只靠手法和膏药。有的红伤也治，但只限刀砍斧剁，不治枪伤。因为枪伤有弹道，子弹穿过时把弹道内的肌肉烧伤了，烧烂的肌肉不清除，伤口永远封不了口。而且子弹打断的骨头和摔断的骨头不一样，摔断的骨头不管什么茬口，都是完整的，好捋顺；子弹打断的骨头是粉碎性的，凭手法不好捋顺，稍有差错就会落下残疾。老贾先生解释完，内疚地说："不是老朽不尽力，实是枪伤须动手术，属于西医范畴。"

大家一听傻了眼。河桩着急地说："看西医得去固安县城。眼下这个形势，去县城不等于送死吗？"扭头看看二愣，近乎哀求地问："大爷，就没有别的办法了？"

"别的办法……"老贾先生欲言又止。

河桩看出似有希望，忙说："大爷，有什么办法，您就直说，只要能治二愣的伤，怎么着都行！"

老贾先生见河桩急成那样，只得下了决心："今儿我就破个例，来个中西医结合。只是伤员的罪得受大点儿。"

二愣对老贾先生支支吾吾的态度早不耐烦了，火暴性子一上来，冲口而出："罪大有多大？有死顶住了！"

老贾先生笑了："这孩子，好大的脾气。我要让你死，还给你治什么？"于是把治法说了。

二愣一听，也笑了："这不就是鼓词里唱的，关公刮骨疗毒吗？行，我也当回关老爷！"

老贾先生让儿子准备刀剪，让二愣躺到诊台上，把受伤的那条胳膊用绳子牢牢绑了，嘴里塞条手巾让二愣咬住。又吩咐河桩几个，做手术时要把二愣摁住，不能乱动。一切准备就绪，小贾先生掌灯，老贾先生执刀，开始做手术。清创口，挖烂肉，接骨茬，涂药，绑夹板，足足用了一顿饭的工夫。二愣疼得死去活来，老贾先生也紧张得出了一身大汗。

收拾完，吃了疙瘩汤，天已过半夜。河桩他们就在东厢房里歇息了。

河桩躺在炕上，好长时间睡不着。回想这半年的经历，就像做梦一样。鬼子的残暴，孙连长、周营长、霍墨斋和众多弟兄的牺牲，尤其是本村几个兄弟的死，都一幕幕浮现在眼前。今后怎么办？去什么地方安身？张卫一走就没了音信，到哪里去找他？河桩越想越烦躁，左右看看，见谁也没有睡着。河桩理解大家的心情，家就在眼前，亲人就在眼前，却不能回去不能见面，而且前途渺茫，谁能睡得安稳？河桩翻来覆去在炕上烙饼，刚有点儿睡意，天已蒙蒙亮了。

听到老贾先生在窗外咳嗽，河桩连忙起来走出屋。看来老贾先生也是一宿没睡，原本清瘦的脸更加瘦削。见河桩出来，老贾先生指指北上房，让他进去，自己去开二门。一会儿，老魏跟着老贾先生走进屋，见了河桩很是惊讶。

老贾先生直截了当对老魏说："大表侄，这些年我一直把你当家里人，什么事也不瞒你，今天这事还不瞒你。河桩带着咱村里的几个年轻人打鬼子，受了伤，昨天夜里来我这儿治伤。他们穿着这身衣服出不了门，想请你到各家去一趟，跟家里报个平安，再拿身换洗的衣裳。"

老魏听了，一把抓住河桩的手："河桩，你们是打鬼子的？太好了。告诉我都是谁家，我马上就去！"

河桩见老魏这么热情，很高兴，就把他带进东厢房："你看，都在这儿呢。这是志刚、二愣、铁牛，这是小强、刘顺、金驹、张保国，还有我，一共八个。都认识吧？"

"认识，认识，就是有的不太熟悉。"老魏连连点头，"我刚来这村的时候，还都是几岁的孩子，眨眼长成能打鬼子的英雄好汉了！"

众人见了老魏也很高兴，大叔长大叔短地叫。

河桩嘱咐老魏："大叔，你一回只能去一家，拿东西回来再去另一家。东西多了，惹人怀疑。再有，告诉各家的人，千万别到贾家来看。"

老魏连连答应。

临出门，河桩又叫住老魏："千万小心，别让李大裤裆和他的腿子们发现，这可是人命关天的大事！"

老魏就笑："看不出你河桩年纪不大，心还挺细。放心，一切包在我身上！"

直直一个上午，老魏才把八个人的家走完了。家人们得知河桩几个人还活着，欣喜若狂，不但让老魏带回来衣服，还带回了贴饼子、糠窝头、馏白薯和咸菜疙瘩，足够吃上三天两日的。有了吃穿，众人的情绪又高涨起来。

中午饭贾家准备得很丰盛，白面烙饼、猪肉炖粉条和鸡蛋香油汤。饭后，舒舒服服躺在炕上睡了一觉。太阳压山，河桩把大家叫起来，商量去向。志刚说："你是队长，你就说吧，我们都听你的。"众人也乱哄哄地附和。

河桩笑笑，也就不客气："我思谋一天了，咱们顺着河堤往东走，出去三四十里，那片村子偏僻，离公路远，鬼子轻易到不了。咱们在那片猫下来，一边按张卫说的发动群众，一边等张卫。张卫已经说咱们是共产党领导的抗日武装了，就不会不管咱们。再说，二愣、铁牛也得有个安定的地脚养伤。"

大家听了，都说好，都夸队长有智谋。

吃完晚饭，河桩带着众人，向老贾先生一家千恩万谢地道别。老贾先生说："你们别客气。我虽然文化不高，也看过一些书，懂得救亡图存的道理。日本人把咱们祸害苦了，你们打日本，往小了说，是为乡亲们报仇，往大了说，就是救中国。我给你们帮点忙，是应当的。"

老魏也说："日本人杀了我全家，这是血海深仇啊！我是年岁大了，跑不动颠不动，要不，我也跟你们走！"

听着这感人的话，河桩心想，张卫说得真对，群众是有抗日热情的，只要搞好统一战线，就不愁打不败小日本。

一行人来到大堤上，望着黑漆漆的村庄，一股惜别之情涌上心头。河桩心一软，低声和志刚商量，是否让大家回家看看。志刚说："我看行。这么长时间没回家，大伙心里早猫抓似的了。"于是河桩告诉大家，鸡一叫还在这儿集合，就四散了。

河桩回到家，一家人乐坏了。亲亲热热说了会儿话，王老奎咳嗽一声："天不早了，该歇息了。河桩一会儿还得走哪。"

老宽两口子会意，忙催河桩柳芽去自己的屋里歇息。柳芽抿嘴笑着，头前走了。

河桩一进门，柳芽就扑过来把他紧紧搂在怀里，狠狠地亲。河桩也把嘴凑上去，极力迎合。好久，两人喘息着躺到炕上，又紧紧搂在一起。许是分离的时间太长了，柳芽显得很饥渴，河桩也很畅快，两人尽情地恩爱，直到瘫软了。缓过劲儿，两人才开始说话。

柳芽说："你走了这么多天，可想死我了。"

河桩："我也想你，做梦都想。"

柳芽说："骗人吧。你要想我，怎么不回来看看？"

河桩说："你傻呀，回得来吗？"

柳芽想想，说："也是。李大裤裆跟疯狗似的，四处搜查共产党、八路军。哎，你是共产党吗？是八路军吗？"

河桩有些羞愧："还不是。别着急，早晚得是。"

柳芽忽然想起一个事儿："那个小桂……"

"别提她，丢人！"柳芽刚说半句，就被河桩吼断了。

"其实，这事也怨不得小桂。'镇北关'那么大势力，她一个女孩子家，能有什么法子？"柳芽反倒同情起小桂。

河桩半天不吭气。

柳芽也就沉默了。

忽然，又一个女人的身影闪现在河桩的眼前，他用手捅捅柳芽："香巧她，怎么样了？"

柳芽把香巧的近况说了。

河桩叹息："这个女人的命太苦啦！"

一声鸡啼响起，河桩连忙爬起身，告别了柳芽，又到爹娘、大爷的窗前说了一声，就匆匆走了。

爬上堤顶，河桩见一间黑黢黢的小屋里露出微光，他立刻认出，那是香巧的小吃店。他想起，炸油条油饼的面是要早早和好醒着的，面醒透了，炸出的油条油饼才香脆好吃。冬天寒冷，醒面需要的时间长，香巧起得也就更早了。河桩悄悄凑过去，从门缝儿里望见了那个娇小的身影。她默默地、手脚麻利地劳作着，显得那样孤单，那样可怜。猛地，香巧一把抓起案板上的菜刀，惊恐地盯着房门。河桩知道自己闹出响动惊吓了她，忙扒着门缝儿低叫："顺嫂子，别怕，是我，河桩！"

香巧手里的菜刀"当啷"一声落在地上，愣一愣，连忙打开门，把河桩一把拉进屋内："老天爷，真的是你？"说着，就抱住了河桩的肩膀。河桩心里一热，也顺势抱住了香巧。香巧浑身颤抖着："这些日子你去哪儿了？可让人揪心死了！"

"我回来看看，马上就走。"

"马上就走？"香巧露出失望，把河桩搂得更紧。

"是，马上就走。再晚就误事了。"

"就不能陪姐多待会儿？"香巧满眼热切，把脸更紧地贴在河桩的脸上。河桩感到快把持不住了，忙从香巧怀里挣脱开，双手扶着她的肩："姐，我看见你好好的，就放心了。姐，你可千万自个儿照顾好自个儿！"

"什么？你，你管我叫姐了？"香巧听到河桩改叫她"姐"了，又说出那么暖心窝子的话，立刻流出眼泪，紧紧抓住河桩的双手不放。

"是。从现在开始，我叫你姐！姐，我走了！"

香巧望着消失在黑暗中的河桩，身子软软地靠在门框上，心里却是热热的。

## 十二

从卢沟桥往下，沿着永定河大堤，有一溜十三铺。这些叫"铺"的村子，据说是明清时期为了防汛，设立的汛铺。早年间，北方地区雨水大，永定河以土筑堤，禁不住巨浪冲刷，经常溃堤决口。为巡视水情，保护堤坝，朝廷便在堤顶上每隔三五里设一个汛铺，派铺兵看守。铺兵不发饷银，每人拨几亩官地自耕自食。铺兵娶妻生子，便在堤下盖房居住。时日久了，子孙繁衍，亲友投靠，有的汛铺就渐渐形成村落，以姓氏命名的，就叫张家铺、李家铺、刘家铺……以里程命名的，就叫五里铺、十里铺……

河桩带队走在堤顶上，混混沌沌的太阳升起老高，可没有丝毫暖意，地上一层霜雪，树上满是树挂，天地间一片雾蒙蒙的白。长时间的奔走，口中呼出的哈气凝结在人们的帽子、眉毛、胡子上，也都是白花花的，只有鼻子是红彤彤的。河桩望着堤下一个村子停下脚："这该是郭家铺吧？我们已经走出了三十里。天太冷，下去讨碗热水喝。"

堤坡的地皮冻得硬邦邦的，霜雪覆在上面像镜子一样滑。河桩刚走了两步，啪一个屁股蹲儿坐在地上。紧接着，身后扑通扑通倒下一片。众人像坐滑梯一样溜到堤根，坐在地上哈哈大笑，只有二愣、铁牛碰疼了伤口，吸溜吸溜直吸冷气。

几个人爬起身，正拍打衣服，一个清脆的声音在耳边响起："不许动！干什么的？"

河桩猛抬头，几支黑洞洞的枪口正指着他们。

河桩急忙拔枪，不想一个头戴狗皮帽子的小个子动作比他还快，一个箭步蹿过来，一手拿枪顶住他的胸口，一手抓住他拔枪的手。河桩心中暗惊，忙撤步抽身，想要摆脱。谁知那小个子却主动放了手，随即叫起来："是你？哎呀，真的是你！"

河桩一愣，盯着小个子仔细看，也恍惚觉得有些面熟。

小个子嘻嘻笑着，扯下狗皮帽子，露出一头黑亮的秀发。

河桩完全认出来了："是你呀！固安……那个红衣姑娘？"

小个子连连点头。

河桩松了一口气，向自己的队员摆摆手。紧张对峙的双方见两个头领这个样子，都收起了枪。

"小妹妹，你叫什么名字？到底是……"河桩望着这几个打扮怪异的人，心里又起了疑。

"我叫洪腊梅，我娘，就是在固安穿绿衣服的人，叫洪玉秀。"

河桩大吃一惊："洪部？"

腊梅仍是笑嘻嘻的："这是我们洪部的地盘，你们不打招呼闯进来，照规矩该缴械。"

河桩愣在原地，一时竟不知怎么办。

腊梅碰碰河桩的胳膊："傻愣着干吗？大冷的天，快进村暖和暖和。"

"这……"河桩回头望着志刚，拿不定主意。

腊梅有些不高兴了："河桩大哥，你是不是看不起我？"

"怎么？你知道我的名字？"河桩更迷惑了。

腊梅得意起来："我不止知道你叫王河桩，还知道你是抗日义勇队的队长！"

河桩半张着嘴，愣愣地看着腊梅。

"想不到吧？是张卫大哥告诉我的。"

"你认识张卫？"河桩惊喜地叫。其他队员也都兴奋起来。

腊梅做出嗔怪的样子："这回放心了吧？走哇，吃不了你！"

腊梅把河桩几个领进一个大院子，五间正房的堂屋里笼着炭盆，红通通地蹿着火苗子。屋里的几个人也都背枪挂刀，一个腰插双枪的精干青年坐在太师椅上喝茶。河桩细看，正是在固安表演场上端着铜锣收钱的那个小伙子。

"大哥。"腊梅朝发愣的小伙子招招手，两人走到屋外。

很快，小伙子满面笑容地走回屋，向河桩伸出双手："兄弟，怪我眼拙，一时没认出来。我叫洪文龙。那回在固安，多谢出手相助。"随即吩咐沏茶，并让人准备饭菜。

吃饭间，河桩观察出洪文龙兄妹很真诚，尤其是他们认识张卫，这使他的戒备之心减轻不少。在洪家兄妹的询问下，河桩就把打鬼子的事说了一遍。洪文龙听了，十分钦佩，腊梅更是兴奋不已："河桩大哥，你们义勇队真是好样的！我也跟你打鬼子！"

洪文龙连忙制止："小孩子家懂得什么，不要乱说！"

腊梅噘起嘴："我怎么不懂？张卫大哥不是说，打鬼子要建立统一战线吗？有钱出钱，有力出力，男女老少都能参加！"

洪文龙无奈地笑笑，对河桩说："兄弟不要笑话，我这个妹妹倒是聪明伶俐，就是被宠坏了，太任性！"

河桩看出兄妹俩的感情很好，也就笑着转了话题："文龙大哥，张卫大哥到这儿来过？"

"来过好几回了，都是来宣传抗日的。我娘见是在固安出手相助的恩人，非常高兴，把他当作贵客。我娘还问起你，张卫大哥说你拉起抗日义勇队，让我们很是敬佩。张卫大哥讲的抗日道理，讲的统一战线，我娘和弟兄们都爱听。两天前又来了，住了一宿，说是去找你们，就又走了。"

河桩听了，心里很不是滋味。霍家营的仗打败了，"联庄会"被打散了，霍墨斋死了，乡亲们受了那么大的损失，自己又只剩下孤零零的这几个人，见了张卫怎么说？

洪文龙见河桩低头不语，便试探着问："河桩兄弟，你们这是要往哪儿去？"

河桩沉默一阵："往北，找张卫去！"他觉得，眼下除了找张卫，已是无路可走了。

洪文龙和腊梅对视一眼，说："河桩兄弟，我有一句话，不知当讲不当讲？"

河桩觉得洪文龙虽是绿林，却是文质彬彬，知情达礼，没有一般土匪的那种野蛮豪横，心中很是有好感，见他如此说，忙笑道："洪大哥不必客气，有话尽管说。"

洪文龙环顾了一下河桩的队员："兄弟恕我直言，你们眼下这个样子，人人带伤，少吃没喝，又是天寒地冻的时节，到哪儿都是难。近些日子，不少村子住了保安团，有的还有警察分驻所，你们进不了村就让人家发现了。依我看，你们不如先住下，歇息歇息。这一带十几个村镇都是我们的地盘，没有特殊情况，日本人不敢来。张大哥说是去找你们，找不着，自然会回到这儿。"

腊梅也极力撺掇河桩留下来。

河桩不得不承认洪文龙说的确是实情，他们到这边来，就是为找落脚的地方。可洪部到底是土匪，住在这儿合适吗？

洪文龙看出河桩的心思，爽快地说："河桩兄弟顾忌我们是土匪吧？我们是土匪不假，可土匪跟土匪不同。别的土匪不论穷富，见钱就抢，残害百姓。我们却分贫富、善恶，只抢作恶害人的大户。再说，我爹是被日本人害死的，我们跟日本人有解不开的仇疙瘩，我们也是抗日的。要不，张卫能相信我们？"

河桩听洪文龙把话说到这个份儿上，再拒绝就不通情理了，再说也实在是没有地方可去，也就顺坡下驴："既是洪大哥如此仗义，我们再客气就显得见外了。好，我们听洪大哥安排。"

洪文龙高兴了："这就对了。以前你帮我，现在我帮你，人在江湖，讲的就是个'义'字！"

腊梅更是兴奋："河桩大哥留下来，得教我武艺！"

河桩说："你一身轻功，还用我教？"

"那都是柔的、软的，我要学真杀实砍的硬功夫！"

说话间，河桩提出拜见老太太。洪文龙告诉河桩，洪部共分三个队，他带二队驻郭家铺，弟弟洪文虎带三队驻宋村，老太太亲自带一队驻南辛庄，算是总部。腊梅没有具体职务，通常陪伴老太太，老太太如要议事或有秘密指令，就派腊梅到两个队送信。

腊梅似乎对这样的介绍不满意："大哥就是看不起人。娘还让我察看你们干不干坏事，谁干了坏事，按军法治罪。我是督察长！"说得众人都笑了。

洪文龙又说："我娘现在没在南辛庄，去周家铺给'快马张三'说媳妇去了。"

"说媳妇？""河桩觉得不可思议，土匪大当家还干保媒拉纤的事？

洪文龙也笑着摇头："别看我娘是大当家，没事的时候，纯粹就是一个热心肠的农村老太太。周围这些村子，谁家娶媳妇嫁闺女，她送礼；谁家娘生孩儿满月，她送粥米、鸡蛋；看见年轻寡妇太孤苦，就开导人家改嫁，给人家找爷们儿；见到哪个光棍老实本分，就上赶着给张罗媳妇。嘿，这几年经她撮合成亲的就有七八对儿。这个'快马张三'，和我爹娘是师兄弟，是我师叔。年轻时候，马上功夫着实了得，才得了这个绰号。只是相貌差点儿，人又木讷，一直也没成上个亲。我爹死后，我娘拉起杆子。'快马张三'跟着我娘，鞍前马后，忠心耿耿，我娘一心想给他说个媳妇。这不，前天听人说周家铺有个寡妇，带着个孩子守了三四年，日子过得挺苦，今儿吃完早饭就跑去了。"

河桩听着洪文龙的述说，心里不住暗想，一个土匪头子，能有这样的善心，看来平时也不会做太大的恶事。张卫大哥说得对，这样的绿林武装是可以团结抗日的。

午饭过后，河桩催着去见洪玉秀。河桩自有他的用意，他觉得，只有见到洪老太太，才能最后决定去留。再一个他想早点儿看看这位大当家的庐山真面目。虽然在固安见过一面，但那是演艺场上的演员形象，演员的形象和洪部大当家的风采，那可是差着十万八千里呢。

洪文龙喊来副队长赵彪，吩咐了一些防范上的事，便和腊梅领着河桩他们奔了南辛庄。郭家铺离南辛庄不过七八里路，两袋烟的工夫就到了。村口站岗的见了洪文龙，连忙打招呼。

南辛庄很大，足有六七百户人家。村子四周围着高高的土壤，土壤上下长满密匝匝的酸枣棵子，形成天然屏障，就是猪狗也难以钻过。街心有个打麦场，不少人在练功。河桩他们便站住脚观看。只见有人在抢枪劈刀，有人在下腰劈叉，还有人在用飞抓、长木杆练习翻墙上房，仍不失马戏杂技的路子。腊梅也来了兴致，又想在河桩面前显示本领，就甩掉皮袄皮帽，跑进场中翻起跟头。

洪文龙见河桩他们看得认真，就在旁解释："吃我们这碗饭的，要的是身手敏捷，能爬高蹿低。所以这些功夫、技巧天天得练。"

河桩点头称赞："功夫确是了得。要是这些功夫和射击、投弹相结合，那打起仗来可就如虎添翼了。"

洪文龙呵呵地笑："枪弹我们有，还很精良呢。刚起事的时候，确实挺差劲，除去大刀长矛，就是打兔子的火枪、大抬杆儿。后来有了钱，买了一部分快枪，又从财主家里抄来一些，就有点儿模样了。南苑失守，国军溃逃，我们从散兵手里可捡足了'洋落儿'。你看，我们还有两挺机枪哪！"

河桩顺着洪文龙的手指看去，在土场角上，果然支着两挺机关枪，几个壮大小伙子在起立卧倒的训练。正看着，腊梅一串跟头翻过来，到了众人面前，一个高翻，稳稳落在地上。

"别逞能了。"洪文龙疼爱地笑瞪腊梅一眼，走向街旁的大门，"老太太回来了吗？"

站岗的忙答："回大少当家的话，大当家还没回来。"

洪文龙向河桩伸伸手，领头进了大门。

这是一座宽敞的四合院，很深，前后三进，两旁还有跨院，雕花门楼、廊子虽已破旧，仍能看出当年的气派。

洪文龙边走边向河桩等人介绍："这座院子原是段家的。段家祖上在外地做官，发了财就在老家盖了这座宅子，人称'段百万'。富贵人家爱出败家子，几代子孙吃喝嫖赌抽，就把祖宗辛辛苦苦攒下的家业踢蹬光了，先去土地，后卖房子。北平城里一个富商想在乡下休闲，就买下了。不想树大招风，经常被官府勒索，被过往的军队骚扰，遭大小盗贼抢夺，闹得富商日夜不宁。听说我们要买个大院子落脚，这富商就托人说合，卖给了我们。"

众人走到最后一进北上房门口，一位头戴毡帽，身穿皮袍的中年男人迎了出来："大少当家，这是哪路的朋友？"

洪文龙亲热地叫声"师叔"，告诉河桩："这是郑师爷，也是我娘的师弟。"又对郑师爷说："您不是听张卫说过抗日义勇队吗？他们就是，这就是王河桩王队长！"

郑师爷连连拱手："敝人郑俊杰。久仰抗日义勇队的英雄壮举，钦佩之至。快快请进！"

河桩暗暗佩服张卫的宣传能力，抗日义勇队打鬼子的事，不知不觉间，已被传得神乎其神了。

天近傍晚，院里响起一声喊叫："大当家的回来了！"

洪文龙领头迎出屋子，其他人纷纷起身跟在后面。

一位年近五十岁、中等身材的女人从外而入，边走边笑哈哈地说："听说来贵客了？"

河桩见这位洪大当家头上戴顶黑皮帽，身上一套黑袄裤，脚下一双黑面软底靴。俗话说："要说俏，一身孝；要说精，一身青。"这身打扮，果然使人显得精干、俏实。尤其是那张脸，虽已略显皱纹，却仍光洁水润，明亮的眼睛里此时也满是欢乐的笑意。河桩有点儿发懵，眼前这位年轻的"老太太"，如果硬说和固安的绿衣女子是同一个人，还能找出些相似之处，要说她就是那个杀人不眨眼的土匪头子，打死也不敢相信。

就在河桩愣怔的时候，为母亲抱着羊羔皮袄的腊梅指着河桩叫了："娘，他就是在固安帮我们、拉队伍打鬼子的河桩大哥！"洪老太太快步走上前，亲热地拉住河桩的手，连连摇晃："大兄弟，可把你盼来了！固安一别，我们经常念叨你。"

河桩也连忙说："大当家的英名早有耳闻，大当家的武功更是让人佩服。"

洪老太太满脸溢笑，拉着河桩走进屋内。

众人喝着茶，洪老太太又把感谢、敬佩的话说了一遍，然后叹口气："河桩兄弟可能早就听说了，我们是土匪。可我们走这条路，也是迫不得已。唉，一言难尽啊，大兄弟不要笑话。"

洪玉秀也不是本地人，老家在河北吴桥。吴桥是杂技之乡，以杂技糊口的人很多，洪玉秀的父亲洪钻天就是当地一个有名的班主。在一次外出卖艺时，遇到一个饿倒在路边的小男孩。见小孩实在可怜，洪钻天便把他抱上戏箱车，拉回家中。经过询问，得知小男孩叫剩子，刚刚八岁，李家务人，父母双亡，已流浪一年多。洪钻天见小孩虽然黑瘦，却聪明伶俐，很是喜欢，自己膝下无子，正好收为螟蛉。于是便问愿不愿练杂技，愿不愿给他做儿子。小剩子冻饿怕了，现在有人收留，哪能不愿意？连连点头。洪钻天便托出两个有头有脸的人物，一同来到李家务，和李家族人说妥，立下字据，回来就大办认子喜宴，当场给剩子取名洪玉山。

洪玉山是穷人家孩子，又经过流浪，什么苦吃不得？练功练得眼泪哗哗的，硬咬着牙一声不吭，看得洪钻天都感动得不得了，把全身的玩意儿都传给他。在洪玉山十六岁，洪玉秀十五岁的时候，洪钻天决定撮合两个孩子的婚事。洪玉山和洪玉秀既是兄妹，又是师兄妹，八年的耳鬓厮磨，早已暗生情愫，父亲的提议正好成全了他们，洪钻天便为两个孩子办了喜事。一家人虽然仍是为了生活辛苦奔波，却也其乐融融。谁知好景不长，风云突变。八国联军侵占天津，攻击北京。清朝政府软弱无能，中国人民不甘受辱，兴起了反帝反清的义和团运动。义和团从山东蔓延到河北，洪钻天挺身加入，在攻打廊坊火车站时中弹身亡。父亲为国捐躯，母亲也因悲伤过度而亡，生活的重担落在两个年轻人的肩上。两人都是要强的性格，决心重振洪家班。一晃三十年过去，两人恩恩爱爱，有了三个孩子。三个孩子都是从小训练，长大后各种功夫、玩意儿不亚于父母。长年四处奔波，辛苦自不必说，手头却也小有积蓄。两口子是有心人，觉得身上光有好玩意儿不行，眼里还得识字，只有这样才能应付各种场合。于是便请了位老私塾先生，训练、演出之余教众人读书认字。洪家班这就与别的班子有了不同，大人小孩都粗通文墨，说起话来文质彬彬。谁想这时，洪玉山竟沾染上赌博的恶习。开始时洪玉秀没有在意，觉得丈夫这些年太辛苦了，偶尔摸把小牌放松放松也没什么。等看到他越赌越大，越赌越勤，再想阻拦已经来不及了。此时的洪玉山不仅在本村赌本镇赌，还约人搭伴到外地赌，杂技班就扔给洪玉秀一个人料理。有时半年挣的钱，被他三两夜就输光了。五年前，洪玉山得知一个从天津来的日本商人来榆垡聚赌，就骑马赶去了。那一夜洪玉山手气极好，赢得日本商人满头冒汗浑身颤抖，其他几个人也输了不少。日本商人见扳本无望，就提议喝酒休息。喝酒间，几个人合伙把洪玉山灌醉，用绳子勒死，分了他的钱和马，又把尸体扔到镇外。第二天，洪玉秀见丈夫总不回来，放心不下，让大儿子洪文龙来找。洪文龙来到榆垡时，赌场早已人散屋空，父亲不见踪影。洪文龙回报母亲，洪玉秀慌了，带领全班人马来到榆垡，千寻万找，最后在树行子里找到了洪玉山的尸首。洪玉秀强忍悲痛把尸首拉回家，入殓发丧。洪玉秀是刚烈之人，决计找出凶手，为丈夫报仇。几经查访，真相大白。参与杀害洪玉山的，除去那个日本商人，还有翁庄屯开杂货铺的翁老三、开屠宰场的翁老五和固安县城里的商会会长汪静仁。日本商人就是汪静仁引来的。一个月黑风高之夜，洪玉秀带着两个儿子和师弟"快马张三"、郑俊杰，来到翁庄屯，翻墙跳入翁老三家，从被窝里掏出翁老三。翁老三参与杀害洪玉山也是酒仗怂人胆，今儿一见这阵势，早吓得魂飞天外，不等细问，就一股脑儿全招了。洪玉秀恨得红了眼，一刀捅进翁老三的心窝，再一刀割下脑袋。然后到翁老五家，洪玉山的那匹马竟然就在棚子里拴着。见马如见人，洪玉秀恨从心头起，同样割下了翁老五的脑袋。全班人马把两颗人头放到洪玉山坟前，焚香祭奠班主。事后众人商议，连伤二命，官府绝不会放过，不如干脆拉杆子起事。并在洪玉山坟前发誓，永远不忘另两个凶手，有机会就要追命报仇。初拉杆子时，艰难和危险自不必说，没吃没喝四处游魂，走到哪儿抢到哪儿，既要逃躲官府的剿捕，又要提防别的绺子的吞并。在永清、固安、廊坊、大兴一带转悠了一两年，抢了几个富商大户，买了不少好枪，壮大了实力，才在南辛庄落下脚，有了自己的地盘。这些年，洪玉秀一直没有忘记报仇，那次在固安，就是以演出为掩护，准备夜间潜入汪静仁家搞刺杀，不想叫"镇北关"搅了局。

河桩等人听了洪玉秀的述说，都为她的不幸遭遇叹息，一时都没了话。

沉默了一会儿，河桩看着洪玉秀说："自古就是逼上梁山，谁家有好日子过愿意上山落草？洪大当家快意情仇深让我们敬佩。眼下日本人烧杀淫掠，光在京南这块土地上就杀了成百上千的人，烧的房子就没数了。不把日本鬼子打跑，老百姓就没有好日子过。"

洪玉秀点头："大兄弟说的我懂，张卫来也给我讲这些道理。我们虽然是杆子，可跟别的绺子不同，我们不祸害老百姓，还保护地盘内老百姓的平安。现在日本鬼子祸害中国，祸害老百姓，别说我跟日本人有仇，就是没仇，也不会袖手旁观。我已经跟张卫说了，要跟着他打鬼子！"

河桩高兴地说："洪大当家说得太好了。我们也跟着张卫打鬼子。咱们一起干！"

说着话，天色暗下来。洪玉秀吩咐里外掌灯，大摆宴席，为河桩等人接风。

　　吃完饭，洪玉秀正与河桩闲话，一个弟兄进来报告：张卫先生来了。

　　河桩一听，大喜过望。这些天他们就像失去母亲的孩子，没着没落的。张大哥来了，他们就有主心骨了。

　　洪玉秀也很高兴，忙起身迎出去。

　　张卫是被一个年轻人搀进来的，形象很是狼狈。他浑身沾满泥污，棉衣撕开不少口子，露出不是很白的棉花。头发乱蓬蓬的，沾着草叶、苍耳籽。左腿一瘸一拐，上半身几乎完全靠在那个年轻人身上，才能勉强走路。

　　众人很是吃惊，纷纷询问出了什么事。

　　张卫被扶坐在椅子上，先喝了一碗水，又把那个年轻人介绍给大家："这是我的朋友李斌。"这才讲了事情的经过。

　　张卫这次从南边回来，同行的还有李斌。过了永定河，李斌另有任务，两人约好见面的时间地点，就分开了。张卫来到南辛庄，向洪部再一次作了抗日宣传，便起身去霍家营找河桩。刚走到半路，就得到联庄会失败的消息。他心急如焚，急急赶到霍家营，只见整个村子房倒屋塌，一些未燃尽的木架还冒着缕缕青烟，烟尘味、血腥味熏得人透不过气。张卫在村里悄悄查看了半天，才在一个破房角落里找到个老头。老头一边翻捡破烂，一边喃喃地骂。张卫的突然出现，吓了老头一跳，他哈着腰，扠挲着两只脏手，混浊的眼里露出惊恐的光。张卫见把老头吓成这样，心里很不落忍，忙和颜悦色地向他解释是来找人的。老头听说是来找霍墨斋的，瘦弱的身子筛糠似的抖动起来："死啦，都死啦！死的人海了去啦！"说着，两行老泪顺着花白胡子滴在破棉袄的大襟上。张卫强忍悲痛，又问知不知道一个叫河桩的人，老头摇摇头，蹒蹒跚跚地走了。张卫把村子转了个遍，又找到几个人，还是没打听到河桩和义勇队的消息。张卫没办法，又到附近的村子寻找。饿了，啃几口冻得硬邦邦的棒子面饼子；渴了，找个老乡家要碗水喝；夜晚，就钻进柴草堆里偎一宿。两天过去，消息没打听到，张卫倒快变成叫花子了。眼看到了和李斌接头的时间，张卫只好放弃寻找，到一个叫冯庄的村外等候李斌。两人碰头后，沟通了一下情况，张卫决定先回南辛庄。联庄会失败了，河桩的义勇队打散了，洪部再巩固不住，那这么长时间的工作就白干了。

两人走走说说，来到一片杂树林子跟前，猛然听到一声吆喝："干什么的？站住！"

两人一惊，忙抬头。此时太阳已落山，昏暗的天光下，影影绰绰见树后站着几个拿枪的人。

李斌捅捅张卫："是不是河桩的义勇队？"

张卫摇头："别忙，看看再说。"

"他娘的，你们俩瞎嘀咕什么？到底是干嘛的？不说，老子开枪了！"

张卫对李斌说声："不是河桩他们。"然后朝树林里喊："我们是过路的！"

"过路的？留下买路钱！"

"坏了，遇上土匪了！"两人一下紧张起来，连忙往后退。

"他娘的，不许动！"树林里响起拉枪栓的声音。

"我们是穷百姓，没有钱！"两人喊着，往后退得更快。

"我让你跑！"随着一声枪响，树林里的人涌了出来。

两人见状，撒腿就跑，飞快跳进一条深沟。

身后的枪声紧追过来。

两人爬在沟帮上："不打不行了！"两支匣子枪先后开了火，打得那几个人忙又退回树林。

两人趁着天黑，钻进乱树棵子，不顾荆棘剐衣服划脸，跳沟跨坎，往南辛庄紧跑。在跨一条深沟时，张卫脚下一绊，跌进沟里，崴了脚脖子。初时还感觉不到怎么疼，一会儿就疼得脚不能沾地了，只得靠李斌搀着一步一步往前挪。

张卫说完，洪玉秀忙叫郑俊杰给张卫看脚伤。杂技节目很多是高难动作，演出时免不了磕伤扭伤，团里不少人都懂点儿推拿术，轻微小伤可以自疗自治。郑俊杰让张卫脱掉鞋，见脚脖子已肿得馒头一般。郑俊杰把脚抱在怀里，捏捏捋捋，说不碍事，只是扭了筋，敷点儿药，再吃几粒跌打丸，三五天就能恢复。众人这才松口气。

洪玉秀在屋地上慢慢转着圈子："这是些什么人呢？"突然停脚问张卫："你们遇到那伙人的地方是哪儿？"

张卫望望李斌："我们对这一带不是很熟悉，好像离宋庄不太远。"

"离宋庄不远？那是我们的地盘呀，哪个绺子不懂规矩，敢到我的地盘做买卖？文虎呢？怎么也不来通个消息？"

话未落地，门外有人搭了茬儿："娘，我来了。"随着话音，一个腰插短枪，手提马鞭的年轻人撩开门帘走进屋子。

河桩等人抬头望去，见这个年轻人也就二十岁出头，身材高大，脸庞却长得像姑娘一样清秀。年轻人见屋里有这么多陌生人，心中诧异，站在门口不动了。

洪玉秀拉过年轻人："这是我的二儿子，洪文虎。"又把河桩等人介绍给他。文虎脸上这才露出笑容，连连向众人拱手。

洪玉秀问文虎："宋庄附近的枪声怎么回事？"

"我就是为这事来的。今儿天傍黑，宋庄村北杂树林里响起枪声，我想谁吃了熊心豹子胆，敢在咱们的地盘里胡作？就带着弟兄们去看，可天太黑了，什么也没看到。我怕要有什么事，就给您报信来了。"

洪玉秀皱着眉头纳闷："这到底是些什么人？过路的散兵游勇？还是新起的绺子？"

洪玉秀的话提醒了洪文虎："会不会是刘各庄郑新那伙人？日本人来了以后，郑新就拉起二三十人。新起的绺子不懂绿林规矩，走到哪儿就吃到哪儿呗。"

洪玉秀立即作出决断："文龙，你马上回郭家铺。文虎，你也回宋庄。告诉弟兄们，要严加防范。记住，不管哪路的，都不许在咱的地盘里胡闹！还有，文虎你天明再派人打探打探，看看究竟是怎么回事。"

两人答应着，转身走了。

夜深了，洪玉秀告辞："张大兄弟，王大兄弟，天不早了，都安歇了吧。村东头有座闲院儿，我已经让人打扫了房子，准备了铺盖，炕也烧热了，你们这十来个人住宽宽绰绰。明天我再找个厨子，单给你们立个伙房。你们就踏踏实实地住着，没人敢撵你们。"张卫、河桩道了谢，由郑俊杰郑师爷领到住地。

这是用土墙头围起来的一个独立小院，推开门楼的木板门，里面是三间北房，一明两暗，东西两间都有炕，每条炕上能睡七八个人。河桩把队员们安排在西间，布置了岗哨，和张卫、李斌来到东间，躺到炕上谈话。河桩先报告了霍家营保卫战失败的经过。张卫叹息说："这次的损失太大了，这对民众的抗日热情是一个打击。不过，也让鬼子知道知道，中国人不好欺负。"

河桩问："我们今后怎么办？不能总是无根芊蓬乱飘吧？"

张卫说："兄弟别急。我这次来，就是奉上级指示，来解决你们的问题的。可惜，霍墨斋牺牲了，不然，好好培养培养，也会是个很优秀的干部。"

河桩忙问怎么个解决法，张卫坐起身："反正也睡不着，干脆把大家都叫过来，我给讲讲。"

原来，这几个月形势发生了很大变化。日寇凭借强大兵力，将战争推进得很快，不仅侵占了整个河北，而且侵占了华北大部。中共中央决定，八路军深入敌后，放手发动群众，开展独立自主的游击战争，创建敌后根据地。最近成立了冀中区党委、冀中行政公署和冀中军区，吕正操任冀中行署主任兼冀中军区司令员。吕正操是辽宁海城人，原为东北军53军的一名团长，1937年初加入共产党，曾为保卫永定河与日寇作战。日军突破永定河后，国民党军队一溃千里。53军军长万福麟为保存实力，也带领部队一路南撤。吕正操觉得南撤没有出路，只有北上才能救亡图存，于是通过部队中的地下党员，向士兵宣传抗日道理。吕正操部队中的士兵大多是东北人，都愿意打回老家去，抗日热情十分高涨。部队撤到晋县小樵镇时，遵照中共中央北方局的指示，进行了改编，组建成人民自卫军，吕正操任司令员。冀中行署、军区建立后，划定平津保三角地区为冀中军区第五军分区，组建了中共冀中第五地区特别委员会，简称五地委，辖宛平、大兴、固安、永清、霸县、安次等十几个县。为发动群众抗日，扩大共产党八路军的影响，五地委决定巩固根据地，扩大游击区，派出武装力量和大批干部到永定河两岸，打击敌人，建立政权。张卫是军分区敌工部副部长，负责发动、组织、领导永定河两岸的各类地方武装抗日。五地委和军分区对河桩的抗日义勇队很重视，决定授予八路军平南游击队番号，河桩为队长，志刚为副队长，坚持永定河两岸的抗日斗争。

大家听了，都高兴得跳起来。河桩眼里闪着泪花说："这下好了，我们总算有家了！"

张卫也很激动："从现在起，你们就真正是共产党领导下的八路军战士了，我们就是一条战壕的革命同志了。我们要在党的领导下，紧紧依靠群众，壮大力量，团结各类抗日武装，在永定河两岸开展游击战争，建立我们的政权，建立我们的根据地！"又指着李斌说："党派李斌同志任固安抗日十一区区长，十一区包括永定河北二十六个村庄。由于十一区目前还没建立抗日民主政权，李斌同志暂时兼任平南游击队的政治指导员，随队活动，边打游击边建立村镇政权。请大家记住，李斌同志的区长暂时还是秘密的，要注意保密。"

二愣问："在洪老太太面前也不能说吗？"

张卫思考了一下，说："按目前的情况看，还是先不公开。这样，对他们好，对咱们也好。"

河桩问："我们就住在这儿？"

张卫点点头："目前只好这样。洪老太太对你印象很好，洪家兄妹也很敬重你，我又来过几次，谈得很融洽，洪老太太答应和我们联合，共同抗日。我想，在这样的情况下，咱们在这儿住一段日子，是可以的。等我们打开局面，建立起政权，一切走上正轨，自然就离开了。请同志们注意，我们在这儿只是吃住、养伤、训练，洪部内部的事不要插手，要和他们搞好团结。同时要积极主动打击鬼子和敌伪势力，铲除汉奸恶霸，给群众的抗日活动创造广阔空间，尽快建立起抗日游击区。这些活动必要时可以联合洪部一起干，使他们经受锻炼。"

## 十四

　　眨眼间严冬过去，春天来了。农谚说，七九河开，八九燕来，九九加一九，耕牛遍地走。早春的天气虽然夜里还冷，但中午的阳光却是暖暖的了。墙脚背阴坚挺了好久的残雪，被阳光一照，便化成了水，汇成一股股小小的细流，淙淙地流向低洼处。瑟缩了一冬的鸡鸭欢天喜地跑出来，在水洼里乱啄乱刨。偶尔，一只两只早来的燕子落在水洼边，剪刀般的尾巴一撅一撅的，叼起黏软的稀泥去屋檐下筑巢。勤快的农人也忙活起来，有的捣粪，有的修理犁杖，有的赶集上店淘换籽种，一年最忙累的春耕春播就要开始了。

　　平南游击队经过几个月的紧张工作，也取得了很大成绩。河桩他们在李斌的带领下，趁着冬闲，走村串户发动群众，十一区二十六个村庄已有十几个建了政，设立了"堡垒户"，基础好的村子还成立了游击小组。游击队本身也有所壮大，发展到二十多人。河桩把新队员留在南辛庄，让二愣、铁牛边养伤边训练他们。老队员分成两组，一组自己带领，一组李斌带领，夜里潜入各村开展工作。一天夜里，河桩带领队员来到河沿儿村，先看望了大爷王老奎，然后叫上大爷来到自己家。一家人坐在一起，听河桩讲抗战形势，又讲了自己现在的工作。一家人听说河桩成了正式的八路军，都很高兴。王老奎说："小子，你眼下是真正的军人了，就得为国为民，杀敌立功！"

　　柳芽羡慕地看着河桩："你还真行。我也跟你去，也当八路军！"

　　河桩娘吃惊得张大嘴："哎哟，你一个新大姐，怎么能去当兵？你以为你是穆桂英呀？"说得大家都笑了。

河桩也笑着说："现在环境还艰苦，带着个女的怎么弄？你要想干事，就在村里发动妇女做军衣军鞋，这也是支援抗战呀！"

王老奎呵呵地笑："这样好。男人在前边打仗，女人在后边做衣做饭，保证冻饿不着你们！"

河桩说起建政的事，王老奎说："你当八路军打鬼子，咱们家里人也不能往后出溜。你要是不嫌大伯上了年纪，我来出这个头，跟鬼子、李大裤裆对着干！"

河桩感激地看着老奎，眼里泛出星星泪花，他为有这样的大爷而骄傲："大爷，谁敢欺负你年老？真要动起手来，三两个小伙子也近不了你的身。有你牵头，河沿儿的工作就好办了。"

王老宽也激动起来："河桩，你说你爹能干点儿什么？"

老奎不等河桩说话，就抢过话头："你呀，半辈子就没想过世面上的事，只知道低着脑袋傻干活。你还是好好过日子吧。"老奎不是看不起自己的兄弟，其实是有点儿私心，他知道这是掉脑袋的事，如果发生意外，自己一个老光棍子，死就死了，兄弟可是一大家子人呢！

河桩娘没意会到大伯哥的心思，却同意大伯哥的看法："是啊，大哥说得对，你老实得三脚踢不出个响屁，还是踏实儿地种地、做你的小买卖吧。"

王老宽有些恼怒，又有些委屈："你们都有个事儿干，就我没着没落的，我就那么废物？"

河桩看父亲伤心的样子，心里很不是滋味。猛地想起娘刚才说的话，眼睛一下亮了："爹，看你说的，谁说你废物了？我这儿正有个好工作给你留着哪。你就给我们跑交通吧。"

"跑交通？那是个什么差事？"

"跑交通就是送信，传递情报。这得是牢靠的人，一走风，就要出大事。"

王老宽高兴了："这事我行，周围村子我都熟悉。再者说，我能把自个儿的儿子出卖了？"

王老宽平时拾掇完那几亩沙地，就挑着担子做小买卖，瓜季贩瓜，梨季贩梨，冬天就趸点儿花生、瓜子、冰糖葫芦，走街串巷，追集赶庙，方圆几十个村镇都跑遍了。

王老奎也觉得这事适合弟弟干："照河桩一说，这跑交通真是事关重大，人命关天，不亲不近、不知根知底的，还真不敢委派。特别是老二干的营生，是挺好的掩护。"

老宽见大家认可了自己，就憨厚地笑笑，不再言语。

当夜，河桩请爹和大爷找来几个靠得住的人，酝酿了多半宿，建立起河沿儿村政权，王老奎为抗日村长，农会主任是给李大裤裆扛长活的姜海，工会主席是徐水生，柳芽当了妇救会主任。

正事办完，河桩想起一件事，问水生："水生叔，把鬼子的坦克引进'王八坑'的事，是谁干的？"

水生冷不防河桩问起这事，不由一愣，一时不知说什么好。

河桩见水生犹疑，就开导说："我也是听别人背地里叨咕的。打鬼子是好事，一辆坦克值多少钱哪！今天这里没外人，说出来让大家学习学习。"

水生觉得河桩说得有道理，就把那事从头到尾说了。

虽然不少人早就怀疑水生，可当水生亲口说出来，还是惊了个大眼瞪小眼。大家望着这个瘦弱的汉子，心里充满了敬佩。

王老奎连连拍着水生的肩膀："兄弟，好样的！真是蔫人出豹子，蔫人出豹子呀！"

河桩也高兴地拉住水生的手："水生叔，中国人要都像你这样，小日本就跳腾不了几天。我一定向上级报告，为你请功！"

水生活了四十年，在众人眼里从没干过出彩的事，今天被大家这么夸奖，竟有些不好意思了。

河桩接着说："水生叔，船工们是风里浪里挣卖命钱的人，都是不怕死的汉子。你现在是工会主席了，要发动、领导他们，为抗日多做些事。"

水生连连点头："大侄子你放心，那些船工大多是和我过命的兄弟，有事的时候，他们会听我的。"

王老奎突然想起一件事："河桩，你们能不能想个法子把堤顶上的炮楼拔喽？这个炮楼虽说离渡口有一里地远，可它居高临下，整个村子都罩在它的眼皮子底下，咱们干起事来太不方便。"

"对。这个炮楼立在那儿，就像一座山压在头顶上，心里总是沉甸甸的。要是炸了它，李大裤裆没了主心骨，也就不敢那么张狂了。"姜海随声附和。

河桩想了想，说："这个想法好。拔掉炮楼，一来可以给我们开展工作扫清障碍；二来也让小鬼子看看，中国人不是好欺负的，同时也给李大裤裆这些汉奸走狗一个震慑。不过，这是件大事，我得回去向上级汇报，研究个打法。"又对姜海说："姜大哥，李大裤裆不是让你给炮楼里送面送菜吗？你留点心，把鬼子的人数、武器和活动规律摸清。咱们不打是不打，要打就必须成功！"

几个人越说越兴奋，直说到鸡叫三遍，河桩才带上队员，悄悄撤出村子。

后来，柳芽找了几个要好的女伴开小会，商量成立妇救会，其中有香巧。香巧得知河桩回过村，还让柳芽当了妇救会主任，却没和她见面，心里很不是滋味，觉得河桩看不起她。生了几天闷气，还是憋不住，找柳芽提出也想干点儿具体事。柳芽向河桩说了，河桩又说给李斌。两人觉得很需要一些消息灵通的人通风报信，香巧长年在渡口，认识的人多，接触的人杂，容易探听到各种信息，小吃店也是个很好的联络点，本人又有积极性，便委任她为联络员，有事向老奎、老宽通报。香巧很高兴地答应了。

这天，河桩带着小强和金驹在黑堡村开了一宿会，天傍亮撤出村子准备回南辛庄休息。走上永定河大堤，太阳已露出地面。河边的春天充溢着丰沛的水汽，复苏土地的腐腥味和早开的各种野花的香味，飘飘荡荡弥漫在清凉的空气中，连初升的太阳都显得湿漉漉的。望着老柳垂下的绿枝，望着堤坡里外软茸茸的嫩草，一宿未睡的人们不但毫无倦意，反而精神抖擞。小强让金驹给拿着枪，猛跑几步，一连气翻出一串跟头。河桩深吸几口清新空气，扩了扩胸，说："再过几个月，高杆儿庄稼一起来，这一带就更是咱们的天下了。"

金驹说："只是那几个有炮楼的村子碍手碍脚的，要不，咱们的游击区就连成一片了。"

河桩深有同感，这几个有炮楼的村子进不去不说，到别的村去还得绕道走。他想回去和李斌商量一下，拔掉这几个钉子。在他沉思的时候，远处隐约传来呼喊声。抬头一看，离河堤一里多远的马家屯炮楼上，几个穿黄军装的保安团正朝着他们喊叫。金驹调皮地把双手拢在嘴边，噢噢地回应。喊声未断，炮楼上啪的一枪打过来。金驹拔枪大骂："好兔崽子，还来真的了！"小强也做好战斗准备。

河桩观察了一阵，见炮楼的吊桥放下，二三十个保安团连喊带叫地冲过来。河桩觉得敌我力量太悬殊，就拦住说："先不招惹他们，等有机会再干掉它！"三个人跳下堤坝坡，隐着身子猛跑一阵，甩掉了敌人。

走进南辛庄，铁牛带着新队员在土场上训练，二愣和洪部的几个弟兄在摆弄机枪。见队长回来，队员们都围过来。铁牛报告说，他和二愣的伤已好得差不多了，新队员也都学会打枪，可以参加行动了。二愣说，他已会打机枪了，将来得弄挺机枪使使。又告诉河桩，张卫和李斌都回来了，正在屋里睡觉。河桩一听，忙向独立小院走去。

刚推开院门，李斌、张卫就从屋里迎出来。这几天李斌到固安县委开会，张卫则到军分区领受任务。几天没见，三个人亲热得不得了。寒暄过后，河桩问二人："你们怎么碰到一块儿了？"

"我们哪能碰到一块儿？是前后脚回来的。"张卫亲切地看着河桩，"听李斌同志说，你们这段工作取得了很大成绩，说说，遇到困难没有？"

"困难哪能没有？"河桩直截了当，"五个有炮楼的村子进不去，尤其是河沿儿渡口上的炮楼，简直就是卡在嗓子眼儿里的钉子，隔断了我们的南北通道。再有就是那个大地主谢麻子，他控制的谢家铺不许我们沾边儿。有这六个村子在中间掺和着，我们的游击区就连不成一片，活动起来很麻烦。我们刚才回来的时候，就遭到马家屯炮楼上保安团的追击。"

张卫、李斌忙问："有损失没有？"

"损失倒没有，就是憋气。真他娘想打一家伙！"

"好！"张卫一拍河桩的肩膀，"你和上级想到一块儿去了。你没回来前我已和李斌同志说了，五地委根据目前的形势，决定派主力部队挺进永定河北，以武装配合地方建政，为此组建了北上支队，由我担任队长。因为河北靠近北平，敌人力量强大，北上支队暂时在河南边活动，需要时随时可以拉过来。平南游击队现在的任务是搞好侦察，摸清各炮楼的底细，选好攻击目标。开门之战影响大，意义大，必须打好。还有一个好消息，你们可以离开南辛庄了，住到基础好的村子或'堡垒户'家去。"

"真的？这可太好了！堂堂的抗日游击队，总住在土匪窝里……"说到半截儿，猛然见李斌朝自己眨眼，河桩意识到说走了嘴，忙停住口。

张卫摇头苦笑："寄人篱下的滋味不好受啊。"又感慨："要想扬眉吐气，就得自己有实力！"

李斌也说："是呀，没有武装作后盾，地方建政是很难开展的。县委会议的主要精神也是这个，以武力威慑伪职人员改变态度，表面应付敌人，背地里为共产党八路军服务。"

当下，三个人商量，等志刚小组回来，人凑齐了，就开会传达上级指示。

两天后，平南游击队离开了南辛庄。告别时，全队整队站立在洪部大门前，张卫代表大家致谢辞，并拿出一百块大洋递给洪玉秀："洪司令，我们这些日子在这里，让您破费了很多，这点儿小意思，聊作补偿，请笑纳。"

洪玉秀连连摆手："张大兄弟，你们这样就太外道了。你们是我的贵客，招待尚怕不周，还能要饭钱？快收起来吧！"

张卫仍然坚持："这是上级领导的指示，也是我们大家的心意，请洪司令一定收下。"

"那好，"洪玉秀爽快地一挥手，"既是张支队长这么说，郑师爷，收下！"又拉住张卫、河桩的手："两位兄弟，今后有用得着我洪玉秀的地方，只管说话，保证随叫随到！"

这时，腊梅走过来，把河桩拉到一边："河桩大哥，我要跟你去当八路军！"

河桩对这个小姑娘很是喜欢，她不仅长得俊美，一身功夫，而且清纯无邪，全无一点绿林中的恶习。但是，带她走是不现实的，便说："你在这里不是照样抗日吗？你娘也是抗日的。"

腊梅倔强地拉住河桩不放："这里跟你们不一样，我要当真正的八路军！"

见河桩还是摇头，腊梅使劲一甩手："你这人忘恩负义！"

河桩丈二金刚摸不着头脑："忘恩负义？我忘恩负义？"

腊梅噘着小嘴："你忘了河沿儿的事了？是谁帮的你？"

"河沿儿的事？"河桩盯住腊梅仔细看。刹那间，救香巧的情景浮现在眼前：在他面对众多鬼子时，几个黑衣人冲进来给他解了围；在他背着香巧跑向芦苇塘，遭到追击时，又有人开枪引开了鬼子的火力。怪不得其中一个黑衣人的身影有些眼熟，原来竟是腊梅！

腊梅看河桩发愣，委屈地说："人家舍命救你，你一点儿都不知情！"

河桩心内对腊梅充满感激："你怎么不早说？我真的一点儿不知道。没有你们救援，我那天说不定就死在小鬼子手里了！"

腊梅嘻嘻地笑："施恩不图报，这是书上说的。做点事就在人前显摆，那成什么人了？"

河桩更加感动，随即又有些疑惑："那天你怎么会在那里？"

"日本兵在永定河边不进不退，我娘不放心，怕被鬼子袭击，就派我带几个人去探情况。摸进村，听到一个院子里有动静，就过去了。见是你在和鬼子打斗，就帮了你。哎，河桩大哥，你可真棒啊，一个人打死那么多鬼子！"

河桩恍然大悟，连连说："谢谢你，真的谢谢你！"

腊梅调皮地乜视着河桩："固安你帮我们，河沿儿我们帮你，两下扯平了。可我们帮你的分量重，你不能只是口头谢承，得干点儿实事。"

"干什么实事？"

"带我走！"

"那哪儿成？我不是说了吗？我们游击队不收女兵。再说，你娘也不会答应的。"

"我不管，我就要跟你走，就要去当八路军！"腊梅小孩子似的耍起赖来。

洪玉秀见腊梅闹得没完没了，就过来呵斥。张卫也在一边劝说，并承诺将来把她送到军分区去，腊梅这才不言语了。

十五

河桩化装成捡粪的，肩背粪筐，手拿粪叉，绕开村边的炮楼，进入马家屯侦察。志刚带着一班队员，埋伏在河堤后面，准备接应。

昨天在押堤村"堡垒户"沈大爷家，张卫几个人开会决定，平南游击队公开亮相的第一战——拔掉马家屯据点，北上支队配合行动。选择马家屯，一是因为马家屯紧挨永定河堤，对我军在永定河北岸活动妨碍很大，二是马家屯据点只驻有一个小队的伪军，力量不强，三是伪军小队长韩占林作恶多端，反共意识很强，端掉它，将会对其他据点的伪军起到震慑和警告作用。而河沿儿渡口上的炮楼，驻守的全是鬼子，战斗力较强，且南距固安北离榆垡都太近，敌人增援快捷，胜算把握不大，所以先往后放放再说。河桩虽然对不先打渡口炮楼有点遗憾，但还是愉快地接受了战斗任务。

河桩在大街上边捡狗屎马粪，边向炮楼靠近。正走着，街旁哗啦一响，一座院门打开，一个三十来岁的大汉挑着一副高架箩筐走出来，一头装着鲜菜，一头装着面口袋，身后跟着一个六十多岁的老先生。老先生对大汉说："柱子，把面、菜跟张司务交代清，马上回来，河滩里的那块地该耕了。"大汉闷闷地应一声，头也不回地走了。老先生回头看见河桩，上下打量一番，有些奇怪："小伙子，你是哪个村子的？怎么跑到村里拾粪来了？"

河桩一惊，立刻意识到自己犯了个常识性错误。这一带有个不成文的规矩，捡粪只能在荒野或村外大道上捡，绝不能到别人的村子里来，否则，让本村人发现，轻者把粪倒下，重者把筐踩烂还要挨打。

见河桩发愣，老先生又说："小伙子快走吧，待会儿碰上个愣头儿青，就麻烦了。"

河桩仔细看看老先生，见他身穿灰布长衫，青鞋白袜，身材瘦削却神清气爽，不像奸恶之人，突然生出一个大胆的想法，便试探着说："老先生，我不是到村里拾粪的，我是想到炮楼里去。"

"去炮楼？"老先生面露惊异。

"是这样。我有个表兄被抓在这个炮楼里当兵，我姑姑病了，让我来送个信，让他回家看看。我看炮楼把得那么严，不敢上前，正在这儿转腰子。"

老先生直摇头："别人躲都躲不开，你倒想进去。"

"您不是还给炮楼里送面送菜吗？"

"我是自愿的吗？我那是迫不得已！"老先生突然气恼起来，"他们硬逼着我当保长，让我挨家挨户摊派，供给炮楼里吃喝。眼下正是青黄不接，谁家有多少余粮余钱？供应不好，韩占林那畜生不仅又打又骂，还派兵来抢，闹得鸡犬不宁。我没办法，为保一村平安，只能替贫困户垫付。我有多少家产？能垫多长时间。这日子是没法儿过了！"

河桩灵机一动，想出一个主意，便假意奉承："老先生真是好人。"

"好人？"老人凄然一笑，"好人不得好报！韩占林不给好气儿不说，乡亲们也骂我帮日本人办事，欺负村里人。"

河桩同情地说："这年头，做人真是难。"话头一转："老先生贵姓？"

"老朽姓夏，名伯轩，以前在庞各庄镇当小学校长，现退休在家。本想守着祖上传下的百十亩地，过几天清闲日子。可日本人发动了卢沟桥事变，闹得遍地狼烟，民不聊生，我的美梦也破灭了。"

河桩没想到一句话竟引得老先生说了这么多，更吃惊一个乡村老人能有这样的见识，觉得自己的想法更有把握了，便直截了当地说："老先生，您能帮我进炮楼吗？"

夏伯轩老人盯住河桩看了一霎，心中忽有所动，指指大门："进屋来再想办法吧。"

河桩把粪筐粪叉放在院门口，随着老人进了大门。

这是个殷实人家。外院挺大，有长工房、柴草房，还有磨棚、牲口棚。磨棚里，一个女人赶着一头黑叫驴在磨面；牲口棚里，一马一骡在吃草，见有人过来，就抬起头咴咴地叫。进了雕花二门楼，是个三合院，夏老先生领着河桩直接走进北上房的客厅。两人在八仙桌旁的太师椅上坐下，一位干净利落、长相富态的老太太把沏好的茶水送过来。夏老先生介绍："这是我的老妻。"

河桩忙站起来笑着点头。老太太也朝河桩笑笑，放下茶水走进里屋。

河桩环视了一下四周："老先生家有几口人？"

"除去我们老两口，还有两个儿子，一个女儿。女儿早就出嫁了。大儿子在天津做买卖，小本生意，挣不了几个钱。小儿子在上海读书。不是逢年过节，家里就是我们老两口儿。哦，对了，还有两个长工，一个是柱子，就是刚才往炮楼里送东西的，一个是磨棚里的那个女人，是两口子。农忙的时候顾不过来，就雇几个短工。"

河桩有些奇怪，初次见面，老先生为什么跟他说这么多。河桩正想着，老先生又说话了："小伙子，你让我帮你进炮楼，今天不成了。不过，我进过几次炮楼，里面的情况知道一些。"老先生冲河桩笑了一下，不等河桩开口，就介绍起来："这座炮楼一共三层，四面八方都有枪眼。炮楼顶上，不分昼夜，都有一个人站岗。炮楼四周是一丈多高的围墙，围墙外面是深沟，也有一丈多深。出口有吊桥，吊桥一拉起来，人就出不来进不去了。围墙里面，也就是炮楼南面，有三排平房，一排是伙房，两排住人。炮楼里拢共有三十五六个人，分三个班，一个班住炮楼底层，两个班分住那两排平房。这些当兵的大多是周围村子里的，也就是混碗饭吃，倒没做什么太大的坏事，就是小队长韩占林和他的三个班长不是东西。韩占林原是大寺垡的混混儿，在街面上欺行霸市，抢吃抢喝，后来干脆投了陈善继，当了土匪。日本人一来，又跟着陈善继投靠了日本人，当了保安团的小队长，被陈善继派到这儿驻防来了。"

河桩越听越紧张，这老头儿为什么跟他说这些？难道被他看出了破绽？忙张口打断："老先生，我只想进炮楼给表兄送信儿，请您给想个办法。您说今天不成了，那哪天成？"

"哎呀，你看看，你看看，人一上年纪就爱唠叨，说起来就没完，把正事耽误了。"夏老先生哑然失笑，"这样吧，你明天早些来，替柱子去送面、菜。炮楼里的人要问，你就说柱子病了，你是新来的短工，替班的。"

河桩溜出村，找个隐蔽的地方爬上河堤，与志刚汇合，潜回"堡垒户"沈大爷家。路上，志刚问他侦察得怎么样，河桩心里的疑团解不开，急着回去开会研究，只说声到家再说，就不吭气了。

　　在沈大爷家的东厢房里，河桩把他到马家屯侦察的经过说了一遍，大家也都很惊诧，猜不透这个夏伯轩是个什么人。张卫听着众人的议论，沉思着说："根据情况看，河桩是暴露了。夏伯轩这么做，只能有两个结论，一是他是个有正义感的乡村知识分子，痛恨日伪，巴不得有人把炮楼端了；二是这是个圈套，想诱骗我们上钩。"

　　河桩同意张卫的看法："张支队长分析得对，我是让他看出破绽了。但我倾向第一种结论。如果是圈套，夏伯轩应该套我的话才对，不会只向我介绍炮楼的情况，直接把我送进炮楼抓起来不更省事？再说，从情理上推论，夏伯轩虽然是伪保长，更是有家有业的人，他既然看出我的破绽，就更不敢坏咱们的事，他不顾忌报复？除非他是个死心塌地的铁杆汉奸！可据我观察，他不像。所以，我明天还是再去一趟。"

　　二愣着急地说："不行！夏老头子不知是人是鬼，你还去，太危险了！"

　　"打仗哪有不危险的？俗话说，不入虎穴，焉得虎子。不摸清情况，第一仗就打哑了，那才丢人呢！"

　　张卫、李斌觉得河桩说得有理，就同意明天再去一趟，但提出先摸摸夏伯轩的底。

　　正议论着，沈大爷端着一盆粥，沈大娘挎着一柳篮贴饼子，走进来请大家吃饭。河桩向沈大爷打听夏伯轩的为人。沈大爷说夏伯轩一直在外面教书，两个村子又离得远，不熟悉，但没听说他干过什么坏事。

　　第二天，河桩早早来到马家屯村外，等到一个老人从村里出来，便迎上去："大爷，夏伯轩家你知道吗？"老人好像不满意河桩的问话："夏伯轩能不知道？我们是光着屁股长大的。"

　　"这人为人怎么样？"

　　老人一下警觉起来："你是干嘛的？"

　　河桩忙陪笑："大爷别误会。我是托人介绍到他家打短儿的，想先了解一下东家的脾气。要不，惹得东家不待见，不就干不成了？"

　　"你这小伙子挺有心眼儿呀。"老人呵呵地笑了，"夏家是家大业大，可人家从不坑人害人。这夏先生，知书达理，更是大好人一个！"

河桩心里有了底，谢过老人，径直来到夏家门前。

夏伯轩此时已等候在门口，两人相视一笑走进门，院里已准备好面、菜挑子。

"夏先生，"河桩抄起扁担，"我现在就去？"

夏伯轩点点头。

河桩把扁担插入两个架筐，挑起就走。

"慢！"就在河桩将要跨出大门的时候，夏伯轩追上来，"到炮楼里，该点头的点头，该哈腰的哈腰。千万记住，多用眼，少用嘴！"

河桩边走边琢磨夏老先生的话，觉得这是明显地在提醒自己。到底哪儿出了毛病？河桩一时找不出答案。

还未走到炮楼跟前，炮楼顶上便传来一声吆喝："干什么的？站住！"

河桩忙停住脚："夏保长让来送面送菜的！"边说边用眼睛一扫，围墙、深沟、吊桥，跟夏老先生说的一模一样。

吊桥吱吱嘎嘎地落下来，河桩走过吊桥，走进围墙门，进了炮楼的院子。保安团正乱哄哄蹲在地上吃早饭，炮楼前一堆，两排平房前两堆，正是夏老先生说的三个班了。

河桩还未来得及细看，一个光着头，腰系白布围裙的胖子朝他喊："傻站着干什么？挑过来！"

河桩料想是张司务，忙挑着架筐走过去。

刚放下担子，一个歪戴军帽，敞着怀的黑胖子从屋里走出来，凶狠狠地瞪着河桩："你小子哪儿来的？怎么看着眼生啊？"

河桩猜测这就是韩占林了，赶紧哈下腰赔笑："我是夏保长家的短工，柱子病了，夏保长让我替他。"

黑胖子哼一声，弯腰拨拉筐里的菜："又他娘是白菜大萝卜，就不能换换样儿？"直起身指着河桩："你，回去告诉夏老头子，下回送点儿猪肉豆腐粉条来，老子不是和尚尼姑，整天介吃素。再这样，把你们的猪羊都抢光喽！"

河桩连连点头答应。

回到住地，河桩把炮楼里外的情况向大家做了汇报，并强调了夏伯轩老人说的准确无误。于是决定第三天夜里十二点发动攻击。在确定谁担任主攻时，河桩与张卫发生了争执。张卫认为北上支队是主力部队，战斗经验丰富，理应担任主攻。河桩认为这次战斗是偷袭，不是硬碰硬，游击队里会武功的多，过沟爬墙利索，可以减少伤亡。大家都觉得河桩说得有理，张卫也不好再坚持，便拍板定案，游击队首先翻墙进院，放下吊桥，北上支队跟进。

散会后，张卫带着警卫员到河南找部队，李斌到各村召集游击小组组织担架队，河桩带着游击队研究战术，准备过沟爬墙的物件。

到了约定时间，河桩命游击队的三个班分拨儿悄悄出村，到马家屯村南的河滩里汇合，等候北上支队。

阳春三月，天已暖和，滩地里的麦苗长出半尺多高，河风吹拂，空气里充满着野花野草的清香和泥土的腥味。堤坡老树上栖息的鸟儿，偶尔拍拍翅膀发出一两声梦呓般的低叫，然后仍又归于沉寂。

河桩、志刚并排趴在河坎上，瞪大眼睛盯着河对岸。突然，灰暗的河面上显出一溜人影，两人一下紧张起来。人影越来越近，哗啦哗啦的蹚水声也隐约可闻。

"谁？"河桩压着嗓子喊了一声。

"河南！"是张卫的声音。

"河北！"河桩兴奋地对上暗号，站起身来。

河桩把张卫拉上河坎："都来了？"

"都来了。"

河桩抬眼望去，黑乎乎一片，足有百八十人。这时，李斌的担架队也顺着堤沟赶过来。

几个人碰了下头，便带着队伍向炮楼移动。

游击队来到壕沟边，炮楼上黑洞洞的鸦默雀静，四周也静悄悄的没个人影。河桩一挥手，队员们把事先绑在一起的木板担在沟帮上，轻巧地跨过壕沟来到围墙下，竖起梯子翻越围墙。这时，炮楼顶上打盹儿的哨兵被惊醒，一边喊叫一边开了枪。枪声一响，炮楼里立时大乱。河桩仰头一枪打倒炮楼顶上的哨兵："散开，打！"

按照计划，二愣、铁牛带领二班三班扑向两座平房，志刚带领一班封锁炮楼出口。河桩见各班都已打响，便冒着纷飞的枪弹打开围墙大门，抽出腰间利斧砍断吊桥绳索。

张卫见吊桥落下，喊声："冲！"北上支队的队员们一跃而起，飞快冲过吊桥，三个排分三个目标，投入战斗。

两座平房里的保安团初时见游击队人不多，还有胆量抵抗。后来见北上支队冲进来，机枪封住门窗，子弹急密得像刮风，哪儿还敢再打，纷纷喊叫投降，把枪从窗户眼里捅出来。

炮楼里的抵抗却很顽强。原来，韩占林诡计多端，他也怕被偷袭，白天在平房里办公，晚上却睡在炮楼里，一个人独占了炮楼的第二层。炮楼顶上的枪一响，他就兔子似的蹿起来，一边吆喝弟兄们起来抵抗，一边从枪眼里往外观察情况。一见游击队没有几个人，胆子就大了："弟兄们，就是他娘几个小毛贼，给我狠狠地打！"

伪军们连衣服都顾不得穿，光着膀子就噼里啪啦开了火。志刚见敌人居高临下，怕吃亏，忙叫队员卧倒。好在是夜间，看不清目标，再加上伪军们慌乱，打枪没准头，队员们没有伤亡。河桩爬到志刚身边："怎么样？"

"敌人居高临下，火力很猛，不能硬攻。"

河桩观察了一下，伪军们占据着炮楼的底层和二层，优势确实很大："得想办法炸开炮楼的门。"

张卫带着队伍跑过来，听了河桩的想法，表示同意，便调来一挺机枪，命机枪封锁底层枪眼，其他战士集中火力封锁二层枪眼，掩护破门。准备就绪，张卫喊声打，枪声剧烈地响起来。河桩、志刚每人提了四颗手榴弹，几个翻滚，来到炮楼下，躲进射击死角。炮楼里的伪军们被火力压得不敢探头，全然不知炮楼下已经有了人。河桩、志刚闪在门两边，同时扔出两颗手榴弹。在门被炸开的一瞬间，两人又把两颗手榴弹扔进门内。随着轰隆隆的巨响，浓密的烟尘中传出鬼哭狼嚎。两人冲进门，举着手榴弹大喊："缴枪不杀！"没死的伪军连喊饶命。"把枪扔下，出去集合！"正在这时，一颗子弹从二层楼口打来，擦着河桩的头皮飞过。河桩一边还击，一边沿着阶梯向上冲。冲到二楼门口，将最后一颗手榴弹扔了出去。

韩占林被弹片划伤了头，血流满面地逃上楼顶。见河桩追上来，抬手又是一枪，不想枪里没了子弹。韩占林此时充分暴露出混混儿拼命的本性，在将空枪砸向河桩的同时，从绑腿中拔出短刀，号叫着猛扑过来。河桩不愿跟这个流氓过于纠缠，两枪结果了他的性命。

河桩走下楼梯，志刚等人已将俘虏整理好，押到空场上。

打扫完战场，天已大亮。一轮朝阳挣脱开大地的羁绊，冉冉升了起来。此一仗，全歼韩占林小队，毙敌五名，生俘三十二名，缴获手枪一支，机枪一挺，步枪三十支，弹药一批，拔除了马家屯据点。

夜半枪声自然惊吓了马家屯的村民，天一亮，不少人战战兢兢打开屋门，趴在墙头上、躲在栅栏后，悄悄往炮楼方向望。待炮楼蹿起一股浓烟时，胆大的已涌到了村口。

张卫见这是个宣传的好机会，和几个领导人一商量，决定把教育俘虏的会拉到村里去开。村人们见队伍朝村里开来，吓得慌忙躲避。李斌挥手大喊："乡亲们不要怕，我们是共产党领导的八路军，是抗日的队伍。今天把炮楼拔了，把糟害你们的韩占林保安队消灭啦！以后你们就不受他们的欺负啦！"

人们听李斌这样喊，就犹犹豫豫地站住。北上支队排着整齐的队伍走在前面，平南游击队押着俘虏跟在后边，浩浩荡荡进了村。街上的人越来越多，惊奇地望着这支穿灰军装的队伍，又围着垂头丧气的保安队指指戳戳。张卫站上一个碾场的碌碡，讲了共产党，讲了八路军，讲了日本鬼子的残暴，讲了抗日救国，讲了抗日民族统一战线；李斌讲了反对敌伪政权，建立民主政府，支援抗日战争；河桩也跳上碌碡，讲了壮大人民武装，开展敌后游击战，不向鬼子屈服，不当汉奸。河桩发现，在他讲话的时候，夏老先生站在人后，一直笑眯眯地望着他。张卫又对俘虏教育一番，就把他们释放了。

为防备鬼子报复，张卫带领北上支队撤回永定河南。平南游击队也把三个班分开，到各自的"堡垒户"隐蔽。河桩离开马家屯前，又来到夏伯轩家。

夏伯轩见河桩带人进了门，没有显出丝毫意外，仍是笑眯眯地把他们让进上房。河桩先向夏老先生表示感谢，然后说出心中的疑团："老先生，您是不是早就看出我的身份？"

夏伯轩笑笑："老朽在外奔波几十年，经事、阅人多矣。王队长装扮成拾粪的，表面上看倒是像，可一细琢磨，破绽就多了。"

"怎么……"河桩很感兴趣。

"先从神态上说：农村里拾粪的，都是寒苦之家，面带菜色，精神委顿，佝肩驼背的。王队长却精气神十足，昂首挺胸，两眼放光，这就不像了。再说言语：农村里拾粪者都是粗俗之人，说不出什么客气话，见了上年纪的人，最多叫声老大爷。可王队长张口就叫我老先生，文质彬彬的，一看就是有文化有教养的人，这就与拾粪的身份不相符了。王队长又说要到炮楼里去，我就猜想是在打韩占林的主意。王队长面无蛮横之气，不像绿林中人，那就是共产党八路军了。老朽虽是不才，也是有爱国之心的。"

一番话说得河桩钦佩不已："老先生真是火眼金睛了！"回头对队员们说："看来这化装侦察也是有很多讲究的，以后要好好研究，不然要出大娄子。更要记住的是，我们不论做什么工作，都要联系群众，依靠群众。只有得到广大群众的支持，才能早一天把小日本赶出中国去！"又问夏伯轩："听老先生的话口，好像对共产党有所了解？"

"那可是八年前的事了。"夏伯轩回忆说。

1930年7月间，设在黄村的河北省立实验乡村民众教育馆，来了个职员叫平杰三，是个共产党员，经常组织人到乡村和工厂、学校，宣传马克思列宁主义，建立"赤色工会小组"，传播革命火种。夏伯轩怀着好奇的心理也去听了演讲，对共产党有了些微认识。后来由于身份暴露，平杰三和他发展的几个党员先后撤走，黄村一带就没有了共产党的活动。不过夏伯轩毕竟是个文化人，平时比较关注时事政治，常看报纸杂志，知道些共产党和红军的事。"七七事变"后，更是注意国共合作、团结抗日的消息，尤其赞成共产党的抗日民族统一战线的主张。发现河桩可能是共产党的探子，出于对日寇烧杀掠抢的愤恨，更是不堪韩占林的勒索，便暗中帮了一把。

河桩听了很是感动："夏老先生真是有识之士。希望老先生今后多多协助我们。"

"国家兴亡，匹夫有责。老朽也想为抗日救国出点儿薄力。我当保长，实是无奈，也是基于保护全村老少平安的苦心。王队长若是看得起，老朽愿随时效劳。"

拔除马家屯炮楼后不久，河桩、志刚、二愣、铁牛等人在张卫介绍下，相继加入了中国共产党。

# 十六

马家屯一战，打出了八路军的威风，振奋了群众的抗日热情，永定河北岸各村建立抗日政权的工作也顺利多了。此战也震动了日伪军，毛利在固安城里大发雷霆，把龟田、陈善继召来狠狠地痛骂一顿，命他们立即出兵扫荡，把这些土八路统统消灭。

龟田窝了一肚子火，回到黄村也把陈善继照样骂了一顿："保安团的，一群废物！明天，出发，把土八路统统消灭！"

陈善继直直地站着，哭丧着脸不敢吭声。陈善继做土匪时只有百十号人，投靠日本人后，在日本人的扶持下，东拼西凑，竟有了一千多人马。这些人马除一部分留在自己身边外，其余的分驻在下面十来个据点。那些中队长、小队长都是他的心腹，逢年过节都有不少孝敬。身不动膀不摇、不担惊不受怕就坐地分肥，比当土匪舒服多了。而且军饷、给养、弹药都不用自己操心，到月头儿就能领现成的。他知道这好日子是谁给的，说什么也不能得罪日本人。"做婊子要想多挣钱，还得赔笑脸呢，别说当个总团长了，只要给钱，愿骂随他骂去吧。"

陈善继等龟田骂完，挺挺腰杆："请太君放心，我明天就出去讨伐，一定把土八路统统消灭！"

回到保安团部，陈善继和副总团长梁国兴商量一番，便派人把几个大队长、中队长找来开会。

陈善继先把毛利和龟田的意思说了一遍，又说："我和梁总团副商量了，留下三大队守营房，其余的都跟着我，明天一早就出发，沿着平大公路往南推，走到哪儿住在哪儿吃在哪儿，非把土八路消灭不可！"

一大队大队长皮青林嗑了下牙花子："总团长，日本人这是拿咱们打头阵呢，咱们得多长个心眼儿。"

陈善继摆摆手："我不是傻子，仨多俩少我知道。可俗话说，吃谁家饭归谁家管，没法子！"

皮青林仍是劝告："我总觉得小心点儿好。韩占林不是孬种，30多人让人家连锅端了，这兆头不好。"

二大队大队长吴敬仁不爱听："别他娘娘们儿似的！不就是几个土八路吗？一顿枪打他个野鸡不下蛋！"

皮青林素来与吴敬仁不和，更看不上他的狂妄，便冷笑一声："吴二你是爷们儿，可怎么在霍家营的联庄会面前成了缩头王八？"

"你……"吴敬仁一下涨红脸，嘴动了半天也没说出话。那次陈善继被打伤后，吴二吴三借口保护大哥，和陈善继趴在地上一直没敢再起身，已成为保安团里的笑话。

吴敬仁憋了半天，嗖地拔出手枪："皮青林，我早就看出你和皇军和大哥不是一条心！你他娘是身在曹营心在汉，早晚有一天是个祸害，老子今天先毙了你！"

吴敬礼见哥哥翻了脸，也拔枪对准皮青林。梁国兴见状，忙出来拦阻："哎哎，都是兄弟，有话好说，何必如此。"

吴敬礼眼露凶光，恶狠狠地说："谁他娘敢跟我大哥有二心，我和他白刀子进红刀子出！"

梁国兴微微一笑："既然已经一个锅里搅马勺了，以前的事就不必再提。真闹出点儿事来，对谁也不好！"

霍家营战斗失败后，霍墨斋、赵老大牺牲了，联庄会会首只剩下梁国兴和皮青林，两个人带领幸存的乡亲们东躲西藏，逃避日军的杀戮。日寇此时也认识到中国民间力量的强大，不得不将高压政策变为绥靖政策，以求地方的暂时平安。一天黎明，大批日伪军将残余的联庄会包围，派人谈判。言明只要缴械，和日军合作，一个不杀。梁国兴和皮青林望望鬼子四周架着的机关枪，又看看弹尽粮绝的联庄会会员，只得含泪放下武器。但提出一个条件，取回霍墨斋的尸首，妥善安葬。事后，梁国兴被委任为县保安总团副团总，皮青林担任由联庄会改编的保安团一大队大队长。由于出身不同，梁国兴和皮青林与陈善继等人格格不入，常为一点琐事争得面红耳赤。

皮青林的话也刺伤了陈善继，志刚那一枪打掉他半个耳朵，被他视为奇耻大辱。现在皮青林攻击吴敬仁，实际也撩着边儿地羞辱了他，不由恼羞成怒："都别他娘斗嘴了，有本事跟八路斗去！我把丑话说在头里，到时候谁不卖力气，别怪我不客气！"

次日一早，保安团就整队出发了。几百人的队伍黄乎乎拉出老长，陈善继骑着高头大马，洋洋得意地走在队伍旁边。慢慢腾腾走到庞各庄，天已晌午，驻庞各庄的保安小队长早站在镇口等候。陈善继大声招呼："赵大麻子，二锅头给老子备好了没有？"

赵大麻子是陈善继拉杆子时的小喽啰，岂能不知大当家的嗜好？谦卑地一笑："大哥您瞧好吧。一接到电话，小弟我就没站住脚。'北裕泰'烧酒锅里有的是，程老鳖酱肉铺里的酱肘子、猪头脸儿、猪口条都不许卖，全给您留着哪。"说着，又把嘴贴到陈善继耳边："王寡妇大车店里来了个卖大炕的，听说是个雏儿，大哥想不想……"

陈善继哈哈大笑，在赵大麻子背上抽了一马鞭："你他娘太不把大哥当人了，我就那个身价？"

吃完午饭，队伍分开，陈善继带着二大队顺着公路继续前行，命梁国兴带着一大队向路东各村搜索前进，两天后在永定河边的马家屯汇合。

走在坑坑洼洼的土路上，一百多双脚蹚起的浮尘呛得人直咳嗽。皮青林恨恨地说："陈善继太偏心，他带着吴二吴三走平坦的公路，让咱们蹚野地。"

梁国兴望着前边的村子，若有所思："这样也好。跟着他们又烧又抢的，得造多少孽？本来就被人骂汉奸了，再造孽，不让人把祖坟刨喽？告诉弟兄们，一会儿进了村，不准乱烧乱抢。乡里乡亲的，不能伤人太深。"

皮青林点点头："老梁，你说，咱们这一步是不是走错了？"

"那是迫不得已呀。"梁国兴叹口气："不缴械，一千多口子就都没命了。"

"咱们就这么下去了？"

"先混着，以后看情况再说。"

皮青林嘟囔："先是打日本人，现在又听日本人指挥，这他娘算哪门子事！"

两人说着话，队伍已走近村口。突然，砰的一声枪响，矮墙后有人大喝："站住，哪部分的？"

众人大惊。梁国兴一挥手，队伍慌乱散开。梁国兴和皮青林躲在树后，伸着脖子向村里探看。

"喂，问你们哪，哪部分的？不说话开枪啦！"

"我们是县保安团。你们是哪部分？"皮青林扯着嗓子喊。

"我们是洪司令的队伍！这是我们的地盘，不许靠近！"

"洪部！"皮青林用胳膊肘碰碰梁国兴。

梁国兴从树后站出来："我是县保安团副总团长梁国兴，请洪大当家说话！"

稍停，一位身披紫红斗篷、腰插短枪的中年女人，在一群枪手的簇拥下来到村口。中年女人向梁国兴一拱手："梁团副，幸会。在下洪玉秀，素与各方没有纠葛，不知梁团副率队到此，有何指教？"

梁国兴也忙拱手："洪司令，不要误会。梁某到此没有别的意思，只是奉命扫荡八路。"

洪玉秀冷笑一声："奉命扫荡八路？你奉谁的命？"

梁国兴一时语塞，他实在羞于出口是奉日本人的命令。

洪玉秀见梁国兴不说话，知他心虚，也不相逼："我的地盘里没有什么八路九路，都是中国人。梁团副也是中国人，为什么跟自己人过不去？"

洪玉秀虽然不是疾言厉色，可那些话就像刀子，直刺梁国兴的心窝，就连一旁的皮青林也羞愧得满面通红。

沉默良久，梁国兴冲洪玉秀一抱拳："多谢洪司令点拨。洪司令的地盘，梁某绝不打扰。"便命队伍绕道而行。

"多谢梁团副宽宏大度。有道是，中国人不打中国人嘛。梁团副是明白人，我洪玉秀愿交你这个朋友，今后有用得着我的地方，请不要客气。"洪玉秀也把人马撤入村里。

梁国兴和皮青林本来对这次扫荡就没有心劲儿，经洪玉秀一番讥讽，彻底泄了气，在几个村子草草转了转，就来到马家屯，等着与陈善继汇合。

陈善继当晚住在了榆垡。榆垡乃千年古镇，据史书载，自辽代起就是宛平县八大重镇之一。榆垡古名榆垡店，"垡"的意思是开垦土地，种植农桑；"店"是商贾和举子往来宿食之所。因此镇上商户众多，人口密集，物产丰富，是个繁华富庶之地。陈善继一到，伪区长刘世昌就在区公所摆下丰盛宴席，请了日军中队长宫崎、保安分团长钱千里和副分团长成天鹏等人作陪。

陈善继喝下一口酒，咧咧嘴，边啃鸡爪子边问刘世昌："刘区长，你可知道八路在哪些村子活动？"

刘世昌不愿在自己的身边生事，连忙往外推："东南乡。东南那些村子紧靠永定河，刁蛮之人多，容易被共产党八路军蛊惑和利用。"

"打韩占林的是哪部分？"

钱千里接过话："韩占林出事后我去过，听老百姓说，是八路军的北上支队，还有一个平南游击队。听说都挺能打，战斗力很强。"

吴敬仁把酒杯狠狠往桌上一蹾："强什么强？土八路有什么鸡巴本事？老子这回就要给老韩报仇！"

宫崎操着半通不通的中国话，冲吴敬仁竖起大拇指："大大的好！烧的，杀的，土八路，统统消灭！"又向陈善继说："陈团长，你的，前面打，我的，支援！"

陈善继指指钱千里："你明天派人给我带路。"

"那就让成团副带一个小队去吧。"

成天鹏面露难色，迟迟没有回答。

钱千里瞪着成天鹏："成团副……"

成天鹏只得站起来，勉强应了声"是"。

成天鹏闷闷地回到家，坐在椅子上一言不发。妻子陆若兰正在灯下为学生批改作业，见丈夫喝了酒，忙沏一杯热茶送来。成天鹏端起茶喝一口，仍是默默地坐着。陆若兰见出异常，放下笔不安地问："天鹏，怎么了？又受了日本人的气？"

成天鹏恨恨地说："钱千里这个王八蛋，他没安好心！"

成天鹏和陆若兰原来都是榆堡小学的老师。成天鹏身材魁梧，又会几路拳脚，教体育。陆若兰娇小玲珑，教国文。两个人你爱我健壮，我爱你柔美，便结为了夫妻。不想这一来惹恼了一个人，这就是钱千里。钱千里是大财主，是小学的校董，常来学校转悠，早就迷上了陆若兰，可几次献殷勤都碰了壁。正在钱千里绞尽脑汁想得到陆若兰的时候，陆若兰却和成天鹏结了婚，恨得钱千里牙根痒痒却也无可奈何。日本人侵占榆堡后，钱千里很快卖身投靠，当上了保安团长。为了扩充实力，他给日本人出主意，抓一批青壮年集训，特意抓了成天鹏，以报一箭之仇。没想到成天鹏又会武术又有文化，一下子被日本人看中，集训结束后就委任了保安副团长，两人一起共事。钱千里心里比吃了苍蝇还恶心，就想方设法为难他。幸亏成天鹏有人缘，尤其是一起集训的那些弟兄和他一条心，日子才勉强混得下去。

"钱千里这是借刀杀人呀！"陆若兰听成天鹏说了事情的经过，也害怕起来，"现在八路军闹得这么厉害，一个时辰就把马家屯的炮楼端了。你跟着去讨伐，要真碰上，那可……"

两口子谁也没心思睡觉了，在焦虑中等待天明。

## 十七

　　香巧从路人口中得知榆堡来了不少队伍，猜想是冲着河桩他们来的，立刻下堤告诉王老奎。老奎让老宽带着家人到沙岗里躲避，就急急去找河桩。按照联络点，走了几个村，才在押堤村沈大爷家找到河桩。河桩了解完情况，让大爷领着李斌，遍知各村干部组织人破路、割电线，又到各班住的"堡垒户"讲了敌情，命令队员到河滩柳行子里集合，准备战斗。然后派人过河找张卫，请北上支队支援。

　　陈善继一到河沿儿，就命令把村子包围起来。李大裤裆带着李狗子慌慌地来到陈善继马前："大当家，我现在是这个村的保长。他是报告员。大当家有什么事，只管吩咐。'李大裤裆原是陈部的眼线，所以仍称陈善继为大当家。

　　陈善继冷哼一声："什么大当家？老子现在是县保安团总团长！"见李大裤裆连连称是，才和缓了口气："村里有八路吗？"

　　"没……不，不知道。"

　　"不知道？"陈善继用马鞭指了一下李大裤裆，又指了一下李狗子，"那要你这个保长、你这个报信员有什么用？"

　　李大裤裆肥胖的脸上冒出豆大的汗珠，眼前现出河桩那刀子一般的目光。

　　前几天的一个深夜，他正和两个老婆睡觉，河桩带人进了他的家。面对一支支黑洞洞的枪口，李大裤裆往日的凶横跑得无影无踪，哆里哆嗦地说："河桩兄弟，我可没得罪过你，咱们乡里乡亲的，你这是……"

河桩威严地说:"李文成,我们是八路军平南游击队。今天来通知你,你当保长可以,但不许干坏事,不许帮鬼子祸害乡亲们,更不许破坏抗日。如不听劝告,抗日政府绝不饶恕!"

李大裤裆虽然凶蛮,却也欺软怕硬,平时对河桩几个练武的就有些发怵,今儿见说是八路军,又拿枪指着他,吓得魂儿都没了,肥脑袋鸡啄米似的,连连点头。河桩又给他讲了一番抗日救国的道理,说声"接着睡你的觉吧",就带队走了。临出门,二愣又走到他跟前,拍着他的肥脑袋,狠狠地说:"你要敢坏我们的事,糟害我们的家属,小心你一家人的狗命!"吓得他差点儿尿了炕。天一亮,李大裤裆就找到李狗子,把夜里的事说了,李狗子也吓得脸色蜡黄。两人商定,以后对日本人的事,能躲的就躲,能搪的就搪,不能太认真。

如今面对陈善继的责问,李大裤裆只是紧着眨巴眼,不说一句话。

陈善继气恼地抽了李大裤裆一马鞭子:"整个儿一个吃货!去,到村里把人给我集合起来,我亲自查!"

李大裤裆忙领着李狗子进村敲锣喊人去了。陈善继眯着眼睛看了看河里来往的船只,又看了看几家饭铺酒馆,让身边的随从进去搜查,自己走向香巧的小吃店。

香巧一直暗中注意着陈善继的举动。见陈善继走过来,心中虽然害怕,还是强装笑脸迎出门:"长官,尝尝油饼油条吧?刚炸的,又脆又香。"

陈善继没想到小吃店里竟藏着这么一个美人,挂霜的脸蛋子立刻现出几丝暖意,语气却仍是冷冰冰的:"你这屋里有没有八路?"

香巧故意大惊小怪地叫:"哎哟喂,长官可真会说笑话,我一个寡妇失业的,知道什么八路九路?只不过靠客人照顾,挣俩小钱混日子。您忙乎了这半天,想是累了。长官快坐,我沏壶好茶给您解解渴。"

陈善继本是酒色之徒,见了女人走不动道。香巧的如花美貌和甜脆的嗓音撩拨得他心里痒痒的,再也绷不住,紧板着的脸笑开了花:"你这小娘们儿,人儿长得好,嘴儿也甜,真他娘会哄人。说说,你男人怎么死的?是不是让你给折腾死的?"说着,哈哈地邪笑起来,"今儿老子也发发善心,照顾照顾你,就尝尝你这茶香不香!"

香巧假装没听懂陈善继的话,手脚麻利地将茶壶茶碗送上来:"长官,您喝茶。"

陈善继端起茶碗喝一口："香，真香！"两眼不住在香巧身上趄摸。

这时，李大裤裆跑上堤来："陈团长，人都集合好了，请您训话。"

陈善继厌恶地瞪了李大裤裆一眼："你他娘放屁都不知道挑时候！"转头又朝香巧笑："你这……东西真香。老子今儿个没尝够，改日再来尝。"说着掏出一把钞票扔在桌子上："老子不白用你，记住哥哥啊。"在香巧脸上捏了一把，狂笑着下堤去了。

香巧冲陈善继背后狠狠啐一口，转身锁上门，顺着堤顶慌慌地向东跑去。

陈善继站在人群前面，挥舞着马鞭子叫喊："你们谁是八路？站出来没事。不出来，老子杀你全家！"见大家低头不语，陈善继把李大裤裆叫到跟前："你说，他们里边谁是八路？"

李大裤裆早就发现河桩几家的人都没在人群中，心里踏实了，也就不再害怕，摇头说人群里没有八路。陈善继又问有没有通八路的，李大裤裆仍说没有。陈善继火了："车船店脚牙，无罪都该杀。河边上的人没有好东西，给我打！"围在四周的保安团冲进人群，抢着枪托乱杵乱砸，顿时便有人头破血流，惊恐的哭声、喊声响成一片。

成天鹏实在看不下去，走过来低声劝："陈团长，这里既然没有八路，咱们到别的村子去吧？"

"就这么走了？"陈善继一阵狞笑，"老子出动，从没空过手。没有八路，还能没有东西？吴二，带着弟兄们，到各家去搜！"吴敬仁一看陈善继的眼神，立刻心领神会，高兴地一挥手："弟兄们，跟我来！"

保安团在村子里翻腾了半天，搅得鸡飞狗跳。最后把抢来的东西装满三辆大车，又烧着几间房，才心满意足地撤出村子。

陈善继骑在马上，望着三大车财物，心里乐得开了花。他虽当了保安团长，土匪性情却毫无改变，剿不剿得到八路，并不放在心上，主要是借机抢东西。突然，行进的队伍停下了，吴敬仁跑来报告："大哥，前边的路让人挖断了！"

"嗯？还真他娘遇到八路了？"陈善继跳下马，跟着吴敬仁走上前去。只见光光坦坦的土路上，被挖出一条深七八尺，宽一丈多的大沟，新翻出的土块飘散着潮湿的腥味。陈善继抬头四望，娇艳的阳光下，不时有一阵阵清风掠过，高大的白杨叶子被吹得哗啦哗啦响，快要成熟的小麦摇晃着沉甸甸的穗头，随着微风一起一伏。陡的，一股寒意从脚底升起，他觉得麦田里、大树后，都有一支支枪口在瞄准着自己。陈善继嗖地拔出手枪："吴三，你带着你的人守着大车，不许把东西给我丢了。其他的弟兄，跟我从麦地里绕过去，到前边的村里搜索！"

香巧在堤顶上跑着，一边跑一边往堤里堤外的旷野探看。她虽然不清楚河桩具体在什么地方，但她知道游击队不会离永定河太远，眼下天暖了，堤外的旷野和河滩里的柳丛是他们最好的藏身之所，只要顺着大堤走，就很有可能碰上他们。跑出十来里路，香巧实在跑不动了，停下来扶着一棵老柳树喘息。就在这时，几步远的大树上咚地跳下一个人，吓得香巧腿一软坐在地上。

"香巧姐，别害怕，是我。"香巧睁开眼，原来是铁牛。

"铁牛，可找到你们了。河桩在哪儿？"

铁牛还没说话，河桩已从堤下的草窠里站起来，身后跟着二三十个背刀挎枪的人。

"香巧姐，你怎么到这儿来了？"

香巧见到河桩，就像见到久别的亲人，扑上去抓住河桩的手："大兄弟，保安团正在村里祸害呢，怎么办呀？"

"他们有多少人？"

"可不老少，看样子得有一二百呢。那个领头的凶了巴叽的，李大裤裆叫他陈团长，不是个善茬儿。"

河桩拔出手枪："香巧姐，你赶快到别处躲躲，我们去看看。"

香巧又拉住河桩："你们的人太少了，怕是打不过他们。"

"你别担心，我会见机行事的。"

河桩带队顺着河堤跑下去，香巧又一屁股坐在地上，她是一步也走不动了。

河桩他们没跑出多远，就见河沿儿村里冒起浓烟。接着，一长溜黄乎乎的队伍出了村子。

河桩命队员们隐蔽，自己贴在树后居高临下地边观察边思谋打击敌人的办法。一会儿，他把志刚、二愣叫过来："你们看，敌人被游击小组挖的沟拦住了。他们留下一些人守大车，大部队往前走了。咱们就干这些看车的！志刚，你带一个班抄后路，我和二愣带两个班正面攻击。记住，要速战速决，打了就跑！"

吴敬礼嘴叼烟卷，靠在大车轱辘上，眯眼养神。昨天晚上在榆堡酒喝多了，现在脑袋还是沉的。团丁们见队长这个样子，也乐得悠闲，坐在地上侃起大山。吴敬礼被尿憋急了，打个哈欠，走到沟边撒尿。一个团丁过来和他一起尿，边尿边问："队长，你说，这八路到底藏在什么地方？"

"哪有什么八路？就是有，咱们一来，也早就吓跑了。"吴敬礼话未说完，眼睛一下瞪大了，他看见不远的麦垄里，一群人正悄悄爬过来。"八路！"吴敬礼大叫一声，几步蹿到大车后头。那个团丁还傻呆呆地发愣，河桩站起一枪将他撂倒，带着队员冲过来。吴敬礼终究是惯匪，很快清醒过来，指挥团丁拼命抵抗，架在大车上的机枪打得河桩他们抬不起头。这时，志刚带人从背后杀来，团丁们见腹背受敌，立时乱了阵脚。河桩借机站起身，冲着机枪扔出一颗手榴弹。战士们学着样子，纷纷将手榴弹投过去。吴敬礼见抵挡不住，跳下麦田，钻进树行子跑了。没有死的团丁见队长跑了，也都四散奔逃。

战士们冲上来打扫战场，二愣一把抱起机枪，见没被炸坏，乐得直蹦高："这下好了，咱也有重武器了。队长，这机枪就归我使吧。"

河桩面对三辆大车发了愁。车上的东西是乡亲们的财物，可按现在的情况，不可能送回去，但扔在这里，就是留给敌人，更不行，看来只能狠下心炸毁了，真是可惜了乡亲们的血汗。河桩正要命令战士们往车上放手榴弹，麦田里响起一声低唤："河桩！"一个年近半百的老头站起来，跟着，又有两个人站起来。河桩见是本村的乡亲，忙迎上去："大叔，你们怎么在这儿？"

"我们是被抓来赶车的。"三个人走上大路，上下打量本村的几个人，"你们当了八路？"

就在这时，东面响起枪声，是陈善继回来增援了。紧接着，西北方向也响起枪声，榆堡的鬼子也出动了。

河桩见情况紧急，忙对三个乡亲说："你们快把牲口卸下拉走，车就别要了。记住，回去嘴严点儿。"

十八

陈善继带队赶回来，八路早已没了踪影，也不见吴敬礼和他的团丁，炸得东一坑西一坑的土路上，除了几具尸体，便是三辆没了牲口的大车。陈善继舍不得车上的财物，便下令把大车推回河沿儿。没想到车一动，挂在车轱辘里侧的手榴弹爆炸了，又有两三个团丁倒在血泊中。这时宫崎带着一小队鬼子，分乘两辆汽车赶到，见此情景大骂"八嘎"，指挥鬼子端起机枪向四野狂扫。乱打乱射了好一阵，田野里静静的，什么反应也没有。宫崎只得命令陈善继继续前进，自己带汽车退回河沿儿，顺着堤顶策应。

陈善继一路烧杀，直到马家屯，也没见到八路军。梁国兴已在马家屯住了一天一夜，得知陈善继到了，忙将他迎进夏伯轩的家里。这时吴敬礼也带着残余的团丁找来了。陈善继抬眼望着夏家客厅的摆设，不由得一股怒火直拱脑门子，冲着梁国兴哼哼冷笑："梁总团副真会享清福！不动枪不动刀，找了这么个好地方！"

梁国兴看出陈善继气不顺，便只笑笑，没有搭音。

陈善继又指着吴敬礼的鼻子骂："吴老三，你他娘往日的能耐哪儿去了？有多少八路，让人家打得稀里哗啦的？"

正闹腾着，大街上传来汽车声，宫崎到了。陈善继顾不得再发脾气，领着众人来到街上。

宫崎一见陈善继，就恶狠狠地叫："人的，统统出来，搜查八路！"

村民们三三两两被从家里赶出来，集合在村中的空场上，人群四周架起机枪，鬼子兵挺着明晃晃的刺刀，一片杀气。宫崎指指陈善继："陈，你的！"

陈善继上前两步："你们谁是八路，谁通八路，趁早站出来，省得老子动手。如果不说，你们今儿个就算活到家了！"

人们低着头，紧紧挤在一团，大气不敢出。

"不说？不说就躲过去了？"吴敬礼遭了八路的打，又被陈善继骂了一顿，肚子里憋满了恶气，见人们不说话，一挥手枪冲上去，"炮楼在你们村头，让八路端了，你们能不通八路？老子今天要给韩占林报仇！"伸手拉出一个小伙子，把手枪顶在脑袋上："说，谁是八路？不说老子崩了你！"小伙子吓得浑身颤抖，哪里说得出话？吴敬礼一扣扳机，小伙子倒在地上。人群中一片惊叫，立刻骚动起来，但很快就被鬼子的刺刀逼住了。

吴敬礼又拉出一个老头："老兔崽子，你说，不说也打死你！"

老头刚说出一个"不"字，吴敬礼又抬起手枪。就在这时，夏伯轩从人群中走出来："老总，我是这个村的保长，我担保，村里没有八路，这些人也没有通八路的！"

"你担保？"陈善继狞笑着盯住夏伯轩。见夏伯轩点头，一个嘴巴扇过去："你他娘连自个儿都保不了！"

宫崎走过来："保长的？良心大大坏了。烧死他！"过来两个鬼子兵，把夏伯轩绑在树上。

宫崎又指着人群对陈善继说："年轻人，分出来，统统死了死了的！"

陈善继一挥手，鬼子伪军冲进人群。很快，四五十个年轻人被拖到一边。

宫崎怪叫一声，机枪响了，年轻人接二连三倒在地上。

夏伯轩在树上拼命挣扎："不能打，不能打呀！你们这帮畜生！畜生！"

宫崎命令陈善继："烧死他！"

几个伪军跑到附近院子，抱来棒子秸、树枝子，堆在夏伯轩脚下，划着洋火点燃。夏伯轩老伴哭嚎一声，晕倒在地。

就在这时，村子四周响起激烈的枪声。

河桩袭击了吴敬礼后，扛着战利品撤到河堤，可巧张卫带着队伍赶来。几个人一商量，觉得敌人的最终目标应该是马家屯，而且会疯狂报复。又衡量了双方力量，敌众我寡，只能骚扰，不能硬拼，不求歼敌多少，只为救乡亲。河桩提议，派人请洪部出兵助战。张卫也想试试洪玉秀抗日的决心，便同意了。

宫崎的汽车进入村子时，河桩在东，张卫在南，也带着队伍运动到村庄附近。听村里响起枪声，料想敌人开始屠杀，便展开了攻击。

宫崎拔出指挥刀，一声大叫，鬼子们挺起刺刀冲向村外。

吴敬仁有些慌张："大哥，我们好像被包围了！"

"梁团副，"陈善继命令梁国兴，"你带一大队向东攻击！"待梁国兴走后，陈善继朝吴敬仁使个眼色，带二大队向没有枪声的村北跑了。

成天鹏见没人顾得上他，静静神，对自己的小队说声："回榆堡！"带头朝村西跑去。

乡亲们趁机把火弄灭，解下夏伯轩，四下逃散。

梁国兴刚到村边，就被二愣一顿机枪压回来。他一边组织抵抗，一边回头看，盼望陈善继来增援。皮青林喘吁吁地跑过来："老梁，别打了，陈善继早他娘跑了！"

梁国兴怒火万丈："他奶奶的，这是拿咱弟兄挡枪子呀！老皮，告诉弟兄们，咱们也撤！"

保安团的逃跑，使日军完全陷入孤立，虽然武器精良，但人数悬殊，很快落了下风。张卫当机立断，命通讯员通知河桩，围歼这股敌人。

宫崎被压迫在村边几个院落里，指挥三挺机枪没命地扫射，掷弹筒的小炮弹黑老鸹似的，落在这里那里，弹片横飞，使得北上支队无法靠近。

河桩爬上一座高房，隐在烟囱后观察了一阵，跳下房把志刚、二愣召到身边："敌人的火力太猛，硬冲不行。咱们从后边抄上去，在鬼子发现之前不要开枪，靠近了用手榴弹砸他的机枪、小钢炮！"

游击队分成两路，顺着胡同悄悄向前靠。河桩在快要接近鬼子占据的院落时，发现两个鬼子躲在矮墙下警戒，他们身后的屋顶上，机枪正发疯似的吼叫。河桩摆手止住众人，掏出飞刀，捡起一块土坷垃扔过去。两个鬼子兵听到响动，惊惶地站起身，还没看清怎么回事，就被两道白光打倒在地。河桩带领队员跑过去，贴身站在屋檐下，示意大家准备好，然后一起将手榴弹抛上屋顶。连续的爆炸声中，机关枪哑巴了，一具具鬼子尸体飞到半空，又重重摔在地上。与此同时，志刚那队也得手了。他们爬上一座高房，居高临下把手榴弹往掷弹筒阵地猛砸。北上支队借此机会一跃而起，喊着杀声冲了上来。

宫崎再也坚持不住，指挥残余的鬼子爬上汽车，开足马力向村外逃去。

陈善继跑得离枪声远了，才勒住马，呼呼喘着气对紧随其后的吴敬仁、吴敬礼说："他娘的，真是出师不利呀！"

吴敬仁担心地不住回头看："大哥，咱们这一跑，宫崎要是吃了亏，日本人能饶得了咱们吗？"

陈善继的心也有些沉重："你说的不是没有道理，可咱们这支队伍拉起来不容易，不能毁在八路手里。"

"管他呢，"吴敬礼满不在乎，"日本人能容咱们，咱就瞎凑合着。不容咱们，咱还不伺候他呢。像过去那样单干，天是老大，咱是老二，多他娘舒服！"

陈善继被吴家哥儿俩说得心里七上八下，身上更没了力气，见前面有片树林，便说："走，到树林里歇会儿，好好商量商量。"话未落音，树林里射出一排枪弹，吓得陈善继一骨碌翻下马，其他人也连忙趴在地上。

"他奶奶的，这儿还有埋伏哪！"吴敬礼哗地扯开上衣，恶狠狠地骂，"反正是躲不过去了，弟兄们，给我上，保着大哥冲出去！"便带头窜了上去。

树林里埋伏的是洪部人马。

洪玉秀接到河桩的知会，非常重视，觉得这是和八路军的第一次合作，不能小气让人看不起，只留下师爷郑俊杰带十个人守总部，亲自带领其余的人披挂整齐，火速赶往马家屯。刚走到半路，就听见了枪声。洪玉秀朝马屁股抽一鞭，洪家兄妹、"快马张三"几个拍马紧随其后，没有马的弟兄撒开腿猛跑。跑到树林近旁，就见从马家屯方向跑过来一片黄乎乎的队伍。洪玉秀提马跑入树林，跳下马隐在树后。腊梅眼尖，一下就认出来："娘，不是鬼子，是保安团！"

洪玉秀摆摆手，让弟兄们埋伏好，自己带着三个儿女到前边观察情况。

保安团越来越近，洪玉秀也认出来了："文龙，你细看看，那打头的是不是陈善继？"陈善继在礼贤当土匪时，两家经常因地盘的事发生摩擦，洪玉秀曾带着文龙和陈善继谈判过，双方都认识。

"没错，就是他。"洪文龙肯定地点头，"娘，打不打？"

"怎么不打？打！陈善继投了鬼子，当了汉奸，就是我们的仇人。告诉弟兄们，做好准备，听我的号令！"

一顿排子枪，打倒几个。见吴敬礼领头冲上来，洪玉秀对文龙说："吴三这小子是个狠茬子，把机枪调过来，瞄准他打！"

吴敬礼也精得很，只领头跑了几步，就卧倒在地，指挥团丁往上冲。密集的机枪子弹扫过来，刮风般从头上掠过，吓得吴敬礼连滚带爬退回到陈善继身边："大哥，不行，火力太猛！"

陈善继此时已全无斗志，更怕八路追来，腹背受敌，忙下令撤退。

洪玉秀率队打了一顿兜屁股枪，不再追赶，掉头向仍在响着枪声的马家屯奔来。

洪玉秀赶到马家屯，战斗已经结束，战士们正在打扫战场。洪玉秀向张卫、河桩述说了截击陈善继的事，为没能打上鬼子后悔不迭。

"没打上鬼子，打了伪军也一样。你们离得也是太远，能来就不容易。"张卫对洪部前来助战很高兴，连忙安慰。

"打伪军没有打鬼子过瘾！"腊梅仍是不满足。

说笑过后，洪玉秀把张卫拉到一边："你跟上级说说，给我个番号吧，弟兄们都不愿意这样下去了，要正式参加八路军！"

张卫对洪玉秀的决定很是欣慰，这证明他长期来的工作没有白费力气。但这是件大事，自己不能决定。于是，张卫对洪玉秀勉励一番，答应尽快向上级汇报。

陈善继丢盔卸甲地回到黄村，屁股还没坐稳，胡耀祖就找来了："陈团长，龟田太君有请。"

陈善继见龟田这么急着找他，料想没有好事，便赔着笑脸问："胡翻译官，龟田太君有何吩咐？"

胡耀祖阴阴地一笑："陈团长有什么事，自己还不知道？"

陈善继见胡耀祖这个腔调，心里更没了底，慌忙赶往龟田的大队部。一进门，头上缠着绷带的宫崎，跳上去就扇了他一个嘴巴："你的，良心坏啦坏啦的！"

陈善继已预料到日本人不会轻易放过他，但挨了一嘴巴，心里还是涌起一股愤恨，不由狠狠瞪了宫崎一眼，见龟田正阴沉沉地看着他，忙顺下眼睛低了头。

龟田慢慢走到陈善继面前，狼样的眼睛盯了半天，才一字一顿迸出几句话："你，带队讨伐八路，受到挫折，宫崎君前去增援，你，为何不协力作战，却临阵脱逃，致使皇军遭受重大损失？"

陈善继分辩："太君，我没有逃跑。八路的兵力太强大，我是突出包围的！我的弟兄也有很大伤亡！"

"八嘎！"龟田唰地抽出指挥刀，拍在陈善继的肩膀上："你的，军法的从事，死啦死啦的！"

这下把陈善继下坏了，豆大的汗珠从额头滚下来，连忙哀求："太君，饶命！我错了，我有罪！看在我……我为皇军卖过命，耳朵都打掉了半个，就放过我这一回吧！"

龟田抽回刀，狠狠插入刀鞘，向门外吼叫一声。几个鬼子兵跑进来，下掉陈善继的枪，五花大绑地捆起来。

龟田挥挥手：'保安团的，开路！"

自陈善继被龟田叫走后，保安团营房里就笼罩了一片紧张惶恐的气氛。吴家哥儿俩躲在队部里窃窃私语："二哥，听说日本人这回吃了大亏，死伤二十多个。你说，龟田能把大哥怎么样？"

吴敬仁不住摇头叹气："这回大哥这个坎儿不太好过。戏里不是唱过吗？临阵脱逃，杀头之罪！日本人吃了亏，能轻饶我们？唉，真后悔当时为什么不拦住大哥，打一阵看看。"

"大哥也是为咱们着想。你想想，八路那么多人，真要硬顶，那得死伤多少弟兄？"吴敬礼不同意哥哥的看法，两人一时都没了话。沉默了一会儿，吴敬礼又问哥哥："你说，日本人真能杀了大哥？咱可是为他们维持地盘的。"

吴敬仁冷笑一声："那又怎么样？日本人只不过把咱们当条狗，狗不看家护院，留着还有什么用？"

"他娘的，"吴敬礼抓下帽子狠劲摔在桌子上，"要真那样，老子就反了他娘的！"

吴敬仁一把捂住吴敬礼的嘴："老三，你胡说什么？不要命了！"

此时，梁国兴也把皮青林叫到自己的房间："老皮，这回日本人肯定急眼了，陈善继说不定凶多吉少。"

"活该！把他枪毙才好呢。"皮青林恨恨地说，"让咱们到前边挡枪子，他在后边带着亲信开溜，连个招呼都不打，什么德行！"

"陈善继是可恨，你看他对老百姓那个狠劲儿。本来给鬼子干事就够让人看不起了，他再胡糟，那还不招万人骂？我现在担心的是，鬼子通过这件事，以后会对咱控制得更严。"

"这日子真不是人过的。哎，老梁，"皮青林把嘴伸到梁国兴耳边，"你就没有别的想法？"

"什么想法？"梁国兴蓦地警觉起来。

皮青林笑了笑："老梁，你不用那么紧张，咱俩一起搞联庄会的时候可是无话不说的，你心里的想法能瞒得过我？我实话告诉你，我是不想干了。你要是想讨日本人的好，就去告发我。"

梁国兴一听急了："老皮，你说这话还不如直接骂我八辈祖宗！你不想干，我就想干？去年咱搞联庄会，乡亲们用什么眼光看咱？现在用什么眼光看咱？我干嘛几个月不回家？没脸回家，嫌丢人呀！"

皮青林连忙握住梁国兴的手："老梁，别说了，我知道你的心思了。你说，咱们怎么办？"

梁国兴拉开门，往外看了看，随手把门关严："既然不想干了，就及早撤腿。干脆，就去投……"用手比画了个"八"字。

皮青林点点头："太好了，咱俩想到一块儿去了。我们分头跟可靠的弟兄通通气，要走一起走！"

"告诉大家，一定要注意保密，千万不能让吴家哥儿俩闻到风声。"

两人正在合计，院里传来嗒嗒的跑步声。两人心里一惊，忙开门探看。吴家哥儿俩也慌慌张张跑出屋子。一队鬼子兵在石川的带领下，冲进营房，迅速占据有利地形，并在大门口架起了机枪。石川站在院子中间怒冲冲地吼叫："集合！保安团的，集合！"

人们都被这阵势吓住了，愣愣地不知所措。直到石川又吼叫一遍，皮青林和吴敬仁才吹起哨子，把各自的队伍整理好。

"枪的，架在队前！"石川又下命令。

队列中响起嘤嘤嗡嗡的嘈杂。吴敬仁脸色灰白地低叫："坏了，坏了！"

梁国兴和皮青林对望一眼，心里也敲起鼓。

营门外又响起汽车的轰鸣声。龟田和宫崎满脸怒容地走进来，身后的一群鬼子簇拥着五花大绑的陈善继。

"大哥！"吴敬礼大叫一声，就要跑上前去。

几个鬼子兵冲上来，挺着刺刀虎视眈眈地对准了他。吴敬仁忙把吴敬礼拽回队列。

龟田挂着指挥刀，威风凛凛站在队伍前瞪视了片刻，月力一挥手，陈善继被推到前面。

龟田指指陈善继，冲着队伍吼叫："陈善继，保安团长的，讨伐八路的不力，临阵脱逃，破坏圣战，给大日本皇军造成重大损失。奉毛利大太君的命令，军法的从事，死啦死啦的！"

陈善继起初还害怕，现在看反正得死了，立刻恢复了土匪的本性，一边挣扎一边破口大骂："龟田，我操你小日本八辈子祖宗！你他娘卸磨杀驴，我做鬼也要掐死你！"

"死啦死啦的！"石川抢起军刀，一刀把陈善继砍倒在地。

队伍里一时大乱，吴敬礼哭骂着冲向枪架。"哒哒哒"，一阵机枪子弹掠过头顶，骚乱的人群又被镇住。

龟田继续呜里哇啦大叫了一通。胡耀祖翻译："龟田太君说了，此次临阵脱逃事件，陈善继是首恶，按军法惩处。你们是协从，大日本皇军宽大为怀，暂时不予追究，但要肃正思想，加强训练，以防下次。从现在开始，由石川小队长负责管理你们！"

十九 |

　　天上没有一片云，没有一丝风，七月的骄阳火龙般喷射着烈焰，照得大地蒸腾起炫目的蜃岚。知了们躲在枝叶深处，泼命嘶鸣，聒噪得人心烦意乱。一队队保安团士兵东倒西歪地奔跑在操场上，灰白的脸上已冒不出汗水，只有军衣上渗出的圈圈白印，表明着他们付出的艰辛。

　　石川手提皮鞭和几个日本兵站在操场旁的大树下，闲散地聊着天，时不时指着保安团士兵的狼狈相哈哈大笑。

　　石川是个十足的虐待狂。自从接管保安团后，除了早晚一次训话外，就是没晌没夜地训练，天气越热越要跑操，稍不如意便拳打脚踢，这使保安团丁对他充满仇恨，尤其是吴家哥儿俩，因他砍死了陈善继，对他更是恨之入骨。往常保安团虽然也要训练，但那不过是例行公事，而且中上层军官可以免练。石川的做法，身体稍差点的士兵都受不了，更何况从未经受过训练的军官了，一天下来，腰酸腿痛得连饭都吃不下，宿舍里的呻吟声和咒骂声响成一片。

　　"吴的，快快地！"石川发现吴敬礼带的队伍慢下来，立刻指着他大叫。

　　吴敬礼嘴里喷着粗气，斜瞪了石川一眼，喃喃地骂："我操死你小日本的娘！"骂声未绝，跟在身后的小队长李栓子扑通一声倒在地上，整个队伍停了下来。吴敬礼返身从地上扶起李栓子，见李栓子双眼紧闭，脸色死灰，口吐白沫，不禁掉下眼泪。李栓子原是个小叫花子，一次吴敬礼踩点漏了风，遭到追捕，危急中，李栓子把他领进藏身的破房，救了他的

十
九

命。自此吴敬礼就把他带在身边，如亲兄弟般的呵护，李栓子也对他忠心耿耿。李栓子自幼营养不良，身体瘦弱，但为人随和，心眼灵活，在绺子里很有人缘。被日本人收编为保安团后，吴敬礼让他在自己的中队里当了小队长。

石川领着几个日本兵跑过来，不问青红皂白，抡起皮鞭就往人们身上乱抽。

吴敬礼背上挨了两鞭子，心里的怒火再也按捺不住，放下李栓子扑向石川："小日本，老子今天跟你拼了！"

石川后退几步，拔出手枪："造反的，死啦死啦！"

几个日本兵也哗地挺起刺刀，对准吴敬礼。

吴敬仁见势不好，忙抱住吴敬礼的腰往后拖。

石川发了疯，抡着鞭子在吴家哥儿俩身上猛抽。

"不许打人！"梁国兴和皮青林带着队伍跑过来。

"不许打人！"

"不许打人！"

团丁们见有人带头，也纷纷发出怒吼。

石川面对一双双喷着怒火的眼睛，吓住了，举着鞭子再不敢落下。

梁国兴走到石川跟前，也是满身汗渍："石川队长，不能再打了。"指着人群让他看："你看看，这些人连热带累，都成了什么样子？真打出事，你也无法向龟田太君交代吧？"

梁国兴软中带硬的话让石川清醒了。望着人们愤怒的表情，他也怕逼出事，真出了事，不要说龟田，恐怕毛利、犬养甚至军部都不会轻饶他。愣一愣，自己给自己找了个台阶："中国人，奴隶性，不打不行的。"悻悻地走了。

操场事件，在伪军们的心中引起很大震动，使他们都认识到了日本人的凶残，更进一步看清了自己的奴隶地位，于是，一种反抗情绪在躁动，在传播。

一天午饭后，吴敬仁来到梁国兴的房间。自梁国兴在操场上救了吴敬礼，吴家哥儿俩对梁国兴和皮青林的态度有了很大转变。以前绺子派和联庄会派是很不和谐的，或是见面不说话，或是说话就吵架。吴家哥儿俩的气势当然与陈善继当团长有关。陈善继的被杀，对吴家哥儿俩是一个致命打击，且还要时刻担心日本人找后账，蛮横之气自然收敛不少。及至关键时刻梁国兴出手相救，令吴家兄弟着实感激。石川的非人折磨，使绺子派忍无可忍，吴家兄弟决定带队逃跑。主意拿定后，吴敬仁便想拉着联庄会派一起行动，一是人多势众，二也算报答救命之恩。

吴敬仁一进门就向梁国兴拱起手："梁团副，再一次感谢那天的援救。"

"吴大队长太客气，过去的事不要总提。咱们都是中国人，哪有中国人不帮中国人的？"梁国兴知道吴敬仁的多次道谢必有用意，而且观察到他们在暗中串联，但摸不清底细，只得一边敷衍，一边用话撩拨。

"是啊，咱们都是中国人，"吴敬仁用眼睛盯着梁国兴，"可咱中国人的日子太难受了，小日本子太不拿中国人当人。照这样下去，咱不让八路打死，也得被小日本折腾死。我他娘……唉！"

"吴大队长说得有道理，小日本是太可恶了，有他们在，中国人就甭想有踏实日子过。咱们跟着他们干，到头来也落不了什么好。"梁国兴至此看清了吴敬仁的来意，决定不再绕弯子，"我看吴大队长心里有事啊，有什么事就请直说，只要是梁某能帮上忙的，没有二话！"

"好，我就知道梁团副是仗义人！"吴敬仁很兴奋，"实话跟你说，我他娘要拉出去！"

"拉出去？"梁国兴佯装吃惊。

"拉出去。不给小日本当孙子了，拉出去单干！梁团副要是愿意一块儿走，最好。不愿走，请不要找我们的麻烦！"

梁国兴和皮青林也正担心起事时吴家哥儿俩掣肘，今见吴敬仁主动来联系，正中下怀。但为慎重，梁国兴没有急于表态，不动声色地问："你们能带多少人？打算怎么走？"

"我们都串通好了，二大队都走。就是取枪是个难事。"

杀了陈善继，龟田也怕保安团闹事，就命令把枪弹锁进了枪库，钥匙由石川带在身上。伪军们出操，都是徒手。而枪库就在石川住的房子旁边，日夜有一个日军看守。

梁国兴此时觉得吴敬仁不是使诈，也就把他和皮青林的想法告诉了吴敬仁。吴敬仁一听，用力拍了一下梁国兴的肩膀："哎呀梁团副，你做事可真机密啊。早说了，也省得我们提心吊胆！"

梁国兴笑笑："这就叫麻秸秆打狼——两头害怕。"

此后，梁国兴、皮青林和吴家哥儿俩密谋了几次，制订了行动方案，只等机会的到来。

这天傍晚，天阴了下来，吃完晚饭，已是伸手不见五指。梁国兴几个人碰了下头，决定就在半夜行动。

夜，阴沉沉的，黏糊糊的潮热让人不能入睡。保安团的营房里，确实也没有一个人睡觉。即将发生的大事让人们紧张，又让人们兴奋，他们大睁着眼睛躺在床铺上，忐忑不安地等待那惊心动魄的时刻。

天闷热得让人喘不过气，隐隐雷声不断从远处传来。枪库前的日本兵敞开上衣，烦躁地踱着步。吴敬礼带着两个彪形大汉，跳出围墙，绕到枪库屋后，搭人梯上了房顶，悄悄爬到前檐，探头往下看看，却不见日本兵的身影。吴敬礼静静心，摘下帽子扔了下去。躲在屋檐下的日本兵突然见有东西从空中落下，吃了一惊，唰地端起枪，见四处并无动静，才迟迟疑疑地上前查看。就在他弯下腰的瞬间，吴敬礼飞身跃下，扑到他身上，凶狠地扭断他的脖子。其他两人一个捡起鬼子的步枪，一个摘下鬼子的手榴弹。吴敬礼透了口气，划着洋火画了几个圈。躲在暗中的皮青林见到信号，带人直扑日本兵的宿舍，吴敬礼也冲进石川的房间。

石川也被闷热搅得睡不踏实，全身赤裸，腰里围块兜裆布，躺在床上翻来覆去折饼子。初时院里的响动他听到了，可眼皮沉重得睁不开，也就没有动。直到急促的脚步声来到门口，他才一惊而起。但一切为时已晚，他刚坐起身，吴敬礼的刺刀已扎进胸膛，捅了他个透心凉。

皮青林那边的战斗也很顺利，五个鬼子不是被掐死，就是被扭断脖子，糊里糊涂见了阎王。

梁国兴和吴敬仁带着队伍跑过来，打开枪库，取出武器弹药，冲出营房大门。

这时，一道闪电，一声巨雷，大雨滂沱而下。

梁国兴和皮青林在大雨中领着队伍一直向东，以最快的速度远离鬼子盘踞的重镇。正跌跌撞撞地走着，几个二大队的兄弟跑上来报告："梁团副，吴大队长带一伙子人从另一条路走了！"

皮青林一听急了："这小子太不仗义，刚出来就分伙儿。我去把他追回来！"

梁国兴拦住："算了。不是同类人，终究走不到一块儿，随他去吧。咱们得快走，天一亮，鬼子就追来了。"

天近晌午，队伍来到马家屯。梁国兴之所以选择马家屯，是觉得马家屯应有人与八路军有联系，不然，炮楼是不会轻易被拔掉的。宫崎屠村时，八路军也不会及时救援的。可他的队伍一进村，立即引起了全村的惊慌，家家关门闭户，街道上连猪狗的影子都不见。看来，上次的凄惨景象在村民们的记忆中太深刻了。梁国兴望着浑身泥水、疲惫不堪的队伍，嘴角露出一丝苦笑。此时他心里的某些理念虽然还不是很清晰，但已意识到，被老百姓畏之如虎的军队，是不会有什么前途的。他让皮青林严格掌控部队，就在街道上休息，不许任何人到百姓家骚扰，自己一人走向夏伯轩家。刚到夏家门口，夏伯轩也正慌慌地从院里跑出来。见到梁国兴，愣一愣，脸上立刻堆起笑容："是梁长官啊，老朽事先不知大驾光临，迎接迟慢，万乞恕罪。"

梁国兴连连拱手："夏老先生还记得我啊？上次让老先生受委屈了。非是梁某不出援手，实是无能为力。还望老先生多多谅解。"

夏伯轩摇摇头："老朽已是两世为人。过去的事，不提也罢。梁长官此次来，是驻防，还是路过？"

梁国兴赧颜一笑："不瞒老先生，我的弟兄在大雨中奔跑了一夜，现在是又饥又渴，疲惫不堪，想麻烦老先生马上准备一百五十人的吃喝。一会儿还有大事相商。"

夏伯轩爽快地一口答应，立即让柱子两口子通知几个富裕户，赶紧烙大饼、熬绿豆汤、切老咸菜。

吃喝完毕，梁国兴和皮青林又来到夏伯轩的家，向夏伯轩讲述了事情经过后，请夏伯轩帮忙联系八路军。

夏伯轩哪里肯应："梁长官这样的玩笑可开不得。上次老朽死里逃生已是侥幸，哪敢再招惹是非！"

皮青林急了："老先生，我们杀了日本人，带着队伍来到这里，就是为投八路军，鬼子不会放过我们。找不到八路军，我们很可能被鬼子消灭。您就忍心这一百多人死在鬼子手里？"

夏伯轩见几个人真急了，不敢再犹豫，如果这支队伍真是叛逃出来的，一旦毁于自己的优柔寡断，那可是百罪莫赎了。于是，他建议梁国兴、皮青林把队伍带到河滩柳丛中隐蔽，情况危急时可渡河躲避，自己出去找找试试。

夏伯轩来到押堤，刚进村口，铁牛从一间屋后闪出来："夏老先生，这是要到哪儿去？"

夏伯轩气喘吁吁地："快，快报告你们王队长，我有紧急大事要跟他说！"

铁牛把夏伯轩领到沈大伯家，河桩听了情况，回忆起在霍家营共同战斗的日日夜夜，觉得不可能是阴谋，便和李斌合计一下，派铁牛过河去找张卫报告，自己带着二愣随着夏伯轩，来到马家屯，会见梁国兴和皮青林。双方一见面，梁国兴不禁羞红满面："王队长，真是没脸见你。"就急急地把前后经过说了，"王队长，我们要抗日，来投奔八路军，希望收留。"

河桩紧握着梁国兴的手："你们投顺鬼子也是迫不得已，情有可原。现在能回来，这是好事，我们八路军非常欢迎。事不宜迟，我马上带你们过河，永定河南是我们的抗日游击根据地。"

河桩把队伍带到河南，与张卫汇合。经军分区批准，反正的伪军编为北上支队第二连，梁国兴和皮青林分任正副连长。

吴敬仁和吴敬礼拉出四三十人，重新回到礼贤镇，继续干起打家劫舍的老勾当。

一波未平一波又起，榆垡保安分团副团长成天鹏，不堪团长钱千里的歧视和对老婆的骚扰，拉出二十多人加入平南游击队，使河桩的队伍一下子扩大到六十多人。为提高干部的素养，在张卫的推荐下，河桩等几个骨干被送进军分区开办的"游击干部训练班"学习。结业后，平南游击队被命名为平南独立营，下辖两个连，王河桩任营长，赵志刚任教导员，成天鹏任副营长，程铁牛、杜二愣分任一、二连的连长。两个连下面也分设两个排，一连一排长是金驹，二排长是李三林；二连一排长是张保国，二排长是宋小强。

不久，北上支队与平南独立营配合，拔除了渡口炮楼。鬼子抓夫重修了几次，可他白天修，夜里就被王老奎带人扒掉了，连砖瓦木料都扔进了大河，气得毛利干瞪眼，最后不了了之。

二十

伪军的连连叛逃，在日军中引起极大恐慌。因为要支援南方会战，华北日军抽出大批主力部队，造成华北兵力明显不足，不少据点都是由伪军驻守。倘若不及时遏止事态发展，后果将不堪设想。于是，华北驻屯军一面发通报给予毛利、龟田处分，一面调整战略思想，除对八路军坚决围剿外，对其他武装采取怀柔政策，派出大批特工人员进行拉拢收买。永定河两岸得到短时平静，这给共产党建立民主政权、加强武装建设创造了机会。

河桩走在田间小路上，心里说不出的轻松愉快。两旁的玉米已长得没过人头，腰间挺着的嫩棒子吐出花红丝线，碧绿叶子上托着的露珠，在初升的太阳照射下，闪着晶莹的光亮。河桩忍不住跑到地里，扯下几根花红丝线，一边欣赏，一边招呼走在后面的李斌："李书记，青纱帐一起来，可就是我们的天下了。"

形势好转后，成立了区委区政府，配备了部分工作人员，李斌改任区委书记，区长是由霸州调过来的马振武。区委区政府已能独立行动，河桩与李斌有一段时间没在一起了。这次军队和地方联合行动，是为召开固安十一区伪职人员会议，李斌特请河桩保驾的。

"是啊，"李斌掂掂肩上挎着的蓝花小包袱，紧走几步跟上来，那里面包着几件洗换衣物和党的文件，"秋庄稼长势不错，看来是个丰年。这样，老百姓的日子就好过多了。"

河桩笑起来："李书记，真是什么人说什么话。我说的是青纱帐起来，部队好活动了。你说的是庄稼长得好，老百姓有好日子过。没说到一个题上嘛。"

李斌也笑了："人哪，都有私心。我身为区委区政府的工作人员，就要更多地关心人民群众的生产生活。其实从大的方面讲，咱俩想的还是一个目标。没有军队保护，地方政权不能巩固；没有地方支援，军队也就成了无源之水，无本之木。"

河桩赞叹："书记就是书记，理论水平就是高。哎，老李，你把这次会议安排在河沿儿召开，可真是有魄力呀。"

"这是我和伪职人员玩的心理战。他们觉得河沿儿离固安、榆堡近，尤其是榆堡，鬼子坐汽车，用不了一袋烟的工夫就到，以为我们不敢来。在那些伪职人员的心理上，共产党八路军的力量很弱，只能在荒村野店藏猫猫，他们给鬼子办事，我们奈何不了。今天我们在鬼子眼皮底下找他们开会，就是给他们一个震撼。当然，这主要还是大环境对我们有利。再说，还有你这个坚强后盾嘛。"

"好哇，"河桩高兴地说，"我们把伪职人员争取过来，鬼子就成了聋子瞎子。"

两人说说笑笑，走近了河沿儿。河桩抬眼四望，堤顶、田边和小路上，有不少头戴草帽、肩背草筐的人，那是化了装的侦察员。铁牛从玉米地里钻出来，朝李斌笑笑，凑到河桩跟前："营长，四周警戒都布置好了。教导员带领的阻击部队，也到达了指定地点。"

河桩严肃地点点头："一定要警惕敌人的突然袭击。如果发生意外，不论付出多大代价，也要保证参会人员的安全。"

李斌也说："程连长，这次会议是抗日政府打出的第一炮，能否打响，意义重大呀。"

铁牛说声"请李书记放心"，就又钻进玉米地。

两人走进村东口，王老奎正站在墙角与水生说话，两人忙过去招呼。

"大爷，都安排好了？"

"放心吧李书记。"王老奎满有把握，"自打前天跟李大裤裆说好在他家开会，我们的游击小组就把他和李狗子监视起来了。暗哨南边放到固安北关，都是水生的那些船工；北边放到榆堡镇头，是河桩他爹带着柳芽一帮妇救会负责。香巧在渡口上，探听四面八方的信息。今天一早，马区长和白助理员就到李大裤裆家去了。"

李斌连连道谢："大爷辛苦你们了。你这一安排，真是万无一失。"

河桩高兴得跟王老奎开起玩笑："大爷，你什么时候看起《三国》了？谋划得跟诸葛亮似的。"

王老奎慈爱地看着侄子，两眼笑得眯成一条缝："这孩子，跟大爷还来这一套。大爷不就是想为抗日多做点事吗？"

两人来到李大裤裆门前。河桩虽是本村生本村长，却从未到过李大裤裆的家，站在雕花门楼下，心中涌起一种说不出的陌生感，不由得停住脚，端详了一会儿，才迈步走进门。

李大裤裆带着李狗子，迈着小碎步颠儿颠儿地迎出来，脸上挂着不安的笑："李书记，河……不不，王营长，快，快屋里请。"

区长马振武是个三十来岁的年轻人，长着一副不怒自威的面孔，见河桩、李斌走进屋，忙迎上来握手。区粮秣助理员白春天四十多岁，不善言辞，对着两人只是憨厚地一笑。屋子里静静的，显得有些压抑。

李大裤裆一边不停地用白手巾擦汗，一边偷看李斌和河桩的脸色。过一会儿，实在忍不住，望望条案上的座钟，试探着问："李书记，马区长，天都快九点了，还没有一个人来，这……"

李斌与马振武对视了一眼，不急不缓地说："李保长，不用着急，天还早呢。"李斌话虽如此，心里也是不踏实，如果没有人来，或是来人太少，这次会议就失败了。首次会议失败，将给今后的工作带来很大困难。

心里最矛盾的还是李大裤裆，他既盼望人们快点来，早来早开会，早散伙，免得让日本人知道，给自己带来灾祸。他又盼着人们不来，看共产党的笑话。他从心眼里不愿意共产党在这块地方站稳脚，他知道，共产党得了势，他这种人是没有好果子吃的。可他又不敢明着得罪共产党，八路军神出鬼没，坏了他们的事，说不定什么时候脑袋就搬了家。前天晚上李斌突然来到他家让他大吃一惊，李斌作出的决定更让他提心吊胆。他做梦也没想到，自己天天为日本人搜查的共产党八路军，原来就在身边，而且还要在他家开会。

那天吃完晚饭，李大裤裆在两个老婆的侍候下，冲了个凉水澡，赤身穿个大裤衩子，躺在院里葡萄架下乘凉。大老婆周秀珍提出个小饭桌，放在他跟前。小老婆崔兰英下身穿条绿绸短裤，上身穿个红兜肚，从水缸里捞出个大西瓜，切成月牙块儿，递到李大裤裆手里，嗲声嗲气地说："当家的，吃块瓜吧。"

此时月上东天，皎洁的光芒透过葡萄叶，花花搭搭照在崔兰英身上，那种朦胧的妖美让李大裤裆淫心大动，他一把将崔兰英揽进怀里，双手在胸前乱揉："吃瓜？老子吃你！"

崔兰英扭动着身子，哼哼唧唧地娇唤。

"看那浪劲儿！"周秀珍起了醋意，撇着嘴啐了一口。

"姐姐，别老鸹落在猪身上，光看别人黑看不到自个儿黑。你那个劲儿，瞒得了别人能瞒得了我？'崔兰英反唇相讥。周秀珍想起什么，哧哧地笑起来。

"行了，你们俩谁也别说谁，一个窝里的骚狐狸！"李大裤裆狂荡地大笑，又使劲在崔兰英的乳房上捏了一把，"兰英，给哥哥唱个《王二姐思夫》。哥哥就爱听你的小嗓子，唱得人心里一动一动的。"说着在崔兰英脸上亲了一口。

崔兰英原是在北平天桥唱蹦蹦戏的，生意不好，就边唱戏边当"半掩门"。李大裤裆到北平办事，常到天桥闲逛，一来二去认识了，鬼混了几回，就为她赎了身，带回河沿儿。周秀珍开始时不高兴，但拗不过李大裤裆，自己又不生育，再加上崔兰英嘴甜，会哄人，在一起五六年了，倒也相安无事。

崔兰英兴奋起来，从李大裤裆怀里坐直身子，捏着嗓子唱开了："王二姐坐绣楼，眼泪汪汪啊——"

甩腔还未哼完，二门就被人拍响了："东家……"是长工姜海。

李大裤裆的兴致被打断，很不耐烦："老姜，大晚上的还不消停，嚎什么丧？"

"李头儿，开门吧，有人找。"

"嗯？"李大裤裆听出李狗子的声音，心里诧异，推开崔兰英，挥手让两个女人进屋，然后问："狗子，什么事？"

"开门吧，开开门你就知道了。"李狗子吞吞吐吐。

李大裤裆打开二门，一下呆住：门外黑乎乎站了四五个人。

"这，这……"

"李保长，别害怕，我们找你说点事，走，到屋里去。"站在人群前面的人说了话，语调虽然和缓，却透着不可抗拒的威严。

李大裤裆摸不清对方来路，只得带头进屋，点起泡子灯。灯光下，李大裤裆看清了，除去三个陌生人，一个李狗子，竟然还有个王老奎。

"李保长，又吃西瓜又唱戏，小日子不错呀！"众人坐定，一个面目清秀、腰插短枪的年轻人微笑着说。

李大裤裆听出这是对他的揶揄，咧咧嘴，没有说话。

"李保长，咱们打开天窗说亮话，"年轻人脸一绷，"我们是共产党，八路军。我是固安抗日十一区区委书记李斌，今天特地来拜访你。"

李大裤裆吓得差点儿坐在地上，连忙哀求："李书记，我可没干坏事呀。我这个保长，是日本人硬让干的。李书记，你就饶了我吧。"

"你是什么人，不用自己表白，我们了解得很清楚。你真的没干过坏事吗？你没帮鬼子搜查过共产党八路军？你没欺压过老百姓？"见李大裤裆被镇住了，李斌口气一转，"当然，你还不是罪大恶极，还可挽救，不然，我们早就惩处你了。"

李大裤裆连连点头称是："我不会跟日本人一条心的。再怎么着，我还是中国人呀！"

"李保长有这个认识再好不过了。告诉你件事，但你必须保密，出了差错唯你是问。河沿儿建立了抗日村政权，王老奎是抗日村长，今后你要积极配合他的工作。"

李大裤裆暗吃一惊：原来这一家子都是共产党啊。侄子是八路，大爷当抗日村长，将来河沿儿的大权得让他们抢去呀。想着，心里升起愤怒，瞪起两眼朝王老奎望去，见老奎正盯着他，忙又顺下眼，假笑着连连答应。随即眼珠一转，想出个主意："李书记，老奎大哥是河沿儿的人尖子，村里人都宾服他。干脆，村里的事就让他一人管得了。"

"不"，李斌好像猜透了李大裤裆的心思，一口回绝："保长还是你当，支应日本人的事还是你干。"

"李书记，这可让我不好办了。老奎大哥这个抗日村长，那是怎么办怎么对。你让我支应日本人，我可就是深不是浅不是了。"李大裤裆苦着脸推脱。

李斌看出李大裤裆在耍滑头，也毫不客气："李保长这么聪明的人，能不知道深浅？只要你记住自个儿是中国人，不当铁杆汉奸，就应该知道怎么办。"

王老奎这时插了一句话："李头儿，这么多乡亲的眼睛看着，不会冤枉好人的。"

李大裤裆像斗败了的公鸡，低下头不再说话。

李斌见把李大裤裆的气焰打下去了，就笑了笑："李保长，你不是想为抗日做事吗？现在就给你个机会。后天我们要开十五个村的保长联席会，就在你家开，你负责招待招待。"

李大裤裆一听，胖脸又吓白了："李书记，这可不行啊。固安、榆垡到这儿，不过眨眼之工。要是出了事，我有八个脑袋也担当不起呀！"

李斌不动声色："我们悄悄地开会，日本人哪能知道？"

"就怕走漏风声呀！"

"只要李保长这边守住秘密，就不会出问题。"李斌盯住他意味深长地笑笑，口气坚定得不容置疑，"就这么定了，后天上午见！"

李斌走了半天，李大裤裆仍然坐在椅子上不动弹。李狗子站在旁边，一时也无话可说。

两个女人从里屋走出来，崔兰英手拍胸口直哎哟："娘呀，吓死我了！"

好久，李大裤裆长叹一声："共产党这一手太歹毒了，这是让我猪八戒照镜子——里外不是人呀！"

"怎么？"几个人不明白。

"你们都是猪脑子？他们在咱这儿开会，这明显是把我硬往他们身上绑。让日本人知道，就是私通八路，就得掉脑袋呀！"

"那就把他们的事捅给日本人！"李狗子自作聪明。

"你找死呀？他们既敢提前告诉我们，那肯定早有准备，你一动就让人家干掉了！"

"这也不行那也不行，到底怎么着好？"周秀珍急得快哭了。

"这就叫伸头也是死，缩脖儿也是死，听天由命吧。"李大裤裆也没了招儿，"狗子，这两天你千万别干傻事，老老实实在家待着，先躲过这一劫再说。"

为了应付这个会，李大裤裆很是费了一番心思。他特意让人去了一趟固安县城，买了五斤猪肉、一扇排骨、一筐西瓜和一篓烧酒。他要把晌午饭弄得丰丰盛盛的，表面上是向共产党展示诚意，内心里却是借此拉拢共产党，脚踩两只船，左右逢源，以便从中渔利。另一方面，他要让那些保长们知道，他李大裤裆不管到什么时候，都是条汉子，他们都得以他马首是瞻。

就在李斌和李大裤裆各怀心思、暗中较劲的时候，王老奎走进门，身后跟着胡林店、太子府等五六个村子的保长。李斌招呼大家坐下后，把王老奎拉到院里，低低地问："大爷，他们怎么凑在一块儿来了？"

"他们都跑到香巧的小吃店去了。是香巧告诉了我，我才把他们领来了。"

"这样不行，显鼻子显眼的，太危险。"

"我派人到各路口等着去，见了开会的就领来。"

原来这些保长接到开会的通知，都很害怕，又不敢不来，可到了村头又犯犹豫，就到渡口的堤顶上观风向。第一个来的是胡林店的胡振山，他先往村里看看，见没什么动静，又走到堤边，装作看河景。

胡林店离河沿儿不过三里地，两村的人差不多都认识，尤其是有头有脸的人物。香巧一见胡振山，知道是来开会的，见他不进村，不好明问，就上前试探："胡大叔，这是要过河呀？"

"不，不是，闲着没事，随便溜达。"胡振山不自然地笑笑。

"既是没事，坐下喝点儿水吧，刚沏的。"

胡振山就势坐下，端起茶碗抿了一口，心不在焉地奉承："味道不错，好茶。"

两人有一搭没一搭地说着闲话，太子府的周润田走上堤顶。胡振山忙招呼："周保长，快来，喝点儿茶。"

周润田是个爽快人，径直走过来："老胡你够闲在的呀！"

"你不也一样？"胡振山回了一句。两人心照不宣地相对苦笑。

随后，又陆续有几个保长来到，也都聚到香巧的茶桌上，谁也不伸头提开会的事。

香巧见几个大老爷们儿闲坐在她这儿，已引起来往行人的注意，心里暗暗着急，撇下他们就要进村报信。迎头碰到王老奎，忙把情况说了。王老奎来到茶桌前，一看都认识，情急之下也就不再绕弯："老几位怎么还坐在这儿？进村吧。"众人这才站起身，相跟着走下大堤。

见有人来了，早被李大裤裆事先调教好的周秀珍、崔兰英打扮得花枝招展、香气逼人地从里屋扭出来，一人手里托着茶壶，一人手里托着切成月牙的西瓜，满脸堆笑，娇声贱气地让人们喝茶、吃瓜。尤其是崔兰英，水红色的旗袍紧裹着丰腴的身体，膨胀的双乳高挺着，雪白的大腿在旗袍开气儿处忽隐忽现，更显得妖媚十足。当周秀珍、崔兰英扭到马振武面前时，马振武厌恶得紧皱着浓眉，用手拍了下桌子："把东西放下，回屋里去！"两个女人吃了一惊，笑容僵在脸上，一时不知所措。

李斌见状，微微一笑："好了，这里没你们的事了，回屋里歇着去吧。"

李大裤裆心里窝火，又不敢发作，只得瞪起蛤蟆眼朝自己的女人吼："没眼色的东西，还不快去操持饭！"

两个女人讨了个没趣，悻悻地走了。

又过了一会儿，仍有两个村的保长没有到。李斌跟马振武、河桩商量了一下，决定不再等，便宣布开会。

"大家都知道请你们到这儿来，是为什么吧？"李斌环视了保长们一遍，微笑着问。

保长们你看看我，我看看你，谁也不敢搭言。

"那就是为了一件事，抗日！"李斌的话音陡地高起来，"自从日寇发动全面侵华战争，全国各民族、各阶层掀起了抗日救国的热潮。凡是中国人，不论男女、不分老少，都在为抗日救国贡献力量。可你们呢？你们是日本人的保长，在为鬼子办事！"李斌的话很有力量，保长们都羞愧地低下头。

李斌见有了效果，便把语气缓和下来："那为什么还请你们来商量抗日的事呢？是因为你们还不是死心塌地为鬼子办事，还不是铁杆汉奸，当保长也是属于迫不得已。今天你们能来开会，就表明了态度，这很好，我们非常欢迎。特别是李文成先生，主动提供开会场所，更说明是身在曹营心在汉，大家要向他学习。"

保长们都把目光望向李大裤裆。李大裤裆在这种形势下，只能假笑着向大家点头，心里却在不停地叫苦：这是把我往狗肉柜子里填呀！

接着，李斌讲了共产党的抗日主张，讲了统一战线，讲了保长们支应鬼子的限度和敷衍鬼子的方法。

听着李斌的讲话，保长们的表情各不相同，有的兴奋，有的愁苦，有的不以为然。李斌看出保长们的心思，干脆一针戳破："大家可能以为共产党就会搞宣传，耍嘴皮子。我们和大家一样，都知道用嘴说是不能把日本鬼子说跑的，我们还要积极地开展武装斗争。下面就请八路军平南独立营的王河桩营长，谈谈武装斗争的情况。"

河桩在李斌讲话时，一直坐在旁边，静静观察保长们的表情。李斌请他讲话，便站起来走到人们面前。大多数保长是认识河桩的，现在一听他是八路军，而且是营长，都暗暗吃惊，瞪起两眼看着他。河桩迎着保长们诧异的目光，落落大方地一笑，接着讲了平南武装抗日的形势，讲了马家屯的两次战斗，讲了拔除河沿儿据点，还讲了伪军反正、投入抗日阵营的事。最后铿锵有力地说："日本鬼子的势力眼下还很强大，但那是暂时的，不是不可战胜的，马家屯、河沿儿战斗就是很好的例子。我相信，每个有良心的中国人，每个没有忘记祖宗的中国人，是不会让日本鬼子在中国的土地上烧杀掠抢的。只要全国人民团结一致，共同对敌，就一定能把日本鬼子赶出中国！平南独立营在平南这块土地上，不仅要坚决地消灭鬼子，而且要坚决地打击汉奸！希望诸位要认清形势，不要做亲者痛仇者快的事，不要做遗羞子孙的事！今天有两个村的保长没来，我们还要找他们，如果他们一心要当汉奸，我们就坚决惩处！只要大家按照李书记的要求去做，咱们就是朋友，否则就是仇敌，就要受到严厉打击！"

河桩的话给了保长们极大震慑，一个个脸色灰白，噤若寒蝉。

接着，马振武讲了合理负担、支援抗日的事，并让白春天公布了各村缴纳公粮的数目。

李斌见火候已到，用目光和马振武、河桩示意了一下，站起身来："时候不早了，该说的事也都说了，大家是明白人，好自为之吧。"带头便往外走。

李大裤裆忙伸手去拦："李书记，天都晌午了，哪能不吃饭就走？我都预备了，上好的二锅头。"

李斌朝李大裤裆拱拱手："李保长的盛情心领了，就不打扰。李保长做好抗日工作，比什么都好。"

看着李斌们走出大门，屋里的人这才长长吐出一口气。

"河桩这小子什么时候成人物了？真够横的，吓死个人！"胡振山掏出烟袋，装烟的手不停地哆嗦。

周润田凑到李大裤裆面前："李头儿，你够有本事的呀，成了共产党的红人了。"

李大裤裆懊恼透了："老周你就别拿我打磕牙了。我是哑巴让狗操了，说不出道不出呀！"

"今后可怎么办？"胡振山问出了大家的疑虑。

"还能怎么办？两边都惹不起，凑合着应付呗。"一个保长无奈地说。

"八路说的也有道理，咱们终究是中国人，总得向着中国人吧？"

"不管怎么着，今天的事不能让日本人知道。"

"唉，这日子真是没法过了。"

保长们个个垂头丧气，再没有了往日的威风。

周秀珍进来问开不开饭，李大裤裆沉默了一会儿，一拳砸在桌子上："吃，不吃留给谁？指不定哪天脑袋搬家了，想吃都没法吃了。"

"李头儿这么想就对了。"周润田首先坐到饭桌旁，"就眼下这局势，不吃白不吃，多吃一顿赚一顿。李头儿，什么时候有工夫，到我那儿喝去。"

众保长听了周润田的话，稍稍振作了一下精神，乱纷纷围着饭桌坐下。看着进进出出上菜端酒的两个女人，有的保长竟忘了目前的危险，两眼冒出淫邪的光。胡振山嬉笑着说："李头儿可真是有艳福，这两个女人，啧啧……"

周润田凑趣："那是人家李头儿有本事。搁你身上，不出半个月，就得给吸干了。"

人们哄堂大笑，气氛渐渐活跃起来。

　　吴敬仁、吴敬礼从黄村叛出后，得知梁国兴和皮青林去投八路军，心里十分不愿，又不敢明着反对，怕引起火并，就在路上把过去的老弟兄偷偷拉出来，又回到当绺子时的老巢礼贤。礼贤也是平南古镇，盛产打瓜。打瓜是西瓜的一种，但个头比西瓜小，瓤儿少籽儿多。人们种打瓜，不为吃瓤儿，只为要籽儿。打瓜成熟后，把籽儿掏出，晒干保存。待到三九严寒无活儿可干时，便全家老少齐上阵，把瓜子的仁儿嗑出，卖与北平城内的糕点铺，做五仁糕点。据说，嗑仁儿高手将一把瓜子放入口中，随着舌头的搅动，能一边嘴角吐皮儿，一边嘴角吐仁儿，成为方圆百里一大景观，被称为"瓜子儿礼贤"。吴家原是富贵人家，只因祖辈染上大烟瘾，把挺好的家业踢蹬光了。到了吴敬仁父亲这一辈，已成了"落的梆子"。"落的梆子"是本地方言，是对落魄富家子弟的蔑称。吴敬仁本来兄弟三个，老大九岁时出天花死了。由于缺吃少穿，吴敬仁十七岁便带着十五岁的吴敬礼闯关东。先是在张学良的东北军当兵，因违反军纪挨了打，便跑上长白山当了胡子。后来绺子被剿匪的部队打散，哥儿俩举目无亲，便怀揣盒子炮，一路走一路抢，辗转回到老家。此时父母早已双亡，几间破房也坍塌得不成样子。二人匪性不改，便投到陈善继麾下。此次重占礼贤，哥儿俩已是今非昔比，自己成了大当家，再不用在别人面前低三下四。他们除去向商家店铺、豪门富户收取保护费外，便是打家劫舍，"绑票"索财，过着草头王的日子，倒也优哉游哉。

　　这天，哥儿俩正在议事厅里听妓女红牡丹唱曲儿，小队长张运来进门报告：外面有人求见。

吴敬礼眼一瞪："谁他娘活腻了，敢往这儿闯？这不是耗子舔猫屎——找死吗？把他轰出去！"

"慢！"吴敬仁拦住，"三弟，敢找上咱的门的，必不是一般人物，先让他进来，看看再说。"

来者五十多岁，一身商人打扮，手里提个沉甸甸的拜匣。一进门，便摘下礼帽，恭恭敬敬朝吴家哥儿俩鞠了一躬。

"你是什么人？来干什么？"吴敬礼冷冷地问。

"鄙人有机密大事，只能跟两位当家的密谈。"来人笑眯眯的，又鞠了一躬，两只小眼睛在镜片后面滴溜溜乱转。

吴敬礼看看哥哥，吴敬仁略一沉吟，朝红牡丹挥挥手。红牡丹狠狠瞪了来人一眼，扭着腰肢走了出去。

"说吧，什么事？"

"鄙人佐藤，受朋友之托，来和两位当家的做笔买卖。"

"你是日本人？"吴敬礼一下站起来，伸手就去摸枪。

"二当家的不必紧张，我是日本人不假，但不是来寻仇的。"佐藤仍是笑眯眯的，不慌不忙。

原来这佐藤就是杀害洪玉山的那个日本商人，他既在天津经商，又是日军的情报员，是个中国通。那次来榆垡，明着是赌钱，暗中却是侦察地形，搜集情报。侵华战争爆发后，驻天津特务机关长土肥原贤二欣赏他的能力，将其网罗到自己的麾下。近日，土肥原把他派到平南，以固安东亚洋行为掩护，受毛利领导，专门拉拢、收买土匪武装。他仔细分析了几股土匪武装的情况，决定先从嗜财如命的吴部入手。

"两位当家的在黄村杀了皇军，带队叛逃，按军法该如何处治，想来二位比我清楚。以大日本皇军的威力，你们这几十个人的命运，可想而知。"佐藤说到这儿，故意顿了顿，见两人脸上变了色，才接着说："但皇军宽大为怀，既往不咎，毛利太君特让我来与两位交个朋友。"佐藤说着，打开拜匣。

吴家哥儿俩近前一看，里面竟是白花花的银圆和黄灿灿的金条。自黄村逃回后，吴部遭到日军的几次追剿，幸亏耳目报信及时，才躲过劫难，但整日仍是提心吊胆。今天毛利竟让佐藤拿来银圆金条，实在让吴家哥儿俩大感意外。

"什么意思？"吴敬仁直瞪瞪地望着佐藤。

"很简单，就是想请两位当家的与皇军合作，共同消灭共产党八路军。"

"这不还是想收编我们吗？"

"不行！好马不吃回头草。我们既然出来了，就不能再回去！再回去能有好果子吃？"吴敬礼怀疑这是日本人设的圈套，想把他们骗回去消灭，因此坚决反对。

"二位误会了。"佐藤仍是和颜悦色，"皇军这回不是收编你们，只是和你们做朋友，共同对付共产党。"

"我们还驻在礼贤？"

"当然。你们是独立的，可以自由活动。只要反对共产党，破坏共产党抗日，做什么事皇军都不会干涉。如果你们受到八路军的攻击，皇军还会给予援助。这样的买卖，是只赚不赔的。"佐藤说着，把拜匣又往前推了推。

"要是这样，倒还干得过儿。"吴敬礼转怒为喜，抬眼望着哥哥。

"来人！"吴敬仁吩咐，"准备酒席。"扭头对佐藤说："佐藤先生，咱们喝一杯，再好好商量商量。"

喝酒间，佐藤卖弄神通，时不时讲个典故、趣闻，逗得吴家哥儿俩哈哈大笑，气氛甚是融洽，

"不知两位当家的与洪部关系如何？"佐藤趁机发问。

吴敬仁此时已毫无戒备，一边啃着猪蹄一边说："陈当家的在时，和洪老婆子有些来往。不过，那老婆子办事各色，跟我们不是一个路子，两家不亲。"

"二位能否出马，把洪部也拉过来，共同对付共产党？"

"这不容易。"吴敬礼摇头，"我们回到礼贤后，为做买卖，跟他们闹了好几场了，有一回差点儿动了手，两家关系挺僵。"

"听说那老婆子跟共产党走得挺近。"吴敬仁补了一句。

"越是这样，越要把他们拉过来。他们倒向共产党，将对皇军大大不利。"见两人不搭茬儿，佐藤进一步诱惑，"二位把这事做成了，皇军还有重赏。"

"事倒是好事，可找不到茬口呀？"果然，佐藤这一招儿很见效，吴敬礼动了心。

　　"我这儿有个机会。过十天是洪老太太的五十大寿，二位可以前去祝寿，借机消除矛盾。中国不是有句俗话说，伸手不打笑脸人吗？"

　　吴家哥儿俩吃一惊，这个日本人真是不简单，不光中国话说得好，竟连洪老太太的生日都知道。望着佐藤微笑后面阴沉的目光，两人不寒而栗。

　　"佐藤先生怎么连这样的事都知道？"

　　佐藤笑而不答，更显得高深莫测。其实，佐藤不仅知道洪老太太的生日，还知道这个大当家就是他杀死的那个赌徒的妻子，更知道这个大当家一直在寻找杀夫仇人。

　　佐藤走后的第二天，吴敬礼就派李栓子去南辛庄打探消息。李栓子连夜赶回来报告，洪部果然在准备给老太太祝寿。吴家哥儿俩忙派人去北平，为洪老太太购买寿礼。

　　这几天，洪家大院热闹异常，上上下下都为洪老太太的五十大寿忙碌着。师爷郑俊杰作为庆寿活动的总管，指挥着一帮兄弟采买鸡鸭鱼肉，杀猪宰羊，发送请柬。洪玉秀身穿一套轻纱裤褂，手拿大蒲扇，坐在大厅里喝茶，喜滋滋望着走出走进的人们。

　　"当家的，"郑俊杰拿着两张请帖走过来，"吴家兄弟和郑新的请帖，派谁送去好？"

　　洪玉秀略一沉思："让文戈去，这样显得尊重些。"

　　前些日子，张卫来到南辛庄，转达了军分区的指示：洪部暂不改编为八路军，留在外围，团结其他绿林武装共同抗日。洪玉秀虽然有些失望，还是爽快地答应了。可巧自己的五十大寿就要到了，她想借做寿的机会，把吴家哥儿俩和郑新请来，先拉近关系，然后再谈抗日的事。

　　"当家的，这方方面面的都请来，会不会……"郑俊杰脸上露出担忧的神色。

　　"你怕闹乱子？"洪玉秀微微一笑，"师弟放心吧，闹不起来。首先八路军方面不会闹，他们要借这个机会搞统战；那两家不敢闹，他们没有咱的势力大，得罪了咱们没他的好日子过。至于炮楼上的，更不用担心，他们都是我的结义兄弟。我这么做，还有一个用意，就是让日本人看看，我和哪个方面都有联系，让他不敢小看我们，不敢轻易找我们的麻烦。"

做寿正日子这天，洪家大院前简直就成了集市。还没到半晌午，大门口就聚了一堆人，有四乡八镇的商家店铺，有响当当的士绅大户，更有南辛庄的普通百姓。老板富户来祝寿，是想借此建立友好关系，免遭抢劫，送的都是写有"福如东海长流水，寿比南山不老松"的寿幛和白花花的光洋。普通百姓送礼，是因为洪部占据这块地盘后，保护了一方平安，送的不是自己蒸的染红嘴儿的寿桃，就是一筐一篮的鸡蛋鸭蛋。洪部的弟兄们按照老太太的吩咐，不管礼轻礼重，凡是来者，都有席位。文龙文虎兄弟俩早早站在门口，打躬作揖地迎接宾客。

张卫、河桩带着五六个人，都穿着便衣，来到门前。洪家兄弟一见，亲热地迎上前："张大哥，王大哥，诸位兄弟，快，里边请，我娘等候你们多时了。"

张卫听着戏台前震耳的锣鼓，看着熙熙攘攘的人群，对文龙说："可要注意警戒，别让小鬼子钻了空子。"

文龙一笑："张大哥放心，我们的眼线都放到十里地以外了，小鬼子一动，我们就知道。"

几个人刚进二门，被腊梅一眼看见，先"呀"地欢叫一声，然后扭头朝大厅里喊："娘，张大哥、王大哥他们来了！"

洪玉秀闻声迎出门："哎哟，我老婆子这点儿小事，还惊动了你们这么多贵人！"

张卫、河桩等人一齐拱手贺寿，志刚、成天鹏打开一条大红寿幛，上面写着："永定河畔除暴安良万民称颂"，二愣、铁牛打开另一条寿幛，上面写着："一杆大旗屹立绿林威震八方"。

洪玉秀高兴得喜笑颜开，连连说："折杀我老婆子了！不敢当，不敢当！"

张卫略带歉意地说："八路军目前还很困难，拿不出像样的寿礼，请洪司令海涵。"

"张支队长说的哪里话，共产党八路军能看得起我，这比千两黄金万两白银还值重！"洪玉秀说着，吩咐人把寿幛挂在寿堂的正中央。

说话间，腊梅又进来报告："吴家哥儿俩来了。"

洪玉秀请张卫等人到东厢房喝茶，自己站在门口迎接。

二十一

吴家哥儿俩见了洪玉秀，一边拱手称贺，一边让李栓子几个人打开礼盒，请洪玉秀过目，竟是一尊一尺多高的玉观音、一双寿鞋、一顶寿帽和二百块光洋。

　　洪玉秀连连称谢，说是礼太重了。

　　吴敬仁笑着摆手："洪大当家千秋大寿，兄弟们送点儿薄礼，不成敬意。今后还要请大当家的多多提携。"

　　洪玉秀命人收下礼物，安排吴家的人到西厢房休息。

　　吴敬礼抬头看见那幅寿联，站住脚读了两遍，对着洪玉秀连连冷笑："一杆大旗？万民称颂？洪大当家了不得啊，这是要在永定河边一手遮天了！"

　　洪玉秀见吴敬礼这副嘴脸，心中蹿起一股怒火，但想到张卫对她的嘱托，要联合吴家兄弟抗日，便把怒火压住，淡淡一笑："吴三兄弟多心了。我老婆子何德何能，敢在永定河边一手遮天？这不过是朋友们的奉承话而已。就如你吧，也不想在做寿的时候让人骂吧？"

　　吴敬礼本想借机发作一下，压压洪部的威风，不想偷鸡不成蚀把米，被洪玉秀几句不软不硬的话堵得张不开嘴，一时竟不知说什么好。

　　吴敬仁也想着佐藤交给的使命，不敢跟洪玉秀闹翻，连忙拉着吴敬礼往外走："老三你怎么还没喝酒就醉了？洪大当家德高望重，就是我们的一杆大旗嘛！"

　　洪玉秀望着不阴不阳的吴家哥儿俩，沉思着好久未动。

　　不一会儿，刘各庄绺子的大当家郑新、万家铺炮楼保安团小队长葛瑞、崔庄炮楼保安团小队长魏振彪等陆续都到了。洪玉秀看天将晌午，便下令开席。洪玉秀、张卫、河桩和吴敬仁等坐首席，志刚、成天鹏和吴敬礼、郑新及两个保安小队长坐二席，其他人依次而坐。

　　洪玉秀端起酒杯，满面春风："各位兄弟朋友，各位父老乡亲，今天我洪玉秀五十岁了。多谢诸位惦记着我，前来看我，洪玉秀在这儿给大家行礼了！"洪玉秀作完揖后，继续说："我洪玉秀也是苦出身，是日本人勾结坏人，杀害了我的丈夫，我迫不得已才拉起杆子。我虽然入了绿林，但我敢说，我只是劫富济贫，除暴安良，没干过祸害百姓的事。今天，日本人打进了中国，到处杀人放火，我希望有能力的人，尤其是有枪杆子的人，要保一方平安！"

"好，洪司令说得好！"张卫、河桩带头鼓掌。席间响起热烈掌声。

吴敬礼见成天鹏不停地鼓掌，心里不受用，讥讽地笑道："成团副投了共产党，八路军给了你个什么官，这么高兴？"

成天鹏对吴敬礼的匪气早就看不上眼，见他故意挑衅，也就毫不客气地回敬："当不当官我不在乎，我只想做个堂堂正正的中国人！"

吴敬礼被噎住了，满面通红地瞪起眼。

志刚怕闹起来对以后工作不利，忙打圆场："吴当家的不也从日本人那儿拉出来了？还杀了好几个鬼子。吴当家的这一壮举，实在让人佩服。"

"那是！"吴敬礼让志刚这么一说，又高兴了，呜呜喳喳吹起牛来，"石川厉害不厉害？老子一刺刀捅他个透心凉！"

葛瑞、魏振彪在别人说话时一直低头喝闷酒，喝着喝着，葛瑞忽然哭了起来。

洪玉秀等人不知出了什么事，忙站起身围拢来。

"兄弟，你这是怎么了？"

魏振彪扶着葛瑞的肩膀："没事，喝多了。"

葛瑞仍是流泪不止："我这是干的什么差事，家里家里没人待见，外面外面直不起腰，我还是个男子汉吗？"

葛瑞本是小康之家，家里有四五十亩好地，黄村还有一家杂货店。鬼子占领黄村后，把他在杂货店里抓住，拷打审讯了一番，没查出什么问题，就送进训练营。因为他识文断字，训练结束后，委任为保安团小队长，派驻万家铺炮楼。葛瑞的父亲原是教私塾的老先生，很有民族气节，看儿子当了伪军，见面就骂。媳妇也是满心不愿意，常哭哭啼啼地劝他脱下那身狗皮。乡亲们更是对他另眼相看，常在背后指指戳戳，连以前跟他关系密切的，也和他渐渐疏远了。葛瑞也曾想过不干，可又不敢，害怕鬼子报复。他就在这样的矛盾中熬煎，每天以酒浇愁，一喝就醉，一醉就哭。一天，"快马张三"到离万家铺不远的宁家营子踩点儿，准备抢劫恶霸地主"宁老虎"，被葛瑞的兵看出破绽，抓进炮楼。葛瑞乘着酒劲儿，命令把"快马张三"吊起来拷问。"快马张三"是个烈性汉子，破口大骂："用不着费事，老子是洪部的！要杀要剐，给老子来个痛快的！"葛瑞的酒被骂醒了，赶紧把"快马张三"放下来，好酒好菜招待。然后让个熟悉情况的弟兄，换上便衣，陪同"快马张三"去宁家营子，把"宁老虎"的行止弄了个清清楚楚。几天后，洪部抢劫成功，还绑了"宁老虎"的票，弄了好大一笔钱财。洪玉秀带了重礼，亲到万家铺表达谢意。两人谈得很投机，为了相互照应，便结拜为异姓姐弟。后来，葛瑞又把好友、崔庄炮楼保安团小队长魏振彪引见给洪玉秀，三人又重新结拜了。义姐做寿，义弟当然要前来祝贺。酒桌上听别人讲反正、打鬼子，两人无言以对。葛瑞说不出心里的苦，又喝醉了。

洪玉秀和张卫对对眼神，招呼大儿子："文龙，你葛叔喝多了，把他扶到客房躺会儿。"转身又对众人说："没事，大家接着喝。今天痛痛快快地喝，一醉方休！"

酒宴散后，人们陆续离去。张卫、河桩几个没有走，随洪玉秀回到大厅。

"洪司令这个庆寿酒席办得好，"张卫一进门就说，"方方面面的人都请到了，简直就是一次抗日统一战线大会。话也讲得好，分寸把握得很准。"

洪玉秀也很兴奋："大兄弟交给我老婆子的任务，我总得完成呀！话该怎么说，我还真犯了寻思。说得太白了，怕他们害怕，以后不敢跟我来往了。"

"这就很好，点到为止。"河桩称赞，"先见个面，联络联络感情，以后再分别做工作。哎，洪司令，你们跟谢家铺的保长谢麻子有没有联系？"

"没有。这个人仗着家大业大，村里姓谢的又多，心比较齐，又有十几条枪，豪横得很。我们几次去人找他派粮派款，都被赶了回来。"

"这个人对共产党也很仇视。李书记召开伪职人员会，通知他几次都不参加。区里派人去建政，连村子都进不去，成了十一区的钉子。听说，近来又和鬼子勾结上了，得找个机会教训教训他。"

"这个事交给我吧，我早就想收拾他啦。"

这时，洪文龙进来说，葛瑞醒了。

"走，我们去看看他，这个人可以争取。"张卫带头站起来。

葛瑞正睡眼惺忪地喝茶，见在酒席上见过的几个共产党进来，不禁有些惊慌，放下茶碗，就要掏枪。

"兄弟别怕，这几个人都是我的好朋友，来看看你。"洪玉秀忙把身子挡在前面。

"葛队长，我们没有别的意思，只想跟你交个朋友。"张卫笑着说。

"跟我交朋友？"葛瑞心里虽然有些犹疑，还是把手放下了。

张卫跟葛瑞讲了一番抗日救国的道理，又讲了八路军的对敌政策，最后说："我们知道你当伪军不是出于本心，也没有真心给鬼子办过事，所以想跟你交个朋友，希望你暗中做些对抗日有益的事。"

葛瑞此时已完全清醒了，深为张卫讲的道理所动，也知道义姐洪玉秀和八路军的关系，便点头答应了，承诺不祸害百姓，不与共产党八路军为难，暗中做些抗日工作。张卫又请他抽时间和魏振彪谈谈，葛瑞一拍胸脯："张支队长放心，魏振彪和我是一个头磕在地的兄弟，我的话他能听。"

# 二十二

　　李大裤裆这些日子心情坏透了。李斌在他家召开的保长会，使他有把柄落在别人手里，怕传出去日本人不饶他，一天到晚提心吊胆。水生组织起工会，带着一帮船工找他要求增加"船份儿"，他怕船工闹事，只得违心答应。王老奎也找他推行"合理负担"，派粮派款，他更怕落个破坏抗战罪名，不敢不给。他隐隐感到，李家独霸河沿儿、独占渡口的时代就要过去了。他当然不愿意，不服气，时时想着报复。十天前，他终于找到报复的机会，不想竟出了人命，让他丢尽了脸面。

　　眼下正值秋汛，上游接连降雨，永定河里水翻沫滚，污浊的浪头掀起丈把高，吓人的吼声传出几里地远。渡船停摆了几天，渡口和堤顶上，挤满了行人车辆，人喊马叫，混乱不堪。

　　李大裤裆咔啦咔啦地走上大堤，立刻被一群人围住，几个熟人七嘴八舌地乱喊乱叫：

　　"李头儿，什么时候开船呀？都等好几天了，连吃带住，嚼裹儿受不了哇！"

　　"李头儿，我车上可是热货，不能再撂着了，都要臭了！"

　　李大裤裆望着滔滔河水，没有说话。一扭头，见水生正在香巧的小吃店前忙活，不由怒火直冲脑门儿。眼珠一转，想出一个恶毒的主意。

　　渡船停摆，南行的客商都滞留在永定河北岸，这使渡口的酒馆饭店繁忙起来。船工们却清闲了，有的躺在堤坡的树荫下睡觉，有的坐在酒馆前，就着花生米、茶鸡蛋喝酒。水生无事可做，见香巧忙得团团转，就过来端油条，送茶水，帮着招呼吃客。

"水生，叫你的人聚齐，准备开船！"李大裤裆瞪着牛蛋似的眼睛，朝着水生吼。自水生当了河沿儿村的工会主席，带着船工们要求增加"船份儿"成功，船工们就聚到了水生周围，二船头孙秃子已没了号召力。李大裤裆和孙秃子虽然肚里不受用，但也无可奈何。今天，李大裤裆却巧妙地利用了这一点。

"李头儿，这样大的水能开船？"水生吃惊地望着李大裤裆，"河沿儿渡口多少年可没这个规矩！"

"规矩是人定的！"李大裤裆用手一指围上来的人群，"你看看这些人，都等得眼红眼绿的了。咱们不能只顾自个儿的性命，就不管旅客的利益。再不开船，你不怕大伙儿把船凿沉喽？"本就等急眼的人们，经李大裤裆一煽乎，情绪更激动了，有的竟然破口大骂起来。

水生这才看出李大裤裆的阴险，可面对情绪激动的人们，竟是有理说不清："我只顾自个儿的性命？出了事不都倒霉？"

"你不试试，怎么就能知道出事？再说，"李大裤裆狠狠盯着水生，"你们不是总嚷嚷要为老百姓办事吗？这些过河的不都是老百姓？"见水生没话可说，李大裤裆蛮横地一挥手："把他们都叫过来，马上开船。谁不愿意，我开了他！三条腿的蛤蟆不好找，两条腿的人有的是！"自打出了增加"船份儿"的事，李大裤裆就想辞退几个人，只苦于找不到借口，今天正是个机会，便放出狠话。

李大裤裆的话真让水生为了难。船工们都是指着摆船度日的，尤其是他自己，家里除去两间破房，一无所有，若被辞退，一家人就等于用线扎起了脖子。挨河边有不少村子，水性好的人不在少数，找几个船工可说不费吹灰之力。水生没法儿，只得把船工们召集起来。大家商量好，先摆渡车辆，牲口"打漓"，如果没事，再渡人。水生扭头见老船工徐二佝偻着腰，站在一边直哆嗦，就说："二叔，你拉肚子好几天了，身上没劲儿，就在岸上干点儿杂活吧。"徐二在船工中是老资格，年轻时也是个能吃能干的主儿，如今虽然年老体衰，可观水情、看暗流还是一把好手，在船工中很受尊敬。这几天得了秋痢疾，蹲下就不想起来，身子软得像面条儿。

"不行！拿我的'船份儿'就得给我干活。一个不落，都上船！"李大裤裆挺着大肚子，恶狠狠地盯着众人。

二十二

满载的大车重四五千斤，装上船再卸下船，中间还要摆渡，要的是真劲。别说上了年岁的病人，就是年轻小伙子，一趟下来，也累得弯腰喘气脸发白。徐二苦着满是皱纹的脸，双手捂着肚子，蹭到李大裤裆跟前："李头儿，我一会儿一泡稀，身子乏得很，上船真够呛。"

"那你就'打溜'！"

徐二望望波浪滔天的河水，面露难色："李头儿，我真干不了，就让我在岸上干点儿杂活吧。"

"养兵千日，用兵一时。嚷嚷涨'船份儿'的时候，你不是挺欢实的吗？现在该卖一膀子了，又这不行那不行了？干不了回家抱娃娃去，我这儿不养闲驴剩马！"

徐二被骂得脸红脖子粗，再不吭声，走到河边，拉起两头卸下车的骡子就要下河。

"打溜"虽说比装卸船省点力，也不轻松，又要水性好，又要懂门道。刚下河时，牲口怕水，人得在前边牵着。游出一段后，牲口顺当了，再松开笼头，转到后面，根据水势，揪着尾巴往前轰赶。稍有差错，人和牲口就可能被洪水卷走。

在船工们和李大裤裆纠缠的时候，香巧一直在旁观瞧。见徐二拉起牲口真要下河，忙上前拦阻："二叔，你干不了，别逞强！"

李大裤裆早就因为香巧不上他的手心里有气，今见香巧又向着徐二，不由得醋劲大发，冲着香巧瞪起眼珠子："徐二是你参呀，你这么心疼他？什么金枝玉叶，凤子龙孙，那么娇贵？生就的牛马命，就得干牛马活！我今天就让他下河，看也死得了死不了！"

香巧被噎得说不出话，低低骂声："李大裤裆你不得好死！"便两眼盯住了徐二。

徐二听了李大裤裆的话，气得浑身乱抖。他眼含热泪看看香巧，又看看水生和众船工："你们什么也不用说了。我是天生的贱命，死不了就得干！淹死喂鱼也不赖。死在炕上就有好？也没钱买棺材，破席筒子一卷，还不是让野狗扒了扯了？"

果然，船刚到河心就出了事。两头骡子被浪头打蒙，说什么也不肯往前游，顺着水流滑下来。徐二没有力气驾驭，也拉着骡子尾巴跟着往下冲。两头骡子一个人，翻翻滚滚，一块儿被大浪推进"王八坑"，活活串死在埽荐子上。

水生一边指挥装船，一边关注着徐二。看见连牲口带人往下滑，急得连连跺脚："二叔，撑住，撑住啊！"船工们也跟着乱喊。可两头骡子一个人在强大的河水中，轻飘飘的像几片树叶，眨眼之间就没了踪影。水生大叫一声："二叔啊——"，双膝一软，跪在船板上，眼泪成串地滚下来。其他船工也纷纷跪下，为徐二致哀。

徐二的尸体捞出后，水生就带着船工们找李大裤裆交涉赔偿的事。李大裤裆口气很硬："常在河边走，还没有不湿鞋的，何况在风口浪尖上撑船摆渡？翻个船、死个人是家常便饭。都找船头要赔偿，船头赔得起？"

"你不硬逼徐二叔下水，他能出事？他是被你逼死的！"水生已不是过去那个懦弱的水生，自从他与王老奎、姜海一同入党后，他觉得生活有了新的意义，腰杆也挺了起来。面对李大裤裆的蛮横无理，他丝毫不让。

"他拿着'船份儿'，就得干活儿。怎么能说是我逼死的？"李大裤裆又瞪起牛蛋子眼，想想，放缓口气："这样吧，看在老东老伙的份儿上，我给他五个'船份儿'。"

"一条人命就值这点儿钱？你也太不把船工当人了！"水生气得两眼冒火。

"怎么是'这点儿钱'？还有两头骡子呢。我得赔人家车主两头骡子呀！"

李大裤裆的不近人情激怒了所有船工，乱纷纷喊叫起来：

"徐二叔水里浪里三十多年，给你挣了多少钱？现在人死了，不赔偿，你让徐二婶怎么活？"

"将来我们死了，也是白死呗？"

李大裤裆此时心里恨透了共产党，若不是共产党在背后瞎煽乎，这些穷船花子敢在他跟前放一个响屁？他恼怒地盯着船工们看了半天，狠狠一拨楞脑袋："我雇你们是摆船，不是给你们养老送终！要，就五个'船份儿'；不要，我还一个子儿不给了！"

望着李大裤裆咔啦咔啦远去的背影，船工们面面相觑。

水生给大家鼓劲："兄弟们别泄气。以前是单打独斗，自然斗不过他。现在不同了，咱们有了工会组织，只要团结一心，一定能打掉他的威风。你们在渡口守着，不许任何人动船。我去找老奎大哥想办法。"

水生来到王老奎家，徐二婶正在向王老奎哭诉。随着党组织的壮大，河沿儿村发展了六名党员，王老奎当了支部书记。虽然抗日村长和支部书记是秘密的，但没有不透风的墙，人们还是隐约知道王老奎是共产党方面拿事的人，有个大事小情都愿找他商量。

徐家是河沿儿村有名的穷户，幸亏徐二叔有个固定的差事，徐二婶身体又好，春天挖野菜、大麦，二秋拾庄稼，农闲时"缝穷"，糠菜半年粮的还能对付着过。"缝穷"是贫穷女人的无奈之举，用具倒也简单，一个柳条小笸箩，两块半尺长、缠满黑线白线的薄木板，线板上插几根不同型号的针，一把剪子，几样颜色的布条布块，找人多的地方坐等就行了。有那没有家室的穷光棍和过往行人，裤褂撕了扯了，就会主动找上来。缝完补好，随便给几个小钱。找"缝穷"的都是穷人，再加上不是天天有活儿，挣不了仨瓜俩枣。徐二叔一死，徐二婶就塌了天。徐二叔的尸体停在破房子里，身上连个像样的装裹都没有，更别说棺材了。水生去找李大裤裆要赔偿，好长时间不回来。徐二婶待不住，在徐二叔头前烧了两张草纸，就来找王老奎诉说苦情。见水生进来，徐二婶眼巴巴地望着他。

水生把和李大裤裆交涉的经过说了一遍，徐二婶立刻哭了起来："老二怎么这样命苦，拼死拼活一辈子，临了落个淹死，一条命才值五个'船份儿'！"

两人把徐二婶劝走，便商量起对付李大裤裆的办法。

王老奎说："李大裤裆表面上不敢反对共产党八路军，心里却是一直不服气。咱们借着徐二这件事，要好好跟他斗斗，非把他的威风打下去不可。"

"我这边的船工没问题。李大裤裆不答应咱的条件，就给他娘的撂挑子！"水生信心十足。

"好！待会儿咱俩商量一下条件。你那边挤他，压他；我这边劝他，吓他，不信他不低头！"

李大裤裆正在家里就着烧鸡喝闷酒，猛抬头见大门口涌进一帮船工，警觉地放下酒杯："你们想干什么？"

"李头儿，徐二叔还光着身子停在门板上，你得管呀！"水生望望烧鸡，又望望酒瓶，强压住怒火。

"我管了。我给五个'船份儿'，你们不要哇！"

"五个'船份儿'够干什么的？连身装裹衣裳都买不了。"

"那你们想怎么着？"

"我们商量了一下，也不想让你李头儿太为难。你就给买一身装裹衣裳，一口薄板棺材，再给徐二婶一点儿生活费。出殡的时候，你去祭奠祭奠就行了。"

　　"什么？"李大裤裆一下跳起来，"你们拿我当冤大头哇？甭做那没影的梦！"

　　水生冷冷一笑："李头儿，我们提的条件一点儿都不过分。徐二叔给你李家卖了三十多年的命，如今他死了，还是为你李家死的，你不应该出点儿？李头儿要是无情，也别怪我们无义！"

　　"你们无义能怎么着？"

　　"我们给你撂了！"船工老黑使劲一挥拳头，浑身的肌肉疙瘩蹦起老高。

　　"哈哈哈，"李大裤裆一阵怪笑，"我还是那句话，三条腿的蛤蟆不好找，两条腿的人有的是！只要我出钱，还愁雇不来几个摆船的？"

　　"我看未必。"水生仍是冷冷一笑，"十里八乡的人，谁不知道我们'吃河边儿'吃了几十年，能好意思抢穷弟兄的口中食？"

　　"谁抢我们的饭碗子，我就跟他玩儿命！"老黑又使劲挥挥拳头。

　　"你，你们……"李大裤裆从没见穷船工这么强硬过，一时竟不知说什么好。

　　水生见好就收："李头儿，咱们老东老伙这么多年，还是别闹僵了。你好好琢磨琢磨，我们先回去等信。"

　　水生们走后，李大裤裆再无心喝酒，像热锅上的蚂蚁，在院里转起腰子。两个老婆见他的黑脸蛋子寒得能滴下水来，都躲进屋里，不敢招惹他。正在这时，门外一声咳嗽，王老奎走了进来。

　　李大裤裆一见王老奎，心中又是一惊，暗骂：我今天真是遇上鬼了，这个死老头子又来找什么碴儿？

　　王老奎先开了口："文成啊，我来看看，徐二的丧事你准备怎么办。需要帮忙，尽管说话。"

　　"徐二跟我八竿子打不着，我准备什么丧事？"李大裤裆的眼又瞪起来。

　　"文成你这话就不对了，"王老奎仍是不紧不慢，"徐二怎么跟你八竿子打不着？他是你的船工，如今死了，你这个当船头的能不管？"

"我管了，我答应给他媳妇五个'船份儿'！"

王老奎的脸沉下来："李文成，穷人的命再贱，也不能贱到这个份儿上！我听说了，是你逼徐二带病下河，才出的事！"

李大裤裆一下蔫了，闷了半天，才说："可水生他们提的条件也太高了。"

"他们的条件我也听说了。我觉得，你答应了，对你只有好处没有坏处。"

"对我有好处？"李大裤裆狠狠瞪王老奎一眼，"我知道仨多俩少！"

王老奎微微一笑："你这个李头儿啊，真是聪明一世，糊涂一时。你想，这些船工是什么人？都是重情重义的汉子。你把徐二的丧事办好了，他们会对你感恩戴德，就会舍生忘死地给你干活，你能有多少收益？如果寒了他们的心，他们也是什么事都干得出来的。要是闹出点儿事来，你后悔可就晚了。另一宗，你办好徐二的事，乡亲们会怎么看你？你不管徐二的事，乡亲们又会怎么看你？这可是比几个钱重得多。再说，现今有抗日民主政府，共产党八路军也会给穷人做主，不会让你这样剥削压迫老百姓。"

王老奎软中带硬的一番话，说得李大裤裆六神无主。他知道王老奎在吓唬他，可说的也是实情。万一船工们闹起来，八路军再找到头上，那可是得不偿失。左思右想，一咬牙，装出慷慨的样子："老奎大哥，你说得对。徐二不管怎么说，也是我的船工，我得让他走得像个样子。你去跟水生说，就照他说的办！"

徐二的丧事办得很风光，李大裤裆却觉得受了奇耻大辱，好多日子在人前抬不起头。

这天，李大裤裆吃完午饭，心里烦得难受，便拿把大蒲扇，走出家门。虽然已经到了掰棒子的季节，"秋老虎"仍是很厉害，强烈的阳光照得堤坡上的野花野草都低下了头。李大裤裆站在河边看了会儿河景，被波光闪得头晕眼花，便顺着河堤走下来。走出二里地，迎面立着个用苇席搭的汛铺。他见看汛铺的何清没在，就脱掉鞋，仰面躺在被窝卷儿上。微微的溜河风顺着河道吹过来，吹得身上挺舒坦，渐渐就有了睡意。蒙眬间，隐约听见有女人说话的声音。李大裤裆对女人是非常感兴趣的，睡意立刻全无，坐起身子，瞪大眼睛往四下瞧看。这一看，就看见了堤根下乱柳丛中的柳芽和麦穗。

二十三

永定河堤坡上长着数不清的龙腰老柳，棵棵都有一搂粗细，根深叶茂，生机勃勃。每年春末，白花花的柳絮挂满枝头，风一吹，飘飘悠悠飞起来，又纷纷扬扬落下去，堤里堤外像下雪。一场雨水过后，柳絮裹着的柳籽生根发芽，地上长出一层密密麻麻的树苗，这就是沿河人们所说的河淤柳。河淤柳最旺盛的地方是"里十丈""外十丈"。不知从哪朝哪代开始，为了防洪护堤，政府规定，堤里十丈宽、堤外十丈宽的地方，汛期不许打草、动土，并设有河兵、铺兵看管。冬季管得松了，人们就偷偷把河淤柳砍回家去当柴烧，剩下桩子橛子，来年春上再发芽抽条，冬天又被人砍去。如此年复一年，河淤柳永远长不大，形成一簇一簇杈杈巴巴的柳条子。河淤柳枝条柔软、细长，勒去皮，是编笸箩、簸箕的好材料。每到秋季，总有不少女人、孩子偷偷潜入"外十丈"，打条子卖给柳编作坊，换个油盐钱。打条子也不易，要担不少风险，被铺兵逮住，轻者把筐踩烂，把镰刀拿走，重的要罚挑"土牛"。年轻漂亮的女人碰上嘎杂子，说不定还会受侮辱。

麦穗是水生的长女，下面还有两个弟弟一个妹妹。穷人的孩子早当家。麦穗七八岁起就能一边照顾病娘，一边看管着弟妹挖野菜。到了十二三岁，就顶起一个大人，里里外外一把手了。每年柳条子一长成，麦穗就开始打，一个秋季下来，也能支应家里不小开销。这天晌午，她看娘和弟妹都睡着了，就叫上柳芽做伴，来到堤外的乱草滩。乱草滩里也东一簇西一簇长着不少河淤柳，只是好的都已被人打去了，两人找了半天，也

147

没打到几把。麦穗望着"外十丈"里那茂盛的柳棵子，眼馋得不行，便招呼柳芽："柳芽姐，咱们到那儿去吧。"

柳芽望望堤顶上的汛铺，有些犹豫："行吗？"

"行。咱们偷偷钻进去，藏在柳棵子底下，铺兵看不见。"

柳芽看着麦穗笑："你这丫头，从小就会做贼。"

麦穗也笑："还不是让穷逼的。"

两人钻进"外十丈"。这里果然好条子多的是，麦穗朝柳芽做个鬼脸，就飞快地割起来。刚割了没几把，柳芽一声惊呼："堤上有人！"

麦穗向堤上望去，见汛铺上坐着个铺兵，脸朝着堤下正在张望。麦穗忙对柳芽做个手势："快蹲下！"

两人蹲在茂密的柳棵子下，一动也不敢动。

待得无聊，麦穗劈开几根细柳条，一边瞭着堤顶，一边编蝈蝈笼。柳芽坐在旁边想心事。

这些日子，柳芽心里好像有个蜜罐子，说不出的甜。河桩当了独立营营长，队伍不断壮大，在平南打出了威风，她为有这么个抗日英雄的丈夫而自豪。更让她欣喜的是，她怀孕了，解除了几年来的心理压力，整天沉浸在将要做母亲的幸福之中。坐在柳棵子下，她不由回想起和河桩在一起的甜蜜情景，想着想着，"扑哧"一下笑出声来。

"柳芽姐，你笑什么？"麦穗停住手，惊异地抬起头。

柳芽不答，仍是望着麦穗笑。

麦穗的脸腾地红了。女孩子年龄一大就敏感，动不动的就脸红。见柳芽光笑不说话，麦穗以为在笑自己，羞得赶紧低下头，两手无措地摆弄编了一半的蝈蝈笼。

麦穗虽然生在穷苦人家，从小吃糠咽菜，却出落得花朵一般。贫穷扼杀不了青春的种子，这棵神奇的种子不顾贫瘠，顽强地从心田里生发出来，并把她的活力输送到少女全身的每个部位。身量蹿高了，颀长苗条，脸儿丰满了，红扑扑赛三月桃花，两道细眉又黑又亮，衬得一双大眼格外水灵。胸脯也鼓蓬蓬地凸起了，一条扎着破布条的大辫子从脑后弯过来，神神气气地搭在丰满的胸脯上。整个样子既腼腆娇羞，又沉稳庄重。

柳芽看得心尖颤，说不出的喜爱，一把揽住麦穗的肩头："妹子长得真爱人儿！"

麦穗的脸更红了，忸怩地晃动着身子"哧哧"笑。

"我记得，妹子今年不是十五就是十六了吧？"

"十六。"

"也该着了。"

麦穗先是一愣，接着就醒悟了，撒娇地把两手伸进柳芽的胳肢窝乱抓乱挠。两人压着嗓音，吭吭哧哧地闹了好一阵，柳芽才一边喘息着，一边整理弄乱了的头发："妹子，姐跟你说正经的，真该找婆家了。兵荒马乱的，这么大还待在家里，出点儿事，可后悔一辈子。"

麦穗的脸又红了，眼前浮现出金驹那张诱人的娃娃脸。很快，满脸的羞红便褪去："姐说得是。可你看我那个家，爹摆船挣的钱，一家人连饭都吃不饱，哪有力气打发我出门子？再说，弟弟妹妹还小，娘又常年有病，我是老大，走了，家怎么办？"

"闺女总是脸朝外的人，能在家待一辈子？趁着年轻好找主儿，等大了，秃子、瞎子、老头子，可就没准了。"

"听天由命吧。父母养我一场，我不能撒手不管，怎么也得帮他们几年呀。"麦穗说得难受，忍不住掉下眼泪。

柳芽心里一阵辛酸，拉住麦穗的手："可人疼的妹子！老天爷瞎了眼，怎么让你托生在这么个穷家呀！"

两人沉默了一会儿，柳芽又捅捅麦穗："哎，你心里就没有个相上的人儿？"

"柳芽姐！"麦穗叫一声，把头深深低了下去。

"你不说我也知道，是不是金驹？"

麦穗不言语，只是抿着嘴儿笑。

堤上的铺兵张望了一阵，没发现什么情况，就跳下汛铺，嘴里唱着河北梆子《打金枝》："有为王打坐在龙围里……"晃晃悠悠地走了。

两人趁机站起来，各自选个合适的位置，飞快地动起手。

忽然，柳芽把镰刀一扔，慢慢蹲在地上。

"姐，怎么啦？"麦穗忙跑过去。

"头晕得厉害。"

"怕是中暑了吧？你是双身子，这大热的天，受不了。要不，你先回去吧。"

"要回咱一块儿回。这荒郊野地的，你一个人多害怕。"

麦穗望着满地的柳条子，有些不舍："我再打几把。"

"那好，你再打几把也赶快回家吧。"

柳芽走了。麦穗望望四周，野地里静悄悄的，不见一个人影，便又挥动镰刀打起条子。

蓦地，麦穗两手抓住裆子大襟，使劲地抖："哎哟，娘呀，桧桧儿！"

"桧桧儿"是一种吃植物叶子的小虫，浑身长满毒毛，人的皮肤碰到毒毛，立刻红肿，火燎般地痛痒。河沿儿一带的人们厌恶残害忠良的卖国贼秦桧，便把这种害人的虫子叫"桧桧儿"。麦穗只顾低头打条子，没注意柳枝上趴着"桧桧儿"，柳枝一抖，"桧桧儿"掉下来，正好落入麦穗的领口，滚到胸前。

麦穗俊秀的小脸扭歪了，忙不迭地解开纽扣，一只拇指大的虎皮"桧桧儿"滚落在地。麦穗那白嫩嫩的胸脯上，从上到下，已是一溜红肿。麦穗一边噘起嘴唇往胸脯上吹气，一边用手乱挠，痛痒得眼里冒出泪花花。一阵轻轻的响动引起麦穗的注意，猛抬头，前面不远的树棵子被扒开一道缝儿，露出一张胖猪似的人脸，两只鼓突突的蛤蟆眼死死盯在麦穗的胸脯上。

"李大裤裆！"麦穗一惊，下意识地把裆子大襟掩上。

"别盖了，我什么都看见了！"李大裤裆站起身，淫笑着朝麦穗走来。

李大裤裆生性好色，见了年轻漂亮的女人就走不动道。发现柳芽和麦穗在偷打条子，精神头一下上来了，立刻悄悄下了堤，钻进柳棵子，偷偷观察两人的动静。对于柳芽，他不敢有非分之想，知道这个女人惹不得，所以只是躲在远处偷看，过过眼瘾。柳芽走了，只剩下麦穗，他的胆子大起来，慢慢凑了近来。

李大裤裆跟麦穗接触不多，一个穷船工的女儿，哪里会往他的眼里来？没想到眨眼间黄毛丫头长大了，真是女大十八变，竟出落得如此美丽，把李大裤裆的眼都看直了。他正在想入非非，可巧麦穗胸前掉进"桧桧儿"，一下子让他把嫩乳酥胸看了个清清楚楚。刹那间，一股欲火和怨毒升了起来，他要在麦穗身上报复水生。

姑娘家最隐秘的地方让男人看见了，麦穗羞得无地自容，又见李大裤裆越逼越近，吓得连连往后退。

"嘻嘻，怎么？让'桧桧儿'扫了？来，我看看要不要紧？"李大裤裆觍着脸，上来就撩麦穗的裤子。

"我不。"麦穗涨红着脸，使劲往后退。

"怕什么？"李大裤裆抓住麦穗的衣襟不放，"刚才我全看见了。嘻，我专会治'桧桧儿'扫。来，让我摸摸，一摸准好。"说着就用力撕扯麦穗的裤子。

麦穗急了眼，伸出五指在李大裤裆脸上挠了一把。趁李大裤裆躲闪，又在他手上咬了一口。

李大裤裆疼得松开手，麦穗转身就跑。

"好你个贱骨头！"李大裤裆恼羞成怒，边追边骂，"你他娘偷条子，还敢打人。看我不逮住你，罚你挑十方'土牛'！"

麦穗见李大裤裆紧随其后，料想逃脱几无可能，急中生智，一把揽住一棵一人多高的小树，将小树拉成弓形，等李大裤裆追到眼前，猛地松手。小树像把大扫帚，带着风声弹过去，实实在在打在李大裤裆的脸上。李大裤裆猝不及防，一下子被打了个满脸花，仰面朝天倒在地上。麦穗借此机会，一溜烟跑了。

李大裤裆沮丧地回到家。周秀珍一见他满脸血痕，立刻大惊小怪："哎哟，当家的，你这是怎么了？"

崔兰英闻声走出屋，初见李大裤裆的样子也有些吃惊，待细看后，鼻子里便重重地哼了一声："这是让哪个浪娘们儿挠的？你又到哪儿惹骚去了？怎么不把你的俩眼抠瞎喽！"屁股一扭回屋去了。

周秀珍也看出门道，狠狠瞪他一眼："家里的狼都饿得嗷嗷叫，你还有闲工夫给野狗打食吃！"

李大裤裆烦躁得大吼一声："都他娘给我滚！小心我捶扁了你们！"然后喘着粗气，坐在椅子上发呆。

李大裤裆心里像有十五只吊桶打水，七上八下的。他担心水生知道了那件事会怎么对待他，吓得连渡口都不敢去了。他后悔极了，本想欺负了麦穗，报复水生，不料没打着狐狸反闹了一身骚。他心里默默念着佛，祈祷麦穗别跟家里人说。过了两天，见没什么动静，水生对他也没有反常表现，李大裤裆的心才踏实下来，知道麦穗把事情瞒下了。心里一踏实，又动开心思。他豪横惯了，栽在穷船花子手里，实在是咽不下这口气，定要

二十三

151

把水生弄个家破人亡，才能舒心展意。

这天，李大裤裆派孙秃子把船工们叫到大堤上，指着波翻浪滚的河水："自打徐二出事，咱们就一直没开船。看情形，这水一时半会儿也下不去。为不耽误大伙吃饭，今天就算散伙了。以后开船时需要谁，我再让秃子知会谁。"说完，阴阴地看了水生一眼，咔啦咔啦地走了。

水生知道，他被李大裤裆开除了，只要李大裤裆掌管着渡口，他就永远回不到船工群里了。至于李大裤裆的那些话，不过是冠冕堂皇的借口。

水生紧锁着眉头回到家，把事情一说，病老婆就哭了："以后咱们还指着什么吃饭？这不是活活要人命吗？"

麦穗也落下泪。她之所以没把打条子的事跟爹说，一是出于少女的羞涩，二就是怕爹找李大裤裆理论，砸了饭碗，断了一家人的吃喝。不料怕什么来什么，李大裤裆还是下了毒手。

水生见一家人哭哭啼啼，又气又急："哭什么哭！此处不养爷，自有养爷处！我就不信，活人能让尿憋死！"话虽这样说，自己也愁苦地蹲在一边叹气。

王老奎扛着一麻袋新掰下的玉米棒子，柳芽背着半筐头白薯走进门。水生苦笑着迎上去，帮着把棒子口袋放在地上："大哥，总是拖累你们。真是让人……"

麦穗也忙接过柳芽的白薯筐："柳芽姐，你那样的身子儿，怎么还背这么重的筐？"

王老奎把水生拉到一边："你是为工作丢了营生，组织不能不管。这点东西你们先吃着，以后再想办法。"

水生不好意思地红着脸："组织上也挺困难，就别惦记我了。眼下正是大秋头子，我出去打短工，总能挣口吃的。"

"李大裤裆太阴毒了，得跟区上反映反映，惩治惩治他。"

"李大裤裆不除，早晚是个祸害。"水生恨恨地说。

半边残月挂在西天，稀疏的星星不停地眨眼，水生腰挂水葫芦，肩搭短把钢镐，走上弯弯曲曲的永定河大堤。前几天，双柳铺的李半桩子雇了他，让他铅十亩地的棒秸，并把地拾掇干净，五天完成，给五斗棒子。水生跟李半桩子说，他三天铅完，五斗棒子照给。李半桩子也等着腾地种麦子，一口答应。水生便每天五更起，直奔棒子地，等东家把早饭送到地头，他已铅了半亩多地。中午饭仍是在地里吃，吃完就干。晚饭应是回东家家里吃的，水生又跟李半桩子商量，不吃晚饭，每天多给他加一斤棒子。李半桩子就笑："你可真是会算计。"

水生也笑："穷人不算计着点儿，日子没法过。"

今天是最后一天，天黑一干完活，五斗多棒子就到手了。这使他很兴奋，五斗多棒子，连糠带菜掺和着，一家人能吃两个来月。他趁着秋忙多揽点儿活，麦穗再带着弟妹们捡点儿拾点儿，冬仨月就能对付过去了。一阵冷风吹来，水生打了个寒噤，他紧了紧破夹袄，加快了脚步。

走出四五里地，天渐渐亮起来，一棵棵粗大的柳树、榆树从黑暗中显露出来。突然，"土牛"后跳出一个人，迎头站在水生面前。水生一愣之间，身旁树后又闪出一个大汉，"嗖"地夺去他的短镐。水生忙撤步转身，与两个拦路之人形成三足鼎立的阵势。

"不许动！"两把雪亮的尖刀指向水生。

借着熹微的曙光，水生看清了面前这两个人。一个瘦小枯干，蔫巴梨似的脑袋上，长着两只比花生大不了多少的小耳朵；另一个五大三粗，宽大的面颊上，斜着个紫溜溜的刀疤。水生有些纳闷，这两个人他认识，都是吴部的。渡口是杂巴地，什么人都到那儿溜达，当中自然少不了土匪。土匪虽然凶恶，并不与船工为难，见面次数一多，彼此熟悉了，还相互嘻哈几句。

"两位兄弟认错人了吧？我是船工徐水生呀！"水生强作镇静，装出一副笑脸。

"没认错，"刀疤脸冷冷一笑，"等的就是你！"

"我跟兄弟们无冤无仇啊。我去给人家打短儿，也没钱呀！"

"今天我们不要钱，就要命！"

"疤瘌，甭跟他废话。赶快干完活儿，好回去领赏！"小耳朵不耐烦了，抬刀就要动手。

水生心里立时明白了，他们是受雇于人，而这个雇主很可能就是李大裤裆。一般土匪是不讲情义的，只要给钱，什么缺德事都肯干。看来，今天是凶多吉少，自己赤手空拳，如何打得过两个手持尖刀的匪徒？要想逃活命，只有水路这一线希望了。水生见两个匪徒正要趋步向前，冷不丁大喝一声："嗨，看后边！"两个匪徒猛吃一惊，扭头去瞧，水生趁机一步蹿到堤边，腾身跳了下去。双脚刚落到埔上，一股疾风袭来，水生仰头上望，小耳朵大鹏展翅般地从高空落下，两脚直直地向他身上踏来。水生连忙身子一越，跳进大河。

小耳朵见水生逃脱了，不由大怒："他奶奶的！大江大海过多少，小河沟里翻了船。徐水生，你等着，地上逮不着你，水里也得捅了你！"

这时，刀疤脸也从堤顶跳下来。两人商量了几句，一前一后跃入大河，朝水生追来。

水生一下河，就像鱼儿入了水，紧绷的心弦立刻松下来。在岸上，别说二对一，就是一对一，他也很难取胜。可在水里，这两个匪徒绑在一起，也不是他的对手。

水生一边划水，一边捯头后望。见两个匪徒紧追不舍，知道今天非做个彻底了断不可，就故意放慢速度，待两个匪徒追近，横插膀子朝河心游去。他紧一阵慢一阵，总与匪徒保持着一丈多远的距离，让他们看得到，抓不着，逗弄得两个匪徒七窍生烟，拼命追赶。不知不觉间，三个人被激流裹挟着，冲下来好几里。当渡口一闪而过的时候，水生探身朝岸上望去，不知怎的，堤上堤下不见一个人影，就连每天早早起来忙活的香巧，小吃店前竟然也没有她的影子。此时，太阳已升起一竿子高，映得河水金光闪闪。突然，满耳水声中，隐隐传来闷牛般的低吼。水生精神一振，王八坑到了！

小耳朵也听到了那种吼声，忙抬起身子，朝刀疤脸喊："不好，快到王八坑了！"

两人撇下水生，脚蹬手扒，朝岸边游去。

水生见两人想跑，反身就在后面追。他猛划几下胳膊，游到刀疤脸身后，往前一纵，双手掐住了他的脖子。刀疤脸缩颈弯腰，来个鹞子翻身，挣开水生的双手，扬起尖刀就往水生脸上刺。水生身子后仰，踹起双腿，一个兔子蹬鹰，正好蹬在刀疤脸的肚子上，借着水势，刀疤脸一下子滑下去一丈多远。水生不再理他，又朝小耳朵追去。

小耳朵身轻体巧，水性也好，此时已游出两三丈远。水生一个猛子扎下去，从下面抓住他一只脚。小耳朵蹬了几蹬蹬不开，也一缩脖子潜入水中，挺刀就往水生身上扎。水生不敢怠慢，松开小耳朵，蹿出水面。不想这一下正钻到刀疤脸眼前，刀疤脸见机扬起刀，狠狠朝水生的脑袋劈来。水生躲闪不及，只得双手一举，抓住刀疤脸的手腕子。两人在水中一上一下，一沉一浮，拼命扭打。刀疤脸虽然力大，在水中却远远不是水生的对手，眨眼间就被淹了个晕头转向。

小耳朵见同伴要吃亏，举着刀子扑过来解救。水生不慌不忙，看小耳朵的刀扎下，一使劲把刀疤脸从水中提出，朝小耳朵搡去。小耳朵收手不及，刀子正好扎在刀疤脸的脑袋上。刀疤脸一声惨叫，手一松，尖刀脱落，被河水冲了个无影无踪。

忽然，三个人同时感到水中出现了一股巨大的暗力。这暗力吸引着他们，裹挟着他们，使身子像春风吹起的柳絮，完全失去了自控能力。原来，在三人拼命撕打的时候，激流已将他们冲进了王八坑。

这王八坑原是一处经常决口的"险工"，堵口复堤后，人们运来秫秸、芦苇和树枝，码柴草垛般码在堤坡里面，再用两丈来高的青杨桩从上钉下，加以固定，以防河水冲刷，河工们把它叫"埽"。由于河道不改，河水便永远直冲此处，遇到阻挡，旋转几圈，再向下流去。久而久之，埽底下被旋出一个深不可测的大坑。说不上哪年，坑里爬出个磨盘大的王八，趴在岸边晒暖，人们就此叫它王八坑。

王八坑里浊浪滔天，一串串笸箩大的酒盅溜，飞快地旋转着，跑动着，像一只只贪婪的大嘴，叼住河水中的枯枝杂物，"嗖嗖"转几圈儿，呼噜一声吞下肚。随着波浪的起伏，黑洞洞的埽膛子，横七竖八的"挂淤柳"，时时显露出狰狞可怖的面目，不知害了多少性命。水生和两个匪徒被暗流缠着，裹着，推着，拉着，围着王八坑，走马灯似的转开了圈子。

水生早有精神准备，并不十分害怕。他一边注意着两个匪徒的状况，一边放松全身，任凭河水带着他的身子转，借机缓缓劲儿。他知道，眼下还不到用力气的时候，拼命时刻还在后头。小耳朵和刀疤脸却慌了神，甩动两条胳膊，拼命往外划。

刀疤脸被水生灌了个头昏脑涨，又挨了小耳朵一刀，元气已失去大半。随着圈子越转越小，越转越快，只觉得两眼发花，浑身酸软。他知道，再这样转下去，就到了酒盅溜的中心，他就会像枯枝杂物一样，被吸入河底，永世再不能够出来。求生的欲望使他生出一股蛮力，当再次转到埽下的时候，猛地从水中拔起身，张开两条胳膊，拼命朝埽膛扑去。恰在此时，一排巨浪涌来，推起刀疤脸，狠狠摔在埽下的"挂淤柳"上。"挂淤柳"的细小枝杈早已被河水斩断冲走，剩下一截截粗硬的木桩，滑溜溜，白森森，锋利得像一把把钢刀。刀疤脸摔在上面，如同癞蛤蟆掉在钉板上，木桩前胸进，后背出  直通通扎了个透心凉！

小耳朵见刀疤脸死了，心内更加乱了方寸，脚蹬手刨往外挣扎。水生见时机已到，几个甩手来到他身后，一手掐住脖梗子，一手掐住大腿根，双脚踩水一用劲，把小耳朵扔进坑中心。巨大的旋涡卷着小耳朵，陀螺似的转，转着转着，刺溜一声，头朝下脚朝上，被直概概吸进河底的泥沙里。

水生侥幸逃出一条活命，被河水冲出十几里远，瘫在河边站不起来，晕晕乎乎睡了过去。睡梦中，他看见李半桩子给了他做工的棒子，病老婆和麦穗看着棒子哭了。他笑话她们：有了棒子还哭？说着，他也哭了。正哭着，听见有人说：这不是水生叔吗？他使劲睁开眼，竟是铁牛、金驹几个人站在他跟前。他费力地爬起来，觉得脸上湿漉漉的，一摸，摸了满手的泪水。

"铁牛，你们这是……"水生仍是有点晕乎。

铁牛是带人出来侦察敌情的，在堤顶上，远远瞧见河边趴着个人，就走近来，不想竟是水生。

"水生叔，你怎么躺在这儿？"

水生定定神，把遭遇说了一遍。

铁牛觉得事情严重，便带水生回营部，去找河桩。

河桩听水生讲了事情经过，拉着水生的手说："水生叔，你真是英雄啊！先是把鬼子的坦克引进王八坑，这又把两个土匪淹死在王八坑。我们得向你学习啊。"

水生为难地说："这一劫是躲过了，可以后呢？李大裤裆是不会放过我的。"

"没有以后了。李大裤裆谋杀抗日村干部，就是破坏抗日，就是汉奸，我们一定要惩处他！"

河桩安排水生住下，就派人去请李斌。李斌也很气愤，同意除掉李大裤裆。几个人还研究决定，鉴于形势需要，在独立营内建立一支十人的锄奸队，金驹兼任队长，由营部直接指挥，专门负责铲除汉奸、叛徒和土豪恶霸。会后马上派金驹到河沿儿去，一是给水生家送信，让家里人放心，二是通过王老奎等人，了解李大裤裆的情况。

二十四

# 二十五

　　李大裤裆这会儿是又喜又忧。喜的是，他让李狗子摸准了水生出入的规律，带着五十块大洋去找吴部，要买水生的命。吴敬仁一口答应，定下今天在上工路上除掉水生。水生的死，将对船工产生巨大震慑作用，他又可回到过去说一不二的霸主地位。即便共产党和王老奎有怀疑，找不到证据，也无可奈何。忧的是，天已过午，吴部的人还没来交差，难道失手了？一旦失手，阴谋就会败露，那他可就大祸临头了。他知道水生和河桩是线穿鼻子，水生要是把遭谋害的事告诉河桩，河桩是绝不会放过他的。李大裤裆在院里转了一阵圈子，实在沉不住气，就来到李狗子家，让他再去探听情况。

　　李狗子沿河北上，顺着大堤一直找到双柳铺，又到李半桩子的玉米地里看了看，也没有水生的影子，只有铲剩下的棒子秸稀稀拉拉立在地上。

　　李狗子的汇报，让李大裤裆慌了神，预感大事不好。思谋了两天，天天夜里做噩梦，再也安不下心，便决定先到固安城里躲躲，托李狗子和孙秃子照顾家小，探听消息。

　　两个女人见李大裤裆要一个人跑，立刻又哭又闹。周秀珍说："你今儿害这个，明儿毁那个，出了事，就一个人跑了，让娘们儿给你顶缸儿？"

　　崔兰英更是不依："你走就带着我，要不，你前脚走，我后脚就跟别人跑喽！"逗得李狗子和孙秃子直劲笑。

　　李大裤裆气得一人扇了一个嘴巴，才使两个女人安定下来。他又交代一番，拿了些大洋，匆匆走了。

弯弯的永定河

158

李大裤裆趁着晌午天热街上无人，从村西僻静处上了大堤，想从这里游过河去。他自小在河边长大，深识水性，这样的水势难不倒他。谁知刚到堤顶，竟看见麦穗在河边捡"河淤柴"。

这是一处河湾，河心波涛汹涌，此处却是平平静静的，岸边聚积着不少随水漂来的树枝、木棒。这些柴草捞到岸上晾干，烧炕做饭，又起火又禁烧。麦穗这几天很兴奋，因为爹打短工挣的粮食，李半桩子给送到家里来了。这样，大秋过完，一家人过冬的吃食就有了。穷人家不求别的，只要糠啊菜的有吃有喝，就谢天谢地了。尤其是金驹告诉她爹跟着河桩大哥打鬼子，更让她高兴。她从小就敬佩河桩大哥，爹跟河桩大哥在一起，肯定错不了。麦穗因为兴奋，连李大裤裆给她造成的心理阴影都消失了。她是个会过日子的姑娘，趁着过秋，起早贪黑领着弟妹拾庄稼，别人午睡，她就到河边捡"河淤柴"，准备冬天用，等大家都抢着拾柴而柴又稀少了时，她已经备足了。

麦穗挽着裤腿，赤着脚丫，沿着水边奔跑，身后岸边摊开一片一片的湿柴。河边的浅水被太阳晒得暖暖的，小小的波浪像那难分难舍的情人，一退一涌，一退一涌，狂热地亲吻着河岸，发出亲昵的"啪啪"声。这声音把少女的心搅动了，不由浑身燥热，便想洗个澡。她不安地抬头四望，前面不远有个三面被柳棵子包围的小水坑，一面朝向大河，晌午的天地间空旷得没有半个人影。麦穗跑到水坑边，飞快脱下裤褂，白皙的身子就暴露在阳光下。麦穗从小长在河边，十岁后有了耻辱之心，再没到河里洗过澡。如今在光天化日之下裸着身子，突然觉得天地间竟是那么大，那么空，空大得她四下够不着。她把衣服抱在胸前，护着身体，站了好一会儿，才放下衣服，咬着嘴唇，一步一回头地走下河。河水没过她的小腿，没过她的膝盖，等没过大腿根的时候，她停住脚，两腿慢慢曲下去。温暖的河水一点点漫过臀部、腰部、胸部……她微微咬着牙，怕烫似的吸着气，体验着这说不上来的滋味。后来，她猛地一下坐到底，河水吞没了整个身子，水皮儿恰恰淹到脖子根儿。

麦穗惬意地闭起眼睛。河水软软地撞击着她，然后两路分开，紧拥着身子流过去。小鱼们得到信息，成群结队围过来，在胸前背后乱钻。麦穗一边揉搓着身子，一边逗弄着小鱼。小鱼们并不惧怕她，不时在她身上这里啄一下，那里啄一下，弄得浑身痒麻麻的。突然，一条小鱼在她那红艳艳的乳头上嗑了一口，使她浑身不禁一颤。"你个坏东西！"她涨红着脸，握起拳头朝水面砸去。骤起的水声惊吓了鱼们，摆动着小尾巴仓皇奔逃。麦穗扑哧一声笑了。

这一切，都被掩在"土牛"后的李大裤裆看了个满眼。面对少女那白皙、丰满的胴体，李大裤裆的欲火一股一股往上蹿："奶奶的，上回让你跑了，今儿个老子绝不放过你！"他四处看看，就要扑过去，可巧就见铺兵何清远远走来。也立刻想到此时自己的处境，只得骂声倒霉，咽下满嘴的口水，用大树掩护着，又往上游走了半里多路，脱下衣服顶在头上，游过河去。

李大裤裆来到固安北关，直奔郝玉桥的家。他和"镇北关"是多年的朋友，自然对郝家是熟门熟路。一进门，就大喊："玉桥！玉桥哥在家吗？"

"死了！"屋里传出一个女人恶狠狠的声音。

李大裤裆一到固安，就觉得远离了危险，紧绷的心弦立刻放松了，听了女人的话，忍不住调笑起来："嫂子这几天又没吃饱吧？怎么对我大哥恨成这样？"

"吃饱？一个月水米没打牙了！""镇北关"老婆筱翠莲迎出门来，脸上带着满腔的怨恨。

筱翠莲原是固安河北梆子剧团的当家花旦，"镇北关"看上她了，只要有她的戏，就带着一帮兄弟去捧场，然后到后台纠缠。筱翠莲拒绝几次，"镇北关"就砸几次场子。剧团老板害怕了，就劝说筱翠莲嫁给了"镇北关"。开始时，"镇北关"还真是疼她，除了不许她再登台唱戏，其余的百依百顺。筱翠莲暗暗庆幸，虽然不唱戏有些寂寞，可现在衣来伸手，饭来张口，作为一个戏子也算不错了，尤其是男人天天守着自己，使她得到很大满足。她五岁学戏，十几年的从艺生涯，深知张口饭是不那么好吃的，不少姐妹的下场惨不可言。没想到她只高兴了三个月，"镇北关"的本性就暴露出来，常在外面眠花宿柳，几天几夜不归家，稍不如意，非打即骂。尤其是把"油条张"的女儿小桂弄到手后，两人在外另住，家里十天半月见不到"镇北关"的影子，气得筱翠莲闯入门去哭闹，每次都被打个鼻青脸肿。

筱翠莲的情形李大裤裆知道得一清二楚，便涎皮赖脸地凑上去："看来嫂子是真饿了。兄弟我有的是粮食，要不，兄弟给你充充饥？"

"大裤裆你个死嘎巴儿的！有粮食，喂你娘去！"筱翠莲笑骂着，接过李大裤裆手里拎着的两只烧鸡。

李大裤裆也笑："戏里不是唱了吗？朋友妻不可欺。我哪能做对不起我哥的事！"

筱翠莲哼了一下鼻子："你哥？炉灰渣！"

两人走进屋，李大裤裆见筱翠莲的气消了，来不及坐下就问："嫂子，我找我哥有急事。"

筱翠莲的气又上来了："不是告诉你了，他死了！"

李大裤裆忙赔笑："嫂子别跟兄弟闹着玩儿了，我找我哥真有急事。这么着，明儿我给嫂子打副金镯子！"

筱翠莲撇撇嘴："谁稀罕你那臭玩意儿！"说着叹口气："你到警察所找他。不在，就去那个小骚狐狸那儿。那两个地方，比他亲娘还亲！"

李大裤裆出了门，直奔北关警察分驻所。站岗的警察都是"镇北关"原来的弟兄，认得李大裤裆，老远就打招呼："李头儿，找我们大哥吧？"

李大裤裆点点头："在吗？"

站岗的警察嘻嘻一笑："我们大哥除了有事才来。一天到晚扎在小桂那儿，都快拔不出来了。"

李大裤裆哈哈大笑："臭子，你在背后这么说你大哥，瞧我给你告状去！"掏出一盒天津出产的大婴孩牌香烟递过去，问了地址，急急地去了。

李大裤裆来到一条小巷，在一座门楼前停住，端详了一下，见两扇黑漆板门紧闭，便伸手去推。不想门从里面闩住了，纹丝不动。他犹豫了一下，还是敲起来。过一会儿，院里响起一个嫩脆的声音："谁呀？"

李大裤裆料定是小桂，忙答："我是李文成，玉桥的兄弟。"

街门打开了，露出一张清秀但憔悴的脸。李大裤裆是认识小桂的，他到固安赶集办事，常在"油条张"那儿吃早点。只是那时还把她当作小孩子，没想眨眼工夫竟长成了楚楚动人的少女。

小桂被李大裤裆看得有点脸红，也不知说什么好，只是闪开身子，让他进来。

李大裤裆走进院子，"镇北关"边穿褂子边迎出来："文成老弟，今儿怎这么闲散？"

李大裤裆扭头看看，小桂已进了另一间屋子，知道她害臊，躲开了。这正好给了他和"镇北关"密谈的机会。

两人进屋坐下，李大裤裆把一年多来河北的变化，尤其是河沿儿的事情，添油加醋地向"镇北关"叙说了一遍："河桩的独立营闹得厉害，河北二三十个村都成了他们的天下。河沿儿的王老奎、徐水生很多人，都是共产党，还有不少家是抗属。"

"镇北关"皱起眉头："没想到河桩这小子，还真成了事。"

李大裤裆借机拱火："他还嚷嚷着要找你报仇呢。你想，夺妻之恨，不共戴天。你把他的……他能放过你？"

果然，"镇北关"跳起来："他不放过我？我他娘先灭了他！"

"好，我就知道大哥是个英雄！不瞒大哥说，兄弟这次来，就是到大哥这儿避难来了。"李大裤裆这才把他的来意和事发经过说了。

"镇北关"一拍胸脯："避什么难？你先在我这儿住下，等我跟毛利太君汇报了，咱们一起过河去，杀他个鸡犬不留！"

李大裤裆高兴得连连打躬作揖："多谢大哥，多谢大哥！"

李大裤裆自此就在"镇北关"安排的住处待下来，白天听书看戏，晚上喝酒逛窑子，一边等孙秃子的消息。

　　这天，李大裤裆正在一家叫"艳香楼"的妓院里喝花酒，一扭头见孙秃子的儿子大狗站在门外探头探脑，急忙推开怀中的姑娘，起身出门，拉着大狗走到僻静处，询问家里的情况。大狗的报告，惊得李大裤裆面如土色。

　　原来，就在李大裤裆在固安城里花天酒地的时候，河桩已采取了行动，只是因为情况不明，扑了空。

　　前天夜里，河桩、李斌带领锄奸队来到河沿儿，翻墙进入李家院内。院子里一片漆黑，河桩知道李大裤裆住在正房，指挥战士们堵住正房的门，用刺刀拨开门闩。河桩抢先扑入东间，将炕上的黑影狠狠压住。一声女人的尖叫，被窝里并没有李大裤裆。这时金驹从西间屋急慌慌地过来报告，没有李大裤裆，说着，扑哧笑了一声。河桩命在堂屋里点起灯，让两个女人穿好衣服，出来问话。见两个女人战战兢兢的，河桩放缓语气："你们别怕，只要告诉我们李文成去哪儿了，没你们的事。"

　　周秀珍立刻哭叫起来："这个没良心的，你跑了，让我们担惊受怕。你这个……"

　　"不许胡闹，好好说话！"金驹拍了一下桌子。

　　周秀珍哆嗦一下，止住哭叫，哽哽咽咽地说，李大裤裆躲到固安去了。

　　问崔兰英，也说去固安了。

　　"干了什么坏事，要躲出去？"河桩进一步追问。

　　两个女人齐说不知道。

河桩、李斌对两人教育了一番，让她们回屋睡觉，不许出来，然后带着锄奸队走了出来。刚出二门，长工房里闪出姜海："河桩！"

河桩忙走过去，压低声音说："大叔，你什么时候回来的？"

"快吃晚饭的时候才回来。你们来找李大裤裆？我也没见着他。"姜海半个月前就被李大裤裆派去北平，到各大粮店联系卖花生的事，对家里发生的变故尚一无所知。

河桩把情况简单介绍了一下，恨得姜海直咬牙：

"李大裤裆这个兔崽子，太狠毒了，早就该除掉他！你们去找孙秃子，他是李大裤裆肚里的蛔虫，应该知道李大裤裆的去向。"

李斌提醒姜海注意隐蔽，不要暴露身份，并要他时刻了解李大裤裆的动向，发现异常及时报告。姜海点点头，退回屋内。

走在街上，河桩低声问金驹刚才笑什么，金驹止不住地又笑起来。原来金驹闯入西间屋，见炕上有团黑乎乎的东西，以为是李大裤裆，便扑了上去，其实炕上睡的是崔兰英。崔兰英睡觉有个习惯，就是浑身脱得一丝不挂。睡梦中的崔兰英觉得身上趴上来个人，迷迷糊糊地认为是李大裤裆，嘴里娇声娇气地咕哝了句什么，伸开光溜溜的双臂就搂住了金驹的脖子。金驹见被人搂住了，忙用手去推，不想却抓在两个鼓蓬蓬的乳房上。金驹大吃一惊，哗地掀起被子，炕上只躺着个赤条条的女人，哪里有李大裤裆的影子？

河桩听完，也笑起来："这种年头，真是什么事都能碰上。"又叮嘱金驹："这件事只你知我知，不要再对别人说，传出去影响不好。"

河桩他们来到孙秃子家。孙秃子当了多年二船头，从中得了不少好处，盖起了一套小院。两个儿子大狗二狗也娶了媳妇，还拴起两挂大车，在固安至北平这条线上拉脚，日子富得仅次于李大裤裆。听到响动，大狗先出了屋子，见院里站了黑乎乎一片人，吓了一跳："谁？你们这是？"

"大狗，我是河桩。"河桩和大狗年龄相仿，也算是从小一起长大的，"找你爹说点事。"

二狗这时也走出自己的屋子，站在一旁冷冷地看着，默不作声。二狗自小就心狠，虽然话语不多，做出事来却又毒又辣，人们都说是咬人的狗不叫唤。

河桩让大狗把他爹叫起来，然后让他哥儿俩各回各屋，并在门前放上岗哨。

孙秃子在灯光下见来了这么多八路军，吓得光眨巴眼，说不出话。

"我们是来找李文成的。"河桩直截了当，"你把李文成的事老老实实说出来，我们不为难你。不说，现在就跟我们走一趟！"

孙秃子知道一点儿不说肯定不行，就说："我只知道李头儿要去固安住几天，让我经管渡口，别的就不知道了。"

"就这么简单？"河桩的目光刀子一般盯在孙秃子脸上，"无是无非的，李文成为什么要躲到固安去？这些日子，你总和他在一起嘀嘀咕咕的，都商量了些什么？水生被害是怎么回事？"

河桩连珠炮般的质问，惊得孙秃子冷汗顺着脊梁沟往下流。他想不到河桩了解这么多情况，只得把李大裤裆谋害水生的事说了，但把自己参与的经过隐瞒了。

"你这些年跟着李文成干了不少坏事，以后要和他划清界限。再继续下去，共产党八路军、抗日民主政府饶不了你！"临走，李斌严厉地告诫孙秃子。

锄奸队走了好久，孙秃子还在呆呆地站着。直到老婆和儿子儿媳拥到他身边，他才回过神。

"没你们的事，都回屋睡觉去。"孙秃子朝女人们挥挥手。待女人们走后，他望着两个儿子："你们说怎么办？"

大狗二狗互相看看，谁也不说话。

孙秃子长叹一声："李头儿这回的事可是惹大了，共产党是不会放过他了。"

"共产党有什么了不起，不就跟夜猫子似的，黑夜出来白天藏吗？就河桩他们那几个人，能干得过日本人？指不定哪天就被灭了！"二狗阴沉沉地说。

"就因为他们是暗的，才更可怕。冷不丁给你来一下子，防都没法防。幸亏你李叔有先见之明，提前躲了。要不，今儿就没命了。"

"爹你就说怎么办吧。"大狗也开了口。

"你李叔这些年待咱家不薄，咱不能在这个要命的时候不管他。我这个时候过河太显眼，大狗你到固安去，把家里发生的事告诉他，让他千万别回来。记住，过两天再去，去得急了，怕他们盯梢！"

锄奸队走到大街的僻静处，李斌对河桩说："看来李大裤裆谋害水生的事是板上钉钉了。现在他逃到固安，我们得警惕他勾结鬼子，杀回来报复。"

"李书记说的是，"河桩点头，"他要回来报复，首当其冲就是河沿儿。"

"咱赶快通知老奎大爷，早作防备。"

一行人来到王老奎房前，河桩抬开柳条梢门，按照暗号敲敲窗户。

王老奎打开门，等人们一进屋，就焦急地问："你们是为李大裤裆来的？这几天我一直在等你们的消息！"

河桩有些沮丧："我们扑了空，李大裤裆跑了！"就把孙秃子交代的情况说了一遍。

王老奎也很惋惜："真是大造化他了。李大裤裆这小子比狼还恶，留着他早晚得出大事！"

"大爷，咱得防备他有更大的破坏行动，得提前作好准备。"李斌说。

"李书记说得对，"王老奎沉思着，"李家在河沿儿横行霸道几辈子，就凭的是心黑手狠。李大裤裆既是做出来了，就不会善罢甘休。"

正说着，金驹领着老宽两口子和柳芽走了进来。河桩一家人团聚，自然有说不尽的话。不一会儿，香巧和几个党员得到通知，也急急火火地赶来了。

"时候不早了，咱们说正事吧。"河桩止住大家的闲谈。

李斌介绍了李大裤裆的情况，大家研究了预防措施。决定先把显眼的两家家属隐蔽起来：柳芽身子沉重了，由婆婆陪着到张家场的姑姑家去住，水生一家由老宽护送到麦穗姥姥家去住。徐二老婆徐二婶无处可去，由王老奎负责保护。其他党员干部随时注意李大裤裆、孙秃子、李狗子几家人的动向。香巧还是盯住渡口，特别要注意河对岸的动静。

最后谈到水生的问题，河桩说："水生叔已经成了李大裤裆的眼中钉，不能再在河沿儿待了，得给他安排个稳妥去处。咱们要对党员、干部负责。"

李斌赞同："王营长说得对。农村的党员、干部，是抗日斗争的骨干，是我们依靠的主要力量。我们不能开展工作时找他们，出了事撒手不管。我想，如果水生本人愿意，可以留在我的区小队，只是年纪大了些……"

河桩立刻同意："年纪是大了点儿，可他身强力壮，水性更是无人可比，就看他本人的意愿了。"

香巧自一进屋，就躲在黑影里，不错眼珠地注视着河桩的一颦一笑，一举一动，心里又是甜又是涩。见人们要走，才满怀惆怅地拿出藏在背后的布包："这是十几个剩烧饼，拿着路上吃吧。"

河桩感激地望着香巧，点点头，匆匆地走了。

# 二十七

李大裤裆得到大狗的报告，知道一时半会儿回不去了，就让大狗转告他爹，大水就要过去了，赶快组织船工，准备摆渡，挣钱的事不能耽误。又让他们爷儿仨和李狗子，抽空儿常到他家看看，两个女人有什么事，帮助料理料理。大狗一一点头答应。

送走大狗，李大裤裆就去找"镇北关"。

"你想怎么办？""镇北关"盯住李大裤裆问。

"我能怎么办？我跟共产党结下了死仇，他们都到窝里掏我去了。我现在是伸头也是死，缩头也是死，爽的就跟他们拼了！"

"镇北关"哈哈大笑："兄弟，这就对了！日本人有的是飞机大炮坦克车，有的是金钱和军队，还怕那几个土八路？咱哥们跟着日本人干，保证吃香的喝辣的，在地面儿上说一不二。前天毛利太君找我了，说是要成立警备队，让我当队长。哪天我带你去见见毛利，帮你谋个差事。"

李大裤裆高兴得连连作揖："全凭大哥栽培了。哎，大哥想到哪儿吃点什么，兄弟我请客！"

"还能去哪儿？艳香楼呗。吃完喝完，再要个娘们儿乐乐。"

"大哥可真是好福气。家里娶着大的，外面养着小的，还经常逛窑子。不怕嫂子闹气？"

"扯淡！""镇北关"豪气地一拨楞脑袋，"女人是什么？女人就是衣裳！穿着合适就穿，不合适就脱，还敢闹气？不打不骂就便宜她了！"

李大裤裆笑嘻嘻地恭维："大哥就是英雄！"随即诡秘地一笑："小桂

对大哥也这么俯首贴耳？"

"她都被我睡了这么长时间了，还能有什么想头？"

"大哥可别大意。我听说王老奎跟'油条张'的交情不浅，河桩跟小桂都面对面相过亲了，两个人那可是一见钟情。我担心那丫头跟你两张皮！"

"她就是跟我隔着心！""镇北关"忽然焦躁起来，随后又一声哀叹，"我是拿她没辙了。"

原来，小桂被"镇北关"抢去后，不吃不喝，寻死觅活地闹了好几天。"镇北关"动了怒，派人把"油条张"两口子绑来，威胁说，如果小桂不从，就把"油条张"两口子弄死。小桂顾及父母的性命，只得顺从了。"镇北关"是真喜欢小桂，特意在外面给她买了一处宅子，让她穿金戴银，好吃好喝供养她。可小桂总是一脸冰霜，没有一点热乎劲。"镇北关"有时忍不住发火，问小桂到底想怎样？小桂眼皮都不抬，说，我能怎样？我不想怎样。"镇北关"说，你不想怎样，为什么对我这样？小桂立时瞪起眼，我怎样了？你想怎样就怎样，我都依着你，你还想让我怎样？倒闹得"镇北关"一时没有话说。

"镇北关"内心的隐痛今天被李大裤裆揭出来，也就不再隐瞒，便把小桂的情景都说了。

李大裤裆看着满脸痛苦的"镇北关"，给他出主意："女人最可怕的是心里有了别的男人。要想让她收心转意，就必须把她心里的那个男人除掉！"

一句话把"镇北关"的火点燃了："河桩就是我的死对头，抓住他，非碎刀割了他不可！"

"镇北关"没几天果然当上了固安县警备大队大队长，手下有一百多个弟兄。经过"镇北关"向毛利推荐，李大裤裆当上了一中队队长。李大裤裆感激不尽，把兜里剩下的三十块大洋都给了"镇北关"，还拍着胸脯表示，今后紧跟"镇北关"，赴汤蹈火，在所不辞！

王老奎这些日子心里起了变化，这变化来自徐二婶。徐二的丧事办过后，徐二婶的目光就盯住了王老奎。徐二婶半辈子日子熬煎，睁开眼就为吃喝忙碌，没有心思顾及其他。因徐二的丧事，徐二婶才真正了解了王老奎，被王老奎的侠肝义胆深深感动，觉得这个孤老头子是个可信赖的人，有事便去找他讨主意。王老奎也因分工对她负责，常去走走看看，一来二去，两人心中都起了波澜。

这天天一蒙蒙亮，徐二婶就起来了，从草棚里拿出柳条筐，往葫芦头里灌满水，又拿出几个菜团子用破布包好，就来找王老奎。刚到屋前，柳条梢门就从里面端开了，王老奎披着夹袄，手提小镐站在徐二婶面前。两人对视一刻，谁也没说话，一前一后走出村子。直到走上永定河大堤，徐二婶拿出菜团子："大哥，吃个菜团子垫补垫补吧。铅棒秸是力气活，空着肚子哪行？"

整个大秋，王老奎都在给人打短工，掰棒子，铅棒秸，刨花生，起白薯，什么活都干。自家那二亩地，起个早卖个晚就拾掇了。徐二婶没有地，就靠大麦二秋拾庄稼。王老奎知道拾庄稼不容易，不光要看地主的脸色，有时还受坏人欺负。为照顾徐二婶，王老奎就和她商量，让她跟着他，他干什么活，她就拾什么。徐二婶当然愿意，有王老奎在身边，她就胆儿壮了许多。

王老奎见徐二婶拿出菜团子，也从胳肢窝里拿出个小布包，放在徐二婶的筐里："我带了几个净面饼子，还有一个大咸菜疙瘩。等饿了，一块儿吃吧。"

"你真想得开，舍得吃净面饼子。"

王老奎笑笑："我里外一个人，张罗点儿就够吃的。"

"我现在也是一个人了。"徐二婶说，心里一酸，掉下泪来。

王老奎望着徐二婶，心里也一阵不好受。徐二婶自嫁给徐二，没过过一天舒心的日子。幸亏她身强体壮，冷点饿点都能扛过去。有徐二在，日子再穷再苦，夫妻俩相濡以沫，也有些生活乐趣。如今徐二死了，剩下她孤零零一个人，还有什么过头？

"弟妹，你也别太难过。老辈人不是说了吗，人是苦虫，来到世上就是来受苦的。只要有一口气，就得挺着腰板活下去。"

徐二婶用袖子擦擦眼，不好意思地瞥瞥王老奎："女人就是眼窝浅，泪水多。唉，其实，你这些年孤孤单单，也够苦的。"

王老奎心里打个沉，他听出这是徐二婶在用话撩拨他。望着眼前这个身板硬朗的半老女人，王老奎心里突然涌起一股热浪。

徐二婶没听到回话，扭头望他，见王老奎正盯着她看，心里一阵慌乱，忙把脸转向别处。

天已经亮了。从堤顶往下看，榆树柳树的叶子还是翠绿的，而庄稼的叶子已是一派枯黄。早熟的玉米已被主人收获，棒秸铡倒后露出东一块西一块的空白，大地便像个长满秃疮的癞痢头。一桁杨树间搭着个苇席窝棚，一个中年汉子从里面钻出来，一边打着呵欠，一边扯开裤子，肆无忌惮地哗哗大尿。随即，一阵淫荡的小曲飘散开来：

> 有一个田大姐扛着辘轳去浇园，
> 一出门碰上了情哥哥他叫张三。
> 田大姐在前面一下一下把水打，
> 张三哥在后边一把一把摸得欢。
> 有心撒了辘轳把，
> 蹾坏了辘轳他得赔钱……

徐二婶一惊："是看青的张兰！"

每逢大麦二秋庄稼快熟的时候，地主怕人偷抢，都要雇人看护，河边人称这些人为"看青的"。看青的大都是凶恶之人，正经人不行，正经人心肠软，看不住。张兰是十里八乡有名的恶棍，专以看青为行当。张兰看的地块，不许拾庄稼的沾边儿，稍有靠近，非骂既打。当然也有例外，那就是年轻漂亮的女人。见到年轻女人，张兰先容她们进地，自己躲在一旁偷看。拾庄稼的没有不偷把摸把的，光凭拾是没有多大油水的。等到一伸手偷，张兰立刻冲出来抓住手腕子。接下来便是谈判。答应与他干苟且之事的，不光允许偷，他还帮助偷，让你满载而归。遇到烈性的，先打一顿，再送到地主家惩罚。不少胆小的或贪图小便宜的，就着了他的道儿。

徐二婶是常年拾庄稼的，与张兰早就认识。徐二婶虽然年纪大了点儿，可身板顺溜，脸庞也周正，惹得张兰时时动火，见了面就纠缠她。徐二婶是正派人，宁可空手而回，也不做那丢脸面的事，见了张兰就躲。

王老奎见徐二婶害怕成那个样子，心里很是不忍，便说："你跟在我身边，还怕他什么？！"

"你能总在我身边？"徐二婶话里有话地说，热辣辣的目光便射在王老奎的脸上。

王老奎心里又翻起一股热浪，脱口而出："你要愿意，我就老在你身边！"

徐二婶脸上涌起潮红，那本不太显老的脸竟有了几分艳丽。

这一整天，徐二婶就跟在王老奎身后，王老奎在前面钊棒秸，她在后边捡拾遗漏在棒秸上的玉米棒子。看见王老奎出汗了，她就把水葫芦递过去，让王老奎喝口水，缓缓气。王老奎四十年没有享受女人的温存了，心甜得像掉进蜜罐里。

张兰见了徐二婶，便嬉皮笑脸地过来搭话："二嫂子，吃了什么神丹妙药，越活越年轻了。"

徐二婶低头拨拉着棒秸找寻棒子，不理他。

张兰不甘心，走近几步继续挑逗："哟喝，几天没见，人没见长，架子变大了！"

徐二婶不能不说话了，直起腰，把一个小玉米棒子扔进筐里："我一个穷家小户的，敢有什么架子？哪像你，凭着欺负人，就吃香的喝辣的。"

张兰哈哈大笑，他不怕女人讥讽，就怕女人不理："我吃香的喝辣的，那是本事。你受穷，怪你心眼不活泛。"

徐二婶听着心里有气，赌气背起筐，走到王老奎身边。

王老奎见张兰那涎皮赖脸的样子，早就怒火上升，这时忍耐不住，挺身向前："你张兰在十里八乡不论好坏，也是个人物，欺负个穷女人算什么英雄？"

张兰知道王老奎拳脚厉害，不敢惹，说了声："什么时候有了保镖的！"讪讪地走向别处去了。

月上东天，清辉照得大堤上下亮如白昼。王老奎和徐二婶走在堤顶上，心里也像皎月一样亮堂。今天徐二婶收获不小，拾的棒子不仅装满了筐头，还装满一布口袋。

"今儿个可是不赖，拾了这么多，搓巴搓巴能有一斗。"徐二婶喜滋滋的。

王老奎把扛着的布口袋换个肩："这家地主可能是得罪了扛活的，连尺把长的大棒子都给丢下了。"

"看来做人不管穷富，都得心好。不然的话，指不定什么时候吃亏。"

"可不。"

两人不再说话，默默地走。

"歇会儿吧。"走到一座"土牛"前，徐二婶把筐放下，长长地出了一口气。

"远道无轻载。"王老奎也把布口袋放在地上，活动着胳膊。

"今儿个的月亮可真亮。"徐二婶仰头望天，脸上洋溢着一种满足。

"今儿八月初十，再过几天就是中秋节了。中秋节一过，地里也就没嘛了。"

"所以呢，这段日子我得紧忙活。狗耷拉舌头的时候不忙，鸡跷脚的时候再忙就晚了。等到刮风掉雪的三九隆冬，没吃没喝的，哭都哭不出韵来。"

王老奎叹口气："穷人啊，苦日子真是难过。"

"不死，再穷再苦也得过！"徐二婶的眼睛再一次盯牢王老奎。

王老奎心里的那股热浪又翻腾起来，也不错眼珠地看着徐二婶。

徐二婶走近几步，望着王老奎的脸，眼里闪着泪光："你要是不嫌弃，我跟了你吧？"

"我……"

"我知道你是共产党，在干打鬼子的事。我不怕，是死是活，我都跟你在一起！"

王老奎心里几十年的坚冰瞬间彻底融化了，他一把将徐二婶搂到胸前。徐二婶仰起头，把嘴送上去。两人紧紧地吻在一起。

## 二十八

    洪部遭了大难。洪文龙在带队攻打谢家铺时，被谢麻子打死了。

    洪玉秀自从答应河桩攻打谢家铺，就进行了积极准备。洪部攻打谢家铺，一是为了帮八路军拔除钉子，二也是为自己筹集粮饷，洪玉秀知道谢麻子富甲一方，油水很大。几个首领几经研究，决定由洪文龙带领三十人前去，师爷郑俊杰在家组织大车，在谢家铺打开后搬运粮草。

    一天深夜，洪文龙来到谢家铺村口，按事先侦察好的路数，没费什么劲，就把两个站岗的家丁解决了。队伍顺着大街来到谢家大院，却遇到顽强抵抗。谢家大院四周围着一丈多高的砖墙，墙上有马道，有枪眼，可以四处跑动、射击。院子一角还筑有炮楼，站在炮楼上，整个村子一览无余。

    洪文龙的队伍还没到院子跟前，就被炮楼上的哨兵发现了。一声枪响，全村震动，在厢房里睡觉的家丁们纷纷拿起枪，上炮楼的上炮楼，上围墙的上围墙。谢麻子也提着手枪跑上来，躲在枪眼后面指挥射击："瞄准喽，狠狠地打！"

    密集的枪弹阻住了洪部的队伍。洪文龙抬手止住大家，退到一堵矮墙后观察形势。

    "偷袭不成，就硬攻！"副队长赵彪建议。

    "不行。"洪文龙摇头拒绝，"谢麻子的火力很猛，硬攻伤亡太大。这样，你在这儿组织佯攻，我带几个人绕到后边，爬墙进院，给他来个里应外合。"

弯
弯
的
永
定
河

174

赵彪应声"好",把长短武器集中在一起,朝着高墙猛射。洪文龙领着几个轻功好的人,带着撑杆、飞抓,悄悄绕到院墙后面。

不想谢麻子老奸巨猾,看下面只射击不进攻,恐怕有诈,便带人在围墙上绕圈巡逻。到了院后,果然见树影里有几个人在向墙边运动。几个家丁举枪要打,谢麻子伸手拦住:"慢,看看他们要干什么。"

洪文龙见围墙上毫无动静,以为无人,便命两个弟兄接好撑杆,准备越墙。这撑杆是白蜡木制成,又韧又硬,富有弹性,每根约一丈长,杆头上镶着螺丝,越墙时几根接在一起,翻一两丈高的房屋或围墙不费吹灰之力。洪文龙一挥手,两个弟兄挺起撑杆,跑到围墙下,撑杆一点地,飞身而起。

谢麻子在墙垛后看得真切,冷笑一声,抬手就是一枪,家丁们也跟着开了枪。两个弟兄撑着杆在空中停了一下,随即往后一仰,重重摔在地上。

洪文龙见状,急叫把两个受伤的弟兄抢回来,自己掏出飞抓,骂了声:"谢麻子,看老子活劈了你!"几步蹿到墙下,抖手抛出飞抓,猿猴般攀了上去。

围墙上的家丁举枪又要打,仍被谢麻子拦住:"等等!"狞笑着看着洪文龙。等洪文龙攀到垛口,刚要翻身上墙时,谢麻子伸枪抵住了洪文龙的脑门。两人对视了刹那,谢麻子扣动了扳机,洪文龙布袋似的摔了下去。

赵彪得到洪文龙阵亡的消息,如同五雷轰顶,无心再战,背着洪文龙的尸体返回南辛庄。

洪玉秀在天快明的时候就起来了,和郑俊杰一起指挥着人们套大车,装麻袋,准备到谢家大院拉粮食。洪玉秀相信,洪文龙此去万无一失,以三十个满身武艺的弟兄对付十几个家丁,应是手拿把攥。忽然,她看见顺着堤顶跑过来一群人,在初升太阳的照射下,显得慌乱而急促。猛地,她一眼认出跑在前面的赵彪,在赵彪身后,几个弟兄的背上都背着人。她一下呆住了,只感到心在一点一点往下沉。待赵彪跑到她面前,跪地大哭的时候,她的心一下沉到底,身子晃了两晃,便软软坐在地上。

洪文龙的丧事办得很隆重,张卫、河桩和李斌闻讯都赶来了。洪文龙的媳妇抱着三岁的儿子小龙在灵前哭得死去活来,洪玉秀端坐在一旁的太师椅上，紧抿着嘴角，眼里没有一丝泪花，默默接受人们的吊唁。直到三岁的小龙在娘的帮助下摔碎孝子盆，洪文虎站在灵前喊出"哥，你放心走吧，我一定给你报仇，一定把至子养大"时，洪玉秀才从喉咙深处发出一声悠长的哭号，展开双臂搂住棺材久久不放。

丧事过后，洪玉秀如同得了一场大病，双腮塌陷，面容憔悴，躺在炕上下不来地。腊梅整天侍奉在娘身边，喂药喂饭，以泪洗面。

十几天后，洪玉秀终于恢复了元气，命人把有关头目召来，商议复仇之事。洪玉秀望着几个亲信，悲痛地说："文龙被谢麻子害了，这血海深仇不能不报。宁可再搭上我这条老命，也得把谢家大院拿下来！"

众人纷纷表示决心，愿跟着大当家的赴汤蹈火。洪玉秀满意地点点头，转头望着文龙媳妇怀里抱着的小龙，眼里泛出泪花："这些年，我们过的都是刀头舐血的日子，虽然不滥杀无辜，也结下了不少仇人，说不定哪天就遭到别人的算计。文龙媳妇和小龙，文虎媳妇和小虎，都不要在南辛庄住了，转到秘密窝点里去。今后如果发生什么不测，头等大事就是保护两个孩子，得给洪家留下根！"

洪文虎和文龙媳妇都含着眼泪点了头。

正说着，门岗进来报告，张卫、河桩来了。洪玉秀忙带着众人迎出屋子。

张卫、河桩见洪玉秀身体康复了，很是高兴。提起文龙的事，两人心里有说不出的内疚。

洪玉秀反过来安慰两人："戏里不是唱了吗？瓦罐常在井沿破，大将难免阵前亡。文龙的死，从抗日的方面讲，也算是为国尽忠了，是光宗耀祖的事。"

张卫、河桩见洪玉秀如此深明大义，赞叹不已。说起攻打谢家大院的事，洪玉秀坚持自己去打，她说："从私情上讲，这是我的家仇，我必须自己去报！我得亲手毙了谢麻子！"

河桩向洪玉秀解释："洪司令的心情我们理解，也不是不相信洪部的力量。文龙出事后，我们派人对谢家铺进行了侦察。谢家大院墙体坚固，又居高临下，易守难攻。谢麻子也怕报复，和附近的炮楼都取得了联系，一旦有事，沙地营、兵器营的伪军就会来增援。那样一来，洪部可就腹背受敌了。"

洪玉秀考虑了一番，同意独立营在外围打援，仍坚持亲自攻打谢家大院。几个人确定了攻打时间，研究了战术，便分头去做准备。

临战的晚上，洪玉秀让人宰了两头猪，大锅炖肉让弟兄们猛吃一顿。天近半夜，集合起队伍，洪玉秀站在队前训话："弟兄们，自打聚义，几年来我们同生共死，患难与共，亲如一家！文龙被谢麻子打死了，他是我的儿子，也是你们的兄弟。今天我们要攻打谢家大院，灭了谢麻子，给文龙报仇！"

众弟兄群情激愤，连连呼喊"报仇"。

洪玉秀感动得流下热泪，向队伍拱着手说："弟兄们的情义我洪玉秀记在心里了。在战斗中受伤的，我请最好的医生给治伤；阵亡的，我洪玉秀养他全家老小一辈子！"

洪玉秀带队来到谢家铺村外，按照事先研究的方案，分开行动。洪文虎带十个人从院西攻打，赵彪带十个人从院北攻打，洪玉秀带剩下的人携两挺机枪，直攻正面大门。

谢麻子这几天神经也是高度紧张，料定洪部会来报仇，把家丁分成两班，日夜防守。又从伪军炮楼里买来几十颗手榴弹，摆在围墙上，有人爬墙就往下砸。大门口放了双岗，夜里点起两盏大红宫灯，把门外照得一片明亮。

洪玉秀躲在五六十米外的房子后，观察一阵，让"快马张三"准备好，让机枪手架起机枪对准墙上，然后举起短枪，"啪啪"两声打倒门岗。与此同时，腊梅也两枪打灭了宫灯。"快马张三"大喊一声，坐下马猛蹿出去，闪电般冲向大门。将到门前，张三飞身下鞍，任马跑去，自己几个箭步蹿进门洞，把炸药包顶在大门上，拉着了绑在上面的手榴弹，快速退出门洞，闪在死角处。

此时，围墙上的家丁也打起枪，在屋里睡觉的家丁也上了墙。正在他们摸不着头脑的时候，轰然一声巨响，大门被炸开了。谢麻子挥枪急喊："堵住大门，快堵住大门！"

洪玉秀见大门炸开，命机枪对准墙上扫射，压制敌人火力，指挥弟兄们向大门猛冲。

"快马张三"被爆炸声震得两耳失去听觉，看见弟兄们冲上来，忙从腰里抽出两颗手榴弹扔进去，借着爆炸的烟雾第一个冲进大门。

来堵大门的家丁被手榴弹炸倒两个，其余的忙往后躲。"快马张三"一梭子弹扫过去，家丁们抵挡不住，纷纷退入两侧的厢房，"快马张三"牢牢把住了大门口。洪玉秀带着弟兄们冲进大门，大叫："弟兄们仔细着，绝不能让谢麻子跑掉！"

此时洪文虎和赵彪两路人马趁门前激战，家丁们顾东顾不了西，轻而易举地攀上围墙，顺着墙上马道朝着大门口杀来。顿时，墙上院里，枪声一片。

谢麻子带着家丁退进炮楼，指挥家丁们远的用枪打，近的用手榴弹炸，洪部一连伤了几个弟兄，仍是无法靠近。

此时天已放亮，村东村南相继响起枪声。

"河桩大哥跟敌人接上火了！"腊梅一边射击，一边朝母亲喊。

洪玉秀望着就要升起太阳的东天，心中不免有些焦急。如果不尽快拿下谢家大院，四周的鬼子伪军赶来增援，虽有独立营在外阻击，形势也是不妙的。

谢麻子听着村外的枪声，心里乐开了花，对家丁们大喊："弟兄们顶住，我们的援兵到了！打胜这一仗，每人赏五块大洋！"又把头探出枪眼，朝着洪玉秀哈哈狂笑："洪老婆子，你们就要完蛋了！我要让你跟你儿子一样，死在我的枪下！"

洪玉秀怒不可遏，命令机枪对准枪眼猛扫，谢麻子急忙把头缩了回去。

洪文虎和赵彪消灭了围墙上的团丁，齐聚到洪玉秀身边。

"干娘，我去把炮楼炸了，揪出谢麻子给文龙大哥偿命！"赵彪两眼喷着怒火。

赵彪对洪文龙的死，其悲痛之烈一点不逊于洪玉秀。几年来，他把洪家母子的恩德牢牢记在心旦，奉洪玉秀为亲娘，对洪文龙兄妹情如一母同胞。原来，赵彪是永定河南赵家村人，家中有父母和一个姐姐，种着二三十亩薄沙地，产出虽然不多，也算得是个小康之家。就在赵彪上小学三年级时，家中大祸临头。赵彪的姐姐春兰自小聪明伶俐，家里地里都是一把好手，尤其是长得美貌如花，被父母视为掌上明珠。为给心爱的女儿找个称心如意的丈夫，父母挑三拣四，高不成低不就，直到十八岁还没订下婆家。此事被邻村的大财主唐老虎得知，几次派媒婆上门提亲，要讨去做妾。赵彪的父母哪舍得宝贝闺女给个老头子做小，想出种种理由婉言谢绝。唐老虎恼羞成怒，趁着家中无人，将彩礼和假造的婚书扔下，把春兰抢走了。不想春兰是个烈性女子，进入唐家后，乘人不备，拿把剪刀自杀了。待到赵彪的父母得知消息，哭喊着跑去要人时，唐家家丁拖出来的却是春兰的尸体，唐老虎竟连面也没露。赵彪的父母悲愤欲绝，发誓要为女儿讨回公道，便卖掉几亩地，到固安县衙去告状。此时唐老虎早已在县衙里上下打点，法官受了贿，不但不准状，反说赵父诬陷刁告，诈谋钱财，毒打一顿，关入大牢。赵母又卖了大部土地，才把赵父救出。赵父悲恨难舒，一场夹气伤寒丢了性命，赵母精神崩溃，投河而死。

十二岁的赵彪孤苦伶仃，求告无门，只好把仇恨埋在心底，靠给人放羊度日。眨眼间五年过去，在这半饥半饱的苦难生活中，赵彪长成个高高大大的小伙子，报仇的欲望也越来越强烈。他曾多次半夜里从房中溜出，围着唐老虎的宅院转悠，都因院墙太高，院内有巡更的，无法潜入而沮丧返回。这天吃过晌午饭，他又来到唐老虎的大门前，躲在一个墙角后往里窥探，不想被门口的家丁发现，大喊一声，一条牛犊似的黄狗从门内窜出，笔直地向他扑来。赵彪见狗来势凶猛，转身就跑。没跑出几步，就被黄狗叼住裤腿甩了个跟头。黄狗咆哮着，扑到赵彪身上张口便咬。赵彪情急之下，抽出怀里的尖刀，对准狗嘴狠狠刺去。然后又抓住狗的耳朵，朝着肚子猛刺几刀。黄狗呜咽几声，挺直身子不动了。赶来的家丁见黄狗死了，把赵彪痛打一顿，捆绑起来去见唐老虎。唐老虎暴跳如雷，先把赵彪吊打够了，又强迫他认狗作爹，为狗爹出殡。

出殡这天，可巧洪玉秀带着文龙几个人路过，见一个被五花大绑的小伙子披麻戴孝，背上插着写有"狗爹"的纸幡，由两个人架着、摁着，一步一磕头，身后是一具黑漆大棺材和一群呜里哇啦的吹鼓手，围观的人满街满巷。洪玉秀觉出蹊跷，偷偷询问一个老者。待弄清事情原委，洪玉秀怒不可遏："忒拿人不当人了！"命文龙将人抢下。

洪玉秀把赵彪带回驻地，热汤热饭供赵彪将养，直到赵彪恢复了元气，才叫来细细盘问。赵彪边哭边诉，说得洪玉秀也泪流满面，当即决定为赵彪报仇。赵彪跪在洪玉秀面前："此仇得报，您就是我的再生亲娘！"

时隔不久，洪玉秀就命文龙领队，赵彪带路，趁月黑翻进唐家大院，杀了唐老虎。赵彪深感洪玉秀母子的恩德，就入了伙，认洪玉秀为干娘。

赵彪和文龙更是情如兄弟，两人多次出去筹集粮款，每有恶战，赵彪都是冲锋在前，撤退在后。所幸老天有眼，两人都是毛发未损。洪部壮大后，分为三个队，洪文龙任二头队长，就让赵彪当了副队长。如今洪文龙死了，他却活着，虽没受到洪玉秀的半句责怪，仍是悔恨不已，认为是自己没有尽到保护之责。此时见炮楼久攻不下，又听到谢麻子的狂妄喊叫，一下红了眼，哗地扯掉夹袄，光着个膀子，抓起几个手榴弹就往炮楼上冲："谢麻子，老子这条命不要了，也得炸死你！"刚跑出几步，就被枪弹打倒了。

洪玉秀忙让人救下赵彪，和洪文虎商量攻打办法。

"硬攻不行，就烧他个兔崽子！"

洪玉秀觉得儿子的建议有道理，点头同意。

洪文虎带着十几个弟兄和一挺机枪，跑出大门，让机枪手在街对面选好位置，自己带人找了辆大车，高高地装上树枝、棒秸，趁机枪封锁住炮楼枪眼之机，发声喊，将大车推到炮楼墙下，点着了火。可没等火着起来，便被炮楼上扔下的手榴弹炸灭了。洪文虎见一挺机枪封不住枪眼，又把第二挺机枪调过来。两挺机枪一齐开火，打得枪眼四周砖渣乱蹦，烟雾飞腾。弟兄们又推来两大车柴草，浇上一竹篓花生油，冲天大火便烧了起来，火蛇、浓烟霎时顺着枪眼钻进了炮楼。家丁们忍受不住烟熏火燎，一边流泪咳嗽，一边打开炮楼门，不顾死活地冲了出来。守候在围墙上的洪玉秀母女俩，一枪一个，把家丁们统统打倒在地。

见谢麻子没有出来，洪玉秀母女跳起身，跑到炮楼前，一边一个把住门口，朝里喊话："谢麻子，快出来！不出来，用手榴弹炸死你！"

话音未落，门里射出两颗子弹，谢麻子满脸灰尘，跌跌撞撞地冲出门外。腊梅抬手一枪打在谢麻子背上，谢麻子趔趄几步，转过身，恶狠狠地盯住腊梅，慢慢举起手枪。洪玉秀手急眼快，一枪打中谢麻子的手腕，手枪掉在了地上。腊梅又要开枪，被洪玉秀喝住："不能这么便宜他！"说着，一枪打在谢麻子腿上，谢麻子努力支撑着，没有倒下。"我让你跪下！"洪玉秀又一枪打在另一条腿上，谢麻子再也坚持不住，双膝一软，跪在地上。

洪玉秀用枪抵住谢麻子的脸："我和你无冤无仇，为什么打死我的儿子？"

"你们要抢我的粮食抢我的钱，还说没仇？"谢麻子毫不示弱。

"我们筹集粮款是为了抗日！"

"我狼叼来的不给狗吃！"

"你浑蛋！"腊梅狠狠踢了谢麻子一脚。

"你为什么不许抗日政府的人进村，倒跟鬼子勾结？"

"谁对我有利，我就跟谁好！"

"你这个忘了祖宗的东西，打死你个狗汉奸！"腊梅气得满脸通红，把枪顶在谢麻子的脑门上。

"打死我就打死我，你们也得不了好死！"

腊梅再也忍耐不住，一枪打爆了谢麻子的脑袋。

洪玉秀下令，弟兄们只许搜集粮款，不许伤害谢麻子的家人。在弟兄们慌慌忙忙装车之际，村外的枪声也陆陆续续停了下来。

上半夜，河桩就把独立营拉到了沙地营、兵器营附近，自己和副营长成天鹏各带一个连，埋伏在两个炮楼去谢家铺的必经之路上。对于这次阻击战，河桩非常重视。他知道，绿林中人把"义"字看得很重，在洪玉秀急需帮助的时候支持一把，使她体验到共产党八路军的诚信，会更加坚定她跟着共产党抗日到底的决心。所以河桩在下达作战命令时强调，不管受到多大冲击，必须坚决顶住，不许一个敌人窜到谢家铺，干扰洪部作战。

在谢家铺打响后，两个炮楼的敌人并没有动静，直到天亮了，沙地营炮楼上才响起枪声，紧接着，兵器营炮楼也打了两枪。河桩知道敌人出来了，命令战士们准备战斗。

两个炮楼出来的是两小队伪军，在队长的催促下，沿着田间小路跑步前进。两个小队长都是得过谢麻子好处的，不救援怕将来见面不好说话，但又有私心，夜里谁也不动弹。

河桩见沙地营的敌人进入射程，从土坡后站起来先打了一枪。战士们听到信号，也纷纷举枪射击。遭到袭击的伪军慌忙卧倒，在队长的指挥下就地还击。不一会儿，兵器营方向响起枪声，成天鹏也和敌人接上了火。

等到谢家铺沉寂下来，河桩带头发起冲锋。伪军们无心恋战，掉头就跑。独立营直追到炮楼跟前，才带着缴获的战利品，去和洪玉秀会合。

# |二十九

　　香巧发现李大裤裆时，李大裤裆已带着十几个警备队员跳下了船。此前，香巧一直在小吃店里和面，直到把半袋子白面和好，盖上块湿布醒着，才走出店门透口气。一抬头，李大裤裆已爬到了堤腰上。香巧心知不妙，转身就要往村里跑，却被李大裤裆叫住："香巧妹子，好多日子不见，怎么看见我就跑？"

　　香巧只得站住，强作笑脸："哎呀，是李头儿呀？你穿上这身老虎皮，我哪儿敢认哪！"

　　"哼哼！"李大裤裆冷笑几声，不无骄傲地正了正帽子，然后斜眼盯着香巧："我换了身行头就不认识了？你扒了皮我可都认得！"

　　香巧急于脱身："李头儿你忙着，我回村里拿点儿东西。"

　　"站住！"李大裤裆又冷笑两声，"我知道你跟河桩是线穿鼻子，想去给王老奎报信是不是？甭做梦！"叫过两个警备队员，"看住她，哪儿也不许她去！"

　　香巧眼睁睁看着李大裤裆带人直奔王老奎家，干着急没办法。

　　王老奎正在院里劈木柴。地净场光，无事可做，王老奎把往年拾的树桩树杈，从河里捞出的烂木头，都拖到院子里，用长柄斧子劈成细条，准备冬天烧炕用。徐二婶站在一旁，不时把劈好的木条捡起来，抱到墙角，码在劈柴垛上。王老奎不时看看给他打下手的徐二婶，心里说不出的舒坦，越干越有劲。后来爽的脱去夹袄，只穿一件白汗褟儿。

　　"看着凉了。"徐二婶连忙制止。

王老奎晃晃两条肌肉结实的胳膊："我就不知道什么叫着凉！"

"都多大岁数了，还耍膘！"

王老奎呵呵地笑："多劈点儿，冬天好让你睡热炕头！"

徐二婶斜瞥王老奎一眼，低下头抿着嘴乐。

王老奎已把和徐二婶的事告诉了家里人，全家人没有不高兴的。徐二婶这边更简单，娘家是绝户，徐姓也没有当家子，就是她个人说了算。两家商定，冬闲时挑个好日子成亲。

两人正沉浸在对未来生活的憧憬之中，门外一阵杂沓的脚步声，李大裤裆领着一群警备队闯了进来。王老奎先是一愣，举起的斧子停在半空中。随即，手提斧子哈哈地笑了："李头儿，几日不见，当上白脖子了？"

警备队的服装是浑身上下一通黑，只有上衣领子是一圈白，老百姓便把他们称为"白脖子"。

"再胡说八道，老子毙了你。李头儿现在是固安县警备大队的中队长！"臭子拉了下枪栓，逼到王老奎面前，又扭头朝李大裤裆讨好地笑了笑。

"闹了半天李头儿当了日本人的官了，该给你道喜呀！"王老奎鄙夷地撇了撇嘴。

李大裤裆拔出手枪，指着王老奎："少废话，把斧子放下！"

王老奎把斧子扔在地下，还是乐呵呵的："有什么了不得的事，值得抢枪动杖的？"

"什么了不得的事？你们掏我的窝，想要我的命！还有什么事比这更大？"

王老奎闻言心里一沉：村里有内奸！看眼下这阵势，李大裤裆是来者不善。把心一横，是福不是祸，是祸躲不过，便冷冷地问："你想怎么样？"

"跟我走一趟！"李大裤裆说着，朝警备队们一挥手："把这个老不死的绑上！"

王老奎见两个警备队员扑过来，往后一侧身，站成丁字步，飞起一脚，把冲在前面的臭子踢了个仰面朝天。后面的一个趁机抱住了王老奎的脖子，王老奎急转身，一个大背胯，将他结结实实摔在地上。其他的警备队员看得眼都直了，再没人敢上前。

李大裤裆早就知道王老奎厉害，今天见了真功夫，不敢上前交手，一把揪过徐二婶，把枪顶在她的脸上："王老奎，你再反抗，我就毙了这个老婆子！"

王老奎怕伤了徐二婶，只得不再动手，任人绑上。

随后，李大裤裆又绑了王老宽、志刚和二愣的爹、铁牛的娘，都关在村中的大庙里，这才心满意足地回了家。

两个女人见李大裤裆进了门，像天上掉下个喜神，围着他又哭又笑。李大裤裆把当警备队的事说了，又把绑人的事说了。

"你想把这些人怎么办？'周秀珍问。

"带回固安，交给日本人。"李大裤裆喜滋滋地说，"日本人给了我个中队长，我也要让他们看看我的本事。"

"那，河桩能饶了你？"周秀珍担起心来。

"你把我们带到固安去吧。"崔兰英也害怕了。

"今天就带你们走。"李大裤裆说着，叹了口气，"既是下了水，就不怕湿鞋了。今后就豁出去跟河桩对着干，不是他死就是我活！"想了想，支使周秀珍："你去把孙秃子、李狗子叫到这儿来。记住，让他们悄悄儿的，躲着点儿人。"

周秀珍的醋劲又上来了："你就会支使我。我知道，支开我，你们好……"

李大裤裆瞪起眼，崔兰英哧哧地笑。

周秀珍一出门，李大裤裆就抱起崔兰英，急急地进了里屋。

孙秃子、李狗子走进客厅时，李大裤裆和崔兰英已经完了事。李大裤裆先说了几句感谢两人的话，就问："水生跑哪儿去了？家里人也不在？"

"听说水生当了李斌的区小队员，那个病老婆带着几个孩子，躲到娘家去了。"孙秃子抢着说。

"麦穗也去了？"

"好像也去了，这些天一直没见着。"李狗子也忙说。

李大裤裆眼前立即现出麦穗娇美的脸蛋和光洁的身子："躲就躲过去了？按倒我一根干毛，就得给我立一杆旗杆。去李家洼抓她去！"

"那我们……"孙秃子欲言又止。

李大裤裆明白孙秃子的意思，一挥手："你们俩不用去。你们在村里给我当眼线，不能太显鼻子显眼。"

香巧在堤上急得火烧火燎，但被两个警备队员看得紧紧的，脱身不得。待李大裤裆把人叫走，押着王老奎等去李家洼抓麦穗，才急忙跑出小吃店，到村里去找王老宽，谁知哪里也找不到老宽的影子。香巧急得没法，只得亲自去东南乡，找河桩报信。

李家洼离河沿儿不过几里地，眨眼便到。因为挨得近，各家各户的情况相互都了解。李大裤裆来到村外，留下几个队员看守王老奎等人，带着其余的人直奔麦穗姥姥家。

麦穗正抱柴火准备做午饭，见门外涌进一帮"白脖子"，不由一愣。待看清领头的是李大裤裆，扔下柴火就往屋里跑。

李大裤裆见了麦穗，兴奋得两眼放光，指挥警备队员把麦穗绑了。麦穗娘见女儿被抓，连咳嗽带喘地带着几个孩子扑上来。李大裤裆发起狠，一顿拳脚将娘儿几个打倒在地，簇拥着麦穗就往外走。与村外的人会合后，一行人上了大堤，准备到河沿儿坐船。刚走出不远，一排枪弹从树后、"土牛"后射出来。王老奎料想是有人救援，忙对身边的几个乡亲喊声"快趴下"，带头趴在地上。警备队本是乌合之众，枪声一响便往后跑，被李大裤裆连喊带骂地喝住。

李大裤裆躲在一棵大树后，探出脑袋朝对面喊："你们是哪个部分？"

"你甭管哪个部分，放下人，饶你一条活命！""土牛"后传出一声回应。

李大裤裆从树后闪出身："是郑新郑司令吧？我抓的可都是共产党的干部，八路军的家属，是日本人要的重犯！你今天放我过去，咱们井水不犯河水，日后好说话！"

郑新也从"土牛"后站起来："李头儿，看在咱们有几面之缘的份上，我不难为你。把人留下，你走你的路。"

郑新拉起杆子后，时不常地到河沿儿转悠，寻找买卖。李大裤裆是河沿儿的头面人物，又喜欢结交匪类，一来二去就认识了，只是两人没有过深的交情，见面说几句话，打个哈哈，心照不宣。

李大裤裆见郑新不给面子，有些急了："郑司令，我现在可是固安县警备队的中队长，办的是日本人的差事。你拦截，不怕我安你个私通八路的罪名吗？"

郑新哈哈大笑："李大裤裆，我还真小看你了。你搬出日本人，我就害怕？日本人能咬了我的毬去？"

李大裤裆恼羞成怒，冲郑新抬手就是一枪。

子弹擦着郑新的耳朵飞过。郑新也急了，骂了声："给脸不要！"指挥弟兄们猛烈射击，然后挥枪大喊："弟兄们冲过去，活捉李大裤裆个兔崽子！"

警备队们都是顾命的，没打几枪就四散奔逃。李大裤裆没办法，也只得连滚带爬地逃下大堤，钻进一人多高的柳行子。

郑新跑过去，命弟兄们把王老奎等人的绑解了。等发现麦穗，郑新的两眼立刻直了。二当家郑民看出门道，凑到郑新耳边："大哥，这个丫头真俊，正好收为压寨夫人。"

"别瞎说！"郑新低声呵斥，两眼却一直没有离开麦穗的脸。

郑新原是刘各庄大地主刘镇邦的长工兼护院，人长得五大三粗，威风凛凛，只是家里穷，二十五六还没娶上媳妇，便和邻村的一个寡妇好上了，有点钱都送到寡妇那儿去。谁知一天深夜，他赶到寡妇家，寡妇说什么也不给开门。他急了，弯下腰一用劲，把木板门从门轴上端下来，闯进屋子，点起油灯。寡妇赤裸着身子坐在炕上，惊恐地望着他，旁边是一个高高隆起的被窝筒。郑新一把掀开被窝，一个光身男人露出来。郑新怒不可遏，按住男人一顿暴打，然后扇了寡妇两个嘴巴，出门而去，自此与寡妇断了来往。被女人耍了的郑新脾气变得很暴戾，除了干活就是练武，动不动就和人打架。两年前的秋天，他正和几个护院的弟兄在大场上看守庄稼，一小队日本兵朝他们走过来。郑新连忙带着弟兄们躲到场房后面。十几个鬼子来到场院，对着高高的谷子垛、玉米垛、高粱垛，叽里哇啦地比画一通，便放起了火。郑新早就听说，卢沟桥事变后，日本兵到处杀人放火。今天见到真的了，不由勃然大怒："打死这些畜生！"一枪就撂倒了一个鬼子。其他弟兄也从场房后闪出，对着鬼子开枪齐射。鬼子被打倒四五个后，从初时的惊慌中清醒过来，架起机枪、掷弹筒，猛扫猛射。场房在一声巨响中飞上了天，弟兄们一个接一个倒在血泊中。郑新见势不妙，叫声"快跑"，凭着熟悉的地形逃出村子，跟在他身后的只剩下堂弟郑民一个。兄弟俩站在沙岗上，望着村里升起的冲天大火，听着零零星星的枪声，一时茫然不知所措。等到夜深人静，兄弟俩潜回村，村里已是房倒屋塌，东一具西一具的死尸横躺在大街上。面对如此惨景，郑新心里说不出的痛疚，认为是自己给乡亲们惹下的灾祸。兄弟俩无路可走，便拉起杆子，既劫道、吃大户，更打日本人。为团结一切武装力量抗日，张卫找过郑新几次。郑新对张卫讲的抗日道理很认同，同意和共产党八路军联合，共同抗日。

对郑新的这个决定，尝到当土匪滋味的二当家郑民，深不以为然："八路军穷得叮当响，咱们跟他喝西北风？"

"他们是真心打日本人的。"

"听说八路军有纪律，什么不拿群众一针一线，什么官兵平等，这他娘谁受得了？哪如自个儿单干，天是老大，咱是老二，吃香的喝辣的，想怎么着就怎么着痛快？"

郑新忧心忡忡："老二呀，你眼睛只看到鼻子尖儿这么远。你就不想想：我们惹了日本人，日本人追杀我们；不听八路的，独立营也会打我们；大绺子仗着人多势众，时时刻刻想要吞并我们。我们成了什么？饺子馅儿！指不定哪天脑袋就搬了家。咱们这样混下去，终究是无根的苲蓬啊！"

郑民听郑新说得有道理，无奈地点点头："大哥说的也是。那就走着看看吧。"心里终是不痛快。

前些日子，河桩又与郑新接触了几次，郑新下定决心接受改编。今天，郑新就是带着队伍来接受独立营改编的。刚走过渡口不远，就碰上了香巧。香巧是知道郑部情况的，就把发生的事说了。郑新认为这是给八路军送的最好的见面礼，便在李大裤裆返回的路上设伏，把人截下了。

郑新带队兴冲冲往前走，铁牛领着十几个人迎面跑来。铁牛和郑新是见过面的，如今又成了一家人，就显得格外亲热，拉着郑新的手说："王营长不放心，让我们来迎接。听到枪声，就赶过来了。没受到损失吧？"

郑新哈哈一笑："把李大裤裆打了个野鸡不下蛋！你看，还解救了几个老乡。"

铁牛见了王老奎和娘几个人，急忙跑过去，问东问西，亲热得没完没了。郑新见太阳已经偏南，就说："程连长，时候不早了，还是先见了王营长再细说吧。"

铁牛脸一红："你看，一见了师傅和娘，把正事忘了。咱们快走！"

一行人来到营部所在地押堤村，河桩、志刚、成天鹏等几个营连干部早在村口迎接。河桩见了爹、大爷和几个乡亲，又惊又喜。王老奎把李大裤裆抓人的事说了，河桩握着郑新的手，连连道谢。郑新自豪地指着他的二十几个人说："我的弟兄还行吧？"

"行，都是好样的！"

河桩让金驹把王老奎几个人送到沈大爷家休息，派小强带郑新的弟兄到大庙里喝水，然后领着郑新来到营部。这是一座地主的大院，日本鬼子一来，老地主就领着全家躲到天津去了，只留一个老长工照管房子。独立营成立后，征用来做了营部。正房五间，河桩住东间，志刚住西间，中间客厅做会议室。成天鹏住东厢房，西厢房住刘顺带的警工班。二门外是个大院，有好大一片空场，靠百面的牲口棚便改建成伙房。

河桩把郑新让进客厅，几个人围桌坐下，刘顺在每人面前放上一碗白开水。河桩告诉郑新，要为他的弟兄们开个欢迎会和命名会，并把会议程序说了，见郑新没意见，几个人就起身去了会场。

会场设在村中间的打麦场上，临时用苇席搭的主席台，台上摆着两张长条桌和两条长木凳。主席台正上方悬挂着红布横幅，上写"热烈欢迎郑部加入抗日队伍"，两侧还贴着对联，上联是"团结一心枪口对外"，下联是"消灭日寇还我河山"。郑新面对这隆重场面，激动得话都说不连贯了："这、这……太抬举我了！"

河桩真挚地说："你能带队参加抗日，我们当然要热烈欢迎。只要各路武装都抗日，小鬼子就蹦跶不了几天啦！"

郑新连连点头称是。

大会主持人是副营长成天鹏，第一项程序是部队入场。成天鹏发出口令后，早等在场外的独立营两个连在铁牛、二愣的率领下，齐步入场。许是想在郑部面前露一手，战士们的精神格外振奋，清一色的灰军装、整齐划一的步伐、闪亮的枪械、高亢的口号，把郑部的队员看直了眼，围观的老百姓更是赞叹不已。部队带入场后，一连站在主席台左侧，二连站在右侧，中间留出一溜空当，那是郑部的位置。该郑部的队伍入场了，郑新从主席台跳下来，亲自指挥，可不管他怎么吆喝，队伍仍是走了个稀里哗啦，惹得围观的乡亲们哧哧直笑，郑新羞得满头大汗。郑民不服地小声嘟囔："摆这些臭花架子有什么鸡巴用，能杀能砍才是真的！"

成天鹏为解除郑新的尴尬，走到台口大声说："大家不要笑，郑部的弟兄没有经过正规训练，以后练练就好了。可他们打鬼子还是好样的！下面，请赵教导员讲话！"

志刚从长条桌后站起来，走到台口，向台下敬了个标准的军礼。志刚长得文文静静，识的字也多，平时不太爱说话，可说起来有板有眼，在他们这帮练武的师兄弟中，除去河桩，他是最受尊重的一个。参加军分区的干部训练班后，开阔了眼界，懂得了更多的革命道理，说话、办事更加沉稳，是河桩离不开的智囊。志刚清清嗓子，首先对郑部参加八路军表示欢迎，然后从延安的共产党、毛主席讲起，把全国的抗战形势、党的统一战线政策、持久战和游击战的战略战术、三大纪律八项注意，以及独立营成立以来打的胜仗，滔滔不绝地讲了一遍，最后豪迈地一挥手："只要全国人民团结起来，就一定能把日本鬼子赶出中国去！"赢得一片热烈掌声。

河桩宣布了军分区的命令，命名郑部为京南独立营便衣队，郑新任队长，郑民任副队长，接受独立营的直接领导。

成天鹏请郑新讲话。郑新满面红光，站在台口憋了半天，举起拳头大喊："我郑新和我的弟兄们，从今往后，跟着共产党，跟着独立营，和日本鬼子拼到底！"

## 三十

郑部接受改编，大大增强了河桩进一步联络绿林武装，共同抗日的信心，他决定再次与吴部谈判。考虑到洪老太太在绿林中的威望和纵横捭阖的能力，便先来到南辛庄。洪玉秀见河桩、志刚来了，非常高兴，拉着两人的手问长问短。前些日子，腊梅被张卫带到军分区，可巧军分区要送一批青年去延安，就让腊梅一起去了。有了这层关系，洪玉秀更觉得自己和共产党八路军是一家人了。

三人在客厅里坐定，河桩先问腊梅的情况。洪玉秀乐呵呵地说："延安是毛主席住的地方，是共产党的老营，还能错得了？"

河桩开玩笑地说："洪司令就腊梅这一个闺女，她走了，想得慌吧？"

"哪能不想？闺女是娘的小棉袄嘛！她刚走那阵儿，我好几宿睡不着觉呢。"洪玉秀坦然承认，接着又叹口气，"可留在我身边又有什么好？你们知道，我洪家过的是刀头舔血的日子，眼下日本人又闹腾得这么厉害，她一个姑娘家家的，谁知道会遇上什么事？还不如让她跟着共产党打鬼子哪！"

"洪司令说得对，"志刚见洪玉秀有些伤感，忙接过话头，"等把日本鬼子打跑了，大伙儿就能过安生日子了。"又叮嘱一句："腊梅的事要保密，可千万不能泄露出去。"

"大兄弟放心，这个利害我老婆子还是知道的。"

说起改编吴部的事，洪玉秀猛地一拍脑袋："你看我这个老糊涂，这么重要的事竟忘了跟你们说了。前几天吴敬仁找过我，鼓动我跟日本人合作，让我给顶回去了。"

河桩、志刚都吃一惊："有这样的事？"

洪玉秀点点头："他说现在天下是日本人的，跟着日本人干，能吃香的喝辣的，枪弹给养要多少有多少，比在绿林强多了。"

"这小子真要当汉奸？"河桩嘭地拍下桌子，站起身。

洪玉秀沉思着说："看眼下的情形，明着他还不敢，暗中来往是可能的。吴家哥儿俩和郑新不同。郑新是穷苦出身，跟日本人也真杀实砍过。吴家哥儿俩是兵痞，吃喝嫖赌无所不为。当土匪这些年，更是心狠手辣，只认钱不认人，就是个有奶便是娘的东西！"

"他不敢明着投日，说明他心里还有顾虑，这就给了我们机会。"志刚望着河桩。

"对。我们照常去找他，能拉就拉，拉不过来，也要震慑他一下，让他不敢明目张胆地破坏抗战！"

三个人经过研究，洪玉秀带着"快马张三"，跟着河桩、志刚去谈判，派赵彪带领他的小队在礼贤镇外埋伏，防备吴家哥儿俩使坏。

四匹快马一路烟尘疾驰到礼贤镇东门，被几个把门的小土匪拦住。洪玉秀勒着马："进去告诉你们两位当家的，就说有重要客人求见。"

小队长李栓子认得洪玉秀，忙说："是洪大当家呀？您稍候，等我给您通报。"转身跑了进去。

吴敬仁听说洪玉秀来了，派人去叫吴敬礼。吴敬礼一进门就大声嚷嚷："这个臭老婆子又干什么来了？简直就是夜猫子进宅！"

吴敬仁摆摆手止住吴敬礼，沉思着说："听栓子说，不光是洪老婆子来了，还带来了王河桩。我担心老婆子把咱们和日本人来往的事，告诉了独立营。"

"那他们这是打上门来了？干脆，把他们一勺烩了，献给日本人，又是一大笔赏金！"

"不能乱来。投靠日本人，终究不是光彩的事，不到万不得已，还是不公开的好。吩咐下去，准备酒菜。再告诉李栓子，悄悄带20个人到他们回去的路上埋伏，闹翻了，就干他奶奶的！咱们给他来个先礼后兵！"

洪玉秀领着河桩、志刚走进吴部大院，吴家哥儿俩站在门口迎接。见一行人进来，吴敬仁拱着双手，满脸堆笑，客客气气把一行人让进客厅。

没想到，谈判刚一开始，就陷入了僵局。吴敬礼指着河桩大喊大叫："姓王的，你别在这儿耍花噜屁股了！你的野心傻子也能看出来，还不是想把我们吞并了？"

志刚接过话茬儿："吴二当家，你这话可说得不对。我们找你们联系，只是为了团结起来，共同抗日。"

"抗日？"吴敬礼冷冷一笑，"不怕风大闪了舌头！国民党的上百万正规军，都被日本人打得稀里哗啦，就凭你们土八路那几杆破枪，能打过人家？"

志刚不卑不亢："论眼下，八路军的力量是弱了些，可我们有全国的老百姓！只要全国人民都行动起来，一人一口唾沫，就能把小日本淹死！"

"那……那好啊，"吴敬礼耍开了流氓嘴脸，"你说得那么好听，不就是想拉着我们打日本人吗？打日本人，行。可老子要钱，要枪，要子弹！你能给多少？"

"你！"志刚再沉稳，也被吴敬礼惹火了，"你不愿打鬼子，难道想当汉奸？"

"老子就他娘……"吴敬礼边骂边到腰里摸枪。还没等他把枪拔出来，"快马张三"的二十响早指向了他的脑袋。

吴敬仁一见要露馅，忙拉了吴敬礼一把："老三，你胡说什么？！"又转过身来连连赔笑："王营长，赵教导员，我这个兄弟脾气不好，别听他瞎咧咧。"

洪玉秀啪地一拍桌子站起身："吴当家，这就是你的不对了。你在道上这么多年，应该懂得规矩！做生意还讲个买卖不成仁义在。没说几句话，就拔刀动枪，这算什么？你让我老婆子的脸往哪儿搁？王营长让我跟着来，是觉着咱两家关系不错，有个言错语差的，从中调和调和。你们这么做，不是要生生把我老婆子撅出去？"

吴敬仁连连点头哈腰："是是是，洪大当家指教得对。误会，全是误会。"边说边把吴敬礼往外推，并暗暗使了个眼色。直到吴敬礼消失在大门外，才转过身："老三就是个没细味的人，信嘴瞎咧咧。"

"瞎咧咧倒没什么，可别真干出对不起祖宗的事来！"河桩冰冷的目光紧紧盯住吴敬仁。

吴敬仁心里一惊，脸上掠过一丝慌乱："哪能、哪能呢。唉，其实老三说的也是实情。我既要守着这块地盘，还要供养几十号弟兄的吃喝，真是顾得了这头顾不了那头，也糟心着哪。要不，容我们商量商量？"

　　"商量可以，千万别商量到歪道上去。否则，抗日军民可不答应！"河桩仍是紧绷着脸。

　　"是、是。"吴敬仁又是连连点头，随即换上一副笑脸，"天都晌午了，酒饭也备好了，王营长，咱们还是边喝边聊吧？！"

　　"酒饭就免了，吴大当家还是好好想想正事吧。告辞！"

　　吴敬仁碰了个软钉子，又转向洪玉秀："洪大当家，咱们好歹是一拨子的，你就留个饭吧。"

　　"事情闹到这个份儿上，我这个中间人还有脸吃饭？我还是跟着王营长回去吧。"

　　吴敬仁心中的怒火再也压制不住，讥讽地冷哼一声："洪大当家跟得可真紧哪！"

　　洪玉秀也冷冷一笑："跟得紧不紧倒没关系，关键是看跟的什么人！"

　　吴敬仁看着河桩一行人远去，两眼越眯越小，窄窄的眼缝中射出一道凶狠的光。

　　河桩一离开吴部的视线，就勒住了马："洪司令，今天吴家兄弟的表现很不正常。为防万一，咱们不能走原来的路。"

　　"大兄弟说得对。跟我来。"洪玉秀一拨马头，领着大家岔上另一条路。

　　赵彪正带人在路两旁的草丛中埋伏，见一伙人远远摸过来，也在小树林里趴下了。赵彪忙派一个队员悄悄过去，探看情况。一会儿派去的人回来报告，前面埋伏的是吴部的人。赵彪又气又急，这是要打当家的黑枪呀！可他不敢动，他不知道谈判的结果怎样，万一莽动坏了大事，他负不了这个责任。正在他火急火燎的时候，"快马张三"出现在身后，告诉他大当家已从另路走了。赵彪把吴部设伏的事说了，问怎么办。"快马张三"说："王营长真是神了，早料到他们会来这一手。奶奶的，他们不仁我们也不义，教训教训他个小舅子！"于是两人商定，"快马张三"带几个人抄后路，赵彪正面攻击。

　　吴敬礼此时也已来到李栓子身边，告诉匪徒们等河桩回来狠狠地打，一个活口都不留。可等了半天仍不见人影，不由焦躁起来："难道还真喝上了？"正要起身回去看看，突然李栓子喊了一声："有人上来了！"话音未落，一排枪弹横扫过来。

吴敬礼愣了愣，把手枪一挥："奶奶的，还有这一手哪。给我打！"

双方躲在树后，对射起来。

正打得难解难分，吴部背后响起枪声，两三个匪徒倒在地上。

"二当家，我们被包围了！"李栓子用手捂着流血的胳膊，哭咧咧地朝吴敬礼喊。

吴敬礼看出形势不妙，喊了声"快撤"，带头蹿进树行子。

赵彪和"快马张三"前后夹击，又撂倒几个，才住了手。

　　吴部吃了亏，吴家哥儿俩气破了肚子，发誓要找河桩报仇，可又担心自己人单势孤，打不过独立营。正急得唉声叹气，佐藤坐着一辆大车又找上门来。

　　吴家哥儿俩一见佐藤，喜出望外，忙站起来迎接。

　　"贵人上门，必有喜事！"吴敬仁装出一副文绉绉的样子。

　　吴敬礼却直通通地毫无遮拦："佐藤先生又给送什么好东西来了？我们为你们日本人，可受了不小损失。"

　　佐藤微微一笑，先端起茶杯喝了一口茶，才慢悠悠地说："好东西大日本皇军多得很，大日本皇军更不会对不起朋友。只是，你们中国有句俗话，叫作来而不往非礼也，嗯？"说完，两眼紧盯住吴家兄弟。

　　吴敬礼一时不知说什么好，还是吴敬仁脑瓜灵活，一下猜到佐藤话中的意思："佐藤先生，我们已经按照您的吩咐，与八路军断绝了关系。不信问问弟兄们，前几天八路军独立营的王河桩来，我们哥儿俩拒绝了他们的拉拢，还打了他们的伏击，伤了我好几个弟兄哪。"

　　"这些我都知道，皇军对两位当家的做法非常赞赏。不过，"佐藤口气一转，眼中射出凶光，"只和八路军断绝来往不行，要把王河桩的独立营彻底消灭，要把对抗大日本皇军的人统统消灭！"

　　"这……"吴家哥儿俩倒吸一口凉气，"我们早就想灭掉他们，可打不过人家呀！"

　　"打不过就挖他的墙脚。"

"挖墙脚？挖什么墙脚？"吴家哥儿俩对视一眼，还是一头雾水。

"你们知道，一座房子，如果把它的墙脚挖空了，那会怎么样？再牢固的房子也会坍塌。独立营之所以这么猖狂，就是有洪部、郑部这样的武装支持他，洪部、郑部就是他的墙角。把他的墙角挖了，王河桩也就不打自倒了。"

"听懂倒是听懂了，可还是不明白怎么挖。"吴敬礼搓着双手，露出一脸苦相。

佐藤鄙夷地看了吴敬礼一眼，又用手点了点自己的脑袋："干大事者，不能只逞匹夫之勇，得多动脑子。你们中国还有一句古话，千里之堤溃于蚁穴。"

吴敬礼被佐藤说得晕头转向，不由心急起来："你有什么话就直说，别这么云山雾罩的！"

吴敬仁也说："是呀，佐藤先生，我们哥儿俩是粗人，你就别绕圈子啦。"

佐藤这才哈哈地笑了，示意二人凑到他跟前："你们去做两件事：一是派人打入洪部，一是拉拢郑部。"

吴敬仁一听就直摇头："这事可不好办。洪老婆子对入伙的人把得很严，不是什么人都要。郑新刚被王河桩收编，正在兴头儿上，怎么拉得过来？"

"不不，你们看到的只是表面现象。以我的经验，不管多坚强的团体，都不会是铁板一块。洪部的管理虽然严格，也不是没有空子可钻。你们中国的《西游记》里，铁扇公主那么厉害，孙猴子不还是钻进她肚子里去了？关键是得下功夫。至于郑部嘛，据我所知，郑新是个没主意的人，他的二当家郑民是个酒色之徒，八路军的那些纪律，他是受不了的。有道是，财帛动人心。只要多给好处，不怕他不上钩。"佐藤说完，向门外招了招手，一个伙计模样的人走进来，手里提着个沉甸甸的皮箱。皮箱打开，里面装着满满的银元。

吴敬礼一看见白花花的银圆，立时眉开眼笑："佐藤先生，你他娘是把中国人琢磨透了。有了这现大洋，您老人家瞧好吧。"

还是吴敬仁有些头脑，从中看出了问题："佐藤先生，皇军兵强马壮，战无不胜，打王河桩这些土八路，那不是小菜一碟儿？直接打不就结了，还犯得着这么费事？"

"这是大日本皇军的策略，这叫以华制……"佐藤发现说走了嘴，连忙停住。他不能把"以华制华"说出来，那样会伤中国人的自尊心；更不能把兵力不足的事说出来，那样会增强中国人的抵抗意志。眼珠转了转，露出满脸轻松："大日本皇军消灭几个土八路，当然不费吹灰之力。可是，杀鸡焉用宰牛刀？有你们这些朋友就足够了。不然，要你们这些朋友有什么用？"最后这句话，显示了冷森森的威严。

吴敬仁听出佐藤话里威胁的意味，连连点头哈腰："多谢皇军给留口饭，多谢皇军给留口饭！"

佐藤临别，告诉吴家哥儿俩，有事就到固安大东亚洋行找他，他也会经常派人来联系。

佐藤一走，吴敬礼立刻搬过那箱银圆，双手反复倒动着，倾听那悦耳的叮当声。

吴敬仁心烦地一摆手："老三，你就不能消停点儿！"

吴敬礼仍是不停手："二哥，你看见现大洋不高兴？"

"你以为日本人的钱那么好花？得了人家的好处，就得给人家卖命！佐藤交办的那两件事，怎么完成？"

吴敬礼这才从喜悦中醒过梦来，恶狠狠骂声"老王八蛋"，颓然坐在椅子上。垂头默想了一会儿，脸上慢慢现出笑容："二哥，佐藤说得对，郑部是个臭鸡蛋，有缝儿可钻！"

"怎么，你有办法？"

"郑民欠着我的人情！"

原来，郑民虽然生在贫寒之家，由于是独子，自小得到父母溺爱，长大后游手好闲，不务正业，整天和一些地痞、混混儿打连连。为还赌债，竟把家里仅有的几亩地偷卖了。父母又急又恨，得了夹气伤寒，双双去世。没了爹娘管束，郑民更是肆无忌惮，和狐朋狗友一起，欺行霸市，敲诈勒索，吃喝嫖赌。一次在赌场抽老千，被看场子的捉住，正要剁手指，恰逢吴敬礼在场，将其救下。郑民在家乡待不下去，就投奔堂兄郑新，当了护院家丁。拉起杆子后，洗劫的第一个目标就是那家赌场，杀了老板，抢了钱财。后来，郑民又把过去的狐朋狗友拉入绺子，壮大了队伍。郑新因为郑民对绺子贡献大，鬼主意多，又是自己的堂弟，就封了他个二当家，对他宠信有加，言听计从。

吴敬仁听吴敬礼说完，乐得跳起来："好，老三，这个事就交给你了。记住，该花钱的时候别心疼，舍不了孩子套不着狼。这事要办成了，佐藤不会亏待咱们。可是，洪老婆子那儿怎么办？"便在屋里转圈儿，一边转圈儿一边嗑牙花子，转着转着停下了："老三，张运来怎么样了？"

"前几天把他弟弟的尸首送回家，出殡去了，昨儿个刚回来。"

张运来的弟弟张运亨也在吴部当小匪，在伏击河桩、洪玉秀时，被"快马张三"打死了。

"快，把他叫来！"

张运来是固安小西湖村人，自幼父母双亡，与小他两岁的弟弟张运亨相依为命。长大后靠给人"打短儿"为生，找不到雇主，就捕鱼、打猎。后来实在走投无路，兄弟俩就双双投奔了吴部。吴敬仁看张运来枪法好，就给了他个小队长当。

张运来垂头丧气来到客厅，吴敬仁亲热地拉住他的手："丧事办完了？"

"多谢大当家、二当家了。"张运来两眼噙满泪水。

"我们吃的就是刀头舔血的饭，节哀顺变吧。"

"这个仇我一定要报！"张运来狠狠抹了一把眼泪。

"对，有仇不报非君子！"吴敬仁话锋一转，"听说你有个老乡在洪老婆子那儿。"

张运来愣了愣，点点头："是。他叫张满仓，是我远房当家子侄儿，以前一块儿打猎的。"

"好，你报仇的机会来了！"吴敬仁把张运来、吴敬礼招到跟前，低声说起他的计划。

就在佐藤与吴家哥儿俩策划阴谋的时候，河桩也在营部召开干部会，商量对付吴部的办法。大家一致要求，对吴部给予惩罚。志刚综合大家意见："同志们说得对，对那些摇摆不定的绿林武装，我们首先是晓以大义，说服教育。可像吴部这样的顽固分子，我们不能总一味迁就，要采取打、拉结合的办法，好好教训教训他，灭掉他们的狂傲之气，这也是给其他匪部的一个震慑。"

"我完全同意教导员的意见，要打就打疼他，让他想起来就害怕，不敢再为非作歹。再不行，就坚决消灭！"河桩站起来，命令铁牛，"程连长，后天是礼贤大集，你带两个人混进去侦察，重点是布防情况和弹药库的位置。"

　　麦穗胳膊上挎着蓝底白点儿小包袱，兴冲冲地走在田间小路上。她上身穿一件浅色花褂，下身穿一条灰布裤子，脚上一双圆口布鞋，白花手巾罩着齐耳短发，透出十分的干净利落。尤其那条宽宽的牛皮带，扎在柔细的腰肢上，使她那成熟的身体更显得乳高臀翘，婀娜妩媚。小路两旁的玉米棒子已经长成了个儿，顶端的丝缨变成焦黄色。高粱也晒了米，粗大的穗子压弯了秸秆，有那实在吃不住沉重的，便头重脚轻地倒伏下来，时不时地斜拦在路面上。麦穗一边走，一边伸手拨开挡在眼前的高粱穗，那甜丝丝的香味浸润得她心里也甜甜的。没过人头的庄稼被初秋的风吹拂着，起起伏伏如无边的大海，麦穗穿行其间，就像漂荡在大海中的一只小船。因大雨形成的涝洼里，噪耳的蛙鸣响成一片。大大小小的红蜻蜓、绿蜻蜓、灰蜻蜓，乱糟糟地飞舞着，有的落在玉米叶上，有的停在高粱穗上，有的在空中就尾巴搭尾巴地连在一起。快走到地边，麦穗停住脚，长长呼出一口气，一边摘下花手巾擦着红扑扑的脸，一边仰头向天上望去。天空蓝湛湛的，东一块西一块的白云点缀其间，更显出高天的深远。一只老鹰在骄阳下静静地盘旋，尖小的头颅低垂着，似在搜寻地上的猎物。麦穗想不明白，那鹰的翅膀一动不动，身子怎就能绕圈子？想不明白就不想，弯下身子整理小包袱。这小包袱是冀中抗日政府干部的标志，麦穗现任十一区的妇救会主任，已是脱产干部了。自从发生了李大裤裆的偷袭事件，河桩认为麦穗不能再待在家里了，太危险。如果出点儿什么事，他对不起水生，更对不起这个可爱而又苦命的孩子。几经考虑，他把自己的想法告诉了李斌。李斌也有同感，建议麦穗到区政府工作。两人跟水生父女一说，水生没有意见，麦穗更是高兴得不得了。近几个月，是麦穗来到人世十七年中最愉悦的日子。不论李书记还是马区长，走到哪儿都带着她，给她讲革命道理，手把手地教她工作方法，白助理几个人还教她读书识字。麦穗是聪明的，什么事一看就会，什么话一听就懂。刚开始，她只是个打杂的，眼下她能识一百多个字，工作也能独当一面了。只是夜里静下来的时候，有点儿想娘。她和爹都参加了抗日工作，病恹恹的娘一个人带着几个孩子，吃了上顿没下顿，可怎么过？俗话说，闺女是娘的贴身小棉袄，她现在是什么也帮不上娘了。每想到这些，就忍不住偷偷掉眼泪。可她更知道，她和爹干的事，就是为了娘和弟妹将来有好日子过，不把日本鬼子赶跑，任谁也不能安生。因此她浑身充满了劲儿，什么工作都抢着干。就在半个月前，她被任命为区妇救会主任。这次出来，她肩负着两项任务，一是组织妇女筹粮筹款，支援前线子弟兵；二是秋庄稼要熟了，动员群众快收快藏，防范敌人抢粮。本来，李书记、马区长是不同意她一个人出来的，怕出意外。可她觉得青纱帐期间敌人怕遭伏击，轻易不敢下乡活动，危险不太大；而且去的几个村子，是郑新便衣队控制的地盘，更增加了保险系数。最主要的，她是要主动锻炼自己，在实践中增长才干。领导们看她态度坚决，只好同意了。

麦穗整理完有些松垮的小包袱，将头探出庄稼地，闪着水灵灵的大眼睛，四处逡巡了一番，见无动静，便快步朝刘各庄走去。

郑新拉起杆子后，便把刘各庄当成了据点，势力范围延伸到附近的七八个村子，改编成便衣队，仍然住在原地，一边配合独立营作战，一边主动打击敌伪，扩大抗日游击区。

麦穗走进郑新的队部，已经天傍晌午，便衣队正准备开饭。见这么一个漂亮的大闺女站在眼前，队员们的眼一下直了，愣了一霎，便拿着碗筷轰地围上来，叽叽喳喳品头论足。郑新在屋里听院子里乱哄哄的，不知出了什么事，就让郑民出来查看。郑民在门口一探头，就退了回来，快步走到郑新面前，嘻嘻地笑：“大哥，来菜了！”

“菜？什么菜？”

“麦穗那个大美妞儿来了！”

“啊？”郑新不由喜出望外。自从第一次见到麦穗，他就惦记在了心里。后来虽又见过几面，可因工作不搭界，无法搭讪，这使他很是烦恼。今天麦穗竟自己来了，怎能不让他心花怒放？他几步冲出屋门，先甜甜地叫了声："大妹子，这是哪阵风把你刮来了？快，快进屋歇歇。"又喝斥那些围观的队员："去去去，看什么看？都老实儿地吃饭去！"

麦穗自打参加工作，还没见过这么嬉皮笑脸的八路军战士，心里又是恼怒又有些不安。郑新出来一咋呼，算是给她解了围，便一声不吭，随着郑新走进屋。

一进屋，郑新就殷勤地接过麦穗手中的小包袱，请她坐在椅子上，忙不迭地沏茶、打洗脸水。又吩咐郑民，到伙房告诉王厨子加菜。麦穗望着忙得团团转的郑新，很是不好意思，把刚才的不快也忘了："郑队长，别忙乎了，又不是外人。"

"不忙，不忙。你是贵客，到了我的地盘，能不招待好？"听麦穗说出"不是外人"的话，郑新更是乐得眉开眼笑："就是，就是，早就想成为一家人了。"

麦穗没有听出郑新话中有话，因为走了远路，出了一身汗，粘腻腻的挺不舒服，就到脸盆前洗了把脸。这一洗，椭圆形的脸更显得洁净嫩润，唇红齿白，看得郑新直了眼。

麦穗见郑新直勾勾地盯着自己，微微红了脸："郑队长。"

郑新醒过神，忙把茶碗送到麦穗面前："大妹子，走了这大远的路，想是早就渴了，快喝茶，上好的龙井。"郑新虽是粗人，讨女人欢心却很有办法，不然，当年那个寡妇也不会看上他个穷扛活的。

麦穗还真是渴了，端起茶碗喝了一口，一股清香沁入肺腑。

"大妹子，不知到我这儿来，有什么公干？"

麦穗就把任务说了。

郑新大包大揽："大妹子，你放心，到了我的地盘，没有完不成的事！"

这时，郑民走进来，后面跟着手捧托盘的王厨子。王厨子把托盘里的菜一一摆在桌子上，有红烧鲤鱼，有侉炖鸡，两个素菜，还有一壶酒。麦穗望着桌上的菜，有些发蒙：河桩他们能吃上净面窝头就不错了，郑新这里竟能吃鱼吃鸡还喝酒；河桩他们平时喝的是凉水，郑新这里却喝好茶叶，这些东西哪里来的？

郑新见麦穗不动筷，夹起一块鱼放在她的碗里："大妹子，鱼要趁热吃，一凉就腥气了。"

郑民也说："早知大妹子来，就提前预备了。别笑话，凑合着吃点儿吧。"

麦穗不说话，又想到别处去了：这就不是八路军吃的饭，"提前预备"，那还要吃什么？想着，不禁冲口而出："你们平时就吃这样的饭菜？"

郑民不无夸耀地说："这算什么，我们……"

郑新看出不对劲，忙接过话头："今天不是大妹子来了吗？临时凑了两个菜。平时还不是饥一顿饱一顿的。"

郑民也觉出说漏了嘴，端起酒壶劝酒："来，大妹子，喝点儿酒。"

麦穗手捂酒杯，坚决拒绝。

郑民缠着不放："一家人，喝点儿酒怕什么？像大妹子这么俊俏的人，喝了酒，那真就是面若桃花了。"郑民卖弄起听来的戏词。

麦穗心里十分恼怒，脸便阴阴地沉下来。

郑新怕惹恼麦穗，不好收场，忙把郑民拦住了。

麦穗没吃几口，就撂了筷子，说是要开会，拿起小包袱就往外走。她觉得，这顿饭吃得要多硌硬有多硌硬。"硌硬"是永定河两岸的方言，就是"讨厌""腻味"的意思。郑新要派两个人跟着她，她也没答应。

麦穗一走，郑民就骂起来："他娘的，这个臭丫头，人长得花儿似的，脾气挺各色！"

郑新垂头丧气："人家这是看不上咱。"

"屁！一个穷得连裤子都穿不上的人，有什么牛屄的！"

"那是过去，眼下人家是脱产干部。"

"那又怎么样？八路军一完蛋，她还是那个穷得连裤子都穿不上的穷丫头！嫁给咱哥们儿，那是她的福分！"郑民脸红脖子粗地大喊大叫。

郑新一把捂住郑民的嘴："老二，你不要命了？这话也是随便说的？真是纸糊的驴大嗓门儿。"

郑民扬脖儿灌下一杯酒："大哥，我真不明白你是怎么想的，非要投那个穷八路！以前咱们多滋儿？吃香的喝辣的不说，看上哪个娘儿们，直接抢过来就得了，还用费这么多事！"

郑新叹气："咱这不是无路可走吗？"

"怎么无路可走？实在不行，就他娘降了日本人。目前，哪股子有日

202

本人的势力大？"

郑新有些恼了："老二，你可是越说越不在溜儿了。降日本人？那是汉奸！你忘了被日本人杀死的那些弟兄了？你想让人指着脊梁骨，骂咱八辈儿祖宗？"

郑民不说话了，闷坐了一会儿，抬起头："大哥，你跟我说心里话，到底喜欢不喜欢那丫头？"

"那还用说？一想起她，我都茶饭不思了！"

"那好，今晚把那丫头留下，你给她来个霸王硬上弓。女人就是那么回事，生米煮成熟饭，不愿意也愿意了。"

"那哪儿成？王河桩知道了，能饶了我？"

"有他蛋的事？你没老婆，她没嫁人，这是男女之间的正当婚事，不是搞瞎扒，他管得着？"

郑新沉默了。

郑民看这情景，起身走出屋子。

麦穗面对着十几个妇女，口齿伶俐地把任务说完后，希望大家表个态。可眼巴巴等了一会儿，妇女们你望望我，我望望你，谁也不说话。麦穗有些急了："大婶大嫂们，姐姐妹妹们，日本鬼子占我们的土地，烧我们的村庄，杀我们的父兄，奸淫我们的姐妹，我们不能就这样忍下去呀，我们不能当亡国奴呀，我们得团结起来跟鬼子干呀！八路军是真心抗日的，我们帮他们筹粮筹款，就是打鬼子呀！我们把粮食藏起来，不让鬼子抢去，饿死他们，也是打鬼子呀！"

一个大嫂见麦穗急得脸都红了，心里很不落忍，便开了口："大妹子，你说的理儿我们都懂。郑部不也是八路吗？可他们见了好东西就抢，见了小媳妇大姑娘就调戏，这让我们怎么相信你呀？"

有人开了头，大家也都打开了话匣子。这个说她家的母羊被郑部拉走了，那是给她病重的娘挤奶喝的；那个说她爹种的西瓜一个钱没卖，全让郑部的人给吃了；又一个说她嫂子住娘家回来，被郑民碰见，尾随着追进家门，要不是可巧她哥哥在家，还不知道会出什么事……女人们的述说，让麦穗听了个目瞪口呆，她答应大家，回去一定向领导汇报。

开完会，太阳已经平西。她讨厌郑家哥儿俩，决定不再搭理他们，一个人悄悄向村外走去。不想没走出多远，郑民带着几个人挡住了去路。

"大妹子，啊不，徐主任，"郑民笑嘻嘻地，"开完会了？怎么连个招呼不打就走？我们队长还等着你哪。"

麦穗厌恶郑民那张色迷迷的笑脸，看也不看他，冷冷地说："谢谢郑副队长了。我还有事，得紧着回去。"

"哎哎，别别，"郑民岔开双手，"徐主任工作再忙，也得让我们尽个地主之谊呀。来，弟兄们，把徐主任请到队部去。"

几个队员一拥而上，不管麦穗挣扎喊叫，架起来就走。

麦穗一进队部，就白着脸冲郑新嚷起来："郑队长，你要干什么？打劫吗？"

郑新连连道歉："对不起，对不起，大妹子误会了。其实，我的弟兄粗野是粗野了点儿，心可是好心。"

"好心？"麦穗冷笑，"拦着我不让走，生拉硬拽把我带到这儿，能是什么好心？"

"确实是为你好。你看，天马上就黑了。你一个姑娘家，又长得这么俊，荒村野地的，要是出点儿事，不得后悔一辈子？让我怎么向河桩营长交代？怎么向李书记马区长交代？听我的，今晚就住我这儿，明儿派人送你回去。"不等麦穗说话，扭头朝夕喊："上菜，好好招待招待我这大妹子！"

王厨子小跑着，一趟一趟把菜端上来，这次的菜比中午还丰盛。

"徐主任，请吧。"郑民朝麦穗伸伸手。

麦穗使劲扭了一下身子，不理他。

"呦，人不大，脾气不小。"郑民自找台阶下，咧着嘴哈哈地笑。

望着麦穗那一起一伏的丰满胸脯，那一会儿红一会儿白的俊脸，那咕嘟嘟着的小嘴，郑新的心尖儿都颤了，忍不住上前来拉麦穗的胳膊："大妹子，哥哥我可是真心疼你，才预备了这么多好吃的。来，忙活半天了，快吃吧。"

麦穗打开郑新的手，抱着小包袱就往外跑。郑民横膀子挡在门口，露出一脸凶相："臭丫头，好话说了三千六，你别敬酒不吃吃罚酒！"

"你要干吗？"

"咱们打开天窗说亮话吧，我哥看上你了。你是抗日政府的干部，我哥是打日本的英雄，这叫英雄娶美女，天配的一对，地设的一双，今天夜里就入洞房！"

"你混蛋！"麦穗气急了。气急了的麦穗猛推郑民，两人纠缠在一起撕巴起来。

就在这时，门外有人报告："队长，独立营来人啦！"话音未落，金驹一脚踏进门。

郑民忙松开麦穗，郑新尴尬得不知说什么好。

"你们这是干什么？"金驹诧异地瞪大眼。

"我……"郑新支吾了半天话才说利索，"是这样，徐主任到我们村来开会，我看天晚了，怕不安全，想留下她住一宿，徐主任硬是不肯……"

金驹看看桌上的酒菜，看看喘息不止、头发散乱的麦穗，又看看神情紧张的郑家兄弟，心里有些明白，愣一愣，放出笑脸："郑队长也是好意嘛。"

"就是，就是，"郑新听了金驹的话，身心放松下来，"金排长，这么晚来，有何贵干？"

"我来送通知。明天上午，请郑队长到营部开会。"

"好，我一定准时到。金排长，你赶巧了，大家还都没吃饭，一块儿喝两盅。"

"不了，我还有紧急任务，马上就走。"

郑民此时也缓过神，讨好地上来凑趣："俗话说，千急万急，不如饭急。金排长，就喝两盅吧。"

金驹连连摆手："喝酒是小事，耽误了任务可是大事。等不忙了，我陪二位队长好好喝。"见麦穗在暗暗给他使眼色，又说："徐主任，李书记让你和我一起回去。"

麦穗答应声"好"，拔腿就往外走，金驹随后紧跟出来。来到院子里，麦穗碰碰金驹的手："快走！"两人匆匆出了村子。

屋子里，郑新沮丧地叹口气："煮熟的鸭子，飞了。"

郑民恶狠狠地骂："都他娘赖金驹，早不来晚不来，偏偏这个时候来，把好事搅黄了！"

金驹拉着麦穗跑进一片小树林，麦穗腿一软，倒在一棵老树下："娘呀，吓死我了！"

金驹挨着麦穗坐下来："我刚才看出情况不对，不敢多耽搁。到底发生了什么事？"

麦穗把经过说了，气得金驹直骂街："这帮活土匪，接受改编了，还匪性不改！"

麦穗一头扎进金驹怀里："金驹哥，你今天不来，我可就活不了啦！"

金驹紧紧搂住瑟瑟发抖的麦穗，轻声安慰："不怕，没事了。"

一弯新月挂在东天。"大二小三儿，月亮露个边儿"，这天是农历八月初五，那窄窄的月牙活像一把弯刀。幽远的夜空中，繁密的星星欢快地眨着眼，一颗流星倏地滑下，带出一道耀眼的火光。黑漆漆的野地里，不知名的虫子藏在草丛中，发出不同声调的鸣唱。金驹和麦穗相拥着，老树树冠那巨大的阴影，严严实实地遮盖着他们。两颗年轻的心贴靠在一起，暂时忘记了战争的残酷、环境的险恶。

金驹比麦穗大三岁，两家是近街坊。自小金驹就护着麦穗，帮她打柴、挖野菜，帮她照顾有病的娘。随着年龄的增大，两人的心里起了波澜，几天不见就想得慌，但谁也不好意思捅破这层窗户纸。金驹跟着河桩打鬼子后，麦穗为他高兴，更为他担心，有点儿工夫就往王老宽家跑，向柳芽打听独立营的消息。

柳芽看出麦穗的心思，就取笑她："你不光是打听独立营吧？你是想金驹了吧？"

麦穗抿着嘴笑，反唇相讥："你不想河桩哥？我看，你想得都睡不着觉哪。"

柳芽羞红了脸："你个死丫头！我想，我们是两口子，有什么丢人？你呢？大姑娘想汉子！"

麦穗就撒娇，伸出两手在柳芽胳肢窝里乱挠。两人笑成一团，滚成一块。那银铃般的笑声，驱散了生活的艰难，也驱散了满肚的愁苦。麦穗当了脱产干部，特意跑了十几里路，找到金驹，把这好消息告诉他。金驹自然为她高兴，两人乘着夜色，走出"堡垒户"，悄悄来到永定河堤顶，坐在"土牛"上，说了半宿知心话。那次，金驹亲了她，亲了她的脸，亲了她的额，更亲了她的嘴。临分手，金驹解下自己的牛皮带，给麦穗系在腰里，说是腰里系条牛皮带，才更像抗日干部。

远远的，村里传来公鸡的第一遍啼鸣，麦穗从金驹怀里挣出来："天过半夜了，我们快走吧。再晚，领导们该着急了。"

　　金驹、麦穗一回来，就分别向各自的领导汇报了便衣队的情况。大家都感到事关重大，清早一起来，李斌、马振武就赶到独立营营部，找河桩、志刚商量解决的办法。最终形成两种意见：志刚的看法是，便衣队的情况的确严重。在八路军的队伍里，绝不允许鱼肉乡里、欺压百姓、腐化堕落的现象存在，不过，便衣队刚改编不久，土匪的恶习很难一时去掉，需要循序渐进地进行教育，不能过于硬性，逼得太紧，恐怕反水。若反了水，前段工夫白瞎了不说，还会对今后争取绿林武装，瓦解伪军的工作不利。马振武则与之相反，认为不能姑息迁就，不能一粒耗子屎坏了一锅汤，一定要严肃处理，否则，将给共产党、八路军造成极坏影响，群众工作也会更加难做。双方意见僵持不下，屋内气氛一时沉闷起来。

　　河桩望望垂头不语的几个人，自己也有些拿不定主意，只好说了个折中的办法："赵教导员和马区长说的都有道理，我们既不能把他们逼反，也不能让他们信马由缰地胡闹下去，关键是怎么把握好这个分寸。一会儿我们要布置打吴部的事，便衣队也有作战任务。我想，暂时把便衣队的事放一放，等打完吴部，我找张卫支队长汇报，听上级的指示。"见大家都点头，河桩便喊刘顺开饭。刘顺带着两个战士，把一篮子窝头，一瓦盆棒子糁粥，一盘子老咸菜放在桌上。几个人也不客气，狼吞虎咽地吃起来。

　　等洪玉秀、郑新到了，河桩便叫刘顺召集各连排长过来，一起开作战会议。他先把铁牛侦察的情况作了通报。礼贤是个几千人的大镇，分为里外两层。外层是老百姓居住，高高矮矮的房屋铺散开二三里地。里层是吴部的巢穴，吴家哥儿俩住在最中间的两套四合院里。围着四合院，盖满了大大小小的房子，有营房，有伙房，有仓房，有马厩。最外边围起一圈儿铁丝网，与普通民居隔开，自成一片天地。东西向开着两个门，门口有匪兵日夜站岗。吴部现有兵力七八十人，护卫吴家四合院的约莫三十人，剩下的四五十人分住在东西两个寨门附近。"我们这次打的不是歼灭战，只是教训他一下，所以只扫外围，不攻中心，主要是抢他的弹药，烧他的粮食。"河桩站起身，威严地扫了在座众人一眼："下面，我分配战斗任务。我带一连，洪司令的赵彪小队配合，攻打东门。赵教导员和成副营长带二连，洪司令的文虎小队配合，攻打西门。"说到这儿，河桩有意停顿了一下，用眼睛盯住郑新。郑新一直忐忑不安，不知麦穗告了他的状没有，见河桩看他，心虚地低下头。"郑队长，你的任务是外围警戒，如有援兵，坚决堵住，保证攻击部队的安全。"郑新听河桩没提昨天的事，一块石头落了地，忙站起来，大声应了个"是"。河桩最后叮嘱大家，立即回去准备，夜里准时把队伍带到位，不得延误。

当天半夜时分，河桩利用民房的掩护，把队伍运动到东门外，命刘顺去查看西门的情况。一会儿刘顺回来报告，赵教导员已做好攻击准备。河桩从房影中站起身，当当两枪，撂倒了寨门口站岗的匪兵。铁牛一挥手，带头冲了出去。紧接着，西门也打响了。霎时间，满镇响起爆豆般的枪声。

吴敬仁在睡梦中惊醒，一把推开搂着他脖子的红牡丹，伸手从枕头下抽出盒子炮。红牡丹还不知道出了什么事，哼哼唧唧拉着吴敬仁撒娇。吴敬仁狠狠朝红牡丹肥白的屁股扇了一巴掌，只穿条大裤衩子，跑到门前，扒着门缝儿往外探看。院子里，匪兵们已经炸了营，有的瞎跑胡钻，有的毫无目标地乱放枪。红牡丹这才醒过梦，吓得尖叫一声，用被子蒙住脑袋。

"麻老七！"吴敬仁喊住护兵头目，"出了什么事？"

"闹不清，"麻老七跑过来，"只听出镇子东西两头都在打枪！"

"告诉弟兄们，先把院子守住。玩儿命的有赏，拉稀的摘瓢儿！再有，派两个人出去，弄清情况！"

"二哥，"吴敬礼带着几个人跑进来，"东西两门都打起来了！"

"对方什么来路？"

"不知道！"

"真是耗子舔猫屎——嘬死呀！在京南这块地盘上，还没有谁敢跟我来硬的！告诉弟兄们，给我狠狠地打，叫他有来无回！"吴敬仁骂骂咧咧地走进客厅。

"二哥，会不会是日本人？"吴敬礼有些惊慌。

"不会，"吴敬仁一边穿衣服，一边摇头，"佐藤一直想利用我们打击洪老婆子，消灭王河桩，怎么会对我们动手？"

"那就是洪老婆子，或是土八路！"

"就凭他们？"吴敬仁从鼻孔里喷出一声冷笑，"就算他两家一起来，也动不了我一根毫毛！老三，你去西门，我去东门。不管来的是谁，都把他灭喽！"

吴敬仁跑出大门不远，正碰上李栓子带着几个小匪溃败下来："大当家的，对方火力太猛，弟兄们挂了七八个，顶不住了！"

"混蛋，这点儿阵仗就尿包软蛋了？"吴敬仁挥手给了李栓子一记耳光，"都他娘给我回去，谁敢后退，我崩了他！"逼着匪徒返回工事，亲自指挥机枪，猛烈射击。

河桩见战场有些胶着，把铁牛叫到跟前："我们不能耗下去，要速战速决。不然，他们来了援兵，这仗就打夹生了。你枪法准，找个有利地形，把他的机枪打掉！"又叫来金驹、李三林，让各排战士准备好手榴弹，等机枪一哑，就往前猛冲，边冲边砸手榴弹，一定要把匪徒打垮。

河桩这一手果然奏效，匪徒们被手榴弹炸得哭爹喊娘，吴敬仁也被弹片划伤了胳膊，只得放弃攻势，退守四合院。

河桩命令李三林带领二排佯攻四合院，防止匪徒反扑。命令其他战士分组行动，搜查各个院落，寻找弹药和粮食。

河桩带人搜查到一个小院时，屋里隐隐传出"救命"的喊声。河桩心中诧异，躲到门口朝里喝问："什么人？快出来！"

一个哆里哆嗦的声音回答："我们是被抓来的。门上有锁，出不去。"

河桩一看，门上果然挂着把大铁锁。他抡起枪托把锁砸开，屋里竟走出三四十人，在院里黑压压站了一片。这些人有男有女，有老有少，个个都被倒捆着双手。一问，原来是绑来的"肉票"，这里竟是吴部的"秧子房"。河桩忙让人给他们松绑，安慰几句，让他们各自回家。这时铁牛来报告，赵教导员那里找到了弹药库。河桩大喜，命令李三林排继续牵制东面的匪徒，自己带着其他人向西门奔去。

镇外五里远近的树行子里，趴着便衣队，礼贤的枪声清晰地传过来。郑民嘟嘟嚷嚷跟郑新报怨："连洪老婆子的人都打主攻，就把咱晾在这儿听蛐蛐儿叫，这王河桩明显看不起咱！"

郑新不以为然："这有什么不好？咱还不受损失呢。"

"我的哥，你可真糊涂。不受损失？损失大啦！你想，要是真有援兵来，咱得打吧？伤不伤人？伤了人还屁毛都捞不着。他们呢？抢了枪弹就溜了。咱不成了哑巴让狗操了，说不出来道不出来？"

郑新被郑民说动了心："依你看呢？"

"咱也过去。折腾了大半夜，不能连点儿汤水都喝不着！"

"援兵来了怎么办？王河桩可是下了死命令。"郑新还是有些犹豫。

"管他呢。许他不仁，就许我不义。你听，枪声稀下来了，再耽搁，连刷锅水都没了。"郑民不再理郑新，拔出手枪一挥，"弟兄们，走，跟我捡'洋落儿'去！"

郑新看着跑远了的队伍，愣一愣，也追了上去。

河桩指挥着战士们从屋里往外搬战利品。有步枪二十来支，子弹十几箱，更让人没想到的是，竟然还有两挺崭新的机关枪。当然，谁也不会知道这是佐藤送给吴部的。

"营长，吴部还真有好东西。"志刚高兴地对河桩说。

"是啊，"河桩也很高兴，"这些宝贝放在吴部这儿，真是糟蹋了。他不打鬼子，咱们借来用。"

二愣抱着一挺机枪，翻过来掉过去地看："哈哈，倍儿新的歪把子。这回可够吴老二心疼一阵子的了。"

正议论着，一群人呼呼噜噜跑过来，不由分说，上去就抢枪，抱子弹。

"哎哎，怎么回事？你们是什么人？"河桩大吃一惊。

人群后闪出郑民："王营长，是我们。"

"便衣队？你们来干什么？"河桩不认识便衣队的队员，对郑民还是熟悉的。

"有道是，一家人要有福同享有难同当。你们吃肉，我们来喝点儿汤！"

"胡闹！"河桩怒不可遏，"你们现在是八路军战士，八路军有八路军的规矩，一切缴获要归公！你以为这是土匪分赃呢，谁抢到手就是谁的！你们队长呢？"

郑新磨磨蹭蹭来到河桩面前。

河桩盯了郑新半晌，使劲咽下口唾沫，缓和了口气："郑队长，你们的任务是警戒，打援，为什么到这里来？"

"我们，我们见没有援兵来，怕你们人手不够，来帮你们。"郑新惶恐地眨着眼。

"你这是擅离职守，要执行战场纪律！"河桩的火气又升上来，"你想过没有？如果因为你的失职，让敌人的援兵抄了我们的后路，那会是什么后果！"

郑新被河桩骂得上了火，梗起脖子，一句话也不说。

志刚觉得这样吵下去不会有结果，又怕匪徒真有援兵，那将很难收拾，便轻声对河桩说："营长，这事以后再说，先撤离吧。"

河桩经志刚一提醒，头脑也冷静下来，命令郑新："让你的人把东西放下，赶快撤走！"

便衣队员们手里拿着枪，怀里抱着子弹，仍是恋恋不舍。

"都给我放下！"二愣再也忍不住，大吼一声，把机枪对准了他们。

"放下，放下，我他娘让你放下！"郑新踹了一个队员一脚，气冲冲头前走了。

独立营回到驻地，清点了战利品，记有歪把子机枪两挺，步枪十八支，子弹十五箱，手榴弹六箱，骡马三匹。河桩和志刚商量好战利品的分配数额，便召集连排长开会。河桩一说出分配方案，二愣立刻站起来反对："便衣队一枪没放，还哄抢，不枪毙就便宜他了，还给他们东西！"

"二愣说的也不是没有道理。但是，为了团结抗日，我们的心胸要宽广些。便衣队有错误归有错误，该补给还是要补给。"

二愣听志刚这么说，也就不再言语。

第二天，河桩带上刘顺的警卫班，三匹骡马驮着战利品，涉水过河去找北上支队。在牛驼镇的一座大院里，张卫热情地接待了他们，并表扬了他们的战绩。听了便衣队的情况，张卫也很气恼："匪性难改，真是匪性难改！不过，便衣队是我们在永定河北改编的第一支绿林武装，更是我们打的一张政治牌，意义重大。根据目前的形势，还不能操之过急，否则会发生逆转，给我们的统战政策带来不利。这样吧，给他派个政治指导员，加强教育和管控，发现问题，及时沟通。"

河桩觉得这是个好办法，就推荐了金驹。

## 三十四

　　桃儿身上穿着红袄绿裤，脚上白丝袜子，眉毛描得长长的，嘴唇用红纸染得艳艳的，斜靠窗台，酥胸半露，用小刀片着鸭梨，往郑民嘴里送，那光闪闪的金镯子便在滚圆的手腕上晃动。郑民慵懒地躺在炕上，有一搭没一搭吃得无滋无味。桃儿是汪家场财主汪安的老闺女。那还是郑部刚拉起杆子的时候，郑民带人来砸汪安的"窑"，发现了躲在炕柜里的桃儿。那年桃儿十六岁，虽然长得不是花容月貌，却也水灵灵地可人疼。郑民一见就喜欢上了，不但没抢东西，还扔给汪安一百块大洋，硬拜了干爹干娘，当晚就和桃儿睡在了一个炕上。不想一夜过后，这桃儿竟离不开他了，拉着拽着不让走。桃儿那时已订了婚，婆家听说出了这样的丑事，哪儿还敢要？当即退回了婚约。两个哥哥心里有气，可怕郑民手里的盒子炮，搬出去另过了。桃儿自小娇生惯养，任性使气，爹娘管不了，再加上郑民大把使钱，老两口儿也就睁一只眼闭一只眼。每当郑民来，老两口儿竟到院门外放哨把风，任他们在屋里胡折腾。此时桃儿见郑民无精打采，张开小嘴儿咬下一块梨，用舌尖儿递进郑民嘴里，撩人地媚笑："我说当家的，这可是庞各庄的'金把儿黄'，供皇上吃的，甜着呢。"见郑民仍是垂眉耷拉眼，便又说："皇上吃'金把儿黄'的故事，你不知道吧？我告诉你：听老人们说，离咱这儿不远的庞各庄镇南庄村，祖辈都种梨，尤其是黄把儿的鸭梨，远近闻名。到了明朝万历那会儿，南庄村出了个姓寇的大能人，上知天文，下知地理，是宋朝宰相寇准的后代，人们都叫他寇大官人。万历皇上挺喜欢他，常召他进宫去聊闲话儿。一年中秋节，皇上又把他叫去赏月。喝酒的当儿，皇上拿起一个萝卜跟寇大官人显摆，说是北村进贡的'葱心绿'，又脆又甜。寇大官人笑了笑，从怀里掏出两个梨，请皇上品尝。皇上一吃，觉得比萝卜好吃多了，就问这梨叫什么名字。寇大官人说，没有什么好听的名字，就叫鸭梨。明朝皇上从朱元璋那阵儿起，就喜欢对对子，万历皇上也这个德行，就出了个上联让寇大官人对：北村萝卜葱心绿。寇大官人马上对出：南庄鸭梨金把黄。从那以后，这'金把儿黄'鸭梨就成贡品了。哎，你说，我这个趣儿好听不好听？"

桃儿说了半天，见郑民仍无反应，便嘟起小嘴，把剩下的半个梨一扔，撒娇撒泼地闹起来："你要是不待见我，就趁早走！我可是黄花大姑娘给了你，不嫌丢人现眼地跟着你。怎么着？玩儿腻了？还是让哪个小狐狸精迷住了？"

郑民见桃儿真恼了，忙欠起身，把她搂在怀里，亲了一口："别闹了。我烦着呢。"

自打金驹来到便衣队，郑民就觉得没好日子过了。一天到晚，不是开会学习三大纪律八项注意，就是站队列，练刺杀，还识字唱歌。大鱼大肉不能吃了，说是要艰苦朴素，官兵平等，一律窝头白菜汤。尤其那三大纪律八项注意，郑民认为纯粹就是冲着他来的，心里要多窝火有多窝火。他跟金驹吵，金驹寸步不让，反倒叫金驹问得翻白眼。他拒绝开会、出操，金驹也不理他，如同没有他这个人。他找郑新发牢骚，郑新只会唉声叹气。他火了："这他娘是人过的日子吗？早知道受这份儿洋罪，还提着脑袋打打杀杀干什么！"一怒之下，不辞而别，跑到汪家场找桃儿消愁解闷。

桃儿听他说了这些事，也犯愁了："要是这样，往后我花钱怎么办？"

郑民还没说话，门口有人搭了腔："花钱还不好办？哥哥我给送来了！"一个头戴礼帽的小个子挑帘闯进来，后面跟着几个彪形大汉。郑民觉得事不好，推开桃儿，伸手摸枪。小个子止住他："别慌，不是冤家对头。"摘下礼帽，把脸往前一探，"兄弟，细看看，忘了手指头的事了？"

郑民往那黝黑瘦削的脸上盯了一会儿，赶忙放下枪，双手一拱："哎哟，是吴三哥，怪小弟眼拙，一时没认出来。"当年吴敬礼在赌场把郑民救下，郑民跪地请教尊姓大名，吴敬礼只说自己叫吴三。后来拉起杆子，郑民也影影绰绰听说吴三就是吴部的二当家，因为绺子之间各有地盘，猜忌很深，相互戒备，两人一直也没碰过面。

吴三嘿嘿地笑。他只说"手指头"，没说"剁"，是给郑民留面子。在江湖上混的人，往往把脸面看得很重。吴敬礼打量了桃儿几眼，朝郑民竖起大拇指："兄弟，好艳福！"

郑民尴尬地咧咧嘴："那里，让三哥笑话了。"

"金屋藏娇，是美事，可也得用银子撑着。"吴敬礼招招手，一个随从把一袋银圆递过来。"兄弟，这二百大洋算是哥哥给弟妹的见面礼。以后手头紧了，只管说话！"不容推拒，把钱袋扔进桃儿怀里。

郑民有些受宠若惊，对桃儿说："还不快叫你爹你娘准备酒菜，嗯，杀只鸡。我要和三哥好好喝几杯。"早已站在窗外听声儿的汪安老两口儿，忙战战兢兢地答应。

吴敬礼也不客气："那好，我正想和兄弟好好聊聊。"

待人们走净，屋里只剩下两个人，郑民问吴敬礼："三哥怎么找到这里来了？"

吴敬礼故作高深地一笑："我不光知道你在这里，我还知道你的日子不好过。"

吴敬仁自打夜里遭袭后，第二天就病了，满嘴燎泡，头痛欲裂，眉心中捏起个紫疙瘩，十多天都没下炕。这回他可蚀了血本，死伤了十几个弟兄不说，苦心经营来的枪弹丢光了，几十个"秧子"也跑了，这都是白花花的银洋啊，想起来，心就疼得跟针扎似的。老婆围着他斟茶倒水，他不理不睬，红牡丹要给他唱曲儿解闷，也被他骂了个狗血喷头。吴敬礼见哥哥这个样子，在一旁直劲儿解劝："哥，你别太着急，东西没了就没了，反正也不是咱自家地里种出来的。"

"怎么不是？那枪不是用叮当响的光洋买来的？那'秧子'不是费劲巴力，一个一个绑来的？还有那些死伤的弟兄，得用多少钱抚恤？这是哪个黑了心的，给老子来了这要命的一招儿！"

"十有八九是独立营干的，拉拢不成，就他娘来损的！"

"你去给我查，查出是谁干的，老子跟他不共戴天！"

吴敬礼思谋了半天，决定由便衣队入手。一是如果这事真是独立营干的，便衣队不可能不参与；二是他救过郑民，好说话。于是，他带了几个人，化装成打零工的，腰中暗藏武器，潜入刘各庄。在街心，见便衣队列着队形，周围站着不少妇女小孩，在听一个人教唱歌。吴敬礼不敢靠前，躲在墙角偷看。许是受了歌词的感染，便衣队员们虽然唱得参差不齐，声音倒很洪亮："大刀向鬼子们的头上砍去，全国的同胞们，抗战的一天来到了，抗战的一天来到了……"正唱得热闹，一个敞着怀，斜挎盒子枪的人怒冲冲走过来："别唱了，别唱了！一天到晚瞎号丧，烦不烦人？"便衣队员都噤了声，教唱歌的却和来人争论起来："郑队副，我们唱抗战歌曲，招惹你什么了？"

吴敬礼一看此人正是郑民，忙往前凑了凑，竖耳静听。

"唱歌就把日本人唱跑了？还'大刀向鬼子们的头上砍去'，都他娘是嘴上功夫，花拳绣腿！"

"抗战歌曲能激励斗志，能提高全国人民的抗日热情。如果这是花拳绣腿，那，郑队副，整天喝酒玩牌，倒是打鬼子的真功夫了？"

郑民被捅了肺管子，嘴张了几张没说出话，惹得四周一片哄笑。郑民恼羞成怒："没工夫跟你扯淡！"转身朝村外走去。

吴敬礼微微一笑，朝手下人使个眼色，远远地尾随着。见郑民进了汪家场，走进一座花门楼。不一会儿，一个老头一个老太太走出来，关严大门，坐在门前的棒子堆上剥玉米棒子。吴敬礼一挥手，几个人上前把两个老人逼住，问清情况，吴敬礼带头进了郑民和桃儿住的西厢房。

"兄弟，咱哥儿俩明人不说暗话，你知道我是吴部的二当家，我也知道你是郑部的二当家，以前虽然没有来往，可也井水不犯河水，无仇无怨。咱两家要是联合起来，那可是打遍平南无敌手了。"吴敬礼说着，递给郑民一支香烟，细细观察他的脸色。

郑民点着烟，狠狠吸了一大口，两股烟柱从鼻孔喷出："唉，不瞒三哥说，现在的郑部已经不是郑部了，叫便衣队！都怪我大哥，鬼迷心窍的非要投八路。这可好，一起行动要听人家的指挥不说，还给派来个指导员，把队伍鼓捣得乱七八糟，除了几个老弟兄还听我的，都他娘有了反心。我们哥儿俩快给架空了！"

吴敬礼借机套话："这么说，打礼贤你们也去了？"

郑民连连摆手："三哥别误会。我们只是外围警戒，保证没向你们放一枪一弹，都他娘是独立营和洪老婆子干的！"

吴敬礼暗暗咬了咬牙，忙又换上笑脸："兄弟不用慌，我不是来找你算账的。我只是觉得兄弟也是条汉子，凭什么受穷八路的窝囊气？现在是日本人的天下，要是跟着他们，那可要多风光有多风光。"

郑民吓得脸都白了："这可是掉脑袋的事！"

吴敬礼冷冷地哼声鼻子："掉脑袋？咱们干的哪件不是掉脑袋的事？你跟着土八路干，日本人就不要你的脑袋了？有道是，有奶便是娘。人生一世，不就图个吃喝玩乐？"

"三哥说得也是。只怕我大哥……"

"你大哥？说不定你大哥也早就后悔了。"

郑新还真是后悔了。

大街上传来的歌声、笑声，吵得郑新心烦意乱，坐立不安。十天前，河桩、志刚带着人来到刘各庄，避开其他队员，把他和郑民狠狠批评了一顿。然后召开全体会议，指出便衣队存在的严重问题，号召大家深刻反思，积极改正。最后说是为了提高队员们的思想觉悟，特给便衣队派来个政治指导员。不承想，这个指导员竟然是金驹。一见金驹，郑新就想起麦穗，就想起被金驹搅了的好事，心里比吃了蝇子还恶心。金驹倒是不计前嫌，主动找他商量队伍的思想教育问题。郑新拉不下面子，也不敢公然反对，便没情没绪地说自己什么也不懂，该怎么弄，让金驹看着办。开头两天，郑新还跟着跑跑操，站站队列，后来就烦了，躲在屋里不出来。郑民时不时地挑拨，更增加了他对金驹的敌视，尤其是金驹宣布的各项纪律，像一道道绳子绑在身上，束缚得他忍无可忍。他娘的，我真是让驴踢了脑袋，没是没非地投什么八路　请来个婆婆管着！他越想越怒越后悔。此时，又一阵歌声传进来，他再也忍不住，让你们穷鸡巴唱！抓起一只茶碗摔在地上。

王厨子听到茶碗的破碎声，忙不迭地跑进来："队长，这……这是怎么啦？"

郑新喘口粗气："老王，给我弄俩酒菜！"

王厨子有些犹豫："队长，金指导员他不是不……"

"哪儿那么多废话，这个队伍我当家！"

王厨子喏喏地退出去，一会儿端来一盘摊鸡蛋，一盘炒花生米和一壶酒。

"就这个？"郑新瞪起眼。

"我的爷，这就不容易了，您就凑合点儿吧。"

郑新无力地挥挥手。王厨子刚要退下，又被叫住："老二去哪儿啦？"

"我不知道啊。"

"他奶奶的，这是过的什么日子！"

# 三十五

　　中秋节过后，秋收进入尾声。高秆的高粱、玉米一倒，大地便显得空荡荡的，只有没来得及刨的花生、白薯，东一块西一块地散落着。花生墨绿的叶子已变成枯黄，上面满布着黑色斑点，在秋风中瑟缩。白薯紫色的长藤经了夜霜的侵袭，软塌塌伏在地上，再没有了往日的朝气。早种的小麦已钻出嫩黄的芽苗，偶尔有一只两只野兔在其间蹦跳。榆垡警察所长马寿山带着三辆大车、五个日军和十几个警察，心情舒畅地奔跑在干燥的土路上。笨重的马蹄陷进松软的泥土，蹄头蹚飞的黄沙弥漫开来，在车后拖起一路烟尘。马寿山是奉驻榆垡日军中队长宫崎的命令下乡征粮的。对这个差事，马寿山很愿意干。一来是在镇子里待久了，就像圈在圈里的牛羊，憋闷得难受，渴望出来透透气，散散心。二来顺便捞点儿外快，哄老婆孩子高兴。前几天中秋节回家时，老婆就给他甩脸子，说是人家爷们儿在外头当官，家里足得流油，可他家连棒子面粥都快喝不上了，弄得他连酒都没喝好。这趟出来，头两个村的收缴还算顺利，虽然也遭到抗拒，但在日本兵刺刀的威逼下，人们还是乖乖地把粮食拿了出来。尤其让他高兴的是，他兜里已经有了十块大洋，那是他以通匪窝盗相威胁，硬逼一个老财主拿出来的。马寿山靠在粮袋上，眼望着蓝天上的白云，耳听着青杨叶子哗啦啦的响声，心里说不出的滋儿，便心满意足地唱起东北小调：

　　　　小妹子在闺中，
　　　　观花景那个依儿呀儿呦，

飞来只蜜蜂儿蛰了我的手心呀，

甩手丢了金戒指呀哪依儿呀儿呦……

这淫荡的歌声引得车上的日军哈哈大笑，跟在车后走着的警察们也哄笑起来。日军曹长武男用生硬的中国话大叫："小妹子的，哟西，马的，再唱！"

马寿山得到鼓励，更加得意：

金呀戒指呀本不是，

值钱的宝儿那个依儿呀儿呦，

它本是那情郎哥给我买的呦，

花了一角零三分儿呀那个依儿呀儿呦……

车队进了汪家场，马寿山问清保长的住址，便领头朝汪安家走来。汪安听见街上的闹哄声，正撩着袍子往外跑，在门口与马寿山碰了个面对面。

"你是这个村的保长汪安？"马寿山上下打量着眼前的胖老头。

"是是，"汪安连连点头哈腰，"不知长官有何吩咐？"

"这里有八路没有？"

"没有，没有，村里都是安善良民。"

"那好。你去集合村民，太君要训话！"

汪安嘴里应着是，转身进院去拿铜锣，又被马寿山叫住："告诉你的家里人，准备茶水饭菜，午饭就在你家吃！"

村人们被锣声召集到天齐庙前。汪安先安排几个人到家里帮助做饭，然后请武男训话。武男哇里哇啦讲了一通"大东亚圣战"，要老百姓支援大日本皇军。哇啦完了，拔出军刀用力一挥："不听话，死了死了的！"便让马寿山把征粮单递给汪安。汪安按户分摊了交粮数目，让人们回家准备，午饭后听锣响都要交齐，就带着马寿山一干人回家吃饭。

酒足饭饱，马寿山到茅厕小解，回来时听西厢房有响动，推门推不动，就把窗纸捅个窟窿，眯起一只眼，木匠吊线地往里看。这马寿山是个既爱财又好色的人，见屋里是个年轻大姑娘，心中就是一动，待看清炕上那堆亮闪闪的银圆，更是大喜过望。他四下趄摸了趄摸，便借着酒劲，弯

三十五

腰端开一扇门板，侧着膀子挤了进去。

自打征粮的一来，桃儿娘就叮嘱女儿躲在自己屋里不要出来。桃儿也听说日本兵是禽兽，见了女人不放过，就插上门，躺在炕上装睡。可她生性是个不消停的，大半天过云，实在闲得无聊，就拉开炕柜，拿出郑民送她的五十块光洋和绸缎料子，摊在炕上翻来倒去地显摆。正看得高兴，冷不丁见个男人钻进来，惊叫一声，呆愣在那里不知所措。马寿山扑上去，抱住桃儿又亲又啃。桃儿尖叫着，挣扎着，和马寿山滚打在一起。就在马寿山喘吁吁地将桃儿压在身下时，腰间猛地被什么东西顶了一下，扭头一看，武男正端着手枪，恶狠狠地盯着自己。马寿山的酒吓醒了，松开桃儿，诚惶诚恐地站在武男面前。桃儿趁机挺起身子，拔腿就往屋外跑。"不许动！"武男抓住桃儿胳膊，朝马寿山挥挥手枪，"你的，出去！"

马寿山灰溜溜走出门，屋里传出桃儿的哭叫和武男的狂笑。

汪安两口子扑上去求饶："太君啊，长官哪，我闺女可是郑队长的人呀，你放过她吧……"

马寿山正无处出气，一把将汪安推了个大跟头，用手枪顶住他的脑袋："老东西，再叫唤，我办你个私通八路！"

直到鬼子折腾尽性，拉着粮食走了，汪安才气喘吁吁跑到刘各庄，一见郑民就瘫坐在地上："了不得了，出大事了！"

郑民忙一边搀起汪安，一边问出了什么事。

"桃儿，桃儿让日本兵给糟蹋了！"汪安哭哭啼啼叙说了事情经过。

"操他姥姥，敢欺负我的女人，我弄死他！"郑民安抚好汪安，匆匆来找郑新。

郑新也有些发懵："这可怎么办？金驹又回独立营了，连个商量的人都没有。"

"金驹算个屁，有他在，更他娘什么事都办不成！"

"那你想怎么着？"

"打榆堡！杀父之仇，夺妻之恨，不共戴天，此仇不报，枉为爷们儿！我要把那个武男，还有马寿山，活剐喽！"

"就我们这二三十个人，能打下榆堡？"

"我想好了，找吴部帮忙。"

"我们跟吴部素无来往，他们会出手相助？"

"不瞒大哥，我跟吴三有交情，我去求他，他会帮忙。"

"你跟吴三有交情？我怎么不知道？"

"这事以后再说，我这就去吴部。"

吴家哥儿俩听郑民把话说完，一时谁也没言语。

"三哥，你对我有恩，我都记着哪，以后一定报答。今儿这事，你怎么着也得再帮我一把呀！"

吴敬仁瞥了郑民一眼："这可不是打只野兔儿，绑个肉票，这是打榆堡。榆堡可是大据点，驻着四五十个日本人，还有保安团、警察所的百八十人。弄不好，我们得把老本都赔进去。这事太大了，得好好合计合计。"

"是呀兄弟，"吴敬礼附合着哥哥，"就凭我们两家打榆堡，简直就是拿鸡蛋碰石头。再说，"吴敬礼压低嗓音，"你不是还想跟日本人亲近亲近吗？这时候玩幺蛾子，是不是有点儿因小失大呀？"

"什么是小？"郑民急了，"他日本人奸了我的女人，这是小事？"

吴敬礼嘿嘿地笑了："兄弟，你的心眼太小了。女人是什么？女人是衣服，脱了一件再换一件，有什么了不得的？"

郑民被吴敬礼的态度激怒了："别的女人行，桃儿不行。这个仇我是报定了，就是亲爹也不饶！你们要肯帮我，我念你们一辈子的好，到死都把你们当大哥敬着！"

吴家哥儿俩对望了一下，吴敬仁猛地一拍桌子："那好，兄弟既然把话说到这个份儿上，我们再推三阻四，就显得不仗义了。为了哥儿们义气，就是赴汤蹈火，我哥儿俩也跟你走一趟！"

三个人商量好第二天半夜在大辛庄村外集合，郑民连水都没喝，急匆匆赶回刘各庄。

郑民一走，吴敬礼就问吴敬仁："你真想帮他？"

吴敬仁诡秘地一笑："让他做梦吧。"便把自己的想法说了，吴敬礼也笑了。

半个月亮挂在西天，把天地间照得朦胧一片。深秋之夜，已经有了很浓的寒意，小风一吹，人们的身上暴起一层鸡皮疙瘩。郑新带着队伍坐在沙岗上，焦急地等待着吴部的到来。

"老二，怎么这个时辰了还不来，别不是耍咱们吧？"

郑民没说话，站起身子往远处张望。忽然，耳边传来嚓嚓的脚步声和低低的咳嗽声。郑民高兴地说声来了，快步迎上前去。

吴敬仁见了郑民也不客气："你们在前，我们随后。"

为了保密，两支队伍绕过大辛庄，可还是引起村中一片狗叫。来到榆堡镇外，队伍分散开，便衣队攻打鬼子的炮楼，吴部攻打警察所和保安团。鬼子的炮楼外挂着两盏马灯，静悄悄的不见一个人影。郑民报仇心切，不及细想，带头猛扑上去。就在这时，炮楼顶上的探照灯唰地亮起，密集的枪弹居高临下地扫过来，几个队员应声倒地。紧接着，警察所和保安团方向也响起激烈的枪声。

便衣队被鬼子的火力压得抬不起头。郑新爬到郑民跟前："快撤吧，鬼子好像早有准备！"

"他娘的小日本，老子跟你拼了！"

郑新死死拉住郑民的胳膊："你这是白送命。你想让弟兄们都撂在这儿呀！"连拉带拽把郑民弄了下来。所幸鬼子只是在据点里往外打枪，并没有追击。便衣队得以喘息，贴着墙根撤出镇子。

此时，警察所那边的枪声也稀疏了。

回去的路上，吴家哥儿俩追上郑家哥儿俩。吴敬礼见郑民那样狼狈，也装出非常沮丧的样子："他奶奶的，仇没报了，倒差点儿把命搭上！"

郑新叹口气："这就念便宜吧。鬼子们要是冲出来，得把咱包了饺子。"

"日本人的力量太强大了，那火力密得，根本靠不上前儿！"吴敬仁说着，见郑民一下站住，忙厮手拍拍他的肩膀，"兄弟放心，你的仇哥哥一定帮你报！"

郑民这才继续往前走："那就谢谢二位当家的了。"

吴敬仁偷偷一笑，心里暗骂："傻小子，就你这样的菜鸟，还想在江湖上混？把你卖了，你还得帮我数钱！"

原来，郑民从吴部一走，吴敬礼就骑上快马，向榆堡飞奔而去。佐藤曾告诉过他们哥儿俩，有事可戈宫崎。吴敬礼把便衣队要偷袭的事报告了宫崎，又说出他哥哥的计谋：提前设伏，把便衣队一网打尽，彻底消灭。吴敬礼话音刚落，里屋传出轻轻的掌声。门帘一挑，佐藤拍着双手走出来。他笑眯眯地围着吴敬礼转了一圈儿，连连叫好："好，好！从你刚才说的话，足以证明你对大日本皇军的忠心。不过，我不想这么办。"

"这……这可是打着灯笼都找不着的好机会呀！郑部现在是八路军的便衣队，是对抗皇军的！"吴敬礼不解地望着佐藤，更为自己的计谋不被采纳而扫兴，觉得是热脸贴了冷屁股。

"吴二当家，不要着急，听我告诉你。你说的对，对那些坚决与大日本皇军为敌的，要彻底消灭。郑部目前不是这样，他们虽然接受了八路军的改编，可还在摇摆不定，这就给了我们争取的机会。共产党、八路军之所以收编各类武装，一是壮大自己的力量，另一方面是想造成声势。这是政治。共产党、八路军采用政治手段，我们也要用政治手段对付他。把郑部拉过来，对王河桩是个沉重打击，比消灭他几百人还意义重大。这就好比烧火，消灭了郑部，是火上浇油，会使更多的人起来和皇军对抗；拉过郑部，会瓦解对抗者的斗志，这叫釜底抽薪。灶里没了柴火，这火还能着得起来吗？"佐藤说完，得意地大笑起来。

吴敬礼听了个糊里糊涂，憋了半天，还是把心里话说了出来："那就干等着便衣队来打？"

"不不，我们不会吃亏的。大日本皇军的武器精良，火力凶猛，便衣队是攻不进来的。当然，我们不会给他太大的伤害。至于你们嘛，也一起来，不能让他起疑，到时候远远地放放空枪就行了。再有，你还要做一件事……"

吴敬礼听完佐藤的低语，连连点头。临出门，佐藤说："回去告诉大当家的，你们立了一功，我要重赏。"

# 三十六

　　自打从榆堡回来，郑民就再也提不起精神，觉得丢了脸，无颜见人。去汪家场，桃儿见了面就哭，更是让他心烦意乱。这天，他正在自己屋里无情无绪地躺着，郑新走进来："老二，快到客厅去，吴二当家来了。"

　　吴敬礼一见郑民，就满面春风地迎上来："兄弟，心里还过不去呀？跟霜打的茄子似的。"

　　"能过得去吗？一个男人连个女人都保护不了，不让人笑掉大牙？"

　　"也是，男子汉就得有男子汉的气概。哥哥我今儿个给你带来件礼物，不能说让你彻底高兴，也能让你乐一乐。"吴敬礼说着，朝外喊了一嗓子："带进来！"

　　几个小匪推搡着一个女人走进客厅……

　　郑民有些诧异："三哥，这是……"

　　"这就是你的出气筒，马寿山的老婆。没有马寿山领着，武男会到汪家场去？武男不到汪家场，能发生桃儿的事？我还听说，是马寿山发现的桃儿。所以，总起来说，马寿山才是罪魁祸首。咱们打不下榆堡，可咱们绑得了马寿山的老婆。哥哥没能帮你报了仇，就到马寿山的老家小店，把他的媳妇绑来了。兄弟，这个女人交给你，随你处置。"原来，这就是佐藤要吴敬礼办的事。

　　"多谢三哥了！"郑民乐得跳起来，接着又咬牙切齿，狠狠扇了那女人几个嘴巴，一脚把她踹倒在地，命令手下，"把她的衣服扒光！马寿山带着日本人糟蹋我的女人，我也要让他的女人丢尽丑。把她吊到树上去，往死里打！"

郑新觉得不妥，欲拦："老二，别……"

郑民一把推开他："不用你管，有什么事我担着！"

不一会儿，院外传来杀猪般的哭喊声。

郑民又追出去，拿起棍子在女人身上猛抽了一顿，才喘着气走回来，吩咐王厨子准备酒菜。

郑新忐忑地看着这一切，一时竟不知怎么办好。

马寿山得知媳妇被绑架的消息，回家问了情况，猜测十有八九是汪家场的事发作了，这是郑民的报复。他想请求宫崎派兵去救，一想那只能是加速媳妇的死亡。猛想起郑部是独立营的便衣队，要救媳妇只能找独立营，可他不知道独立营在什么地方。耳闻洪部跟独立营有来往，就备了份厚礼，到南辛庄去找洪玉秀。

洪玉秀一听这事，觉得这是争取马寿山的好机会，便爽快地答应了。让马寿山回家等信，立即去找河桩，说了马寿山的请求。

河桩初听也很气愤，继而又冷静下来："事情是不是郑民做的，还不能确定。不过，从金驹反映的情况来看，郑民是能做出来的。洪司令，你的想法很好，这确实是争取马寿山的好机会。你回去告诉马寿山，我们会想尽一切办法把他的媳妇找到。"

这段时间，独立营在全力以赴地保护群众收秋藏粮，和鬼子伪军打了大小四五仗，夺回不少粮食。河桩见战士们太疲惫了，就和志刚商量，把部队以连为单位，分驻在两个基础好的村子，进行短期休整。洪玉秀一走，河桩即让刘顺派两个战士，把营连干部和金驹叫来开会。

金驹本来是到营部汇报完情况就要回便衣队的，可河桩另派了他任务，让他带两个除奸队员，潜入黄村，杀掉龟田的翻译官胡耀祖。前段时间，为向北平渗透，中共冀中五地委先后派出三批工作人员，到黄村一带活动，可大部被胡耀祖带着鬼子逮捕、杀害，幸存者因为环境过于恶劣，无法开展工作，只好撤了回来。为了震慑敌人，为牺牲的同志报仇，五地委决定除掉这个铁杆汉奸，北上支队便把这一任务交给了独立营。金驹几个化妆成卖梨的小贩，在黄村的大街小巷转悠了好几天，才摸清胡耀祖的住处，夜里翻墙入院，将其除掉。金驹见来开会的都是营连干部，只有他一个排长，就问铁牛什么情况，铁牛摇头说他也不知道。

干部们到齐后，河桩简单介绍了马寿山的情况，便留副营长成天鹏掌握部队，他和志刚、金驹带着刘顺的警卫班，急速赶往刘各庄。

郑新哥儿俩见河桩带一群人突然闯进来，一时惊慌得颜面失色。河桩见状，心里便有了八九成把握，单刀直入："马寿山的老婆在哪里？"

郑民还想狡辩："什么……老婆？"

"你少给我装蒜！说，马寿山的老婆在哪儿？"

郑新被河桩的威势吓住了，颤抖抖地往外指指："在……在草棚里。"

马寿山的老婆赤身裸体躺在乱草上，遍体鳞伤。她已被郑民那几个狐朋狗友折磨了三天三夜，后背和屁股打烂了，双腿也是鲜血淋漓，尤其是那两个乳房，布满了被烟头烫起的黑紫血泡。要不是王厨子心软，偷着喂她点儿汤水，怕是早已死了。

河桩被眼前的惨景激得勃然大怒，一把拔出手枪，顶在郑民的脑袋上："你这个没人性的东西，我一枪毙了你！"

郑民吓得面如土色："王……营长，饶命！大哥，救我呀！"

郑新连连替郑民求情："王营长，王营长，你消消气。郑民也是急了眼，一时糊涂，才做出这个错事。营长，你就饶他这一回吧！"回头又呵斥郑民："老二，你混蛋呀？还不快向王营长认错！"

志刚见院子里站满了便衣队员，都伸着脖子往里看，怕起变故，也劝河桩冷静，先开会商量商量，并把自己的想法低声说给河桩。河桩插回手枪，让人找身衣服给马寿山的老婆穿上，又把金驹叫到一边，交代几句，便走出草棚。

会议很快作出决定，郑新哥儿俩心里虽然一百个不满意，可也不敢表示什么。河桩便让金驹召集全体队员开会。

便衣队列队站在院子里，队员们望着河桩铁青的脸，吓得大气也不敢出。志刚首先讲话："同志们，你们还记得那次改编大会吧？也就是从那一天起，你们就成了光荣的八路军战士。八路军是人民的子弟兵，是爱护老百姓的，而不是欺压老百姓。八路军是打鬼子的，而不能打骂老百姓。老百姓是水，八路军是鱼，没有老百姓，我们八路军就无法生存。近一段时间，便衣队是做了很多有利于人民、有利于抗日的好事的，这，人民会记住；可也做了不少错事、坏事，这，人民也会记住。眼前的事，大家都看到了。草棚里的那个女人犯了什么错，就把她打成那样？即便她的男人是伪警察，罪也不在她。为报私仇，就随便抓人、打人，那我们成了什么队伍？金指导员给你们讲过三大纪律八项注意，那就是我们八路军的铁律，谁触犯了它，就要受到坚决的惩处！"志刚的话，使大部分便衣队员低下了头，只有郑民那几个心腹，在暗暗传递着眼色。

"下面请王营长宣布处分决定！"志刚说完，退到一边。

河桩上前一步，把便衣队从头至尾看了一遍，然后才庄重宣布："鉴于郑新管理队伍不严的错误，免去便衣队长职务，暂任代理队长；郑民错误严重，免去便衣队副队长职务，禁闭十天，由金指导员监督执行；参与打人、劣迹斑斑的李二毛、张平西、鲍来子三人，永远清除出队！"

"我不服！"郑民怪叫一声，就要拔枪。他那三个被除名的心腹也乱哄着，从肩上摘下大枪。早已站在郑民身后的金驹眼疾手快，一把夺过他的枪，同时用手枪顶住了他的脑袋。那三个闹事者也被警卫班战士抢下大枪，押到一边。

"把郑民关起来，把那三个败类赶出村子！有违抗者，枪毙！"河桩命令。两个警卫班战士把连喊带号的郑民架着胳膊扔进小黑屋。那三个被清除者看势头不对，也不用人赶，自己就灰溜溜地走了。

河桩把刘顺留给了金驹，嘱咐二人积极配合，加强对便衣队的教育和管理。

志刚临走时也和郑新作了深谈，指出他所犯错误的严重性和便衣队存在的问题，并鼓励他振作起来，积极改正缺点，把便衣队带成一支真正抗日的好队伍。志刚语重心长地叮嘱郑新："郑队长，咱们都是苦出身，都恨日本鬼子。你既然走上了抗日这条路，就要坚定不移地走下去。犯了错误不要紧，改了就是好同志，可千万不能越滑越远啊！"

河桩让郑新找了辆大车，在车上铺条被子，把马寿山的老婆金枝背上去，拉出了刘各庄。路上，河桩和志刚商量，金枝伤得很重，送回家去怕出危险，索性救人救到底，送人送到家，先把她的伤治好再说。独立营没有这个条件，只能送到洪部去了。

到了洪部，洪玉秀满口应承："两位大兄弟放心，我这里有上好的治伤药，再找个先生看看，许是不碍事的。"

马寿山得到消息，骑着自行车风风火火地赶来，抱着奄奄一息的媳妇，痛哭失声。洪玉秀劝解一番，把河桩、志刚介绍给他，讲了营救金枝的经过。马寿山扑通一声跪在地上："谢谢王营长、赵教导员的救命之恩。你们的大恩大德，我一定要报！"

河桩拉起马寿山，让他坐在椅子上："你不用谢我们，八路军本来就是保护老百姓的，这是我们应当做的。你当伪警察，帮日本鬼子干了不少坏事，八路军记着哪，人民也记着哪，可这与你媳妇无关。你媳妇只是个普通老百姓，她受这样的罪，纯粹是背了你的累！现在的关键是，看你下一步怎么走。"

马寿山哭丧着脸说："八路军的宽宏大量，我钦佩之至。我干这差事，也是迫不得已，是日本人硬拉我干的。都是中国人，谁愿意给小鬼子卖命？可我不干，他们会杀我全家呀！"

志刚接过话茬儿："马所长，你不要一味地给自己推托责任。你说迫不得已，我们可以相信，因为不少干伪职的人都是被逼迫的。可你不一样，据我们了解，帮鬼子抢粮、拉夫，敲诈勒索老百姓，你可是很卖力气的！"

马寿山的汗都下来了："鬼子那边逼我，你们八路这边不饶我，我可真是没有活路了！"

"有活路，而且是一条光明大路，就看你想不想走。"见马寿山眼巴巴地望着他，河桩一字一顿地说，"身在曹营心在汉！"

"身在曹营心在汉？"马寿山沉吟着。

"也就是说，你仍然干你的警察所长，但暗中为我们搜集情报，做有利于抗日的事。这样，人民就会原谅你，立大功还可受奖。"

马寿山掂量了一会儿，终于下了决心："行，我听你们的。就冲你们救我媳妇一命，我也得报答你们！"

洪玉秀拍着马寿山的肩膀哈哈地笑了："大兄弟，这就对了！你放心，弟妹就在我这儿踏实养伤，过个仨月俩月的，保证把个欢蹦乱跳的人儿给你送回去！"

柳芽抱着新生的儿子兴邦和婆婆一起回家了。一眨眼，她已在张家场姑姑家住了半年多，兴邦都出生三个多月了。

1939 年夏秋之季，老天连降暴雨，永定河水猛涨，滔滔浊浪如万马奔腾，飞流直下。据地方志载：1939 年 7 月，连日骤雨。永定河北岸五工巡段求贤村草坝漫口百丈，榆垡一带被淹，平地水深四五尺；四工巡段赵村、石堡堤决口五十丈。由于这百丈的漫口和五十丈的决口，使得几十个村庄遍地大水，一片汪洋。矮庄稼全被淹没，高秆的玉米、高粱也在水中淹着半截。青蛙们成双配对地忙着繁殖，各种鱼类在庄稼棵里欢快地游窜。好在水来得快退得也快，再加上沙地渗水迅速，不过十来天，大部分地里就没了水，只那低洼处聚集成水坑，成了鱼虾和蛤蟆的乐园。庄稼地里过水，必定影响收成，何况这样的大水，歉收是铁定了。望着姑夫那越拉越长的脸，柳芽心里很是不安。她清楚，姑姑家也不宽裕，这半年来，她们虽然不是白吃白喝，姑姑也帮补了不少。今逢灾年，姑姑自个儿都难顾自个儿，哪还管得了她们？况且还要跟着担惊受怕，也够难为姑姑一家的了。柳芽还有一样担心，那就是怕婆婆看不了姑夫的脸子。婆婆是个要强的人，虽是有求于人，别人给脸子看，心里也定然委屈。一天夜里，她和婆婆商量："娘，你看咱来这儿时间也不短了，外面也算平静，咱们是不是回家去？"

"好啊，我也正在想这事呢。"婆婆说，"咱到这儿这些日子，给你姑姑家添了不少麻烦。老在这儿住着，终究不是长法。又赶上个灾年，不能再拖累人家啦。"

柳芽很感激婆婆的通情达理:"娘,那我明天就跟姑姑说?"

"说吧。说了就收拾,让你爹来接咱。"

姑姑听柳芽说要走,心里倒不过意:"住得好好的,干嘛要走?是不是嫌……"

"看姑姑想哪儿去了?"柳芽拦住姑姑的话头,"实在是出来日子太长了,我和兴邦的奶奶都想家了。"

姑姑叹口气:"我知道你看出你姑夫不高兴了。其实,你姑夫是个好人,怨不得他,是日子太艰难了。这该死的小日本,什么时候走了就心静了。"

姑姑又找到柳芽婆婆面前,连连道歉说吃不像吃喝不像喝,没照顾好。河桩娘也千恩万谢,说是给亲家添了麻烦添了乱。两个女人越说越热火,最后竟都眼泪汪汪的了。

接到信儿的王老宽借了辆驴车,起个大早,刚过早饭的时辰就到了。姑姑、姑夫把他们送出村外,望着驴车远去。来时两口儿,去时已是三口儿了。

天傍晌午,驴车到了河沿儿堤口。老宽抱着车辕子,双脚使劲趿着地,让驴车顺着坡道,慢慢溜进村里。

柳芽回到那个熟悉的小院,很兴奋。虽然才离开半年多,却像是走了多少日子似的,看哪儿都新鲜。王老宽更是高兴,抱着兴邦啊啊地哄着,爱得不忍放手。老宽只是在孙子出生和满月时去看了两回,已有两个多月没见面了。月科里的婴儿就像将熟的蚕,一天一变样儿。

河桩娘屋里屋外看了一遍,如释重负地对老宽说:"还是俗话说得好,金窝银窝,不如自家的狗窝。这一回来呀,心里立马就宽敞了。"

老宽憨憨地笑:"你就是离不开这个穷家嘛。"

王老奎乐呵呵地走进院,手里提拎着一只剥好的野兔子。徐二婶端着一葫芦瓢鸡蛋,抿嘴笑着跟在后面。被李大裤裆抓捕后不久,俩人就成了亲。王老奎说:"就是死,也得先入了洞房!"徐二婶就拧老奎的胳膊:"你个老不正经,越来越没溜儿!"如今,徐二婶已完全融入了这个家庭。

王老奎把野兔子递给柳芽:"你们娘儿俩就是有口福。早起刚套的,肥着哪。"从老宽手里夺过兴邦:"让大爷爷看看大孙子。嗯,兴邦,兴邦，长大了振兴咱们的家邦！"

河桩娘乐得两眼眯成一条缝儿："瞧哥夸的，一个一尺长的人芽芽儿，谁知将来什么样！"

徐二婶接话说："龙生龙，凤生凤，将门出虎子。老王家的后，哪有没出息的！"

一家人高兴得哈哈大笑。

饭桌上，老哥儿俩高高兴兴地喝着酒。柳芽一手抱着孩子，一手给两个老人续酒。灶屋里，河桩娘和徐二婶进进出出地忙活着，一会儿端上一盘炒茄丝，一会儿端上一盘摊鸡蛋。就在炖兔肉端上桌的时候，香巧捧着一个小布包走进门："哎呀，这是什么肉？这么香，离老远就闻到香味儿啦！"一见柳芽，忙把布包放在桌上，一边朝灶屋喊："大婶，别做主食了，我带来几张烙饼！"一边从柳芽怀里抱过孩子："哎哟，这个大胖小子，真爱人儿！"就巴巴地亲，儿呀肉儿呀地叫起来。

忙乱了好一阵，香巧才被河桩娘摁坐在桌边的蒲团上。香巧也就不再推让："那好，反正我也没少吃你家的饭，就再蹭你们一顿团圆饭。"

王老宽感慨："是啊，分开这么多日子，东一个西一个的，总算又凑到一块儿啦。"

"河桩要是能回来，那才真是团圆了呢。"河桩娘有些不满足地说，眼里就闪出泪光。

王老宽瞪老伴儿一眼："河桩带着那么多人打鬼子，能想回来就回来？真是娘儿们见识！"

王老奎满面红光："这几个月，又是青纱帐，又是大水，又是独立营，可把小鬼子闹草鸡了，老百姓也过了段平安日子。听区委李书记说，十一区二十六个村子，都建起了抗日政权。看着吧，有小鬼子的罪受了。"

老宽说："水生家和另几家抗属也都回来了。眼下是安定，可等一隆冬，没遮没挡的，一眼望出去多远，鬼子汉奸们又该欢实了。"

"是啊，今冬明春这几个月，可不好过。"王老奎指指在座的几个人，"咱们的眼睛、耳朵都放活泛点儿，别吃了敌人的亏。还有，马区长指示，今秋受灾，明年的春荒可能够呛，让咱想辙帮大伙儿度荒。"

"河沿儿的穷户还真不少。闹不好，得有逃荒要饭的。"

"赶明儿把村干部召到一块儿，商量个办法。"

吃完饭，柳芽就急匆匆抱着孩子进屋喂奶，香巧随后跟了进去。柳芽一进屋，就一边解纽襻儿，一边喊："哎哟，可憋死我了！"随着夹袄敞开，两只胀鼓鼓的乳房大白兔似的跳出来，细腻的皮肤下暴露着条条青筋，樱桃色的乳头上沁出滴滴白汁。兴邦也饿坏了，一闻到乳香，脑袋就急促地转动，小嘴刚碰到乳头，就狼虎般的噙进去，狂野地吸食起来，喉咙里发出咕咚咕咚的吞咽声。"这个小东西，像饿死鬼托生的！"

　　望着沉浸在幸福中的柳芽，香巧心里百感交集，说不清是羡慕还是嫉妒。因为河桩，香巧对王家所有人都有异乎寻常的亲近感，包括这个刚刚出生的小家伙。凭良心说，香巧是希望柳芽幸福的，柳芽是个乖顺贤淑的好女子，可人爱可人疼。可想起河桩，那个让她牵肠挂肚的男人，面对柳芽，心里总是情不自禁地涌出一股酸味。她也知道，柳芽和河桩是恩爱夫妻，这也正是河桩拒绝她的原因，她的那点想法是见不得人的，是不道德的，可她心里就是放不下河桩，醒里梦里想着河桩。有时她也骂自己贱，骂自己不要脸，骂自己鬼迷心窍，骂完了，还是止不住地想。她听一个过路的老和尚讲过，人有心魔，人一有了心魔，就自己管不住自己了。莫非我真有了心魔？这一想，她就害怕了。

　　兴邦把两个乳房都吸空了，也睡着了。柳芽就想把乳头拔出来，兴邦却紧叼着不放，以致把乳头拉得长长的。"这个小坏蛋！"柳芽昵爱地骂着，硬扯出乳头，把他放在装着沙土的小枕头上。兴邦的小嘴开始时还在一努一努地蠕动着，后来就沉沉睡去，鼻腔里发出哧儿哧儿的呼吸声。

　　柳芽安顿好孩子，才发现香巧在呆呆地发愣。忙一边扣夹袄的纽襻儿，一边招呼："嫂子，看我，净顾弄孩子了，倒把你冷落了。想什么呢？"

　　香巧一怔，不禁红了脸："你……你这个大胖儿子，多好！"

　　柳芽疼爱地抚摸着兴邦的小脑袋："好是好，可往后有他缠着手，多少事都耽误了。"

　　"不碍，有什么事告诉我，我帮你做。"

　　"那敢情好。"河沿儿人不说"可好"，也不说"太好"，说"敢情好"。

　　香巧望着柳芽那粉白鲜嫩的脸，言不由衷地调笑："河桩可真够狠心的，放着你这个大美人在家，也不常回来看看？"

　　柳芽自打生完孩子，身材更加丰满，脸蛋更加红润，一双大眼睛水汪汪的闪着诱人的光彩，浑身上下显露着成熟少妇的韵致。听香巧逗她，刚还流光溢彩的眼睛黯淡下来："他哪有时间？从孩子出生，拢共看了不过三回。兴邦马上就'百天'了，不知道他能不能回来？"

香巧叹口气："这东杀西砍、枪里炮里的，真让人揪心。"

两人便相对无言。

默了一会儿，柳芽问香巧："嫂子的小吃店还好吧？"

"凑合吧。一斤油饼能赚几分钱？"

"李大裤裆没再过河来？"

"没有。李大裤裆当了警备队，日本人又让李狗子当了保长。李狗子三天两头过河去，到固安向李大裤裆汇报。他不回来更好，省得糟害人。"

柳芽心里一动。她知道香巧的处境，常常遭到嘎杂子的纠缠，特别是李大裤裆，盯着她就像癫蛤蟆盯着天鹅肉。

"嫂子这么年轻漂亮，一个人又孤单又不方便，就不想往前走一步，再找个人？"

香巧看柳芽一眼，心说，找人？找人就找河桩！可这话她能说吗？便低着头不言语。

柳芽见香巧那楚楚可怜的样子，心里软得不行，便把胳膊搭在她的肩膀上。香巧心一热，顺势倒在柳芽怀里。两人脸贴脸地搂抱着，各自想着各自的心事，再不说话。

过了霜降，天渐渐冷下来，水汽大的日子，清早起来，便能见到落地的树叶上、枯萎的野草上，蒙着一层白白的霜雪，浅水边甚至还结了薄薄的冰。水生的大儿子、十四岁的拴住，带着十一岁的弟弟二拴，在"大河行"的水坑里淘鱼。"大河行"是永定河决口时的水道，也就是河沿儿村北的那片湿地。因为是河水行走的通道，当地人就叫它"大河行"。

由于永定河的决口，渗堤水的汇集，永定河两岸百十个村庄的低洼处，便常年被水泡着。天旱水干，地表皮现出一层粉末状的盐碱。盐碱地不长庄稼，只长紫杆的碱蓬、红梢的茅草和东一棵西一棵的矮树。把这粉末状的盐碱土收集起来，可以熬硝，卖给擀鞭炮的作坊，换取微薄的收益。多少年来，这里的土地是贫瘠的，人们是穷困的，自古传下一首歌谣："春熬硝，夏打草，秋天扛活，冬天跑。一年盼着一年好，明年还是那件破棉袄。"

拴住和二拴早起喝了两碗稀粥就出来了，拴住扛着两把铁锹，二拴一手拎着水桶一手拿着个脸盆。每到一个水坑前，拴住都要围着水坑转一圈，再到坑里蹚一蹚。这样做一是测量水的多少，天黑前能否淘干，二是查看鱼的数量。选好水坑，叠上土堰，哥儿俩就挽起裤腿，弯腰淘水。坑水冰凉刺骨，两个孩子似乎并不觉得，两条细瘦的胳膊吃力而快速地挥动着桶或盆，坑水便哗啦哗啦地泼向土堰的另一边。

前几天，王老奎暗中召开了抗日干部和骨干分子会议，讨论如何帮助贫困户度春荒，制定了几条措施：一是组织人力扫碱土熬硝卖；二是动员大户赊粮；三是参加会议的每人帮扶一个贫困户。香巧当场认下了水生家。水生和麦穗都在区上工作，家里只剩下个病女人和三个孩子，是村里的赤贫户。会后，香巧扛着半袋棒子面，来到水生那四处漏风的破房子。

太阳偏西，坑里的水将要淘干，露出脊背的鱼在坑底乱逃乱窜。小北风刮得越来越紧，天空也变得昏沉沉的。拴住擤把清鼻涕，喊正在弯腰喘气的二拴："快点儿淘！天黑前淘不干，一天就白忙乎啦！"

"哥，我饿。"二拴抱着肚子蹲在地上。

"你饿，谁不饿？"拴住也挺不直腰了，早上喝的那两碗稀粥哪经得住这么折腾？这时，一条半尺长、黑脊背金眼圈的大鲫鱼许是憋得受不住了，啪啦一声从水中跃出，落在草地上蹦高。拴住抢上去，三扑两扑抓住，举着朝二拴喊："看看，这么大的鲫瓜子！快干，回家给你熬汤喝！"

"我现在就饿！"

"你……"拴住无奈地放下鱼。忽然眼睛一亮，跑到水坑边，三刨两刨，挖出一条一尺多长、拇指多粗，黄白色的蒲棒根，在水里涮涮，扔给二拴："吃这个，甜着哪。"

　　拴住把两只柳条篮摆在渡口上，一篮盛着大鱼，有鲤鱼、鲶鱼、黑鱼和大个儿的鲫鱼；一篮盛着小鱼，有黄瓜鲢儿、肉棍儿、小鲫瓜子。拴住望着来来往往的路人，毫不怯阵，高声吆喝："鲜鱼，卖鲜鱼来！"清脆的童音在寒风中传出老远。

　　现在的拴住充满了信心。爹和姐姐都在干抗日工作，是乡亲们眼里的英雄。他在人前也抬起了头，再不是那个人人看不起的穷崽子。眼下家里仍然是穷，可有香巧姐姐帮助他们。香巧姐姐为他家谋划好了：趁着水坑未结冰，他和弟弟抓紧淘鱼，卖出多少是多少，剩下的，香巧姐姐做成炸鱼，帮他代卖。等地上了大冻，他们哥儿俩就到堤上捡干棒，粗的挑到固安城里卖，小的香巧姐姐全收下。这两项虽然收益不大，可不用本钱，买些棒子面，掺上糠糠菜菜，也就饿不死了。病娘抓着香巧的手，哭得喘不上气："巧儿呀，你的恩，我可怎么报答啊！"香巧给娘擦眼泪，劝娘放宽心，说是有抗日政府，有八路军独立营，什么难关都能过去。这使拴住对香巧姐姐更加敬佩。

　　拴住正吆喝着，李狗子头戴一项日本兵的黄帽子，肩上斜挎王八盒子，趾高气扬地走过来，用脚踢踢鱼篮儿："小家伙，这鱼还不赖。来，闹两条！"

　　拴住拿起秤："要几斤？"

　　李狗子瞪起眼："什么他娘要几斤？老子吃你几条鱼，还按斤论两的？"

　　拴住还没说话，香巧已到了跟前："李保长，这寒天冷地的，孩子淘点儿鱼可不容易。你这么大的人物，还跟个穷孩子计较？"

香巧的话，让李狗子一时不知说什么好，憋了半天，才讪笑几声："我跟个小叫花子计较什么？是小崽子忒不会说话！"挑了三条鲤鱼，扔下钱，跳上渡船过河去了。

李狗子进了固安城，来到李大裤裆在南门里新买的宅子。周秀珍和崔兰英热情地把他迎进门，并让勤务兵杨小山到警备队去找李大裤裆。不一会儿，李大裤裆卡拉着腿回来了，杨小山提拎着烧鸡、猪头肉和二锅头跟在身后。

李大裤裆让两个老婆准备酒菜，和李狗子坐在八仙桌旁喝茶。

"狗子，近来村里有什么动静没有？"

"有，还不少呢。"李狗子给李大裤裆续上茶，"老宽家、水生家，还有躲出去的那几家，都回来了。"

李大裤裆冷笑："这俩月皇军没出动，就以为天下是他们的了。等着吧，总有一天，让他们哭都哭不出韵儿来！还有什么？"

"王老奎暗中串通那些穷鬼，说什么要互帮互助度春荒。把那些有根底的户也给煽乎起来了，嚷嚷着要向穷鬼们赊粮。这些事都是瞒着我干的，我这个保长，在村里就他娘是个聋子的耳朵——摆设！"李狗子一想起村人们不把他当个事儿，就火冒三丈。

"他们这是跟我们争夺人心。这招儿，歹毒哇！真后悔当初让王家在河沿儿落了脚，养出一帮大老虎！"李大裤裆懊悔得直拍桌子。

"大哥，你干脆带人过去，灭了他们不就结了？"

"你以为我不想？我恨不得活吃了他们！可这事不是我能说了算的，得日本人做主。唉，我们这种人在日本人眼里就是条狗，要你咬就得咬，不想咬都不行；不让你咬，就得憋着。"李大裤裆摇头叹息，大眼珠子上竟涌出一层泪光。

"那，就没办法了？"李狗子本以为李大裤裆什么事都能办，这会儿见他这个样子，也有些泄气。

"哎，你刚才说那些富户赊粮，他们都愿意？"

"不愿意能怎么着？村里有王老奎一伙子，外边有抗日政府、独立营，谁敢龇牙？最可气的是贾先生那爷儿俩，跟王老奎跟得要多紧有多紧，像吃蜜蜂屎似的。"

"不能让他们由着性子来。他娘的，老虎不发威，还真把我当成病猫了！你这样……"

李狗子领了李大裤裆的旨意，回到村里就活动起来。

宋德财插上大门，掀开白薯窖口的草苫子，把几袋棒子扛过来放在地上，自己顺着梯子爬下去，爬到半截儿，又探出头压着嗓子喊："你个死老婆子，磨蹭什么呢？快点儿把口袋递给我呀！"

宋德财老伴儿抱着几条破麻袋跑过来："那窖里潮不拉唧的，得垫上点儿。要不，工夫长了，还不糇喽？"

"行了行了，你是怕别人看不见呀？"

两口子正忙乎着，木板门被人拍响了。

宋德财老伴儿心一惊，手中的粮袋掉进窖口，砸得宋德财"嗷"地叫了一声："死老婆子，你要砸死我呀？"

"坏了，有人来了！"

宋德财一听，连忙爬上来，扛起剩下的粮袋就往屋里跑。这时，门外的人说话了："德财大哥，别跑了，小心闪了腰！"

宋德财无奈地放下粮袋，朝老伴儿指指大门。

门开了，李狗子走进大门。

"老哥，大白天插着门，这是干嘛呢？"李狗子盯了粮袋几眼，又扒着白薯窖口往里看。

宋德财两口子尴尬地站着，不知说什么好。

李狗子拍着两只泥手哈哈地笑："老哥，怪不得大伙儿管你叫转轴子、铁笊篱，真是没叫错啊。王老奎让富户给穷户赊粮，你表面答应，背后却把粮食藏起来。这不是玩人吗？"

宋德财自小就勤俭能干，靠着苦拽苦挣，口挪肚攒，半辈子置下二十多亩地，成了殷实的小肉头户。许是日子过得不容易，跟谁共事都要心眼儿占便宜。且又吝啬得要命，别说向他借钱借粮，就是借把铁锹、扫帚，也是妄想。久而久之，大伙儿就给他起了两个外号，一是转轴子，一是铁笊篱。有那嘎咕的人故意当着他的面儿唱："瓷公鸡，铁仙鹤，玻璃耗子，琉璃猫。"宋德财也不生气，该干什么还干什么，该怎么干还怎么干。王老奎动员他向贫困户赊粮，他心疼得像被挖了肉，可又怕王老奎，怕独立营，怕落个汉奸的名，不敢不答应，回家就在白薯窖里凿了个洞，要把粮食藏起来。不想，却被李狗子逮了个正着。

"怎么着，就在这儿站桩了？也不请我喝碗茶？"

宋德财一听李狗子这句话，紧张的心情放松下来，忙赔起笑脸："瞧我这个猪脑子。快，大兄弟屋里坐。"又吩咐老伴儿，"去，挑把好枣儿，给大兄弟泡枣茶！"

几个人进了屋，宋德财把烟笸箩、烟袋递到李狗子面前。李狗子摆摆手，掏出三炮台，自己先叼上一支，随后递给宋德财一支。宋德财嘿嘿笑着接过来，舍不得抽，夹在耳朵上，划着洋火替李狗子点着香烟。宋德财老伴儿刷锅添水，又把几颗干枣扔进灶膛里，用烧火棍搅和着。不一会儿，满屋飘起烧焦枣的甜香味儿。

李狗子喝着金红色的枣茶："嗯，这枣茶又甜又香，真是好喝。老哥，今年的收成还行吧？"

"哎呀，行什么行，我家的事哪样能瞒得了你？"宋德财哭丧着脸，"一场大水，二十亩地淹了一半儿。满打满算，闹个肚儿圆。弄不好，粥都喝不上了。"

李狗子嘿儿嘿儿地乐："你喝不上粥，别人就得卖孩子！不过，你置这点儿地，也真是不容易。让你拿出几口袋粮食送人，还真舍不得。"

"可不是吗？我这点儿东西，都是从牙缝儿里抠出来的，赊出去，谁知道什么时候还？"

"还个屁！那些穷鬼年年都是老样子，拿什么还？谁赊都是白填楦！共产党你还不知道？求着你的时候，好话能说八火车，用不着你了，理都不理你！王老奎算根什么打鸡巴的棍儿，他说还就能还？吃完不还了，你找谁去？"

"那可怎么办？"宋德财慌了，"这不是要我的命吗？"

"怎么办？你现在不就在做吗？把粮食藏起来，到时候就咬着牙说没有，王老奎能杀了你？你再串通串通，都不赊，王老奎也没咒儿念，这叫法不责众！"

没几天，村里就传开了谣言，说是赊粮是圈套，借了粮就不还。原来答应赊粮的户，有好几家退了套。王老奎召集村干部开会，现任工会主席、黑大个儿船工麻子林说："八成是李狗子使的坏！十来天前，他过河去了，准是去找李大裤裆报告。"其他人也都赞成这个说法。

"李大裤裆不会让咱顺顺利利的，他会想方设法捣乱。不过，只要咱们方法得当，就一定能战胜他。"王老奎让大家继续做富户的工作，同时追查谣言的来源。

姜海提议，李大裤裆的厢房里，还有一囤麦子一囤棒子，实在不行，都给他分了。

王老奎掂对了半天，犹豫地说："李大裤裆已经当了汉奸，分他的粮，没什么不对。只是他哪天回来，你不好交代。"

姜海满不在乎："有什么不好交代的？他要真不依，我就说让八路军征去了，让他有本事找独立营去。"说得大家都笑了。

王老奎来到贾先生家。老贾先生一见就说："是为粮食来的吧？放心，谁退套，我家也不会退。要是不够，我再加两石！"

王老奎连连道谢。老贾先生摆摆手："不用谢我。你跑前跑后的，图个什么？还不是为了乡亲们。"

王老奎由衷地赞叹："贾老先生真是明大义的人哪。那些富户要能都像你似的，事情就好办了。"

"百人百性嘛。五个指头伸出来都不一般长，哪能苛求呢？只是，原本说好的事，怎么说变就变了呢？"

"准是李狗子搞的鬼！"贾知达背着出诊箱走进屋。这几年，老贾先生上了年纪，轻易不再外出，只在家坐堂，有需要出诊的病人，都是贾知达去。

"知达，你怎么知道？"

"刚才我在大街上，正遇着李狗子从张广善家出来，见了我，说了一堆阴阳怪气的话。"

张广善也是个殷实户，家里有三四十亩地，有骡马有大车。因是独苗，年轻时怕被抓兵，用菜刀砍掉了自己的右手食指，人送外号"缺指儿"。张广善也是赊粮的重点对象，这几天突然放出风，说是没粮了，粮食都粜出去还债了。贾知达出诊回来，正见张广善送李狗子从院里出来，两人边走边说话。只听李狗子说："大哥，我这可是为你好，省得将来后悔。"张广善连连点头："知道知道，我的粮食也不是大风刮来的，哪能……"抬头见了贾知达，便慌慌张张地回去了。李狗子却笑嘻嘻地朝贾知达走过来："知达，给人看病去了？"

贾知达虽然和李狗子一个村住了几十年，由于两家离得远，再加上年龄的差距，两人并没有多少来往。贾知达知道李狗子奸诈阴损，往往对他采取敬而远之的态度。见李狗子主动搭话，贾知达只得点点头："出诊了。李大叔忙着呢？"

李狗子哈哈地笑："我有什么可忙的，倒听说你们爷儿俩正忙着赊粮呢，真是大善人呀！"

贾知达听出李狗子话里的讽刺意味，心里不由有气，便停住脚步："我们贾家行医几代，不敢说悬壶济世，可也没坑过谁害过谁。甭管富贵贫贱，有钱没钱，找到门上就得看病。眼下乡亲们遭了灾，借出几石粮食，不会有错吧？"

"不错不错，这是善事呀。不过，俗话说得好，出头的椽子先糟，财不露白，露白招贼呀！"李狗子意味深长地看贾知达几眼，阴笑着走了。

听完贾知达的叙述，老贾先生皱起花白的眉毛："他这话是什么意思？很有威胁的味道。"

王老奎点头："这话后面是藏着东西。咱们得提防着点儿，别让他闹出幺蛾子。"

没过几天，还真出了事，村里十几家富裕户的骡马牛驴，一夜之间丢了个精光。人们聚在一起四处寻找，在村北发现了杂乱的牲口蹄印，哩哩啦啦穿过"大河行"，进了沙岗子。完了，人们懊丧地嚷嚷，这是让礼贤的吴部弄去了。

富裕户牲口的丢失，给救灾工作造成严重干扰。牲口是农民的命根子，耕地、送粪、拉庄稼、轧场、拉碾子拉磨，全依仗着它。没了牲口就得买，买牲口需大笔钱财，财力小的，说不定就此一蹶不起。富裕户自己都自顾不暇了，哪还能往外赊粮？

"好歹毒的手段！这是釜底抽薪呀。"王老奎找来村干部商讨对策。

"这又是李狗子使的坏！看来他是当定咱们的对头了。"姜海愤愤地说。人们都知道，李狗子是土匪的眼线，和几个绺子都有勾搭。谁要是惹了他，不是勾来土匪抢东西，就是勾来土匪绑票、杀人。

王老奎对老宽说："你赶快去找河桩汇报情况，看能不能把牲口找回来。咱们再想想办法，度荒的事一定得办，不能眼瞅着乡亲们出去要饭！"

没想到，第二天又出了怪事，老贾先生家丢的两头骡子被人送了回来。老魏早起出门挑水，发现那两头骡子拴在门前的槐树上，正悠闲地甩着尾巴。这消息立刻传遍全村，人们纷纷跑来看稀罕。丢牲口的主心里也燃起一丝希望，自家的牲口会不会也能被送回来？可过了两天，村里没有任何动静。丢牲口的人彻底绝望了，看贾家人的目光里就有了复杂的内容。

## 三十九

宋德财家原有一头驴和一头牛，这驴和牛相当于小半个家当。宋德财平时丢把铁锹都心疼得两天睡不着觉，如今丢了牲口，就像挖了他的心肝，一下子病倒了，躺在炕上爹哟娘呀地叫。老伴儿要给他请先生，他破口大骂："请你娘的蛋！牲口都没了，还要这命干什么？干脆死了算了！"老伴儿不敢惹他，坐在炕沿上抹眼泪。

老两口子正闹腾着，李狗子推门走进来："老公母俩这是干嘛呢？又哭又喊的。"

宋德财一见李狗子，挣扎着坐起来："保长啊，大兄弟，我那驴和牛，是我一个汗珠摔八瓣儿挣来的，就是我的命啊。现在都丢了，这不是要我的命吗？这是哪个天打雷劈的，干的这断子绝孙的缺德事！"

李狗子咧咧嘴："是啊，真是够缺德的。牲口没了，以后地里的活儿还怎么干？"

听李狗子这一说，宋德财呜呜地哭了。

"哎，你说也怪了，怎么贾家的牲口就给送回来了呢？"

"是呀，这可是从老辈儿起就没有的事。难道……"宋德财本来就对这事又羡慕又怀疑，李狗子一引头，他也来了精神，可很快又否定了自己的想法，"不可能，不可能。贾家几辈儿都是积善之家，怎么可能……不可能，不可能。"

李狗子冷笑："这年头，有什么不可能的。"

李狗子走后，宋德财再也躺不住，披上大棉袄，就去找张广善。两个人越议论越觉得可疑，越议论越觉得就是贾家勾结的土匪。两人决定，把这事散播出去，看他贾家还有什么脸在村里待！

其实，偷牲口的事，是李狗子一手策划的。这几天他得意极了，一直在背后偷着乐，只是略施手段，就把赊粮的事搅了个乱七八糟。看着王老奎那焦头烂额的样子，心里美得比看三天大戏还滋润。可他天生是个搅屎棍子的性情，总觉得这火烧得还不够旺，以前的做法太文太素，还得来点儿武的荤的才过瘾。于是悄悄把孙秃子找来，想商量个更刺激的计策，没想到孙秃子却不积极。孙秃子和李大裤裆拜把子，就是想当二船头，傍着李大裤裆多捞点儿油水，除了钱财，对其他都不感兴趣。李狗子见他吭哧半天也说不出个一二三，心里骂声窝囊废，陪他喝顿酒，打发走了。乘着酒劲，李狗子靠着被垛绞尽脑汁地想，终于想出一条绝计，一拍大腿，跑到礼贤去找吴部。吴家哥儿俩一听是个不费枪弹的好买卖，当然愿意。李狗子提出要挑选两匹好牲口留下，吴家哥儿俩也没细想，以为他是想要点儿好处，满口答应。

夜里，等人们睡熟后，李狗子用黑布蒙上脸，领着匪徒摸进村，一家一家偷牲口。偷出一家，就牵到村北等候。有李狗子带路，匪徒们不费吹灰之力，就把所有富裕户的牲口偷了个精光。聚齐后，把牲口拉进乱沙岗，李狗子就把贾家的两头骡子留下来。天快亮的时候，李狗子拉着骡子走进一片梨树林，在一个废弃的草棚前停下来。这草棚是看梨用的，梨摘完后，看梨人为了第二年省事，有的就把棚子留在地里。李狗子把骡子牵进草棚拴好，前前后后搜巡一遍，见无可疑情况，就裹紧皮袄，靠着一棵老梨树打起盹儿来。太阳升起一竿子高，李狗子站起身，撒泡尿，划拉两抱枯草树叶扔给骡子，就朝着榆堡方向去了。他要到榆堡去吃饭，去要钱，再到炮楼里转一转，向宫崎汇报一下河沿儿的情况，混到天黑再回来。他清楚，此时的梨树林里除去乌鸦、野兔，没有别的活物，要直等到明年开春剪枝时才会有人进来，不用担心骡子被谁牵了去。可万万没想到，他的一切举动，都被王老宽看在眼里，使他苦思苦想出来的计谋露了馅儿。

王老宽在押堤村找到河桩，说了丢牲口的事，河桩答应派侦查员到礼贤侦查，并说弄清李狗子的罪恶，可以把他除掉。然后又交给爹两个任务，给石堡的自卫团和赵村的"堡垒户"送信。王老宽不敢耽搁，揣上两个窝头，就连夜出发了。他不敢走大路，就穿树行子蹚野地。走进梨树林时天已大亮，见不远处有个草棚子，就想进去歇歇脚。猛然间一个人从树下站起来，老宽一惊，以为遭了埋伏，忙后退几步，滚进一个树坑里。等了一会儿，不见动静，老宽慢慢探出头，看清那人竟是李狗子。待李狗子走后，老宽摸到草棚前，见棚里除了两头骡子并无他物，便怀着满腹狐疑，匆匆走了。

许是受了风寒，王老宽买到石堡就觉得身子不得劲，歇了一夜，仍是头晕眼花，浑身酸懒。上了年岁，真是不可逞筋骨之能了，他想。但怕误事，还是硬挣扎着到了赵村，一进"堡垒户"就躺倒了。这一躺就是两天，吃了药发了汗，身子稍一轻松，就急着往回赶，回到河沿儿已是五天以后。

王老宽向哥哥汇报了这几天的经过，又说了在梨树林碰到李狗子的事。王老奎眼睛一亮："你看清了，真的是他？"

"那还错得了，烧成灰也认不差！"

"好哇，这个闷儿终于解开了。"

"什么闷儿？"王老宽还不知道贾家牲口失而复得的事。

听哥哥一说，恍然大悟："我说那两头骡子怎么看着眼熟呢。"

王老奎呵呵地笑："这可真是：踏破铁鞋无觅处，得来全不费工夫。阎王叫他三更死，谁敢留他到五更？你就是要他命的阎王爷呀！"

说得王老宽也笑了。

正在这时，老贾先生和贾知达走进了院子。

王老奎指指贾家爷儿俩："看见了吧？苦主找上门来了！"

贾家勾结土匪的谣言在村里传开后，很快传到长工老魏的耳朵里。老魏觉得这事非同小可，连忙告诉了老东家。老贾先生轻易不出门，小贾先生有空儿就扎在屋里钻研医术，很少知道外面的事。得知这一消息，如同冷水浇头，浑身上下都凉透了。爷儿俩商量了半天，想不出平息谣言的办法，只得来找王老奎。

老贾先生一进屋就着急地说："老奎，你听到乡亲们的议论了吗？这不是天大的冤枉吗？这是谁干的呀，单单把我家的牲口送回来，这不是让我跳进黄河也洗不清吗？"

王老奎此时心中有数，便不慌不忙地劝说："老先生，不着急，看急坏了身子。"

"能不着急吗？舌头底下压死人呀！咱们一堆一块的几十年，你应该清楚，我们贾家什么时候坑害过乡亲们哪？这是谁呀，恨我不死呀？"

王老奎严肃起来："老先生，这是明摆着的事。因为您带头赊粮，那个想破坏救灾度荒的人才出了这条毒计，要把您搞臭，要把您孤立起来。不过，假的真不了，白的黑不了，身正不怕影子斜。如今，这只狐狸自己已经把尾巴露出来了。"

贾家爷儿俩被王老奎说懵了，怔怔地望着他。

王老奎笑笑："老先生，知达，你们忘了？谁说的'出头的橡子先糟'，谁说的'露白招贼'？"

"是这个畜生？"

"对，就是他，李狗子！"

老贾先生还是有些不敢相信："我不招他不惹他，平时关系也算不错，他没必要害我呀？"

"那就让老宽把他的亲眼所见给您说说吧。"

听了老宽的叙说，老贾先生气得浑身发抖："这个遭雷劈的东西，真阴损呀！"

贾知达早就按捺不住："这个祸害，不除了他，不知还要造出什么孽，河沿儿永远安宁不了。干脆，灭了他！"

王老奎点头："知达说得对。有这个人在，河沿儿的大事小情，李大裤裆都会知道，小鬼子都会知道，乡亲们指不定要受多少害。独立营也有指示，只要证据确凿，就除掉他！你们等等，我去找俩人，咱们商量个办法！"

李狗子醉醺醺地跳下渡船，跌跌撞撞爬上大堤。将落的太阳像个浑圆的蛋黄，没精打采地压在西堤的树梢上。北风顺着河道刮过来，卷起地上的枯叶烂纸，打着旋儿远去。村街里静悄悄的，寒冷把大人孩子逼进屋内，或围着火盆取暖，或捧着大碗喝粥。李狗子扶着一棵槐树干呕，肚里翻江倒海地难受。他今天又找李大裤裆汇报去了，李大裤裆对他的做法大加赞赏，不光在翠香楼请他喝花酒，还奖了他十块大洋。他本想在翠香楼找个妓女住下，李大裤裆却催着他回来，说是皇军就要扫荡了，让他回村盯着点儿。李狗子对这种事是有兴趣的，便打着饱嗝出了城。路上被风一吹，酒劲上来了，迷迷糊糊就到了家。李狗子呕吐完，正用袄袖子擦眼泪，姜海不知什么时候站在了他面前。

"保长，这是怎么了，喝多了？"姜海扶住他的胳膊。

李狗子甩了几下手，嘴里含混不清地嘟囔着。

姜海朝四周看了看："保长，我跟你说点儿事，跟我到李头儿家去吧。"

"什……什么事？就在……这儿说！"李狗子摇晃着身子不愿动。

"机密事，在这儿说不方便。"姜海边说，边拖着他往前走。姜海是李大裤裆多年的长工，李狗子对他没什么怀疑，任他搀扶着，深一脚浅一脚走进李大裤裆的家。墙角后闪出王老奎和贾知达，两人向大街上瞥几眼，迅速尾随进去，插上大门。

李狗子一进屋，便四脚朝天躺在炕上："哎哟，可他娘难受死我了。说，什么……鸡巴事？"

"你自个儿干的事，还用别人说？"

李狗子一听话音，酒吓醒了一半，"噌"地从炕上爬起来："王老奎？你，你们，要干什么？"

王老奎冷笑："找你算账！说，造谣言破坏赊粮，勾结土匪偷牲口，是不是你干的？"

"说，栽赃陷害我们家，是不是你干的？"贾知达也挤上前，指着李狗子的鼻子喝问。

李狗子浑身哆嗦着，一句话也说不出来。

"你这个畜生！"王老奎一拳击在李狗子的太阳穴上。李狗子像堆烂泥，瘫软在炕下。几个人七手八脚给他堵上嘴，捆上手脚，装进麻袋。待到半夜，扛起来走进村北的乱沙岗。

李狗子两天没回家，老婆周氏找孙秃子去问，孙秃子说前天傍黑就坐船回来了，这两天也没见着。周氏慌了，让大儿子金宝到固安去问李大裤裆，李大裤裆也说早就回家了。孙秃子思忖着："难道是……"话没说完，头发根"唰"地炸起来，忙让金宝、金宝的弟弟金贵和大狗、二狗，叫上亲近的人，在村里寻找。但是，水井、土坑、壕沟和犄角旮旯都找遍了，也没找到李狗子的身影。几天后，邻村一个放羊的老头嚷嚷说，沙岗子里埋着个人，让野狗扒出来了。李家人得到信，慌忙去看，果然是已死多时的李狗子。

李大裤裆面对金宝、金贵的哭诉，又是心痛又是恼怒。他心痛的是，没有了李狗子，他就失去了左膀右臂，在河沿儿就失去了耳目。他恼怒的是，敢暗害李狗子，就是没把他李文成当回事，就是给他眼里插棒槌、揉沙子。他问陪着来的孙秃子："发现可疑人没有？"

孙秃子说："我查了。听张广善说，狗子除去前些天和贾知达在街上嚷嚷了几句，没有什么事。"

"王老奎那伙子没动静？"

孙秃子犹豫了一下，还是摇了头："这些日子消停着呢，没发现什么可疑的。"

李大裤裆卡拉着腿，在屋里转圈子："这就怪了，都玩儿上命了，不能是小事呀，这会是谁呢？"猛地，他一下站住脚："贾家！准是偷牲口的事露馅儿了！"

孙秃子有些不相信："不会吧？贾家几辈可都是安分守己的。再说，凭贾知达那单薄样儿，能支架过狗子？"

"要干，绝不会是他一个人，肯定有同伙。奶奶的，先把贾知达抓起来，几回热堂一过，不怕他不招！"

第二天，李大裤裆带人把贾知达抓过河，投进警察局的大牢。

## |四十

　　洪玉秀这几天好兴致，每天吃过早饭，便叫"快马张三"带上卫士班，陪她出去打猎。

　　一个月前，张卫来请她，说是八路军的一位大首长要接见。她跟着张卫昼伏夜行，走了几百里路，来到一个大村镇，见到一位穿灰军装、精干和蔼的中年干部。一介绍，洪玉秀大吃一惊，原来此人竟是冀中军区司令员吕正操。吕司令首先表扬了她打鬼子、除汉奸、支援八路军的英雄事迹，然后讲解了洪部暂不编入八路军序列、留在外围的诸多好处。吕司令的话深入浅出，在情在理，说得洪玉秀心服口服，心里的疙瘩彻底解开了。她高兴地表示，要利用自己的灰色身份，接近敌伪上层，团结各类武装，多做有利于抗日的工作。后来几天，她在张卫的陪同下，参观了儿童团、妇女识字班、民兵队以及正规部队的操练。根据地的红火兴旺，使洪玉秀大受鼓舞，回来后好几天都沉浸在兴奋中。

　　小雪的天气，早晨地面已经僵皮，后被升高的太阳一照，又慢慢融化，变得松松软软的。洪玉秀等人来到一片空旷的野地，扇子面排开，在枯草和矮树丛中搜寻猎物。突然，一只黄毛狐狸从树丛中蹿出，一溜烟向远处逃去。"快马张三"刚要催马追赶，只见前面树林中闪出一人，端枪便打，那只狐狸翻了几个跟头，便倒地不动了。

　　"好枪法！"洪玉秀赞叹。

　　"快马张三"跑上前，厉声喝道："你是什么人？敢在这儿乱放枪？"

　　那人三十来岁，身穿黑布棉裤袄，头戴破毡帽，肩膀上斜背一个皮兜子，手中一杆长锚火药枪。面对"快马张三"的枪口，那人并不多么害怕："都是打猫儿的，许你打，就不许我打？"

永定河两岸没有大型动物，最大的也就是狐狸，但数量稀少，轻易打不着，最多的是野兔。当地人管野兔叫"猫儿"，也就把打猎统称为"打猫儿的"。

"少放屁！这是我们洪部的地盘，你伤了大当家怎么办？"

洪玉秀拦住张三："别吓唬他，冷呵呵的，打个野物也不容易。"用脚踢踢那只死狐狸，"一枪中头，枪法真是不赖！"

这时，站在洪玉秀身边的张满仓叫了一声："这不是运来叔吗？你怎么到这儿来了？"

那人细看两眼，也惊喜地喊起来："满仓侄子呀，好几年没见，你这是……"

张满仓把那人拉到洪玉秀面前："这是我们洪大当家，快见见！"

那人扔下枪，连连作揖："闹了半天是洪大当家。我有眼不识泰山，扫了大当家的兴，真是该死！您大人大量，就饶了我吧！"

洪玉秀看看张满仓："你们认识？"

"他是我本家叔，叫张运来。从小打猎，枪法好着呢。"

"那他也是河那边的人了，怎么跑出这么远？"

"大当家的不知道，河南边小鬼子忒多，见了拿枪的就说是八路，没法待。我穷得叮当响，就两间破土坯房，把门一锁，不怕饿死耗子，就游魂到这边来了。不瞒大当家的，我是走到哪儿宿在哪儿，用皮子换吃喝，活一天混一天，哪儿死哪儿了。"

张运来的幽默话儿，把大家都逗乐了。

洪玉秀叹息："也是个苦命的。"

张满仓趁机说："大当家的，我叔这样混下去也不是长法。他枪头子准，跑得快，要不，您把他收下？"

张运来一听，又是连连作揖："大当家的能收留我，就是救我一命，就是我的重生父母，再造爹娘。以后我赴汤蹈火，在所不辞！"

洪玉秀见张运来机灵透亮，更喜爱他的枪法，就点头答应了。

"快马张三"碰碰洪玉秀："大当家的，我看这小子油头滑脑，不像个实在人，您还是小心点儿。"

"人在江湖时间长了，难免练得油嘴滑舌的。他跟满仓是一家子，不会有什么事。"

"快马张三"见洪玉秀这么说，不好再拦。洪玉秀便把张运来和张满仓编在一起，说是叔侄俩有个照应。

两个人都谢了洪玉秀，相视着偷偷一笑。

原来，张运来找到张满仓说入伙的事时，张满仓虽然不知道他是吴部的人，还是摇了头，说是洪部管理严，不知根知底，不轻易收人。张运来便问洪玉秀有什么爱好，喜欢什么样的人，张满仓说是爱好打猎，喜欢枪头子准、精明干练的人。张运来说这就好办，你只要提前告诉我她什么时候出来打猎，下面的事不用你管。今天，在两个人的配合下，张运来终于混进了洪部。

吴敬礼兴冲冲走进客厅，对吴敬仁说："二哥，好消息，张运来打进洪部啦！李栓子跟他接上了头。"

"好！"吴敬仁一拍大腿："洪老婆子，看你还能蹦跶几天，早晚是我的盘里菜！"扭头对吴敬礼说："郑民那儿你还得抓紧点儿，佐藤那老小子又催哪。"

"二哥放心，我一直派人盯着。这些天郑民以养病为名，始终住在汪家场。"

"我看，总这么含着葫芦露着把儿不行，不如给他挑明喽。他要愿意跟着咱们走，万事皆无；要是不愿意，也别让他露了风，干脆把他咔嚓了，也绝了佐藤的念想。"

"二哥看这样行不行？我这就去找他，想法把他带到固安去，让佐藤亲自跟他说，他不敢不答应。"

"这倒是个好主意。"吴敬仁点点头，"不过，千万加小心，别偷鸡不成蚀把米。"

吴敬礼来到汪家场，汪安见是老熟人，连忙让进上房客厅。吴敬礼环视了一下四周："郑队长不在？"

汪安不好意思地笑笑："咋儿个晚上喝多了，还没起呢。您先坐着喝茶，我给您叫去。"

好半天，郑民才打着哈欠从西厢房里出来。桃儿自打出了事，羞于见人，轻易不露面。

"姑爷，"汪安满脸堆笑地迎上来，"你吴三哥在屋里等你哪。"汪安以前对郑民是又怕又烦，恨不得他死了才好。自打桃儿被武男强暴了，担心郑民把桃儿甩了，倒反过来处处讨好郑民。

郑民进屋喊了声三哥，便坐在椅子上低头不语。

"兄弟，干嘛这么无精打采的？"吴敬礼瞅着郑民直乐。

"唉，我有什么可精神的？"郑民哭丧着脸，"我是老娘婆死在裤裆里，窝囊到家了！俗话说得真是好，掉毛的凤凰不如鸡呀！"

"我猜想你这几天心里烦，特意过来找你聊聊天。要不，咱俩出去溜达溜达？"

"我眼下是人嫌狗不爱，只有三哥还惦记着我。"郑民知道吴敬礼要和他说事，带头走出屋子。

两人来到村外小树林，在一棵大树下站住。吴敬礼问了便衣队的情况，又问郑民打算怎么办。

"我能怎么办？"郑民一屁股坐在地上，"副队长都让人家给撸了，大哥又软咕叽的顶不起来，我有什么办法？"

吴敬礼又想起戏词，便说大丈夫能屈能伸，不以成败论英雄；忍得一时气，能行万里船。直说得口吐白沫，见郑民仍是沉默不语，也就叹了口气："看来你的心病还真是一时半会儿解不开了。要不，我带你出去散散心？咱们去固安玩儿，那可是个好地方。"

"好地方？"郑民冷笑，"越是好地方越得花钱。我眼下可是两手空空，身无分文。"

吴敬礼大声赞叹："兄弟说了半天，就这句话说到根节上了。大丈夫活在世上，什么都可以不要，就两样不能没有，那就是一个权，一个钱！没有权，就没人敬重；想玩乐，就得用钱撑着。不过，兄弟放心，去固安的花销，全是三哥我的！"

"三哥的恩情，我至死不忘，可这钱……"突然，郑民眼睛一亮，"三哥帮我一把，我自己去弄！"

"到哪儿弄？"

"鲍各庄。鲍各庄保长鲍迎宾富得流油，还他娘跟独立营勾着，就去抢他！"

其实，郑民这是挟私报复。一次，便衣队到鲍各庄筹措粮饷，吃饱喝足后，郑民悄悄向鲍迎宾要犒劳。鲍迎宾知道郑民是想捞外快，他最看不起这样的人，便不软不硬地说八路军有政策，如数缴齐粮饷后，没有额外负担。郑民的私欲未得到满足，认为是鲍迎宾看不起他，便把鲍迎宾暗恨在心里。

"他家有多少人枪？"吴敬礼也来了兴趣。

"哪有什么人枪？他儿子在北平开铺子，一家人都跟过去了。家里就是老两口子和两个长工。"

"那还不好办。"

第二天夜里，鲍迎宾被灭门，所有值钱物件被劫掠一空。

郑民和吴敬礼穿着皮袍子，围着毛围脖儿，眼上卡着金丝眼镜，装扮成富商的样子，坐着辆大车，大摇大摆向固安而去。临近北关城门，郑民忙叫停车。城门口，人们排着队，在日本兵的监视下，接受治安军的检查。

"没有良民证，咱们怎么进城？"

吴敬礼没说话，掏出良民证在郑民眼前晃了晃。

几个人顺利进了城，把马车赶进大车店，让赶车的小厮照料牲口，吴敬礼便带着郑民进了澡堂。在热水池里泡透了，又搓了身子修了脚，两人躺在床上喝茶。天将黑时，吴敬礼把郑民领进翠香楼。酒足饭饱，吴敬礼让郑民选个满意的妓女。看着郑民一边打着饱嗝，一边搂着妓女亲热，吴敬礼冷冷一笑，出门走了。

日上三竿，郑民从沉睡中醒来，想起吴敬礼，忙推开缠绕着他的妓女，穿好衣服走下楼，却见吴敬礼已在喝着茶等他了。

"怎么样兄弟，这一宿够乐子吧？"吴敬礼嘲讽地问。

郑民嘻嘻地笑，似乎整个人都变了样儿，把嘴凑近吴敬礼的耳朵："多谢三哥了。要能天天这样，给个县长都不换！"

"温柔乡是英雄冢。"吴敬礼又说了一句戏词，撇撇嘴，"兄弟真是小家子没见过大世面，这算什么？兄弟只要跟着哥哥走，以后有的是大事让你干，有的是大富贵任你享受。"

郑民连连点头："一定一定，往后一切都听三哥的。哎，三哥，昨儿个夜里你去哪儿了？"

"去会个朋友。这个朋友可是位有权有钱的，要是跟他合作好了，那就是享不尽的荣华富贵。你想不想见见？"

"见，见！请三哥引见。"

吴敬礼把郑民带进大东亚洋行。佐藤正穿着和服，跪坐在榻榻米上，一边品茶，一边看歌伎表演。郑民见佐藤是个日本人，立刻想起受辱的桃儿，恼怒地转身就走，被吴敬礼一把拉住。佐藤放下茶杯，慢慢走到郑民面前，阴沉的眼里射出两道凶光："郑先生，看来你对大日本帝国很不友好。不错，我们的士兵是污辱了你的女人，可你更杀害了大日本圣战勇士，这，你要偿命！"随着佐藤的喊叫，门外冲进几个持刀的日本武士，齐刷刷把刀指向郑民。

此时，郑民心中的那点恼怒早跑得无影无踪，只吓得脸色苍白，浑身发抖，可怜巴巴地望着吴敬礼："三哥，你不是说来见朋友吗？"

佐藤一听这话，挥手让武士退下，换上一脸笑容："郑先生，你只要和大日本帝国合作，我们就是大大的好朋友，我保证让你享受不尽的荣华富贵！"

在佐藤严词威逼下，在战刀指着肚子的恐吓下，在金条、艺伎的引诱下，郑民害怕了，屈服了，把便衣队、独立营经常活动的区域，以及武器、人数，统统告诉了佐藤，并答应佐藤随时传递情报。

在往回走的路上，郑民有些愤恨地说："三哥，你可把兄弟塞进狗肉柜子里去了！"

吴敬礼装得挺委屈："兄弟你这是什么意思？哥哥可是给你指了一条富贵路哇。"

"富贵路？哼，汉奸！"

"汉奸？你不当汉奸，共产党、八路军给了你什么好？"

郑民便不再言语。

## | 四十一

　　屋外寒风呼啸，滴水成冰，屋内油灯如豆，烟雾弥漫。独立营、便衣队和固安十一区的领导干部正在召开联席会议，研究紧急敌情。河桩接到张卫派人送来的情报，日寇利用寒冷的冬天，即将开展冬季大"扫荡"，要把八路军和各路亢日武装从隐蔽点赶出来，冻死、饿死、打死。军分区要求独立营积极做好应敌准备，既要采取灵活机动的游击战术，相机打击敌人，又要避敌锋芒，减少部队伤亡。

　　李斌和马振武低声商量了一下，说："区委、区政府动员民兵，把粮食存放到各个'堡垒户'，能让部队走到哪儿都有饭吃。再开个保长会，警告他们不许通敌，尽量保护村民的安全。"

　　"好，有区委、区政府的支持，我们就没后顾之忧了。"河桩感激地望着李斌，"不过，你们也要注意安全，区小队的力量太弱了。要不，你们随独立营行动吧。"

　　"不用，我们还是单着吧，这样也能分散敌人的兵力。"马振武拍拍腰里的匣子枪，"有这个，不怕小鬼子！"

　　正说着，放哨的战士领进一个满脸霜雪的人。

　　"大爷！"河桩一声惊叫，"这大冷的天，你怎么来了？"

　　"送情报！"王老奎豪迈地挺挺腰，用手抹掉胡子眉毛上的冰，"'油条张'的情报。小鬼子后天开始扫荡，毛利亲自带队，从河南往河北压，各据点的敌伪军配合行动。"王老奎接过志刚递来的一碗热水，扬起脖子喝下去，说句"你们接着开会"，转身又走进黑漆漆的夜色中。

研究完作战部署，河桩疲惫地躺在炕上，却怎么也睡不着，眼前总晃动着大爷那冻满冰碴的胡子和眉毛，眼里便盈满热热的泪水。慢慢地，泪水中又浮现出一个活泼俏皮、小巧玲珑的身影，是小桂。想起小桂，河桩心里涌起一股说不清的滋味，更对大爷充满感激与敬佩。

那还是去年的事。河桩为了及时了解敌人的情况，想在几个重要地点设立情报网站，知道大爷认识的人多，看人又准，就和大爷商量。王老奎想了想，推荐了"油条张"。河桩对那个小吃店的位置很满意，可那个小吃店牵涉到小桂，他犹豫了。虽然他和小桂的事已成为过去，可终究有过那种关系，再去找她，不尴尬？不丢人么？王老奎看出他的心思，就劝他，干大事的人要心路宽，要容人。什么是大事？眼下团结起来打日本就是大事，不能计较过去的恩恩怨怨。"油条张"虽是买卖人，但为人诚实，亲闺女被人霸去，他心里恨透了"镇北关"，恨透了日本鬼子，把他争取过来，会对抗日有很大好处。听了大爷的话，河桩很羞愧，觉得自己太小肚鸡肠了，还不如大爷明事理，忙点头答应，问派谁去做工作。"谁去？"王老奎一拍胸脯，"当然是我去！我明天就去。"

第二天，王老奎肩上搭个"钱叉子"，前兜装一辫子蒜，后兜装半兜子枣，扮成赶集的，悠悠闲闲地向固安县城走去。虽是战乱年头，老百姓仍然要过日子，赶集的还是络绎不绝。王老奎走在牵羊的、轰猪的、挑担的、背篓的之间，毫不显山露水。进了北关，来到"油条张"店前，王老奎四周踅摸几眼，闪身进入店内。

"油条张"两口子见王老奎找上门，很是惊慌，愣怔了半天，也不知说什么好。

王老奎朝他们笑笑："这是怎么了？来客（qiě）了也不让座，也不沏茶？"永定河两岸把亲戚、朋友叫"且"。

王老奎这一笑，又自称是"且"，使紧张的气氛缓和下来，"油条张"两口子忙忙点烟、沏茶。

"生意还好吧？"王老奎见屋内的摆设没什么变化，心里更有了底。

"好什么好？""油条张"拍打着两手，"自打小桂……唉，丢死人了，哪儿还有心思做生意？"

小桂娘早已双手捂着脸低泣起来。

"小桂经常回来看看？"

"哪儿呀？那孩子脸皮薄，除去逢年过节，仨月俩月都不回来一趟。唉，河桩多好的小伙子呀，那会儿要是成了亲，孩子都有了。没缘分！"小桂娘连连叹息。

"小桂是个好孩子，这事不怨她，也不怨你们，要怨就怨'镇北关'，怨日本鬼子！"王老奎想着那个水灵灵的女孩，心里也隐隐作痛，后悔得不得了。

"多谢老哥哥大人大量，不记恨我们。都是我这个做爹的没能耐，连个闺女都护不住！"

"你有能耐又怎么样？只要日本鬼子在，'镇北关'这样的恶人在，就没有谁的好日子过！"王老奎慢慢往道上引。

果然，"油条张"脸上露出神秘的表情，手指比画了个"八"字："听说河桩当了这个？"

王老奎点头："咱们不是外人，我也不瞒你，河桩眼下是八路军独立营的营长。带着人打鬼子，拔炮楼，除汉奸，闹腾得欢实着哪。"

"我就说河桩是个好小伙儿嘛。唉，我是老喽。要不，我也跟着他干，把小日本、'镇北关'都杀了，也出出这口闷气！"

王老奎见火候到了，便捅破了那层窗户纸："你现在也能为抗日做事呀。你的小店在城门口，出城进城的谁能躲过你的眼？能打听到鬼子的许多动静。小桂在'镇北关'那儿，知道的情况更多。你把情报送给我，我再告诉河桩，这不就为抗日做了大事，立了大功吗？"

"油条张"瞅瞅老伴儿，又掂量了一会儿，下了决心："我干！这人不人鬼不鬼的日子我早过够了，死了也就贱命一条。豁出去，脑袋掉了碗大个疤！"

见"油条张"答应了，王老奎又让小桂娘把小桂找来，把搜集情报的事说了。小桂开始还不愿意来，说没脸见王老奎，是被娘硬拉来的。现在一听是这事，一点也没犹豫，就说愿意干。王老奎便拍了板："那好，这事就算定了。从今天起，这个小吃店就是独立营的情报站，你们就是八路军的情报员。千万记住，别漏风，要不，咱们吃饭的家伙可就没了！"想想，又往实地砸了一家伙："你们还要记住，开弓没有回头箭。谁要是叛变，出卖自己人，八路军的枪子可不认人！""油条张"一家三口连忙表示，就是死了也不反水。果然，情报站成立一年来，收集了不少情报，从

弯弯的永定河

256

没发生什么纰漏。这次又送出鬼子的准确动向，使河桩对反"扫荡"的胜利有了充足信心。

独立营的两个连背对背趴在堤顶的"土牛"后面，居高临下地监视着堤里堤外。天阴沉沉的，嗖嗖的溜河风顺着河道刮过来，刀子似的扎在脸上，生疼生疼的。二愣使劲搓着手："这他娘的小鬼子，准是还在被窝里睡大觉，让老子在这儿受冻！"

铁牛擤了把清鼻涕："你还盼着鬼子来呀？"

"来了就打呗。打起来就暖和了。"

河桩看了他们一眼："别说话，注意警戒！"

远远的，一队鬼子和伪军出现在堤下的土路上，不声不响进了附近一个村子。

志刚指给河桩看："这应该是榆堡的敌人。"

河桩发布命令："做好战斗准备！"

等了一会儿，不见敌人出来，二愣又憋不住了："小鬼子今天是怎么了？往日离村子挺远就又打枪又打炮，进了村子就烧房，今儿个怎么半天没动静？"

河桩也觉出了异样："是有点儿反常。大家提高警惕，毛利是个诡计多端的家伙，小心他玩什么花招儿！"

话音刚落，一排炮弹突然从河南岸飞来，有的落在堤顶，有的落在堤坡，还有的打到堤外去了。

毛利带着几个日本军官和"镇北关"、李大裤裆，站在南岸的"土牛"上，举着望远镜观察着弹点。昨天，毛利接到佐藤的密报，说是独立营估计皇军要在河面窄、冰层厚的地点过河，准备在王家屯一带设伏，阻击皇军北进。毛利将计就计，通知榆堡的宫崎带队进入离河堤不远的马家屯，隐蔽待命，等南岸的炮声一响，就冲出来包抄，前后夹击，把独立营一举歼灭。今天一早，毛利就来到永定河南岸的大堤上，在李大裤裆的指点下，找到与王家屯相对的河段。一看，河道果然比别处狭窄，很容易涉冰过河，心中大喜，便命令架起钢炮，向北岸堤顶做试探性射击。

独立营一些新战士没经受过炮轰，一见炮弹炸起的土柱比树尖儿还高，立即惊慌起来，站起身子乱躲乱跑。这一下暴露了目标，河南岸的炮弹准确地砸过来，接连有几个战士倒在血泊中。

毛利哈哈大笑："土八路，军人的不是！"命令炮兵校准目标，猛烈轰击。

"卧倒！快卧倒！"河桩、志刚几个连连喊叫，好不容易使战士们安定下来，河南岸的鬼子已踏着冻实的冰面，呀呀怪叫着冲了过来。"镇北关"也指挥着警备队，一群黑狗似的跟在后面。

独立营按照河桩的命令，趴在堤上静静等待。等鬼子越过河中心，河桩喊声打，铁牛一枪撂倒了跑在最前面的鬼子，二愣的机枪也不分点儿地响起来。鬼子遭到突然打击，慌忙趴倒在冰面上，架起机枪还击，密集的子弹扫在"土牛"上，溅起串串白烟，打得战士们抬不起头。这时，监视堤外的战士喊起来："营长，敌人从后面上来啦！"

河桩爬到外侧的"土牛"后面，只见原先进村的那股鬼子，正快速地向大堤接近。

这股敌人正是宫崎，他带着一小队日军和钱千里的保安团，按照毛利的命令，潜伏在村子里，炮声一响，便从独立营的背后摸上来。

志刚看到这情景，忙爬过来对河桩说："这是要包围我们。"河桩点点头："敌人这招儿够阴险的。可奇了怪了，鬼子怎么知道我们在这儿？"

"这事是有些奇怪。"河桩的话提醒了志刚，但面对蜂拥而来的敌人，志刚只得一边还击一边说，"以后再想吧。得赶快突围，晚了就被包饺子了。"

河桩喊声好，命令铁牛带一连阻击河道，二愣带二连阻击堤下，边打边沿着堤顶往外冲。可一直跑出四五里地，也没能摆脱敌人。两股敌人把他们夹在中间，紧紧咬住不放，密集的炮火中，又有几个战士倒下了。

"狗日的小鬼子 老子跟你拼啦！"二愣红了眼，抱着机枪跳上"土牛"，狠命地往堤下扫。一连二排长李三林也学着二愣的样子，站到"土牛"上，抱着机枪猛烈朝河道射击。敌人的嚣张气焰暂时被压了下去，追击的速度放缓了。

正在这时，堤下敌人的背后响起枪声。

"是便衣队！"河桩看见了跑在前面的金驹。

宫崎遭到突然袭击，队伍立即慌乱起来，日军卧倒向后还击，保安团却乱逃乱窜。

河桩抓住这一有利时机，果断命令："成副营长，你带一连阻住河道里的敌人，我和教导员带二连冲下堤去，打垮宫崎，再掩护你们撤下来！"

成天鹏答应声"是"，和铁牛收拢起一连战士，在大树、"土牛"后一字排开。河桩一挥匣子枪："二连，跟我冲！"抢先冲下堤去。

宫崎抵挡不住前后夹攻，慌忙后撤。河桩与便衣队会合一处，继续追打敌人，成天鹏乘机带着一连撤下大堤。等毛利上到堤顶，独立营已跑进马家屯，消失在错落的房屋中。

一连几天，独立营都在和敌人兜圈子。在几股敌人追击围剿下，独立营边打边走，有时一天连口凉水都喝不上，弄得人人疲惫不堪。这天晚上，队伍在一个叫履磕的村子停下来，稍事休息。志刚见战士们的情绪有些低落，便说："你们知道这个村子为什么叫履磕吗？我给大家讲讲村名的由来吧。"

一听教导员要讲故事，战士们果然有了精神。河桩知道志刚平时爱看杂书，肚子里装了不少玩意儿，便也坐在一边静静地听。

志刚拉开架式，娓娓道来：那还是清朝刚进关的时候，顺治皇帝为了奖赏有功大臣，便想出个跑马占地的方法，即在限定时间内，谁的马跑出的圈子，圈内的土地就归谁。一个王爷为了多占地，派出两队人马，一队从东，一队从西，同时开跑。第二天中午时分，两队人马在京南的一个小村会合了。当时已是人困马乏，头目命令下马休息。由于长途奔跑，鞋里灌进不少沙子，大家便坐在地上，脱下鞋磕打沙土。可巧顺治皇帝追赶猎物来到这里，用马鞭指着问小村叫什么名字。兵士们都不知村名，可皇帝问话又不能不答。一队头目望着手里挥动的鞋，灵机一动，张嘴便说叫"履磕"。古时称鞋为履。自此，这个村子就叫履磕了。

志刚讲完，战士们都说好听，要求再讲一个。河桩站起来，笑着说："教导员肚子里的好玩意儿多得是，大家爱听，以后请他慢慢讲。现在，故事听了，乏也解了，咱们还得继续赶路。"又把志刚拉到一边："教导员，几个重伤员得安排一下了。不然，伤员的身体挺不住，也拖部队的后腿。"

"说得是，我也正在琢磨呢。可隐蔽在哪儿好呢？现在'堡垒户'自身都难保，哪能再给他们增加负担？万一出了事，我们的损失就更大了。"

"有个好地方，洪部。"

志刚想了一下，点头同意："只能是哪儿了。"

独立营来到南辛庄。洪玉秀一边让人准备饭，一边拉着河桩的手问长问短。河桩把这几天的经过简单说了说，又问洪部的情况。

"我这儿倒没什么。小鬼子来了两回，有一回还是毛利亲自来的。我说我和皇军没有矛盾，我和八路也没有来往，我的队伍就是保境安民。毛利乐得直喊'哟西'，还说我是大大的朋友。"洪玉秀说着，嘎嘎地笑了。

河桩提出隐蔽伤员的要求，洪玉秀爽快地一口答应。

河桩嘱咐洪玉秀千万不能暴露，保存好这支武装，将来会大有用处。

洪玉秀一拍胸脯："放心吧大兄弟，对付那些小日本，我老婆子有的是办法！"

在河桩与洪玉秀说话的时候，张运来一直躲在窗外偷听。

吃完大饼和猪肉炖粉条子，战士们怀抱着枪，挤坐在几个房间里，立刻就睡着了。这是反"扫荡"以来，吃的第一顿饱饭，睡的第一个安稳觉。

营部的三个领导在一间小房子里，有的歪在炕上，有的靠着窗台，商量今后的行动方案。

"咱们总让敌人追着跑，是不是太被动了？咱得主动出击！"

"怎么个出击法儿？"志刚和成天鹏听河桩一说，立时来了精神。

"你们看，敌人是每天早晨从据点里出来，天傍黑回去，那他白天留守的兵力肯定不会太多。咱能不能给他来个黑虎掏心，打烂他的老窝？"

"这个办法好！"成天鹏一下从炕上坐起来，"打哪儿合适？"

"要打就打大的，"志刚也两眼放光，"进固安县城！"

"对，志刚和我想到一块儿去了。你们先眯会儿，我这就去河沿，让我大爷先到固安摸摸情况。这回，咱得把张支队长给的内线用上了。"河桩定好会合地点，就带着几个人走了。

"油条张"两口子坐在板凳上，头一点一点地打盹儿。鬼子讨伐，闹得四乡八镇鸡飞狗跳，小吃店几乎没了生意。没有生意也得侍候着，该起早起早，该醒面醒面，万一有人来吃，不能说没有，这是做买卖的规矩。

"油条张"迷迷糊糊中觉得有人进了屋，睁眼见是王老奎，忙站起身迎接："老哥哥好闲在，溜达到这儿来了？渴不渴，我刚托人从北平捎来的好叶子，到后院沏一壶尝尝？"

王老奎会意："正渴着哪，尝尝你的好茶叶。"

"油条张"让老伴儿照看门面，两人推门进了后院。

"油条张"知道王老奎来肯定有事，沏好茶水就坐下等着。

王老奎让"油条张"到警备队找一个叫杨小山的，告诉他到小吃店来，只说"河北送鱼的来了"。

"油条张"有些疑惑："找警备队的人？"

王老奎笑笑："警备队怎么了？警备队里也有好人。"

"油条张"感叹："我真服你们了，真是无孔不入啊。"

很快，"油条张"回来了，跟王老奎说声马上就到，二人继续喝茶聊天。

不一会儿，小桂娘进来说店里来了个警备队，要找一个送鱼的。王老奎站到门边，扒着门缝往外看看，走了出去。

这是一个二十挂零的小伙子，长着一张清秀的脸，一身黑制服穿在身上，显得格外精神干练。小伙子上下打量王老奎几眼，缓缓地问："你是河北来送鱼的？"

王老奎微微一笑："这寒冬腊月的，哪儿来的鱼？"

"可以凿冰窟窿呀。"

"冰冻得太厚了。"

"冰再厚也有办法穿透。"

王老奎一摆手，两人进了后院。王老奎示意"油条张"出去望风后，才一把抓住小伙子的手："同志，我叫王老奎，是独立营派来的。"

"我叫杨小山，奉张卫支队长的指派，打入敌人内部，现在的公开身份是李文成的勤务兵。我原来只为北上支队提供情报，后来接到上级通知，联络范围可扩大到独立营。我一直等着你们来联系。"

杨小山原是北上支队的文书，张卫因他在固安上过学，对县城一带熟悉，在日军组建警备大队时，就派他打入进来。先是在"镇北关"手下当队员，李大裤裆看他机灵，人模样又好，就要过来给自己当勤务兵。这次大扫荡，杨小山本来应该参加的，他借口腿疼跑不动，李大裤裆也想让他照顾两个媳妇，就把他留下来了。

两人寒暄后，王老奎便把来的目的说了。杨小山说："鬼子的活动情况我倒了解，每天早起七点钟吃饭，八点钟准时出发，警备队、保安团都跟着去，傍黑儿回来。只留下一个小队的鬼子守兵营，四个城门各留一个班的警备队或是保安团把守。只是，大白天的进城，太危险。鬼子虽说人不多，可武器好，战斗力强。要是被缠住，连城都出不去。"

王老奎笑笑："这不用你担心。独立营不是一般的人，能进去，就能出来。只是你千万注意，别暴露了。"

杨小山又介绍了些情况，就匆匆走了。

王老奎又向"油条张"交代一番，也离开了小吃店。

第二天傍晌午，一辆装满劈柴的小推车停在"油条张"门前，推车的是河桩，拉车的是二愣，小推车前后还有几个挑担挎篓的年轻人，分别是铁牛、金驹和小强，都是王老奎的得意徒弟。"油条张"虽然与河桩两年多未见面，可对这个英俊的小伙子还是认识的，四眼相对，他本想笑一笑，可脸上的表情却比哭还难看。小桂娘躲在门里边，眼睛死盯着河桩看，嘴巴张了几张也没说出话。河桩也有几分尴尬，但想到任务，心情便平稳了，亲亲热热地先开口："大叔，要劈柴吗？"

"油条张"一下转过神，忙走到车前假意翻动几下："真是好劈柴。可惜，我家买够了。要不，你推到我闺女家去吧。"

"我不认识路，您老带个路行呗？"

"好，我领你们去。"

"油条张"领着河桩来到城北门，一个警备队员横枪拦住去路："干什么的？检查！"

"油条张"走上前："我说葛老二，有钱了还是当官了，怎么不认人了？我那火烧油炸鬼吃到谁肚子里去了？"

葛老二眼一瞪："你，我认识，可这俩不认识。皇军有令，凡是进城的人，必须检查！"

"哎哟，你这人可真是，这俩人是给我闺女送柴火的，几捆劈柴有什么可查的？"

葛老二还要说什么，旁边一个警备队员说话了："我说老葛，你是屁憋的吧？张老板的面子你也不给？等郝大队长知道了，你的屁股有福享了。"

葛老二故意一缩脖儿："得了，惹不起您哪，请进。哎，待会儿得弄套果子吃啊！"

"油条张"点头一笑："那还不好说，待会儿你们哥儿几个一起吃去。"领着小推车进了城。

河桩把车停在拐弯的胡同里，等铁牛几个都进来了，便朝"镇北关"给小桂买的房子走去。

小桂已从爹的嘴里知道河桩要来，激动得一直坐卧不宁。这次鬼子"扫荡"的时间和兵力，就是她从"镇北关"口中套出来的。为了套出这个情报，她第一次向"镇北关"表示了主动。"镇北关"对这梦寐以求的温柔欣喜若狂，小桂问什么他就说什么，早把军事秘密丢在脑后。小桂曲意奉承着，眼里却涌出串串泪水。这泪水为她自己，也为河桩。现在见河桩进了院子，她却不敢迈出屋子，只是扒开门缝儿往外望，断线的泪珠蒙住了痴痴的双眼。

河桩此时的心情也很纠结。他从心里是想见小桂一面的，看看她是否还是原来的样子，可那还有什么意义？小桂没露面，倒使河桩紧绷的心弦放松了，同时也生发出一丝遗憾。怀着这丝遗憾，河桩几个人卸下劈柴捆

四十二

263

儿，从里面抽出短枪、飞刀、手榴弹，披挂整齐。怕"镇北关"起疑，又把劈柴一捆儿一捆儿码好，这才推起小推车，走出小桂的院子。临出门，河桩转过头，往屋门上深深看了一眼，他知道，那个人肯定藏在屋门后。

河桩带头，找个僻静的地方，把小推车扔进护城河，然后走上大街。此时正是午饭时间，街面上空荡荡的，不见什么人影。河桩觉得几个男人走在一起太扎眼，就又拐进小巷。曲里拐弯走了一阵，就到了警备大队大队部。河桩从墙角后探头看看，见门口只有两个站岗的，院子里静悄悄的毫无动静。河桩招手把几个人拢过来："我再重复一遍：按原计划，先炸鬼子的兵营，回头再炸警备队大队部，然后从东门冲出去。教导员在城外接应咱们。记住，炸响就走，不许恋战！鬼子兵力少，摸不清情况，不敢追击！"待大家点头后，便领先向前摸去。

鬼子兵营前围着铁丝网，后面是用沙袋筑起的工事，工事上架着一挺歪把子机枪，四五个鬼子守着。透过敞开的大门，能看到院内停着的两三辆汽车。靠围墙的一角，挺立着一座三层大炮楼，一个鬼子兵把脖子缩进大衣领子里，抱着枪在顶上溜达。

河桩指着炮楼顶上的鬼子对铁牛说："这个，是你的。"铁牛没吭声，默默掏出匣子枪。河桩又对二愣说："院子里的汽车由你炸。"二愣目测了一下距离，信心十足地说声："瞧好吧！"河桩最后对金驹和小强说："工事里的鬼子由咱们三个对付都用手榴弹，必须把机枪炸烂，把鬼子炸死！"

见大家都准备好了，河桩低喝一声："行动！"话音未落，二愣早已蹿了出去，猛跑十几步，胳膊一扬，两颗手榴弹越过高墙，准准地砸在了汽车上。炮楼上的鬼子刚要有所动作，铁牛枪一抬，便大头朝下摔了下来。工事里的鬼子还没纳过闷儿，几颗手榴弹就把他们和机枪一起炸上了天。紧接着，院内汽车发生连续爆炸，滚滚浓烟弥漫半空。河桩看效果已经达到，忙招呼大家："快撤！"几个人刚拐进胡同，炮楼上的机枪就发疯似的响了起来。二愣吐吐舌头："好悬，慢一步就给打成筛子了！"

警备队门前的两个岗哨，被突如其来的爆炸声惊得手足无措，想前去看看又不敢擅离职守。正在踌躇，见几个凶神恶煞般的人挥舞着手枪，疾风一样卷过来，吓得转身就往门里跑。河桩、金驹不等他们关上大门，掏出飞刀甩出去，把两人打倒在地。

"说！院子里还有多少人？"河桩用枪顶住一个还活着的警备队员问。

"没……没有……"警备队员话没说完，就脑袋一歪断了气。

河桩几个人把各间屋子搜了一遍，果然一个人也没见，只有不少脏了吧唧的军服挂在墙上。河桩灵机一动，让大家换上警备队的服装，又往各个房间扔了颗手榴弹。随着爆炸声，几个人直向东城门冲去。

把守东门的是一个班的保安团。爆炸声一起，班长就让关闭了城门。远远的，几个警备队员跑过来，边跑边喊："八路来啦！八路来啦！"

那个班长还在傻乎乎地问八路在哪儿，已经被枪指住："我们就是八路！快，把枪放下，打开城门！"

班长面对黑洞洞的枪口，浑身哆嗦得像筛糠，冲着手下差了声地喊："放下枪，开……开门！"

河桩几个抽出保安团的枪栓，又扯下子弹袋斜挎在肩上，一窝蜂跑出了城门。

## 四十三

毛利接到县城被袭的报告，慌忙带兵往回撤。在过永定河时，乘坐的东洋马滑倒在冰面上，摔断了前腿，自己的脸上也划了一道长长的血口子。

毛利狼狈地回到城里，望着死亡的士兵，望着烧毁的汽车，又恼又怒，把留守的日军小队长松本猛抽了一顿嘴巴。佐藤以为，八路军敢袭击县城，必有内应。于是毛利又命令"镇北关"、李大裤裆，搜集线索，查找内奸。

"镇北关"回到队部，面对死去的两个弟兄和被炸得乱七八糟的营房，欲哭无泪。这两个弟兄是和他自小混过来的，因为信任他们，也是照顾他们，才把他俩留下的，不想却送了两人的命。"镇北关"默默地站了一会儿，想发火又找不到出气筒，只得命人把两个死者收拾干净，连同抚恤金一起送回家去。然后命李大裤裆等几个中队长带人整理宿舍，便垂头丧气地回家了。

"镇北关"一进院门就感到了异样。他警觉地拔出手枪，四周搜寻一遍，竟是墙角多了一堆劈柴！他站住不动，高声喊叫小桂。小桂在屋里答应一声，笑盈盈出现在门口。这又叫他吃了一惊。两年来，小桂虽是和他一个锅里搅马勺，一个被窝里睡觉，可几乎没露过笑脸。这几天她却一反常态，夜里不光主动就他，现在又满面含春笑迎他，院里还凭空多了一垛劈柴，这不能不让人感觉蹊跷。"镇北关"怀疑地盯了小桂片刻，用枪指指柴垛："这是怎么回事？"

"什么怎么回事？我爹送来的呗。"

"无缘无故，送哪门子劈柴？"

"你看你，这都不懂？寒冬腊月，我爹怕你冻着呀。这就是说，我爹认可你这个姑爷了。"

自打把小桂霸过来，"油条张"两口子就没把他当过亲人，赶巧走碰面，连话都不说低头就过去。有事找小桂，也从不进门，隔着墙头喊出去，说完话就走。送去的钱物，分文不要，原数退回。"镇北关"也想和小桂一家和和气气的，"油条张"两口子的态度，弄得他心里要多别扭有多别扭，想起来就唉声叹气。眼前这事，太出乎他的意料了。猛地，"镇北关"心里一紧：城里的爆炸，是不是和这送柴有关系？早不送晚不送，偏偏城里爆炸他来送，难道……"镇北关"正犹豫着，小桂那里早把俏脸拉下来："怎么着，不领情啊？看来我爹是热脸贴在冷屁股上了。那好，明儿个让他再推回去！"一扭身子回了屋，房门砰地关上了。

"镇北关"见把小桂惹火了，刚露出的笑脸又变成了冰，忙把手枪插入枪套，宝贝宝贝地叫着，追进屋内。至于查找奸细的事，早扔到九霄云外去了。

一连几天，爆炸案的线索毫无踪影，毛利也失去信心。"扫荡"尚未结束，但他再不敢倾巢而动，只派少量部队出去，留下主力守城，自己也不带队亲征了。闲来无事，便围着伤马转，摸着战马的断腿摇头叹息。这匹马是天皇陛下赏给他的，是他的骄傲，是他炫耀战功的资本。如果这匹马死了或是残了，那是他的耻辱，更是对天皇陛下的不忠，他严令随军医官尽心医治马的腿伤。可数天过去，马的伤腿不但不见好，反倒越来越严重，一身的肥膘也消瘦下去。毛利焦躁地把医官大骂一顿，医官吞吞吐吐地建议，是否请当地的医生给看看。毛利无法，只得把"镇北关"和李大裤裆找来，让他们提供医生。

"镇北关"想了想，试探着说："河沿儿贾家是祖传的先生，专治跌打损伤、折胳膊断腿。"

李大裤裆哪能让贾家出头？连忙拦着："贾家是治人的，治不了马。"

毛利一心只想把马治好，便不听李大裤裆的："人的，马的，道理统统一样。李，你去把贾大夫的请来。"

李大裤裆自认倒霉，只得带人来到河沿儿。

老贾先生问了马的伤势，觉得这是救儿子的机会，一口回绝："我是给人看病的，不看牲口！"

李大裤裆掏出手枪："毛利太君让你去，你就得去！"

老贾先生扬扬胳膊："你看我这把年纪，治人都费劲，哪有力气治马？你就是打死我也没用。要不，你再找个别人？"

"找谁？"

"贾知达。"

"你！"李大裤裆闹了个倒噎。他知道这是老贾先生耍他，贾知达是他以杀人嫌疑绑走的，怎能再去求贾知达给马看病？望着老贾先生那张似笑非笑的脸，李大裤裆真想一拳砸下去。可他不敢，把人打坏，怎么向毛利交差？只得咽下一口窝囊气，恨恨地朝手下人喊："把这老东西带上，让他自个儿跟毛利太君去说！"

老贾先生被带到毛利面前。毛利望着这个清瘦的老头子，不禁也有些怀疑："你的，能治我的马？"

老贾先生笑笑："你看我这身子骨儿，哪儿有气力给马看病？不过，有个人能治？"

"谁？"

"我的儿子，贾知达。"

"他在哪里？"

"在你们的大牢里。"

毛利转向李大裤裆："怎么回事？"

李大裤裆打个立正："报告太君，贾知达是暗害皇军保长的嫌疑犯！"

"证据的有？"

李大裤裆打个愣："报告太君，证据暂时还没找到！"

毛利摇摇头："证据的没有的不行。去，把贾的带到这里来！"

李大裤裆无法，只得去牢里提贾知达。

贾知达入狱两个月，除去刚进来时李大裤裆打过他几回外，倒也没吃太多的苦头。这一是因为贾家数代行医，救死扶伤，口碑好；二是老贾先生和王老奎通过各种关系，上下使钱。再加上看守们都是本乡本土的，谁家也保不齐有个碰着胳膊腿的时候，得罪了贾知达，将来求人难开口。况且拿了人家好处，何必放着河水不洗船？李大裤裆打人也是想问出凶手，并不敢断定就是贾知达杀了李狗子。打了几回见贾知达咬定牙关不承认，也就没了兴趣。俗话说人在人情在，人一走茶就凉。李大裤裆和李狗子是交情不浅，但人死的时间一长，感情也就淡了。李大裤裆一松劲，别人就更不当回事了。贾知达无人管无人问，整天就是吃饭睡觉，有时还和看守们聊聊大天。

这天正和看守说闲话儿，监狱长陪着李大裤裆来了。看守忙说："贾先生，你的对头来了，加点儿小心。"便躲到一边。

监狱长指指看守："开门，提贾知达。"

贾知达被李大裤裆押着来到毛利面前，见父亲也在，不知发生了什么事，也就愣在那里不敢说话。

老贾先生看儿子身体无碍，放心不少，走上前说："知达，太君的马腿摔折了，我保你能治。你可精心着点儿。"

贾知达从父亲的眼神里读懂了意思，便提出要求："得先让我看看病马。"

看完马，贾知达点头："这马我能治。不过，我得回家取药。"

毛利不答应："你的不行，老先生的可以。"

一辆挎斗摩托开过来，两个日本兵推搡着老贾先生上了车。贾知达冲着父亲的背影喊："爹，想着把我用的东西带全喽！"

一个月后，马腿基本痊愈。毛利乐得咧嘴大笑："贾的，大大的好，朋友朋友的！"当即释放了贾知达，并委任为河沿儿村的保长，顶了李狗子的缺。

没过多久，毛利的冬季大"扫荡"也就草草收场了。

毛利的大"扫荡"没有取得什么战果，吴家哥儿俩却有了新的线索。他们接到张运来传出的情报，洪部窝藏着八路军的伤员。

"洪老婆子，这回我看你还往哪儿跑？你是死定了！"吴敬礼兴奋得大叫。

"你马上去榆堡找宫崎报告。晚了，别煮熟的鸭子又飞喽。"吴敬仁吩咐吴敬礼。

吴敬礼骑马赶到榆堡，把情报说了，催着宫崎去抓人。

宫崎因牵涉到洪部，不敢擅自行动，抓起电话向毛利请示。毛利考虑洪部是佐藤的策反对象，就把佐藤请来。佐藤听明情况，向毛利建议：

"大佐阁下，我想此事不用我们亲自动手，让吴部去干！"

"佐藤君，你应该知道，凭实力，吴部不是洪部的对手。"

"大佐阁下，你没有明白我的意思。我的意思是，暂时先不动洪部。洪部虽然和八路有勾结，但还没有明目张胆地和我们对着干，这就给我们留下争取他们的可能。洪部是永定河两岸绿林武装的大旗，留着他对我们有战略意义。当然，假如他胆敢和大日本皇军彻底决裂，那就毫不犹豫地消灭！对于吴部，我们也不能完全相信。吴部是惯匪，惯匪大多反复无常。要想牢牢掌控他们，必须抓住他的把柄，让他没有退路。如果让他们杀掉八路军的伤员，和八路军结下深仇，他们还敢背叛我们吗？更重要的是，八路军的伤员在洪部养伤被杀，八路军将对洪部有什么看法？"

毛利的小眼睛在眼镜片后转了半天，哈哈地笑了："一箭双雕，一石三鸟，好！佐藤君，你大大的聪明！"

吴家哥儿俩正为宫崎的"不可轻举妄动"而大惑不解，佐藤来到了礼贤。一进屋，佐藤就把吴家哥儿俩称赞了一番，又拿出几根金条作为奖赏，哄得吴家哥儿俩眉开眼笑。吴敬礼一边摩挲着金条，一边问："佐藤先生，什么时候剿灭洪部？"

佐藤摇摇头："等。"

"等？等什么？"

"告诉你们的内线，严密监视。八路的伤员一离开洪部，你们立即派人干掉！并且要这样……"

吴家哥儿俩没有达到剿灭洪部的目的，很是失望，可看着佐藤那阴森的目光，也不敢再说什么。

一直等了半个月，张运来才又送出情报，八路军伤员准备近两天离开洪部。吴家哥儿俩不敢怠慢，忙在各个路口设伏等待。

几个伤员经过二十多天的疗养，体力基本恢复，伤口也都结了痂。几个人觉得年关临近，身体已无大碍，不好意思再麻烦洪部，便推举带队的班长郝满囤去向洪玉秀辞行。开始时，洪玉秀怎么也不答应，架不住郝满囤反复述说战士们急于归队的心情，才同意了。当晚，洪玉秀让伙房烙了大饼，做了猪肉炖粉条子，请几个伤员饱餐一顿，并让他们把吃剩的大饼全带上，一直送出村外才分手。

几个伤员互相搀扶着，走在黑漆漆的夜色里，即将见到战友的兴奋，使大家的心情非常舒畅。突然，黑暗中窜出一群蒙面人，把他们团团围住。郝满囤忙喝问什么人，蒙面人一声不吭，扑上来就猛扎猛砍。眨眼间，几个人就倒在血泊中。蒙面人挨个儿探了他们的鼻息，确信都已死亡，便两个抬一个，抬到洪部的边界，扔在地上，又鬼魅般地消失在暗夜中。

赵彪一早起就接到手下报告，村头大路上发现几具尸体。赵彪来到村头一看，认出是独立营的那几个伤员，感到事关重大，忙让手下保护好现场，自己到南辛庄向洪玉秀报告。洪玉秀一听就变了脸色，嘴里念叨着"坏了坏了"，一边叫"快马张三"备马，几个人向郭家铺飞奔而来。

面对横躺竖卧的尸体，洪玉秀悔恨不迭："都怪我，都怪我！是我洪玉秀害了你们。我要是不让你们走，也出不了这事。这可让我怎么给王营长交代？"愣了一刻，吩咐众人："你们都在这儿守着，我去独立营。"

河桩、志刚很快随着洪玉秀来到郭家铺，沿着血迹查看了一番，志刚肯定地说："这是个阴谋，是敌人的离间之计。"

河桩点点头："这个敌人太阴险了。"

洪玉秀羞愧得一再检讨："都是我的错，我对不起独立营对我的信任，我……"

志刚拦住洪玉秀："洪司令，你千万别这么想，你要这么想，就正好中了敌人的奸计。敌人就是要独立营和洪部互相猜忌，互不信任，我们不能上他们的当。"

河桩也安慰洪玉秀："洪司令，你对独立营尽了最大力量的支持，再让你背这个黑锅，那就是没有天理了。你放心，独立营完全相信你！"

洪玉秀感动得落下眼泪："谢谢营长、教导员相信我老婆子。我一定把凶手查出来，为这几位兄弟报仇！"

## 四十四

年关将近，逃难的人们纷纷回家，准备过年。年三十那天傍晚，河桩也回到了家，这是他三个月来第一次回家。

全家人见了河桩，都非常高兴。小兴邦已经八个月了，一点也不认生，嘴里咿咿呀呀地叫着，挥舞着两只小手要河桩抱。柳芽心里美得开了花，却故意嗔怪孩子："这个小东西，要多缠人有多缠人。"

河桩从柳芽怀里接过兴邦，先使劲亲了一口，然后高高举过头顶，逗得兴邦咯儿咯儿直乐。

徐二婶惊讶地说："你看这孩子真是邪了，刚这么点儿个小人儿，就知道跟他爹亲。"

"这就叫谁的葫芦上谁的架！"随着话音儿，香巧笑嘻嘻地出现在众人面前。

河桩娘高兴地拍着巴掌："这回可是凑齐了。大过年的，人越多越热闹！"

"谁说凑齐了？还有我们哪！"水生带着一家人，呼啦呼啦走进院子。

徐二婶又惊惊怪怪地叫起来："天爷，这是怎么话儿说的。全都平平安安的，老天爷开眼啊！"

王老奎笑着瞪徐二婶一眼："快收起你那一套吧，什么老天爷开眼？那是小鬼子拿咱没辙！"

大家本来就是一拨子，心里通着的，平时就息息相关，如今劫后余生，全毛全翅地相聚，自然感慨万千。七嘴八舌地闹哄了好一阵，才慢慢平静下来。王老奎望着一屋两炕的人，心情格外振奋，提议说："咱们这些人，按老话说就是刎颈之交，是能换命的兄弟爷们儿。干脆，大家合伙，一块儿过个年！都不是外人，谁也不用客气，有的多出，没的少出，实在不行的不出。我先带个头，出三斤白面、一瓶酒、外加两棵大白菜！"

王老奎的提议得到一片赞同声，香巧说出二斤白面、一瓶油，水生说他家没有白面，就出二斤豇豆面，还有拴住砸冰窟窿抓的两条鱼。一直没说话的王老宽说剩下的他包圆儿，保证让大家伙儿吃饱喝好，又惹起一片欢腾。

徐二婶领着一帮女人孩子到她的屋里和面、剁馅儿、炒酒菜，剩下几个男人一边抽烟一边相互询问这段时间的情况。

"水生叔，区里没受什么损失吧？"河桩问水生，自打反"扫荡"那次会议后，他还没跟李斌、马振武见过面。

水生摇头："怎么会没有损失？和鬼子遭遇了三四回，区小队伤亡了四五个。你想，区小队才二十来人，武器差，弹药少，哪能是鬼子的对手？最悬的是在刘各庄，我们刚在便衣队那儿住下，榆垡的敌人就包围了村子。要不是金驹带着便衣队猛打猛冲，掩护我们突围，那可就惨了。就这，白助理员还是牺牲了，马区长也受了伤。"

河桩的眉头皱起来："不对呀。按照敌人的活动规律，傍晚回据点后，夜里就不会再出来。"

"说的是呀，李书记、马区长也是这么想的。谁知他怎么又出来了呢？真是他娘怪事！"

水生就把那天的事又叙说了一遍。

那天，李斌、马振武带领区机关和区小队好不容易摆脱鬼子的追击，躲进一片小树林。人们都累坏了，坐在枯枝败叶上呼呼喘气。浑黄的太阳滚下树梢，天地间升腾起蓝色雾气，树林里的阴影越来越重。李斌走到林边看了看，骂声兔崽子们到底回去了，便和马振武商量，大家一天水米没打牙了，这里离刘各庄不远，找便衣队闹顿饱饭吃，马振武同意。大家来到刘各庄，金驹、刘顺非常高兴，郑新也很热情，安排吃饭睡觉。郑新还打包票说，鬼子夜里肯定不会出来，让大家放心休息。可天到五更的时候，村子四周响起枪声。金驹跑来报告，村子被包围了，看样子是榆垡的敌人。说话间，枪声迅速逼近，明显是朝着便衣队住的大院而来。金驹说不能让敌人包围在院子里，那样很可能会全军覆没，必须马上突围。于是金驹、郑新带便衣队在前冲杀，区小队保护着区机关随后跟进。便衣队用手榴弹炸开个突破口，大家一起往外冲。就在即将跑出村子时，麦穗摔倒了，粮秣助理员白春天返回身拉起她，让麦穗跑在前面，自己在后面掩护。麦穗脱险了，白春天却被鬼子的小钢炮炸翻在地。这一仗，便衣队损失惨重，五死八伤。区政府马区长负伤，白助理员牺牲。

水生说完，河桩紧板着脸，一声不吭。大家以为他在为牺牲的同志痛心，也就都不说话。正在这时，香巧挑开门帘，一手端着一盘辣白菜，一手端着一盘爆腌心里美萝卜走进来："大叔你们先喝酒，一会儿吃杂合面饺子。"

河桩觉得气氛有些沉闷，怕破坏了过年的喜兴，忙接过话茬儿："好，喝酒，喝酒。"抄起矮腿饭桌放在炕上，往碗里一一满酒，大家才又有说有笑起来。一盅酒下肚，河柱还是忍不住地问："大爷，爹，这阵子你们也够苦的吧？"

王老奎朝老宽使个眼色："也没什么苦的，鬼子来了就跑呗，躲躲就过去了。"

王老宽忙点头："可不是，躲躲就过去了。"

麦穗端着一瓦盆白面、豇豆面混合的饺子走进来："两位大爷，爹，河桩哥，趁热吃饺子吧。"

老宽憨憨地笑："好，饺子就酒，越吃越有。"

王老奎望着麦穗那被热气熏得红扑扑的脸，羡慕地对水生说："老弟，麦穗这丫头不光嘴甜，还出落得越来越漂亮了。我要是有这么个闺女，可不美死了！"

麦穗经过半年多的锻炼，已很开朗大方，但为讨老人喜欢，便装作有些羞涩地扭了下身子："瞧大爷说的，我哪有那么好。"

水生乐得眼睛眯成一条缝儿："老哥要是待见，就送给你。"

王老奎也笑：'人家都是区里的干部了，送给我你舍得？给我当个干闺女我就知足了。"

众人便起哄，催着麦穗叫干爹。麦穗打小就是敬佩王老奎的，于是便满面含笑，脆生生冲王老奎叫了声干爹。王老奎高声答应，惹得大家又笑又叫。

这边的笑闹，把那边屋里的人都吸引过来，河桩娘问："什么高兴的事呀，这么闹腾？"

老宽把麦穗认干爹的事说了。徐二婶一把将麦穗搂在怀里："天爷，我一辈子没开怀，就稀罕孩子。有这么个俊闺女，可不乐颠了馅子！"

王老奎笑着对徐二婶说："你不疼不痒？等着当干娘不成，得担个沉重。"

"担什么沉重？"

"给干闺女找个好女婿呀！"

大家笑得更欢了。

河桩见人们刚经过鬼子的"扫荡"，还这么有生气，很是感动，便也凑趣："人家麦穗还用你们操心？早有心上人了。"

麦穗这回再也吃不住劲了，扭头跑出了屋子。

这顿年夜饭足足吃了一个多时辰，等人们散去，已是星斗满天。站在院子里，望着深远的夜空，老奎对河桩说："你们踏实歇着，我去放哨，别让坏种们钻了空子。"

老宽说："哥，我跟你一块儿去。刚吃饱，也蹓蹓食儿。"

河桩感激地望着两位老人走进夜色中，才进了厢房屋。

兴邦已经睡了，柳芽坐在焐好的被子上。见河桩进屋插上门，柳芽爬起来扑上去，紧紧抱住河桩的脖子："想死我了！"眼泪便汹涌地流下来。

河桩也很激动，一边紧搂着柳芽，一边用舌头去舔柳芽脸上的泪水。柳芽挣出身子，噗地吹灭窗台上的油灯。

河桩抚摸着柳芽有些消瘦的身体："这些日子你们是怎么过来的，吃了不少苦吧？我问大爷和爹，他们不说。"

"他们是怕你担心。这些日子，唉，没法儿说呀，能活下来，就是天大的便宜了。"柳芽说着，一腔辛酸涌上来，泪水濡湿了河桩的胸脯。

自从鬼子"扫荡"开始，乡亲们天不亮就跑出家门，躲进村北的沙岗子。饿了，啃口冻得硬邦邦的贴饼子或糠窝头；渴了，喝口用葫芦头装的冰碴水。尖利的北风在树木间呼啸，打透单薄的棉衣，直冷到心里，手脚更是猫咬一样疼。更遭罪的是孩子，个个冻得鼻红唇青，不少都发起高烧。有一家见孩子病得实在不行了，豁出命要回村，刚走到半路就遇上了鬼子，一顿乱枪全打死了。吓得人们再苦，也不敢白天回村了。幸亏兴邦身体壮实，王老奎又有件破狗皮袄，一出门便把他裹个严严实实，才没有冻病。

"唉，这样的苦日子，什么时候是个头啊！"

河桩把柳芽更紧地搂搂："只要我们咬牙坚持住，小鬼子总有一天要滚蛋！"

柳芽依偎在河桩怀里，默默地点头。

正月十五元宵节，为了庆祝反"扫荡"胜利，鼓舞人们的斗志，区政府在独立营驻地押堤村组织了花会表演。参加演出的有押堤村的高跷会、张华村的龙灯会、太子府的武吵子会和沙子营的小车会。

作为东道主，押堤村高跷会会首、"堡垒户"沈大爷早早就把会员们召集起来，按照角色化妆。押堤村高跷会扮演的是水浒故事，共有十个角色，一个是领头开路的大头（又称头陀，指鲁智深），其他的有小二哥（燕青）、文扇（扈三娘）、武扇（王英）、渔翁（卢俊义）、樵夫（石秀）、丑鼓（李逵）、俊鼓（时迁）和两个打小锣的（顾大嫂、孙二娘）。

河桩正和志刚商量往外派岗哨的事，水生带着两个区小队老队员走进来："营长，区小队今天放假，就派我们三个去放哨吧。我们上了年纪，不大好热闹了，让小伙子们玩儿去吧。"

河桩正为此事犯难。部队整天行军打仗，没有一点空闲，好不容易有这么个娱乐机会，派谁出去放哨都不好开口。听了水生的话，立刻高兴得笑起来："大叔，你们可帮我解了个难题。那就辛苦你们了。一定要提高警惕，千万不能让敌人钻了空子。"

"放心，我们仨三个方向，离开村子五里以外，把敌人盯紧，一有风吹草动，就跑回来报信，保证误不了事。"

送走水生，河桩还是在村子四周布了岗哨，每班儿一个小时，以便让站岗的战士也能轮流看上表演。

这时，李斌和马振武走进院子。马振武左胳膊上的枪伤还没好利落，用一块白布吊在脖子上。

"两位首长的公事完了没有？今天咱得来个军民同乐呀！"李斌笑着打招呼。

"我们可是沾了区政府的光。不然，哪有机会看这样的热闹？"

几个人说说笑笑走进高跷会化妆的娘娘庙。

化好妆的会员们绑着四尺二寸高的柳木腿子，有的坐在窗台上，有的靠大树站着。打鼓的、敲锣的、吹喇叭的、护场打旗的，乱哄哄站满一院子。正在忙里忙外的沈大爷见了河桩几个，满面红光地跑过来："几位领导都来了？快给指导指导！"

河桩哈哈地笑："我们几个都是棒槌，谁能指导？一会儿就看你们的了。"

志刚挨个儿看看化好妆的会员，鼓励说："表演的时候可得卖把子力气，要跳出咱押堤村的威风！"

李斌连忙拦住："哎哎，这可不是打鬼子，不能猛打猛冲，得注意团结！"说得一院子人都笑起来。

正闹哄着，在村口望风的人跑进来报告："来了，来了！"

沈大爷拿起令旗，用力一挥："准备！"满院子立刻肃静下来，会员们按照各自的位置站好队形。两杆会旗斜十字交叉摆在最前，紧跟着是高跷队，最后是锣鼓班子，护场的打着小旗围在四周。沈大爷站在队前，把令旗一举："起！"锣鼓队立刻敲打起来。此时的沈大爷俨然一位将军，带领大队人马，浩浩荡荡迎向村口。

第一个来到的是张华村的龙灯会。根据会规，沈大爷迎上前与张会首互致问候，互换拜匣，然后鼓乐齐鸣，欢送龙灯会到预定场所休息，直到把其他两档花会都迎进村。

看着黑压压的人群，李斌跳上娘娘庙的高台，代表区政府讲了话。河桩也讲了"反扫荡"的情况，感谢广大群众的支持。

随后，会首们聚在一起商议好演出顺序，表演就正式开始了。一时间，村子里彩旗飘舞，锣鼓喧天，周围村子的人们也纷纷跑来看热闹。

河桩和志刚检查完岗哨，也混入人群中看表演。可巧金驹和麦穗说说笑笑从身边走过，河桩心里一动，忙和志刚低语几句，把金驹叫住。金驹见是营长和教导员，撇开麦穗跑过来。河桩歉然地朝麦穗笑笑："对不起，我们要谈点儿事。"

"那有什么？你们谈你们的，我自己去看。"麦穗扬扬手，头前走了。

志刚望着麦穗的背影，使劲在金驹肩上拍了一巴掌："你小子真是有福气，让这么个好姑娘动了心！"

河桩也打趣说："金驹是什么人？又年轻帅气，武功又好，嫦娥见了都得下凡。不过，金驹我可告诉你，麦穗现在可是我的干妹妹了，你要是欺负她，小心我捶你！"

金驹也不说话，只龇着两只小虎牙嘻嘻地乐。

三人爬上永定河大堤，找个背风的地方坐下来。

"最近这段日子，有个疑问一直憋在我的肚子里，始终放不下。"河桩望着空荡荡的河道，那里正有一个小旋风滴溜溜地转，卷起一股沙尘，"你们想想，我们打鬼子的伏击，鬼子怎么就知道我们埋伏的堤段？再有，区政府机关到刘各庄过夜，按规律，敌人夜里是不会出来的，怎么突然就包围了村子？还有，几个伤员刚离开洪部，就遇了害。我想，这不会是巧合，里面一定有问题！"

金驹瞪大眼睛："你是说，有内奸？"

志刚沉思着点头："我也有这种感觉。敌人对我们的两次行动，都是致命的，独立营、区政府都差点儿遭到灭顶之灾。杀害伤员，明显是要嫁祸洪部，挑拨我们之间的关系。如果真是内奸干的，那这个内奸太狠毒了！可这个内奸会是谁呢？"

"我想，这个人不会在区政府，区机关的人不了解独立营的情况。要有，应该在我们的队伍内。"河桩把手里的枯草梗一截儿一截儿扯断，扔在脚下。

"那区政府遭袭呢？"金驹提出疑问，"区机关的人不出问题，谁知道他们住在刘各庄？"

"就不能是便衣队的人？区机关是晚上八九点钟进的村，天傍亮受的袭击，从时间上说，足够了。"

金驹两眼一亮："你是说……"

河桩拦住金驹："我问你，独立营伏击鬼子的战斗部署，除去你和郑新，有没有透漏给别人？"

"这……"金驹回想了一下，"我只暗中告诉了刘顺，还嘱咐他一定保密。我想，刘顺不会泄漏出去。至于郑新，他告没告诉郑民，我就不清楚了。"

"郑民这段时间的表现怎么样？"

"不怎么样。一天到晚吊儿郎当，总说些懈气话。还经常把郑新叫到没人的地方，嘀嘀咕咕的。"

"那天你们突围的时候，主意到郑民没有？"

金驹摇头："情况那么紧急，又黑灯瞎火的，哪顾得上？不过，冲出村子整理队伍时，他倒是在。"

"郑民这个人品质不好，被撤职后抵触情绪很大。遇到诱惑，说不定就会做出背叛之事。你一定要严密监视他的一举一动，发现异常，及时汇报。再有，你现在肩上的担子很重，便衣队虽然经过清理，成分仍很复杂，郑新的态度也不是很坚定，你要时刻提高警惕，更要注意安全。"河桩拍拍金驹的肩膀，疼爱地注视着这位小兄弟。

几个人讨论了半天，仍是不能确定谁是内奸。郑民的嫌疑很大，可没有证据。"内奸不除，后患无穷。"河桩两眼望着灰蒙蒙的天空，心里充满焦虑。

志刚宽慰河桩："别太着急，只要是狐狸，总有露出尾巴的时候。我们时刻提高警惕就是了。"

村里的锣鼓声沉寂下去了，花会表演已经结束。三个人站起身，默默地走下大堤。

晚饭后，水生向河桩、志刚报告了一个情况：水生和那两个区小队员出村后就分了工，一个向东，一个向西，自己向北。走出四五里路，见有个沙岗，就爬上去，在矮树丛后坐下来，一边抽烟，一边观察周围的动静。村里的锣鼓声随风飘荡，一会儿轻一会儿重地传过来。忽然，从村子方向走来一个人。待走近，竟是便衣队的郑民。水生心中诧异，便站起身迎上去："郑副队长，怎么不在村里看热闹，跑到这野地里来了？"

面对持枪突然出现的水生，郑民现出满脸惊慌，小眼不停眨巴着："你……你是……"

"我是区小队的，奉命在这儿放哨。"水生警惕地紧盯着郑民，与他保持着一定距离。

"好，好。我……我不喜欢热闹，怕吵，出来溜达溜达。"

"可不能溜达远了，不安全，还是赶快回去吧。"

"是，是。"郑民连连哈了几下腰，掉过头匆匆走了。

水生又回到沙岗上。过了一袋烟的工夫，不远处的树林里又出现了一个人。那人在一棵大树下站了一会儿，又四下踅摸了一阵，便顺原路往回走了。

"接头？"志刚望着河桩。

"不管是什么，为了安全，咱们得马上转移。"河桩又问水生，"大叔，你把这个情况报告给李书记了吗？"

"告诉了，是李书记让我来找你们的。"

"那好，你赶快告诉李书记，立刻就走！"

# 四十六

这天，河桩正召集独立营的连排干部开会，研究今后的战斗安排。代替金驹当了警卫班长的郭宝丑走进屋，把一封信交给河桩，说是洪玉秀派人送来的。河桩打开一看，竟是榆垡伪警察所长马寿山写的。河桩略看几眼，把信揣进兜里，又简单并了几句，便宣布散会。人们走后，志刚不解地问："怎么回事，会还没开完就散了？"

河桩喜滋滋地把那封信递过去："你看完这个就知道了。"

志刚展开信，只见上面用毛笔小楷写道：

> 独立营王营长台鉴：寿山命犯煞星，身陷魔窟，致使清白玷污，祖上蒙羞。然寿山绝非愚顽之性，不顾廉耻之人，为倭贼作伥，实无奈尔，亦常有身在曹营心在汉之思。素知贵军以民族大义为重，不惧流血牺牲，英勇抗击敌寇，寿山深为敬佩。今闻黄村倭贼近日欲往榆垡运送一批军用物资，贵军若有意截取，请速与吾联系，吾当尽力相助，以报救妻之德于万一。
>
> 马寿山敬上
> 又及：事关性命，万望保密。

志刚看完信，兴奋得一拍手："好哇，这真是想什么来什么。经过反'扫荡'，咱们的弹药消耗很大，急需补充。要能把这批物资截下，那可太好了！"

"此事重大，关系到咱们部队的生存发展，更关系到马寿山的身家性命。我怕泄密，所以没有在会上公开。这是个绝好机会，不能错过。我想明天就去榆堡，找马寿山弄清具体情况。"

"好，我带人在镇外接应你。"

第二天一早，河桩和铁牛挑着劈柴来到榆堡镇口。守卡子的伪军懒洋洋地看看良民证，便挥手放行了。两个人来到"裕德厚"酱肉铺，直接把劈柴挑进院内。肉铺翟掌柜是铁牛的姑夫，是个同情抗日的人。一见两人，什么也不说，就往屋里让。河桩和铁牛把劈柴堆在墙角，从柴捆里抽出手枪插入腰中，走进堂屋。铁牛姑姑吓得面容失色，一把抓住铁牛："哎哟，我的小祖宗，你怎么到这儿来了？不要命了？"

姑夫低声喝住姑姑的絮叨："别那么惊惊乍乍的！铁牛到这儿来，肯定有正事。"

铁牛安慰了姑姑几句，然后对姑夫说："我和王营长到这儿来，确实有件事要办。您给我们找家僻静的饭馆。"

"镇北头的'好再来'就行。那儿的王掌柜是个老实人，不会坏事。"

"那好，把您的衣裳找出两身，我们得换换。"

很快，河桩和铁牛换上灰布大褂，戴上古铜色礼帽，变成商人打扮。临出门，铁牛嘱咐姑夫不要露面，免得招惹麻烦。

两个人来到"好再来"，点好酒菜。河桩让铁牛喝茶等着，自己走上大街。来到警察所门前，河桩拿出香烟，递给两个站岗的伪警察一人一支："劳驾二位通报马所长一声，就说他的表弟有事找他。"

一个伪警察叼着烟卷，颠儿颠儿地跑进去了。

很快，马寿山出现在门口。

"表哥，我有事找你。"河桩一见马寿山，忙微笑着先打招呼。

马寿山会意，顺势下台阶："是表弟呀，好长时间不见了，有事里面说。"

"不用了，表哥。我说几句话就走。"河桩把马寿山拉到街边，低声说："我到'好再来'等你。你别着急，待会儿再来。"

马寿山回到办公室，把有关情况写在一张纸上，又稳定了一下情绪，才装作逛街的样子，慢悠悠来到"好再来"。喝酒间，悄悄把纸条塞给河桩："都在上面了，千真万确。"

平大公路上，两辆从黄村开出的军车在凸洼不平的路面上颠簸。前车是警卫车，上面站着三十来个鬼子，由小队长石川一郎带领。后车蒙着帆布，装着大米、白面、罐头和枪支弹药。由于是大天白日，黄村、庞各庄、榆垡三个据点又只相距二三十里，鬼子们毫不在意，大背着枪，懒散地扶着车栏杆站着，只有趴在车楼上抱着歪把子机枪的鬼子，两眼直视前方。汽车过了庞各庄，开到黄垡村北时，迎面走来一队保安团，挡住去路。

坐在驾驶室里的石川让汽车停住，从车窗里探出头："你们，什么的干活？"

化装成保安团头目的河桩走上前，毕恭毕敬地报告："太君，我们是榆垡的保安团，奉命前来迎接太君。"

在河桩与石川说话的时候，其他化装成保安团的独立营战士，悄悄移过去，把汽车围在了中间。

石川很高兴："哟西，大大的好，开路！"

话音刚落，河桩一枪射向石川，紧接一枪把司机打死。车上的鬼子顿时大乱，抱机枪的鬼子刚要调转枪口，被沙岗后飞来的子弹打穿了脑袋，那是神枪铁牛干的。二愣大喊一声："手榴弹！"装成保安团的战士们跳后几步，将一颗颗手榴弹连续投入车厢内。埋伏在沙岗后的铁牛见河桩得手，也指挥着一连的战士冲上来，一时间，枪声、爆炸声响成一片。不容敌人还手，三十来个鬼子全报销了。

拉物资的汽车和警卫车相距五六十米，听见枪声，鬼子司机立即停车，待爆炸声起，感到事情不妙，慌忙倒车，但为时已晚。志刚带着二连的战士从路两旁冲出，几枪打爆汽车轮胎。驾驶室内的两个鬼子刚跳下车，就被志刚、小强的飞刀刺中咽喉，软软地倒在地上。

河桩让二愣带领战士打扫战场，带着警卫班朝物资车跑来。指挥卸车的志刚乐得合不上嘴："营长，这回我们可发大财了！"

"尽量多拿枪支弹药，拿不走的就烧掉！"

"也拿点儿罐头吧，让战士们开开洋荤。"

"好，听教导员的。"河桩爽快地同意，引起战士们一片欢呼。

此时，南北两个方向都传来枪声。河桩一边催促加紧卸车，一边命令郭宝田派两个战士，分别通知打阻击的便衣队和洪部撤出战斗。

等到榆垡的宫崎和黄村的龟田带着援军赶到，战场上只剩下汽车残骸和横七竖八的日军尸体。两人正面面相觑，路沟里传出微弱的呼救声，过去一看，竟是面目全非的石川。原来石川被河桩击中胸部，并没有死。独立营撤走后，他被大火烤醒，挣扎着爬出汽车，躲到路沟里，侥幸保住一条命。

伏击的成功，让独立营上下欣喜若狂，每个连增加了两挺机枪，一具掷弹筒。战士们手中的老枪、破枪，都换成崭新的三八大盖，紧缺的子弹、手榴弹，也得到足够的补充。为了庆祝胜利，河桩特意请沈大爷到集上割了猪肉，买了粉条，用鬼子的洋面蒸了馒头，请战士们美美地吃了一顿。

世上的事，往往是有人欢笑有人愁。郑新这几天就很不开心。这次伏击战，他事先一点影儿也没听到，直到集合队伍时，金驹才告诉他有战斗任务。他问什么任务，金驹仍是遮盖得严严实实，只说到时候就知道了。虽然事后金驹向他解释了，是为保密的需要，可他仍然觉得受了极大侮辱。联想到河桩派金驹来当指导员，联想到撤了郑民副队长的职由刘顺来担任，联想到便衣队的事总是由金驹和刘顺研究好了才与他商量，郑新真真切切地感到，他在河桩那儿完全失去了信任，他在便衣队完全被架空了。想起郑民过去和他说过的话，郑新不能不佩服他这个兄弟目光的犀利。郑新越想越懊恼，越想越烦闷，王厨子蒸的雪白的洋面馒头，炖的酱红的肥猪肉，一点儿引不起他的食欲，只吃了几口就放下筷子，一袋接一袋地抽烟。

郑民提拎着两瓶白酒走进来，用手使劲扇着眼前的烟雾："大哥，你这是熏蚊子呢？快别抽了，呛死人了！"

郑新叹口气，磕掉烟锅里的灰，把烟袋扔到桌子上。

郑民滴溜着眼珠盯了郑新一会儿，展颜一笑："大哥，我知道你心里不痛快，特意找了两瓶酒，给大哥解闷儿。"

郑民自打在固安与佐藤见了面，就死心塌地投了敌。他与吴三设立了联络点，就在刘各庄北头劁猪的韩汝霖家。独立营在永定河堤伏击鬼子的消息，就是他从郑新嘴里套出来，告诉韩汝霖的。区机关进驻刘各庄，也是他让韩汝霖通知吴三，吴三又报告给榆堡日军的。这两次他立了大功，佐藤通过吴三，奖给他二百块大洋。他怕暴露，就把这些钱都藏在桃儿那里。元宵节花会表演那回，他也想提前把消息透露给另一个联络人，只因警卫太严，脱不开身，只得在表演当天溜出村子，不想却碰到水生，搅了局。隐隐地，他觉得河桩、金驹加强了防范，怀疑的矛头已指向了他，他时时感到，四周有不少监视的眼睛。这次打物资车，他完全被蒙在鼓里，使日军遭受了重大损失。两次失误，他不知道佐藤会怎么惩处他，但直觉告诉他，离暴露是越来越近了。因此，他要尽快挑唆郑新反水。

郑新翻眼看看那两瓶酒，又耷拉下眼皮："你不知道纪律吗？金驹不许随便喝酒。"

"那两个祖宗不是去河桩那儿了吗？现在这儿都是咱们的老弟兄，谁能去告密？"

"唉，人心隔肚皮，做事两不知，难说呀。"郑新痛苦地摇摇头，他觉得自己在便衣队里的影响力渐渐离他而去。

"大哥也太不把自个儿当人了吧？"郑民恶毒地挑拨，"这支队伍可是大哥一手拉起来的。我倒没什么，反正是大哥的跟班，撤职就撤职。大哥你不同，你是这支队伍的当家人，就忍心把它拱手让人？这也太窝囊了吧？"

"不窝囊又能怎么样？那些忘恩负义的东西，都让金驹拉过去了。悔不该不听兄弟的话！"

郑民看着郑新那懊悔的样子，心里暗暗高兴，抓起酒瓶用牙咬开瓶盖儿："来，大哥，咱们边喝边聊。"

几杯下肚，酒精像毒蛇一样游遍郑新的大小神经，使他的情绪渐渐激动起来，开始喋喋不休地诉说自己的委屈，最后竟喉头哽咽，泪流满面。

郑民见火候已到，又给郑新满上一杯："大哥，赶快拿主意吧，不能再犹豫了。晚了，保不定会出什么事。我向大哥保证，不管到什么时候，永远跟着大哥，至死不变心！"

郑新猛地喝干杯中酒，瞪起通红的双眼："奶奶的，我的队伍，谁也别想拉过去！谁敢动歪心，我就和谁玩命！"

"对，这才是男子汉大丈夫！"郑民竖起大拇指，连连叫好。

郑新乜斜着眼睛，盯着郑民嘿嘿地笑："老二，你跟我说实话，你是不是早就投了日本人？"

郑民觉得此时已无再隐瞒的必要，便一边悄悄打开匣枪的保险，一边坦然承认："不错，我早就是皇军的人了。跟我联络的佐藤太君非常好，赏了我不少现大洋。"

"那，偷袭区政府，是你干的？"

"是，是我派人给榆堡宫崎送的信。"

"好，好，兄弟，好哇！"郑新指着郑民怪笑，眼泪又涌出来，"哥哥不是命大，也死在你的手里了！这世上，还有谁可信？我还能相信谁？"往后一仰，躺在炕上，号啕大哭。

郑民慌了手脚，上去捂住郑新的嘴，厉声呵斥："小点儿声！找死呀！"随后抽出枪，贴在门后听动静。院里静静的，只有寒风发出轻微的啸音。郑民放心了，提着匣枪走回炕边。

郑新望着郑民黑洞洞的枪口，心里倒平静下来："也好，反正是伸头一刀，缩头也一刀，索性就豁出去，拼一家伙，也为自个儿出口气！老二，你去跟吴三说，我要见那个佐藤。"

# 四十七

　　又是一年春草绿。转眼，大地解冻，暖风徐吹，细长的柳条上挂满鹅黄色的嫩芽，榆钱也成串成串在铁青色的枝杈上垂吊下来。苦麻菜、猪尾巴菜、龙须菜、酸溜溜，也凭借丰沛地力，蓬蓬勃勃生发起来。就在人们庆幸严冬已过，感慨"今年又饿不死了"的时候，毛利从固安来到榆垡，命伪镇长刘世昌通知各村保长，到榆垡镇公所开会。

　　贾知达一早就来找王老奎。他自从被毛利任命为河沿儿村的保长后，就和王老奎紧密联系在一起，凡事都和王老奎商量好再办，为抗日做了不少工作，也把鬼子支应得团团转，使村里少受不少损失。毛利自认眼里有水，用人得力，高兴得把河沿儿评为"治安模范村"，把贾知达评为"模范保长"。

　　王老奎一见贾知达，便乐呵呵地迎上来，打趣道："贾保长，有何吩咐？"

　　贾知达苦笑："老奎叔，你就别取笑我了，我是把八辈祖宗的脸都丢尽了！"

　　王老奎收起笑脸，正色道："知达，话可不能这么说。你当这个保长，为独立营做了多少事，我们心里有数。河沿少受鬼子伪军多少糟害，乡亲们心里也有数。你这个保长不光不是汉奸，还是功臣呢！"

　　贾知达连连拱手："有老奎叔这话，我心里就踏实了。刘世昌派人来下通知，让各村保长到榆垡开会，说是毛利要亲自训话，不知有什么事？"

毛利过河王老奎是知道的，香巧已经告诉了他，可毛利过河要干什么，王老奎就不知道了。

"毛利亲自训话，这该是有大事。"王老奎沉吟一会儿，"知达，你先去开会，有什么事咱回头再商量。"

贾知达从榆堡带回来的消息是，毛利要求各村保长组织人力，伐掉永定河堤内外所有的树木。王老奎感到此事非同小可，忙让老宽向李斌报告，自己也去找河桩。

河桩、志刚此时也得到消息，已派人去找李斌、马振武。

李斌一进屋，就说："毛利这手儿够毒的！"

"是呀，"河桩连忙让座，"敌人这是要破坏青纱帐，限制我们的行动，我们必须粉碎它！"

针对敌人这次行动牵涉的地域广、人员多，几个人商定，赶在敌人动手前召开一个联席会议，发动方方面面的力量，粉碎敌人的阴谋。

当天夜里，张卫也来到独立营，向河桩、志刚下达了永定河南北两岸相互配合，坚决粉碎敌人伐树阴谋的战斗命令。河桩向张卫汇报了他们的想法。张卫对此很赞赏，说是要回河南赶快布置，匆匆走了。

联席会议在洪部驻地南辛庄举行。参加会议的除了各村保长，区委和独立营的领导，还有绿林武装洪部、吴部、冯部的首领以及石堡联保主任贾阁臣、联庄会楚会首等人。此外，洪玉秀还请了两个特殊客人，她的拜把子兄弟，一个是万家铺炮楼伪军小队长葛瑞，一个是崔庄炮楼伪军小队长魏振彪。

因为事关每个人的利益，在河桩、李斌讲话后，大家的发言非常热烈。胡林店的保长胡振山第一个站起来说："各位都知道，永定河的河底比堤外的房顶还高。老辈人在大堤里外栽树，一是为巩固河堤，二是为闹大水时，打桩、镶埽、砍'挂柳'用。把树砍了，永定河一决口，我们谁也跑不了，都得喂王八！"

"老胡说得对。"太子府的保长周润田接过话茬儿，"除去大河决口，还有一宗，那就是鬼子砍树主要是为破坏青纱帐，阻碍八路军活动。所以我想，砍大堤里外的树，只是他们的第一步，第二步他们就要把所有的树木砍光。在座诸位都是明白人，我们这一带沙地多，好地少。沙地不宜种粮，产量太低，填不饱肚子，只能栽树，靠卖杨杆子、柳杆子和柁檩过日

四十七

289

子。还有的是栽果木树，用杏、李、梨、桃换粮吃。据我所知，在座各位谁家都有几十亩上百亩的林木，如果鬼子把树砍了，那我们的脖子还不都得用麻绳扎起来？"

周润田的话像一瓢冷水倒进热锅里，人们一下炸了，脸红脖子粗地乱喊乱叫：

"小鬼子太狠毒了，这不是把我们往死路上逼吗？"

"不干，打死也不干！我们不能做不肖子孙，把祖宗留下的产业亲手给毁了！"

见群情如此激愤，河桩、李斌满意的相视一笑。

一直没说话的吴敬礼冷不丁插了一杠子："不干？日本人势力那么大，胳膊能拧过大腿？命要是都没了，留下树有什么用？"这次会议吴敬礼本就不愿参加，他看见河桩和洪玉秀就硌硬，是吴敬仁劝他不能过早暴露与日本人的关系，又能借此探听八路的底细，他才捏着鼻子夹了。听着众人的喊叫，他心里一百个看不起，便横插膀子放了一炮。

这一炮果然有效果，人们仿佛这才意识到"不干"不是上下嘴唇一碰那么容易的，竟都闭了嘴，面面相觑。

吴敬礼正暗暗得意，贾阁臣一拍桌子站起来："别净长他人志气，灭自己的威风。小鬼子有枪有炮，我们手里的家伙也不是烧火棍！"贾阁臣是石堡村的大地主，家资雄厚，为防土匪抢劫，早就买了枪，建起护院队。抗战爆发后，贾阁臣联络履磕、刘家铺等周围几个村子，组织联庄会，抵抗鬼子的糟害。为笼络这支队伍，佐藤亲到石堡找贾阁臣谈判，任命他为联保主任，负责榆堡西北乡的防匪防共。贾阁臣向佐藤提出条件，不许日本人进入他辖下的村庄，佐藤也答应了。贾阁臣表面上与日本人相安无事，内心里却倾向抗日，独立营在石堡建立"堡垒户"，贾阁臣都是知情的，并暗中加以保护。时间长了，人们习惯地把联保队称为"贾部"，但贾部与洪部不同，更与胡部有天壤之别，他不绑票，不抢劫，只是保境安民。因此，独立营、区政府一成立，河桩、李斌就与贾阁臣取得了联系，每有统战活动，都邀请他参加。此次鬼子砍树，贾阁臣很是愤懑。石堡几个村都紧挨永定河，这一河段滩地宽，从堤根到河坎，足有半里多地，人们便在滩上遍栽桃、李、杏、梨。河道丰沛，滩土肥沃，果树长得枝繁叶茂，年年都有一大笔收入。砍掉这些果树，就等于断了不少人的财路，这是贾阁臣不能容忍的。共产党、八路军带头反砍树，贾阁臣从心里赞成，今见吴敬礼说泄气话，知道他是故意搅和，就忍不住站了出来。

吴敬礼早就跟贾阁臣有仇。过去他曾带人砸过贾家两次窑，但都没得手，还伤了几个弟兄，使吴敬礼大失颜面。今见贾阁臣当着众人的面顶撞他，不由怒从心头起，也一拍桌子跳起身："姓贾的，你牛什么屄？外面可刮风呢，小心让风闪了你的舌头！你的家伙不是烧火棍？和日本人的枪炮比起来，你那几根麻秸秆，连烧火棍都不如！"

贾阁臣打心眼里瞧不起这个打家劫舍的蟊贼，本来见他大模大样坐在那儿就一肚子气，今听他口出不逊，怒火一下蹿上脑门子，嗖地拔出手枪，指向吴敬礼："你是什么东西，敢在这儿放狗屁！冲你说的这些话，就是个十足的汉奸，老子他娘毙了你！"

吴敬礼也不示弱，拔枪对着贾阁臣。

众人谁也没想到会出现这样的场面，一时都愣住了。

志刚见状，忙走到两人中间，一边按下双方的枪，一边说："二位这是干什么？大家都是有头有脸的人物，哪能为一句话就拔刀动杖的？都消消气，好好商量咱们的大事。"

吴敬礼和贾阁臣的话，正是河桩要对大家说的。他见两个人都坐下了，就接过志刚的话茬儿："教导员说得对，咱们是来商量大事的，不能意气用事。其实，吴、贾二位说的都有道理，只是都只说了一个方面，不全面。吴二当家说鬼子势力大，这是事实，所以我们不能硬拼。但是，不硬拼不等于不反抗，咱们得想法子让他把事弄不成！"

"王营长说的理是这么个理，可小鬼子来硬的怎么办？我们都是老实巴交的庄稼主儿，挡不住呀。"周润田还真让吴敬礼的话给吓住了，刚才的慷慨激昂跑得没了影儿。

周润田说出大伙儿的担忧，便也纷纷议论开了：

"是呀，小鬼子拿枪拿炮的，硬逼着干，谁敢不干？"

"日本人就是吃人的禽兽，杀个人如同捻死只蚂蚁。惹恼了他们，指不定得死多少人呢！"

吴敬礼听着这些话，斜睨着贾阁臣，脸上露出得意的怪笑。

河桩从吴敬礼一插话就在注意他。河桩知道，吴部眼下没有彻底和独立营翻脸，那不过是表面敷衍，其实心里恨透了共产党、八路军，说不定暗中已投靠了鬼子。此时看他那副得意扬扬的样子，心想得镇唬镇唬他，就蜷起手指重重敲了几下桌子，压下众人的嘈杂："小鬼子要真是来硬的，那就用上贾主任那句话了，我们手里的家伙也不是吃素的，不要只长敌人的志气，灭自己的威风！"说着，故意盯了吴敬礼一眼，"我想大家都不想做亡国奴、当汉奸吧？不想，那就得跟鬼子斗！当然，还是那句话，只能智取，不能强攻，不能拿着脑袋往鬼子的枪口上撞。具体办法，我和教导员已经琢磨好了，说出来大家议议。"河桩把计划说出后，保长们又都个个喜笑颜开了。

胡振山说："这个法子好，既让小鬼子抓不着把柄，还能把砍树的事给他搅瞎菜了！"

周润田也一扫满脸愁云："王营长这法子简直就是鬼难缠呀。小鬼子纵有三头六臂，也叫他顾了脑袋顾不了屁股！"

河桩也很兴奋："只要我们方方面面配合好，就一定能粉碎敌人的阴谋！"

吴敬礼撇撇嘴，低声嘟囔："喊，粉碎阴谋？要不是你们瞎折腾，日本人也不会这么干！"

吴敬礼的声音虽小，还是被河桩听到了，他将锐利的目光直向吴敬礼射去："吴敬礼，你在说什么？你说这样的话，还是中国人吗？难道我们不抵抗，小鬼子就不杀人放火了？"

吴敬礼也意识到自己说走了嘴，又见大家都瞪着两眼盯向他，怕引起众怒，便要起流氓嘴脸，嬉笑着朝河桩连连拱手："失言，失言！王营长大人大量，别跟我一般见识。其实，我也是反对砍树的。"

洪玉秀见天已晌午，又打掉了吴敬礼的气焰，便凑到河桩耳边说："兄弟，时辰不早了，是不是边吃边说？"

河桩和志刚商量几句，便宣布："会议就开到这儿，大家回去后按计划行事！洪司令为欢迎诸位，特意备办了丰盛的酒饭。大家稍稍休息一下，准备喝酒！"

吴敬礼借口去厕所，晃晃悠悠走出院门。张运来正在门口观风，见了吴敬礼，便尾随着进了茅房。

吴敬礼一边撒尿，一边问："这些日子，你怎么一点儿动静都没有？"

张运来挤到吴敬礼身边，也扯开裤子："二当家，我真是尽心了，恨不得睡觉都睁着眼，可什么也没看出来。"

"我就不信，洪老婆子会整天吃饱了在炕上猫着！"

张运来使劲抖抖裤裆："老婆子收留独立营伤员的事，我不是报告了吗？"

"那件事办得不错，大当家决定赏你十块大洋。记住，以后凡是对消灭独立营、洪部有利的事，都要及时报告！"

大厅里，人们坐在几张桌子旁，相互让酒。吴敬礼见他还没到就开了席，觉得受了侮辱，再加上刚才受了河桩的窝囊气，要发泄，便一屁股坐在葛瑞和魏振彪中间："我说，我们这些人可都是抗日的，你们俩是日本人的狗腿子，也人五人六地坐在这儿，充什么大帽钉？"。

葛瑞和魏振彪最怕人们看不起，一听吴敬礼说这样的话，立时满面羞红，噌地跳起来："你！"

"我怎么？"吴敬礼狞笑，"说屈你们了？你们就是日本人的走狗，就是汉奸！"

"放你娘的狗臭屁！今儿个你不把放的狗屁收回去，老子绝不饶你！"葛瑞一把揪住吴敬礼的脖领子。

这边的情景，洪玉秀全看在眼中，她按住要起身的河桩，走过来给葛瑞使眼色："兄弟，放开手！"转眼盯住吴敬礼："吴二当家，这俩人是我的拜把兄弟，你不能这么说话。他们是穿着这身老虎皮不假，可他们不是铁杆汉奸，没干过糟害百姓的事！我请他俩来，是想让他们和大家见见面，往后相互有个照应。今天这个会开得挺好，大伙儿的心很齐。谁要是出幺蛾子，把事搅喽，谁可就是大伙儿的敌人！"

吴敬礼本想借机撒疯，一是显示显示自己，二是给这个会添个堵，不想又碰了洪玉秀的钉子。想摔杯走人，又怕被怀疑和日本人有关系，一时竟僵在那里，心里暗骂自己吃错了药，无罪找枷扛。脸红脸白一阵后，只得好汉不吃眼前亏，故伎重施："得嘞，洪大当家，我吴三是个没细味的人，说话不知深浅，还望洪大当家和各位多多包涵。这样，我自罚一杯，给这两个兄弟赔礼！"说着，端起酒杯一饮而尽。

洪玉秀也不想把事情闹僵，便见好就收，拍拍吴敬礼的肩膀："吴二当家果然豪爽痛快。来，我敬你一杯。"

胡振山见气氛缓和了，便也凑趣："洪大当家今天的菜好，苦、辣、酸、咸，味味俱全，动筷儿的人也是红、黄、白、黑，各色都有，正好是一副对联。"

"对联？什么对联？"周润田有些摸不着头脑。

"这还不明白？上联是苦、辣、酸、咸，下联对红、黄、白、黑，只是缺个横批。"

志刚一听也来了兴趣，冲口而出："我出个横批：九九归一。"

"九九归一？"吴敬礼忘了教训，又不怀好意了，"这个'一'是谁？"

"人民，全中国的老百姓！"

　　李大裤裆带人刚上了河南岸的渡船，就被香巧看到了。她连忙叫过拴住，让他进村通知王老奎。

　　反砍树会议开过后，王老奎和贾知达就对河沿儿村进行了周密布置。把拴住安排到香巧的小吃店，边给香巧打下手，边当通讯员，一旦发现鬼子或伪军过河，就回村报信。王老奎接到信，就和贾知达、王老宽等人通知抗日军政人员的家属和青壮年出村躲避，留下老少妇孺支应鬼子。因为砍树关系到每个人的身家性命，所以孙秃子、金宝、金贵以及富裕户们都很配合，共同保守着这一秘密。

　　李大裤裆一下船，香巧就笑吟吟地迎上去："李头儿，啊不，李队长，好长时间没见了，今天是什么风把你给吹回来了？"

　　"你身上的香风呗。"李大裤裆仍是狗改不了吃屎，淫笑着在香巧脸上拧了一把。

　　香巧闪开两步："李队长，你都是大人物了，怎么还这么不尊贵，不怕人笑话？"

　　"怕人笑话？"李大裤裆对着手下的弟兄哈哈大笑，"我他娘要怕人笑话，能长这么大？"手下的弟兄也哄地笑起来。

　　贾知达喘吁吁跑上大堤。李大裤裆劈头便问："贾保长，砍树的人找齐了？"

　　"找齐了，都在老爷庙前边等着哪。"

　　李大裤裆一到庙前就火了："贾保长，不是让你准备五十名青壮年吗？你看看，你找的这……"李大裤裆指点着一群老头儿和小孩子，"不是老棺材瓤子，就是虾米小鱼子，能砍得动树？"

贾知达为难地摊开手："就这些人，还是费了吃奶的劲儿才叫来的。"

"那些青壮年呢？"

"我哪知道跑哪儿去了？要不，你挨家去搜？"

李大裤裆拔出手枪："贾知达，别以为你给毛利太君治好了马腿，就不知道姓什么了。我到毛利太君那儿告你个破坏砍树，照样要你的命！"

这时孙秃子悄悄走进李大裤裆，低声说："大哥，兄弟说句不该说的话，有些事不能太认真。日本人砍树对咱有什么好？万一永定河决了口，不也把咱的土地、房子和果木树都淹了？日本人不怕什么，拍拍屁股走了，咱的祖业产可全毁啦！"

李大裤裆直嘬牙花子："这些道理我能不懂？可日本人派的差事，干不好就得掉脑袋！"

"大哥，听兄弟一句话，得过且过吧。说不定别的村还不如咱们村哪。"

李大裤裆愣会儿神，丧气地一挥手："走，都他娘跟我走！"

来到河堤里，李大裤裆领着贾知达认好地段，限令十天砍完，就把手下分开警戒去了。贾知达见堤顶上东一个西一个站着鬼子，荷枪实弹地监视着，又见别的地段已有人动手了，便也指挥着人们干活。一时间，河滩里响起一片咚咚的砍树声。

毛利通过佐藤得到吴敬礼的报告，知道独立营要破坏砍树计划，早早命令榆堡的宫崎带一小队鬼子到堤顶上警卫。只是路线太长，鬼子散布开，就像在一条路上撒了几粒羊屎蛋儿。

突然，堤外响起枪声。宫崎拔出指挥刀，号叫一声，领着鬼子向枪响处扑去。紧接着，堤内大树间又响起几声手榴弹的爆炸，崩起的土块扑簌簌飞出去老远。在人群中巡视的李大裤裆和警备队员吓得一头扎在地上，抱着脑袋竟忘了放枪。贾知达趁机高喊一声："八路来了，快跑呀！"扔下刨斧，向堤外跑去。人们见有领头的，也都扔下手里的家什，四散奔逃。宫崎随着枪声追出三匹里地，也没见到一个八路军。回到堤上，砍树的人早已跑得没了影儿，静静的河滩里只剩下被丢弃的斧子和几件破夹袄。

毛利得知伐树第一天就遭到失败，非常恼怒，把宫崎、李大裤裆等人痛骂一顿，下令"镇北关"的警备大队全体出动，并令沿河据点全力支援。为防八路混入伐树队伍进行滋扰，所有砍树者一律搜身。

出了毛利的司令部，李大裤裆拉着"镇北关"去喝酒。酒桌上，李大裤裆把遭袭的经过添油加醋地向"镇北关"叙说一遍。"镇北关"把秃秃的眉头紧皱起来："照兄弟这么说，明天这个差事还挺凶险？"

"可不是。谁知道土八路从哪儿打上来？手榴弹从哪儿爆炸？赶上点儿背，什么倒霉事都碰上了。"

"镇北关"叹口气："那也得去呀，咱干的是这个。"

"没想到这碗饭这么不好吃。"

"镇北关"立起眼："怎么着？兄弟后悔了？"

李大裤裆见"镇北关"不高兴了，连忙表白："哪能呢，大哥误会了。跟着大哥我是心甘情愿，誓死追随。我的意思，是提醒大哥，多加小心，注意安全。"

"镇北关"拍拍李大裤裆的肩膀："兄弟的好心哥领了。"端起酒杯："来，今朝有酒今朝醉，干喽！"

"镇北关"摇摇晃晃走进家门，一下子仰倒在床上。小桂闻着从"镇北关"身上散发出的酒臭，厌恶地捂住鼻子："在哪儿灌了这么多马尿，熏死人！"

"小桂，老子待你……不薄，你好好……伺候伺候老子。明儿一走，指不定……回得来回……回不来！"

小桂心里一惊，忙拿起湿毛巾，一边给"镇北关"擦脸，一边问："走？去哪儿？"

"过……过河！"

小桂还要问，"镇北关"已呼呼地睡着了。

小桂给"镇北关"脱下鞋，把身子在床上顺好，这才坐在床沿上回想"镇北关"说的话。过河，指不定能不能回来，这是要找八路军打仗呀。河桩知不知道？要是不知道，那准得受损失呀！想到这儿，她急得坐卧不宁。可天这么晚了，城门早已关了，她不可能出去送信了，只好咬牙忍耐。好不容易盼到天亮，忙忙地生火做饭，伺候"镇北关"走了，就锁上大门，回了娘家。

"油条张"正在店前忙活，见小桂急急走来，知道有事，就把老伴叫出来照顾生意，和女儿进了后院。

"就这些？""油条张"听小桂说完情况，觉得太简单，不免有些失望。

"这还不行？那个恶魔亲自出马，鬼子肯定有大行动。你快去告诉老奎大叔，要不，独立营要吃亏的！"

"油条张"想想也对，便解下围裙，换身衣服，对外宣称走亲戚，向河北而去。找到王老奎，把情况说了，又搭船返回河南。

河桩只得知敌人增兵的消息，并不知道要搜身，仍按原计划分配任务，结果出了事。

"镇北关"来到胡林店，昨晚的酒还没完全醒，骑在马上仍是晕晕乎乎的。胡振山带人坐在堤顶的"土牛"上，见"镇北关"走近，忙着站起来。还没容他说话，"镇北关"对警备队员大喝一声："围起来！"警备队员哗地散开，拿枪指着人群。

"郝大队长，这是……"胡振山一脸惊慌。

"镇北关"不理胡振山，跳下马，围着人群转圈子。转到两个年轻人面前，上下打量一番，点点头："嗯，这还是干活的料！"又把人们挨个儿看一遍，这才转向胡振山："胡保长，你不是庄稼主儿？"

胡振山愣怔地望着"镇北关"："郝大队长，您把我说糊涂了，我不明白您的意思。"

"镇北关"指着几个人手里拿的镰刀："你他娘睁开狗眼看看，这家什能砍树？怕是连草都割不动吧？"

胡振山一看也不由得笑了："郝大队长有所不知，昨儿个八路军骚扰，又打枪又扔手榴弹的，谁不害怕？丢下刨斧就跑了。都是小家小户的，能有几件趁手的家什？皇军又催得急，可不逮着什么就拿什么了？"

"镇北关"在胡振山背上抽了一马鞭："少他娘在我跟前耍花噜屁股，到限期干不完活儿，我砍下你的脑袋当尿壶！"又对手下大喊："搜身！搜出违禁品，立即枪毙！"

一听要搜身，胡振山大惊失色，刚才被"镇北关"夸奖过的两个年轻人也有些慌张，他们是独立营的张石头和牛大水。因为李大裤裆掌管河沿儿那一段，河桩不敢往贾知达处派人，怕被李大裤裆认出来，就派到胡振山这里。张石头看看紧紧围着的伪军，轻声对牛大水说："往外冲，不能连累乡亲们！"

牛大水点点头，猛地抽出腰中的手榴弹，砸向一个警备队员的脑袋，然后一个鱼跃滚下大堤。张石头也砸倒一个，紧随其后跑下堤坡。

"镇北关"被这意外情况惊呆了，待醒过神，忙指挥射击。

胡振山向大家使个眼色，人们哄地一下跑散了。

张石头被打中大腿，挣扎几下倒在地上。牛大水返身扑过来，把张石头拖到一棵大树后。

张石头扔出一颗手榴弹，催促牛大水："你快走，不然，咱俩谁也跑不了！"

"少说废话！咱俩一块儿来的，活一块儿活，死一块儿死！"

伪军们把两个人团团围住，"镇北关"大喊："弟兄们，抓活的，抓住有赏！"

"赏你娘的蛋！"牛大水一手榴弹炸倒两三个。

"镇北关"火了："开枪，打死他们！"

一阵激烈的枪声，张石头和牛大水不动了。

"镇北关"指挥身旁的伪军："去，看看还有气没有？"

几个警备队员战战兢兢走上前，弯下腰查看。牛大水用满是鲜血的手拉着一颗手榴弹："兔崽子们，陪老子一块儿走吧！"随着爆炸声起，一股冲天烟雾笼罩了整棵大树。

"镇北关"失魂落魄地走上大堤，抓住躲在"土牛"后的胡振山，噼里啪啦就是一顿嘴巴："狗日的，你敢私通八路！"

"郝大队长，冤枉。我……我真不知道他们是怎么混进来的！"

"镇北关"看看空无一人的河滩，转身又给了胡振山一脚："把他带走，让毛利太君剥了他的皮！"

在牛大水和张石头牺牲的时候，河沿儿村也出了事。

李大裤裆看着稀稀拉拉的十几个人很不满意，让贾知达再去找。贾知达赔着笑说："李队长，咱村有多少人，你心里有数。你让我到哪儿去找？"

"贾知达，你是个人物啊？昨儿个用棺材瓢子、虾米小鱼子糊弄我，今儿个连人数都不够了，你是看我好说话吧？"

"瞧李队长说的，哪能呢。你知道的，这些土庄稼主见过多大阵仗？

四十八

昨儿个那么一闹腾，都吓破了胆，全跑了，实在是凑不出人来了。"

李大裤裆眼珠转了转："男的跑了，就找女的。"不顾贾知达阻拦，命令臭子："去，领着弟兄们挨家搜，把年轻女人全带来！"

臭子如今已是警备队小队长，听李大裤裆说要搜女人，正好借机揩油，忙高声应个"是"，兴高采烈地走了。

不一会儿，十来个女人被推推搡搡地带来了，其中有独立营排长李三林的妹妹李四丫。四丫本来是和母亲躲进沙岗的，不想母亲受了风寒，高烧不退。四丫没法，只得把母亲背回来，在家伺候。不想正赶上臭子搜人，慌急中从灶坑里抓两把灶灰抹在脸上，就被拉来了。

李大裤裆把人们赶到河滩，宫崎已在四周布好包围圈。见李大裤裆赶来一群女人，宫崎高兴了："搜身！花姑娘的，大大的好，我的亲自来！"

宫崎走到四丫跟前，仔细打量一番："嗯，大大的好，只是脸脏了脏了的。"说着，伸手就来摸匹丫的脸。四丫打开宫崎的手，退开两步。

"八嘎！"宫崎丢了面子，恼羞成怒，一把抓住四丫的前襟，在胸脯上乱捏乱摸："八路的，手榴弹的有！"

四丫急了眼，挥起手中的斧头砍在宫崎的肩膀上。

宫崎呀地大叫一声，拔出军刀，狠狠刺进四丫的胸膛。四丫晃了几晃，翻身倒在血泊中。

贾知达扑上前，抱起一看，鲜血不断从四丫的胸前和嘴里涌出来，人已经没救了。

贾知达红着眼睛走到李大裤裆跟前："李队长，闹出这样的事，乡里乡亲的，你让我怎么向她的家人交代？"

李大裤裆见出了人命，也有些心虚，但仍嘴硬："谁让她砍太君的？是她自个儿作死，关我什么鸡巴事！"颠儿颠儿地跑着照顾宫崎去了。

噩耗一个接一个传到河桩耳中，使他不禁怒火中烧："他娘的小鬼子，不给你点厉害看看，你是不知道马王爷三只眼！"

志刚深深理解这位兄弟加战友的心情，忙按住肩膀让他坐下："营长，别急，咱们好好商量个办法。"

"我怎么能不急？是我情况不明，指挥失误，是我害了他们！"河桩的眼泪夺眶而出。

李三林怒冲冲闯进营部："营长，我要报仇！"

志刚忙止住李三林的嚷嚷，暗示他看看河桩。

李三林见河桩正在流泪，立时闭住嘴，直愣愣站着不知所措。

河桩抹掉满脸的泪水，沙哑着嗓子说："三林，你去通知各连排干部，到营部开会！"

散会后，河桩到南辛庄找洪玉秀，把作战部署告诉她，并向她借两挺机关枪。洪玉秀爽快地说："不止是枪，连人都借给你。"

河桩又提出见葛瑞和魏振彪，洪玉秀也答应陪着去。

到万家铺炮楼，河桩把他的想法向葛瑞说了，葛瑞立即应承。河桩有些不放心："葛队长，你可想好喽，过后别反悔。"

"没什么可反悔的。丢了武器、炮楼，大不了挨鬼子一顿臭骂几个嘴巴。要能把我撸喽，更是求之不得，我早就不想干这丢人现眼的差事了。"

洪玉秀高兴地拍着葛瑞的肩膀："兄弟，你真是我的好兄弟，大姐没看错你！记住，这可是你第一次跟八路军合作，一定要多加小心，千万别出差错。"

崔庄炮楼的魏振彪也答应河桩，按八路军的要求做。

按照计划，志刚到便衣队去后，河桩把李三林找来："三林，你不是要给妹妹报仇吗？给你个机会。明天一早，你带着你的排和洪部的机枪班，到河堤去袭击宫崎，打得越狠越好，拖得时间越长越好。不过有一样，不能伤亡太大。"

第二天天刚蒙蒙亮，独立营就兵分三路，各自行动了。

李三林在离河堤二里远的沙岗后埋伏下来，命令班长邢凯："你去诱敌。不许恋战，只要把敌人引过来就行。"

邢凯应声"是"，领着一班人走了。

日上三杆，永定河堤顶上出现了人群，有鬼子、伪军，也有砍树的群众。邢凯在离河堤不远的树后观察了一会儿，见老百姓都下到河滩里去了，便命令开火。噼噼啪啪的枪声引起敌人一阵骚乱，紧接着，密集的枪弹就回射过来。

宫崎肩膀上缠着绷带，举着望远镜向堤下观看。镜头里出现了十来个穿灰布军装的人影，嘴角不禁露出一丝轻蔑的笑："土八路，小小的，死了死了！"拔出指挥刀，狂叫一声，指挥着鬼子伪军冲下大堤。

邢凯带着战士边打边撤，直到把敌人引到李三林埋伏的阵地前，才转到沙岗后面去。

李大裤裆面对层层叠叠的沙岗，不免心惊胆战，几步跑到宫崎身边："太君，土八路狡猾狡猾的，小心上当！"

宫崎望着连绵不绝的大小沙岗，也有些犹豫，正要举起望远镜察看，前面不远的岗顶上又冒出几个灰色人影，几声枪响，一个鬼子栽倒在地。

"八嘎！"宫崎暴跳如雷，下令冲锋。

李三林趴在两挺机枪旁边，对洪部的两个射手说："兄弟，一会儿就看你们的了。"

"放心，"一个络腮胡笑笑，"来时子弹都带足了，大当家也嘱咐了，一切听你们指挥，保证给小鬼子来狠的！"

鬼子伪军冲到沙岗下，李三林喊声"打"，两挺机枪首先欢叫起来，其他长短武器也一起开了火。

激烈的枪声传到万家铺炮楼，葛瑞吹响哨子集合队伍："砍树的皇军遭八路袭击，我们要火速增援。兰玉，你带三个弟兄守卫炮楼，其他人都跟我走！"

葛瑞的队伍走出不远，就被河桩带领独立营一连团团围住。葛瑞首先缴了枪，别的伪军学着样儿，也纷纷把枪扔在地上。河桩把伪军们赶进小树林，派几个战士看守，便带领其余战士直奔万家铺炮楼。炮楼上的兰玉等人都是和葛瑞串通好的，看八路来了，朝天虚放几枪，就打开大门。河桩带领战士们跑进炮楼，把弹药搬空，放起大火。很快，高大的炮楼就被浓烟吞没了。

成天鹏用同样办法，带领独立营二连解决了崔庄炮楼。

便衣队也在志刚、金驹带领下，袭扰了"镇北关"的警备队。

独立营的四面出击，让毛利焦头烂额，顾此失彼。周润田又拿着几十个保长的联名信，请榆堡伪镇长刘世昌向毛利求情，保释胡振山。佐藤劝毛利不能惹起众怒，否则"以华治华"的战略就难以贯彻施行。毛利无奈，只好忍气把胡振山释放了。

就这样，砍砍停停，停停砍砍，直到青纱帐起来，河滩里的树也没有砍倒多少。毛利又一次失败了。

弯弯的永定河

302

郑新自打和佐藤见面后，心里就像有十五只吊桶打水——七上八下。佐藤给他的指令是杀掉金驹、刘顺，把队伍拉过去。他知道，日本人的力量是强大的，论硬拼，八路军根本不是对手。尤其是有郑民当内鬼，如果他不听话，日本人想干掉他，来个里应外合，他这支三十人的小队伍，还不够塞牙缝儿。可佐藤对他那种高高在上、颐指气使的劲头儿，又让他很不舒服。眼下正是用得着他的时候，还这个样子，将来他不起什么作用了，那还不过河拆桥、卸磨杀驴？反过来想，跟着八路军干，也没什么前途，独立营把金驹、刘顺派来，明摆着是夺他的军权。再者说，以他的脾气秉性，共产党那一套就像枷锁，他是忍受不了的，早晚也得分道扬镳。可接受改编那天，他是当着十里八村乡亲们的面，发誓要跟着八路军打鬼子的，如果不打鬼子，还当了汉奸，那不得让人们把八辈祖宗骂翻了过儿？

"嘿！"郑新越想越心烦，一拳砸在桌子上，"早知如此，何必当初！受他娘这种夹板气！"

"大哥，"郑民悄悄推门进来，"别总是唉声叹气了，快下决心动手吧。咱不动手，人家可要动手了！"

郑新一惊："你听谁说的？"

"郑宝告诉我的。说是赵志刚来那天，偷着开了好几个会，找的都是跟他们近乎的人。你没看出来？金驹、刘顺这几天看咱的眼神都变了！"

"唉，兄弟，大哥可是毁在你手里了！"

郑民恼了："大哥，你别总是把别人推到水里，自个儿站在干岸上捡鱼。说心里话，你愿意跟八路走到底？事到如今，说那些屁话没用！箭在弦上，不得不发。晚了，脑袋就没了！"

"那……就听你的吧！"

"我一会儿去礼贤，让吴三找佐藤，定好时间派人接应，我们把队伍拉过去！"

两人正说着，忽听窗外有响动。郑民几步抢到门前，侧耳听听，又拉开门缝儿左右看看，没见有人，便又把门掩上："大哥，事不宜迟，我现在走。你也抓紧时间找贴近的弟兄谈谈，做好准备！"

不想，郑家兄弟的谈话，都被便衣队一班班长耿大壮偷听去了。

耿大壮是麻庄的一个佃农，母亲早亡，和父亲耿忠相依为命，租了本村地主麻二爷家十亩地耕种。因地在永定河外，薄碱沙洼，除去风调雨顺的年头能吃个饱饭，一遇旱涝灾害，就减产欠收。时间一长，就欠了麻二爷一大笔租子，受了不少挖苦辱骂。耿大壮为还地租，农闲时就挑副挑子做小买卖。有时为到集上、庙上赶趁，夜里就找个草棚破庙凑合一宿，三天五天不回家。这天，耿大壮卖完货物回到家，父亲已悬在梁上冻成冰棍儿了。耿大壮放下父亲，出门去问街坊四邻。有人偷偷告诉他，麻二爷上门讨债，说是年关快到了，必须清账。耿忠申辩了几句，便被麻二爷指使狗腿子暴打一顿。谁知耿忠悲愤不过，竟然上吊自尽了。耿大壮是个烈性汉子，抚着父亲遍体鳞伤的尸体痛哭一场，央求街坊帮忙把父亲草草掩埋了，便在深夜潜入麻家，杀了麻二爷，烧了粮仓，跑到郑部入了伙。耿大壮为人正直，对郑家哥儿俩的胡作非为很是看不上眼，可又无处容身，只好忍耐。郑部接受改编，耿大壮非常高兴。金驹来队后，每次上政治课、教唱歌，他都仔细听、认真学，明白了不少道理，觉得跟着共产党走才是正路，便积极向金驹靠拢。金驹看出耿大壮本质不坏，也有意培养，成为他在便衣队里可靠的骨干力量。便衣队领导班子调整后，耿大壮被任命为一班班长。

刚才耿大壮吃完午饭没事干，想找王厨子下盘棋解闷儿，一进后院，就见郑民进了郑新的屋子。想起金驹嘱咐他要多注意郑民举动的话，便悄悄凑到窗前去听。当听到郑民鼓动郑新要拉队伍投鬼子，吃了一惊，脚下踩断一块瓦片，忙闪身躲到墙角后面。等郑民走了，耿大壮溜出来，慌忙去向金驹报告。

金驹听了耿大壮的话，心里也有些着慌："这可真是，怕什么，还就来什么！"

刘顺拔出手枪："我去把郑新抓起来！"

"别！"金驹拦住刘顺，"这支队伍毕竟是郑新拉起来的，没凭没据地抓起他，会惹出乱子！"

"那怎么办？再耽搁，就来不及了！"

"别忙，忙中出错。"金驹静静神："大壮，你去把那几个靠得住的弟兄叫来。记住，悄悄地，别声张。"

几个弟兄一听郑家哥儿俩要反水，都低声叫骂起来："郑民这个兔崽子，早就看他鬼头蛤蟆眼的不是好鸟！"

"咱们是打鬼子的，怎能投顺鬼子？那不丢了祖宗的人？"

金驹此时已镇定下来，抬手止住大家："弟兄们说得对，我们绝不能投顺鬼子！大家估计一下，如果郑家哥儿俩真做出这事，能有多少人跟着走？"

"算上那些摇摆不定的，大概齐半对半。"耿大壮没太大把握地说。

"这就是说，一半人跟他走，再加上敌人的接应，我们没有取胜的把握，所以不能轻举妄动。弟兄们回去，都别声张，做到心中有数就行了，千万别漏出风声。"

等人们走后，金驹对刘顺说："郑民去找吴敬礼，吴敬礼再找佐藤，佐藤再定接应时间，算起来怎么也得两三天，这就给了我们机会。你马上回去向营长汇报，请求支援，一定要赶在敌人前面赶过来！"

"你呢？"

"我在这儿监视，也能稳定弟兄们的心。"

"你一个人留在这儿，太危险。"

"我没事，你快走，别误了大事！"

刘顺出了村子，见前后没人，就甩开大步猛跑起来。跑出十几里路，天已擦黑，火烧云映红西半天。猛的，前面传来急骤的马蹄声，郑民骑着一匹白马飞驰而来。刘顺一惊，躲闪不及，只得停下脚步。此时郑民也发现了刘顺，忙勒住马缰，停在路上。

原来郑民赶到吴部，把便衣队要投靠日本人的事说了，吴家哥儿俩都很高兴，吴敬礼答应明天一早就去找佐藤，定下接应的日期，再去通知他。

"能不能现在就去？这事不能耽搁，泄露出去，我们哥儿俩的脑袋就没了！"郑民对吴敬礼的拖拉很不满意。

吴敬礼对郑民的态度也很反感，心想，没有我牵线，你能认识佐藤？现在竟大鸡巴佬儿似的跟我说话了。便开口顶了回去："你不看看眼下什么时辰了，赶到固安，城门早关了，能进得去城？你把心放在肚子里，明儿早起，我一准儿去！"

郑民没法，也无心喝酒，就借了匹马，心急火燎地往回赶。谁知冤家路窄，半道竟碰上刘顺。

郑民骨碌着眼珠子盯着刘顺，觉出是"那个事"漏风了，刘顺这是去向王河桩报告，便决定先下手为强。他耸耸马，慢慢走到刘顺跟前，装出一脸假笑："刘队副，天都这早晚了，还要去哪儿？"

"回营部办点儿事。"

"办点儿事？是去报告吧？"

"报什么告？你把我说糊涂了。"

郑民嗖地拔出手枪："你少给我装傻充愣！我现在就打死你，信不信？"

"信，我信，郑二当家什么事干不出来？"刘顺说着，眼睛忽然向郑民身后一望："呦，王营长来了！"

郑民不知是计，忙回头去看。刘顺趁机跃起来，一拳将郑民打落马下，夺过枪，用脚踏住胸脯子："说，干什么去了？"

"干什么你管得着？找朋友喝酒去了，不许呀？"郑民骂骂咧咧地拼命挣扎。

"没闲工夫跟你扯淡！"刘顺挥拳把郑民打晕，拽进路旁的小树林，解下郑民的裤带，把他捆在树上，又摘下帽子塞进他的嘴，说声："回来再收拾你！"骑上白马，飞奔而去。

河桩听了刘顺的报告，马上命令部队集合，由志刚带领火速奔赴刘各庄。自己和刘顺同乘一匹马，先头去了解情况。可等二人来到小树林，却不见了郑民的影子。

原来，刘顺心急，没有捆结实，刘顺走后不久，郑民就清醒过来，把手挣开了。

郑民系上裤子跑回村，一见郑新就连连说："坏了坏了，大事坏了，要砸锅！"

郑新正坐在桌旁喝闷酒，见郑民那狼狈的样子，心里咯噔一下："怎么了？出了什么事？"

郑民把遇到刘顺的事说了，郑新大惊失色："这可怎么办？彻底露馅儿了！"

"一不做二不休，"郑民两眼冒出凶光，"把金驹抓起来，先把队伍拉到榆堡再说！"

"要是有人不跟着走呢？"

"谁不走毙了谁！"

"那哪儿成，那不得引起火拼？一火拼，咱的队伍还能剩下几个人？"

"那就把跟八路贴近的几个都抓起来。没了领头的，就闹不起来了。"

见郑新点头，郑民把郑宝找来，低声交代了一番。

郑宝带人闯进金驹的房间，用枪将金驹逼住："绑了！"

"郑班长，你这是干什么？"金驹不动声色。

"干什么？见了我们郑队长再说。绑！"

金驹觉得反抗没有意义，他也想看看郑家哥儿俩下一步的举动，以便见机行事，就不还手，任他绑上。

金驹五花大绑被推进郑新的屋子。金驹见郑新不敢与他对视，便先声夺人："郑队长，咱们是八路军，八路军是有组织纪律的，你怎么能随便捆绑干部？"

见郑新不吭声，郑民就骂起来："你别他娘总拿八路说事，老子不干了！"

金驹嘴角露出冷笑："你不干八路军，难道想当汉奸？"

"老子就……你他娘少啰唆，惹急老子，毙了你！"

这时，耿大壮和两个弟兄也被捆绑着推进屋。耿大壮边挣扎边喊叫："你们要干什么？我犯了什么罪？"

郑民一见耿大壮，不由怒火中烧，咬牙切齿："都是你这个混蛋坏了我的事！"

原来，郑民自从被撤掉副队长职务后，就想除掉金驹。在一次金驹夜里回营部汇报工作时，他持枪悄悄跟在了后面。就在他准备在小树林里向金驹开枪时，正巧遇到外出回来的耿大壮。耿大壮并不知道前面走着金驹，见郑民鬼鬼祟祟的样子，很是诧异，便问郑队副在干什么，郑民忙以饭后遛弯儿搪塞过去。郑民以为被耿大壮看出破绽，再不敢打金驹的黑枪，耿大壮无意中救了金驹的命。

便衣队员们见连着绑了好几个人，不知发生了什么事，惊慌地聚在院子里，嘤嘤嗡嗡地议论声：

"怎么把指导员抓起来了？"

"耿大壮几个也都是好兄弟呀，他们这是要干什么？"

金驹开始见耿大壮几个人被绑进屋，心里不由一凉：坏了，郑家兄弟提前动手了！不知刘顺送到信没有，独立营什么时候能赶到。如果迟了，不光他和几个弟兄有生命危险，整个队伍也会被拉走。等听到院子里的议论声，他又看到了一线希望，故意提高嗓门："郑队长，咱们一块儿待这么长时间，还是不错的吧？你就是想要我的命，也得让我死个明白呀！这么稀里糊涂的，恐怕弟兄们不服吧？"

金驹的话，立刻得到院里队员的响应：

"是呀，盐打哪儿咸，醋打哪儿酸，总得说清楚啊！"

"无缘无故的，这不是自相残杀吗？"

郑民慌了，上去扇了金驹两个嘴巴："死到临头，还妖言惑众！"扭头朝郑新喊："大哥，事到如今，也别藏着掖着了，跟弟兄们亮盒儿盖吧！"

郑新被逼得没了退路，以前的凶悍劲又回到身上，他推开门，站在台阶上，面对黑乎乎的人群大吼一声："别他娘瞎嚷嚷了！"

郑新毕竟是过去的大当家，在这支队伍里还是有不小威风，他这一嗓子，便压下满院的嘈杂，人们都闭住嘴，静等他说话。郑新艰难地咽口唾沫，沙哑着嗓子说："弟兄们，你们都是跟着我出生入死的好兄弟，我得为你们负责任。自从投了八路，吃喝不好不说，还净他娘受窝囊气。我们不干了，投日本人去！老子保证你们吃香的，喝辣的，发洋财！"

"那不是去当汉奸吗？"黑暗中有人喊了一声。

"谁在那儿放狗屁？不听大当家的，老子毙了他！"郑民挥舞着手枪大喊。

"毙了他！"郑宝几个也跟着怪叫，把枪栓拉得哗啦哗啦响。

郑新见没人再敢说话，便下令："赶快收拾东西，跟我去榆堡。有捣乱的，格杀勿论！"

人们默默散开，愿意去的，欢天喜地，不愿意去的，拖拖拉拉，直磨蹭了一个时辰，队伍才集合起来。

"大哥，金驹几个怎么办？干掉算了！"郑民向郑新请示。

郑新犹豫了一下："不，带到榆堡去。"

"也好，送给日本人，又是一笔赏钱。"郑民喝令郑宝把金驹几个从屋里推出来。

不想队伍刚出门，一阵急剧的马蹄声传来。郑民慌忙喝问："什么人？"

"王河桩！"

"不好，独立营来了！"郑民抢枪就打。

"快，快退回院子！"郑新领头往回跑。

队伍乱哄哄退回院子。郑新慌得如同热锅上的蚂蚁，不停地嘟囔："这可怎么办？这可怎么办？"

郑民凶相毕露："还能怎么办？跟他们拼了！到不了榆堡，就鱼死网破！"

郑新只得让郑民带人守住大门。转眼看见金驹，一个主意涌上心头。他把金驹几个推进后院伙房，命王厨子看着，自己翻身返回前院。

此时河桩和刘顺已爬上附近的高房，趴在烟囱后面往下看。院子里黑黢黢的，只见人影晃动，其他的什么也看不清。河桩对着刘顺耳朵轻声说："我喊话，尽量拖延时间。你到那面房顶上去。咱俩用枪压住院子，说什么也不能让他们把队伍拉走！"

刘顺点点头，顺着房后坡，爬上另一座房子。

"便衣队的弟兄们，你们被包围了，抵抗是没有用的，只有放下武器才是出路！"静谧的夜里，河桩的喊声显得格外洪亮。

郑民破口大骂："王河桩，你他娘少在这儿瞎嘞嘞，老子不吃你这一套！打，给我狠狠地打！"

郑民虽然喊叫的厉害，开枪的却只有郑宝几个人，大部分队员都躲在屋檐下观望。几颗子弹射上房，打飞烟囱上的灰皮。

河桩抹掉脸上的灰渣子，继续喊："弟兄们，你们不要上郑民的当，他早就投靠了日本人，他这是让你们去当汉奸，把你们往死路上领！"

郑民气急败坏，夺过一挺机枪，往房顶上狠命扫射，压得河桩不敢探头。刘顺见势，抬手打去两枪。子弹擦着郑民耳边飞过，吓得郑民手一松，机枪掉落地上，忙躲到黑影里朝房上喊："姓王的，告诉你，金驹在我手里。把我逼急了，先要了他的命！"

伙房的木梁上悬挂着一盏马灯。昏黄的灯光下，王厨子一边听着外面的动静，一边偷窥着金驹的神色。在屋内转了几圈后，突然拿起一把切菜刀。

"老王，你要干什么？"金驹厉声喝问。

"指导员，别误会，我是放你们走。"王厨子边说边割断金驹几个人身上的绳子，"趁着外面乱，赶央走！"

金驹抓着王厨子的手使劲摇了摇："老王，谢谢你。我们走了，你怎么办？"

"我能在这儿等死？当然也得走。我想好了，回老家，再不瞎闯荡了。"王厨子领着金驹几个人，跳出墙头，来到大街上。

此时郑民已组织了一次冲锋，想突出大门。但被河桩和刘顺几个点射，撂倒两三个，其余的又都退回屋檐下，再不敢露头。

河桩抓住时机，又朝下面喊："郑新，郑队长！你要想清楚，投靠鬼子是什么罪过？我知道你不是心甘情愿的，你是受了郑民的煽动，一时糊涂。只要你保证金指导员的安全，命令弟兄们放下枪，我们会区别对待，从轻处理！"

就在河桩等待郑新答话的时候，房下传来跑步声。河桩探头一看，见是志刚带着独立营到了，便朝志刚喊："教导员，把院子围住，郑新不缴械，就坚决消灭他！"

河桩的话对郑新震动很大，他知道，被围在院子里，要想逃出去，除非插上翅膀。犹豫半天，下了决心："王营长，我把金指导员给你送出去，你放我一马……"

郑新的话还没说完，郑民的枪口就对准了他的前胸："你个屎蛋包，我毙了你！"随着枪响，郑新仰身倒在地上。

郑宝一声惊叫："你怎么把大当家杀了？"

"少废话，谁投降，老子就要谁的命！去，上厨房把金驹几个带过来，让他们给咱挡枪子！"

郑宝答应着去了，可很快就跑回来："二当家，哪儿有人？全跑了！"

"王厨子呢？"

"也没了影儿！"

"这个老混蛋，坏了我的大事，抓住他，活剥了他的皮！"

这时，房顶上传来金驹的喊声："郑民，你死到临头，还执迷不悟。你也不想想，便衣队的弟兄，除了你那几个狐朋狗友，谁愿意当汉奸？你乖乖投降吧！"

郑民一听金驹的声音，恨得咬牙切齿："金驹你这个丧门星，我的好事全让你搅和了。悔不该早早一刀宰了你！"

"你煽动便衣队反水，投靠日本人，该宰的是你！你现在已无路可逃，还是放下武器，接受人民的审判吧！"

金驹跑出去后，可巧独立营赶到，他把耿大壮几个人交给志刚，要了一把手枪和几颗手榴弹，爬上房顶与河桩会合。

郑民彻底绝望了，指挥郑宝几个往后院撤。没跑几步，一阵兜屁股枪打来，郑宝几个纷纷倒地。郑民大腿也受了伤，仍然一瘸一拐地往前挣扎。

晨光熹微中，郑新苏醒过来，看见了逃跑的郑民，颤抖抖地举枪射去。看着倒地的郑民，郑新嘴角露出一丝惨笑："你真是我的……好兄弟！"身子一挺，再也不动了。

# 五十

　　又是棒子焦缨高粱晒米的时候，张卫来到独立营，带来两个消息，一是为了适应形势的需要，冀中五分区于 1940 年 8 月起，改称晋察冀第十军分区，党、政改称十地委、十专署。一是八路军总部的指令：动员所有抗日力量，对日军进行一次全面打击。这次战役，就是被后来抗战史称为的"百团大战"。

　　河桩根据张卫的指示，立即组织召开独立营、区委区政府联席会议，商讨参战问题。

　　李斌感叹："抗战形势真是发展得太快了！"

　　二愣、铁牛几个更是摩拳擦掌："早就该跟小鬼子痛痛快快干一场了！"

　　河桩见大家的情绪高涨，也很兴奋，就把和志刚商量好的办法说了出来："根据我们的现有力量，还不可能攻打鬼子的大据点。那我们就找他的软肋下家伙，四处出击，拔他的孤立炮楼，打他的运输车辆，破坏他的交通，割他的电话线，让鬼子顾头顾不了腚。"

　　"王营长这个主意好，这样既避免了和鬼子硬碰硬，造成重大伤亡，又达到了打击敌人的目的。"李斌第一个赞同，"破坏交通，割电话线的任务由我们区委区政府担当。我们利用村公所、民兵游击小组、工会、妇救会，广泛发动群众，打一场轰轰烈烈的人民战争！"

　　马振武也连连点头："只要有独立营的武力配合，这些事我们全包了。我们还可以派区小队、民兵组开展麻雀战，到各据点去袭扰敌人，让小鬼子焦头烂额，日夜不安！”

“还有，”志刚说，“为了保存自己，消灭敌人，我们要发动群众，挖地道，挖蛤蟆蹲，以便危急时刻隐蔽。”永定河两岸地质复杂，土质坚硬的地方适合挖地道，可以几家几户串通起来。土质松软的地段易塌方，水位高的地段易出水，挖不成地道，只能挖简易的地洞，这种地洞非常狭小，可藏一两个人，人们形象地称之为“蛤蟆蹲”。

朦胧的月光下，水生和麦穗父女俩在庄稼地、树丛中穿行。麦穗按照区委分工，要到沙窝营、崔家店召开妇女会议。自打发生了刘各庄的事情后，李斌再不许麦穗单独执行任务，有事外出，必派人跟随保护。今夜，就派了水生。

穿出一块高粱地，眼前豁然开朗，月色更亮了，照得大地白蒙蒙的，似有水波在闪动。望着前面娉娉婷婷走着的女儿，水生心里说不出的高兴。闺女说大就大了，而且出挑得这么俊美，这么孝顺，这么有出息，这是哪辈子修来的福啊。想起这些年闺女在这个穷家里吃的苦受的累，水生不由一阵心酸：“麦穗！”声音竟有些哽咽了。

麦穗正在边走边想心事，冷不丁听到父亲叫，忙“嗯”了一声停下来。见父亲站住不动，便走上前，见到的竟是父亲满眼里闪动的泪水，一下慌了：“爹，你怎么了？”

水生不好意思地擦擦眼：“没什么，爹是看你这么有出息，高兴的。”

麦穗娇嗔地噘起小嘴：“爹，你看你，吓我一跳。”

“穗儿啊，是爹没能耐，这些年让你受委屈了。”水生说着，眼泪便流下来。

麦穗心里也酸酸的，一把搂住父亲的肩膀：“爹，不许你这么说。是你把我养大的，我谢你还谢不过来哪。”

水生叹口气：“爹看来是老了，总爱想那些陈芝麻烂谷子的旧事。”

“你不老，你还能扛枪打鬼子哪！”

水生被麦穗的话逗笑了，拍拍肩上的大枪：“闺女说得对，爹不老，还能打鬼子。”

父女俩低声说笑着继续往前走，水生忽地又想起一件事：“穗儿啊，听说你跟金驹……”

“爹，你看你，什么都说。”麦穗虽然性格开朗，可毕竟是大姑娘，说起自己的婚事，就是在亲爹面前也不免有些忸怩。

水生看麦穗的样子，知道此事是真的了，很是高兴，便自说自话："金驹人不错，老实厚道，还有一身武功，打鬼子更是没说的。"见麦穗不理自己，只是偷着笑，又说："爹不是老古板，你们要是愿意，就跟领导说说，紧着把事办了吧。这兵荒马乱的，早办早省心。"

麦穗实在忍不住，咯咯地笑起来："爹，你是不是讨厌我了，恨不得一脚把我踹出去？告诉你，我和金驹早商量好了，等打完鬼子再说！"一扭身子，头前跑了。

"你看这孩子！"水生无奈地笑笑，扯开大步跟了上去。

两人来到沙窝营村前，听听四处无动静，就要进村。冷不防，一只狗从黑影里窜出来，对着他们大叫。紧接着，一传俩，俩传仨，片刻间满村的狗都狂吠起来。两人忙退出村口，刚在几棵矮树后蹲下，邻村炮楼上就啪地打来一枪，狗们叫得更狂了。好不容易等狗吠沉寂下去，两人站起身，狗又叫起来。麦穗一咬牙："不管它！"拔出手枪，贴着墙根溜进村。水生也端起大枪，紧跟在后面。

来到妇救会主任张桂兰门前，麦穗刚要敲门，被水生止住："不能敲，狗叫得这么厉害，人们早被惊醒了。你一敲门，不是明摆着告诉人张桂兰家来人了？"

麦穗佩服父亲想得周到，看看围墙："你是说？"

水生点点头，把大枪靠在墙上，蹲下身子。麦穗蹬着父亲的肩膀，翻过围墙，从里面把门打开。水生闪进来，随即又把门插好。二人来到窗前，麦穗伸手拍拍窗棂，等了一会儿，见没动静，便又轻轻拍了拍。里面终于传出一声低问："谁呀？"

麦穗听出是张桂兰的声音，才把提着的一口气吐出来："大姐，是我，麦穗。"

过了一会儿，门开了，张桂兰披着夹袄，一把将麦穗拉进门："我的小姑奶奶，狗叫得这么厉害，你还敢进村？"见后面还站着一个人，忙问："这是……"麦穗把父亲介绍给她。水生说句你们说事，我去放哨，就站进门洞的黑影里去了。

张桂兰犹豫了一下，有些歉疚地说："咱们就在外屋说吧。里屋大人孩子睡了一炕，地下又是臭鞋又是尿盆，忒腌臜。"

麦穗对此并不在意，她家的境况还不如普通人家，就说："那行，大姐，咱就站着说吧。"

张桂兰摸黑在墙角里找出个小板凳，递给麦穗，自己一屁股坐在锅台上："大妹子，有什么事，你说。"

麦穗刚把召集会议的想法说出来，张桂兰就惊叫了："我的小祖宗，你的胆子也太大了。满街的狗都咬得翻了天，你还敢找人开会！万一鬼子围了村子怎么办？那得造成多大损失？再说，我就是现在去找人，也不会有人敢出来。不是她们觉悟低，是她们都有老的少的一大家子，冒不起这个险！"

麦穗被张桂兰的一片话说懵了，张桂兰说的这些情况，她还真没想过。看来自己还是太年轻了，只是凭着一腔热情，未能设身处地为群众考虑。抗日是大事，可老百姓也要过日子，要活命。想清楚了，麦穗忙向张桂兰道歉："大姐批评得对，怪我想得不周到。按眼下的情形，还真是不宜集中开会。可是，任务不能耽搁，也得完成。大姐，你有什么办法？"

张桂兰想了想，问："你这回带来的是什么任务？"

麦穗就把八路军要对鬼子开展一次大的攻击行动，区里要求妇救会员发动自己家的青壮年，积极参加破路、砍电线杆以及挖地道，挖蛤蟆蹲的事说了。张桂兰听完立即兴奋起来："这可太好了，就该让小鬼子知道知道咱的厉害。这么窝窝囊囊地过日子，忒憋屈！"

这时，张桂兰的丈夫刘根在里屋炕上搭了话："这事好办。明儿个让桂兰一家一家地走一遍，暗底下说说不就行了？"原来刘根没睡着，一直在听她们的谈话。

张桂兰娇嗔丈夫："看把你能的，我们女人的事用你插嘴？哎，大妹子，就这么办。明儿我就一家一家地串，保证把大家都动员起来。"

刘根又在里屋说了话："大妹子，我们家你就放心，到时候一个不落！"

"去去去，什么时候都得把你摆在前面。看你敢不去！"刘根挨了媳妇的龇打，也不生气，反倒嘿嘿地笑了。

麦穗被张桂兰两口子逗得心情也轻松起来，又叮嘱一番，就和父亲走出院子。

脚步声又惊动了狗群，一直追咬到村外，才渐渐平静下来。

到了崔家店，遇到的情况和沙窝营一样。麦穗只得也按沙窝营的方法办理。麦穗本来打算开完会就住在崔家店的，听外面的狗叫个不停，觉得不安全，也怕连累了群众，就和父亲商量了一下，决定连夜返回区政府驻地。

此时已过半夜，圆月移句西南方，虽然仍很明亮，光彩却减退了不少。空中的水汽越来越重，苴叶、树叶、庄稼叶子上挂满了露珠。两人走了一阵，鞋子和半截裤筒都已湿透。尤其是高秆植物上的露珠掉进脖子里，凉得身子一激灵一激灵的。水生看着麦穗疲惫的样子，心里说不出地心疼。走到棒子地中的一棵大树前，水生停住脚步："穗儿呀，歇歇再走吧。"

麦穗也怕父亲累了，毕竟是四十多岁的人了，跑腾了大半夜，连口水都没喝，能不累？便答应一声，先在树底下坐下来。水生也坐在地上，掏出烟袋，点火抽烟。一袋烟抽完，见麦穗仍是一声不吭，就关切地问："穗儿呀，怎么了，累了？"

"不累，我是在想狗的事。"

"是啊，这狗还真是个麻烦。咱们大多在夜间活动，它一叫，就等于给敌人报信。"

"真是狗汉奸！"麦穗被自己的话也逗笑了。

"咱们向李书记提个建议，把狗都打喽。"

打狗运动展开后，各村都遇到不同程度的阻力。农家养狗，都是为了看家守夜，防备小贼小盗。打了狗，一家一户就等于失去了保护。再者，狗通人性，是忠义动物，自古就有"好汉护三村，好狗护三邻""儿不嫌母丑，狗不嫌家贫"的说法，而且社会上流传着很多义犬救主的故事，所以家主和狗都有很深的感情。听说要打狗，本分主儿就把狗藏进草棚子，藏进白薯窖；豪横主儿就堵着门，硬是不让进院。运动开展了十来天，打死的狗并没有多少。夜里抗日干部进村，成群结队的狗们仍是追着咬，追着叫。

李斌和马振武商量，决定再召开一次各村的保长会议。谁知会议一开始就陷入僵局，任李斌和马振武说破嘴皮，保长们就是低着头一言不发。

"大家有什么想法就说出来嘛，憋在肚子里也解决不了问题。"李斌用话引导，可保长们还是你看看我我看看你，没人说话。

马振武的急脾气压不住了："我就不信，打只狗，比拔鬼子的炮楼还难！胡振山，你说说，反鬼子砍树的时候，你死都不怕，怎么打只狗倒尿了？"

胡振山被区长点了名，不能不开口了："马区长，反鬼子砍树和打狗不是一回事。反砍树，是大家伙儿联合起来跟鬼子干，那叫同仇敌忾，豁出命也在所不惜。打狗就不同了，这是咱们内部的事。要是就事论事，打只狗确实不难。可这事不那么简单，里面掺杂着情面问题。俗话说打狗看主人，主人不让打，你硬打，就是看不起人，就是欺负人。说句不中听的话，李书记、马区长你们能一拍屁股走人，我们往哪儿走？庄稼人讲究感情，一个村子里住着，低头不见抬头见，伤了和气，怎么过日子？"

保长们都为胡振山这直通通的话捏把汗，可也佩服他的胆气，不由暗暗点头。

马振武有些吃惊地望着胡振山，他没想到胡振山会当众顶撞他，但随即意识到，胡振山的话有一定道理。他也是农民出身，知道农民最讲乡里亲情，轻易不敢撕破脸皮。再者说，这些保长没受共产党的封，不领共产党的饷，只是在团结抗日的大旗下，白皮红心，为抗日政府做事，不能对他们要求过高。想到这儿，忙站起来向胡振山说："胡保长说得很是。怪我性子太急，想得不周全。"

保长们本来预备着马振武大发雷霆，现在见马振武是这个态度，都松了一口气。

李斌见状，也微笑着站起来："我看出来了，胡保长说出了大家的心里话。我们确实是有些急于求成，忽略了本地的风土人情。刚才马区长向大家道歉了，我也向大家道个歉。不过，说一千道一万，抗日是眼下第一等大事，救亡图存总比几只狗重要，所以，狗还是要打的。我们不能因为顾及乡情，让狗危害了我们的抗日活动。但是，至于怎么打，也就是既不伤害乡亲们的感情，又能完成任务，还得请大家献计献策。"

会场一时间又陷入沉默。

忽然，角落里响起一个苍老的声音："老朽说说浅见。"

大家扭头望去，见是马家屯的保长夏伯轩。夏伯轩这几年利用他的影响和社会地位，在当地上层做了不少有利于抗日的工作，已被评选为晋察冀边区的参议员。不过此老为人低调，从不张扬，每次开会总坐在后面，能不讲话就不讲话，只做暗中的支持工作，所以几年来一直不显山不露水。今天他见大家想不出好办法，这才挺身而出。

"要我看，这件事说不好办就不好办，说好办也好办。"夏伯轩没有套话，直奔主题，但先卖了个关子，见把大家的目光都吸引过来了，才继续说下去，"说不好办，是因为在座的诸位本身就有抵触情绪。冒昧地问一句，在座诸位谁把自家的狗打死了？嗯，没有。圣人早就说过，'己所不欲，勿施于人'。你自己都不愿意干的事，强求别人去干，别人能听你的吗？这就是不好办。说好办，就是诸位起个带头作用，先把自家的狗杀了，再动员当家子、亲戚朋友，也把狗杀了，然后号召村民，谁能不听？这就是好办。"

李斌带头鼓掌，保长们愣了一下，也纷纷鼓起掌来。

李斌热切地看了夏伯轩一眼，才面向大家说："夏老先生给我们出了一个非常好的主意，那就是带头作用。只要我们带了头，群众就会跟上来。大家回去就照着这个法子干。区委区政府再派人下去搞宣传教育工作，这个任务一定能圆满完成！"

麦穗这几天一直在琢磨打狗的事。因为这个建议是她提出来的，所以她比谁都着急。十一区二十几个村她都跑遍了，讲道理讲得嘴唇都薄了，收效仍是不大。有的妇救会员自己答应了，回家一说，男人不同意，就没了辙。有的妇救会员一提打狗自己就心疼得眼泪汪汪的，更别说动员别人了。麦穗为此愁得吃不好睡不着，秀丽的小脸都有些憔悴了。

这天，麦穗憋闷得实在难受，就走出屋子到街上闲逛。听到一家门前传来吵闹声，就走过去看个究竟。只见一群孩子堵在门前，跳着脚在唱："麻尾（yǐ）雀（qiǎo），尾巴长，娶了媳妇忘了娘。媳妇要吃烂酸梨，赶了南集赶北集，削了把儿，打了皮，白白的梨肉塞嘴里。老娘要吃烂酸梨，给个梨核卡死你！"

麦穗知道这家男主人叫李守田，五岁时就死了爹，和寡母相依为命。从李守田十八岁起，寡母就托人给他张罗媳妇，可因为家里穷，没有哪家姑娘愿意嫁给他，直到二十七岁才把媳妇娶进门。许是娶个媳妇不容易，李守田特别珍惜这个女人，对媳妇言听计从。不想媳妇却是个不贤良的，从心里厌弃婆婆，整天不给好脸色。开始时李守田还规劝，架不住媳妇又喝卤水又上吊，吓得李守田再不敢说话，对母亲的感情也渐渐地淡了。寡母含辛茹苦几十年，临老落得人嫌狗不爱，当然心里不受用，便每日以泪洗面。村人们知道了此事，都骂李守田丧了天良，都看不起他。就有人编了歌儿，教小孩子们追着他唱。今天不知怎么回事，小孩子们竟堵着他家门口唱起来，招惹得满街筒的人围着看，几个嘎小子还嗷嗷怪叫着起哄。

李守田媳妇恼羞成怒，冲出院门破口大骂："你们这些有人生养没人管教的小杂种，吃饱了撑的，老娘跟你们拼了！"

李守田媳妇叫骂的话引起人们一阵大笑，嘎小子们哄叫得更欢了。

李守田红头涨脑地跑出来，拉着女人往回拽："别在这儿丢人现眼了，滚回去！""咣啷"一声关上大门，任孩子们怎么唱，再没了动静。

看热闹的人们散去了，麦穗站在墙角，回想刚才的场面，若有所思。猛地，她撒开腿，朝独立营驻地跑去。

麦穗跑进营部，可巧河桩正在屋里看文件，见麦穗进来，忙笑着让座。

麦穗不坐："河桩哥，金驹在哪儿？"

河桩很喜欢这个甜美聪明的小姑娘，故意跟她逗笑："你这个妹子，见了哥连句话都没有，就想着金驹。"

麦穗自打认了王老奎干爹，感觉上和河桩的关系更密切了，从心眼里把河桩当成亲哥，对河桩的打趣也不害臊："有当哥的这么说妹妹的吗？我就是找金驹，有正经事。不行吗？"

"行，行。我麦穗妹子的事，在我这儿什么都行。"河桩笑着，扭头朝外喊："刘顺，带麦穗同志去找金排长。"

麦穗找到金驹，拉着他就往外走。

金驹有些不好意思："哎，哎，干什么呀你，当着这么多战士，你……"

麦穗仍是拉住不放："我有急事。快，跟我出去！"

两人来到村外，麦穗把打狗遇阻的事说了，又把刚听到的儿歌说了，然后就忽闪着大眼睛盯着金驹。

金驹被麦穗说得丈二和尚摸不着头脑，傻愣愣地望着她，不知说什么好。

"哎呀，你怎么这么笨，"麦穗在金驹前额上亲昵地捅了一指头，"我是说，编儿歌。"见金驹还是不明白，就一股脑儿把想法说出来了："我看孩子们唱儿歌，把李守田羞得连门都不敢出，就觉得这儿歌好，比光讲大道理管用。"

"这叫舆论的威力。"金驹卖弄地插嘴。

"我知道。"麦穗瞪金驹一眼，"我想要是把打狗的意义编成儿歌，教给妇女和孩子们传唱，效果一定好。"

金驹这才恍然大悟："就这点儿事呀，看你绕的这个大弯子，快把我憋死了。不过，这个主意不错。编儿歌，编快板，我最拿手，我帮你编。"

麦穗一把搂住金驹的脖子："所以人家才来找你嘛！"

麦穗决定把教唱儿歌的试点选在河沿儿。她觉得河沿儿是她的根，有那么多亲人好人帮助，容易开展工作。她走进村，顾不上去看母亲，就先来找干爹，问打狗的进度。王老奎叹口气："这事还真有点儿难办。大道理讲了十八筐，有些人就是听不进去。"

"我有办法了。"麦穗喜滋滋地把编儿歌的事说了，还把儿歌唱给干爹听：

> "大叔大婶听我言：
> 打狗不要再可怜，
> 八路来了它乱叫，
> 已成鬼子的情报员。
> 大叔大婶听我言，
> 现在养狗讨人嫌，
> 八路来了它乱叫，
> 已是破坏抗日的狗汉奸！"

王老奎听完哈哈大笑："好，好！几句话就把打狗的因由说清楚了，真有文才。谁编的？"

麦穗不说话，只是抿着嘴儿笑，笑完，才说："干爹要是觉着好，我就召集妇女、孩子们学唱。"

王老奎点头："我看行。叫上柳芽、香巧，让她们帮你。"

麦穗去找柳芽，把教唱儿歌的事说了。柳芽也说好，就要把孩子交给婆婆，去召集女人们。麦穗说先不急，她要先回家看看母亲，便让二拴把香巧找来，三个人商量好后，再开会。

不到一顿饭的工夫，麦穗就回来了。紧接着，香巧也脚前脚后地赶来了。麦穗先把儿歌唱给二人听，香巧听完就惊叫起来："哎呀不得了，麦穗妹子真出息了，都成大秀才啦！"

柳芽斜睨着麦穗笑："真正的秀才没来！"

"谁？"香巧不明白。

"金驹呗！"

麦穗扑过去，用手在柳芽胳肢窝里乱挠，两人笑闹着滚在一起，欢乐的笑声漾满屋子。

香巧羡慕地看着她们，转而又想到自己，心里就有些不得劲，便站起身子："我去找人。"

"咱们一块儿去。"麦穗和柳芽赶忙停住笑闹，三个人一起走出来。

女人和孩子们陆陆续续来到柳芽家，很快就挤满了小屋。王老奎和贾知达也站在门外旁听。

屋里，麦穗念一句，女人和孩子们跟着念一句。歌词简短，又通俗易懂，大家很快就学会了。麦穗便让女人们回家，念给自己的男人和公公婆婆听，敦促他们赶快把狗打死。又叫二拴领着孩子们，满大街去唱，凡是家里有狗的，就在门口多唱几遍。

贾知达高兴地对王老奎说："这个办法好。"

"咱们明天再挨户走一遍，趁热打铁。"

第二天，王老奎走进宋德财家，老两口儿正端着一盆粥喂狗。见了王老奎，宋德财气哼哼地说："甭催了，这就打哩。"

王老奎笑笑："想通啦？"

"敢不通吗？再不通，就成汉奸啦！"

宋德财老婆眼泪汪汪地摸着狗的脑袋："我这大黄，可通人性了。临死，让它吃个饱。"

王老奎听了，心里也有些不落忍，便默不声儿地走出来。

半路上，遇上急急走来的贾知达："大叔，快去看看吧，碰上横的啦！"

"谁？"

"孙秃子家的二狗。"

贾知达吃完早饭就上了街，连着串了几家养狗户。人们都让他放心，说是听了宣传，不敢再养了，近两天就把狗打了。贾知达很高兴，一个劲儿地感谢大家。他又走上大街，迎面却碰上一群惊慌跑来的孩子，领头的是二拴。贾知达问怎么回事，二拴告诉他二狗放狗咬人。

二拴昨天领着一群孩子在村里唱儿歌，到了孙秃子家门前，见大门关着，院里传出狗叫声，就站在门口唱。正唱着，大门突然开了，一条牛犊般的黑狗窜出来，龇牙咧嘴地向他们扑咬。孩子们受了惊吓，立刻四散奔逃。二拴回头看，见二狗靠在门框上冲他们冷笑。二拴不服气，今天又集合了几个小伙伴，来到孙秃子门前。刚唱了几句，二狗就开门出来，恶狠狠地骂："小兔崽子们，大清早的就来号丧，咬死你门！"嘴里"嘿"一声，那条大黑狗又蹿出来，孩子们抵挡不住，只得再一次跑开了。

贾知达听完二拴的叙述，说声"还有这样的事"，便朝孙秃子家走来。一群孩子乱哄哄跟在后面。到了门前，贾知达仍让二拴唱儿歌。二狗骂骂咧咧冲出来，见了贾知达，愣一愣："呦嗬，贾大保长亲自驾到！"

贾知达刚要说话，被二狗伸手拦住："废话少说，狗是我自家养的，打不打我自个儿说了算，谁也甭在这儿瞎咧咧！"

贾知达气得红了脸："孙二狗，你怎么这样说话？"

"我这样说话怎么啦？我倒是想问问你，你这个保长可是日本人封的，你到底在替谁说话？"二狗咄咄逼人。

"你……"贾知达要发作，忙又忍住，不能太直白了，让日本人知道，全村都得倒大霉。便和缓了一下口气，"我这个保长是日本人封的不假，可我哪边也得罪不起，谁的话都得听。现在让打狗，咱就说打狗。"

二狗更张狂了："你谁的话都听，我是谁的话都不听。狗是我自家养的，想打我的狗，没门儿！"说完，退回院内，"咣嘡"一声把门关了。

贾知达气得浑身发抖，却又无法，只好来找王老奎。

王老奎也很气愤："走，找他去，看看这条小泥鳅能翻起多大的浪！"

王老奎敲开孙秃子家的门。二狗一见王老奎，心内就先怯了，身子也矮了半截儿，鼓着眼一声不吭。王老奎也不跟他绕圈子："二狗，抗日政府要求打狗，道理也都讲清了。你不打狗，还放狗咬人，想干什么？"

"狗是我自家养的，打不打，得我说了算，你们不能硬压硬派！"二狗虽然怵王老奎，可还是咬着牙不倒架儿。

"这不是硬压硬派，这是为了抗日！为什么打狗，儿歌里唱得明明白白。别人都支持，偏你非要来个灰色的鸡——鸽子样？难道你想给鬼子通风报信？难道你想当汉奸？你就不怕乡亲们戳你的脊梁骨？就不怕独立营削了你的脑袋？"

二狗被王老奎问得哑口无言，彻底蔫了。

王老奎见二狗这个样子，心里暗笑，又逼近一步："怎么着？是你自个儿动手，还是我们替你办？"

二狗呆愣了一会儿，淡淡说句："我自个儿来。"就转身进门去了。

很快，二狗用绳子牵着黑狗出来了。他把黑狗拴在树上，扔一块棒子面饼子在地上。趁狗低头抢吃的，二狗突地抓住狗的顶花皮，抡起手中的铁棍，向狗的脑袋疯了似的猛砸，直砸得鲜血飞溅，脑浆崩裂。直到狗瘫软在地，一动不动了，二狗才扔下铁棍，一声不吭，进门去了。

王老奎看得心中一凛，悄悄碰了一下贾知达的胳膊："这小子不是善茬儿，以后得多加小心！"

这天，张卫又来到独立营，派给河桩和志刚一个重要任务：夺回开花佛。

张卫介绍，这开花佛成于宋代，原藏于房山小西天古刹，是镇寺之宝。开花佛外观为葫芦形，分为上下两部，两部尺寸相等，底部三足。上部呈圆锥体，顶部有一佛帽形机关，按动机关，上半部张开，成为八瓣莲花状，正中端坐一尊小佛。再按动机关，上半部合拢，将小佛裹住，恢复原状。作为国宝级文物，开花佛价值连城。

河桩问："你是说，这个宝贝丢了？"

"被人抢了。"

"谁抢的？"

"吴部。"

"又是这哥儿俩！"

"更为复杂的是，这里面还掺杂着日本人。对了，我这次来，还给你们带来一个重大信息。你们知道佐藤这个人吗？"见河桩、志刚都摇头，张卫继续说："我们地下人员获知，佐藤是平津地区的日本大特务，最近已晋升为少将军衔。他以固安城内大东亚商行为掩护，专门从事搜集情报，拉拢、策反抗日武装的罪恶勾当。他与吴部有着长期的联系，便衣队的郑民也是他策反的，是我们最凶恶的敌人之一。"

"我说吴部怎么也拉不过来，郑部接受改编了又反水，原来是这个老特务在背后捣鬼！"志刚恍然大悟。

河桩懊恼不已："这么一个阴险的敌人在身边，我竟毫无察觉，真是……"

张卫止住河桩："你不用检讨，这事不能怪你，我也是刚得到情报。好在我们已经知道他了，今后就好对付了。我们先不说他，还是接着说开花佛吧。"

原来，房山有个惯匪叫冯燕，一身好武艺，能飞檐走壁，善使两颗铁球，百发百中，人称"云中燕"。他得知古刹中藏有开花佛，曾几次去盗，但均未得手。前些日子，吴敬礼带人到良乡去绑一个财主的票，可巧冯燕也去那家"做活儿"。吴敬礼搭人梯跳进高墙，刚要冲进屋门绑人，突然看见正房顶上冒出一个人影。吴敬礼以为是财主家护院的，忙躲在黑暗处偷看。只见那人弯腰来到前檐，往下一扑，脚尖勾住檐头，身子便吊在空中。吴敬礼一惊，知道这功夫叫珍珠倒挂帘，只有轻功高超的人才做得出来，以前只是听人说过，今天才见了真的。由此断定，此位也是江湖中人。吴敬礼佩服此人的武功，就不动声色，看他下一步的行动。那人手指蘸唾沫捅破窗纸，木匠吊线往里看了一会儿，双脚一收，身子便轻飘飘落在地上。然后掏出小刀划开屋门，闪身进了屋子。吴敬礼一挥手，几个人分两边把住了门口。不一会儿，那人提着个包袱出来，被吴敬礼伸腿绊倒，几个人一拥而上，将其紧紧压住，捆绑起来。在村外小树林，吴敬礼进行了审问，那人也不隐瞒，痛痛快快把来此偷盗的事说了。吴敬礼欣赏冯燕的本领，便劝说冯燕交个朋友。冯燕早知吴部是大绺子，也想借助吴部的势力，双方一拍即合，便找个旅馆住下，换了帖子，义结金兰。酒宴中，冯燕说起开花佛，吴敬礼大感兴趣，忙带冯燕返回礼贤。吴敬仁听了也很高兴，便于夜间来到古刹，索要开花佛。匪徒们把全寺和尚集中在大殿里，百般毒打。住持至死不说，当场毙命。监寺受刑不过，说出了藏宝地点。见到开花佛，吴家兄弟爱不释手，就建议冯燕和他们回礼贤，宝物为三人共有。冯燕也担心在房山不安全，又怕吴部人多势众，拗也拗不过去，就答应了，但提出开花佛由自己保管。令他们没想到的是，日本的文物间谍也早就盯上了这个宝物，见吴部先得了手，忙层层上报。佐藤得到指令，必须把开花佛弄到手，送往北平，然后由北平方面运回国内。

"据我们的情报人员报告，佐藤几天前已去过礼贤，强令吴部交出开花佛，并留下两名武士，共同护送。估计几天内就要启程了。军区首长指示，要想尽一切办法，夺回开花佛，绝不能让鬼子把国宝运到日本去！考虑到冯燕武功高强，那两个日本武士也是高手，我请示了军区首长，决定把这个任务交给你们。"张卫说完，两眼热切地望着两个战友。

河桩和志刚都感到了任务的艰巨，互相看一眼，一时无话。

张卫并不着急，只是静静等待。他知道，这两个战友都不是浮躁之人，要允许他们思考。

果然，静默了一刻，河桩说话了："上级首长把这个任务交给我们，是对我们的信任，我们不管付出多大代价，也要保证完成。只是具体方案，要详细谋划。"

"我觉得，要夺回国宝，行动必须迅速，不能让东西出了礼贤。"志刚接着说。

"你是说，就在礼贤动手？"张卫两眼盯住志刚："说说根据。"

"礼贤离庞各庄、黄村很近，两地日军肯定已经得到佐藤的指令，必然在沿途严加护卫。在半路劫夺，以我们的力量，几乎不可能。如果我们突袭礼贤，吴部虽有六七十人，但战斗力不强，我们和洪部联合，完全可以对付。那两个日本武士更不在话下，在我们这些有中国功夫的人面前，就是小菜一碟。尤其是，我们还可以使用心理战。"

"心理战？什么心理战？"张卫对志刚说的越来越感兴趣。

"你想啊，吴部抢来开花佛，本来是要占为己有的，佐藤硬逼他交出来，他能没有怨气？我们去夺，他会想，反正东西也不是我的，必不会死战。我们再加上政治攻势，定能瓦解他的斗志。"

"好！"张卫高兴得直拍志刚的肩膀，"怪不得大家叫你智多星，果然名不虚传！"

"只是……"

"只是还需要北上支队的支援，阻击榆垡、庞各庄、黄村的援敌。"河桩抢过志刚的话头。

"这没问题。我亲自带队，阻敌打援，保证夺宝不受干扰。你们马上派人到礼贤周围，监视敌人动向。如不发生意外，明天夜间动手！"

漆黑的夜色像一张大网，笼罩着大地。河桩指挥的几支小部队也像一张大网，牢牢罩住了礼贤镇。

按照事先的战斗部署，洪玉秀带领洪部人马守住东门，成天鹏带领独立营一连守住西门，待院里枪声响起，便发动攻击，尽最大力量拖住匪徒兵力，配合里面夺宝。志刚带领独立营二连分布在吴部驻地的南、北两面，防备国宝漏出。河桩则带领铁牛、二愣、金驹及"快马张三"等十来个人直突吴部核心，夺取开花佛。

于背静处，二愣剪开铁丝网，几个人鱼贯而入。来到吴家大院外，河桩示意大家停下。他现在并不知道谁掌握着开花佛，想要抓个俘虏问问。可等了一会儿，连个人影儿都没见到。河桩不会想到，吴敬仁怕开花佛遗失，无法向佐藤交代，已把卫队全收缩进大院内，死死守住冯燕住的跨院。河桩无法，只得命令众人上房。"快马张三"把洪部的两个人招过来，拿出撑杆，快速拧接在一起。"快马张三"目测了一下房顶的高度，退出两三丈远，猛跑腾身，在空中划出一道漂亮的弧线，人已站到了房顶上。在河桩赞叹之间，洪部的另外两个人也照样儿上了房，随即两条粗绳扔下来。河桩忙指挥其他人，抓住绳子攀上房去。

河桩趴在房顶上四处张望，只见不远处一个大房子里灯火通明，里面传出吆三喝六的划拳声，间或传出一声两声软绵绵的吟唱。河桩认出，那就是曾经来过的会客厅。他想了想，抬手一枪打过去。

客厅里立时大乱，闹哄中透出吴敬仁的喊叫："有刺客！快去守住西跨院……"

一群人从大厅里蹿出来，乱哄哄向一座小院跑去。而此时，小院里的灯光倏地熄灭了。

河桩对大家说声"开花佛就藏在那儿"，便带头向小院靠近。谁知跑到房顶尽头，距离小院竟还有十来丈远。河桩观察了一下地形，吩咐二愣守在房顶上，敌人来了就用机枪扫。又拍拍铁牛、金驹和"快马张三"的肩膀，用手向下一指，几个人一起跳下房去。绕到小院后面，见墙上没有后窗，河桩放了心，便用撑杆撑着上了房顶。

此时，大厅里的人已跑到小院门前。二愣扣动扳机，机枪欢快地吼叫起来，其他人也投出几颗手榴弹，便有几具尸体横陈在地上。顿时，东西两个寨门也响起激烈的枪声。

吴家哥儿俩被这突然的打击弄懵了，跑到一堵矮墙后面，趴下身子不敢抬头。等房上的枪声停了，吴敬仁也清醒过来，他要弄清对方的来路，便朝着房顶大喊："房上的朋友，请问是哪个码头的？我吴二有什么得罪处，请讲在当面！"

"独立营，王河桩！"房顶上传出一个洪亮的声音。

吴敬礼一听是王河桩，恨得一下跳起来："王河桩，你就是我吴家的丧门星！你去死吧！"一枪向房上打去。

这一枪引来二愣的猛烈射击，矮墙上爆起一阵砖屑，吓得吴敬礼又慌忙蹲下身子。

"吴敬礼，你听听四周的枪声，你们已经被包围了，再冥顽不化，只能是死路一条！"

吴敬仁听着四下的枪声，急得如同热锅上的蚂蚁。凭枪声判断，应是独立营的全部人马，甚至不止独立营一家，看来八路军这回是下了狠手，如果对抗下去，真会有全军覆没的危险。吴敬仁为匪十几年，深谙好汉不吃眼前亏、大丈夫能屈能伸的道理，他思索了一会儿，叮嘱吴敬礼不要再胡说八道，激怒王河桩就没有转圜的余地了。吴敬礼不服气："让王河桩个小毛孩子咋呼几句，就怵啦？我就不信他能滋出一丈远的尿去！跟他拼，大不了鱼死网破！"站起来就要射击。

吴敬仁忙把吴敬礼的枪压住："老三，你怎么这么糊涂，拼光了有什么好？留得青山在，不怕没柴烧！"见吴敬礼不再言语，就站起来向河桩喊："王营长，别打了！好歹咱们在一起共过事，还算得上是朋友。兄弟有什么不周之处，望多多包涵。有什么需要兄弟做的，也好商量！"

房顶上传来河桩的冷笑："吴敬仁，你可真是大言不惭呀！我们是朋友吗？你们和日本人勾结，破坏抗战的事你都忘了？以你们犯下的罪恶，早就该剿灭你们！"见吴敬仁不吭声，又和缓了口气："当然，我们这次来，不是找你算旧账的，是来向你要一件东西。"

"什么东西？"

"开花佛！"

吴敬仁倒吸一口凉气，没想到开花佛的事，共产党也知道了。本以为得了件宝物，现在竟成了扎手的刺猬。共产党惹不起，日本人更不敢惹，他成了风箱里的耗子，夹在中间，两头受气。

见对方沉默了，河桩又喊："吴敬仁，我们知道小鬼子也想要这个东西。可你要想清楚，你好歹也是中国人，不能胳膊肘往外拐。这么贵重的宝贝，能忍心让小鬼子拿走？"

就在这时，榆堡、庞各庄方向传来激烈的枪声。

吴敬礼狂喜得跳起来："我们的援兵来啦！王河桩，你就要完蛋啦！"

河桩被彻底激怒了："吴敬礼，你这个日本鬼子的走狗，别做美梦了！我们有大批的打援部队，小鬼子救不了你们！"

二愣也气坏了："吴敬礼，小鬼子是你的亲爹，你这么指望他们？老子先灭了你！"一梭子弹狠扫过去。

正在这时，李栓子满身是血地跑来报告，弟兄们伤亡惨重，寨门快守不住了。吴敬仁情急之下，决定把开花佛让给独立营。吴敬礼仍不甘心："你这么做，佐藤面前怎么说？"

"什么怎么说？你脑袋让驴踢了？"吴敬仁被这个只知风高放火、月黑杀人的弟弟弄得又想笑又想哭，"我们打了，拼了，人都快死光了。他援兵不到，宝贝让独立营抢走了，怨谁？我还想跟他要损失费呢！"

于是，吴敬仁告诉河桩，开花佛在冯燕手里，由两个日本武士看守，三个人就在小院的正房内，他把所有弟兄撤走，有本事自己去拿。

河桩也怕纠缠下去节外生枝，便爽快地答应了。待吴部的人撤出后，把"快马张三"留在房上，自己和金驹纵身跃入院中。

屋内，冯燕坐在八仙桌旁，开花佛用蓝布包着，放在眼前。两个日本武士持着刀，守在门口。刚才枪声一响，冯燕就机警地吹灭了罩子灯，三个人在黑暗中静听外面的动静。等到河桩、金驹跳下房，两个日本武士忍耐不住，呀地怪叫一声，冲出旁门，挥刀劈砍。河桩、金驹不想恋战，虚晃几招，便一个用枪，一个用飞刀，将两个日本武士打倒在地。冯燕一直在屋内偷窥，见情形不妙，忙把小包袱拴在腰中蹿出门外，手中的两颗铁球流星般飞向河桩和金驹。趁二人躲闪之时，冯燕跃身腾起，双手抓住檐头，翻身上房。不想"快马张三"正在候着，一脚侧踹，又把他蹬下房来，摔昏过去。河桩跑上前，打开包袱，见里面正是开花佛，便朝二愣等人招招手，消失在黑暗中。

吴敬仁直等枪声停息了好久，才带人来到跨院，见两个日本武士还在喘气，砰砰两枪结果了性命。吴敬礼不解："你怎么把他打死了？"

吴敬仁瞪弟弟一眼："不打死，让他们去向佐藤报告？"

这时冯燕也缓醒过来，挣扎着身子往起爬："大哥……"

吴敬仁怒火中烧："都是你这个王八蛋，给老子招灾惹祸！"也一枪打碎了他的脑袋。

　　"百团大战"开始后，平南独立营联合各路绿林武装及大型村镇的自卫团，开展了拔炮楼、打据点、袭军车的战斗。为配合武装斗争，十一区区委发动各群众组织，挖公路、扒铁轨、砍电线杆。游击小组更是充分发挥精小灵活的优势，利用夜幕的掩护，这个炮楼打几枪，那个据点扔几颗手榴弹，搅得敌人胆战心惊，日夜不宁。毛利在固安城里大发雷霆，命令各据点的日伪军出发扫荡，凡有嫌疑之人，格杀勿论。

　　这天一早，宫崎带着三十多个鬼子和钱千里的保安团，从榆堡出发，沿着平大公路往南搜巡。来到胡林店村北，一条深一丈、宽三四丈的大沟把平大公路拦腰截断。宫崎骂着八嘎，命钱千里派人去找保长。胡振山小跑着来了，迎面就挨了宫崎两个嘴巴："你的私通八路，死了死了的！"

　　胡振山望着挖断的公路，捂着流血的嘴，一声不吭。

　　钱千里为讨好宫崎，也指责胡振山："我说老胡，八路在你的村头把公路挖成这样，你就一点儿不知道？对皇军的事也太不上心了！"

　　胡振山挨了宫崎的打，本来就窝了一肚子火，听钱千里竟然落井下石，怒火一下蹿上脑门子。胡振山和钱千里本来私交不错，两人曾在同一私塾里读过书，每逢年节还有来往。今见钱千里不但不念情谊，给予适当袒护，反倒胳膊肘往外拐，给自己加罪，也就毫不客气地顶撞过去："钱团长，你别站着说话不腰疼。这些事都是八路半夜三更干的，我哪能知道？难不成让我夜夜在这儿看着？就是看着，我赤手空拳，他们成群打伙地来了，我就是把命搭上，也管不了呀！再说，要追究责任，你钱团长也脱不了干系。让人家把公路挖成这个样子，你们保安团是干什么的？白吃饭白拿饷？"

钱千里本想耍耍威风，在日本人面前显摆显摆，却碰了一鼻子灰，而且把火引到自家身上，不由满头冒出汗珠，两眼乞怜地望着宫崎，半张着嘴，一句话也说不出。

宫崎却被胡振山的话提醒了，他望望钱千里，又望望胡振山，哈哈地笑了："钱的，胡的，我们，一家人，吵架的不要。胡的，你马上找人，把路修好。从今天起，你们两个，组织夜巡队，夜夜的巡路。"

钱千里谄笑着连连点头答应。

胡振山也答应着往村里走，一边走一边暗笑："把沟填好又有什么用？这儿填上那儿又挖了，还不是瞎子点灯——白费蜡。组织夜巡队？也是聋子的耳朵——摆设！"

宫崎带着队伍，穿过胡林店，爬上永定河大堤。这年秋季的雨水不多，河水在河床里还不到半槽，在埽下缓缓地流着。堤坡上的树木很茂盛，郁郁葱葱，各类鸟儿在枝叶间跳跃鸣叫。沿着堤边栽立的电话线杆却被擦着地皮砍掉了，在阳光下露着或灰白、或浅黄、或微红的茬口儿，茬口儿四周散落着大大小小的木屑。间或还有一棵两棵要倒未倒的木杆，斜插着伸向天空，顶端横担上挂着的半截儿电话线，在溜河风的吹拂下，游荡来游荡去，活像一根巨大的招魂幡。

宫崎呆愣愣地站着，气得连八嘎都骂不出来了。好久，他才拔出指挥刀，吼叫着命令士兵们进村搜查，查出哪家藏有电杆电线，统统杀光烧光。

钱千里讨好宫崎，是迫于他的残暴，也想从他手里得点儿好处，此时心中却充满对他的鄙夷："整个儿一头蠢猪！电杆电线早扔进大河了，傻瓜才拿回家等你去搜！"但脸上不敢表露出来，大声吆喝着，催促伪军们顺着大堤，向河沿儿渡口跑去。

渡口上静悄悄的，不见一个人影儿。人们早做好了鬼子报复的准备，各个铺面都关张了，香巧的小吃店也挂上了一把大锁。

宫崎扑进村，村里也是鸡不叫狗不咬，一片死寂。鬼子和伪军把各家各户搜查个遍，也没找到可疑之物。宫崎气急败坏，挥舞着指挥刀狂吼乱叫："房的，统统烧光！"

就在火光冲天浓烟四起时，一个鬼子兵发现不远处的墙角后面，掩藏着一个人。

宫崎大喜，喝令捉活的。很快，鬼子们簇拥着那个人来到跟前，是水生。

水生是来侦察敌情的。

连续几次大行动，破坏了不少公路、铁路，砍倒了不少电线杆，李斌想看看敌人的反应，也想了解一下群众的损失，以便确定下一步计划，便把区小队分散开，到各村察看情况。水生主动请缨，到沿河儿几个村庄侦察。来到河沿儿，见村里平静得像一碗清水，悬着的心放下了，知道村民们在王老奎的带领下，隐蔽工作做得很好，没有遭到鬼子的报复。他无法找到王老奎，就去找贾知达。这是区里的规定，保长不能躲避，要随时准备应付敌人，减少乡亲们的损失，同时也借机掌握敌人的动向。

贾家人也隐蔽到青纱帐里去了，只贾知达一人留在家中。贾知达见了水生很是亲热，他不因水生家贫而看不起，反在心里充满崇敬。水生淹鬼子坦克的事他也听说了，现在父女俩又都在抗日区政府里工作，他觉得水生是条有热血的硬汉子。贾知达把村里的情况向水生汇报了，又拿出一些膏药让水生带回去，说是有谁磕着碰着的好用。两人正说着闲话，街上传来一阵嘈杂。贾知达说声可能是鬼子来了，让水生出去躲避，自己前去应付。水生想就便了解些敌情，在贾知达走后也来到大街上。不料走得太靠前了，竟被鬼子发现。水生本想逃跑，见四周围满端着刺刀的鬼子和伪军，知道跑也无益，反倒镇静下来，准备随机应变。

贾知达出屋后，没有直接去迎鬼子，而是一个院落一个院落地往前探索，他想先摸清鬼子的情况，再确定应付的办法。谁知水生竟跑到他前面去了，被活活捉住。

宫崎望着眼前这个黑瘦老头儿，见他那畏畏缩缩的样子，觉得好笑，突然大喝一声："你的，八路的干活？"

水生茫然地摇摇头。

"电线杆，你砍的？"

水生仍是摇头。

宫崎唰地把指挥刀放在水生脖子上："不说实话，死了死了！"

贾知达见状，惊出一身冷汗，忙从破墙后面跑出来："太君，太君，刀下留人！"

宫崎扭头看着贾知达，军刀仍紧紧压在水生的脖子上。

"太君，这人是个好人，不是八路。"

宫崎仍是怔怔地看着贾知达，不说话。

"太君，这个人是我派来迎接皇军的，是大大的良民！"贾知达被宫崎看得心里发毛，话音不禁有些颤抖。

"他，不是良民，是八路！"宫崎突然说话了，狼一样的眼睛恶狠狠地盯着贾知达。

"太君，他确实是良民，不是八路！"

"你撒谎，良心大大地坏了！"宫崎把军刀从水生脖子上抬起，啪地拍到贾知达的肩膀上。鬼子们也一齐把枪口转向贾知达。

贾知达此时已无退路，干脆把心一横，用手把胸脯拍得砰砰响："这人确是好人，我敢用性命担保！"

宫崎有点拿不定主意了。对于贾知达，他是有些熟悉的，更知道贾知达治好了毛利的战马，毛利对他很有好感。尤其是自从他当了河沿儿村的保长后，村里没有发生过对皇军不利的事情，因此得到毛利的多次夸奖。宫崎想了一会儿，只得相信了贾知达："你的，真给他担保？"

"我担保。"贾知达暗暗松了一口气。

宫崎从贾知达肩上抽回指挥刀："贾的，我们是大大的好朋友，我相信你。"回头命令把水生放了。

宫崎率领鬼子们走出村子。钱千里走在后面，悄悄拉拉贾知达的手："贾保长，你好胆量，兄弟佩服。"

贾知达一惊："我不明白钱团长的意思。"

钱千里指指远去的水生："这个人我认识，我知道他是干嘛的。"

"你……"

钱千里意味深长地一笑，扬长而去。

贾知达身子一软，差点儿瘫坐在地上。

漆黑如墨的夜幕下，晃动着幢幢人影，铁器碰撞砂石，时不时地迸溅出火星。河桩布置好警戒，来到破路的人群中，正好听到麦穗、柳芽和沙窝营的妇救会主任张桂兰的对话。

麦穗一边呼哧呼哧地挖土，一边说："张姐，你的工作做得真好，各村就你们村离得最远，就数你们的人来得最齐。"

"是呀，"柳芽接口说，"张姐可真是嘴一份手一份，又积极又能干，将来评选先进，我一准选你。"

张桂兰受到夸奖，也很兴奋："做工作嘛，要么不做，要做就得做出点样子，温吞水似的，那多没劲！"说着，竟不知缘由地笑起来。

麦穗有些诧异："大姐，你笑什么？"

"说起来好笑，有人竟敢打击我的积极性。"

"谁呀？"

"我们那口子呗。你们猜他说我什么？'妇救会员来支前，手拿铁锹没有完'。是说妇女只能破破路、挖挖沟，干不了大事。他讥讽我，我也讥讽他，说他：'自卫队员像猛虎，不去打鬼子，整夜去挖土。'"张桂兰说着，又忍不住地笑起来。

麦穗、柳芽也笑了："你们两口子可真逗。那后来呢？"

"后来，就干起来了呗，让我一脚踹炕下去了。"

柳芽故意惊叫："大哥那么好的人，你就舍得？"

"有什么舍得不舍得，吵吵闹闹是夫妻。谁像你和王营长，好得蜜里调油！"

几个人又压低着声音笑起来。

河桩也在暗中笑了。他从心底佩服这些女人，环境这么险恶，也压制不住她们的欢乐。他在人群中找到胡振山："大叔，谢谢你，你这个法子想得真好。"

胡振山停住手，抹去额上的汗："王营长真是客气，有什么好谢的，都是为了打鬼子。这回非把宫崎气吐血不可！"

胡振山在被宫崎打后的第二天，就去找独立营，向河桩汇报了宫崎要组织巡路队的事，并把自己的想法说了。河桩和志刚觉得这个想法不错，当即同意依计而行。这几天，河桩带着金驹等人一直在暗中侦察，摸清巡路队的活动规律后，便和区委区政府在当夜采取了联合行动。李斌、马振武带领动员来的十几个村的群众先躲在暗处，独立营埋伏在公路两侧等待时机。待到天近夜半，榆堡伪军的五人巡路队再一次走进伏击圈后，独立营战士一跃而起，三下五除二便把他们缴了械，捆绑起来，堵上嘴，推进树林，看押起来。解决胡林店巡路队就更简单了，因为他们事先已得到胡

五十三

振山的暗示，遇到八路军不要反抗。这些人本来都是老实巴交的农民，谁愿意为小鬼子卖命？看见八路军冲上来，立即扔下手中的棍棒，站在原地一动不动，等候捆绑。战士们一边给他们上绑绳，一边道歉："让乡亲们受委屈了，没法子，这是为了糊弄鬼子，也是为你们好。"然后把他们和伪军们押在一起。

河桩见一切准备就绪，便招呼李斌行动。李斌一声令下，等待多时的人们一拥而上，喊里喀喳动起手来。鸡叫三遍，平大公路已被破坏了二里地远。河桩怕天亮被鬼子发现，便和李斌打个招呼，一起撤离了。

一大早，胡振山就跑到榆堡向宫崎报告。宫崎带人跑上公路，见路面被挖得坑坑洼洼，像一条死蛇躺在阳光下，只气得目瞪口呆。好久才向钱千里和胡振山吼叫："巡路队，巡路队的哪里去了？"

这时有人报告，路旁的小树林里发现了巡路队。宫崎赶过去，只见十个巡路队员被堵着嘴，牢牢地绑在大树上。宫崎两眼充血，高举军刀，一刀把一个伪军劈为两半儿。

连续对敌斗争的胜利，大大激发了人们的战斗豪情。为给敌人以更沉重的打击，独立营计划破袭北宁铁路万庄至廊坊段，但需北上支队的支援。

太阳刚刚冒红，河桩就和志刚、金驹跨上三匹快马驰出驻地，冲上永定河堤。站在高高的堤顶上，回望堤外的各种庄稼在清风中摇曳，河桩心中生发出一种时不我待的感觉。农谚有云："处暑找黍，白露割谷"。眼下旷野里的庄稼虽然仍是茂密葱茏，可节气已进处暑，高秆作物的生长已到达鼎盛时期，世间万物，到了鼎盛期就该走下坡路了。俗话说节气不饶人，不过一个月，千姿百态的大地也就光秃秃的了，打游击的艰难时日又要到了。"日子过得真快啊，眨眼间一年又要过去了！"河桩心里发着感慨，收回目光，招呼志刚、金驹走下河滩，选个浅水处策马过河，有力的马蹄踏起一片飞溅的水花。

爬上南岸，放马疾驰了好一阵，才在一个村里找到张卫。张卫看起来比以往有些消瘦，但精神还是那样饱满，脸上仍是英气勃勃。听了汇报，张卫高兴得连连拍着河桩的肩膀，像对一个疼爱有加的小弟弟："好，这个方案很大胆，也很积极，我完全赞同。你们这段时间，在永定河北搞得有声有色，闹得鬼子风声鹤唳，草木皆兵。老弟你是越来越有组织能力、越来越会打仗了！"

河桩被夸得脸红起来："瞧大哥说的，我这点儿本事，还不是跟你学的。"

"好了，都是自家人，就不用互相吹捧了。直说吧，有什么要我帮忙的？还是打援？"

河桩笑了："支队长真是料事如神！"

志刚有些不好意思："总请支队援助，真是……"

张卫连忙拦住志刚的话头："志刚你可不能这么说。咱们是一家人，互相支援是应该的，你们的胜利也是我们的胜利嘛。"

几个人当即研究了作战细节和兵力使用问题，最后张卫告诫河桩，此次是深入敌占区作战，不宜贪功，要速战速决，否则弄不好会被敌人缠住，很难脱身。

河桩连连点头："支队长说得是。我们的这次计划，也是想摸索出一些在敌区作战的经验。"

志刚在张卫和河桩说话的时候，一直在低头沉思，此时忽然心中一亮，忙抬起头来："支队长，我有个想法。"

张卫、河桩一起把脸转向他："什么想法？快说说！"

"支队长刚才说了，这次战斗，危险性确实较大，如果被敌人缠住，脱身很难，会给我们造成很大损失。我认为，战斗的胜败，关键在打援。万庄西距黄村东离廊坊虽然都有几十里远，可鬼子坐火车而来，增援很便利，如果打援部队支持不住，那我们就会受到东西两面的夹攻，不要说白忙活一场，还很有可能遭到重创。为避免这种不利局面出现，破袭队可以在黄村以东、廊坊以西先拆除一段铁轨，这样敌人的火车就用不上了，再加上打援部队的阻击，会给独立营争取到较长的时间，那战果可就大多了。"

"好，这个主意好！"张卫赞赏地看着志刚，"难怪大家叫你智多星，你的点子就是多！"

志刚笑笑："我还有一个想法。为了更好地协调配合，我建议打援部队和破袭部队要统一行动，同时上同时撤，并以打援部队的号令为准。只是有一个难题需要解决，破袭部队展开面有十来里长，距打援部队就更远了，怎么才能尽快取得联系？"

"这个好办。"张卫扭头喊来通讯员，从通讯员腰中抽出一支大号手枪，"我们如今也鸟枪换炮了。看看这个，信号枪，从鬼子手中缴获的。到时候，我向空中打一发红色信号弹，你们就马上撤离！"

返回的路上，金驹羡慕地对志刚说："志刚哥，我真服你了。你的脑子怎么那么活泛，一眨巴眼就是一个主意？"

"这还不知道？人家那是看书看出来的。"河桩见志刚不言语，就接过话头，他也很钦佩这位好哥们儿的智慧，"你没见教导员一有工夫就捧着书本看？肚子里的墨水多，肠子里的道道就多呗。"

志刚自十年前拜王老奎为师，就一边练武一边识字。他本性聪颖，又肯下苦功，识的字自然就比别人多。尤其是一有闲暇就找书来读，连蒙带猜，认下的字也就更多了。如今，不仅《包公案》《彭公案》一类的公案小说能看，就连《水浒传》《三国演义》也能看个七七八八。每逢遇到事，他就拿眼前的事跟书里的故事比对，也就能说出别人想不到的办法来。他见河桩、金驹议论他，扭头对两人笑笑，扬手在马屁股上抽了一鞭。河桩、金驹也各自加鞭，三匹马疾风般向前奔去。

回到驻地，河桩、志刚分头去找洪玉秀和李斌。

河桩来到南辛庄，洪玉秀亲亲热热把他迎进屋。通过几次合作，河桩深刻了解了洪玉秀的为人，已把她当作完全可以信赖的战友，便毫无顾忌地把作战部署和盘托出，请洪部一同参战，但因事关重大，要求她事先保守秘密，不到阵地绝不能泄露。

洪玉秀满口答应："放心吧大兄弟，我带全部人马参战，绝不给你丢人。至于保密的事，你更把心放在肚子里，自从发生了伤员被害的事，我的嘴严着哪。"提起被害的伤员，两人不禁一阵嘘唏。

"内奸的事，一直没有线索？"河桩有些期期艾艾地问。

"没有。我的兄弟我了解，一个个都是能过命的，不可能当内奸。"

"有没有不太了解的？"

洪玉秀想了想，猛地一拍大腿："我怎么把他忘了？还真有一个！"

"谁？"

"张运来，他是去年才入伙儿的。"洪玉秀说完又摇摇头，"不可能，不可能是他，他是张满仓的堂叔。张满仓是跟了我四五年的老弟兄，挺实在挺忠诚的一个人。"

河桩叹口气："那只好慢慢查了。不过，洪司令要多加小心，队伍里混进奸细，是要出大事的！"

洪玉秀咬着牙狠狠地说："如果真有内奸，查出来，我活剥了他的皮！"

临走时，河桩忽然灵机一动："洪司令，你这儿可有炸药？"

"炸药？有倒是有点儿，不多。我手下有个弟兄，过去是撵鞭炮的，爱鼓捣那玩意儿，就是一硝二磺三木炭那种，威力不大。你要它，有用？"

河桩点点头："有就带上。小鬼子不总夸他们的洋枪洋炮厉害吗？到时候，让他尝尝咱中国的土家伙！"

吃过晚饭，洪玉秀默默地坐在客厅里喝茶，郑俊杰和"快马张三"陪坐在两旁。这情景已持续了多年，从打拉起杆子，每晚师姐弟三个就聚在一起，或商量下一步的行动，或聊些闲话，实在无话可说，就垂头默坐，直到洪玉秀说声"大家累了，歇了吧"，才各自散去。今晚，他们又聚在一起，说起了河桩所提的内奸。三个人都觉得这是个要命的大事，如果有而查不出来，将会给绺子带来灭顶之灾。可把所有人梳理了一过儿，根据日常表现，谁也跟内奸挨不上边。"快马张三"指出张运来，说他入伙儿入得太巧，根底也只是凭他自己和张满仓说，是真是假谁也不知道。洪玉秀不同意，说张运来的来路咱们不太清楚，可张满仓清楚，张满仓是忠心报国的好弟兄，不会吃里爬外。人命关天的事，不能乱猜疑。"快马张三"见洪玉秀这样说，也就不再言语。郑俊杰看看两人，有些提拿不定地说，没准儿我们内部根本就没有内奸，伤员的事就是个巧合。议论了半天，毫无头绪，只得闷头呆坐着，内奸的阴影闹得三个人的心里都有些沉重。

墙上的挂钟咝咝啦啦响了一阵，然后就咣咣地敲起来，一连敲了九下。洪玉秀站起身，低低对郑俊杰说："师弟，家里就托付给你了，千万多加小心！"

郑俊杰郑重地点头："大当家放心！"

洪玉秀又转向"快马张三"："老三，知会弟兄们做准备，半个钟点儿后出发！"

张运来站在西厢房的屋地上，时不时推开门缝儿往大厅里望。躺在炕上的张满仓见他那探头探脑的样子，觉得奇怪："叔，你不睡觉，总往外看什么？"

张运来离开门边，坐在炕沿上："满仓，你说，大当家和师爷他们在客厅里这么老半天，商量什么呢？"

张满仓对张运来的做法很不满："叔，你来绺子也不是一天半天了，怎么还不懂规矩？大当家的事，是你能打听的？真是咸吃萝卜淡操心！"

"大侄子说得是，"张运来讪笑着爬上炕，"我是想，咱们不是大当家的卫士吗？咱得关心大当家的安全。"

两人正说着，"快马张三"推门进来，通知把家伙什准备好，一会儿出发。

"张大哥，出去干什么活儿？"张运来爬起身，一边麻利儿地穿褂子，一边问。

"快马张三"看他一眼，不吭声地走出去了。

张满仓又开始埋怨："你看你，就好东问西问的，撞墙了吧？"

张运来穿褂子的手突然停了，愣一刻，对张满仓说声"我出去一下，很快就回来"，匆匆走了。

张运来贴着墙根儿，迅速来到一座小院前，左右趔摸了趔摸，猫儿似的跳进院子，轻轻拍了拍窗户。屋里传出一个懒洋洋的女人的声音："谁呀？"

"二丫头，快开门，是我！"

门打开一道缝儿，张运来闪进去，迎面就被一个热乎乎的身体抱住了。

"别闹！"张运来使劲往外推。

二丫头紧抱不放："你个没良心的，几天没来看老娘了？"就把嘴饥渴地堵在张运来的嘴上。

两个人狂吻了一会儿，张运来喘口气："记住，洪部今夜有行动，不知去哪儿，也不知干什么。你马上去告诉周家福，让他赶快到礼贤报告！"

张运来走了，来时一阵风，走时也是一阵风。二丫头抱着赤裸的双肩，呆呆地坐在炕沿上。

二丫头本是一个穷家小户的女儿，因在姐妹中排行第二，便被人称为二丫头。二丫头家有几亩薄地，父母一天到晚待在地里土里刨食。二丫头从十来岁就在村头摆个破桌子卖大碗茶，挣个仨瓜俩枣的补贴家用。十五岁那年，吴敬礼从村头路过，口渴了去喝茶，见卖茶的小姑娘一直看着他笑，觉得奇怪，便也看她。这一看，引起了吴敬礼的欲火，小姑娘虽然穿得破烂，眉眼却还周正，特别是那两只眼，水灵灵闪着勾魂夺魄的光。吴敬礼忍耐不住，夹起二丫头就往屋里走。不想二丫头不但不挣扎，还服服帖帖地顺从他。完事后，吴敬礼给她扔下两块大洋。

　　吴敬礼回来后，时不时想起二丫头，就派人拿了十块钱把她接来，当了屋里的使女。二丫头在吴家吃得好，穿得暖，没多少日子就显得油光水滑。吴敬礼看着眼里出火，瞅冷子就把她叫去睡上一回。不想二丫头淫性极大，尝到甜头便不肯撒嘴，吴敬礼不找她，她也会想方设法去勾引。吴敬礼完全被迷住了，夜夜和她在一起。被冷落的老婆打翻了醋坛子，天天和吴敬礼哭闹，把二丫头的脸抓得花瓜似的，弄得整个院里沸反盈天。吴敬仁实在看不下去，就劝弟弟把二丫头嫁出去，说是男子汉要干大事，不能沉湎于酒色，酒是穿肠毒药，色是刮骨钢刀。吴敬礼也觉得再闹下去不是事，虽然有些舍不得，也只好忍痛割爱，将二丫头嫁给了一个小商人。二丫头跟着小商人倒是不愁吃喝，可小商人要进货卖货，时常不在家，就免不了冷清，虽有吴敬礼隔三岔五地来一趟，也解不了渴，便忍不住招猫逗狗。小商人是个有气性的，不愿戴绿帽子，就找碴儿打她，打得她哭爹喊娘，遍体鳞伤。二丫头气不过，跑到礼贤找吴敬礼哭诉，还脱下衣服让吴敬礼看。吴敬礼见那白光光的肉上青一块紫一块，不禁勃然大怒，先好言把二丫头劝回去，就拎着枪到路上去等小商人。等到小商人后，吴敬礼用枪顶住他的脑袋说，你这个瞎了眼的王八蛋，老子把这么好的女人给了你，不知道珍惜，还糟蹋她，你个不知死的鬼！说完，一枪把小商人的脑袋打开了花。

　　张运来打入洪部后，因消息传递不方便，几次贻误良机，遭到佐藤的斥责，吴敬礼就想到了二丫头。他先托人在南辛庄买了个小院子，然后嘱咐好二丫头，让她悄悄住进去。南辛庄是个大村镇，小院又在背静处，二丫头无事不敢出门，也就没有引起人们的注意。吴敬礼又收买了鸡贩子周家福，让他负责传递信息。于是，一条通讯链就形成了：张运来探得情报告诉二丫头，二丫头再转给周家福，周家福直接送到礼贤吴部。

　　二丫头坐在炕沿上直劲儿害怕。她本不愿来南辛庄，她知道这事太凶险，不同于找个野男人，可她拗不过吴敬礼，也怕吴敬礼。好在也有开心的事，那就是张运来和周家福都是精壮汉子。张运来第一次来找她，说完正事，她就把他拉上了炕。张运来三十多岁精力正旺，二丫头又是久旷之人，二人如同干柴烈火，折腾了个不亦乐乎。此后，张运来一有空闲就往这儿跑。周家福就更容易上钩了。那天她按照张运来给的地址去找周家福，周家福住得并不远，就在村边的一个角落里。她一进门就皱起了眉头，院子里杂草丛生，鸡毛满地，鸡屎鸡肠子的臭味熏得糊嗓子。天已近午，周家福还穿着个大裤衩子在酣睡，牛吼般的呼噜声传出老远。听到说话声，周家福吃吃怔怔坐起身，一见二丫头，惺忪的两眼立刻放出光来："哎哟，我的娘呀，菩萨奶奶什么时候下凡了？"跳下炕就拉住二丫头往破椅子上按。

二丫头听他说话有趣，暗暗一喜。又见他身上虽然腌臜，可那鼓鼓的胸肌，粗胳膊上一疙瘩一疙瘩的蛮肉，却很诱人，心里便痒痒起来。但她要撑个架子，就故意甩开他的手："瞧你这样子多硌硬人，快把衣裳穿好喽！"

周家福涎皮赖脸地笑："穿它干什么？办事更方便！"

"办事？办什么事？"二丫头明知故问，胸膛里早已排山倒海般翻腾起来，满院的臭气也闻不见了。

"听张运来说，来找我的是个女人，我早就盼着呢。没想到竟是个活菩萨！你想想，男人女人到一块儿，还能办什么事？"

二丫头虎起脸："姓周的，你可掂对好喽，我是谁的人？"

"知道，咱们都是一样的人，都给吴部干事。"

"吴敬礼是让你干事，不是让你干人！"二丫头按捺不住，说话轻飘了，眼睛也乜斜了。

周家福见状，知道好事成了，更加放肆："我是事也干，人也干！活菩萨是救苦救难的，你先救救我吧！"抱起二丫头就往炕沿上压。

二丫头假意挣扎："大白天的，让人看见，你不要命了？"

周家福紧按住不放："还有什么比这更要命的？"

二丫头被周家福彻底征服了。两人约定，只要张运来不到二丫头家去，二丫头夜里就到周家福这儿来。但二丫头坚决不许周家福到她那儿去，同时要求周家福把家里身上弄干净些。

二丫头想着往事，忽然打个寒噤，身上爆起一层鸡皮疙瘩，这才发现自己还赤条条的。她拿起炕上的衣服穿好，平静了一下心绪，悄悄走出院门。

# 五十五

　　破袭北宁路的战斗取得了意想不到的胜利，不但掀翻几里路长的铁轨，河桩还率领独立营攻进了万庄车站，击毙了日本站长大田岛光。在看到张卫发射的红色信号弹后，河桩边指挥部队撤退，边与"快马张三"把炸药和一束手榴弹绑在一起，藏在一堆铁轨和枕木下，把天明赶来修路的日军工兵炸了个血肉横飞。

　　这场在敌人眼皮底下的战斗，震惊了北平、天津的鬼子驻军，毛利大佐受到严厉批评。毛利又恼又气，一边督令属下的鬼子伪军四出扫荡，一边把佐藤找来，话里话外大有责怪之意。佐藤有苦难言，只得连连鞠躬赔罪。

　　回到大东亚洋行，佐藤吩咐随从守住屋门，不许任何人打扰，一个人端坐在榻榻米上，垂头默想。他不明白，以往土八路都是躲在暗处，秘密煽动老百姓的仇恨情绪，大不了就是搞些骚扰、偷袭，打了就跑，从不敢跟皇军硬碰硬。这次，为什么搞这么大的动作呢？整个华北都统一行动起来了。他在中国多年，知道中国地大物博，人口众多，如果全中国的人都起来反抗，那大日本皇军真要陷入灭顶之灾了！他猛地站起身，走到地图前。眼下皇军勇士王在南方浴血苦战，华北地区就是皇军的后方，假如后院起火，那后果将不堪设想。不，绝不能让共产党得逞！佐藤紧紧咬住牙。土八路的这次大行动虽然给皇军造成很大麻烦，可也给皇军创造了机会，那就是土八路暴露了实力，皇军可以借机把他们一网打尽！这就是中国人常说的：塞翁失马，焉知非福。佐藤为自己机敏的头脑得意地笑了，他重又坐下来，铺开纸，给上级谍报机关拟写电报稿，把自己思考的结果和下一步的行动计划汇报上去。

一辆马车出了固安城北门，车上载着几捆各色花布。佐藤身穿皮袍，头戴银鼠皮帽，装扮成布店老板的样子，斜靠在布捆上。初冬的阳光虽不强烈，但因没有风，照在脸上还是暖洋洋的。佐藤惬意地眯缝着眼，随着马车的摇摆，默默地想着心事。他已得到上司的通报，鉴于华北八路军的猖獗，陆军总部决定从前线部队中抽调一部兵力回防，准备在明年春季进行大扫荡，开展强化治安运动，彻底消灭抵抗力量，以巩固占领区。给他的任务仍是笼络一切反共力量，做好敌情探查，配合大部队作战。永定河北的几支民间武装，经他两年来的威逼利诱，吴部已归顺了己方，贾、冯两家的自卫团虽没投降，也没有明显的通共迹象，属于拥兵自保的状态。最让他得意的一笔，是成功策反了郑民，虽然没能把队伍拉过来，也造成便衣队的瓦解，产生了一定的政治影响，给了独立营以精神上的打击。只有洪部让他头疼不已。洪部在永定河两岸的绿林武装中势力最大，影响也最大，佐藤一心想把洪部拉过来，洪部投顺了，其他小绺子就会跟着投过来，皇军可不费一枪一弹，就把所有民间武装收服了，对建立大东亚共荣圈、建立王道乐土的宣传也就更有说服力。想不到的是，洪玉秀老谋深算，两面三刀，一面和皇军嘻嘻哈哈，虚与委蛇，一面暗中支持独立营，与皇军对抗。从吴部多次送来的情报看，洪玉秀已完全与八路军融为了一体。他也曾动过消灭洪部的念头，又怕引起其他民间武装的恐慌，对下一步的诱降不利，只得咬牙忍耐，等待时机。今天他终于想出了一个对付洪玉秀的妙招，这个妙招一旦成功，定会让洪玉秀生不如死。佐藤坐直身子，望望四周的旷野，轻轻吐出一口气：洪老太婆，你就是比泥鳅还滑，也滑不过这一关了！

佐藤渡过永定河，在北堤上见到了小吃店前的香巧，心里不由一动，此处竟有这样漂亮的女子！他牢牢盯了好几眼，才跳上大车。

香巧也看见了佐藤。见佐藤直愣愣地看她，并不以为怪，因她的姣好容貌，涎皮赖脸看她的人多了。只想这个老板可真够张狂的，兵荒马乱的年月，还穿得这么鲜亮，就不怕树大招风，让土匪给劫喽。这时有人来买烧饼，香巧也没往深处想，就忙着照顾生意去了。

被破坏的平大公路虽已修好，但路面仍是坑坑洼洼，狗头似的鹅卵石裸露着，颠得大车东摇西晃，一蹦多高。佐藤坐不住，恨恨地骂声八嘎，揉着颠疼的屁股跳下车，跟在车后步行。

走进榆垡镇，佐藤让由卫士扮成的车把式将车赶进大车店，自己装作逛街的样子，乘人不备，钻进宫崎的兵营。

宫崎这几天一直情绪不佳，毛利的斥骂让他羞愧难当。佐藤对他笑笑："中佐，何必这样无精打采？"

"身为大日本帝国的军人，在我的辖区内屡遭土八路骚扰而无能为力，是我最大的耻辱！"

"中国有句俗话，胜败乃兵家常事，宫崎君不必为这小小挫折而耿耿于怀。王河桩的独立营之所以嚣张，是因为他有洪部这个帮手。我这次来，就是要斩断这个帮手，让独立营孤木不成林！"佐藤附在宫崎耳边，把他的计策轻轻说了出来。

宫崎立刻来了精神："佐藤先生，我一定全力配合你的行动！"

佐藤来到礼贤，吴家哥儿俩站在他面前，战战兢兢地说不出话。佐藤见他俩那诚惶诚恐的样子，心里很满意。此前他对吴家哥儿俩客气，那是要拉拢他们，收买他们，如今他们归顺了，他们就不是朋友了，而是狗了。在狗面前，主人就要保持主人的尊严。佐藤盯了他们半晌，才冷冷地开了口："二位，你们近来的表现让我很失望，也让毛利大太君非常生气！大日本帝国给你们枪支弹药，给你们金条银圆，就是供你们吃喝玩乐的吗？"

吴家哥儿俩你看看我，我看看你，最后还是吴敬礼忍不住："佐藤先生，开花佛的事，那是独立营联合洪部一起来抢的，我们实在是打不过呀！扒铁道的事，是洪老婆子嘴太严，我的人详细情况问不出来，可情报还是送出来了呀！"

"是呀，佐藤先生，我们真是尽力了。只是……"吴敬仁也鼓起勇气说了话。

"他娘的，都是那个死老婆子坏的事！要不是她跟着瞎搅和，凭王河桩那几个人，那几条破枪，根本就狂不起来。真想一刀劈了她！"吴敬礼恶狠狠地骂。

佐藤见火候到了，又换上一副笑脸："好了，我知道，二位当家的确是不容易。我发火，是看大日本皇军受损失心里着急，望二位当家不要介意。刚才二当家说要把洪玉秀劈了，我看为时尚早。我今天有一计，先把她的心剜出来！"

洪文虎吃过晚饭，到各个哨位巡视了一遍，才回到自己住的院子。厢房里传出哗哗的洗牌声和吵嚷声，他快步走进北上房，坐在太师椅上发呆。本来洪部是有严令的，任何人不许赌博，一是洪玉秀每想起丈夫因赌丧命就痛心疾首，二是洪玉秀信奉一条古训：奸出人命赌出贼。洪文虎单独带队后，体谅弟兄们的苦闷，一群精精壮壮的汉子，除去打打杀杀，再无事可干，岂不憋闷死？时间长了，说不定会闹出什么别的事来。于是就背着老太太，允许弟兄们斗把小牌儿，但自己绝不染指。百无聊赖地坐了一阵，不免有些心烦，刚要到外面再走走，副队长钱壮进了屋。钱壮和洪文虎年龄相仿，虽不是杂技班子的老人儿，却也是刚拉杆子就入伙的，两人脾气相投，就拜了把兄弟。

钱壮见洪文虎有些闷闷不乐，打趣道："怎么了大哥，想嫂子了？"

钱壮的话提醒了洪文虎，他已有一个多月没见到媳妇了。自从把媳妇孩子隐藏起来后，为了安全，他十天半月才偷偷和媳妇见上一面。"百团大战"开始以来，洪部一直配合独立营作战，他也就没时间去看老婆孩子。

钱壮见洪文虎不吭声，知道说到他心里去了，就催着说："这几天没事，我在队里盯着，你就去看看嫂子和侄子吧。"

洪文虎想想也对，就嘱咐钱壮几句，悄悄出了宋庄，向刘家河走去。宋庄距刘家河只有十几里路，蹚野地直走，不过半个时辰，媳妇春花和儿子小虎就住在段有贵家里。这段有贵是个小地主，家有四五十亩地，养着一头骡子一挂车，为人老实本分。前几年被土匪绑了票，是洪玉秀出面赎了回来，自此对洪玉秀感恩戴德。洪玉秀亲自把儿媳孙子送到他家，段有贵拍着胸脯保证：好吃好待，绝不让出一点儿闪失。果然，两年来一直平平安安的。

洪文虎在树行子里快速穿行着，脚下的枯叶发出哕啦哕啦的响声。猛地，他隐约觉得身后似有人跟随，忙拔出手枪，隐身在一棵大树后。四野里漆黑一片，除去近处几棵模模糊糊的树影，什么也看不见。洪文虎静听了一会儿，没发现异常，便又继续赶路。走了不远，身后似乎又有响动。洪文虎再度停下来，迟疑片刻，端枪返身向回走去。正在这时，不远处的树顶上，一只猫头鹰突然咕喵咕喵地叫起来，那凄厉的叫声，惊悚得让人头皮发炸。洪文虎长舒一口气，抬手抹掉脑门上的汗，心里渐渐踏实下来。洪文虎自打十七八岁跟随母亲拉杆子，走夜路，蹽野地，蹲坟圈子，是家常便饭。走夜路时脚下蹿起野兔、狐狸是常有的事，所以对猫头鹰的惨叫并不以为意，他害怕的是人。自从哥哥死后，母亲把他和孙子看得比命还重。在绿林中这么多年，没有仇人是不可能的。尤其是现在，日本人和吴部把他们看成眼中钉，说不定什么时候就给来上一家伙，他和小虎出了事，那洪家就断了香火。洪文虎依在树后又观察了一阵，确认没有危险，才又向前走去。

洪文虎的警惕不是多余的，吴部的李栓子就跟在他的身后。

佐藤的计策就是抓住洪文虎的媳妇和孩子，逼洪文虎就范，以此打击洪玉秀。吴敬礼命周家福通知二丫头和张运来，弄清春花、小虎的藏身之地。可张运来暗中打听了好几天，连点儿影子也没得到。吴敬礼无法，只得派李栓子带几个人，日夜守候在宋庄四周，只要洪文虎出村，就在后面跟着。今天，终于让李栓子抓住了机会。李栓子瘦小枯干，脚轻步快，幽灵似的尾随着洪文虎来到段有贵门前，趴在墙头上看着洪文虎进了春花的屋子，才返回礼贤向两位当家的汇报。

几天后的一个傍晚，一个小伙子惊惊慌慌地跑进洪文虎的队部："洪队长，不好了，出大事了！"

洪文虎审视着这个素未谋面的年轻人："你是谁？出了什么事？"

"我是段有贵的堂侄。我叔让我来告诉你，你的太太和小少爷得了急症，上吐下泻，直翻白眼，邪乎着哪。让你赶紧去看看！"

"什么？"洪文虎一下站起身，很快又狐疑起来，"段有贵呢？他自个儿为什么不来？"他和段有贵有约定，春花母子的事，不能让外人知道。

"我叔看娘儿俩病得太厉害，急着请先生去了。"小伙子一脸焦急，"洪队长，你快去看看吧。我叔说要是有个好歹，他可担当不起！"

洪文虎的怀疑解除了，可立刻又百爪挠心了："怎么回事？前几天还好好的哪。"

钱壮劝道："大哥，先别着急，也许没什么大病。你带两个兄弟去看看吧。"

"不，还是我一个人去。"

钱壮明白了洪文虎的意思，他是不想让更多的人知道娘儿俩隐身的地方："也好，我去给你备马。"

　　"别，骑马太招眼了，我还是步撵着去。"

　　洪文虎急匆匆奔走在暮霭朦胧的野地里，眼前晃动着春花和小虎的影子。春花出生在一个小户人家，人长得俊秀，性格也温顺、善良，是娘看中的。娘说，娶媳妇不求家大业大，只求人好。春花过门后，果然样样遂人意，孝敬婆婆不用说，跟他也从没红过脸，背地里还时常劝他，别整天只是打打杀杀的，要多为些人。他说，走上这条道，就没有回头路了。春花就叹息，人哪，真是怪物，个人过个人的日子多好，偏要你争我夺的。一年后，春花给他生了个大胖儿子。小虎长得和他像一个模子里刻出来的，又聪明又伶俐，成了他的心头肉，更是奶奶的掌上明珠。如今，怎么突然就病了，还病得那么厉害？

　　洪文虎气喘吁吁跑进段家大门，见春花住的厢房里黑黢黢的，只有北上房亮着灯光，就疾步闯了进去。一进屋他就愣住了，只见段有贵一家人都被捆绑着蹲在地下，春花抱着四岁的小虎坐在椅子上，一脸惊慌。

　　"这，这是怎么啦？"洪文虎一句话没说完，身后闪出两个大汉："别动！"一边用枪顶住他的脑袋，一边从他腰中抽去了匣子枪。

　　洪文虎正在惊愕间，一个穿长袍戴皮帽的中年人从里屋走出来，紧随其后的竟是吴敬仁、吴敬礼。洪文虎跑出的一身热汗霎时变成冰水，此时他才明白，上了别人的当了。

　　中年人笑眯眯走到洪文虎面前："洪少当家，不用这个办法，咱们无法见面。多有得罪，还望海涵。"

　　"你是什么人？为什么要这样？"

　　中年人还未答话，吴敬礼就在旁边抢着介绍："这是大日本皇军的太君，佐藤先生。"

　　"日本人？"洪文虎浑身一震，额头上唰地冒出一层冷汗。他深知这几年洪部做的什么事，如今落在日本人手里，怕是凶多吉少了。想到这儿，心里反倒镇定下来，硬生生地说："有什么事冲我来，别伤害我的老婆孩子。再有，一切与段家无关，不要难为他们。"

　　"好，好。"佐藤轻轻鼓起掌来，"早就听说少当家是位侠义英雄，今日一见，果然名不虚传。我就喜欢重情重义的人。来，来，请坐，我们好好谈谈。"佐藤先让两个大汉给段家人松了绑，带到厢房里去，然后谦恭地请洪文虎落座。

洪文虎转向春花母子。春花望着他，两眼不停地落泪，小虎偎在娘怀里，怯生生地看看这个，又看看那个，一脸的可怜。洪文虎看得心疼，怒火从心里喷发出来："你们到底想干什么？"

佐藤仍是笑容可掬："洪少当家不要误会，我们没有恶意，只想跟你交个朋友。"

"交个朋友？"

"对。鄙人早就仰慕少当家的英名，只要你和大日本皇军合作，共同剿灭共产党八路军，我们就是大大的好朋友。"

洪文虎明白，佐藤这是在逼降。他能当汉奸吗？他当了汉奸，怎么对得起张卫、河桩大哥？怎么向老娘交代？岂不让永定河两岸的乡亲们戳着脊梁骨骂死？可不答应，看眼下的架势，佐藤是不会善罢甘休的。洪文虎默想了半天，心里拿定了主意："佐藤先生，我们洪部和你们日本人，一直是各占各的地盘，各端各的饭碗，井水不犯河水，不是朋友也算朋友吧？"

"不不不，"佐藤连连摇头，"那不是真正的朋友。真正的朋友就要同吃一锅饭，同喝一井水，为大东亚圣战并肩战斗。"

洪文虎也摇摇头："佐藤先生这是强加于人了。听你中国话说得这么利索，中国的事也知道得不少吧？听没听过孔老夫子的一句话——己所不欲，勿施于人？"

佐藤有些恼怒，望着洪文虎嘿嘿地冷笑。

吴敬礼对这些咬文嚼字的话早就不耐烦，此时见佐藤无话可说了，便跳出来助阵："洪文虎，你别在这儿卖弄文才，尽说些上风头的话！你们洪部和独立营穿连裆裤，跟大日本皇军对抗，佐藤先生早就清楚。皇军不剿杀你们，是给你们脸，别他娘不知好歹！"

洪文虎怒不可遏，一拍桌子站起来："吴敬礼，你是什么东西？也敢说三道四！你八辈祖宗的脸都让你丢尽了！"

吴敬礼拔出枪对准洪文虎："老子毙了你，你信不信？"

佐藤也站起身，阴沉沉地盯住洪文虎："洪少当家，我是好话说尽了，你可别敬酒不吃吃罚酒！我现在就可以当着你的面，把你的老婆孩子杀死，明天就把洪部彻底消灭！"

佐藤说着一摆头，吴敬仁走过去，一把抓住春花的头发，把刀顶在脖子上。小虎吓得大哭起来。一个大汉老鹰抓小鸡一样把小虎拎起来，狠狠摔在地上。

洪文虎心痛欲裂，怒吼一声："住手，你们这帮混蛋！"就要扑向小虎，但被吴敬礼和另一个大汉死死架住，动弹不得。

佐藤皮笑肉不笑地走到洪文虎面前："洪少当家，两条道摆在你眼前，一条是家破人亡，一条是与皇军合作。何去何从，你自己选择！"

在娇妻爱子生死攸关之际，洪文虎妥协了。

洪文虎带着佐藤走向宋庄，春花怀抱小虎，被吴敬礼等人押着，跟在后面。一进村，就见两个放哨的弟兄横躺在地上，村内布满了鬼子兵。宫崎从暗中闪出来，对着佐藤耳语了几句。佐藤点点头，向前一挥手，一群人簇拥着洪文虎继续往前走。临近小队住的大院，四周也现出幢幢黑影。洪文虎知道大势已去，心中充满沮丧。

钱壮听到响动，披着大袄走出屋："大哥回来了？嫂子没什么事吧？"一眼看到洪文虎身后的人，"他们……"

"别问了，叫弟兄们起来集合。"洪文虎显得有气无力。

钱壮刚要转身，猛地大叫一声："房上有人！"话音未落，已有两支短枪顶住了他的胸膛。

"大哥，这是……"

"叫弟兄们出来，空手集合！"

弟兄们空着手在院里站好队，一群鬼子兵涌进屋，把枪支弹药收拢起来，拿出院子。

佐藤走到队伍前，咳嗽两声："经你们洪队长同意，从现在起，你们就是大日本的皇协军了。马上收拾东西，到榆堡驻防。胆敢反抗，格杀勿论！"

赤手空拳的弟兄们在重重鬼子兵的包围下，吓得大气也不敢喘。钱壮扭头看洪文虎，洪文虎低垂着头，一声不吭。

洪玉秀第二天中午才得到消息，慌忙带着"快马张三"、郑俊杰赶到宋庄，洪文虎小队的驻地已是人去屋空。又跑到刘家河，段有贵跪在地上，痛哭流涕地述说事情经过，尚未说完，洪玉秀便闷哼一声，晕了过去。

# 五十六

1941 年春夏之交，鬼子的大扫荡开始了。

春节刚过，形势就显得越来越严峻。各地日伪军征集大量民夫，修公路，建碉堡，挖防护沟，砌防护墙，还派出特务、汉奸，收买地痞流氓，在各村设立监视点，随时报告八路军的动向，实行点、碉、路、沟、墙五位一体的"囚笼政策"。抗日政权的工作受到极大限制，不时有村干部、县区工作人员被抓捕、杀害，八路军活动的区域也越来越狭小。"百团大战"期间出现的火热场面，被敌人以残暴手段镇压下去了。进入 6 月，日本华北驻屯军司令岗村宁次调集两万多兵力，开始对冀中十分区实行"铁壁合围"。一队队的鬼子伪军，在村庄间、田野里，篦头发一般反复搜寻，无处无枪声，无村不冒烟。无家可归的老百姓扶老携幼，儿哭娘喊，在荒野里乱窜，东面遇到鬼子，便麻雀似的折向西面，西面与鬼子跑个碰头，又惊慌地奔向北面，不时有人在枪声中倒下，凄惨的哭喊声弥漫在滚滚烟尘中。王老奎一家也夹杂在逃难的人群里，在野外生活好几天了。

鬼子扫荡前，王老奎就接到区里通知，要他们这些暴露的村干部、军属等人，及早躲避。王老奎是双料人家，是鬼子汉奸抓捕的重点，自然应该早作提防。王老奎深知事态严重，便悄悄知会了铁牛、二愣等独立营战士的家属和水生的老婆，让他们早做准备，一有风吹草动，赶紧离家。又找到贾知达，说他是保长，又和毛利有那么一层关系，估计鬼子不会太难为他，但也要注意安全，能躲就躲，能闪就闪，并吩咐他密切关注村里人的动向，特别是孙秃子父子和仝宝、金贵的举动。然后让家里人多烙些棒子面火烧，多打些棒子面糊饼，这样的食物干燥，不易馊。又准备了老咸菜疙瘩，盛水的葫芦头。一切完毕，他就腰挂飞刀，白天在大堤顶上放风，夜里带一家人到村北沙岗子里躲避。鬼子的扫荡开始后，香巧抱着吃食、水葫芦找来，说是死活要和他们在一起。

这天天一放亮，鬼子兵就出动了，一遍一遍地拉网。沙岗子里藏不住，王老奎就搀着徐二婶，王老宽搀着河桩娘，柳芽抱着兴邦，香巧背着干粮，混杂在人群中，和大家一起东奔西跑。躲过一波鬼子兵，几个女人跑不动了。王老奎呼呼大喘着停下来："这样不行，瞎眼驴似的乱撞，累死也躲不过鬼子。得想个法子。"

王老宽擦着汗，满脸灰尘擦成个大花脸："哥，有什么法子你就说，我们都听你的。"

其他人也连连点头。

"咱们还回沙岗子里去。"王老奎想了一会儿，断然说。见大家不解，又说："你们想想，鬼子已经在那里搜了好几遍，认为把人都轰出来了，也就不会注意那里了。咱们现在返回去，能得到短时的歇息。再说，那里离河沿儿近。咱的吃食不多了，夜里可以回家去拿点儿。"

香巧第一个赞成："老奎大叔这个主意好，这叫灯下黑，最安全。"

其他人见香巧这么说，也都同意。

一行人躲躲闪闪溜进沙岗子，已是天近傍晚。王老奎安排女人们在一个沙窝的矮树丛里吃干粮，自己和老宽爬上岗顶。此时西天一片红霞，把碧绿的树叶镀上一层金紫的光。微风也轻轻刮起来，吹得身上很舒坦。王老宽软软地坐在白沙上，再也不想动弹，一整天的奔波，已耗尽他全身的体力。他拔起一根茅草锥锥，剥开皮，见里面的瓤儿已变成浅紫色，随手扔掉，又拔起几棵，也都是老的，索性就放进嘴里嚼，咂摸着苦味，向往地说："要是没有鬼子闹腾，该操持杠场收麦了。这该死的小鬼子！"见哥哥没吭声，又说："枪声响了好几天，也不知河桩他们怎么样了？"

这正是王老奎担心的。他早从区委的通知里得知，鬼子大规模扫荡开始前，为保存有生力量，八路军主力跳到外线，永定河两岸只留下北上支队和平南独立营，就地坚持武装斗争。这是军事秘密，为防泄漏，他连弟弟也没告诉。坐在岗顶上，望着火红的云霞，他心里也如大火烧膛。独立营虽已壮大到一百多人，可再怎么也抵不住这么多鬼子伪军的围剿。几天几夜枪炮声不断，河桩怎么样了？独立营怎么样了？王老奎心里一点底也没有。面对弟弟的询问，他无话可说，只是深深叹了口气。

就在俩人沉默的时候，香巧爬上岗来。

香巧望望沉默不语的老哥儿俩，又抬头望向四周。天渐渐黑下来，远处的夜幕中，亮走一片一片的火光。她知道，那是鬼子宿营燃起的篝火，心里不由紧紧地揪起来："这么多鬼子，河桩兄弟打得过吗？真让人揪心死了！"

王老奎感激地看着这个年轻的女人。这几年，他从香巧的眉眼里，早已看出她对河桩的感情异于常人，不过一直没有说破。他不能说破，也不想说破，小桂的事，已是他心中永远抹不去的痛，入党后明白了很多道理，就更不能再干傻事。但从内心深处，他对香巧格外亲近，已把她看成了家人。

"闺女，放心吧，河桩他们不会有事的。"王老奎满怀深情地拍拍香巧的肩膀。

"大叔，我不担心，小鬼子是斗不过河桩兄弟的。"香巧轻声应着，嗓音里带出了哽咽。

"也不知小鬼子要扫荡多少天，这东奔西跑的，什么时候是个头儿？带的干粮也快吃完了。"王老宽满腹忧愁。

"小鬼子打不死咱，咱就得好好活着。咱活着，就是对河桩最大的支持！"王老奎硬气地说，"没吃的不要紧，一会儿我回家去，弄点儿回来。"

"这么多鬼子，你一个人去哪成？要是有个好歹，咱家就没主心骨了。我跟你去！"王老宽说着就站起身。

"你不能去，"三老奎摆摆手，"你得照顾家里人。尤其是兴邦，不能有一点儿闪失，那是咱们的传家之宝！"

"大叔，我跟你去。我年轻，腿脚利索。"

王老奎看着香巧，想了想，点头同意了。

两人走出沙岗，涉水钻进苇塘，在苇塘边静听了一会儿，见无动静，便弯腰穿过开阔地，摸进村子。还隔着半条街，王老奎就看见了家中的火光。

"大叔，着火的地方好像是你家！"香巧悄声说。

"走，到跟前看看！"

两人贴着墙根往前靠，在离火光不远时，爬上一家房顶。

　　"大叔你看，李大裤裆！"香巧低叫。

　　在王老奎哥儿俩的小院中间，燃着一堆熊熊大火，几十个的警备队员围着火堆，翻烤着抢来的鸡鸭。李大裤裆举着个酒瓶子，一边往嘴里灌酒，一边呼喊："弟兄们，烧，可劲儿烧！这是王河桩的家，全给他烧光喽！"又对着夜空叫："王河桩，你英雄啊，这会儿跑哪儿去了？瘪屁了吧？这就叫三十年河东，三十年河西！等老子抓住你，给你大卸八块，撕巴撕巴烤肉吃！"

　　李大裤裆在"百团大战"中吃了大亏。他每次奉命出城讨伐，都遭到北上支队的伏击，打得他丢盔卸甲，仓皇而逃，频频受到毛利的责骂和"镇北关"的埋怨。他不知是杨小山给张卫送了情报，只怨自己点儿背。这次大扫荡一开始，他就带队杀向永定河北，他要借日本人的力量，出出胸中这口闷气。几天来，他随着日军在河北几十个村子拉网，除去轰起一群一群的老百姓，没碰到一个八路军的影子，便认为八路军被吓跑了，胆子更壮了，逢人杀人，逢村烧房。今晚，他特意向"镇北关"请示，到河沿儿宿营，他要把王老奎、王老宽的家，把独立营战士的家，统统烧光。

　　听着李大裤裆的狂呼乱叫，香巧恨恨地骂："这个狗汉奸！要是有枪，一枪崩了他！"

　　王老奎也气得两眼冒火："让他蹦跶吧，总有跟他算账的那一天！"

　　"大叔，你家是回不成了，去我家吧。我还有几斤棒子面，藏在'蛤蟆蹲'里。"

　　香巧从地洞里掏出半小袋棒子面，让王老奎背着，自己又把院里种的小红萝卜拔了些抱上，悄悄出了村。

　　太阳刚钻出地平线，鬼子就出动了，满地里又是一片人喊马嘶。人们也许是看到沙岗子里安静，一窝蜂地向这里涌来。王老奎说声"不好，这里待不住了"。话音刚落，一发炮弹打来，炸起一颗高高的烟柱。紧接着，无数炮弹倾泻而下，沙岗里顿时烟尘弥漫，辛辣的硫黄味呛得人喘不过气。兴邦尖锐地哭叫起来。一颗炮弹落在人群中，炸得血肉横飞，半截人腿挂到树梢上，悠达悠达地打悠千儿。柳芽慌忙用手遮住兴邦的眼。王老奎招呼着一家人冲出烟雾，胳膊上已被弹片划了个大口子。跑进树丛，大家停下喘息，徐二婶才发现王老奎满胳膊是血，两腿一下软了："老头子，你这是怎么了？"

一家人闻讯，立刻围过来，惊惶地问这问那。

王老奎咬着牙，故作轻松地笑笑："不要紧，擦破点儿皮。"

柳芽从兴邦的小被儿上撕下一条布，香巧接过来，麻利地给王老奎包上。正在这时，旁边有人喊："鬼子来了！"

一群黄乎乎的鬼子兵挺着刺刀，从树林西边钻进来，钢盔在阳光下闪着刺眼的光。人们慌忙往树林东侧跑，不想东面也被警备队堵住了去路。王老奎暗叫完了，伸手从腰里拔出飞刀："兔崽子们，今儿个爷爷跟你们拼了！"

王老宽见状，也把飞刀从腰里抽出来。

"二弟，你保护她们娘儿几个，我在前面开路。今儿就是今儿了，拼死一个够本，打死俩赚一个！"

危急之时，一群穿灰军装的人冲进树林，先向后面的鬼子扫射一阵，然后朝乱哄哄的人群喊："乡亲们，我们是八路军独立营！快，跟着我们往外冲！"风一般跑到前面去了。

王老奎一家听说是独立营，都站住了脚，睁大眼睛往队伍里看。柳芽首先惊喜地叫起来："河桩！那个是河桩！"

香巧也跟着叫："是他，是河桩！"

王老奎看见，在整个灰色队伍的前面，河桩一手提着匣子枪，一手挥舞着大刀，旋风般地向前卷去。

河桩娘叫声："我的儿！"一屁股坐在地上。

王老奎让老宽搀起河桩娘，又朝大家喊："乡亲们，独立营来救咱们了，快跟着往外冲啊！"

迎头拦截的是李大裤裆。他熟悉地形，知道人们可能藏身的地方。炮击沙岗就是他给宫崎出的主意，意思是用炮弹把躲在里面的人轰出来，然后再进行屠杀。炮击过后，他就带着队伍偷偷摸向小树林。刚到树林边，独立营就冲了出来。李大裤裆又惊又喜，日本人找了几天，也没见到独立营的影子，想不到这条大鱼竟让他给网住了。他激动地大喊："弟兄们，抓住王河桩，皇军有赏！"

伪警备队员一看是独立营，慌忙趴在地上开枪。枪声刚响，就被飞来的手榴弹炸翻几个，其余的抱起枪就往后跑。任李大裤裆怎么叫骂，也拦阻不住。独立营撕开一道口子，猛虎似的往两边冲打，掩护老百姓突围。支撑一阵，跑进另一片树林，没了踪影。

王老奎一家跑出包围圈，随着人群在旷野里奔逃。此时太阳已经西斜，野地上东一个西一个倒卧着死尸。不远处，一个被炸断腿的独立营战士，颤抖抖地坐起来，用手拔出刺刀。王老奎心知不好，刚要喊，那个战士已经把刀挥向脖子，一股鲜血窜出来，溅射出老远。王老奎心中一颤，紧紧闭上双眼。猛地，前面喊叫声又起，一队鬼子骑兵飞驰过来，高大的洋马在灌浆的麦地里任意践踏，锃亮的马刀不停地在头上摇晃。人群又大乱起来，无头苍蝇一般乱碰乱撞。鬼子骑兵突入人群，马刀不断起落，人们惨叫着，接二连三倒在血泊中。

王老奎拉着徐二婶没命地跑。幸亏徐二婶一生操劳，锻炼的身强体壮，没给王老奎添太多的麻烦。突然，一匹大马拦住去路，马上的鬼子拎着滴血的战刀，对着两人狞笑，笑着笑着，慢慢抬起刀。王老奎把手伸向腰间，一道白光射出，飞刀正正扎在鬼子的嗓眼上。鬼子愣一愣，抬刀的手缓缓垂下，身子一歪，滑落马下。王老奎跑上前，摘下鬼子的两颗甜瓜式手雷，拉着徐二婶跑进附近的麦地。

"人呢？他们人呢？"徐二婶蹲在麦地里，把头探出麦梢儿，惊慌地叫起来。王老奎这才发现，老宽他们一个也没跟上来。此时，田野里已趋于平静，重重的暮岚下不见一个人影。王老奎和徐二婶一边低声呼叫，一边焦急地寻找。可除去随风飘来的阵阵血腥味，什么反响也没有。

一家人跑散了。

## 五十七

独立营和区机关一起，借着夜幕的掩护，钻进柳棵子深处休息。

小树林施救那天，独立营也是被敌人罩在了网里。当他们边打边撤，跑到小树林附近时，发现鬼子和伪警备队正向小树林包围，而树林里躲藏着一群老百姓。河桩向志刚喊声："把老乡们救出来！"就带头冲进树林子。他们先把西侧的鬼子打退，又冲向东面的伪警备队，杀开一条血路，把乡亲们带出后，就迅速转移了。令河桩没想到的是，在那群老百姓中，竟有他的一家人，只是他当时只顾舍命拼杀，没有看到。

河桩率领着独立营，左冲右突，可怎么也冲不出敌人的包围圈。南苑、黄村、庞各庄、榆垡、固安、廊坊等地的鬼子伪军全体出动，把他们严严实实包围在方圆不足百里的地域内，施行驻村清剿。尤其在永定河北堤布了重兵，以防独立营涉过永定河，与河南的八路军会合。毛利下了死命令，一定要把独立营消灭在北平之南、永定河之北，彻底摧毁平南这块抗日游击区。

今天上午，独立营又被敌人缠上了。他们绕沙岗，钻树林，穿村庄，跑了个头昏眼花，才把紧追不舍的鬼子甩掉。河桩指着不远处的一个村子："进去休息！"不想刚到村边，村里突然响起剧烈的枪声。河桩心里一沉，身边两个体弱的战士再也坚持不住，扑通扑通晕倒在地上。

"营长，这枪好像不是朝咱们打来的！"志刚呼呼大喘着，用手指着村子。

河桩侧耳细听，枪弹果然不是冲他们飞来，而是打向村里。他紧绷的身体立刻软了，摇晃了一下几乎栽倒："前面要真是敌人拦截，说实在话，还真是跑不动了。"

"跑不动就拼，反正不能让小鬼子占了便宜！"二愣双手插着腰，喘得也抬不起个儿。

"不到山穷水尽，绝不能硬拼。"志刚看着河桩，"我们拉起这支队伍不容易，得为抗战在永定河北留下火种！"

"教导员说得对，我们不能做无谓的牺牲。小日本没打垮，我们不能轻易地死。走，绕过他们，找地方隐蔽！"

刚走几步，河桩又站住："不好，是不是李书记被围住了？这几天一直没碰到他们。"

"那，去救他们？"

"要真是他们，一定得去支援。区小队的力量忒薄弱，靠他们自个儿，很难突围出来！"

志刚转身朝大家喊："同志们，区委的李书记被围住了，我们去给他们解围！"

队伍悄悄接近村庄，远远就听见一个粗拉拉的声音，在得意扬扬地喊："李书记，你们怎么不跑了？跑不动了吧？你们怎么不打了？没有子弹了吧？哈哈，今天你是插翅难逃了，还是赶快投降吧！老子在皇军面前替你求个情，留你一条活命！"

"又是狗日的李大裤裆！"二愣一下就听出来了。

"还真是李书记！"志刚也低声说。

河桩爬上一间房顶，往前面张望。宫崎带着三四十个鬼子兵，李大裤裆带着四五十个伪警备队员，把村中一座大宅院围得严严实实。此时枪声已经停下来，几个鬼子正忙着调整掷弹筒。

李大裤裆的喊声又响起来："李书记，宫崎太君说了，给你三分钟时间考虑，再不出来投降，我们就要开炮了，把你们炸个粉身碎骨！"

大宅院里寂静无声，不见一个人影儿。河桩跳下房，急促地对志刚说："我们得赶快行动，一定要在鬼子开炮前打响。你带二连绕到背后，突破伪警备队的包围圈，冲进大院，把李书记他们接出来。我带一连，正面进攻宫崎，先炸掉他的炮兵。你们冲出去后，我们就撤。记住，天黑后，到南大洼柳行子里会合！"

待志刚、二愣走后，河桩指挥铁牛的一连向村内摸去。在距鬼子不远时，见宫崎和李大裤裆站在大街的十字路口上，几具掷弹筒在他们身边一字排开。河桩命战士们准备好手榴弹，攻击时先把掷弹筒炸毁。正要行动时，却见李大裤裆爬上一堵矮墙，又向大院里喊话："姓李的，时间已到，再不投降，就开炮了！"

河桩骂声"狗汉奸"，命令铁牛把他干掉。铁牛从一个战士手中拿过长枪，略一瞄准，子弹飞出，李大裤裆应声跌落墙下。紧接着，一排手榴弹砸过去，掷弹筒和几个鬼子飞上了天。

宫崎正为围住了共产党的区委机关而兴高采烈。遭到突然袭击，一下慌了神，忙抽出指挥刀，组织反击。枪声又剧烈地响了起来。

绕到敌人身后的志刚听到前面打响，立即指挥猛攻。伪警备队本来就没有战斗力，李大裤裆又没在身边，一听前后都响起枪声，全都惊慌起来。杨小山借机大喊一声："八路军的大部队来了！"抱起枪就跑。其他人不知真假，也跟着跑散了。

志刚冲到宅院前，见大门紧闭，忙连连高喊："李书记，我是赵志刚，来救你们了！"

此时，区干部和区小队的子弹已经全部打光。李斌、马振武带领大家用重物把大门牢牢顶住，然后把人们集中到门后。李斌拿出最后的几颗手榴弹，将环儿套在手指上，严肃地把每个人看了一遍："同志们，我们没有退路了，那就跟小鬼子拼到底！一会儿鬼子攻进门，我就拉响手榴弹，和敌人同归于尽，绝不能让鬼子抓了活的去！"大家都庄严地点点头。水生把麦穗搂在怀里，慈爱地为她理理散乱的头发："闺女，别怕。"

"爹，我不怕。"麦穗温顺也把头偎在水生胸前，"只是……不知我娘和弟弟在哪儿？也不知金驹怎么样了？"

水生叹口气，没有作声，把麦穗搂得更紧。

外面的喊声惊动了门内所有的人，水生第一个反应过来："志刚，是志刚！"

李斌惊喜地跳起身："同志们，独立营来救咱们了！快，把顶门的东西挪开！"

厚重的门板哗啦打开了，人们一涌而出。志刚顾不得寒暄："快，跟着我们往外冲！"然后叫过一个战士："快去报告营长，我们先撤了。"

几经周折，两拨儿人马终于在柳棵子里碰了头。

　　一天奔跑、战斗，水米没打牙，人人都已筋疲力尽。有的战士一躺下，就呼呼地进入了梦乡。有的口渴难耐，就把嫩柳梢儿撅下来，剥去皮，放在嘴里嚼，吮咂那苦涩的汁液。河桩、志刚和李斌、马振武避开众人，聚在一起开小会。

　　"今天的事真得谢谢你们，没有独立营救援，我们恐怕要全报销了。"李斌感激地说。

　　"老李你说这话就太生分了。"河桩连忙拦住，"咱们虽是军队和地方，可都是并肩战斗的战友，哪有见死不救的道理？"

　　"王营长说得对，"马振武接过话头，"我们都是同志，不该说客气话。可感谢还是要感谢。"

　　"看看，说不客气，还是客气。"志刚的话把大家全说笑了。

　　"这个李大裤裆真成铁杆汉奸了，一发现我们就疯狗似的咬住不放，还通知鬼子在前面包抄。当时真是弹尽粮绝，差点儿闹我们个全军覆没。得想法把他除掉！"李斌恨恨地说。

　　"他也没落好儿。铁牛那一枪，没打碎他的脑袋，也要他半条命。"河桩把铁牛打李大裤裆的事说了。

　　"这几天我们的损失太大了。区小队本来就人不多，如今只剩下七八个，连区干部加在一起，也就十二三个人了。"

　　"是呀，减员太多了！"河桩也叹息。一百三十多人的独立营，连伤亡带跑散，也已经不足百人了。

　　"要想保住队伍不被打散，当务之急，就是解决战士们的吃喝问题。没吃没喝，就是铁人也挺不过去。"

　　志刚的话说得几个人心里沉甸甸的。眼下正是青黄不接的季节，野地里除去青草，没什么东西可吃。鬼子驻村清剿，他们根本进不了村。就是瞅冷子进了村，百十人的吃食，也不是一时半会儿能做出来的。而且一动锅灶，敌人就循着烟火盯上来了。弄不好，饭吃不成，队伍还得受损失。

　　"我想，还得请洪部帮忙！"河桩沉默了一会儿，说。

　　"还找洪部？"

　　"对。你们想，穷家小户，谁能有那么多的米面？洪部也是七八十人的队伍，储备的米面一定充足。"

马振武首先反对："洪玉秀的儿子可是当了汉奸，他们已和鬼子穿了连裆裤，还能帮我们？别偷鸡不着，再蚀把米。"

河桩摇头："洪文虎当了皇协军不假，可那是被佐藤逼的。以我这些年的了解，即便洪文虎真当了汉奸，洪玉秀的抗日之心也不会变！"

马振武仍坚持自己的意见："人心隔肚皮，做事两不知。人家毕竟是亲母子。眼下这种严峻环境，还是小心为妙！"

其实，马振武的话，也是大家所担心的。自打洪文虎到了榆垡，他们还没和洪玉秀见过面。生死存亡关头，谁都有可能变节。

河桩不禁犹豫了。

"我觉得，营长的办法可以试试。"志刚见河桩不作声，知道他为难，马上表态，"洪玉秀以前没少帮咱们的忙，不可能这么快就变心。再说，我们不光要吃饭，还要补充弹药。除去找她，也实在是无人可找。不过要加强戒备，免得发生意外。"

"那就试试！"河桩下定了决心。

南辛庄村外的树林里，河桩焦急地等待着。他派金驹进村侦察情况，竟然一去不回。

"不会出事吧？"志刚也着急起来。

"再等等。金驹孔灵着哪，应该不会有事。"

又过了一会儿，几个黑影靠近树林，一阵夜鸟的叫声传过来。

"是金驹！"河桩松了一口气，马上就又紧张起来，"怎么好几个人？"

"我带人去看看。"志刚一招手，二愣几个跟着他，悄悄包抄过去。

河桩命令其他战士，做好战斗准备。

很快，夜鸟的叫声又响起来，一群黑影迅速钻进树林子。

河桩迎上去，竟然是洪玉秀，身后的"快马张三"几个都背着东西。

原来，金驹摸进村时，可巧碰上巡夜的"快马张三"。金驹知道躲不过了，索性大大方方走上去，提出要见洪司令。见到洪玉秀，金驹见她没有异样，仍是那么热情，关切地问长问短，放了心，就把独立营的处境和来的目的都说了。洪玉秀一听，立刻让郑俊杰把晚饭剩下的馒头都拿出来，并到库房取面粉和子弹。一切准备就绪，洪玉秀执意要亲自把东西送到河桩面前。郑俊杰明白洪玉秀的心思，也就没有阻拦。

洪玉秀一见河桩，就扑了上去，紧紧抓住他的手："大兄弟，我老婆子丢大人了，没脸见你了！"

河桩连忙安慰："洪司令不要过分自责，文虎做出那样的事，也属被逼无奈。"

"听说文虎投了鬼子，真是拿刀往我心上捅啊。我老婆子刚强一辈子，竟让这个兔崽子给弄了个烧鸡大窝脖儿！真想一枪……"洪玉秀泪流满面。

志刚也劝解："洪司令，这都是佐藤用的离间计。我们千万不能上他的当！"

"教导员能这么想，我心里就松快多了。小鬼子就是要把我架到火上烤，既打击了我，又让你们不信任我，好让他们各个消灭。你们放心，不管到什么时候，我抗日的决心都不会变，绝不让小鬼子的阴谋得逞！文虎那儿也不用担心，我的儿子我知道，他不会做出对不起祖宗的事！"

"我也这么想，文虎只要不真心为鬼子办事，说不定还会对我们有好处。"

"快马张三"见几个人说得热火，忘记了时间，就上前拉拉洪玉秀的胳膊。洪玉秀会意，忙打住话头："看看，一见你们，话就没完，把正事都忘了。这回不同以往，不敢请你们进村了。离这儿二里远的那个村子，住着一队鬼子，是专门监视我的。我给你们带来两箱子弹，五袋白面。哎，还有这个，"从"快马张三"手里接过布口袋，"这是几十个剩馒头，先分给大伙儿垫补垫补吧。唉，就是太少了。"

河桩又抓住洪玉秀的手："洪司令，我代表独立营全体战士，感谢你。你们赶快回去吧，我们也该走了。"

"等等！"就在河桩转身的时候，洪玉秀又叫住了他，"你们可不能烧火做饭。让鬼子看见火光，饭吃不成，还得惹麻烦。我给你们想了个主意，烧'驹驹'吃吧。"烧"驹驹"，就是把和好的白面搓成大拇指粗、一拃长的面棍儿，放在软火里烧，烧熟烧透，拍掉表面的浮灰，吃在嘴里又香又脆，是孩子们喜爱的食物。不知什么缘故，永定河两岸的人们管这种吃食叫烧"驹驹"。

河桩一听乐了："洪司令怎么给我们想了个小孩子的吃法？烧'驹驹'也得用火呀。"

"找几间大房子，在屋里烧。"

告别了洪玉秀，独立营进了一个没住鬼子的村庄，找了几座大院，炊事员把和好的面团分给大家，把柴草抱到屋地上，堵好门窗，就烧了起来。浓烟没有出路，弥漫了整个屋子，呛得人们鼻涕眼泪横流。饿急了的人耐不住性子，把面"驹驹"扔进火堆里，翻搅一阵，半生不熟就吞进肚，弄得满脸满嘴都是黑灰。

金驹把麦穗怅悄拉到屋外，躲进一间草棚子。自从独立营把区机关救出来，两人还没说上几句话。经历了生死，麦穗对金驹更加依恋，一进草棚，就搂住了金驹的脖子："那天，我真以为，再也见不到你了！"眼泪就流下来。

"哪能呢？你这么年轻，这么漂亮，能说死就死？阎王爷也舍不得呀。"金驹一边给麦穗擦泪，一边逗她。

麦穗被金驹逗笑了，用小拳头在金驹胸上砸了一下："就会油嘴滑舌！你知道当时多危险？我们的子弹打光了，李书记把手榴弹的弦儿都拉开了，只要鬼子攻进门，我们就和鬼子同归于尽，宁死不当俘虏！"

"你怕不怕？"金驹心疼地捧起麦穗的脸。

麦穗痴痴地望着金驹，两眼在黑暗中闪着亮光："死不怕，就怕见不着你！"

金驹感动得把麦穗紧搂在怀里，在她脸上嘴上狂吻："我不会让你死的，我永远不会让你死的！"

# 五十八

好像是眨眼间，天就亮了，枪声又响起来。

哨兵跑进来报告："鬼子出动了！"

河桩命令把熟睡的战士们喊起来，自己使劲在脸上胡噜两把，爬上房顶观察敌情。

志刚也随后爬上来："吃了烧'驹驹'，睡了半宿觉，浑身添了不少劲儿，又能跟小鬼子干了！"

"今天的情况更严重。你看，四面八方全是敌人。"

志刚随着河桩的手指看。果然，目光所及之处，全是一队队黄乎乎的鬼子兵、皇协军，和黑老鸹似的伪警备队。

"怎么回事？敌人好像知道我们在这一带，要包围我们。"

"来不及细想了，赶快组织部队突围！"河桩跳下梯子，李斌和马振武迎面跑来："王营长，情况怎么样？"

"情况很严重，我们被敌人包围了。李书记、马区长，跟我们一块儿突围吧！"

两人应声好，扭头去招呼区政府的人。

正在此时，远处传来一个颤抖抖的喊声："王营长，独立营的弟兄们，你们被包围了，快出来投降吧，皇军保证一个不杀！"

"这是谁？听声音这么耳熟？"河桩诧异地问。

二愣一旁早怒火万丈："崔砚古这个王八蛋，他竟敢叛变投敌！"

崔砚古是二愣连里的战士，两天前就没了踪影，大家都以为他跑散了或是牺牲了，没想到他竟叛变了。

永定河大堤上，毛利在一群军官的簇拥下，举着望远镜往堤下看，脸上浮着一丝阴冷的笑。几天来，他指挥着近千名鬼子伪军，在河北几十个村庄反复拉网清剿，杀了不少无辜百姓，更把独立营追打得站不住脚，损失惨重。今天天还没亮，吴敬礼就跑来报告，说是内线传出消息，夜里洪玉秀跟独立营见过面，还送了吃食和子弹。毛利气得大骂八嘎，就要派兵去打洪部。闻讯进来的佐藤连忙劝解，毛利仍是大怒不息："洪老太婆，必须死了死了的！"

"大佐阁下，洪玉秀已是我们的砧上鱼肉，消灭她不费吹灰之力。眼下最紧迫的是剿灭独立营。根据独立营和洪玉秀半夜碰头的情况判断，独立营已是弹尽粮绝，疲惫不堪，不会跑出多远，可能就藏在附近几个村里。我们只要把这一带村子围住，独立营就是长出翅膀也飞不出去！"

毛利觉得佐藤说的有道理，便压下火气，重新部署兵力，在附近几个村子四周撒下大网，然后率人走上堤顶。他要亲眼目睹这场杀戮，他要亲眼看到几年来闹得他寝食不安、焦头烂额的独立营倒在他的炮火中，死在他的枪口下。此时，他望远镜里的村庄静静的，田野静静的，看不到人影炊烟，听不到鸡鸣狗吠。毛利心中不免有些忐忑：独立营真的会在这几个村子里？围空了怎么办？就在这时，宫崎把被打得浑身是血的崔砚古带到他面前："报告大佐，抓到一个土八路的伤员。"

毛利盯了崔砚古一会儿，脸色一变，唰地抽出指挥刀，向崔砚古头上劈去。崔砚古惨叫一声，刀还没到头顶便瘫倒在地。宫崎走向前，对毛利低声说了几句。毛利点点头，把指挥刀插回鞘内，脸上露出笑容："好，大大的好！崔的，你告诉我，独立营的在哪里？王河桩的在哪里？"

崔砚古原是固安一家货栈的伙计，一次外出送货遇上鬼子，被痛打一顿，货物也被砸烂，不敢回去交差，情急之下投奔了独立营。小树林救乡亲战斗中负伤，跟不上队伍，便躲在麦地里。由于饥渴难耐，就从一个死去的老乡身上扒下衣服，换装摸进村里找吃的，不想被宫崎抓住。崔砚古本来身子骨就弱，又受了伤，禁不住鬼子的折磨，就招认了自己是八路军，愿意带路去找独立营。宫崎大喜，连忙把他送到毛利这里。

崔砚古战战兢兢爬起来，说出独立营常驻的几个村庄。毛利一听，就摇起头来："崔的，你的大大没说实话。"

崔砚古说的那几个村子，毛利都作为重点派驻了部队，独立营不可能躲在那里。

崔砚古见毛利不相信，又颤抖起来："太君，我说的都是实话，独立营经常驻的就是那几个村子。只是，我好几天没跟他们在一起了，不知道现在在哪里。"

毛利转了半天眼珠儿，猛然朝堤下一指："独立营就藏在这几个村子里。你的下去，把他们叫出来，投降！"

崔砚古被鬼子兵推搡着下了大堤，边走边喊叫。

独立营来到村边，匍匐在几堵矮墙后。阳光开始毒辣起来，旷野里没有一丝风，除去崔砚古那微弱的喊声，听不到任何响动。寂静压得人喘不过气，寂静骇得人头皮发炸。河桩知道，这是大战前的寂静，一场血战就在眼前。他望望身边的几个干部，艰难地咽下一口唾沫，沙哑着喉咙说："看来今天得硬拼了。我们必须冲上大堤，冲过河去，冲出去一个是一个！"

志刚点点头："还是要尽量保存实力，避开鬼子，专找伪军打！"

二愣瞪着一双圆彪彪的大眼："营长你就下命令吧，谁也不是孬种！"

其他人也随声附和："营长你下命令，我们听你的！"

"好！"河桩站起身："一连在前，区机关居中，二连殿后，冲过永定河……"

话没说完，空中传来一阵啸叫，几颗炮弹在村中炸起几股浓烟。河桩一挥匣子枪："同志们，跟我冲！"带领战士们冲出村子。

毛利站在堤顶上，望远镜紧随着灰色人影移动，指挥着炮兵校正目标。炮弹落处，不时有人跌倒在地。毛利哈哈大笑："王河桩，独立营，统统死了死了的！"命令发射信号弹。随着三颗信号弹升起，四周立刻枪声大作，铁壁合围开始了。

独立营迎头碰上的是宫崎。此时炮击已经停止，宫崎挥舞着指挥刀，领着一群鬼子伪军呀呀怪叫着冲过来。立刻，刀枪的撞击声，受伤者的惨叫声响成一片，空气中飘荡起浓重的血腥味。

"不许恋战，冲过去！"河桩抬枪打倒两个敌人，指挥战士们往前冲。

志刚也一边射击，一边鼓动："冲，冲上大堤就是胜利！"

论刺杀技术，独立营不少战士都不是日军的对手。好在从河沿儿村里出来的几个人都武功高强，练兵时也教了战士们几路拳脚，所以在对抗中并不示弱。战士们远的用枪打，用手榴弹炸，近的用枪托砸，再加上二愣和李三林的两挺机枪，一挺在前面开路，一挺在后面猛扫，很快在敌群中杀开一条血路。

二愣在拼杀中，一眼瞥见躲在土坑中的崔砚古，瞪起血红的双眼就冲了过去。被惨烈场面吓软了骨头的崔砚古正抱着脑袋发抖，见二愣凶神似的冲过来，爬起身子就逃。二愣端起机枪，骂声："你个王八蛋，老子的脸都让你给丢尽了！"扣动扳机，一串子弹把崔砚古打了个嘴啃泥。

张保国用枪托一连砸烂三个鬼子的脑袋，身上也多处受伤，就在他拄着砸裂的步枪喘息的时候，一把刺刀从后面刺入他的腰部。张保国大吼一声，猛地转身，竟把身后的鬼子甩了个跟头。与此同时，又有两把刺刀刺入他的胸膛。张保国再也坚持不住，晃了几晃，倒在地上。当二愣发现张保国倒下，跑过来营救时，张保国已经满嘴喷血，连话都说不出来了。二愣紧紧抱住他，大声呼叫。张保国睁开眼，对二愣艰难地露出个微笑，便把头歪向一边。二愣摇晃着，呼喊着，张保国已然没了气息，二愣满眼的泪水滚滚而下。二愣和张保国是近邻居，从小一起长大，一起淘鱼摸虾，一起跟王老耋学武，一起出村打短工，又一起当兵打鬼子，两人好得胜过亲兄弟。张保国为人和善，从不多嘴多舌，但办事认真负责。二愣被任命为独立营二连连长时，便举荐张保国当了一排排长。没想到今天竟在他眼前死在小鬼子手里。泪眼蒙眬中，几个鬼子围上来。二愣放下张保国，端起机枪，吼叫着把眼前的鬼子打倒，又怒狮一般冲入敌阵。

一个鬼子兵见麦穗身材瘦小，便挺着刺刀紧追不舍。麦穗举枪射击，不想子弹已经打光。情急之下，麦穗抡起手枪砸过去，帽子滑落，露出一头短发。鬼子兵狂叫一声"花姑娘"，摔掉枪，狞笑着猛扑过来。麦穗被压在身下，脖子也被紧紧掐住。麦穗拼命挣扎，鬼子的双手硬得像铁钳，掐得她胸中如同着了火，眼前金星乱迸。就在麦穗头脑中闪出"完了"的时候，突然觉得鬼子的身体软下来，抬头一看，河桩正从鬼子背上拔出飞刀。河桩喊来金驹，说声"照顾好她"，便又冲到前面去了。

独立营冲过几层包围圈，终于突到大堤底下，可立刻被急雨般的枪弹阻住了去路。铁牛带领一连猛攻两次，都没有成功，却伤亡了不少战士。此时，背后的敌人又压上来，独立营完全陷入腹背受敌的境地。

"营长，不能在这里耽搁，赶快顺着堤根儿往东撤，找个火力薄弱的地方突出去！"志刚焦急地建议。

独立营利用一条干沟为掩护，弯腰猛跑，前后左右的枪弹密如飞蝗，打得地面噗噗作响，溅起一片沙雾。

就在独立营跑出三四里地，仍摆脱不了堤上堤下敌人的追击，几乎陷入绝境的时候，志刚猛然发现了异常，忙喊住河桩："营长，你听！"

"什么？"

"弹流，弹流！"

河桩这才发现，对面堤上枪声虽然激烈，弹流却很高，都是从头上飞过。心中不由一喜，知道有人暗中相助，忙止住奔跑的队伍："快，从这儿上堤！"

独立营没有多少伤亡就冲上了堤顶。在败退的伪军队伍中，河桩看到了葛瑞的身影。他匆匆送去感激的一瞥，便指挥大家渡河。

毛利见铁壁合围也没有歼灭独立营，反而让他们冲上了大堤，忙命令炮兵猛烈轰击，并指挥所有日伪军向独立营占据的堤顶蜂涌过来。

河桩在弹片硝烟中奔跑着，命令殿后的二愣一定要阻住敌人，掩护其他同志过河。

"营长你快走，这儿交给我了！"二愣趴在一座土牛后面，抱着机枪没命地扫射。

李斌捂着滴血的胳膊跑过来，告诉河桩马区长没跟上来，扭头就要下堤去找。河桩望望密密麻麻的鬼子："来不及了，赶快过河！"可巧水生跑到眼前，便让他保护李斌。水生二话不说，架起李斌就跳下大河。

三四十杆枪的火力毕竟太弱，鬼子眨眼就冲到了近前。二愣瞪起眼珠子："同志们，把子弹、手榴弹都打光！今儿个就一锤子买卖了！"密集的交火中，鬼子伪军成片倒下，二愣身边的战士也越来越少。就在快要支持不住的时候，小强跑来朝他喊："连长，快看，营长他们过去了！"

二愣望向河面，河道里空荡荡的，只有滔滔河水滚滚而下。二愣松了一口气："撤！"把扳机一扣到底，将枪内的子弹全部打出去，抱起机枪就往河边跑。猛地，像有人在后面狠推了一把，整个身子飞起来，直拍拍从一丈多高的河坎上跌下去，摔入急速奔流的河水中。

　　毛利站在激战后的堤顶上，脚旁躺着东一具西一具的尸体。突然，他暴怒起来，狠命抽打宫崎和"镇北关"几个日伪军官的嘴巴。一眼看见躲在人群中的葛瑞，毛利更是怒不可遏，抓住脖领子拉出来，一刀将他劈倒在地。

夜幕无边，星斗满天，四野寂静无声。柳芽怀抱兴邦，和香巧肩挨肩地坐在麦田里，没有一丝困意。

半夜时分，起风了，露水也降下来。湿漉漉、沉甸甸的麦穗随风摇摆，带着毛刺的麦芒扫在她们的脸上，凉凉的，痒痒的，说不出的一种不舒服。兴邦吃饱了麦粒糊糊，依偎在柳芽怀里睡着了。这个不到三岁的孩子很懂事，只要肚子不渴不饿，就不哭不闹。自打遭遇鬼子骑兵，和家人失散，已经五六天了。幸亏野地里有的是水坑，不管脏臭，好歹能解渴；将熟的麦田一片连一片，饿了就搓麦穗吃，也顾不得挨不挨主家骂了，保命要紧。今天一整天，这一带还算平静，没有日伪军骚扰。可她们仍然不敢乱动，两个年轻俊俏的小媳妇，即使碰不到鬼子伪军，也怕碰上嘎杂子。直等到天大黑后，才从藏身的地方走出来，钻进麦地。香巧把搓好的麦粒递给柳芽，柳芽放进嘴里嚼成糊糊，嘴对嘴喂给兴邦。饿了一天，兴邦咕囔着小嘴，吃得要多香甜有多香甜，两个人紧忙活，都供不上他吃。等兴邦吃饱睡着，她俩才顾上自己。

柳芽在黑暗中望着低头搓麦穗的香巧，心里充满感激。几天来，这个看似娇弱的女人一直跟随着她，帮她照顾兴邦，帮她打水找吃的。夜里还主动望风，让她多睡会儿。她知道，自己这个身份，是鬼子抓捕的主要对象，香巧和她在一起，不会有任何好处，只能遭受牵连。自己受苦受难也就罢了，何必再连累他人？想到这儿，心里就产生了内疚，便停住咀嚼："香巧姐，明儿你还是自个儿走吧，甭跟我们在一块儿了。"

香巧吃惊地抬起头："怎么了？"

面对香巧的追问，柳芽倒说不出口了，显得有些期期艾艾："我想，咱们还是分开走好。"

"分开走？为什么要分开走？"

见柳芽不吭声，香巧生气了："妹子，你嫌弃我？"。

"姐你误会了，"柳芽连忙解释，"我是说你轻马单身，跑起来利索，遇到鬼子躲闪快。我带个孩子，又哭又闹，碍手碍脚，真有个什么事，不把你拖累了？"

"妹子，瞧你说的什么话，忒生分了！河桩打鬼子为了谁？还不是为咱老百姓！如今你和家人走散了，一个人带个孩子，累累赘赘的，我在这个时候离开你，那成了什么人？跟汉奸有什么两样？让河桩知道了，不得骂死我？"

柳芽深受感动："姐，你真是好人！"

"好人？"香巧哧的一声冷笑："人好，命不好！"说着，就伤心起来，禁不住掉下眼泪。

柳芽见香巧这个样子，心中充满怜爱，一时又找不到安慰的话，只好搂住香巧的脖子，把自己的脸贴在她的脸上。

香巧默默落了会儿泪，心情渐渐平静下来，竟觉得有些不好意思："看我，也不知道怎么了，动不动就想哭。"用手擦把脸，"腿压麻了吧？把孩子给我，我替你抱会儿。"

香巧从柳芽怀中接过兴邦，亲昵地在小脸上亲了一口："这孩子可是老王家的后，是河桩的命根子，舍了命都不能有闪失。"

柳芽叹口气："他爷爷奶奶找不见他，不知道要急成什么样儿了呢？"

"妹子，你放心，慢慢找，总能找到的。"

柳芽仍是忧心忡忡："这炮火连天的，真怕出什么事。真出点事，兴邦爹又不在，我可怎么办？"

"我帮你！"香巧紧抓住柳芽的手，"在你们全家团聚之前，我哪儿也不去，就跟你在一起，死也死在一块儿！"

柳芽忙朝地上啐几口："姐，瞧你，说得血乎流啦的，瘆死个人。咱不说那样的话，不吉利！"

"对，咱不能死。这些年净受穷受苦了，没过过一天舒坦日子。咱得活着，等着过好日子。"香巧抬头望望天，东方已露出鱼肚白，便拉拉柳芽，"天说话就亮了，咱还是躲进沙岗子里去，那儿总比麦地能影人。"

柳芽接过兴邦，站起身，默默地望着朦胧的夜空，好半天不挪动脚步。

香巧知道柳芽的心思，无奈又心疼地摇摇头："妹子，又想河桩了？"

柳芽转向香巧："姐，你说，昨儿个鬼子伪军为什么没在这边闹腾？他们是不是发现了独立营，都追独立营去了？"

香巧心里忽悠一下，但还是硬撑着："不怕，河桩他们命大着哪，小鬼子怎么不了他们！"

李大裤裆头上缠着厚厚的纱布，领着一群伪警备队，在野地里、树行间横来竖去，像蹿野兔子似的乱蹿着。一边蹿一边咋呼："出来，别躲着了，早他娘看见你了！告诉你们，独立营完蛋了，王河桩也被打死了，你们的靠山倒了！赶快出来自首，皇军饶你一条活命！不出来，统统杀光！"

李大裤裆这回带队扫荡，是被"镇北关"忽悠出来的。铁牛那一枪打偏了，没有要了他的命，只在头顶上划出一条深深的沟。但这一枪也打掉了他的胆气，便借口伤重，向"镇北关"请假，躲在家里小伤大养。"镇北关"清楚李大裤裆的伤势，但碍于私人交情，又被两个女人哭闹得没法，只得勉强准了假。独立营永定河大堤突围后，"镇北关"来看他。一进门，就见李大裤裆左拥右抱，听崔兰英娇滴滴地唱《王二姐坐绣楼》。见"镇北关"来了，李大裤裆忙推开女人，站在地上尴尬地傻笑。

"老弟真是会享福。弟兄们提着脑袋跟八路拼命，你倒躲在家里搂着娘儿们听小曲！""镇北关"鄙夷地盯着他，一脸寒霜。

李大裤裆装疯卖傻地叫屈："哎哟我的大哥，你可冤枉死小弟了！我这伤啊，流了多少血呀，眼下还疼得整宿整宿睡不着觉哪！不信，你问问她们。"

周秀珍和崔兰英会意，扑上前去，一边一个，把"镇北关"搀坐在太师椅上，叽叽喳喳地介绍伤情，斟茶倒水。

"好了好了，我也就是这么一说，弟兄之间能较真？""镇北关"本也是好色之徒，有两个甜腻腻的女人围着他转，心里的怒气早跑得没了影儿，便用两眼乜斜着女人："只是，我兄弟伤得这么重，两个弟妹可得消停点儿，别给他伤上加病！"

周秀珍假装害羞地尖叫"哎哟，瞧大哥，怎么说这样的话？"

崔兰英也连连娇嗔："是呀，哪有大伯子跟兄弟媳妇什么都说的？臊死人了！"

"镇北关"得意地哈哈大笑，气氛立刻和缓下来。

李大裤裆问起围剿独立营的情况，"镇北关"眉飞色舞地把战况描述了一番："这回王河桩算是彻底完蛋了，给打了个稀里哗啦。虽说他们突过了河，可河水都染红了，整个独立营没活下来几个！只可惜，葛瑞那小子私通八路，给独立营让了道，要不，就他娘包了圆儿了！"说完又直摇头，"毛利也真够狠的，一刀把葛瑞劈成了两半儿！"

"真的？"李大裤裆觉得有一股寒意从脊梁沟里冒出来。他故意避战的事要是传出去，说不定毛利也会对他下手。

"镇北关"看李大裤裆那惶恐的样子，心里好笑，便吓唬他："日本人可是不好伺候，说翻脸就翻脸。如果有什么把柄被他们抓住，那可是下手无情！"

李大裤裆更慌了："大哥，你说，毛利会不会怀疑我……你得给我指条道儿！"

于是"镇北关"便给李大裤裆出主意，让他主动去向毛利请战，说是独立营打散了，共产党跑光了，永定河北完全是日本人的天下了，还怕个毬？他去抓土八路的伤兵、抗日干部的家属，那就是裤裆里抓鸡巴，手拿把攥。不但没危险，还能在毛利面前邀功请赏。

李大裤裆觉得有道理，连连向"镇北关"道谢："多谢大哥指点！"

"镇北关"大度地挥挥手："用不着客气。你我兄弟，能不相互提携？兄弟有出息，我这个当哥哥的脸上也有光不是？"

李大裤裆感动了，忙让两个女人准备酒菜，要和"镇北关"好好喝一顿。

第二天一早，李大裤裆在沙布上抹了些红药水，装得趔趔趄趄地去找毛利。毛利果然高兴，夸奖了一番，便命他去扫荡八路残余。

李大裤裆带着他的警备中队，找浅水处涉过永定河，进了河沿儿村。几天的时间，村里大变了样，房子炸塌的炸塌，烧毁的烧毁，街道上满是牲畜的尸骨和人的粪便，在烈日下散发着刺鼻的恶臭。没有了枪炮声，不少人回了村，在断壁残垣中翻找可用的家什。见黑老鸹似的警备队来了，人们扔下手中的东西就跑。李六裤裆向空中放了一枪，喝令站住，询问见没见到八路军的伤员，八路军的家属。看人们都摇头，便耀武扬威起来，命令队伍散开，到各处去搜查，自己则带着臭子走向自个儿的家。

一进院门，李大裤裆也傻了眼。西厢房坍塌了，北房房顶不知被什么东西砸了个大窟窿。正在院里拾翻破烂的姜海乍撒着两只脏手迎过来："东家，你回来了？"

李大裤裆没理睬姜海，只站在原地四处踅摸，脸阴沉得能滴下水来。

"东家，你看看，房子塌了，牲口、粮食也都没了。多好的房啊，多壮实的骡马呀，说没就全没了，真心疼死人！"姜海见李大裤裆不理他，就指指点点地让他看，说完还重重叹了口气。

李大裤裆再也忍耐不住，一脚把半截儿椽子踢出去老远："这帮混蛋的小日本儿，老子是谁？也这么糟害。真他娘色盲眼，青红不分！惹急了我……"

臭子连忙拦住话头："队长，要怪就怪那些八路，要不是他们瞎折腾，皇军能这么又烧又杀的？"

李大裤裆被臭子点醒，立刻改了口："这些土八路，整个儿就是活反叛，搅闹得鸡犬不宁。等抓住他们的伤员，抓住他们的家属，全都枪毙，一个不留！"

李大裤裆怒冲冲出了河沿儿村，他把毁家的仇恨全归结到抗日军民的身上。一出村便把队伍散开，命令士兵仔细搜索，不管遇到什么人，都要带到他面前验看，不听话乱跑者，格杀勿论。没走出多远就碰到一群老百姓迎面跑来，后面远远追着日本兵。李大裤裆当即来了精神，指挥警备队围了上去。百姓们见前有堵截后有追兵，只得躲进附近的王家屯。

后面追赶的日本兵是榆堡的宫崎，他也是奉毛利之命，来搜寻八路军"残余"的。宫崎见李大裤裆前来协助，很是高兴，两人合兵一处，把王家屯团团包围起来。

没想到，这一围，竟把王老宽两口子也给围在了村内。

那天，王老宽搀着河桩娘，好不容易躲过鬼子骑兵的砍杀，却发现哥嫂和柳芽娘儿俩都没在身边。此时天已黑了，荒野里雾蒙蒙的，听不见枪声，也见不到人影。两人急懵了，喊又不敢喊，只得摸着黑往回找。虽然心里不情愿，可遇到倒卧的尸体还是凑近前去看一看，直到天亮，也没见到要找的人影子。王老宽唉声叹气，时不时地嘟囔一句："怎么就会跑散了呢？"河桩娘更是不停地哭，说是真要出了事，她也不活了。这些天，两口子一边躲避敌人，一边四处寻找，永定河北几十个村子差不多走遍了，逢人便打听，也没有丁点儿哥嫂和柳芽的讯息。两人煎熬得又黑又瘦，老宽被心火烧得满嘴燎泡，河桩娘眼睛红肿得像两只烂桃儿。昨天夜里，他们摸进一个村子，村里已聚集了不少避难的人，挨个儿地问下去，仍然没能打听出什么。两人无奈，只得坐在一堆破砖烂瓦上歇息。老宽掏出半个馊得拉丝的窝头递给老伴儿："凑合着吃口吧。"

河桩娘又把窝头推回去："你吃吧，我哪儿吃得下？"

"你也别太着急，"老宽安慰说，"找了这些天，也没见到他们的尸……这是好事，证明他们还活着，只是没碰上面儿。"

老乡们终究躲不过敌伪军的搜查，被三三两两赶往村中的打麦场。李大裤裆一眼认出人群中的王老宽，不由大喜过望，狞笑着走上前："哟喝，这不是王营长的爹吗？你往日那么威风，怎么今儿个也逃了难了？"

王老宽怒视着李大裤裆，一声不吭。

李大裤裆一把揪住王老宽的脖领子："老东西，死到临头了，还不服气？说，你儿子呢？"

王老宽知道今儿是躲不过去了，便朗声回答："在打你们这些兔崽子！"

李大裤裆扬头怪笑："别他娘做春秋大梦了，王河桩早死在永定河里了！"

"不把你们这些鬼子汉奸杀光，我儿子死不了！"

"让你嘴硬！"李大裤裆朝王老宽脸上狠狠打了一拳，向手下吆喝："把这老东西捆起来，回头再慢慢收拾他！"

王老宽把手伸向腰间，一把飞刀甩出，跑在前面的伪警备队员应声倒地。当他再次抬手时，李大裤裆连开两枪，王老宽晃了几晃，翻身倒在血泊中。

河桩娘哭喊着扑向王老宽，旁边的鬼子兵蹿上来，数把刺刀一起扎在她的身上。

人群骚乱了。宫崎一挥指挥刀："射击！"鬼子的机枪爆响起来，人们一排一排地倒在地上。

# 六十

    王老宽两口子被害的消息，第二天就传到柳芽和香巧耳朵里。两人抱着兴邦，急匆匆赶往王家屯。王家屯惨案，造成一百多名群众死亡。柳芽和香巧赶到的时候，已有不少人在掩埋尸首。一见王老宽两口子的遗骸，柳芽立刻哭倒于地。香巧劝住柳芽，央人帮忙，把老两口儿抬到村外一个高岗上，草草埋葬。柳芽在坟前埋下一块砖，说是做个标记，等河桩回来有个交代，才一步三回头地走了。香巧和柳芽商量，河北不能待了，不如到河西去。柳芽开始不同意，坚持要找大爷大娘。香巧说有李大裤裆这个本乡本土的祸害，危险太大，还是先保住命，等安定了再找也不迟。柳芽想了想，也就答应了。

    三个人仗着胆子蹚过永定河，站在堤顶远望。见附近村里炊烟袅袅，鸡鸣狗吠，没有鬼子汉奸活动的迹象，就进了一个叫长安城的村子。此时日头已经偏西，三人又渴又饿，兴邦不住地哭叫，就在一座花门楼前停下来，拍门讨吃的。不想这竟是许大爷的家。许大爷见两个蓬头垢面的年轻女人抱个孩子，浑身湿淋淋的，知道是蹚河过来逃难的，心生怜悯，就把她们领进门，让许大娘拿出剩菜剩饭给她们吃。闲谈中，许大爷问是哪个村子的，柳芽因河沿儿太显眼，不敢说真话，就说了姥姥家的村名。香巧问起河西为什么这么安静，许大爷说河那边几十个村子是独立营活动的区域，是鬼子扫荡的重点。河西没有八路军，鬼子汉奸就来得少。柳芽一听独立营，眼圈立刻红了。香巧忙碰碰柳芽的脚，柳芽醒悟，装作低头伺弄孩子，再不敢说话。这一切都被许大爷看在眼里。

不知不觉，屋内已投下阴影来，兴邦又一直睡着未醒，香巧便央求许大爷好人做到底，让她们借住一宿。许大爷很爽快，说反正有闲房，要住就住吧，便把她们安排在东厢房住下。

　　吃饱了肚子，又有了安定环境，柳芽反倒睡不着了，大爷大娘、公公婆婆、河桩及他的战友，一个个走马灯似的在眼前闪过，搅扰得她翻过来调过去，不住地唉声叹气。

　　香巧困乏得不行，一沾枕头就睡过去了。半夜时分，被柳芽闹腾醒了，迷迷糊糊地问："你怎么还不睡？"

　　柳芽叹口气："这么多日子了，没有河桩和独立营的一点音讯，家里人又死的死散的散，哪儿睡得着？"

　　被柳芽这一说，香巧也没了睡意，但她用手比画了个动作，示意柳芽低声。

　　静默一会儿，柳芽仍是忍不住，又悄悄问香巧："姐，你说，河桩和独立营真的没事？"

　　香巧犹豫一下，还是很肯定地说："没事，能有什么事？"

　　"可人们怎么说……"

　　"别听瞎咧咧，那是鬼子汉奸造的谣言！天不早了，快睡吧！"

　　就在姐妹俩在屋里说话的时候，许大爷正趴在窗根下偷听，虽然听不太真切，却听出了"河桩""独立营"等字眼。

　　第二天清早一起身，许大娘就过来请吃饭。

　　柳芽和香巧抱着兴邦一进正房，就吃了一惊，只见八仙桌上摆着白面烙饼、棒子糁粥、爆腌韭菜和滴了香油的老咸菜。许大爷嘴里叼着旱烟袋，笑眯眯地望着她们。

　　"大爷，你这……太破费了！"柳芽不安地瞅着桌上的饭菜，抱着兴邦不肯入座。

　　香巧也说："大爷大娘，昨儿个你们给我们吃了顿饱饭，又容留我们住了一宿，这样的恩德没法报答，今儿又做这样的好饭食，我们哪儿承受得起？"

　　许大爷摆摆手："瞧姑娘说的，小家小户，能有什么好吃的？就这两张饼，还是你大娘扫净缸底烙的哪。再说，你们是客，能不好好招待？"

“客？”柳芽瞪大两眼，“咱们有亲可论？”

“亲戚倒不是，可比亲戚还近。”许大爷让老伴儿去插上院门，然后脸一沉，“你们昨儿个没说实话！”

看两人吃惊的样子，许大爷呵呵地笑了：“我听了你们的窗根儿，就别瞒我了。王河桩，我认识。还有张卫，你们听说过吧？我也认识。”

柳芽和香巧对视一眼，觉得再隐瞒已无必要，又看许大爷也没恶意，就实话实说了。

许大爷高兴地站起身，连呼缘分。

柳芽问起如何与河桩相识的，许大爷就把河桩组织抗日义勇队时，他为他们筹备吃食的事说了。还说张卫是他的表侄，他是张卫的表叔。

柳芽和香巧也是欣喜异常，想不到几乎陷入绝境的时候，竟遇上这样的好人，真可谓是不幸中的大幸了。

吃饭时，提起今后的去向，两人一时面露难色，谁都没有说话。许大爷思谋一会儿，说，如果实在没地方去，就留在他家。马上就要收麦了，收完麦还要种晚棒子，栽麦茬白薯，她们可以帮助干点杂活儿。又说，他是村里的保长，鬼子来了能应付，不会有太大危险。等环境好点儿了，再和家里人联系。

柳芽和香巧当然愿意，千恩万谢地，说了不少好话。

就在柳芽在长安城安顿下来的时候，王老奎两口子也有了落脚之地。

王老奎找不到家人，也带着徐二婶到了河西。这天，辗转来到一个叫南固城的村头，见几个人套着牲口杠打麦场，旁边放着柏木筲，就搭讪着上前讨水喝，借机问问这边鬼子的活动情况。喝水间，拉碌碡的红马惊了，尥着蹶子满场疯跑，把垫场的麦草踢蹬得乱飞，也把拦它的人一个个甩倒在地。王老奎觉得喝了人家的水，不能不帮忙，就让徐二婶躲到远处，自己迎上前去。待红马跑到面前，王老奎闪过马头，飞身跃上马背。红马更加狂暴，一会儿前立，一会儿倒踢，想要把背上的人摔下来。王老奎两腿夹紧马肚，一手抓住马鬃，一手握拳朝马的肩胛骨上猛打。红马折腾了一阵，终于筋疲力尽，鼻孔大张满嘴流水地停住了。直到王老奎跳下地，看呆了的人们才围过来。场头见王老奎虽然上了年纪，但身强体壮，手脚敏捷，还会使牲口，是个好庄稼把式，就把他推荐给了老东家。老地主听了拦惊马的事，也很感动，便将两口子留下了，王老奎跟着长工干活，徐二婶喂猪。

二愣觉得有一口气在心窝处滚上滚下，憋得要多难受有多难受。他聚起全身力气，大吼一声，那口气终于从嘴里喷出来，心里立刻轻松了许多，可眼皮还是沉重地紧闭着。

"哎哟，我的祖宗，你可醒过来了！"耳边响起压抑而又喜悦的叫声。

二愣努力睁开眼，一个年轻女人的脸正面对着他，水汪汪的大眼里闪着热切的光。二愣觉得这张脸有些眼熟，可一时又想不起是谁。他慢慢转动着脑袋，四处打量。这是一间小土屋，墙壁黑黑的，地下摆满各类农具和柴草，几乎没有插脚的空间。他正身盖蓝花薄被，躺在狭窄的土炕上。女人斜坐炕沿，紧紧地挨着他。

"总算醒了，整整三天三夜，吓死个人！"女人快言快语地说着，拿起手巾给二愣揾额上的汗。

二愣不好意思地歪歪头："你是谁？我这是在哪儿？"

"甭管我是谁，反正不是坏人！"女人调皮地笑笑，端起炕沿上的碗，"喝点儿水吧，放心，没毒！"

二愣也被女人逗笑了，精神好了不少，就越觉得这个女人似曾相识："你到底是谁？我怎么好像见过你？"

女人的脸一下黯淡了，眼里渐渐湿润起来，好久，才用哽咽的嗓音说："我是张桂兰，沙窝营的张桂兰！"

"张桂兰？那个挺能干的妇救会主任？"

张桂兰点点头，眼中的泪水再也憋不住，扑簌簌地落下来。

"那我……是在沙窝营？"二愣惊诧地问。他知道，沙窝营离永定河几十里地远哪。

"不，这是刘家洼，我姐姐家。我……没家了！"

原来，鬼子扫荡时包围了沙窝营，逼着人们交出共产党的干部，不然就把全村人杀死，一个软骨头就供出了张桂兰。可巧张桂兰那天到姐姐家串亲戚，家里人拒不交代张桂兰的去向，全被鬼子杀害，并放火烧了房子。等张桂兰回到家，家人的尸体已被乡亲们掩埋了。张桂兰无处可去，只好又回到姐姐家，不想呈现在她眼前的却是被砍死在院中的姐夫和赤身裸体的姐姐。转眼间所有的亲人都没了，张桂兰悲痛欲绝，一连两天水米没打牙。悲痛过后，张桂兰又振作起来，她本是开通人，什么事拿得起放得下，她懂得，死去的人永远回不来了，活着的人还得继续活下去。于是，她把院子里外收拾了一番，就在姐姐家住下来。姐姐家的村子叫刘家洼，也紧挨永定河。三天前，她去河边捡"河淤柴"，发现了趴在水边的二愣。见二愣鼻子里还有气息，就把他拖到柳棵子里藏起来，等到半夜偷偷背回家。

"他娘的小鬼子，我非杀光他们不可！"二愣怒骂着，就想翻身坐起来。不料这一动，竟疼得他冒出一身冷汗，又软软地倒了下去。

"看你，逞什么能？"张桂兰生气了，"你知不知道，你身上受了两处伤，一处在肩膀上，一处在大腿上。"又庆幸地说："多亏老天爷保佑，没伤着骨头。先生说了，要是不感染，三两个月就能好。"

二愣这才注意到，他身上缠了白布，一身军装已换成便衣。"这，你……"二愣的脸立刻涨得通红。

张桂兰也有些羞涩，但很快就平静下来："大老爷们儿家，哪儿那么婆婆娘娘的。我一个女人都不怕，你害的什么羞！再说了，这个时候穿军装，那不是找死？请先生时我就说了，你是我男人，这伤是逃难时让鬼子打的，要不，谁敢给你治？"

"大姐，谢谢你呀！"二愣眼里噙满感激的泪花。

"大姐？你叫我大姐？"张桂兰装出不高兴的样子，"我有那么老吗？"

"我……我今年二十五。"

二愣的实在劲儿逗得张桂兰再也板不住，扑哧一下笑了："大姐就大姐吧，我还真比你大一岁，可我看你长得比我还老相。"

两人以前本来就碰过面，只是不熟，这一搭一理地说了半天话，也就没了拘束。张桂兰告诉二愣，以后就在这儿养伤，她会伺候他，鬼子汉奸来了就钻"蛤蟆蹲"，说着扒开墙角的乱柴草，让他看看洞口。

二愣很是过意不去："大姐，你救活了我，就很感谢你了。再住下去，被敌人发现，岂不连累了你？我还是走吧。"

二愣的话把张桂兰激怒了："看你说的这浑话！我的亲人全死了，就剩下我光身一个，还怕什么连累？你走？你下炕试试，要能下炕，我就让你走！"

二愣咬牙试了几试，也没挪动身子，反倒又疼出一身大汗，只好喘吁吁地躺下，眼里不禁流出滚滚的泪水。

张桂兰见铁汉一般的二愣哭成那样儿，心立刻软了，忙哄小孩儿似的哄他，让他安心养伤，她会替他打听独立营的消息。还嘱咐说，要老实儿地在屋里待着，不论外面发生什么事，都不许出来，不许管。

自此，二愣就在张桂兰家住下了。

　　"大扫荡"结束后，永定河两岸不见了八路军的影子，区村干部也损失惨重，个别意志不坚定者叛变投敌，反过来带领日伪军大肆捕杀抗日积极分子，整个京南地区完全变质，陷入血雨腥风之中。毛利对自己的胜利得意之极，把京南的大兴、固安、永清等县定为"模范治安区"。为继续搜捕抗日分子，刺探共产党的活动，毛利特地组建了一支四五十人的侦缉队，任命在"大扫荡"中有功的李大裤裆为队长。

　　李大裤裆头戴黑色礼帽，斜挎匣子枪，兴冲冲地骑着自行车，出了固安县城北门，身后跟着一溜长长的与他同样打扮的队伍，自行车在凸凹不平的路面上颠得喊里喀喳乱响。

　　"油条张"躲在小吃店里，望着李大裤裆的背影，偷偷跟老伴儿说："这个害人精一出窝，指不定哪方又该遭瘟了！"

　　老伴儿忙扯扯"油条张"的衣角："别乱说，传到他耳朵里，看不要了你的老命！"

　　"油条张"冷笑："要我的命？说不好谁要谁的命呢！他把王老宽两口子打死了，河桩回来能饶了他？"

　　"跑得连影儿都不见了，谁知道什么时候回来？"老伴儿叹息着直摇头。

　　"甭着急，总有回来的一天。不是有那么一句话吗？别看今天闹得欢，小心明天拉清单！"

　　顺着土官道，上到永定河堤顶，李大裤裆跳下车，见河坎下正泊着一只渡船，孙秃子带着几个船工蹲在船帮上，指天画地地侃大山。李大裤裆一挥手，侦缉队员们一窝蜂地涌到船边。

"李头儿，听说又高升了？今儿晌午兄弟请客，给你好好地庆贺庆贺！"孙秃子笑嘻嘻地迎上来。

"哪用得着你破费？凭你哥我眼下的身份儿，到哪儿不得当贵客待？"李大裤裆两眼望天，一副目空天下的架势。

"那是那是。永定河两岸，提起李头儿，那就是头顶响炸雷，震得耳朵都嗡嗡。"孙秃子谄媚地笑着，掏出黄金叶香烟递上去。

李大裤裆粗大的鼻孔里喷出两股浓烟，扭头看见躲在一旁的大老黑，半眯着眼睛走过去："这不是老黑吗？怎么跟出了圂的鸡巴似的，蔫奄了？"见大老黑不吭声，又恶声恶气地说："告诉你，以后少他娘跟王老奎一伙子打连连！不看在跟我干了十几年的分儿上，一枪崩了你！说，王老奎跑哪儿去了？"

大老黑瞟李大裤裆一下，又顺下眼睛："王老奎去哪儿，能让我知道？"

"你他娘还敢嘴硬！"当了剐队长的臭子蹿上来，扇了大老黑一个耳光。

孙秃子不想把事闹大，忙对李大裤裆说："李头儿，你是要过河？"不等李大裤裆说话，便招呼众艄工："快，都操持起来，送李队长过河！"

渡船把侦缉队送到对岸，李大裤裆拉孙秃子走到一边："你真不知道王老奎跑哪儿去了？"

"真不知道。从日本人扫荡一开始，就没看见他的影儿。"

"王老宽两口子让我打死了，王老奎、王河桩必须得干掉，铲草除根，以绝后患！你给我盯着点儿，发现他们的踪迹，马上告诉我！"

孙秃子一边擦着头上的冷汗，一边连连答应。

"贾知达那小子怎么样？"李大裤裆又转换了目标。

"还是，还是那样。"孙秃子敷衍，"前些日子躲出去了，这两天刚回来。"

"这小子也不是个好鸟儿，我一直怀疑他跟共产党有一腿。李狗子死了，你在河沿儿就是我唯一的眼线，别老把眼盯在那几个船钱上，抠抠屁股嘣嘣指头的，干不了大事。好好跟着大哥，不缺你的钱花。"李大裤裆说着，掏出几块大洋递到孙秃子手里。

孙秃子又是连连答应。

李大裤裆走上大堤，在香巧的小吃店前停下了。小吃店的门上挂着一把铁锁，房子虽还完整，但多日没开张，就显出了几分破败。李大裤裆眼前晃动着香巧那婀娜的身段，光鲜的笑脸和甜脆的声音，面对人去门锁，心里不免生出些许惆怅。

李大裤裆发了一阵子呆，回头命令："都把眼给我放欢实点儿，遇到人要仔细检查，不许漏掉一个共产党！"

小麦已经成熟，干旱的地块焦得都掉了头。虽然刚经过血腥的大扫荡，人们为了活命，还是偷偷回来收拾庄稼。田野里，这儿那儿的，时不时现出一两个劳作的人影。李大裤裆把自行车放在路边，指挥着喽啰们在麦地、早棒子地里咋咋呼呼地乱蹿乱搜。收麦或是耪地的人们看见这帮凶神恶煞，扔下手中的农具，撒腿就跑。于是，枪声打破了田野的宁静，惊起一群群鸟儿乱飞乱叫，惊慌逃窜。

侦缉队一直搜寻到押堤村，仍是一无所获。在爬上一座沙岗时，李大裤裆在白花花的沙坡上发现了一行新鲜的脚印，连忙喝住手下："停！这里有人！"他站在岗顶四下望望，"就在附近，顺着脚印追！"

在不远的一丛矮树后，他们发现了蜷缩在地窝子里奄奄一息的马振武。

马振武在向堤顶冲击时腹部中弹，肠子都流了出来。他坐在地上，一手捂着肚子，一边向敌人射击，直到子弹打光，昏死过去。许是鬼子看见流出体外的肠子，以为他已死亡，使他躲过一劫。夜里，马振武醒过来，听四周寂静无声，知道敌人已经撤走，就把肠子填回去，撕破褂子缠住伤口，艰难地往村子里爬。半路遇到一个老乡，在他苦苦恳求下，老乡把他背进一片小树林，留下一个窝头和一葫芦头水，就急慌慌地走了。后来他挣扎着来到沈大爷家，沈大爷用盐水给他清洗了伤口，又用干净布缠好。不敢让他待在家里，就连夜在村北的沙岗上挖了一个地窝子，把他藏在里面，每天夜里送一次吃喝。时间一长，伤口发炎了，没有药物治疗，便整天发高烧，半睡半醒，身体消瘦得不成样子，沈大爷干着急没办法。

李大裤裆是认识马振武的，惊喜得不亚于得了宝贝："哎呀，这不是马区长吗？那么威武的一个人，怎么成了这个样子？"

马振武睁开眼，低低地骂了句："你这个狗汉奸！"就又无力地闭上了眼睛。

李大裤裆嘿嘿地冷笑了一阵，命人到村里找来门板，抬起马振武往回走："弟兄们，今天我们可逮了个大家伙，毛利太君肯定会大大有赏！"

趁侦缉队员们狂呼乱叫的时候，马振武偷偷把手伸入怀中，大叫一声撕开伤口，把肠子狠狠地扯了出来。等李大裤裆赶到近前，马振武已经断了气。

虽说没有抓活的，毛利还是很高兴，命人把马振武的尸体摆到大街上，贴出告示，宣扬大日本皇军的胜利。又将日伪军头目召集起来，大大褒奖了李大裤裆一番，并当场奖励二百块大洋。

李大裤裆满面春风地走到"镇北关"面前："大哥，走，兄弟请你喝酒！"

"镇北关"酸溜溜地摆摆手："算了吧。你现在是毛利红人，我可不敢跟你套近乎。"

"看大哥说的，我是那种忘恩负义的人？"李大裤裆有些慌急，"大哥的好儿我都记在心里，没有大哥提携，能有我的今天？"说着就把成捆的大洋往"镇北关"兜里塞："这些都是大哥的。走，到你家去，也让小桂高兴高兴！"

"镇北关"摸着沉甸甸的大洋，脸上才露出笑容。

李大裤裆在街上买了熏鸡、酱鸭和鲜鱼，提拎着来到"镇北关"和小桂住的房子，一进院门就大咧咧地喊叫："小嫂子，兄弟看你来了！"见无反应，扭头问"镇北关"："没在家？"

"不会吧？平时她哪儿也不去。""镇北关"说着推开屋门，却见小桂低头坐在炕沿上。

"这又是怎么了？谁又惹着你了？""镇北关"皱起眉头，"你就是个活祖宗！"

李大裤裆忙打圆场："小嫂子，看兄弟给你买什么好吃的了？"说着把手里的吃食放在桌上。见小桂还是不搭理，又掏出两卷银圆递过去："这是孝敬嫂子的。"

"我可不敢花用人命换的钱！"小桂硬邦邦甩出一句，提起鲜鱼到屋外拾掇去了。

李大裤裆尴尬地站在那里，不知所措。

"镇北关"苦笑："真他娘没法弄！这可应了那句话：大丈夫难免妻不贤子不孝。来，不管她，咱喝酒。"把熏鸡、酱鸭用手撕开，拿来吃饭的蓝花瓷碗，哗哗倒上半碗二锅头，两人盘腿坐在炕桌两旁，大口大口地喝起来。

"大哥，看样子，小嫂子的心你还是没给拢过来呀。"李大裤裆还在为挨小桂甩搭的事耿耿于怀。

"唉！""镇北关"深深叹口气，"我这是上辈子该她的。也真他娘怪了，几年来她没给过我好脸色，可我就是喜欢她，舍不得打舍不得骂。你说这不是贱骨头吗？换了别人，依咱哥们儿的性子，早就他娘……"

李大裤裆见"镇北关"真是苦恼了，也就不再多说："算了，大哥，这就是命。俗话说，卤水点豆腐，一物降一物。来，喝酒！"

"镇北关"半碗酒下肚，黑脸已成猪肝色："兄弟，毛利待你不薄，你得好好替他干。大哥我让这个小娘们儿闹的，什么心劲儿也没有了，往后就瞧你的了。"

"这事也不那么好弄。"李大裤裆摇头，"抓住共产党八路军，毛利当然高兴，抓不住呢，他就会说我不尽心。这么多村子这么多人，谁的脑门上也没刻字，怎么抓？横不能见一个抓一个，见一个杀一个吧？"

"兄弟你真是聪明一世糊涂一时。脑门上没刻字，你不会去试？让你手下的弟兄装成共产党的干部，八路军的伤员，夜里敲门要吃喝，谁家一热乎，准跟共产党有牵扯，一抓一个准儿！"

"哎哟我的大哥，你真是赛过诸葛亮！这个主意好，今儿黑夜我就带人去试！"

小桂在厨房听着两人的对话，狠狠地骂："让雷劈了你们！"四下看看，没有可出气的，就往鱼锅里啐进一口吐沫。

此后，李大裤裆就按照"镇北关"教的法子去试，果然抓了不少抗日积极分子和同情八路军的老乡，闹得永定河两岸鸡飞狗跳，人人自危。

这天，香巧和柳芽带着振邦到地里耪二遍棒子。眨眼间她们已在许大爷家住了一个多月。两人年轻力壮，手脚又勤快，帮许大爷干了不少农活，深得老两口儿的喜爱。青纱帐起来了，早棒子已长得齐人高，再过十天半个月，耪过第三遍，就该挂锄了。"挂锄"是庄稼人期盼的日子，意味着辛劳的田间管理已经结束，就等着收获了。

棒子地里闷热得蒸笼一般，两人汗流如雨。棒子叶边沿的毛刺很锋利，把脸和裸露的胳膊拉出一道道血口子，被汗水一浸，痒辣辣地疼。但两人很卖力，一刻不停地挥动着板锄，任大滴的汗珠从脸颊淌下，滴落在地上，也顾不得擦一擦。在这战乱的年月，有人肯冒风险收留她们，供吃供住，这是难得一遇的好人家，她们要对得起好人。忽然，什么声音惊动了她们，两人同时停住手，竖起耳朵静听。

"是洋车！"香巧先辨别出来。

"李大裤裆的侦缉队！"柳芽一阵紧张，慌忙扔下锄，把兴邦搂在怀里。日本人成立了侦缉队，李大裤裆当了侦缉队长，她们从许大爷口中听说了。侦缉队冒充八路军，诈骗老百姓，抓捕抗日人员，她们也听许大爷说过。柳芽正是李大裤裆搜捕的重要对象，不由她不害怕。三个人蹲在地上，屏住呼吸，一动也不敢动。

棒子地外，李大裤裆正领着侦缉队沿着田边小路骑过来，自行车链子"哗啷哗啷"的颤响传出去老远。这些日子，李大裤裆在永定河北折腾了个天翻地覆，觉得没什么油水了，就把目光转向了永定河西。连连捕获抗日干部，连连得到毛利的奖赏，李大裤裆就像屁眼儿里塞进黄豆粒的耗子，一会儿也消停不住，没日没夜地东奔西跑，无暇顾及家里，周秀珍和崔兰英得不到滋润，恨得咒他不得好死。

"队长，棒子地里好像有人！"臭子朝李大裤裆喊。

"你怎么知道？'李大裤裆当即跳下车。

"我刚才看见棒秸梢儿在动。"

李大裤裆抬头四下望望，见空中没有一丝风，便把自行车往路边一扔："弟兄们，到地里给我搜！"

柳芽听见李大裤裆的喊声，脸上立刻变了色："坏了，我们被发现了！"

香巧腾地站起身："你抱住兴邦别动，我去把他们引开！"

"不行，忒危险！"柳芽拉住香巧不放。

"李大裤裆主要抓的是你！让他抓住，你们娘儿俩还能有命吗？"香巧使劲甩开柳芽的手，抬脚就走。

"香巧姐！"

香巧止住步："记住，一定要保护好兴邦，他可是河桩的命！"说完转身就往地边跑，故意撞得棒子秸哗哗响。

刚要进棒子地的臭子停住脚："队长，有人出来了！"

香巧钻出棒子地，沿着小路拼命往前跑。

李大裤裆一见香巧，大喜过望，连连呼喊。香巧不理他，只是一味地猛跑。

李大裤裆急忙下令："不许开枪，抓活的。谁要是伤了她一根汗毛，我活劈了他！"

直直跑出一里来地，香巧再也支持不住，一下瘫坐在地上。李大裤裆呼哧带喘地赶上来："香巧妹子，你跑什么？哥哥我疼你还疼不过来，能把你怎么样？"喜滋滋地一挥手："回城！"

## 六十二

腊月二十三，过小年。由于鬼子的残杀和严密控制，人们都心里慌慌的，没有了往常的欢乐，祭灶也就显得冷冷清清。

洪玉秀燃着香，恭恭敬敬地插在灶王爷画像前的香炉里。望着画像两侧"上天言好事，下界保平安"的对联，心事重重地叹了口气。她和张卫、河桩失去联系已经多日，独立营河堤突围受到的惨重损失她清楚，牺牲战士的遗骸就是她带人掩埋的。虽然没有发现河桩的尸体，估计他还活着，可跑到哪儿去了？什么时候能打回来？却一点儿信息也没有。扫荡过后，毛利下令，凡是家有二十亩以上土地的，都要买枪，成立反共自卫团，并实行连坐法，一人通共，数家连坐。闹得人们胆战心惊，连门都不敢串，唯恐粘上通共嫌疑。这样严酷的环境，河桩即使回来，还能恢复往日的局面吗？

洪玉秀正在发呆，郑俊杰进来通报："当家的，席面都摆好了，弟兄们等你入席哪。"

"文虎还是没有影儿？"

郑俊杰默默地摇摇头。

洪玉秀的眼神黯淡下去，无力地坐在椅子上。文虎自打被迫当了伪军，就被宫崎困在榆堡据点里，从没回过南辛庄。她派"快马张三"去探望，张三回来告诉她，文虎和他的队员住在一座平房里，旁边就是鬼子的中心炮楼，日夜被居高临下地监视着，外出或见人都须宫崎批准，名义上是当皇协军，实际是被软禁。好在春花母子和文虎在一起，还让洪玉秀宽点儿心。

"看来，文虎是连过年都回不来了。"洪玉秀低低的语调中充满了无限的伤感。

郑俊杰悲悯地望着师姐，一时不知说什么好。

静默了一会儿，洪玉秀站起身："走吧，别让弟兄们老等着。"

吃完小年的酒饭，张运来踅进伙房，拿了个酱肘子和两块猪头脸儿，悄悄来到二丫头家。二丫头见了肉食很高兴："好儿子，还真知道孝敬老娘。老娘这些日子正馋肉！"

张运来笑嘻嘻地把酱肘子和猪头脸儿摆在桌子上："快吃吧，这是老子给你偷来的。"

二丫头故意噘起嘴："偷来的？我不吃，嫌有贼腥味儿！"

"嫌有贼腥味儿？你就是个惯贼！"见二丫头不解，上去一把抱住："说说，你偷了多少男人？"

二丫头扑哧笑了："滚蛋，老娘要吃酱肘子！"

"还是我先吃了你吧！"

两人正在调笑，外面传来敲门声。张运来气恼地骂："谁他娘这么不开眼，早不来晚不来，单等这个时候来！"

二丫头边系大襟扣儿边往外走："可能是周家福。"

"别理他，一个臭鸡贩子！"张运来拉住二丫头不放。

"准是吴当家的有事，耽误了，你吃饭的家伙就没了。"

一会儿，二丫头返回屋，身后果然跟着周家福。

周家福一见桌上摆的东西，立刻笑眯了眼："哎哟，我可真有口福！"抓起一块猪头肉就塞进嘴里。

张运来早就看出周家福和二丫头有一腿，如今见他那大咧咧的样子，醋意和怒火一起拱上脑门儿："你他娘什么东西，吃肉也不问问价儿！"

周家福也不示弱："问什么价儿？我又没吃你的肉！告诉你，咱们都是给礼贤办事的，谁也不比谁高多少，甭在老子面前充大尾巴狼！"

张运来噌地拔出手枪："信不信老子一枪崩了你！"

二丫头见事不好，忙把身子横在两人中间："你们这是干什么？也不看看在什么地方，闹出响动谁也别想活命！老周，你来这儿是不是有事？"

周家福瞪了张运来一眼："吴二当家让我来了解洪部的情况，越详细越好，他们要和日本人干一件大事。吴二当家说了，谁误了事，要谁的脑袋！"

张运来知道要对洪部下手了，只得忍住气，把洪部的兵力分布、武器装备等一一说了。

周家福站起身，又看张运来一眼："需要你干什么，过两天听我的回话！"

周家福一走，张运来也没了兴致，甩开二丫头的拉扯，出门而去。二丫头指着他的背影骂："你个死嘎巴儿的，到街上就让你碰上枪子儿！"

前些日子，佐藤找毛利进行了一番密谋。

那天，毛利正喝着清酒看随军歌伎表演，卫兵进来报告，佐藤先生来访。毛利忙一边说有请，一边从榻榻米上站起身。

"大佐阁下，好兴致啊！"佐藤笑眯眯地走进来。

毛利挥退歌伎，请佐藤坐下喝酒："大日本帝国的圣战节节胜利，永定河两岸的匪患也已根除，能不让人高兴！"

"是呀，"佐藤举起酒杯向毛利致意，"大佐阁下这次又立下战功，一定会得到军部的嘉奖。"

毛利把杯中酒一饮而尽，哈哈大笑说："这战功，也有佐藤先生的一份儿！"

"大佐阁下，我这次上门，是想和你商量剿灭洪部的事。"

"剿灭洪部？佐藤先生终于想要剿灭洪部了？"毛利两只眼睛里迸出兴奋的光。

"以前我们留着洪部，是为了表示日中亲善，也是以华治华的战略。可洪玉秀不识抬举，一直对我们很不友好，暗地里却和共产党勾结。如今独立营没了，王河桩跑了，其他武装都归顺了我们，洪部的存在已无任何意义。灭掉洪部，也是杜绝共产党八路军死灰复燃的可能。"

"好，太好了！洪老婆子实在可恶，早就应该杀掉！佐藤先生，你需要多少兵力？我命令黄村的龟田、榆堡的宫崎，都归你指挥！"

佐藤点头："我先到礼贤和吴家兄弟见面，摸清情况后，再向大佐阁下汇报。"

毛利兴奋地搓着手："灭掉洪部，我的辖区就彻底安定了！"

吴家兄弟听佐藤说要灭掉洪部，也是兴奋不已。吴敬礼摩拳擦掌：

"可盼到这一天了！佐藤先生，你说，怎么干？"

佐藤摆摆手，止住猴儿急的吴敬礼，让他们先找内线，了解情况。

吴敬仁忙派人叫来周家福，命他去找张运来。

听完周家福的报告，佐藤当即决定，榆堡的宫崎负责洪文虎小队；黄村的龟田由吴部派人领路，负责赵彪小队；吴家兄弟解决洪玉秀本部，腊月三十夜里同时动手，务求全歼，不使一人漏网。

吴敬礼对佐藤的安排大声叫好，用手指着南辛庄的方向，眼露凶光："洪老婆子，你就要活到头了。老子可算出了这几年的恶气！"

吴敬仁比吴敬礼有谋算，他思忖一会儿，让周家福转告张运来，腊月三十夜里，由他负责除掉村口的哨兵，带领大队进村。

张运来接到命令，瞅冷子把张满仓叫到村外小树林。张满仓很诧异："叔，这寒天冰地的，不在屋里猫着，冷飕飕的跑到这儿干什么？"

张运来两眼往四周趸摸了半天才说："也没什么，就想跟大侄子说说心里话。你觉得在洪部怎么样？"

张满仓想都没想就说："挺好的，有吃有喝有饷钱。"

张运来微微冷笑："不许耍牌，不许玩女人，不许随便到外面抢东西，有什么好？"

"嗯，也是，管得太严，就这点儿不好。"

"要是有更好的地方，你去不去？"

张满仓有些犹豫："在洪部待了这几年，冷不丁地说跳槽，还真有点儿舍不得。大当家除了对弟兄们管得严点儿外，待人真是不赖。前些日子，还说要给我张罗个媳妇呢。"

"你真是榆木脑瓜子不开窍儿。要是发了财，盖了房子置了地，那女人不得跟着你的屁股后面追，还用别人替你张罗媳妇？"

张满仓擦擦冻出来的清鼻涕，苦笑："叔你真能说笑话，我要能发财，还整天提心吊胆地当土匪？"

"发财的机会有，就看你干不干。"

"怎么个发法？"

"到吴部那边去。"

"反……反水？"张满仓大吃一惊。

"喊什么？"张运来拔出枪对准张满仓："话说到这儿，干脆挑明了

六十二

393

吧,我就是吴部派来的卧底。洪部杀了你二叔,我要替他报仇!明天夜里,吴当家就要带队剿灭洪老婆子。我提前告诉你,是因为咱们是一家子,一笔写不出俩张,怕你裹在里边给一勺儿烩喽!你要跟着干,吴当家定会重重赏你,不愁你不发财。不干,我立马儿打死你!”

张满仓被吓住了:“叔,叔,别……别打,我都听你的。”

张运来收起枪:“那好,一会儿回去要装作没事人似的,别露出马脚。明儿夜里外面一有动静,你就逼住卫士班,不许他们抵抗。记住,别跟我耍心眼。我可是你介绍来的,你就是揭发了我,洪老婆子也不会放过你!”

张满仓完全呆住了,等他醒过神,张运来不知什么时候已经走了。

洪文虎闷闷地坐在桌子前,年夜饭很丰盛,他却一口也吃不下。

春花爱怜地看着丈夫,给他倒满酒:“大过年的,不吃东西,喝口酒吧。”

“不知娘怎么惦记咱呢。”洪文虎喃喃地说着,端起酒杯一饮而尽。

“从出事到现在,还没和娘见上一面呢,她能不惦记?过年了,也不能给老人家磕个头。”春花说着,眼泪止不住流下来。

洪文虎把春花揽在怀里:“早知这样,真不如当初狠狠心,跟他们拼了!”

“都怨我,连累了你!”

两人正说着,一个日军曹长带着两个日本兵闯进来:“洪队长,宫崎太君请你一家的,过去!”

“有什么事?”洪文虎站起身。

“拜年的!”

“孩子睡着了,我们……”春花躲在洪文虎身后,怯怯地说。

“不行!一个不留,统统的走!”

洪文虎无奈,只得让春花到里屋抱起小宝,跟着鬼子走出来。

院里黑漆漆的,不见一点儿灯光。洪文虎知道,弟兄们心里也都不痛快,无心玩乐,吃完饭就早早睡下了。

洪文虎忽然发现走的方向不对,不是去宫崎的办公室,而是走向放杂物的库房,忙站住脚:“这是往哪儿去?”

“快快地,宫崎太君在里面等你!”日军曹长头也不回。两个日本兵在后面狠狠推搡了一把。洪文虎心里生出不祥的感觉,伸手揽住春花的肩膀。

库房的顶梁上挂着一盏汽灯，把屋内照得雪亮。洪文虎走进门，宫崎正带着几个部下等在里面。

"洪队长，春节的好！"

宫崎说话的时候，铁门呼隆一声关上了。

冷汗从洪文虎的脊梁沟里冒出来："宫崎太君，你这是……"

宫崎突然变了脸："送你回老家！"

随着宫崎的吼叫，日军曹长挥起战刀，一刀将洪文虎劈倒在地。与此同时，两个日本兵也把刺刀刺入春花母子体内。洪文虎恍惚中听到，门外响起剧烈的枪声……

张运来挨到半夜，装作上茅房，从墙头翻到大街上，紧贴墙根儿溜到村口的岗哨处。两个站岗的弟兄听到动静，从暗中走出来："谁？站住！"

张运来挺直身子走近前："兴旺兄弟呀？是我，张运来。"

"这深更半夜的，怎么不睡觉？"兴旺两人见是自家兄弟，神经松懈下来，把端起的大枪放下了。

"瞧兄弟这话儿说的。天寒地冻，半夜三更，傻子才不愿意在热被窝里躺着呢。是大当家怕年下出事，派我来查岗的。"张运来往四下看看，"这个村口就你们哥儿俩？"

兴旺使劲跺着脚："就我们俩。这脚冻得，跟猫咬似的。"

张运来掏出烟卷递过去："抽根烟，暖和暖和。"

趁两人弯腰点烟的时候，张运来抢起枪把，狠狠砸在两人的后脑上。然后"咕咕喵，咕咕喵"地学了几声夜猫子叫。

吴敬礼带人从黑暗中钻出，张运来招下手，领着他们向村里摸来。来到洪部大院，张运来让吴敬礼躲在墙后，他重新翻进院子，从里面打开大门。门口的两个岗哨见是张运来出来，刚要招呼，脑袋就被枪托砸烂了。吴敬礼见状，带头闯进院子，派人把住东西厢房的门，自己和张运来直扑洪玉秀住的北上房。

没有儿女孙子在身边，洪玉秀这个年夜过得没情没绪，草草吃了几口，就让有家室的郑俊杰、"快马张三"等人回家团圆去了，自己也进到里间屋躺到炕上，却翻来调去睡不着，半辈子经历过的事一一在眼前浮现。正在蒙蒙眬眬的时候，隐隐听到外屋有响动。多年刀尖舔血生涯养成的警觉使她猛地坐起来，一面喝问，一面向枕头底下去摸枪。但还是晚了，几颗子弹几乎同时打进她的胸膛。昏暗的油灯下，她看到了吴敬礼和张运来两张狰狞的脸。"你们……"洪玉秀努力想抬起胳膊，但手还是无力地垂了下来，枪掉到地上。

"你去死吧！"吴敬礼吼叫着，又把一串子弹射了过去。

西厢房里的弟兄们听到枪声，纷纷从被窝儿里钻出来，乱喊乱叫着去拿枪。张满仓哗啦推弹上膛，颤颤抖抖地喊："都……都不许动，谁动打死谁！"

弟兄们先是愣住了，但很快就清醒过来，立刻炸了营：

"狗日的，你要反水呀！"

"打死他，打死这个内奸！"

就在屋里乱成一团的时候，几颗手榴弹捅破窗纸塞进来，巨大的爆炸声淹没了一切。

"不能炸，不能炸呀！"张运来大喊，"满仓还在里面！"

吴敬礼拉住张运来："都什么时候了，还这么婆婆娘的！"

"满仓是我侄子呀！"

"侄子？是侄子要紧，还是命要紧？等他们缓过手来，我们得死多少人？弟兄们，给我狠狠地炸，一个人毛也不留！"

张运来一屁股坐在台阶上，望着燃起的熊熊大火，痛哭失声："满仓，是叔害了你呀！"

在南辛庄的爆炸声沉寂下来的时候，郭家铺方向又传来激烈的枪声。

吴敬礼高兴得手舞足蹈："哈哈，洪老婆子，这回你是彻底玩完了！从今往后，永定河以北，就是我吴部一家的天下！"

张运来望着得意忘形的吴敬礼，似乎想起了什么，趁着混乱，提枪朝二丫头家跑去。等在二丫头家听消息的周家福见张运来进来，紧张地迎上前去："洪老婆子怎么样了？"

张运来冷哼一声："完蛋了。"

周家福没有发现张运来的异常，听说洪玉秀死了，高兴得直拍大腿："好，太好了！"

"是，是太好了。"张运来抬起枪，"洪老婆子完蛋了，你的死期也就到了！"

在二丫头的惊叫声中，张运来把一梭子弹狠狠射入周家福的胸膛。

漆黑闷热的夜色下，河桩、志刚带领着缩小了许多的独立营，匆匆行走在田间小路上。远处，不时有闪电亮起，隆隆的雷声滚滚传来。爬上永定河南大堤，河桩站住脚，轻轻吐出一口气："终于到家了！"

"是啊，"志刚抹了一把汗，"我们又回来了！"

战士们簇拥在一起，望着眼前黑乎乎的大河，听着哗啦哗啦的水流声，心里也是无比激动。他们的家都在永定河两岸，是土生土长的河边人。眨眼间，他们离开家乡已经一年多了，走时小麦才要成熟，如今玉米棒子已吐出花红线，高粱也开始晒米了。

永定河突围后，一百多人的平南独立营只存留下不足四十人，且大多带伤。在河南陌生的村落间、田野里，他们忍饥挨饿，艰难地躲避着日伪军的追击、围捕，寻找大部队的踪迹。后来，张卫安排的地下交通员找到了他们，带他们辗转来到十分区临时驻地，霸县东面的胜芳大苇塘，进行隐蔽休整。这苇塘东西宽六十里，南北长十五里，四周有湖水环绕，是个天然的藏身之地。日伪军把它视为心腹大患，曾多次发兵攻打。八路军游弋在芦苇丛中，忽隐忽现，忽东忽西，给予来犯之敌狠狠打击。敌人损失惨重，再不敢深入苇塘，又改用炮轰、火烧，但也无济于事，只得眼睁睁看着这块抗日根据地存在下去。敌伪不能进入，八路军却能出去，经常到附近村镇筹集军饷。有时竟然整队拉出，搞"武装游行"，迫使富商大户纳粮纳款，送医送药，气得鬼子伪军干瞪眼，无可奈何。河桩刚进苇塘时，看得眼都直了。一人多高的芦苇密密层层，微风掠过苇梢，整个苇塘随风起伏，像波涛汹涌的绿色海洋。苇塘中心的干燥处搭着一座接一座的窝棚，空旷之地还辟有练兵场和开垦出的菜畦。最令人惊奇的，是在窝棚区的入口处，搭建着一座高大的牌楼，上面贴着几个大字：抗战到底，还我河山。

独立营的到来，引起苇塘内一片欢腾。大家把最宽敞的窝棚腾出给他们住，伤病员也在医疗站得到精心诊治。军分区司令员刘秉彦、地委书记旷伏兆还接见了河桩、志刚和李斌，给予鼓励和安慰。此后，他们每天除去练兵，就是学习，学政治、学文化、学唱歌。生活虽然也很艰苦，但能填饱肚子，吃自己种的菜，吃自己捞的鱼。可时间一长，战士们的情绪就起了变化，暗地里嘟囔着想家，惦念亲人。河桩何尝不是如此，离开家乡这么久，什么音讯都没有，大爷大娘、父亲母亲、柳芽兴邦，还有香巧，一个个身影在眼前晃动，无时无刻不揪扯着他的心。尤其是独立营那百十个干部战士，牺牲的牺牲，跑散的跑散，那可是他几年来费了多少心血才组织起来的抗日武装呀，每一想起，心里就刀扎似的疼。还有二愣，这个一起长大的兄弟，这个并肩浴血奋斗的战友，为了掩护大家突围，至今生死不明，也让他牵肠挂肚。后来，洪部被剿灭的消息传来，更让他痛惜万分，心里也更加苦闷。芦苇由绿变黄，芦花飞絮，大雪飘扬，苇锥出土，转眼一年过去了。在此期间，独立营也参加了一些行动，偷袭周边敌伪据点，伏击鬼子的运输车，但这些都不能消解河桩的思乡之苦。每当迎着战士们那渴望焦躁的目光，心里就堵得喘不过气。他几次找司令员请战，要求打回老家去，都被以"时机不成熟"而拒绝。

志刚理解河桩的心情，常给予宽慰。这天，安排铁牛、金驹带领大家训练，两人又走到一个高阜处坐下来。沉默了一阵，河桩突然冒出一句："我们不能总躲在这里，必须打回去！"

"打回去那是一定的，"志刚点头，"我们不能让战士、乡亲们的血白流！只是要等上级的指示，没有命令，可千万别擅自行动！"

河桩被志刚逗乐了："志刚，你小看我了吧？我是那无组织无纪律的人吗？"

志刚也笑了："你是什么人呀，我敢小看你？我是怕你太心急，做出莽撞事来。"

"真是着急啊。出来这么长时间，永定河北变成什么样了，家里人是死是活，一点不知道。"

"谁不着急？大伙儿的家都在河北，心情是一样的。只是我们是党员，是军人，得服从命令。"

河桩想了想，忽然又笑了："志刚你说，我是不是太恋家，有点儿地方主义？"

志刚也笑："谁不恋家？人不嫌母丑，狗不嫌家贫，哪儿也不如家里好。"

终于，分区、专署召开了会议，决定北上支队和独立营重返永定河北，再次建立抗日游击区，并决定行政干部随队行动，相机恢复抗日政权。河桩非常兴奋，和志刚、李斌召开了动员会，并根据上级领导的要求，全部换上便衣，又和张卫约好河北见，就迫不及待地带队出发，如同受伤的猛兽舐愈伤口，养足精神，又威风凛凛地重返搏杀场了。

如今他们又站在了永定河大堤上，熟悉的家乡气味扑面而来。河桩深深呼吸了几口温腥的空气，把手一挥："过河！"

水生从后面挤上来："我在前边探路吧。"

"好，"河桩点头，"黢黑麻黑的，大叔你可要多加小心。"

水生轻轻笑了笑："我跟这大河打了半辈子交道，熟着哪！"

队伍过了河，在堤下柳棵子里停下来。河桩见离天亮还早，就决定按事先研究的方案，分散行动。

河桩望着眼前这支穿着五花八门的小小队伍，心里涌出一股说不清的滋味，愣了好久，才像母亲叮嘱孩子似的叮嘱大家："目前的形势非常严峻，除了鬼子伪军的炮楼，各村都有自卫团防守，村政权已经全部瘫痪，更有少数人被鬼子的烧杀吓破了胆，公然叛变投敌。我们在活动时，要时刻提高警惕，既要避免和日伪军硬碰硬，又要提防坏人的暗算。我们的力量很小了，再经不起大的损失。"说到后来，声音竟然有些哽咽。

志刚见河桩说不下去，忙接过话头："为了更好地开展工作，我们要把惩治和教育很好地结合起来。对那些确已投敌的叛徒，要坚决镇压，以震慑意志不坚定者。而对那些只是出于害怕，不敢再出头露面的人，要耐心说服，重新唤起他们的抗日热情，千万不可简单粗暴。我们的依托是广大群众，离开人民群众，我们将一事无成。我们要以我们的耐心，我们的坚忍，我们的顽强，重新打开永定河北抗日的大好局面！为牺牲的战友报仇，为被残杀的乡亲们报仇！"

志刚的话很悲壮，说得大家热血沸腾，个个挺着胸膛，昂起罩着羊肚手巾或是戴着蘑菇头草帽的脑袋，庄严地肃立着。随着河桩一声"行动"，便按照划分的小组，迅速离去。

河桩带着金驹几个人来到押堤村，躲过巡逻的自卫团，翻进沈大爷的院子。河桩凑到窗前，静听了一会儿，从屋内传出的鼾声中没有发现异常，便敲了敲窗棂。屋内的鼾声戛然而止，但好久没有动静。河桩知道屋里人已被惊醒，便又试探着敲了几下窗户。不料屋内竟然响起一声大喝："谁？不说实话，我可要喊人了！"

河桩听出是沈大爷的声音，赶忙压低嗓音叫了一声："沈大爷，别喊，是我，河桩！"

屋里静了一刻，才传出沈大爷颤抖抖的声音："谁？你是谁？"

河桩激动得嗓音也有些发抖："沈大爷，我的声音你都听不出来了？我是河桩呀，王河桩！"

屋里"哎哟"了一声，门轻轻打开了一条缝儿。此时，一道闪电亮起，把门里门外的人照了个清清楚楚。

"天爷，你们可回来了！"沈大爷拉住河桩的手，浑身都在微微颤抖。又是一道闪电亮起，紧接着一个霹雳惊天动地的炸响开来。"快，快进屋，天要下雨了！"

几个人挤坐在土炕上，一边摸黑吃着沈大娘递过来的饼子，一边听沈大爷介绍情况。

"要不是听出王营长的声音，打死我也不敢开门呀。"沈大爷叹息，"李大裤裆这个兔崽子，又当了鬼子的侦缉队长。经常夜里带人冒充共产党的干部、八路军的伤员，求爷爷告奶奶地讨吃要喝。谁开门热乎，谁就倒了大霉，说你私通八路，弄到固安城里过热堂。有钱的赶紧托人送礼，兴许还能留个活命，穷主儿就只能是死路一条了。附近村里好几个人遭了害。你想，半夜三更，真假难辨，谁敢开门？"

"李大裤裆这手够毒的，这是要把我们和群众隔开呀！"河桩恨恨地说。

"找机会一定要除掉他！"金驹也在一旁搭话。

屋内一时陷入沉默。沉默中屋外啪嗒啪嗒落下了雨点，又是一个炸雷响起，大雨哗地倾泻下来。

"唉，让乡亲们受苦了！"河桩叹息。

"苦？这些日子遭的罪，能用一个苦字说得过去？简直是活地狱呀！"沈大爷一下激动起来，"你知道鬼子汉奸杀了多少人？海了去啦！有的死人来不及埋，就让野狗扯了！还有马区长……"沈大爷讲了马振武牺牲的经过，不由老泪纵横："都怪我，都怪我呀！我没有掩护好他……"

河桩连忙安慰："沈大爷，这不能怪你，你已经尽力了。"

"真是条硬汉啊，宁可扯断肠子自杀，也不叫捉了活的去！"

河桩两眼溢满泪花，紧紧握住沈大爷的手："大爷你放心，血债血偿，我们一定会给牺牲的同志报仇的！"

"你们可得小心，敌人防备得太严。现在村村有民团不说，人心也不像从前了。"

"大爷你放心，人心不会变的。只要形势好转，群众还会跟着我们走的。"

河桩问起自卫团的情况。沈大爷说，由于各村大小不一，贫富不均，自卫团的水平也参差不齐。大村富村枪多人多，自卫团的组织也正规。小村富户少，枪也少，就给青壮年发根棍子，集中到大村去训练，乡亲们给起了个名，叫"棍兵"。不管自卫团还是"棍兵"，都由保长或是地主把持着，白天站岗，夜里巡街，发现可疑人就开枪筛锣。一村有响动，村村都响应，严防共产党八路军渗透。

"敌人防备得再严，也不可能是铁板一块。"

"那倒是，"沈大爷点头，"自卫团也好，'棍兵'也罢，都是老百姓当，正经八百的庄稼主儿，谁会尽心尽力地给日本人卖命？不少人是虚应故事。"

"这就好，"河桩高兴起来，"这就给我们留下了做工作的空间。用不了多久，我们就让自卫团为我所用！"

临走，沈大爷把河桩拉到一边："王营长，告诉你个事，你可得挺住。"

河桩立刻有了不祥的感觉，连连催问什么事。

沈大爷迟疑了一下："王营长，这事我真不想告诉你，可又不能不说。你的爹娘……没了！"就把王老宽两口子被李大裤裆杀害的经过说了一遍。

河桩愣愣地站着，眼泪止不住地滚下来。好久，才哽咽着问："我大爷他们……怎么样了？"

"没听说。"

河桩问父母埋葬的地点，沈大爷说不知道。河桩愣了片刻，就悄悄溜出村子。

钻进棒子窠，金驹问河桩是不是先找找父母的坟地，河桩擦掉又涌出的泪水，说黑天黑地的，到哪儿去找？以后再说吧。金驹又问是不是回村里了解下情况？河桩知道金驹所说的回村了解情况，是惦念家里人。自成立抗日义勇队后剩下的八个人，除去二愣，其他人都在，家里都有老小，谁不牵肠挂肚的？应该摸清情况，告诉他们，以使他们安心，便同意了。

几个人来到河沿儿村外，见离渡口不远的堤顶上又竖起一座炮楼，炮楼顶上的探照灯光柱唰唰地扫过来又扫过去，凭空增添了一股恐怖气氛。

"小鬼子怎么在这儿防守得更严？"金驹趴在树丛后，一边观察一边嘟囔。

"这儿是交通要道，鬼子当然要重点戒备。"河桩轻声说。

"这儿太危险了，咱们不能莽撞进去。我先探探情况吧？"

见河桩答应了，金驹提着短枪消失在黑暗中。

好一会儿，金驹返回来，后面跟着贾知达。

贾知达顾不得寒暄，只说声离远点儿，就带头往旁边的庄稼地里钻。一进庄稼地，贾知达就抓住了河桩的手："你们可回来了！这么多日子跑哪儿去了？"

河桩见天快亮了，忙打断贾知达的话："时间来不及了，我们的事先不提，你先说说村里的情况吧。"

贾知达说的情况和沈大爷说的差不多，只是堤顶上多了个炮楼，由一名叫黑山的曹长带领十个鬼子兵驻守。村里也成立了自卫团，金宝当队长。

"别村的自卫团不是都由保长管吗？咱村怎么是金宝？"河桩听出了蹊跷。

贾知达"嘿"一声："你还不知道我和李大裤裆那点儿事，他能相信我？是李大裤裆点名儿让金宝当的。金宝当上自卫团队长，背后又有李大裤裆撑腰，神气得鼻孔朝天，扬言要给他爹报仇哪！"

"那你可得提防着点儿，别遭了他的暗算。"

"不管怎么说，我眼下还是保长，又有毛利那点儿关系，估计他一时半会儿还不敢动我。"

"还是小心点儿好。"河桩叮嘱一句，又问："我们家里的人怎么样了？"

贾知达顿了一顿，才说："你爹你娘……被李大裤裆害死在东南乡了。听说让那边的人就地掩埋了。"

"这……我知道了。别的人呢？"

"鬼子大扫荡后，又反复清乡，搞强化治安，搜捕抗日家属。凡沾点边儿的，谁还敢在村子里住？你们八家，再加上水生一家，都躲到外面去了。是死是活，谁也不知道。"

河桩向贾知达道了谢，几个人便怀着沉重的心情离开了。

赶到预定的集合点，人们陆陆续续地回来了。河桩、志刚和李斌把大家摸来的情况汇总在一起，形势很不乐观。刘家洼的民兵组长刘守田叛变，协助日伪军残害了三名村干部，当上了自卫团的队长；区文教助理员曹天明丧失斗志，主动投敌；石堡联保主任贾阁臣因不配合鬼子的行动，被毛利捉去，死在狱中；多数群众被敌人的残酷屠杀吓住了，不敢再接近我们。唯一让人高兴的是，铁牛带回两名失散的战士。这两人一个叫梁山，一个叫杨天乐，都是铁牛连里的，突围时打散，就换上便装，埋了枪，混在老百姓中间，躲过敌人的追杀，悄悄潜回村。铁牛凭着记忆，先找到梁山家，梁山说他前几天看见了邻村的杨天乐，铁牛又赶到邻村，杨天乐也跟着回来了。

河桩拍拍两人的肩膀："回来就好，你们还是独立营的战士，我们继续一起跟小鬼子干！"

杨天乐说他还知道几个战士的下落。河桩就把找人的事交由志刚负责，不管牺牲的还是受伤跑散的，都要一个人一个人地落实到位。

瞅个空子，河桩把本村的人叫到一起，说了家人的情况。麦穗当时就哭了，说："我娘那个病身子，还带着几个孩子，东躲西藏的，可怎么活？"

水生搂住麦穗的肩膀："闺女，甭哭。是死是活，凭各人的命吧。谁让咱赶上这个年头呢？"话没说完，自己的眼泪也掉下来了。

其他人没说话，但心里都像压了块石头，沉甸甸的，喘不过气。

## | 六十四

趁天没亮，二愣轻轻来到院子里，活动了几下身子，就练起拳脚。他的伤在张桂兰的精心照料下早就好了，身上竟然还胖了些。两趟拳过后，身子泛热，他脱下小褂，露出黑油油的饱满筋骨。就在他要把小褂搭在树枝上的时候，看到了趴在窗玻璃后面的一张脸，那张脸朝他笑笑，他立时就呆住不动了。

屋门从里面打开，张桂兰站在门内朝他招手。二愣走过去，张桂兰嗔怪地瞪着他："天马上就亮了，你还在院子里折腾，让刘守田看见，不要命了？"端过一瓦盆水，"来，洗洗身上的汗。"不由分说把二愣摁在盆里，用湿手巾胸前背后地擦。擦着擦着，脸就泛起红晕，忍不住贴在了那宽厚的背上，双手也箍住了二愣的腰。二愣感到两团软乎乎的肉坨子紧贴在身上，呼吸立刻急促起来。当那温湿的嘴唇吻住他的时候，一股烈火从心里燃起，积蓄了多日的激情再也压抑不住，返身就把张桂兰搂在怀里，嘴唇也紧紧地压了上去。张桂兰轻声呻吟着，身子软成了一摊泥。

好久，张桂兰挣开被堵住的嘴，喘息着说："兄弟，我终于等到这一天了，你到底喜欢姐了！"笑脸上布满泪水。

一年来的共同生活，使二愣对张桂兰充满了深深的感激。在他不能动弹的时候，她给他端屎端尿。在他能下炕的时候，她搀扶他练习走路。吃饭时，她喝稀的，让他吃干的。还把他的衣服被褥拆洗得干干净净，缝补得整整齐齐。二愣伤好时已是收秋季节，为了报答这个好心的女人，他常常半夜溜到地里，帮她掰棒子，扦高粱。二愣粗中有细，干活时，他只干地中间的，两头儿留着，以免外人看出破绽。他还把"蛤蟆蹲"扩大成地道，出口设在院墙外的麦秸垛下，虽然只有几丈长，却能从屋里直通院外，遇到紧急情况，也是一条逃生的通道。地净场光后，二愣提出要去找部队。张桂兰不让，说是一个大老爷们儿，显鼻子显眼，弄不好就被鬼子捉了去，要找，她去找。张桂兰出去了几次，什么信息也没得到。一个狂风大作的夜晚，二愣起身向张桂兰告别。张桂兰热辣辣地盯着他：你对姐就一点儿不留恋？二愣不敢看张桂兰的眼睛：姐，你是我的救命恩人，我一辈子也忘不了你。可我是独立营的人，我得回独立营打鬼子。张桂兰的眼泪流下来，说，我知道留不住你，走就走吧。找到部队来个信，找不到部队就回来，我这儿永远是你的家。二愣也有些不舍，几个月来，张桂兰温柔善良的性格，无微不至的照顾，深深感动了他，而张桂兰那丰满健壮的身子，清秀俏丽的脸庞，更是魅力无穷地吸引着他。活了二十多年，除去母亲，二愣还没有得到过任何女人的温暖。多少个夜晚，二愣躺在炕上，听着隔壁传来的轻微鼻息，张桂兰的一颦一笑就浮现在眼前，心里就产生出异样的感觉。从张桂兰的眼神中，他看出她是喜欢他的，说心里话，他也喜欢她，要不是打鬼子，他真想和她一起过日子，可他不能，他要找部队，他要和河桩、志刚在一起。于是，他咬着牙，一次又一次把翻腾着的激情压下去，对张桂兰表露出的温情假装视而不见。如今要走了，他有好多话想跟她说，可他嘴笨，什么也说不出来，憋了半天，才挤出一句："姐，我有空儿就来看你。"说完转身就走。张桂兰拉住他，已是泪流满面："有兄弟这句话，姐就知足了。"说着递过一个小包袱，"天越来越凉了，我给你做了身夹衣裳，冷了就穿。"摘下饽饽篮子，把七八个贴饼子全拿出来，又揭开咸菜坛子，掏出几个腌萝卜，一股脑塞给二愣带着路上吃。又叮嘱："记住，找不着队伍就回来，千万别干莽撞事。"二愣走了，可半个月后他又回来了。望着衣衫褴褛、眼窝深陷的二愣，张桂兰什么都明白了，也就不再问，手脚麻利地抱柴火做饭。饭后，又烧了一大锅热水，让二愣痛痛快快地洗了澡，足足睡了个大觉。

二愣又在张桂兰家住下了。

此后，张桂兰常以串亲戚、赶集的名义，替二愣四处探听情况。可带回来的都是坏消息，不是哪个村的民兵被敌伪杀害了，就是哪个干部叛变了，独立营却是连个影子也没有，二愣的家人也不知跑哪儿去了。见二愣急得吃不下睡不着，张桂兰就给他宽心，甭着急，我就不信共产党八路军会趴下再也起不来，总有一天，独立营会打回来！二愣知道着急也没用，只得耐着性子等下去。转眼冬去春来，独立营没找到，张桂兰却被刘守田缠上了。

　　刘守田原是刘家洼的闲汉，父母早亡，给他留下两间土坯房和几亩薄沙地。他要是肯下苦力，也不愁填饱肚子，可他不愿一折两道弯儿地耪地薅苗子，就喜欢摆弄火枪打狐狸套野兔，扛着鱼叉扎鱼掏王八。俗话说，打鱼摸虾，耽误庄稼。他糊弄地，地也敷衍他。别人的地里苗齐杆壮，结出的棒子赛过棒槌。他的地里却是缺苗断垄，玉米棒子长得还不如小脚女人的脚。再加上他既好赌又好喝，有点余钱不是输在牌桌上，就是扔在酒馆里，一年到头就这么饥一顿饱一顿地混日子，长到三十大几也没人给个媳妇。抗日村政权建立后，村长见他光棍一条，无牵无挂，就动员他参加民兵。他爱玩枪，又觉得是风光的事，就爽快地答应了。刘家洼村子小，只建了个四五人的民兵小组。因为刘守田熟悉枪，年龄又大，就让他当了组长。鬼子大扫荡时，村长命民兵小组掩护乡亲们转移。几个民兵在鬼子强大火力打击下，死的死逃的逃，刘守田被俘。枪托加皮带，打得刘守田很快就屈服了，三个村干部在他的带领下全被抓获。村长临死前对鼻青脸肿的刘守田说，是我瞎了眼。刘守田捂着不断流血的头说，叔，你的眼没瞎，是我受不了挨打的罪，你不死，我就得死。日伪军觉得刘守田还算诚实，在成立村自卫团时，就任命他为队长。

　　张桂兰一到刘家洼，就被刘守田盯上了。张桂兰那丰满的身子，高挺的乳房，水灵灵的大眼，都让刘守田馋涎欲滴，一有机会，就赖着脸上前搭讪。张桂兰从心里硌硬这个叛徒，可又不敢惹他，只能瞄见影儿就躲。尤其是救回二愣后，更是谨慎小心，轻易不抛头露面。刘守田却常常登门，说是搜查共产党，坐下就不走，东拉西扯地胡说八道。张桂兰怕待时间长了露出破绽，每次刘守田一来，就赶忙拿出些钱塞给他，说是让他回去买酒喝，连拽带推地送出门。刘守田知道这是张桂兰在拒绝他，就自己找台阶下，故意站在门口大声喊，大妹子，你寡妇失业的不容易，遇到过不去的事就跟哥说，哥帮你。谁敢欺负你，告诉哥，看我不活劈了他！躲在"蛤蟆蹲"里的二愣气炸了肺，几次想要杀了这个叛徒，都被张桂兰劝住了。张桂兰说他，你连自个儿走路都费劲，怎么杀他？出点儿差错，咱俩全完了。看眼下的情形，他也只是说些不挨边儿的话，还没对我怎么样，我多长个心眼儿就是了。恨得二愣直拿拳头砸炕沿。下次刘守田再来，张桂兰仍是慌忙把二愣搡进"蛤蟆蹲"，叮嘱千万不能出来，由她在外面勉力支应。

这日，二愣和张桂兰两人缠绵了好一阵，见大天大亮了，才恋恋不舍地放开手。吃完早饭，仍然沉浸在激动与幸福中的张桂兰笑盈盈地望着二愣："我去村南地里给倒伏的棒子培点儿土，你老实儿地在家待着，有动静就下地道。"

二愣对刚才与张桂兰亲热的事还有些不好意思，腼腆地笑："整天窝在屋里，都快憋出病了。"

"那好，"张桂兰拿过一只破柳条筐，"你把这筐修修，过些日子掰棒子用。"

见二愣憨厚地点头，张桂兰扑哧一笑："傻样儿！"上去在二愣脸上亲了一口："等着我！"提起门后的铁锹，轻快地走出去，从外面锁上了大门。

张桂兰走了好久，二愣甜蜜的心绪才平静下来。他找了些铁丝、麻绳，把残破的柳筐捆扎得结结实实。然后又转着圈儿在屋里找活干，小镐、镰刀、铁叉头，杂七杂八地摆了一地。小镐闲置一年了，钢刃处生满红锈，得磨快了，收秋时刨棒茬用。镰刀也钝了，也得磨，扦高粱头得用快镰。刚把磨石找出来，又觉得不妥，张桂兰没在家，磨刀声传到墙外，被人听见，岂不露了馅儿？可浑身的劲没处使，就把这些家什归拢到一堆儿，腾出空地练起把式，涮腰、劈腿、伏卧撑、扎马步，直练得大汗淋漓。就在二愣意犹未尽的时候，外面传来咚咚的跑步声。二愣忙拿起笤帚把地上的痕迹扫掉，跑到里间进入地道。刚把盖板盖好，院门就哗啦一声打开了。

二愣紧贴洞口，紧张地倾听着外面的动静，手里握着一把杀猪刀。这刀是张桂兰为给他防身，特意到大集上买的。二愣从声音上判断，院门插上了，屋门也关好了，剩下的就是粗重的喘息。又过了一会儿，盖板上传来约定好的敲击声。二愣听出是安全信号，就顶开盖板爬出洞。刚站直身子，眼前的情景就让他大吃一惊。只见张桂兰披头散发，满身泥土，惨白的脸上布满汗珠，身子筛糠似的抖个不停。

"姐，你怎么了？"二愣扑向前，一把将张桂兰搂在怀里。

张桂兰嘴唇哆嗦了半天，也没有说出话。

二愣把张桂兰扶坐在炕沿上，从水缸里舀了一碗凉水，捧到嘴边喂下去，张桂兰才舒出一口气，慢慢平静下来，把刚刚发生的事断断续续对二愣说了。

张桂兰走进棒子地，把被风刮倒的棒子秸秆扶直，再一棵一棵地培上土。此时正是棒子壮粒的季节，倒伏的秸秆得不到光照，棒子粒就会瞎，影响产量。张桂兰越干越起劲，光洁的额头上渗出一层细密的汗珠。就在她停手擦汗时，看见旁边的棒子秆一阵晃动，传来哗啦哗啦的响声。她心里一惊，忙喝问是谁，同时握紧手中的铁锹。哗啦声一直响到近前，露出刘守田那张丑陋的脸。

"大妹子，这么早就干出这么多活儿，好大的劲呀！"刘守田嬉笑着逼上前，两眼骨碌骨碌在张桂兰鼓蓬蓬的胸脯上转。

张桂兰后退两步，警惕地把铁锹端在胸前。

刘守田瞥一眼铁锹，哈哈地笑："大妹子你这是干什么？我不是坏人。我是看你日子艰难，想帮帮你。你看，你一个寡妇，我一个光棍，年龄又相当，不正好配个对儿？"

"刘守田，你少胡说八道！"张桂兰转身就走。

刘守田横身挡在前面："大妹子，实话跟你说，我想你想了可不是一天两日了，从你一来这村，我就看上你了，你感觉不出来？今儿个可是好机会，不遂了我的心愿，能让你走？嘿嘿，我就不信你不想那事儿！"说着就往前凑。

张桂兰扬起铁锹："你敢乱来，我对你不客气！"

刘守田一边狂笑，一边把短枪摘下来扔在地上："乱来？什么叫乱来？我现在可是自卫团的队长，全村人的生死都攥在我的手心里，我就不信整治不了你个小娘们儿！"乘张桂兰一个眼错，拨开铁锹，一下把她扑倒在地，在那汗津津的脸上乱啃乱咬。张桂兰身强体健，又不甘受辱，两人就在潮湿的地上翻滚着厮打起来，粗壮的棒子秸秆咔吧咔吧折断了一片。终究还是男人力大，刘守田渐渐占了上风，张桂兰被他骑在身下，双手也被牢牢地摁在地上。

"小娘们儿，"刘守田单薄的胸膛拉风箱似的喘息，"看你还有什么能耐！闹啊，你闹啊，闹半天也逃不出大爷的手！"臭烘烘的嘴巴又向张桂兰的脸上凑过来。

张桂兰情急之下，噘起嘴唇向刘守田啐了一口，乘刘守田愣怔的机会，狠狠咬住了他的胳膊。刘守田哎呀一声松了手，张桂兰把他掀翻在地，爬起身就跑。

"站住！"刘守田捡起手枪指住了她，"好……好你个小娘们儿，还真他娘够烈倔的！信不信……我一枪崩了你！"

见张桂兰站住不动了，刘守田也和缓了口气："张桂兰我告诉你，你是什么变的我早就清楚。俗话说，撒谎瞒不了当乡人。俩村隔着不过三头二十里，谁不知道谁？你那个死男人是民兵，你是妇救会主任，都是皇军要找的人。我不告发你，是可怜你，心疼你，你别把好心当成驴肝肺！这么着吧，"刘守田喘了几口气，又看看流血的胳膊，"让你一阵折腾，闹得老子也没了兴趣，今儿就放你一马。给你两天时间想，愿意跟我好，来找我。两天一过，我就把你送给日本人！"

张桂兰说完事情的经过，紧紧抓住二愣的手："怎么办？刘守田这回是动真格的了，他绝不会放过我！"

"他奶奶的！"二愣把杀猪刀挥了挥，"还能怎么办？宰了他！这个叛徒，害死我们那么多人，早就该死了！"

张桂兰有些担心："可刘守田有枪……"

二愣想了想："有办法了！"趴在张桂兰耳边说了一阵。

"这能行？"张桂兰忸怩着，脸就红了。

"怎么不行？对刘守田这种人，我这法子，十拿九稳！"二愣信心十足。

"那还有一成不稳呢。万一刘守田……当时就来硬的呢？"

"可也是。"二愣挠挠脑瓜皮，"这么着，你去两袋烟的工夫不回来，我就去找你，保证出不了事！"

张桂兰只得咬着牙，默默地点点头

第二天傍黑，张桂兰洗脸梳头，两颊还搽了雪花膏，换上一身干净衣裤，怀里揣把剪刀，悄悄进了刘守田的院子。

虽然已到吃晚饭的时候，刘守田的锅里却没一丝热气，屋里也没点灯，黑洞洞的有些吓人。

张桂兰站在门前，稳定稳定情绪，轻轻咳嗽一声。

刘守田正百无聊赖地在炕上躺着，见了张桂兰，立刻惊喜地爬起来："哎哟喝，大妹子！怎么着？想通了？"

张桂兰装出羞羞答答的样子："我知道大哥是为我好。妹子一个寡妇家，又是外来户，不靠个人，日子还真是不好过。"

"这就对了嘛。以后跟着哥，哥保你吃香的喝辣的。"刘守田嬉笑着，上来就要搂抱。

张桂兰推开他："看你，哪有这么猴急的？"

刘守田仍拉住不放："你这喷儿香喷儿香的，搁谁谁不急？"

张桂兰挣脱身子："你不知道那句话吗？好饭不怕晚揭锅。晚上吧，晚上到我家来，我炒好酒菜等着你。可得悄悄地，我不愿让人知道，背后指指戳戳的，丢死个人！"

"得！得！大妹子只要不嫌弃，说什么哥都依！"刘守田本舍不得张桂兰走，又怕闹僵反而不美，只好答应了。

好不容易熬到天黑透，刘守田迫不及待地来到张桂兰家，推开虚掩的院门，径直进了屋子。昏黄的油灯光下，他看见矮脚炕桌上放着两碟小菜，一瓶酒，一壶茶。张桂兰穿件短袖碎花小褂，低头坐在桌子旁，圆滚滚的胳膊闪着幽幽的诱人的光。刘守田乐得心花怒放，伸手搂住张桂兰的肩膀："大妹子，你真会心疼哥！"

"路上没碰到人吧？"张桂兰边说边站起身，借机推开刘守田的手。

"狗都没见着一条！"刘守田大大咧咧坐在炕沿上，洋洋自得，"告诉你吧，为了咱们的好事，我把自卫队都放了假。现在的大街上，连个人毛都没有！"

"那就好，"张桂兰递过水碗，"你先喝点水，我去把大门插上，回来陪你喝酒。"

刘守田趁张桂兰出去，拔出手枪，悄悄靠近隔壁的屋门，猛地闯进去，见里面什么也没有，才放心地坐回原处。

张桂兰插好院门，回来又把屋门插上了。

"大妹子，你的门户可够紧，大门插上了，还插屋门。"

"我可是本分女人，不是什么野狗烂猫都能进屋的。"

"好，说得好！"刘守田乜斜着眼瞟着张桂兰，"今儿个这事，不知你是本分女人，还是我是野狗烂猫？"

"去你的！"张桂兰假装羞涩地打了刘守田一下，"还不是你个坏蛋逼的！来，喝酒吧，别贫嘴呱拉舌了！"

几杯酒过后，张桂兰见刘守田一直把手枪斜挎着抱在怀里，便端起酒杯走到他面前："刘大哥，既是来喝酒，就喝个痛快，怀里抱个枪，多别扭啊。来，把它摘了，我给你挂在墙上。"

刘守田此时已有了醉意，伸着脖子在张桂兰手上把酒喝干，连枪带夹袄一起递给张桂兰："妹子说得是，抱着它，哪如抱着你！来，再喝点儿，咱们睡觉！"刚把酒杯送到嘴边，就觉得一股冷风袭来，脑袋嗡的一声响，便从炕上滚到地下。

二愣扑上去，紧紧掐住他的脖子，直到刘守田一动不动了，才松开双手。

"死了？"张桂兰颤抖着嗓音问。

"放心，就是活神仙也救不了他的命！"二愣拿过刘守田的枪，抽出弹夹见是满的，顺手插在自己腰上，让张桂兰到大门口看看是否有人。又从怀里掏出一条白布，上面用锅底灰写着一大一小两行字，大字是"叛徒的下场"，小字是"平南独立营"，塞进刘守田的衣兜里。见张桂兰朝他招手，便扛起刘守田的尸体，走出大门。

秋天的深夜已有了些许凉意，东南风一股一股地吹来，这里那里便响起窸窸窣窣的声音。二愣虽然知道今夜没有自卫队巡逻，仍是不敢大意。他贴着墙根，走一段便停下来，观察观察再接着走，一直走到十字街口，才将刘守田的尸体扔到地上，把写着字的白布条从刘守田的兜里掏出，展开，压在他的脑袋底下。

## 六十五

就在二愣除掉刘守田的时候，独立营也正在对曹天明采取措施。

这天夜里，河桩和李斌来到胡振山的家。

面对眼前站的几个人，胡振山吓得脸都白了："王营长，李书记，你们……你们回来了？我可没做坏事，不信你们去打听！"

李斌摆摆手："胡保长别害怕。我们走后，谁干了什么事，我们心里都有数。胡保长的为人，我们更清楚。"

河桩也说："胡保长对付鬼子都不胆怵，见了一家人，倒怕了？"

胡振山出口长气，抹掉额头上的汗："你们一走一年多，连个音信都没有。这深更半夜的，冷不丁站在眼前，谁知道你们要干什么，能不害怕？"说得大家都笑了。

"我们到这儿来，是为曹天明。"河桩直截了当，"听说曹天明住在你们村？"。

"是，房子还是托我找的。"胡振山把曹天明的情况说了。

"这个叛徒对抗日危害很大，给抗日政府造成的影响也很坏，必须除掉！老胡，你先把他的活动规律摸清，过几天我们再来找你。"

曹天明一下班，就骑上自行车，急急地驶出乡公所，直奔胡林店。沿途不少人的点头哈腰，让他洋洋得意，心里生发出很大的优越感和满足感。

曹天明是个志大才疏、心高气傲之人，自小就想出人头地。中学毕业后，因无门路，只得当了小学教员，微薄的薪水和卑微的地位，让他在人前抬不起头。抗战爆发，随着潮流，他参加了抗日工作。抗日十一区成立，他被任命为文教助理，跟着李斌没黑没白地东奔西跑。"五一"大扫荡，使他看到了日本人的强大，失去了抗争的信心。突围战中，他故意落在后面，趁大家不注意，一头扎进棒秸垛。正在喘息时，又有一个人摔倒在棒秸垛前，他从缝隙中认出是区小队员景心安，便小声呼叫。景心安爬进棒秸垛，说是大腿受伤，跟不上队了。说话间，一队一队的鬼子兵从眼前跑过。曹天明颤抖着说，这么多的敌人，看来是突不出去了。景心安紧握着枪，突不出去就拼，反正我早就够本了。天很快黑了，四周静下来，景心安沉沉睡去，曹天明却一夜没合眼。天亮后，日伪军又出动了。曹天明望着外面忽远忽近的鬼子，问景心安有没有手榴弹，景说没有了，都打光了。又问还有多少子弹，景说子弹也快没了，只剩下两粒。曹天明把枪和子弹拿过来，让景心安躺着别动，他出去看看情况。不一会儿，曹天明带着宫崎和李大裤裆等一群鬼子伪军来到棒秸垛前，命令景心安投降。景心安爬出棒秸垛，大骂曹天明是叛徒。李大裤裆举枪就要打，被宫崎拦住，示意让曹天明来。曹天明犹豫了一阵，终于扣动了扳机。此后，曹天明又带着日伪军抓捕了几个地下党员和进步教师，得到毛利和宫崎的赞赏，任命他为杜庄乡乡长。曹天明没想到，投降日本人，竟能得到这么多实惠。虽然一乡之长官儿不大，却可编造各种名目向下派粮派款，从中牟利。各村保长都是聪明人，他当文教助理时就与他们熟悉，知道一些根底，为避祸，便大把大把地送上银圆。那些和共产党走得近的，怕他加害，更是孝敬有加。如今，他兜里装着哗啷啷的银洋，整天酒肉不离口，和跟着共产党啃窝头吃咸菜相比，真是一个天上，一个地下。尤其让曹天明更加高兴的，是把喜爱多时的潘倩倩弄到了手。潘倩倩是曹天明当教员时的同事，不光家境殷实，而且长得婀娜多姿，妖媚风流，馋得曹天明垂涎三尺。可他百般奉承，潘倩倩却是鼻孔朝天，理也不理。有一回曹天明喝醉了酒，堵住潘倩倩质问，你今天和这个好，明天跟那个睡，为什么对我连眼角都不夹？潘倩倩冷笑，就你挣的那仨瓜俩枣，还想打我的主意，你养得起吗？曹天明闹了个烧鸡大窝脖儿，觉得无地自容，这也是他参加抗日工作的一个原因。曹天明当了伪乡长后，挎着盒子枪，揣着现大洋，找到潘倩倩，把大洋和手枪都拍在她面前。潘倩倩脸红脸白了好一阵，扑哧一声笑了，亏你还是个大老爷们儿，心眼小得像针鼻儿！我当年那么说，就是要激励你进步。那你现在怎么说？曹天明逼问。潘倩倩娇笑，你这又是大洋又是枪的，我还能说什么，我敢说什么？曹天明大喜，当时就在潘倩倩的宿舍里成就了好事。事后，曹天明代潘倩倩辞了职，把她带回乡公所。曹天明毕竟是个文化人，觉得让个不清不楚的女人久住办公之地不合适，就找来胡振山，让他在胡林店赁间房子，安置潘倩倩住下。曹天明白天到乡公所上班，晚上回胡林店睡觉。一次两人调笑，潘倩倩说，你真以为我以前是嫌你穷呀？我家有的是钱，谁稀罕你那点儿芝麻绿豆！曹天明问那你嫌我什么？潘倩倩嘻嘻地笑，嫌你那小鼻子小眼儿，活像个没长开的茄包子！曹天明立即真成了被霜打的蔫茄子。从此，曹天明下班后哪儿也不去，准时回家，他怕潘倩倩因他相貌丑陋而红杏出墙。

曹天明飞快地骑着车，恨不得一步跨到胡林店。忽见路旁有几个人，正瞄着他指指说说。曹天明起了疑，下车走上前，逼问他们在说什么。几个人有些慌张，扭头就走。曹天明拔出手枪，不说实话打死你们！其中一人被激怒了，就告诉他，刘家洼的刘守田死了，是被独立营打死的，脑袋底下还压了个白布条，写着"叛徒的下场"！曹天明一听，立刻如五雷轰顶，呆若木鸡。

曹天明失魂落魄地回到家，饭菜没吃几口就躺在了炕上，连每晚和潘倩倩必做的功课都不做了，气得潘倩倩直拿拳头捶他。

好不容易睡着了，却又做起了梦。似乎是在下班的路上，太阳渐渐没入西山，半天的火烧云红得像一片血。突然，前面树丛里闪出李斌，目光炯炯地盯着他："曹大乡长，别来无恙啊？"曹天明吓得哗啦一声摔下车，爬起来就往后跑。不想后面却站住河桩和金驹，两只枪口黑洞洞地对着他。就在他不知所措的时候，河桩向金驹一摆头，金驹拔出尖刀，狠狠刺进他的胸膛。

曹天明大叫一声，呼地从炕上坐起来，冷汗森森而下。

潘倩倩被他惊醒，还为晚上没做那事窝气，便不耐烦地嘟囔："半夜三更的，发什么神经！"

听曹天明不停地喘息，才慌了，忙爬起来："怎么了？做噩梦了？"

曹天明不言语，颤颤抖抖点起灯，角角落落地照。见什么也没有，又放下灯，扒着门缝往外看。

曹天明的反常举动，使潘倩倩也紧张起来，裸着身子爬下炕："到底怎么了嘛？"

曹天明长舒一口气，擦去满头的汗："没什么，做了个梦。睡觉！"说着吹灭了油灯。

"这小子在捣什么鬼？"不远处的一堵矮墙后，胡振山被忽明忽灭的灯光弄糊涂了。

这天半夜，河桩和李斌带人又来到胡家。胡振山便带着他们来到曹天明的院外，刚要行动，屋内的灯亮了。

"是不是走漏了消息？"。

"不能够！这么大的事我敢说出去？"见河桩使劲盯住自己，胡振山有些着急，"天地良心！王营长信不过我？"

"不不，"河桩拍拍胡振山的肩膀，"胡保长你多疑了。我是奇怪，曹天明为什么半夜三更的拿灯乱照。"

"是呀，我也纳闷哪。莫非是起夜？"

"管他干什么，冲进去一刀宰了他，料他曹天明也没多大能耐！"金驹说着站起身。

"情况不明，不能乱来，"河桩止住金驹，"对待叛徒和铁杆汉奸，一定要一打一个准儿。万一不成功，打草惊了蛇，以后会更麻烦。"

李斌便提议："要不，咱就等天亮，到曹天明上班的路上截他。这儿离乡公所十好几里地，早上没什么行人，不易暴露。"

河桩思考了一下，同意了。

几个人撤出胡林店，钻进一片棒子地。一夜奔波，大家都饿了。河桩端详了一番周围环境，说这是宋德财的地，啃他点儿嫩棒子，以后给他钱。此时的棒子已经灌满浆，一啃一股水，甜丝丝的挺好吃。金驹又从旁边地里扒来一兜白薯，大家在衣服上把泥擦擦，也都吃了。

天放亮，河桩、李斌潜到平大公路旁的杂草丛里，盯着胡林店村口。金驹戴顶破草帽遮着脸，在公路上慢慢地溜达。太阳升起一竿子高，河桩见曹天明远远地骑车过来，忙向金驹举了举手。金驹会意，把草帽拉得更低，蹲在路边装拔草。待曹天明骑过身边，一个箭步扑上去，把他拽下车，嘎巴一声拧断脖子。然后摘下匣子枪，掏出写着"叛徒下场，平南独立营"的纸条，摆在他身边，扭头跳下路沟。

几个人重又回到那片棒子地，正兴奋地议论着曹天明一死，鬼子汉奸非炸窝不可时，地头传来脚步声。金驹探头一看，竟是宋德财。河桩说正好，把棒子、白薯钱给他，要不，就他那个财迷劲儿，非把老天爷骂下来不可。话音未落，宋德财就发现了白薯地里的异样，几步跑过去，果然就呼天抢地地大骂起来："这是哪个遭天打雷劈的，干这没屁眼子的事！我一个汗珠摔八瓣儿，种点儿地容易吗？这么祸害我，让你不得好死！"

河桩几个对望一眼，哈哈地笑起来。

宋德财听见笑声，停住叫骂。扭头见河桩几个站在棒子地里，吓得腿一软，差点儿坐在地上。

河桩朝他招招手，宋德财愣了半天，才迟迟疑疑地凑过去。

"大叔，"金驹故意虎起脸，"你一个五尺高的汉子，怎么跟娘们儿似的，那么会骂街？扒你几块白薯吃就没屁眼儿？还天打雷劈不得好死？要是再啃你几个青棒子，还该当如何？"

宋德财一眼看见地上散落的棒子骨头，脸苦得揪揪成了核桃皮，眼泪也要掉下来。

李斌见宋德财那个样子，不忍心再让金驹和他逗笑，掏出几张纸票递过去："大叔，实在对不起。你也知道，我们现在很困难，白天根本进不了村，只能在地里找口吃的。这点儿钱，算是给你的补偿。"

李斌的话，倒使宋德财不好意思起来，他往后缩着手，讷讷地说："刚才，我不知道是你们吃的，真是……都是一个村的老乡亲，吃就吃了吧，还给什么钱。"

河桩硬把钱塞在他手里："大叔，我们八路军有纪律，吃了东西哪能不给钱？金驹刚才是跟你闹着玩儿的，你别往心里去。"

宋德财把钱仔细地装进兜里，又抬头看看河桩几个的打扮："眼下什么时候，你们还敢回来？"

"这里天是我们的天，地是我们的地，家是我们的家，我们为什么不敢回来？大叔，你睁眼看着，别瞧小鬼子现时闹得欢，总有一天会完蛋！不瞒你说，我们刚把叛徒、杜庄乡的伪乡长曹天明杀了！"

宋德财看着河桩那张坚毅的脸，眼里露出钦佩："没想到河沿儿出了你们这几条好汉！"走出几步又折回来，"你们在哪儿落脚？我让你婶子蒸两锅窝头，给你们送去。"

河桩谢绝了宋德财的好意，匆匆转移了。

晚上在集合点碰头时，志刚带回来一个喜讯，刘家洼的刘守田被人杀死了，杀人者打的是独立营旗号。

"那一定是我们失散的人干的！"李斌兴奋地说。

"莫非是二楞？"金驹相信，以二楞的性格，只要他活着，就不会干躲着，有机会就要采取行动的。

河桩也兴奋起来。二楞失踪后，他心里一直内疚着，痛苦着。如果真是二楞，那可太好了。于是他命金驹带一组人到刘家洼附近侦察，这个人能杀死刘守田，藏身处就不会离刘家洼太远。并鉴于回归的战士越来越多，决定打几个小仗，以补充弹药的不足。

金驹带人钻庄稼地，穿树行，围着刘家洼转了一圈，也没发现什么情况。晌午的秋阳仍很毒辣，晒得人浑身流汗。知了、蝈蝈躲在枝叶间，比赛似的拼命鸣叫，更搅得人心里烦躁，嗓子眼儿冒烟。金驹和李三林商量了一下，爬上永定河大堤，趴在河边咕咚咕咚猛灌了一气河水，心里的燥火才稍减了一些。嗓子不干了，肚子却又响起来。金驹见河滩里遍布着一片一片的白薯地，便让战士们扒几块白薯吃，记住地块，将来好给主家还钱。吃饱喝足，几个人躺在柳荫里休息。一阵河风掠过，刮得堤顶上的青杨树叶子哗啦哗啦响个不停。金驹灵机一动，把人们招到一起，说要给大家讲个故事。李三林惊奇地看着他，没听说你会讲故事呀。金驹笑笑，说，我这也是从教导员那儿趸来的。听着：说的是，燕王朱棣扫北，打了败仗，逃进一片沙岗。这时的他人困马乏，又渴又饿，见沙岗上有一片树林，枝杈间结着累累果实，黑的黑油油，紫的紫汪汪，玲玲珑珑，煞是好看。朱棣饿急之人，顾不得许多，摘下一颗就往嘴里放。谁知一嚼之下，竟是又甜又酸，满嘴生津，可口得很。朱棣大喜，饱餐一顿后，躬身向果树下拜，许愿说，你救了我的命，我绝不负你。有朝一日，我当上皇帝，定要封你为万树之王。后来朱棣果然做了皇帝。做了皇帝的朱棣没忘当年的承诺，重又回到那片沙岗。可时过境迁，朱棣已经记不清救命树的样子，见青杨树长得高大挺拔，便以为是救命树，便封青杨树为万树之王。无功受封的青杨树高兴得哈哈大笑，而真正救命的桑树却没有被封，自然气爆了肚子。自此，每遇刮风，青杨叶子就哗啦哗啦地响，像在得意的大笑。受了委屈的桑树则没有一棵树身是平整的，都有一道一道的裂纹。

故事讲完了，一个战士说，这桑树真是冤死了。

李三林说，这主要怪那个糊涂皇帝，谁救了他的命都记不住。

金驹说，是呀，有恩之人不能记错，更不能忘了。就像我们，吃了谁家的白薯，得记住地块，记住数量，以后找着地的主人，好还人家钱。

李三林就笑，说，金驹，你这是变相做思想工作呀，你能当教导员了。

正说着，堤外突然传来一声枪响。

金驹说声有情况，几个人拔出枪，弯腰跑上大堤。

堤下不远的土路上，两个鬼子和几个伪军掩在一辆大车后，在向沙岗胡乱射击。

沙岗上静悄悄的，除去一片树林在无风的天空下呆立着，什么也看不见。

一个鬼子扬手止住射击，站直身子向沙岗上探看。

又是一声枪响，鬼子应声倒在地上。

"这是什么人？隐蔽得真够好的。"李三林瞪大眼睛往沙岗上瞅。

"甭管是谁，敢杀鬼子就不会是坏人。走，咱们帮他一把！"金驹说着，带头冲下大堤。

遭到两面夹击，大车旁的鬼子和伪军立刻乱了阵脚，丢下几具尸体，仓皇逃走了。

沙岗上站起一个戴柳圈帽的人。

"二愣！"金驹大叫着跑上前去。

二愣也大叫着跑下来，俩人紧紧抱在一起。其他人也跑过来，相拥而泣。

激动过后，金驹擦干眼泪："你怎么在这里？让我们找得好苦！"

"我的事以后再说。营长、教导员他们都好吧？"见金驹点头，二愣说那就好，又指指敌人的尸本，"这几个王八蛋到刘家洼征粮，我就跟下来了。"

金驹看着整车的粮食，乐得嘴都合不上了："这些日子，净在野地里啃青棒子嚼生白薯，弄得浑身都没劲了。这下好了，把它扛走，跟老乡换贴饼子吃！"

　　两个叛徒被杀，征粮车被截，在敌伪中引起很大震动。毛利把黄村的龟田，榆堡的宫崎，以及"镇北关"、李大裤裆等叫到一起："独立营的回来了，你们竟然的不知道？统统废物！"

　　见几个人毕恭毕敬地站着，大气不敢出，毛利也就和缓了口气："独立营虽然回来，也已是元气大伤，不会有多大的战斗力，经受不住我大日本皇军的强大打击。"毛利转动着黄色的小眼珠，"你们，"他指指龟田和宫崎，"统统下乡讨伐。"又指指"镇北关"和李大裤裆，"你们，大力配合。一定要在最短时间内，把独立营的残余消灭，绝不能再让他们死灰复燃，把人心搅乱。我们要确保'模范治安区'的崇高荣誉！"

　　几个人整齐地答声"哈依"，转身走了出去。

　　"镇北关"一出大门，就向李大裤裆怪笑："兄弟，这下又不得安宁了。你金屋藏娇的甜蜜日子也要到头了。"

　　"甜蜜？"李大裤裆摇头苦笑，"这么长时间，我就不知道什么叫甜蜜！这娘们儿，跟你那个小桂一样，冷得能掉下冰碴儿！"

　　"甭管冷不冷，你总是啃上这颗桃子了，也算遂了心愿。"

　　"不咸不淡，白开水似的，没劲！"

　　"镇北关"叹口气："咱俩真是好哥们儿，连得的病都一样，这他娘是什么命！"

　　李大裤裆一声不吭，掉头走了。

　　李大裤裆抓住香巧，好像逮了只金凤凰，心里乐得颠了馅儿。回到固安城，就找了间房子，把香巧安置在里面，在门口放了双岗。当晚，李大裤裆就乘着酒兴，把香巧强奸了。久想的女人到了手，李大裤裆心满意足，打着震天的呼噜睡了，香巧却整整哭了一宿。此后，香巧不言不语，不说不笑，就像傻了一般。李大裤裆百般哄逗无效，忍不住冲她发火："你在河沿，不是跟个母鸡似的，整天叫嘎嘎嘎，能说能笑的吗？怎么到我这儿就成了哑巴？"又说，"我大鱼大肉地供着你，不比你在河沿吃糠咽菜强？哪个女人有你的福分！"香巧任他说破嘴皮，就是一言不发。后来，随着时间的推移，香巧倒是说话了，可脸上还是很少有笑模样。

李大裤裆告别"镇北关"，顺路买了一只卤煮鸡，一条活鲤鱼，来到香巧的住处。一进门，香巧正和佣人张娘在院里说话。李大裤裆亲亲热热地叫声巧儿，香巧却脸一拉，起身回了屋。李大裤裆满脸尴尬，把手里的鸡鱼递给张娘，吩咐她去做饭，挺着裆里的球，咔啦咔啦地进了屋。

香巧脸朝里，横身躺在炕上。

李大裤裆解下手枪，放在炕上，在香巧那圆滚滚的屁股上捏了一把。

香巧像挨了蝎子蜇，一骨碌从炕上爬起来："干什么你？"

李大裤裆哈哈地笑："巧儿，你说哥哥我多疼你，你怎么就不给哥哥个好脸？"说着就挨香巧坐下。

"你疼我？"香巧挪开身子，两眼瞪着他，"你这是霸占良家妇女！"

"你是良家妇女？"李大裤裆仍是哈哈地笑，"在河沿儿渡口，谁不知道你招猫逗狗的本事？"说着揽过香巧的脖子，在那粉嘟嘟的腮上亲了一口。"我他娘这就吃大亏了，指不定喝了谁的刷锅水！"

"你混蛋！"香巧怒不可遏，狠劲把李大裤裆推倒在地上，"不许你这么糟蹋我！"

李大裤裆冷不防被香巧推了个跟头，也火了："臭婊子，我知道你眼里根本就没我，心里惦记的就是那个河桩。实话告诉你，河桩回来了，你去找他吧！"

见香巧眼里倏地闪出光彩，李大裤裆嫉恨得要命，真想扑上去把她掐死。想想，硬咽下一口气，仍是阴毒的冷笑："看看，我一说河桩，你的眼都闪贼光。可你忘了，如今在永定河两岸，谁不知道你是我的人了？谁不知道你被我睡半年多了？河桩还能要你？你还有脸见河桩，见河沿儿村的乡亲！"

李大裤裆的话像刀子捅在香巧的心上，这正是她多日来掩盖在心中的伤疤。如今这伤疤揭开了，而且是被给她制造伤疤的人揭开的，揭得鲜血淋漓，揭得痛不欲生。在短暂的晕眩后，香巧猛地抓起炕上的剪刀，发疯似的向李大裤裆扑去："我跟你个混蛋拼了！"

李大裤裆先是被香巧那狰狞的样子吓住了，随即心里升起一股极度的厌恶。香巧对河桩的怀恋，让他妒火中烧；香巧的冷淡，更让他对她失去了兴趣。"臭娘们儿，给脸不要脸！"抡起手枪，恶狠狠地砸在香巧的头上。香巧闷哼一声，软软地倒了下去。

李大裤裆拉开屋门，朝呆愣在门口的张娘吼一句："让这骚货马上滚蛋！"怒冲冲地走了。

张娘慌慌地进到屋里，见香巧头顶不停地往外冒血，忙从灶膛扒出些灶灰，按在伤处止血。又找出件白褂子，扯下条布，缠在香巧头上。然后把她搬到炕上，用湿手巾擦净脸，愣愣地看着她。好一会儿，香巧悠悠醒转。张娘这才松了口气，心疼地说："闺女，你也忒烈性了。跟那样狼虎的人闹腾，不明摆着吃亏？"

香巧回想起这半年多的经历，热泪止不住地滚滚而下。

香巧为保护柳芽引开李大裤裆时，就做了失身的准备。她知道李大裤裆想她已经想了多少年，在这种形势下抓住她，能有什么好结果？第一夜，她进行了死命反抗，但凭她那娇小的身子，怎顶得住李大裤裆牛一般的蛮力？她也想到过死，剪刀，绳子，随便哪一样都能要了命。可又不甘心，她还渴望见河桩，她相信河桩会回来的。她更想看看李大裤裆这个恶人的下场，她更相信这个恶魔不会有好结果。但她又有深深的忧虑，她成了这个样子，人不人鬼不鬼的，河桩还看得起她吗？乡亲们又怎么议论她？反过来又想，这不是她自愿的呀，她是为了救柳芽才这样的呀。起先她还想跑，可门口有岗哨把着。自从李大裤裆硬逼着她坐上骡车，回河沿儿转了一圈，她的心就彻底凉了。乡亲们都知道她跟了李大裤裆，她再跑还有什么意义？香巧就是在这样的纠结中，浑浑噩噩地捱着日子。

今天，李大裤裆的话，使她脆弱的幻想彻底破碎了。她仿佛看到了河桩那鄙夷的目光，仿佛看到了乡亲们背后的指指戳戳。她，再也没有活下去的勇气了。

下定决心，情绪反倒平静了。香巧擦干眼泪，对张娘露出一丝难得的笑容："大婶，谢谢你，你先出去吧。那个坏种不是让我走吗？我缓缓劲，马上就走。"

待张娘出去后，香巧找出晾衣服的绳子搭上房柁。在把脖子伸进绳套的时候，香巧轻轻说声，河桩兄弟，姐对得起你，便一脚蹬翻了木凳。

在河滩的柳行子里，二愣讲了他离队后的经历。二愣的讲述，使大家认识到一点，那就是地道的重要性。河桩和李斌把人分派到各村，秘密发动干部群众，把早先挖的"蛤蟆蹲"，统统扩建成地道。平原地区隐藏人，夏秋季节靠青纱帐，冬春两季就得靠地洞了。"蛤蟆蹲"虽然也能藏人，可就一个出口，倘若被敌人发现，只能束手待毙。地道就不同了，可掏多个出口，一个洞口被发现，能从另一出口转移。眼下已到深秋，地里的高秆庄稼越来越少，挖地道就成了当务之急。

沈大爷从洞里提出一筐土，对下面的麦穗说："告诉王营长他们，天快亮了，歇了吧。"

不一会儿，河桩和金驹几个爬出洞，人人满头大汗，浑身泥土。河桩边扑打身子边说："已经跟东院韩喜家挖通了。再干几宿，也和西边的楚国良家连上了。一条地道几个出口，隐蔽起来就安全多了。"

押堤村的保长李茂是个胆小怕事的人，大扫荡过后一直称病，躲在亲戚家不回村。独立营回来后，河桩鼓励沈大爷出头，沈大爷就提着礼物去找伪乡长。伪乡长正愁押堤村的事没人管，见有人上赶着承当，乐得送顺水人情，就让沈大爷既当保长又兼自卫团队长。押堤村子小人心齐，沈大爷在村里威望又高，经过教育动员，大多数人参加了秘密的抗日组织，自卫团也成了隐形的民兵队。以前，押堤只有沈大爷一家是堡垒户，现在竟成了堡垒村，抗日人员可以在此自由出入，独立营和区政府终于又有了一个比较固定的落脚点。

沈大娘端来一盆清水："都成泥猴了，快洗洗吧。"拉过麦穗，"看这闺女，连鼻子眼儿都让灯烟熏黑了。"

麦穗见金驹看着她笑，做个鬼脸，噼里扑噜地洗起脸来。

几个人洗净手脸，沈大娘已把饭菜摆好："吃饱了赶快眯一会儿。天亮后指不定又有什么事。闹不好，又得饿一天肚子。"

河桩刚拿起饼子，沈大爷就领着志刚和水生进来了。志刚告诉河桩，夏伯轩老先生做好了两个伪乡长和几个保长的工作，天亮后在马家屯外的河神庙里开抗敌会议，他已让铁牛、二愣在四周布置好警戒。

沈大娘一听就嘎嘎地笑了："我说什么来着？还真让我给说准了！"

河桩也笑："这是好事呀，不吃不喝也乐意！走，咱们赶快赶过去。敌伪上层的工作做好了，会给抗日活动带来很大便利。"抓起两个贴饼子就往外走。

其他人也拿着饼子，匆匆跟了出去。

河桩赶到河神庙，夏伯轩和李斌正在低声说话。见河桩进来，夏伯轩忙把这段时间的工作情况做了汇报。

夏伯轩接受分区委派，在独立营之前就返回了河北，专做敌伪上层的分化瓦解工作。

"夏老先生，辛苦你了。"河桩亲热地拉着夏伯轩的手，和他并肩坐在庙台上，"你老的工作非常重要，也非常危险，可得注意安全。"

夏伯轩笑着摆摆手："辛苦谈不上，打鬼子是每个中国人的事，谁都应该尽力。危险倒是真危险，人心隔肚皮，认错人就可能丢了命。所以我只能先从亲朋故旧开始，再慢慢向外延伸。今天来的这些人，不敢说都是坚决抗日的，起码不会坏咱们的事。"

"这就好。不帮助敌人，就是支持抗日。"李斌说。

"对。"河桩也说，"没人当汉奸，我们的抗日进程就快得多。"

不一会儿，人陆陆续续到齐，李斌就宣布开会，接着讲了这次会议的目的。

"李书记，你讲的道理连小人芽儿都懂。我知道共产党是真心抗日的，你就说让我们怎么办，我们照办就是了！"李斌的话刚一讲完，一个六十来岁，白白胖胖的老头就接过了话。

河桩见此人态度如此积极，心中有些诧异，先向他送去赞许的微笑，然后将头转向夏伯轩。

"王营长，这是侉子营乡的乡长老蔡，蔡师儒。"夏伯轩介绍，又叹息，"老蔡家可是被小鬼子祸害苦了！"

原来，蔡家是方圆附近有名的大户，祖上曾在朝廷为官，传到蔡师儒这辈，已是良田百顷，骡马成群。但美中不足的是，膝下无子。原配刘氏生了三个女儿，便坐了奶奶怀，再不生养。为了延续香火，承继家业，蔡师儒一连纳了两个小妾。可两个小妾每人给他生下两个闺女后，肚子里也都再无动静。这样前后加起来，蔡师儒就有了七个女儿。蔡师儒急得四处算命卜卦，便有算卦先生告诉也，他是七女星照命，绝无男嗣。蔡师儒哀求解救之法，先生说是天意难违，拿着卦金扬长而去。此时蔡师儒已是年过五旬，精力大减，又有算卦先生的话在，也就没了心劲。好在七个女儿个个都聪明伶俐，逗人喜爱，稍稍解了些蔡师儒的烦愁。卢沟桥事变时，三个大女儿已经出嫁，四个小女儿也将近长成。兵荒马乱，怕惹事端，蔡师儒又慌忙把两个十六七岁的女儿嫁了出去，只留下两个未成年的小女儿待在家中。鬼子成立维持会时，蔡师儒家大业大，便让他当了会长。后来改成保甲制，设立乡公所，蔡师儒又成了乡长。蔡师儒家业虽大，仍是个本分的庄稼人，日本人派的差事不敢不干，却也没有过分地苦害乡亲们。鬼子大扫荡时，嫁到邻村的二女儿被炮弹炸死，他和大老婆刘氏赶去照料。回来时家里出了大祸，一棚牲口被拉走，两个小女儿和一个小妾也被鬼子兵强奸后杀死，另一小妾藏在水缸里才躲过一劫。蔡师儒疼得呼天抢地，可又不敢对日本人采取报复行动，只能把仇恨和耻辱深深埋在心里。夏伯轩找到他时，他一听夏伯轩的来意，立即掉下眼泪，说，夏先生，我家的事你可能也听说了，奇耻大辱啊，此仇不报难为人！不管是谁，只要打日本，我就跟着干！

人们对蔡家的悲惨遭遇，都唏嘘不已。蔡师儒更是泣不成声："我以前只是想安生过日子，不招风不惹火地当个顺民。日本人委派差事，我想我帮他们办了，他们还能怎么着我？可如今，如今……真是一帮禽兽啊！"

李斌适时地接过话头："大家都听到了吧？千万不能有当顺民的思想。小日本鬼子进中国干嘛来的？就是要亡我们的国，灭我们的种，让我们当亡国奴，随便地杀我们，烧我们，糟害我们，蔡乡长就是例子！"

夏伯轩连连感叹："古人有云：乱离人不如丧家犬啊！"

"所以，要想过踏实日子，就只能跟小鬼子干，把他们坚决赶出中国去！"河桩使劲挥了挥拳头。

几个来开会的人都被鼓动起来，纷纷表示要暗中支持八路军。夏伯轩感觉时机到了，扭头朝李斌望去，见李斌点头，便提议，为了更好协同行事，应该组织个抗日同盟会，专门吸收有抗日倾向的乡、保长和富裕户为会员，以实际行动参加抗战。李斌、河桩都说这个主意好，大家也赞成，当下就选蔡师儒为会长。

　　蔡师儒也很激动，说不瞒大伙说，以前我糊涂，不敢跟共产党接近，是怕共产。现在我想明白了，就是被共了产，也比当亡国奴强！说着趸摸见墙角有块半头砖，拿起来狠狠拍在手背上，举着鲜血淋漓的手发誓，今后，不管刮红风下绿雨，铁心支持八路军打鬼子！知道八路穷，往后要钱要粮冲我说，就是卖房子卖地，我也绝不含糊！

## 六十七

通往固安县城的大路上，涌动着熙熙攘攘的人群。今天是农历九月初九，重阳节。不知从什么年代起，每到重阳节，固安城里都要举办庙会，一直延续至今，时间是前三后五，一共八天。此时，收秋种麦的活计已经结束，忙碌了一年的农人终于可以松口气了，再加上秋粮入仓，心里有了底，便换上新衣，扶老携幼地去看热闹。邻近县镇的商家和剧团、杂耍等诸般玩乐，也都前来赶趁，早早便在开阔处搭起帐篷、戏台。各村的龙灯、高跷、旱船等花会档子，也打着会旗，套着大车，拉着行头，浩浩荡荡地来争奇斗艳。鬼子占领县城后，为了炫耀他们的长治久安，宣传王道乐土和模范治安区，毛利命令商会会长汪静仁，继续举办庙会。河桩和志刚带着铁牛几个人，夹杂在拤堤村的高跷会中，随着人流涌向固安北门。

近些日子，李大裤裆又制造了两起血案。独立营决定利用九月庙的机会，混进固安县城，除掉这个罪大恶极的汉奸。事前，河桩悄悄来到"油条张"家，探听李大裤裆和城内敌人布防的情况。"油条张"两口子见了河桩，自然是又惊又喜，慌忙把小桂找来。几年的磨难，小桂的心已经麻木了，没有了往日的羞涩，面对河桩，只淡淡地点点头，便默默地坐在一边。河桩见以前活泼伶俐的小姑娘变成这个颓废样子，心里不由产生出一股隐痛，但又不知说什么好，一时竟也待在了那里。小桂娘见状，拉拉"油条张"的衣角，两人悄悄退出屋子。

河桩首先打破沉默："小桂，以前的事都怪我，没能保护好你，就不说了。过去你给我们的支持，我都记在心里。这回，还是想请你帮个忙。

独立营要在庙会期间，进城搞个行动。你知道李大裤裆什么时候上街吗？"

小桂对河桩的话很不满意，一句"没保护好"，"就不说了"吗？这可是他们相亲后第一次面对面。当然，她落到这一步，也不能怪河桩，可她就是不愿听他说这样的话。至于河桩该说怎样的话，她也不知道。于是头也不抬："我整天土鳖虫似的不敢见天日，怎么能知道外面的事情？"

"就不能从'镇北关'嘴里套出点儿什么？"

河桩话音刚落，小桂就激愤地大吼起来："不许你提他！"

河桩没料到小桂反应会如此强烈，继而就意识到是自己太自私了，只想着如何完成任务，全然没有顾及小桂的感受。望着小桂那因痛苦而扭曲的脸，河桩狠狠朝自己脑袋上捶了两拳。

小桂的尖叫声传到前面的店铺里，"油条张"两口子慌慌张张地跑进来："怎么了？这是怎么了？"

河桩望望小桂，又望着两个老人："对不起，是我不会说话，伤着她了。"

"油条张"无奈地摇摇头。

小桂娘的眼泪早又掉下来："怎么让我们摊上这样的事啊！"

"大叔，你们既然提供不出什么情况，我就先回去了。"河桩觉得再待下去只能是更尴尬，说着话就往外走。

"等等！""油条张"拦住河桩，"我能不能把杨小山找来？他应该知道你问的事儿。"

河桩犹豫着。杨小山是张卫那条线上的人，没有特殊情况，不和独立营发生直接关系，自王老奎跟他联系那次后，就再没联系过。"要不就再请他帮回忙？"河桩在心里跟自己说，就朝"油条张"点点头："也好。大叔你去一趟，看能不能把他找来！"

"油条张"走了。

小桂娘也到店面上去望风。

小桂愣一愣，站起身："我回去了。"

河桩的嘴张了几张，终究没有说出话，看着那娇小的身子出了屋门。

很快，杨小山穿着军服来了，刚到门口就故意嚷嚷："张师傅，给现打几个烧饼。你那芝麻烧饼真香，有些日子没吃，还真馋了！"

六十七

427

"油条张"随后跟进来，边大声吩咐小桂娘和面，边把杨小山领进后院。

杨小山和河桩简单寒暄几句，便告诉河桩，自从李大裤裆去侦缉队当队长，他就又回到警备队，仍在"镇北关"手下做文书。

河桩把来意说了，请求杨小山协助。

杨小山说，协助的事他不能做，这是地下工作的纪律，但可以提供些情况。敌人在庙会期间的具体部署，他也不清楚，从敌人有限的兵力看，不可能全面布防，只能防守几个要害区域，独立营混进来应该容易，但要小心敌人的巡逻队。说到李大裤裆的活动规律，杨小山说，李大裤裆是贪财好色之人，庙会正是他敲诈钱财调戏妇女的机会，没有特殊事情，他不会放过。到时候哪儿热闹到哪儿找，肯定能碰上。

河桩告别杨小山时，杨小山有些不解，为什么不去掏窝？那样岂不更有把握些？

河桩笑笑，李大裤裆现在是人见人怕的恶魔，把他打死在大庭广众之下，更有震慑力，影响也更大。

杨小山点头，说得也是。

河桩走出屋门，"油条张"正在院里等着他。"油条张"告诉河桩，王老奎曾来打探过他的消息。得知大爷还活着，河桩心里一阵狂喜，说，以后大爷再来，就让他到老地方去找。

赶会的人刚到北关老爷庙前，就摩肩接踵地走不动了。固安县城有多座庙宇，北关这座老爷庙据说最灵，香火也就特别旺盛。每逢庙会，烧香的还愿的就挤成疙瘩乱成蛋。河桩正在人群中挤着，觉得有人拍他肩膀，一回头，是金驹。金驹拨开人群，拉着他使劲往里挤。挤进去一看，只见一个汉子趴在地上，背上驮着马鞍，腰侧垂着马镫，腮帮子上插着一根铁钎，两头穿出肉外，钎头上还系着马缰状的绳子搭在马鞍上，正一步一步往庙里爬。每爬一步，那腮上的鲜血就淋漓地滴落在地上，引起周围一片赞叹。

河桩很诧异，他知道这是在还愿，可长这么大还没见过这样还愿的。见身边一个老太太边看边流泪，就问为了什么事，许下这么大的愿心。老太太指着汉子，不停地点着花白头，孝子啊，大孝子啊！他老娘得了重病，是先生都请了，是药都吃了，就是不见好。这汉子就到庙里许愿求老爷，要是能让老娘病好，他给老爷当牛做马。如今老娘的病好了，他来还愿，他这是给老爷当马骑！老太太说着，竟呜呜地哭出声来，有这么孝顺的儿子，做爹娘的苦死累死也值！

河桩也被感动了，眼里噙满泪水。他不忍心再看下去，拉着金驹挤出人群，把志刚、二愣、铁牛几个招呼到周围，连挤带跑地追上高跷会，每人从沈大爷手里拿过一面三角小旗，装作护场的会员，一起朝城门涌去。

守城门的伪军先还挨个儿检查，后来见人越聚越多，吵吵闹闹的像个蛤蟆坑，不耐烦了，爽的退到一边：奶奶的，吵死人了，都进，都进！旁边的日本兵不许，横眉立目地拦着。伪军说，太君，这么多人，怎么查？人们一听这话，发一声喊，把日本兵挤到一边，一哄而入。河桩几个混在人群中，顺利地进了城。

河桩用草帽遮着脸，和志刚等人拉开距离，四处搜寻。干鲜果品市找过了，猪羊肉市找过了，没有。几个人又来到娱乐场，拉洋片的，耍杂技的，戏棚，都搜寻遍了，仍是不见李大裤裆的影子。难道他没出来？还是在哪儿错过了？几个人聚在戏台口，焦急地议论着。

别急，踏实住。志刚安慰大家，咱们再到别处转转，说不定在哪儿碰上。实在不行，就去抄他的窝，反正不能空手回去！

河桩也没有好办法，只得挤出戏棚。戏台上正演河北梆子《大登殿》，清脆激越的唱腔传出老远："金牌调，银牌宣，王相府来了我王氏宝钏……"

爱听戏的金驹惋惜得直咂嘴："好几毛钱，白扔了！"

二愣瓮声瓮气地说："几毛钱换李大裤裆一条命，还不值？"

"你换了吗？"金驹不服，"没换着，就不值！"

论动嘴，三个二愣绑一块儿也不是金驹的对手，二愣只得瞪瞪眼，不再吭声。

几个人又来到肉市，远远的，就听见前面传来吵闹声。河桩向大家使个眼色，悄悄靠上去。只见一个肉摊前，李大裤裆挺着肚子站着，正指使臭子抢案板上的肉，旁边还站着几个歪戴帽斜挎枪的侦缉队员。

买肉的老头抱住肉不放："先生，先生，求求你了。这头猪养了快一年了，就等着换俩钱，给全家人置办棉衣裳。你不能白拿呀……"

臭子一巴掌扇过去："李队长吃你点儿里脊，你还敢要钱？真是他娘作死！"

卖肉老头不禁打，一下就倒在了肉案底下。

"李大裤裆！"

李大裤裆正在得意地大笑，听到有人叫他的外号，不由一愣，猛抬头，见河桩正两眼冒火地用枪指着他。李大裤裆大惊失色的同时，一把将臭子扯到胸前。河桩的枪响了，臭子的身体晃了晃，就要往下出溜。李大裤裆把臭子往前一搡，借机钻到肉案下，拉过卖肉老头遮在身上，掏枪就打。河桩一边躲避子弹，一边朝李大裤裆连连射击。这时，志刚等人也动了手，将几个侦缉队员全部打倒在地。

骤起的枪声震动了整个肉市，立时人跑摊翻，乱成一团。

河桩怕误伤群众，命令大家住手，随着人群往前跑。快到北门时，敌人的追兵赶来了，密集的枪弹扫过来，不时有人倒在地上。河桩见群众伤亡太大，忙停住脚步，进行阻击。

"奶奶的，让你追，给你个梢瓜吃！"好久没参加战斗的二愣早就憋足了劲，把手榴弹一颗接一颗地投入敌群。

正打得难解难分，一个战士跑来报告："营长，北门拿下了，成副营长让你们赶快出城！"

河桩进城前，安排成天鹏带人隐蔽在北门附近，听到城内枪响，立即歼灭城门守敌，接应撤退。

河桩命大家把手榴弹全扔出去，借着烟雾的掩护，飞跑出城。

旷野上，到处都是"炸市"后逃出来的人。河桩带领独立营跑上去，很快混杂在人群中。

毛利、"镇北关"追出城外，面对黑压压的人群，根本无法辨别谁是八路军，愣怔了一会儿，只得下令回城。

"独立营大闹县城，枪打李大裤裆"的消息，就像深秋那清爽的风，很快传遍了四乡八镇，永定河两岸的抗日烈火重又熊熊燃烧起来。经过李斌、河桩等人艰辛工作，抗日村政权重新建立起来，民兵、工会、妇救会等群众组织也相继恢复。不少乡、保长和炮楼里的伪军见形势有变，为给自己留条后路，也悄悄与抗日政府和独立营联系，或主动纳粮纳款，或提供枪弹和情报。独立营又壮大起来，扩充成一百多人的队伍。

一个滴水成冰的晚上，张卫派人给河桩送来喜信，柳芽母子隐蔽在河西长安城许大爷家。河桩高兴得差点跳起来，大家也替他高兴，志刚催促他马上过河，接柳芽母子回来。河桩已是迫不及待，带着二愣、金驹和水生，急匆匆出了驻防的村子。

河桩奔跑在长长的大堤上，满天闪烁的繁星，砭入骨髓的溜河风，黑乎乎的树丛和"土牛"，甚至树丛和"土牛"后面可能隐藏着的危险，都不在他的心上了，此时他心里想的，只是他那健壮美丽的媳妇和活泼可爱的儿子。一年半了，音信全无，生死不明，哪时不在牵肠挂肚？今天终于要见面了！

跟在后面的三个人紧紧追随着，个个跑得气喘吁吁。金驹抹把汗，轻声说："河桩哥这回是真急了。"

"废话！"二愣硬邦邦地的顶回去，"你见媳妇不着急？"

金驹一听这话，眼前立刻现出麦穗的身影，禁不住偷偷地笑了。但他不愿输给二愣，便也拿话顶过去："照这么说，你想桂兰姐也这样？"

二愣噎住了，脸上竟有些热辣辣的。

自打二愣讲了他在刘家洼的经历，大家就猜测他与张桂兰的关系。后来张桂兰时不常地来看他，大家就更认定他和张桂兰的关系是铁定的了，便和他开玩笑。二愣脸皮薄，总是否认。志刚说，恩人加媳妇，同志加夫妻，这是天底下再好不过的一对了，有什么可害羞的？二愣也就默认了。

水生听着金驹和二愣有滋有味的斗嘴，心里就生出感慨：年轻人就是好，什么时候都不知道发愁！

几个人跑到与长安城隔河相对的堤段停住脚，顺着埽膛下到河底。临近年关，天气寒冷异常，河面结了厚厚的冰。为了不出闪失，水生还是把一根长木棒横着抱在胸前，在前面探路，并嘱咐说不要跟得太紧，遇到危险要展开身子趴在冰面上。还好，什么情况也没发生，大家顺利地过了河。

河桩凭着记忆，找到许大爷家。先围着房子转了一圈，没发现异常，便捡起一块土坷垃扔进院内。

许大爷打开门，把几个人让进屋里，说，王营长，联系上你可真不容易。就告诉他们，自打独立营在河那边弄出动静，他就过河去找，可找了多少回也没见到影儿。还是前几天张卫派人来，他把柳芽母子的事说了，请他们转告河桩。

河桩拉住许大爷的手，说不尽的感激。

几个人正说得热闹，屋门一响，柳芽满脸是泪地站在了门口。河桩一步扑上去，柳芽，你还好吧？

柳芽把头扎进河桩怀里，呜呜地哭了。

二愣、金驹和水生看着他们笑，许大爷老两口儿也看着他们笑。许大娘说，王营长，快去看看你的儿子吧，长得虎羔子似的！

河桩和柳芽进了厢房，不一会儿就怀抱睡着的兴邦返回来，向许大爷老两口儿辞行。

大爷大娘，谢谢你们，让二老费心了。河桩说。

柳芽未开口眼泪先掉下来，她朝两位老人深深鞠了一躬，大爷大娘，你们的恩情，真不知道怎么报答！

许大爷呵呵地笑，瞧这俩孩子，咱们是一家人，客气什么！说着从炕上扯件小皮袄给兴邦裹上，数九寒天的，别把孩子冻着。

许大娘却抹起泪来，说："这么长时间住在一块儿，都住热乎了，说走就走，还真有点儿舍不得！"

一行人回到独立营驻地，志刚早在一个"堡垒户"家给找好了住处。送走看望的人，柳芽向河桩哭诉了颠沛流离的苦难经历，告诉了爹娘的埋葬地点，更说了香巧为掩护自己，被李大裤裆抓去的事。河桩紧紧抱着柳芽，不停地爱抚着，喃喃着，这下好了，这下好了，咱们又到一块儿了。想起香巧，那个执着地爱着自己而又孤苦无依的可怜女人，心里针扎似的疼。他深知香巧，为了他河桩，她是什么都能豁出去的。她到了李大裤裆手里，其后果就可想而知了。

一座小小的土堆，上面爬满了枯干的杂草，掩藏在乱树丛中，这就是王老宽两口子的坟头。河桩、柳芽跪在坟前，一边默默地流泪，一边烧着纸钱。三岁多的兴邦还不懂人世间的事，跪在柳芽身边，瞪着圆溜溜的大眼睛，一会儿看看爹，一会儿看看娘，见爹娘都在哭，小嘴也就一撇一撇的。

河桩掉了一阵泪，对着坟头说："爹，娘，你们的儿子、儿媳妇，还有你们的孙子，看你们来了。你们放心，这个血海深仇，一定要报！委屈二老先在这儿歇着吧，等把小鬼子打跑了，再接你们回家去！"

往回走的时候，河桩说，也不知大爷大娘怎么样了？

柳芽就叹息，自打跑散，一点音信也没有。那么大年纪的人，去了哪儿呢？真让人揪心死了！还有香巧姐，落在那个恶魔手里，不知道得受什么样的罪！

河桩心里懊悔得不得了，早知道香巧的事，九月庙进城的时候，怎么着也得打听打听。好在李大裤裆被打死了，过几天派人进城，一定要弄清楚香巧的下落。

## |六十八

　　寒风裹挟着雪粒，箭雨似的射下，打得身上脸上啪啪作响。吴敬礼使劲缩着脖子，嘴里不住口地骂："佐藤这个王八蛋，真他娘拿老子不当人！连狗都不出窝的天气，上哪儿找八路去？"

　　洪部被剿灭，独立营被打散，永定河北再无人敢与吴部争锋，吴部成了方圆百余个村庄的真正霸主，抢大户，绑肥票，为所欲为，很是发了大财。正在哥儿俩忙着数钱的时候，一个霹雳，独立营杀回来了。不久，佐藤来到礼贤，命令吴部分头下去，搜寻独立营的踪迹。这又是佐藤给毛利出的高招，说是独立营经过大战，剩下来的人都是精英，人数少，但灵活性大，出动大部队追剿，得不偿失，不如交给吴部，让中国人去打中国人。又说，咱们给了吴部那么多好处，他们不能白吃饭不干活，大日本帝国从来不做赔本的买卖！面对佐藤交下的任务，吴家哥儿俩就像吃了蝇子一样腻味。他们以前跟洪部摩擦，和独立营对抗，都是利益和地盘的争夺。如今成了土皇帝，便只想敛财，不愿再做无谓的牺牲。可又不敢得罪佐藤，他们知道惹恼佐藤的后果，于是便敷衍，把人撒出去转一圈就回来，多少日子也一无所获。佐藤恼怒在心，又想出一个计策，借口协助防御，从榆垡宫崎处调来日军一个小队，进驻礼贤镇，自己坐镇指挥。吴家哥儿俩害怕了，这才认真起来。今天一早就飘起大雪，冷得伸不出手。吴敬礼找佐藤商量，是否歇息一天。佐藤蛮横地一摆手，土八路就是受罪的命，越是恶劣的天气，他们越喜欢活动。你们照常出动，一定会有收获。又说，这么长时间都没找到独立营的影子，再无发现，就要追究责任！吴敬礼看看满脸阴沉的佐藤，又看看怒目而视的日军小队长杉本，两腿一并答声"哈依"，灰溜溜退了出来。

吴敬礼带人转了两个村子，什么也没发现。天却越来越冷，雪花变成了雪粒子，手脚冻得猫咬似的疼。张运来见吴敬礼冻得实在够呛，就脱下自己的光板羊皮袄，凑过来给吴敬礼披上，说："二当家，这天冷得真是邪乎。要不，找个村子避避雪？"

吴敬礼把皮袄推回去："你把皮袄给我，不怕冻成冰棍？"

"我的命都是二当家给的，就是冻死也情愿！"

张运来的话让吴敬礼很感动，拍拍张运来的肩膀："兄弟，哥哥没有看错你。有兄弟这句话，哥哥就没白费心！"

原来，张运来枪杀了鸡贩子周家福，气得吴敬仁把他绑在院内的木桩上，非要枪毙不可。吴敬礼前去求情，吴敬仁不允："为个骚女人争风吃醋，就敢杀我的线人。这样的混蛋，留他不得！"

吴敬礼跟他哥掰扯："培养个线人是不容易，可和铁杆弟兄相比，哪个更重？没有张运来卧底，能那么干脆利落地把洪老婆子干掉？立大功不赏，反倒要杀，让弟兄们怎么想？再说，周家福已经死了，你再枪毙一个，岂不是里外吃亏？"

在吴敬礼力争下，吴敬仁只得把张运来放了。吴敬礼把张运来叫到自己屋里，好言抚慰一番，赏了十块大洋，还把二丫头送给他当媳妇，嘱咐说："二丫头是我用过的女人，够味儿！你可不能亏待她！"

张运来感激涕零，跪在地上给吴敬礼磕头，指天发誓，要死心塌地跟着他，脑袋掉了不含糊。

吴敬礼望着茫茫雪空，一脸的沮丧："老辈人说的话真他娘对，吃人嘴软，拿人手短。这蹚风掉雪的，还让佐藤逼得野狗似的四处跑！"

"奶奶的，不给他干了！"张运来骂。

"是呀，小日本子算什么东西，我们凭什么听他的！"其他人也一边噼里啪啦地跺脚，一边乱哄哄地嚷嚷。

吴敬礼叹口气："算了吧，在人矮檐下，不得不低头。走！"

走了一阵，张运来指着前面灰蒙蒙的村子："那就是南辛庄了。二当家，我们进去闹点儿酒喝，暖和暖和身子吧？"

吴敬礼一听南辛庄，精神立刻一震。自从洪玉秀死后，他还没来过这个村子。他对着风雪中的村子凝视一阵，拔出手枪："弟兄们，把招子放欢实点儿，进去看看！"

临近村庄时，张运来指着一片坟地低叫："那边有人！"

密密麻麻的坟头中，隐隐约约站着几个人影。

"嘀，奶奶的，今儿个算是让佐藤说着了，还真他娘有货。"吴敬礼一挥枪："散开，包抄过去！"

站在坟地里的，是河桩几个人。河桩弄清楚洪玉秀的葬身之处，就借着风雪天，前来祭奠。站在洪玉秀坟前，河桩心里既悲伤又感慨，往日密切交往的情景一幕幕浮现在脑海中。想不到如今竟是阴阳两界，天人相隔，座座黄土荒坟，掩埋了一个个鲜活的身影。

"洪大姐，快过年了，我们来看看你。你是为抗日而死，人们不会忘记你。你的大仇，我们一定替你报！"河桩说着，捧起一抔混合着雪粉的沙土，撒在洪玉秀的坟头上。

"营长，有情况！"铁牛报告。

"这样的天气，敌人还出来？"河桩扭头四处探看。果然，蒙蒙雪雾中，几个身穿光板羊皮袄的人，正悄悄地摸上来。

"你们是什么人？"河桩指挥大家散开，自己趴在一个坟头后面，厉声喝问。

吴敬礼听出是河桩的声音，不由一阵狂笑："王河桩？好小子，你还敢回来？老子正找你呢！"

"吴敬礼，你对你的日本主子真够忠诚呀，这样的天气还出来。今儿个我就把你打死在这儿，为洪司令报仇！"河桩喊着，抬手一枪打过去。

吴敬礼闪到一棵大树后："王河桩，你是来给洪老婆子吊丧的吧？今儿个我就叫你跟她一块儿做鬼！"喊声"打"，双方便激烈地对射起来。

不一会儿，四周都响起枪声。

"营长，我们被包围了！"金驹朝河桩喊。

"喊什么？来多少都给他包圆儿！"二愣瞄准人多的地方，恶狠狠地投出一颗手榴弹。

河桩几个人在坟堆中腾跃着，射击着，吴部的人接二连三地倒下，河桩这边也有两个人受了伤，包围圈越来越小。河桩意识到不能再缠斗下去，他命令金驹照顾两个伤员，准备突围。就在这时，包围圈外响起枪声，有几个人一边扫射一边朝坟地冲来。吴敬礼见河桩有援兵，带着队伍匆匆退走了。

跑在最前面的那个人一边追，一边大叫："吴老三，你个王八蛋！今儿个老子非宰了你，给大当家报仇！"

河桩认出，那是"快马张三"，紧随其后的是郑俊杰几个人。

河桩喊住"快马张三"，惊喜地迎上去："是你们？听说洪部的人都遇难了，你们怎么……"

"快马张三"和郑俊杰望着层层累累的坟堆，眼里闪烁着痛苦的泪光。

洪部遭劫那天，"快马张三"和郑俊杰因回家过年，侥幸保住了性命。待二人闻讯赶来，一切为时已晚。丧事料理完后，两个人又收拢了几个逃出的弟兄，在附近村子隐蔽起来，伺机为洪大当家报仇。今天他们正在南辛庄喝酒，听到响枪，便出来察看。待辨清交战双方，就为独立营打了援手。

河桩看看衣衫褴褛的几个人："这一年多时间，你们在哪儿落脚？"

郑俊杰苦笑："哪儿有准地方？瞎游魂呗。"

"看来你们的处境也不是很好，不如加入独立营，咱们一起打鬼子，为洪大当家报仇！"

"快马张三"摇头："王营长，你的好意我们心领。八路军的纪律太严，我们这些人散漫惯了，受不了那约束，还是各干各的吧，反正都是打鬼子。"

郑俊杰也说，他们还有一个重要的事情要做，那就是保护洪文龙的儿子洪小龙。洪部出事后，吴家哥儿两派人四处搜寻小龙母子，想要铲草除根。郑俊杰说，小龙是洪家幸存下来的唯一男丁，他们得保着他躲避仇人的追杀，把他养大成人，将来给洪家接续香火。

河桩对几个人的侠肝义胆深为钦佩，也就不再勉强，说以后有难处言语声儿，便拱手告别。

回到驻地，河桩又得到一个意外惊喜，王老奎和徐二婶正坐在炕上逗着兴邦玩儿。河桩叫声大爷，扑上去拉住王老奎的手，一家人的眼泪就都滚了下来。

王老奎自从听到独立营返回永定河北的风声，就偷偷找了"油条张"，请他过河打探消息。独立营大闹九月庙的事传开后，他再也等不下去，就找东家辞工。老东家看着他说："我就知道，你快坐不住了。"

"怎么？"

"河北又闹腾起来了。"

王老奎暗吃一惊，但仍强作镇静："我不明白东家的意思。"

老东家就笑："老王，咱们东伙一年多，时间虽然不是太长，相互间也算有了些了解，就明人不说暗话了。你是什么人，我早就猜了个八九不离十。"

"东家认为我是什么人？"

"看包袱里的东西，你不会是个本分的庄稼人。"

王老奎知道，老东家所说包袱里的东西，是指日军那两颗手榴弹。那手榴弹他一直藏得严严的，不知怎么让东家发现了，竟一时无话可说。

老东家见王老奎低头不语，说声"你等等"，就走进里屋。很快，手里托着几块大洋走出来："不管你是逃难的灾民，还是落难的贵人，对我来说都一样。我就是想让你知道，我虽然有几亩地，可不是恶人。你要走了，这几块钱，就算你两口子的工钱吧。"

王老奎连忙往后退几步："东家，那可不行。你能收留我这落难之人，我就感你的大德了，哪儿还能要工钱？"

老东家硬把钱塞在王老奎手里："我就求你一件，以后不管遇到什么事，都不要提在我这儿待过。"又看着王老奎那布满褶皱的脸摇摇头："老弟，你也是一把年纪的人了，以后干什么事，都得悠着点儿了，毕竟年岁不饶人哪！"

王老奎领着徐二婶，绕炮楼，躲岗卡，累了就住破庙，钻柴火垛，饿了就啃口冻得硬邦邦的饼子，转悠了好几天，终于找到了独立营的驻地。

河桩一家人团聚了，又为住处发了愁。河桩说："河沿儿还是不能回。虽说有贾知达照应，可离固安、榆垡太近，金贵又当着自卫团的队长，那不是跟咱一条心的人，忒不安全。"

王老奎一再坚持，不管去哪儿，他都要跟柳芽、兴邦在一起，说是兴邦的爷爷奶奶没了，他们这当大爷爷大奶奶的，得负起保护孙子的责任。并说，眼下的形势好多了，他得经常回河沿儿，组织领导村里的抗日活动。最后还是二愣的提议得到六家的认同，就是王老奎一家住到刘家洼张桂兰姐姐家去，一来和张桂兰做伴，二来和张桂兰伙种地，张桂兰家和姐姐家两处地，打的粮食足够几个人的嚼咕。再者，刘家洼距河沿儿不算太远，王老奎回去也比较方便。

柳芽高兴地说："我和桂兰姐早就认识，以前常在一起开会，参加活动。和她住一块儿，还能把村里的妇救会重新组织起来。"

听柳芽这么说，大家也都挺高兴。

# 六十九

　　在稀稀拉拉的爆竹声中，蔡师儒身穿狐皮大氅，头戴獭皮帽子，坐着马拉暖帘轿车，提着点心匣子，到车辘辘营给姑姑拜年。八十多岁的姑姑一见他，就张着没牙的嘴，儿呀肉呀地哭起来。边哭还边磨叨，你说你也没干过什么阴损的事，怎么就遭了那么大的难！蔡师儒经姑姑一哭，也心酸了，表兄表嫂便陪着他一起掉泪。大家哭了一阵，蔡师儒擦干眼泪，说："事情过去就过去了，人死不能复生，东西没了也不能再回来，哭有什么用？还是想想以后怎么活吧。"表兄连连摇头，在日本人的刀枪底下，还能怎么活？当顺民呗。

　　"当顺民？"蔡师儒苦笑，"你表弟我一直想当顺民，还给日本人当着乡长呢，结果怎么样？落了个什么？"见表兄不说话，又问："双印还在炮楼上？"

　　蔡师儒的表侄戴双印上过几年小学，后来辍学回家，帮着父母做务庄稼。前年被鬼子抓去，训练了些日子，分到车辘辘营炮楼。因他识字，小队长杜威远让他当了班长。蔡师儒这次来，就是根据马家屯河神庙会议精神，来做戴双印的工作的。

　　表兄一听蔡师儒提起儿子，立刻满脸忧愁："不在炮楼还能去哪儿？谁敢跟鬼子说不愿干？唉，这整天不是讨伐就是清剿的，枪子不长眼，真让人担心哪！"

　　"能把他找回来坐会儿吗？多日不见，还真挺想他。这大过年的，还不兴在一块儿吃顿团圆饭！"

"我去叫叫看。那个杜队长跟他不错，八成能准假。"

不一会儿，戴双印口里叫着表叔，急匆匆进了屋。

蔡师儒看着壮壮实实的表侄，不由赞了一句："这身板，真是个当兵的料！"

戴双印立时羞红了脸："表叔你别磕碜我了。我这是当的什么兵？人家都骂我们是汉奸！"

蔡师儒见戴双印头上有伤，便装作大惊小怪地叫起来："哎哟，这脑袋怎么了？"

"还能怎么？让他娘小鬼子打的！"

"你们炮楼里还有日本人？"

戴双印告诉蔡师儒，他们这个炮楼比较大，除了驻一个小队的伪军，还配了三个日本兵，是专门监督他们的，稍不如意，非打即骂。他的脑袋就是在一次跑操时，被日军伍长黑山打的。

"在日本人手下干事，到什么时候也得不了好！你表叔不就是个活例子？"蔡师儒说完，用眼睛盯着戴双印。

"可不！整天逼着下去杀人、抢粮，稍不如意就又打又骂，简直拿我们连狗都不如！"

"这就是亡国奴！"

戴双印被激起了怒火："总有一天反了他娘的，去投八路！"

双印爹立时急了眼："小祖宗，少胡说八道！你投八路，咱这一大家子人怎么办？还不让小鬼子活剐喽！"

"跟着小鬼子干又能有什么好？表叔家就是样子！"戴双印不服气。

蔡师儒见火候已到，便说，双印要真有想法，我倒有个主意。大家听蔡师儒说完，互相看看，一起把目光投向老太太。蔡师儒知道姑姑在这个家里是一言九鼎的，也直盯盯地看着她。

"你们都看着我干什么？我个老棺材瓤子还能活几天？只要你们觉着好，愿干什么就干什么，甭管我！"老太太说着，又掉起眼泪，"这样的年月，真不如早点儿死了好！"

不久，戴双印借去廊坊押运枪械之机，率一班人携两挺机枪，几十支步枪，加入了独立营。

宫崎闻讯大怒，正要出动抓人，蔡师儒却领着戴双印一家老小找上门来，说是戴双印被独立营掳去，请太君出兵搭救。闹得宫崎辨不出真假，只得大骂一通，不了了之。

永定河北的抗日烈火越烧越旺，令宫崎如坐针毡，又接连挨了毛利几次斥骂，更是如同火上浇油，宫崎暴跳如雷，天天带队出去清剿。不想没有找到独立营，后院却起了火。

宫崎的后院之火，是警察所长马寿山点燃的。

榆垡店铺多，捐税和保护费是笔不菲的收入。以前，捐由镇公所派，税由税务所收，而保护费则是警察所的专利。后来保安团长钱千里见财眼红，想个诡计给夺了过去。马寿山心有不甘，但迫于钱千里人多枪多，不敢来硬的，便到宫崎那里去告状。谁知宫崎不但不管，反而嘲笑"中国人小小的，爱财大大的"。马寿山憋了一肚子气，找碴儿就跟钱千里吵骂，有一次还差点儿动了枪。这个情况被独立营侦知，河桩、志刚觉得这是个利用敌伪内部矛盾，打击敌人的好机会，便悄悄找了马寿山。马寿山正想报仇，见独立营主动来帮他，怎能不乐意？当即答应寻找战机。那天，宫崎前脚下乡讨伐，马寿山后脚就把消息送到了独立营，说是宫崎当天不回榆垡。夜里，在马寿山暗中指引下，独立营潜入榆垡镇，冲进保安团部，活捉钱千里，迫使保安团全部缴械。

榆垡刚消停，崔庄炮楼又出了事。伪军小队长魏振彪，自从拜把子干姐洪玉秀、干弟葛瑞被害后，表面上规规矩矩，心底里却对鬼子充满了仇恨。独立营一回来，河桩就与他取得了联系，他当着河桩的面发誓，要杀鬼子，给干姐弟报仇雪恨。宫崎带队清乡，要他配合行动。他满口答应，暗中却将鬼子的清剿路线告诉了河桩，并与河桩制订了消灭敌人的计划。在宫崎受到独立营袭击时，他立即把队伍从炮楼里全部拉出。宫崎还以为魏振彪来增援，兴奋地拔出指挥刀，命令反击。不想，魏振彪跑到近前，突然朝宫崎开了火。两面夹击，鬼子被消灭大部，宫崎也负了重伤。魏振彪随即宣布率队起义。

接连不断的胜利，大大鼓舞了人们的斗志，大家对瓦解敌伪工作更有了信心。谁知，就在此时，意外出现了，成天鹏在争取雷越时，却惨遭毒手。

雷越是固安城郊人，和成天鹏是相隔五里地的老乡，而且是小学同学。成天鹏后来考上保定第二师范学校，雷越却因经济拮据回家务农。成天鹏毕业后，受聘到榆堡小学当教员。成天鹏有了工作，也没忘记老同学，半年后，就把雷越推荐给"老裕泰"货栈当了伙计。晚上无事，两人常聚在一起喝酒聊天，亲如兄弟。后来，成天鹏为了对抗钱千里，又把雷越拉进保安团，成为自己的左膀右臂。老谋深算的钱千里岂能让成天鹏坐大？通过宫崎，来了个釜底抽薪，把雷越调往沙地营炮楼，还委任为小队长。成天鹏弃暗投明后，曾找过雷越，要他暗中支持抗日工作，可雷越一直不明确表态。逼急了，雷越说："天鹏哥，你的好儿我记在心里，能报答的时候一定报答。可现在，打开窗子说亮话，我不愿招惹是非。"

成天鹏也跟他瞪眼了："雷越，你也是读过书的人，应该明白民族大义。什么是是，什么是非，你是真糊涂还是假糊涂？"

雷越不为所动："不管你怎么说，我就是想不招风不惹火地混下去。我不敢跟你比，做不了那抛家舍命的事。"

原来这雷越是个既胆小又贪财的人，当初他进保安团，也是看比当伙计收入多。钱千里让他到沙地营当小队长，他很感激，不顾成天鹏的反对，乐乐呵呵地上任了。小队长职位虽然不高，却是炮楼里的主官，更是周围村子的"土皇帝"，除去吃喝玩乐，还能捞到不少好处，这使他很满足。成天鹏加入独立营，他很担了一阵子心，怕牵连到他。为此，他曾带着重礼去找钱千里，表明自己的心迹。在任何人面前，他从不说成天鹏是他的老乡、同学，更不提成天鹏对他的恩情。他知道私通八路在日本人眼里的罪名，他才不愿担那份风险。独立营被打散，他暗暗庆幸，倒不是对独立营有多大仇恨，只想成天鹏在他眼前消失。不料，正在他平平静静、混吃混喝的时候，独立营竟东山再起，重返永定河北。这让他又惊又怕，他怕日本人怀疑他，更怕成天鹏找上门。在这痛苦的煎熬中，成天鹏没上门，佐藤却来了。

伪军连连出事，使毛利非常恼怒。佐藤自告奋勇，要帮助毛利清理内部。他翻阅了所有伪职人员的档案，把不可靠或有重大嫌疑者撤职的撤职，抓捕的抓捕。在此期间，他对雷越产生了兴趣，就带着几个人进驻了沙地营炮楼，希冀通过雷越的破绽，顺藤摸瓜，找出暗藏的通共人员和独立营的行踪。他一到炮楼，就里外视察，找人个别谈话，闹得炮楼里的气氛极度紧张，吓得雷越更是寝食难安，惶惶不可终日。

这天，雷越正躺在床上唉声叹气的时候，成天鹏扮成商人模样，手拎罩着大红纸签的点心包，来到炮楼前。

对成天鹏的此次行动，河桩和志刚曾表示了担忧。

河桩说："据你以前所说，雷越这个人，人品似乎有问题。我想，咱们还是慎重点儿好。"

志刚也说："对于没有基础的人，我们不能轻易接触，以免发生危险。"

"怎么没有基础？雷越既是我的同乡，又是我的同学，在榆堡保安团时又是同事，这不就是基础？"成天鹏见河桩和志刚都反对，有些不高兴了，"雷越我还不了解？他就是胆小怕事，贪图安逸，本质并不坏。我们争取一下，让他为抗日做些工作，有什么不好？"

河桩看成天鹏脸色不对，连忙解释："老成，你误会了。我们没有别的意思，就是怕出危险。"

"搞革命能没有危险？我们打鬼子，哪天不是把脑袋别在裤腰带上？我知道，我来独立营后，你们都很照顾我。几年来，我也没为独立营做出什么贡献，一想起来，就愧得慌。这回，我一定要把雷越争取过来！"

河桩和志刚听成天鹏说出这样的话，不好再说什么，只得嘱咐他多加小心。

"放心吧，不入虎穴，焉得虎子！"成天鹏信心十足。

如今，成天鹏站在炮楼下了。他想象着不久的将来，这座炮楼就要灰飞烟灭，炮楼里的几十个伪军就要变成八路军战士，嘴角不由露出丝丝笑意。他潇洒地朝吊桥内的伪军挥挥手："麻烦兄弟，给雷队长通报一声，就说老同学来访！"

"你姓什么？"一个伪军问。

"姓成！"

"等着！"

那个伪军进去好长时间，才出来，后面跟着雷越。

"成兄，迎接来迟，万望恕罪！"雷越咧嘴朝成天鹏拱拱手，吩咐伪军放下吊桥。

"雷队长军务繁忙嘛。"成天鹏没有发现雷越的不自然，笑哈哈地跨上吊桥。

两人走进大院，雷越把成天鹏领进一间远离炮楼的平房。

"你更换办公室了？"成天鹏环视着四周。

"嘿嘿，这儿清静，说话方便。"雷越解释，忙着沏茶。

寒暄几句，成天鹏便把话引入正题："老弟，这段时间发生的事，你都听说了吧？"

"听说了，听说了。"雷越连连点头，"独立营真是了不起，把那么多弟兄都拉了过去！"

"这就是眼下的形势！抗战已进行了六年，小鬼子是秋后的蚂蚱，蹦跶不了几天了！那些伪军弟兄，还有伪职人员，大都醒过梦来，不愿再当汉奸，给鬼子卖命了。老弟你也该醒醒，考虑一下后路！"

"是是，成兄说得对。"雷越使劲挤出一丝笑，"照成兄这么说，我们，不不，这边这边，这边一定有很多八路的内线了？"

"这个，"成天鹏停顿一下，"这不是你该问的。还是先谈谈你自己的事吧。"

"啊，对对，"雷越尴尬地笑笑，"你看我，不懂规矩，那么机密的事，哪是我能问的。可我还是想问问，独立营现在人不少了，都驻哪些村呀？"

成天鹏突然警觉起来："你问这些干什么？"

"成兄别误会，我没别的意思，就是想，今后有了情报，好给你们送过去。"雷越说着，偷偷朝里屋的门口瞟了一眼。

成天鹏顺着雷越的目光看去。这是一明一暗的房子，里屋门上挂着条白布帘，那布帘似乎在微微抖动。成天鹏转回头，将眼盯在雷越的脸上。雷越虽然还在笑，那目光却慌乱地躲闪着他的逼视。成天鹏心中一紧，忙站起身："今天就先谈到这儿吧，以后再找你。"说着就往外走。

"成副营长，不忙走，还是接着谈吧。"随着话音，白布帘一挑，一个矮胖的中年人从里面走出来。

"你是什么人？"成天鹏欲掏枪，双手已被雷越紧紧抱住，周围也围上了几个日军。

矮胖男人笑眯眯地坐下："鄙人佐藤。"

"佐藤！你就是佐藤？"成天鹏瞪圆眼，想不到眼前这个矮胖子，竟是闻名已久的日本大特务。

"你看，我是不是更像中国人？"佐藤仍是笑容满面，"对于成副营长，我也是仰慕已久。请坐，我们好好聊聊。"

"和你这个侵略者，没什么好谈的！"成天鹏傲然地昂起头，可还是被雷越硬按在凳子上。

"成副营长背叛皇军，很不够朋友，不如雷队长够朋友。"

"和你们这些残杀中国人民的刽子手做朋友，猪狗不如！"成天鹏骂着，狠狠瞪了雷越一眼。雷越嗫嚅了半天，也没说出什么话，满脸羞红地躲到一边。

刚才雷越一听岗哨报告，冷汗就涌出来，暗骂："成天鹏你个丧门星，你不怕死，还要拉老子垫背！"发了半天懵，最后还是决定去找佐藤。

一进门，佐藤就笑着问："雷队长，来客人了？"

雷越一哆嗦："您……您知道了？"

佐藤冷哼一声："来的人是不是成天鹏？雷队长，你放明白点儿，你的什么事也别想瞒过我！"

"那……那……"

"把他请进来！贵客上门，哪有不见之礼？不过，你要按我说的办。"佐藤与雷越低语一阵，最后加重语气："这可是你赎罪保命的机会，你要好好把握！"

雷越走到院子里，让嗡嗡作响的脑袋清醒一下，暗暗咬咬牙："成天鹏，这真是'天堂有路你不走，地狱无门自来寻'！是你自个儿作死，就怪不得我了！"便强作镇静，把成天鹏迎了进来。

成天鹏的强硬态度，并没有激怒佐藤，他仍是笑眯眯的："成副营长，不要那么大的火气。你看，你带队叛逃，我都没生气嘛。我们还是心平气和地谈一谈。"

"谈什么？"

"就谈我们内部有你们多少人？都是谁？独立营的驻地和活动规律。"佐藤说着看雷越一眼，"这些本来应该是雷队长和你谈的，可他太愚蠢。"

成天鹏鄙夷地一笑："你就比他聪明？我看也未必！"

佐藤终于沉不住气了："成副营长，我劝你还是识点儿时务为好。不是有那么一句话吗？'人心似铁非似铁，官法如炉果如炉'。等到求生不能求死不得的时候再说，就没意思了！"

"官法？"成天鹏冷笑，"在中国的土地上，你个小鬼子有什么资格说官法？大不了就是残害中国人民的下流手段！"

"八嘎！"佐藤的戏再也演不下去，一拍桌子站起来："成天鹏，你别敬酒不吃吃罚酒，看是你的嘴硬，还是我的刑具硬！"

成天鹏也站起来："小鬼子，我就让你看看中国人的硬骨头！"上下牙齿一错，一口血水和半截舌头飞到佐藤的脸上。

雷越抢上前，抱起满嘴流血的成天鹏，一时不知如何是好。成天鹏瞪着他，嘴唇嚅动了一阵，便气绝身亡。

佐藤气急败坏，下令把成天鹏的尸体吊在村口的大树上。

# 七十

一辆黑色轿车自东至西行驶在永定河大堤上，后面跟着站满鬼子兵的卡车。左手堤里，浅浅的河水平静地流淌，在太阳照射下闪着粼粼的光。间或有一个两个戴着草帽的渔夫，骑在高高的木凳上，手持砍罩砍鱼。右手堤下，枯黄的谷子、糜子，碧绿的玉米、高粱，随着轻风微微晃动。佐藤无心欣赏这河景秋色，闭着眼睛坐在轿车里，沮丧、疲惫、懊恼，使他昏昏欲睡。几十天的奔波，虽然处置了一批嫌疑人，可真正的通共者一个也没找到，独立营的踪迹也是毫无所获。他再没有耐心查下去，通知毛利要回固安。毛利便派出一队日军，保护他返城。

突然，轿车猛地刹住，佐藤的脑袋狠狠撞在司机的座椅上。"八嘎！"佐藤正要发怒，眼前的情景一下让他闭了嘴：一条深沟横在眼前。

"土八路！"司机刚叫出声，一颗子弹就穿透了他的脑袋。随即，后面的卡车也被手榴弹炸瘫，鬼子兵号叫着跳下车，枪声炒料豆般地响起来。

"同志们，冲啊，为成副营长报仇！"河桩把手一挥，战士们蜂拥而上。堤顶上，河滩里，立即展开了一场惨烈的厮杀。

佐藤悄悄溜下车，躲在树后，一边射击，一边观察退路。

在独立营的猛烈攻击下，十几个鬼子或被枪托砸烂脑袋，或被刺刀穿透胸膛，纷纷倒地身亡。

佐藤见大势已去，扔掉打空子弹的王八盒子，从大树后面走出来。他刚一现身，就被独立营的战士们围在中间。

"佐藤，你已无路可逃，投降吧！"

佐藤强作镇静地看看指向他的枪口，又看看说话的人："如果我没猜错的话，你就是王河桩王营长？"

"不错！"河桩点点头。

"久仰，久仰。王营长英勇善战，果然名不虚传！"

"你他娘少在这儿耍花噜屁股，赶快投降！"二愣被佐藤的装腔作势激怒了。

"你们中国不是有一句话吗？士可杀而不可辱。"佐藤高傲地扬起头，"我要见你们的最高长官！"

金驹轻蔑地撇撇嘴："死到临头还假撑面子，什么德行！"

"人家这叫武士道精神！"铁牛的话引起一阵哈哈大笑。

河桩连夜把佐藤交到张卫那里。张卫高兴得直拍河桩的肩膀："王营长，你们可是立了大功。这个老特务肚子里的东西，对我们太有用了！我马上把他送到军区去。"

佐藤的被俘，引起日军上层的极大惊慌。华北驻屯军司令冈村宁次下令，不惜任何代价，要把佐藤夺回来，实在不行，就将其击毙，绝不能让他活着被送到共产党高层去。

根据冈村宁次的命令，固安、廊坊、黄村等地出动了大批日伪军，在永定河两岸进行了篦梳式的搜查。无数个村庄立刻村村流血，庄庄冒烟，再度陷入血雨腥风之中。

李大裤裆和"镇北关"并马走在一起，后面跟着哩哩拉拉的警备队和侦缉队。望着远近的熊熊大火和东一个西一堆的尸体，李大裤裆也不禁摇头叹息："这个佐藤也真是的，临了临了，还得让这么多人陪他丧命。"见"镇北关"不言语，又说："日本人真是够狠的。佐藤风里雨里，做了那么多事，该是他们的功臣了，救不回来，就杀掉？"

"这就是日本人！""镇北关"盯了李大裤裆一眼，"兄弟对日本人也算忠心了，为他们，跟独立营结了死仇，好几回差点丢了命，可你落了个什么？这不，你的伤还没好利索，家里又出了那么大的事，还不是又被逼着出来卖命了？"

李大裤裆一听这话，立刻蔫了。

李大裤裆并没被河桩打死。先是臭子为他挡了一枪，待他钻入肉案底下后，河桩怕伤及卖肉老头，只有两枪打在了他的身上，一枪在后背，一枪在大腿。李大裤裆在医院躺了三个月，才保住命，又被抬回家中休养。让李大裤裆万没想到的是，家里正有一顶绿帽子等着他。

原来，李大裤裆在医院治伤时，他的小老婆崔兰英竟红杏出了墙。那崔兰英本是戏子，又做过暗娼，风流成性，从不把贞操当回事。来到李家后，因为还有周秀珍，两个女人分享一个汉子，她就有些不满意，常常撒娇装痴地多占些便宜。好在周秀珍不像她那么急切，虽也时有嘲讽、辱骂，但大面上还算过得去。搬到固安县城，虽然不是什么大都市，却也有不少浓妆艳抹的少妇、油头粉面的小生，这让见惯了光膀赤脚庄稼汉子的崔兰英，心里不禁生出浮躁，有事没事都往街上跑。看见哪个女人戴了贵重首饰，抹了名牌香水，穿了新款旗袍，就缠着李大裤裆要。李大裤裆不在家时，耐不住寂寞，就打扮得花枝招展，一路飘香地去逛街，去打牌，去听戏。渐渐的，就和一些妖冶女人、浮浪子弟熟悉起来，这其中就有汪贤之和许晚霞。

汪贤之便是固安县商会会长汪静仁的儿子，名字虽叫贤之，却一点贤良的事也不干，尤其好色如命。仗着他家有花不完的钱，整天泡妓馆，捧戏子，看见漂亮女人，就想方设法去勾引，不弄到手不罢休，是个有名的花花公子。

许晚霞也是大户人家出身，老爹是县城南面牛驼镇有名的大地主。许晚霞十五岁那年，被望女成凤的父亲送到上海读书。不想这一送，老财主竟把女儿送进了狗肉柜子。许晚霞在上海三年，书没读成，竟把十里洋场的坏东西都沾染上了。后来她把一个军阀的少爷勾上手，两人在旅馆开了房，双宿双飞，狠骗了一大笔钱。事情传到少奶奶耳里，少奶奶岂能容忍让个乡下妞儿骗财又骗色？扬言要把她扔进黄浦江。许晚霞吓破了胆，带着财物逃回老家。老家的偏僻闭塞，生活的单调乏味，尤其是那土得掉渣的穿戴，许晚霞哪里受得了？不多日子就不辞而别，只身来到固安县城闯世界。固安虽比不得上海，却比乡下优越得多。许晚霞每天打扮得摩摩登登的，烫着飞机头，染着红指甲，穿着高跟鞋，挎着小坤包，串舞场跳舞、唱歌，进大宅门陪太太们打牌、聊天，和阔少流氓喝酒、睡觉，活得风光无限，优哉游哉，时间不长，便名满县城，得个雅号——枝花。

崔兰英的出现，立即吸引了汪贤之的眼球。崔兰英虽不是豆蔻年华，却风情万种，透出一种成熟女人的特殊韵味，逗得汪贤之馋涎欲滴，想着法子与她套近乎。那崔兰英也曾是见过世面的，一看汪贤之的神态，就知道他的心思，心里也是甜甜的，痒痒的，便更努力地施展自己的魅力。崔兰英很有表演天赋，每一颦一笑，一嗔一怒，都勾魂夺魄，那嗲嗲的声音更是让人激情荡漾，听得汪贤之浑身酥软，恨不得立刻就软玉温香搂在怀。但他不敢贸然动手，他知道崔兰英是李大裤裆的小老婆，这个马蜂窝轻易捅不得，万一捅炸了，他的脑袋就得搬家。要想成事，必须先摸清崔兰英的路数，只有她心甘意愿，才能万无一失。想来想去，汪贤之决定请许晚霞帮忙。

"你可真是色胆包天，连侦缉队长的女人也敢惦记，就不怕李大裤裆生吃了你？"许晚霞看着汪贤之嘻嘻地笑。

汪贤之也笑："古人说，牡丹花下死，做鬼也风流。只要让我看上，皇帝的妃子也敢睡！"

"既有这个胆儿，还找我干什么？"许晚霞斜靠椅背，仰头喷出一串圆圆的烟圈。

"我不是心里没底，怕炸窝吗？我知道小妹的本事，就帮哥哥一个忙。"汪贤之说着，掏出一条金灿灿的项链递过去，"这个，妹子先收着。事成之后，还有重谢！"

许晚霞冷哼一声，接过项链看看，装进挎包里，然后斜眼瞟着汪贤之："要谢现在就谢，老娘概不赊账！"

汪贤之会意，一下把许晚霞扑在身下："那我就先谢大媒了！"

许晚霞找到崔兰英，极力吹嘘汪贤之的风流倜傥，阔绰大方，尤其是对女人，更是怎样的知疼知爱。崔兰英对汪贤之也是心仪已久，只是忌惮李大裤裆的凶狠，怕事情败露有性命之忧，才只限于调笑，不敢动真格的。后来李大裤裆伤重住院，生死难料，崔兰英的心就更加活泛起来，每晚孤枕独睡，那张小白脸就总在眼前晃，搅得她彻夜难眠。今见许晚霞不绝口地夸赞汪贤之，心中已经明白，只是故作不知，低着头微笑不语。

随着许晚霞的滔滔不绝，汪贤之那种种多情的神态又浮现在崔兰英眼前，不由得脸上红晕满布，心头小鹿乱撞。她终于按捺不住，便哧地一笑，颤着声儿说："妹子，有什么事就挑明说吧，姐姐也是过来人，什么不懂？"

许晚霞先是一愣，随即就咯咯地笑了："姐姐好爽快，小妹佩服。"把嘴贴到崔兰英耳边："汪少爷思慕姐姐已久，想单独和姐姐见一面，交个朋友。"

崔兰英此时已是醉眼迷离，把脑袋抵在许晚霞胸前："一切听妹妹安排。"

自此，崔兰英就和汪贤之混到了一块儿。汪贤之得到崔兰英，不亚于如获至宝，除去在床上极力奉承，更是大把地花钱，以图拢住女人的心。那崔兰英正值虎狼之年，又一连几个月没尝到荤腥，如今舒心畅意，也就把戏子和暗娼的手段都使了出来。两个人如胶似漆，恨不得天天在一起，夜夜睡一块儿。李大裤裆躺在医院里挣命，崔兰英却连看望他的心思也没了。

崔兰英的反常举动，引起了周秀珍的疑心。这天，崔兰英又一身香气地要出门，周秀珍拦住了她："妹子，撂下饭碗就往外跑，有什么要紧的事？"

"要紧的事倒没有，就是闷得慌，出去逛逛街！"崔兰英闪过周秀珍，继续往前走。

"掌柜的躺在医院里，不死不活的，你就不兴去看看？"周秀珍毕竟是原配，对李大裤裆还是有感情的，见崔兰英这个样子，不由生出一股愤怒。

崔兰英此时的心都在汪贤之身上，哪里顾得别的？撂下一句："有大姐去，还用得着我？"身子已婀婀娜娜地飘出门外。

周秀珍气得说不出话，灵机一动，也出了门，悄悄跟在崔兰英身后。

崔兰英在街上浮皮潦草地转了转，见无人注意，急速拐进一条胡同，在一座雕花门楼前停下，扭头往四周踅摸一下，便抬手敲门。很快，一个三十来岁的男人打开门，嬉笑着把崔兰英拉进去，大门随即便咣啷一声关闭了。

这一切，都被周秀珍看在眼里。

周秀珍往回走的时候，心里充满了矛盾，一是惊，一是喜，一是惧。惊的是，李大裤裆对崔兰英那么疼爱，她竟能做出这种昧良心的事。那个自以为玩了一辈子鹰的人，绝想不到会被小家雀鹐了眼。看来古人说得真对，叱咤风云的大丈夫，也难免妻不贤子不孝。喜的是，她可以出口闷气了。以往，崔兰英仗着年轻漂亮，又会撒娇又会耍浪，在李大裤裆面前常压自己一头，让她吃了不少窝囊亏。如今她拿住了崔兰英的把柄，看这个小骚货敢不乖乖地认小服低？但她最强烈的感觉还是恐惧。她深知李大裤裆的德行，他可以拈花惹草，可以随意糟蹋别家的女人，却绝不允许任何人对自己的女人染指。如果崔兰英的事让他知道了，真不敢想象能出什么事。俗话说奸情出人命。虽然还不知那个野男人是谁，可李大裤裆这个恶魔杀七个宰八个，是连眼都不眨的。想着，周秀珍仿佛就闻到了血腥味，仿佛就看到了横七竖八的尸体，她的腿就软了。好不容易挪到家，歇了半天缓过劲，这才想起该去医院了。

李大裤裆早就等烦了，一见周秀珍就吼起来："怎么这时候才来？兰英呢？"

周秀珍心里暗骂："就会跟我凶，当了王八都不知道！"但她路上已经想好，绝不把崔兰英的事告诉李大裤裆。这倒不是她心疼崔兰英，而是怕闹腾起来家破人亡。于是便编个谎话搪塞过去。

俗话说，要想人不知，除非己莫为。李大裤裆回家养伤不久，就看出了蛛丝马迹。

崔兰英敢和汪贤之频繁幽会，敢把周秀珍不放在眼里，是寻思李大裤裆伤势太重，活不了了。不想李大裤裆竟然没死，还回家来了，这让崔兰英的心提了起来："这可真是，好人不长寿，祸害活千年！"但不管怎么骂，崔兰英是再也不敢出去了，每天递茶端饭，围着李大裤裆转。时间一长，崔兰英就心神不宁起来，常常吃着饭，就停住筷子，痴痴地发愣。李大裤裆问她怎么了，她就红了脸，推说身子不得劲。终于忍不住，在一次李大裤裆睡觉时，偷偷跑了出去。等她匆匆回来，李大裤裆正坐在院里晒太阳，问她干什么去了，她说声逛街，赶忙进了屋子，可那慌乱的眼神，已让李大裤裆觉察到什么。在她再一次溜出去的时候，李大裤裆把周秀珍叫到跟前，追问在他住院期间家里发生了什么事。周秀珍支吾着不说，李大裤裆啪地把手枪拍在她面前："不说实话，现在就崩了你！"

周秀珍知道再也瞒不过去，扑通跪在地上，把她的所见都抖了出来，最后哭着说："我不告诉你，是为你好，为这个家好！"

"混蛋娘儿们！"李大裤裆一巴掌把周秀珍扇倒在地上，拄着拐杖去找"镇北关"。

几天后，汪贤之死在了自己的小院里，不光脑袋被砍掉，心肝被挖出，连生殖器都没了。

又过了几天，大街上也不见了崔兰英的身影。有人问起，周秀珍便说，崔兰英得了重病，送回娘家了。

爱子被残杀，汪静仁当然不能善罢甘休，他痛哭流涕地告到毛利那里，要求缉拿凶手。

毛利也觉得此事蹊跷，可终究与帝国的战局无关，偏巧又出了佐藤失踪事件，闹得他心烦意乱，哪还有闲心去管一个中国人的生死？也就安慰了汪静仁一番了事。

寻找佐藤，李大裤裆本来是一百个不愿意的，一是枪伤还没好彻底，一走路腿还疼；二是虽然请"镇北关"杀了汪贤之和崔兰英，心里仍是跟吃了苍蝇似的，要多腻味有多腻味，哪有兴趣带兵打仗？于是便以身体未愈，骑不得自行车为由，向毛利请假。不想被毛利一口回绝："搜救佐藤先生，责任重大，侦缉队必须统统出动！自行车的不行，骑马的可以！"

李大裤裆无奈，可又被独立营打怕了，一说去永定河北就腿肚子哆嗦，只得约上"镇北关"同行，互相壮胆。

听了"镇北关"的话，本就心情沮丧的李大裤裆更没了精神。他侧眼看着"镇北关"，不由对这个交往已久，又帮了他不少忙的大哥充满疑惑。按说，自打日本人占了县城，他就投靠过去，在日本人手里也得了很多好处，可听他说的一些话，和日本人并不是一条心。

"看来，各人都有各人的小算盘。就我是个傻蛋，成了任人吆喝的狗！"李大裤裆心里突然生出一股悲凉。

突然，小树林里传出一声枪响，紧接着，密集的子弹雨点般扫射过来。

"八路有埋伏，快撤！""镇北关"朝李大裤裆喊一嗓子，拍打着马屁股先跑了。

李大裤裆从迷茫中清醒过来，也连忙拨转马头，紧随"镇北关"而去。

河桩带队追出树林，望着跑远的李大裤裆，恨得直跺脚："王八蛋，比泥鳅还滑！"

志刚说："跑了今天跑不了明天，早晚让他死在咱们手里！"

自从得知李大裤裆没死，香巧也不知下落，河桩就悔得要命，怪自己太大意，让这个仇敌逃脱了惩罚。想着香巧，心里更加不是滋味，可怜而又可敬的女人啊，命运真是惨到家了！

今天，独立营在转移途中，发现了李大裤裆，河桩怒不可遏，决定在树林里打他的伏击，不想又让他逃脱了。

## 七十一

　　一场春雨，浸润了大地，田野立刻沸腾起来。农人们纷纷拉着牲口，扛着犁、耧，抢播抢种。

　　离刘家洼村不远的一块地里，显得格外热闹。二愣和张桂兰并肩拉套，王老奎扶犁，柳芽撒粪，徐二婶点籽儿，兴邦手举着采摘的各色野花，欢蹦乱跳地跑前跑后。

　　河桩和李斌挨村检查春播情况，来到刘家洼，可巧碰上保长刘继祖，就在他的陪同下，边和忙碌的人们打招呼，边向王老奎这边走来。

　　"穷家小户种点地真不容易。"李斌指着弯腰拉犁的二愣和桂兰，又是痛惜又是感叹。

　　"没法子。贫困人家没牲口，只能人拉犁。要不，等地一干，就种不上了。"刘继祖说。

　　刘继祖原本就是抗日积极分子，在刘守田被二愣杀死后，他当了保长。王老奎和柳芽来到桂兰家，经过试探，觉得刘继祖可靠，就帮他把村里的自卫团改造成民兵队，并由桂兰、柳芽出头，组织起妇救会，使整个村子成了抗日堡垒。

　　"是啊，春雨贵如油，一年之计在于春，这场透雨下得正是时候。要尽量发动大伙儿，把能种的庄稼赶快种上。俗话说，有苗不愁长。只要籽种下地，秋后就有收成。"李斌弯腰抓起一把泥土，老农似的捻搓着。

　　"李书记你放心。各村的炮楼一撤，乡亲们就知道小鬼子长不了了，生产的积极性要多高有多高。我们还成立了帮工队，帮助无劳力的户抢种，保证一块地不让荒喽！"刘继祖乐呵呵地，很为自己的工作得意。

"你们这个办法好。乡里乡亲的，就是要互相帮助。回头把你们的做法在全区推广！"李斌连连称赞。

"哎，你们看！"河桩指着不远处的徐二婶："我大娘一把年纪的人了，干起活儿来还是那么俏实！"

徐二婶胳肢窝下夹着个小筐箩，三个手指撮起来，鸡啄米似的捏起筐箩里的棒子粒儿，均匀地点在刚豁开的犁沟里。随着棒子粒儿落地，两只半大脚飞快捣动着，一脚一窝，一脚一窝，把种子踩入潮湿的泥土中。手脚配合得那么紧密，捏起的籽粒又是那么准确，嚓嚓嚓的捏籽声，离老远就听得清清楚楚。

王老奎听见河桩几个人的说话声，便叫二愣和桂兰停下，等着他们过来。

"大婶，看您点籽儿，那家伙好看的，真跟戏台上演戏似的！"李斌笑着夸赞徐二婶，又和王老奎打招呼："大叔，您也是老当益壮啊！"

"穷人嘛，活的就是个好身板！"王老奎从腰里抽出短烟袋，捻满烟锅，朝李斌递过去。

兴邦看见河桩，扔掉野花，叫着爹爹扑过来。

二愣也跑到河桩身边："营长，有战斗任务？"

"你呀，就惦记着打仗！小鬼子都躲进据点不敢出来了，哪儿有那么多战斗任务？你就踏实地帮桂兰种地吧！"

这段时间，独立营接连打掉了好几座炮楼，日伪军吃不住劲，就从各村撤出去，龟缩进几个大的据点。河桩和志刚、李斌一商量，决定趁着形势好，把部队分散开，帮助乡亲们春播。

河桩见桂兰紧挨二愣站着，眉儿眼儿都是情，很是感动，就说："二愣，你还不抓紧把喜事办了，别让桂兰老等着！"

二愣不说话，光用粗胳膊擦脑门上的汗，嘿嘿傻笑。

桂兰倒不怵阵："那事着什么急？反正也飞不了跑不了。我跟二愣说了，不多杀几个鬼子，当个战斗英雄，我才不要他！"说得人们一阵大笑。

柳芽笑得弯了腰："二愣，桂兰这么厉害，你将来可会有气受！"

张桂兰故意绷起脸："妹子，你看你说的什么话？你舞马长枪地赖呆吗？还不是得听王营长的！"又引起人们一阵哄笑。

李斌看着眼前的欢乐场面，不忍心拉河桩走，就说："王营长，你和家里人多待会儿吧，我自个儿转转。"

河桩忙放下怀里的兴邦："那哪儿行？你一个人忒不安全。"

"眼下这一片儿是咱们的天下了，有什么不安全？"李斌说着，朝大家挥挥手，转身走了。

榆堡据点里，几十个乡、保长站在院子中，听着宫崎斥骂。

胡振山用胳膊肘捅捅周润田："净他娘瞎扯淡！他日本人那么多枪炮，都对付不了八路，倒骂我们无能，真不知道磕碜几斤几两！"

"这就是偷着放屁喊臭，自个儿给自个儿找遮羞脸儿！"

两个人的话，引起四周一阵低笑。

宫崎暴怒了："你们的笑，什么的意思？"

胡振山走上一步："太君，我们不是笑你，是说自卫队力量太小，很难替皇军对抗八路。"

刘世昌站在宫崎身后，对胡振山说："胡保长，这回你不用为自卫队操心了。"

胡振山一愣："刘镇长，这话怎么说？"

"太君怀疑，自卫队不打八路，倒与独立营私通。所以太君决定，自卫队解散，枪支上缴。今天请大家来，就是说这事的。"

这倒是人们没想到的，一时都呆住了。

还是周润田头脑灵活，很快提出疑问："这枪是乡亲们凑钱买的，属于村里的公产，怎么能上缴？"

"不上缴，让你送给八路？"刘世昌两眼瞪着周润田。

这时众人也醒过梦，纷纷喊起来："这些枪都是我们的血汗钱，怎么能说上缴就上缴？"

"先是让我们出钱买枪打八路，这又要把枪没收，这不是里外坑人吗？"

宫崎唰地抽出指挥刀："不服从命令，统统死了死了的！"随着他的喊叫，周围的鬼子一齐端起刺刀。

钱千里见状，忙走上前，伸出双手："大家冷静，冷静！解散自卫队，收缴枪支，是毛利大太君的命令，宫崎太君也得照办不是？依我看，这样也好。河北梆子《辕门斩子》里，不是有这么两句唱词吗？'不居官来不受害，吃一日俸禄担一日惊'。大家把枪缴上来，也就没了责任，不用再担沉重，何乐而不为？"

　　钱千里被独立营俘去后，一直表白自己当保安团长是迫不得已，没祸害过乡亲，还举出水生被宫崎抓住，贾知达保人，他没当场揭发的事来证明。河桩和志刚通过核实，觉得钱千里没有太大罪恶，就教育一番，把他放了。钱千里很庆幸自己以前不是死心眼，没干过太出格的事，才保住一命。自此更没了心劲，对日本人交下的任务，能推就推，能拖就拖。遇见将要受到鬼子伤害的人，也是能护就护，能保就保。近来日本人屡屡受挫，弄得毛利和宫崎恼怒异常，扬言要报复。他深知日本人急了眼，是什么事都干得出来的。见鬼子端起了刺刀，怕人们再争执下去酿出血案，就站出来打圆场。

　　看人们都不言语了，刘世昌宣布："大家回去准备，半个月内把枪收齐，交到镇里来。"说着，转向胡振山阴笑："胡保长，你不是什么事都爱出头吗？这缴枪的事，你也带个头吧？"

　　走出镇公所大门，胡振山恨恨地说："刘世昌这老东西是黑上我了。这枪，老子就交给八路，偏他娘不给你！"

　　蔡师儒左右看看，拉了胡振山和周润田一把："走，咱们到老周家里合计合计！"

　　几天后，胡林店的一个人跑到榆堡，说他是偷跑出来报告的，独立营进村了。

　　宫崎一听，立刻带上钱千里，赶往胡林店。

　　把村子包围好，等了半天不见动静，宫崎便指挥队伍进村。村街上也是静静的，没有任何异常。宫崎走进村公所，眼前的情景让他大吃一惊：胡振山和十几个自卫队员被堵住嘴，反捆在柱子上。

　　钱千里拉出胡振山口中的毛巾，胡振山急促地喘了几口气："宫崎太君，钱团长，你们来晚了。独立营……"

　　宫崎猛然发现不对："枪，枪！"

　　"枪，让独立营抢走了！"

　　"八嘎！"宫崎把刀架在胡振山肩膀上："你的，欺骗的干活！"

　　"太君，冤枉！"

　　钱千里向宫崎弯弯腰，谄媚地笑笑，请宫崎先消消气，又转向胡振山："胡保长，别着急，把事情说清楚。"

"我今天把自卫队集合在一起，正跟大家说缴枪的事，独立营突然闯进来，把我们全捆上了。"

"为什么不抵抗？"

"哎哟太君，他们那么多人，弟兄们哪儿敢动啊！"

"嗯？"宫崎绕着胡振山转了几圈，嘿嘿地笑了："你的，狡猾狡猾的。你和土八路设下圈套，让我的钻！"扬起军刀："实话的说，不说，死了死了！"

胡振山愣了一下，猛地梗起脖子："你把我杀了吧！你不杀我，八路也得杀我！"

宫崎不解地看着胡振山。

"我给你们干事，八路能不恨我？你们不杀我，他们也得杀我。反正是个死，晚死不如早死，早死早了！"

宫崎被胡振山彻底糊弄住了，悻悻地把军刀插入刀鞘。

接连几天，好几个村子都发生了胡林店发生的事。宫崎虽然觉得蹊跷，但抓不到把柄，也无可奈何。后来只得派出一部兵力，亲自到村里收枪。

这天，蔡师儒来到独立营驻地。河桩高兴地拉住蔡师儒的手："老蔡，你和老胡的计谋真好，让小鬼子干着急没办法！"

"枪是我们的，能白白送给小鬼子，让他们打咱中国人？"蔡师儒说着，凑近河桩："这回，还得让宫崎着个大急。我那个乡的枪都聚到一块儿了，六十多支哪！"

"那么多？"河桩很是惊喜，"来，坐下，咱们研究个好办法！"

宫崎胯下东洋马，腰悬指挥刀，带着四五十个日伪军和一辆大车，急匆匆奔向侉子营。晚春四月，天气温暖潮湿，麦苗已长成一筷子高，早种的玉米、黄豆也拱出嫩绿的芽。各种燕雀鸣叫着，在空中疾速掠过，捕捉飘浮的飞虫。宫崎望着土路两旁葱茏的树木，心中不由生出一股怯意，仿佛看到一支支隐匿的枪口正瞄准着自己，便呵斥手下，快速前进。昨天傍晚，他接到蔡师儒的报告，说是侉子营乡的枪支已收缴完毕，存放在乡公所，请派人去取。他见日已西沉，怕遭袭击，便没有出动。可又担心独立营得到信息抢了先，天刚亮，就急忙整队出发了。由于收枪不力，他已被毛利训斥了几次，让他又窝气又苦恼，这次说什么也不能再发生意外。宫崎正胡思乱想，侉子营方向突然响起枪声。宫崎暗叫不好，抽出指挥刀，命令队伍跑步前进。可刚跑出不远，路两旁的树丛里就射出密集的枪弹。

此时，河桩和蔡师儒正在屋里等待消息，听到村外的枪声，笑对蔡师儒说："老蔡，我们的戏该上台了。"

"不行，我还得再演一出。"蔡师儒说着，抬手朝自己的腿肚子开了一枪。

"老蔡，你……"河桩大吃一惊，这是他们事先没有设计的。

蔡师儒用手捂着流血的腿："我想了，宫崎比狐狸还狡猾，不给他演出苦肉计，瞒不过他。"

"老蔡，为了安全，你还是跟我们走吧。"

"我跟你们走了，我的家小怎么办？这么多乡亲怎么办？你们放心走，我有枪伤，能糊弄宫崎，不会有事的。"

宫崎为了那六十多支枪，拼命催逼日伪军攻击。对方激烈地抵抗一阵，便撤退了。宫崎赶到侉子营乡公所，大院里只有昏迷不醒的蔡师儒躺在地上，六十多支枪，一支也不见了。

# | 七十二

志刚和金驹、二愣化妆成苦力模样，拉着辆排子车，顺着永定河大堤往前走。前天张卫派人送来情报，说我方敌工人员获悉，宫崎收缴的五百多支枪械，送到了平西长辛店，存放在伪警察署里。军分区决定北上支队和独立营联合作战，长途奔袭，把这批枪支夺回来。志刚他们是奉命先期侦察的。

金驹生性喜欢热闹，闷头走路不耐烦，便对志刚说："教导员，这一带是咱们的地盘，没有敌情，讲个故事听吧。"

二愣立刻响应："对对，教导员给说个趣儿听。"

志刚张眼四顾，然后抬手一指："前面那是什么村？"

"那还不知道？辛庄呗。"二愣抢着说。

"那好，我就给你们讲个辛庄的传说。不过，都得把眼睛放欢实点儿，别光顾听故事，遭了敌人的暗算。"

接着，志刚就绘声绘色地讲开了。

在大清年间，辛庄有户焦姓人家，在村头开了座小饭店，生意很是红火，便请秀才编了副对联，刻在店前的门柱上。上联是：汉萧何追韩信闻酒香下马；下联是：周文王访子牙闻菜香停车。有一年的八月十五，石佛寺的一个僧人路过，见对联文雅，很是喜欢，又兼腹中饥渴，便进店吃饭。此时店家正准备歇业过中秋节，没预备食客吃的东西，可来了客人又不能不招待，只好七拼八凑地炒出一份菜。那和尚刚要举筷，一个进京赶考的南方举子也来吃饭。二人正为这碗菜争执不下，又有一位姑娘也来争吃。和尚觉得出家人应戒酒色财气，便提议三人分用。举子却不同意，自恃有文才，硬主张比赛作诗，谁的诗好，谁就吃菜，另两人只得答应。

因为和尚是第一个来的，几个人便请和尚先露一手。和尚也不谦让，就以"增"字为题作诗：有土是个增，无土也是曾。去了增边土，添人是个僧。僧人谁不爱，木鱼袈裟随身带，天下名山都走遍，今日小店抒情怀，为师的我要吃这碗菜，两个后辈切莫爱。店家一听这诗作得不赖，就要把菜拿给和尚吃。

举子叫声"且慢"，便以"和"字为题作诗：有口是个和，无口也是禾。去了和边口，添斗是个科。举人谁不爱，文房四宝随身带，大小市镇都走遍，今日小店抒情怀，为官的我要吃这碗菜，两个百姓切莫爱。店家听后，觉得还是当官的诗好，又要把菜拿给举子吃。

姑娘把店家拦住，说我还没说呢，就以"桥"字为题作诗：有木是个桥，无木也是乔。去了桥边木，添女是个娇。娇女谁不爱，香皂水粉随身带，日后嫁到婆家去，一胎生出俩男孩，今日小店抒情怀，为娘的我要吃这碗菜，儿争娘饭该不该？和尚、举子羞得面红耳赤，只得把那碗菜让给姑娘吃了。

志刚讲完，金驹连声叫绝。二愣却说不好，文绉绉的，记不住，要求志刚再讲一个。

志刚想了想，说："你们听过乾隆爷三下江南的故事吧？"

"听过，听说书的说过。"又是二愣抢着说。

"前面不远就是南庄村了，我就再讲个跟南庄有关的故事。"

话说一年的阳春三月，乾隆率领一班文武来到永定河边游玩。游览了赵村后，又进了一个叫南庄的村子，可巧碰上一位年轻女子在碾台上碾米。好色的乾隆见这女子长得眉清目秀，齿白唇红，比他的后宫嫔妃还漂亮，便忍不住上前搭话。当得知小女子名叫颜如玉时，就哈哈地笑了，连夸好名字，还说书中自有黄金屋，书中自有颜如玉。然后就要她跟随进宫，却被女子回绝，说是已有夫婿，断难从命。乾隆虽然色心重，可当着这么多大臣的面，也不敢来硬的。大学士刘墉见乾隆跟个小女子死皮赖脸的，有失皇家体统，便催着回城。乾隆无奈，只得一步三回头地走了。刘墉对乾隆的行为很是看不惯，在回城的路上，便想出一个磕碜皇上的法子。他问乾隆，世上什么力量最大？乾隆说牛，不是；说骆驼，不是；说

七十二

463

象，还不是。乾隆不耐烦了，你说什么力量最大？刘墉说：女人。乾隆很是奇怪：何以见得？刘墉说：刚才那小女子，不是把龙脖子都拉歪了吗？羞得乾隆一句话也说不出来。

乾隆回宫后，仍然对那小女子念念不忘，便为她写了一首赞诗：走赵村，进南庄，见一少妇碾黄粱。轻簸扫，细颠扬，几时停立整容装。满脸汗水花含露，手揎蛾眉弹银霜。芙蓉花面春风暖，可惜美女嫁农郎！

大奸臣和珅一贯会拍马屁，见乾隆闷闷不乐，知道是想那小女子，便建议乾隆再访南庄。可到了南庄，小女子却不见了踪影。找来村里管事的一问，才知道小女子是江南人，三年前到南庄落户，夫妻二人以卖驴打滚儿为生。几天前又搬回江南了。

乾隆大失所望，随后又暴跳如雷："她这是躲朕了。就是跑到天涯海角，朕也要把她找到！"

和珅赶忙安慰："万岁爷息怒。臣有一计，要想找到那个女子，只需如此如此，这般这般。"

这就有了乾隆三下江南的故事。

二愣听完，连说这个趣儿好听，可马上又有了疑问："听说书的人说，乾隆微服私访，三下江南，不是找他的亲爹吗？到你这儿，怎么又成了找小美人了？到底哪个是真的？"

志刚和金驹就笑。志刚说，你相信哪个是真，就哪个是真。

几个人走到鹅房村边时，堤顶一片树荫下，坐着个中年男人，面前摆着鲜艳艳的水蜜桃。见志刚等人走近，中年人蹲起身招呼："哥们儿，走远路，口渴了吧？买几个桃子吃，便宜。"

志刚和金驹对视一眼，走上前："这桃叫五月鲜吧？"

"兄弟你外行了。五月鲜是麦收前后的货，眼下都七月中了，是秋桃。"中年人说着，打量他们一番："哥几个这是拉什么去？"

"去长辛店拉废铁。"

"长辛店有什么废铁？"

"就是铁工厂不用的边角废料。我们是铁匠铺的，拉回去熔化了，打锄犁镐耙。"

卖桃人伸过手："你们是独立营的？我是北平城工部的，姓郭，奉命在这儿接你们。前面就是敌占区了，大家要提高警惕。"

傍晚，老郭把志刚几个领进长辛店，安排在一个小院里住下，就走了出去。不一会儿，手里抱着一兜火烧回来了，身后还跟着一个伪警察。老郭说，这警察是我们的内线。几个人便一边吃火烧，一边听内线介绍警察署内兵力部署、存枪地点及周边情况。大家商量了一下，决定明天再实地侦察，就熄灯睡下了。

　　第二天一早，老郭带志刚几个来到警察署前的早点摊，边吃早点边观察。然后，又围着警察署转了一圈，把该了解的基本弄清，返回小院拟定出偷袭计划，金驹就赶回去汇报。

　　不想金驹刚走，这儿就出了意外，险些使偷袭计划毁于一旦。

　　志刚是个心思缜密的人，为了让胜利的把握更大一些，午饭后，他让老郭带着又来到街上，继续察看警察署周围的地形。志刚发现，警察署后街是条僻静的小胡同，很少有人来往。更可喜的，是紧挨警署后墙，有几间废弃的房子，院里杂草丛生，破败不堪。老郭介绍说，这房子是二七机车车辆厂一名技术员的，因不满鬼子的暴行，在生产中搞了几次破坏，被鬼子查获，将他全家都杀死在院子里。因为是凶宅，人们谁也不敢住，就荒废了。正说着，一个卖香烟的小贩迎面走来，与他们擦肩而过。志刚有些奇怪，卖烟怎么卖到没人的小巷里来了？因心思都在那几间破房子上，也就没有在意。

　　"进去看看。"志刚说着，带头走进院子。房子虽是破败，院落却很大，夜里藏进几十个人，外面很难发现。

　　二愣看出志刚的意思："这儿能埋伏人。"

　　志刚点点头："再看看对面。"见一棵榆树长在房边，便往手心里啐几口吐沫，噌噌几下爬上去，抓住树枝一悠，就到了房顶。志刚趴在烟囱后面，警察署内的情景尽收眼底。他把眼见的和线人介绍的情况一一核实了，刚要下房，猛然发现胡同口的墙角后，露着个人头。志刚立刻认出，就是刚才那个卖烟人，心里不由一紧。这是什么人？为什么偷窥自己？猛的，脑袋里打了个闪电，是他！郑民的拜把兄弟疤癞眼！

　　志刚心说要坏醋，忙悄悄将老郭和二愣叫到房檐下，把被疤癞眼发现的事告诉了他们。

　　二愣一拍脑袋："我说怎么觉得眼熟呢，闹了半天是这个王八蛋！"

　　老郭也很紧张："那怎么办？"

"我在这儿吸引他，你们从房后绕过去，一定要抓住他！"

两人对视一眼，立即行动。

躲在墙角后的果然就是疤瘌眼。

独立营清理便衣队时，疤瘌眼侥幸逃脱，在当地无法容身，辗转来到长辛店。可他贼性不改，白天以卖烟为掩护踩点，夜里便偷盗抢劫，虽说没有太大进项，手头倒也不缺钱花。后来认识了一个叫淑芳的寡妇，两人姘居在一起。那淑芳原本是个好女人，丈夫是车辆厂的工人，三十多岁时出事故死了。淑芳迫于生计，无奈干起"半掩门"的勾当。几年之后，人老珠黄，嫖客稀少，便在街上摆了个水果摊，勉强挣碗稀粥喝。见疤瘌眼能看上自己，又出手大方，淑芳心存感激，就当了窝主。疤瘌眼把偷抢来的东西藏在她那儿，等风声过去，再倒手转卖。这天，疤瘌眼从淑芳家出来，可巧碰上了志刚。疤瘌眼先是一惊，后来见志刚没有认出他，忙匆匆擦肩而过。边走边想，志刚到这儿来，肯定是独立营要有行动，要是把他举报给日本人，得笔赏钱，可比小偷小摸强多了。越想越高兴，就躲在墙角后面，偷看志刚几人的动向。

疤瘌眼正做着发财的美梦，不防身后伸来一只手，猛地捂住他的嘴，同时一个硬邦邦的东西捅在他的腰眼上："别出声，喊就要了你的狗命！"

疤瘌眼吓坏了，一声不敢吭，被二愣用枪顶着，乖乖进了那个荒芜的大院。

疤瘌眼一见志刚，两腿一软跪在地上："教导员，饶命，我没干坏事！"

"为什么跟踪我们？"

"我没跟踪，就是好奇，想看看你们要干什么。"

"还有谁知道我们在这儿？"

"没有，我也是刚碰上你们的。"

志刚一下犯了难，拿不准怎么处置他。

疤瘌眼抓住这个机会，爬起身就往外跑。

二愣飞扑上去，一个扫堂腿将疤瘌眼绊倒："找死！"咔嚓一声扭断了他的脖子。

到了预订的日期，志刚几个半夜溜出镇子，与张卫、河桩接上了头。几个人又研究了一番战斗计划，独立营就随志刚悄悄进了那个破大院。此时，小巷里静幽幽的，只有繁星在天上眨眼。志刚带着二愣、金驹翻进警察署的后墙，摸到仓库门前。两个值夜的伪警察正趴在桌边大睡，二愣、金驹上去，一刀一个结果了性命。志刚见无异常，便示意金驹发信号。金驹蹿上墙头，呜喵呜喵学了几声猫叫。河桩闻讯，指挥战士们鱼贯跳进墙来。此时张卫也解决了大门上的岗哨，带着北上支队的一个连冲进院子。没费一枪一弹，几个屋里的伪警察就在梦中做了俘虏。

老郭把事先准备好的胶皮轱辘马车赶进院子，战士们装上枪支，神不知鬼不觉地离镇而去。

# 七十三

转眼间，时间到了 1945 年的夏天。抗战形势飞速发展，永定河北，黄村铁路以南，除去庞各庄、榆垡等几个重镇还被鬼子汉奸占据外，大片土地又回到人民手中。在外避难的抗日人员家属纷纷返回村子，流浪几年的人们，终于又过上了安定的日子。

这天，王老奎正和水生商量村里的事，可巧河桩、金驹回家探亲。王老奎心里高兴，就对水生说："咱们这些知亲知热的人，凑在一起不容易。我想，干脆，把几家子都叫来，就在我家开伙，来它个大聚会！"

"敢情这么着好。我这就去通知，顺便把桌子板凳借来。这些年，东逃西散，九死一生啊，活下来就是便宜，是得庆贺庆贺。"水生说着就往外走。

王老奎回村后，立即着手恢复各种组织。他找到李斌，把自己的想法汇报了，又要求把水生调回村，协助工作。李斌也觉得水生年纪越来越大，在区小队和一群年轻人摸爬滚打，确实吃力，就找水生谈话。水生没意见，说服从组织安排。如今，王老奎是河沿儿村的党支部书记，农会主任、工会主席、妇联主任，还是姜海、大老黑、柳芽。水生在区小队干过，就当武委会主任。几年过去，拴住已长成精壮小伙子，担任了民兵队长，二拴是儿童团长，就连七岁的兴邦都是儿童团员，扛着支木头削的红缨枪，跟在二拴屁股后头，在村口站岗查路条。

不一会儿，志刚娘、铁牛娘、金驹娘、二愣娘几个女人就抱着菜，提着油，嘻嘻哈哈地来了，徐二婶和柳芽忙迎出来。徐二婶挓挲着粘满白面的双手，边把众人往里让，边说："瞧瞧，说请大伙儿吃顿饭，还都带着东西来了。是我们请大伙儿，还是大伙儿请我们？"

志刚娘说："咱们父一辈子一辈的，都是过命的交情，还分什么你的我的？大伙儿的东西大伙儿吃，就图个热闹。"

铁牛娘说："就你家那点儿粮食，让这么多张嘴一吃，你们还过日子不过？"

大家说笑着，就择菜的择菜，刷锅的刷锅，忙活起来。

水生领着一帮小伙子，扛着桌凳，抱着碗盆进了院子。贾知达手里拎块猪肉，背筐里背坛老酒，跟在后面。一见王老奎，贾知达说："听说你们聚会，我也来凑个热闹，不知合不合适？"

王老奎忙接过酒坛子："贾先生千万别这么说，你可不是外人。你为抗日做的工作，乡亲们心里都有数。"

水生也说："贾先生是我的救命恩人，要没有你，我早让小鬼子拿刺刀挑了。救命之恩，永世难报，我至死也忘不了你的好！"

饭菜很快上齐，人们围上来，满满坐了三大桌。河桩和金驹给大家斟上酒，王老奎端起酒碗："这几年大伙儿颠沛流离，吃了不少苦。好在大难不死，小鬼子也快完蛋了，我们干了这碗，庆贺庆贺！"人们连声叫好，纷纷举起酒碗，就连不会喝酒的水生老婆也喝了一大口，呛得直劲儿咳嗽。正闹腾着，一个梳着齐耳短发，腰挎小手枪的年轻女子走进院门。大家眼睛一亮，金驹更是惊喜地站起来："你怎么来了？"

麦穗娇嗔地瞪金驹一眼："许你来，就不许我来？"

引得人们一阵大笑。

麦穗笑着转向王老奎："干爹，我向你汇报。我是来找柳芽嫂子谈妇救会工作的，顺便看看爹娘和大家。谁知我有口福，就赶上了聚会。"

王老奎看看麦穗，又看看金驹，对水生两口子说，真是天配地设的一对儿，该给他们操办婚事。水生两口子乐得合不上嘴，连连点头。

金驹见了麦穗，又喝了酒，兴奋得不得了："我唱两句，给大伙儿助助兴。"就亮嗓唱起了河北梆子："有为王坐之在龙围里，殿角上跪下了郭子仪……"

人们一哇声地叫好。

金驹更来了劲："我会唱好多段呢。"

麦穗捅了一下金驹的腰眼："臭美吧你！"

王老奎家的举动，引起不少人的注意。大狗、二狗和金宝、金贵躲在墙角，一边探着脖子观望，一边议论。金宝说："这帮穷小子，可他娘扬眉吐气了！"自卫队解散，金宝的队长也就自动免职。王老奎回来后，因为对他不放心，也没给他安排什么差事，他心里恨透了王老奎。

"这刚哪儿到哪儿？你看哪个穷小子成了事？我就不信，河沿儿真就能成他王家的天下！"大狗也很气忿。

"让他们闹腾吧，不是福就是祸！"二狗仍是阴沉沉的。

"你是说？"几个人一齐把眼睛朝向他。

二狗什么也不说，转身就走。

"哎，别走啊。"金宝喊住他。

"干嘛？"二狗转回身，仍是一副冷冰冰的样子。

"兴他们喝，就不兴咱们喝？走，到我家喝酒去！"

"对！"大狗高兴起来，"他们喝，咱也喝。穷小子能有几个钱？看他娘谁喝得过谁！"

"你就认得钱！"二狗鄙夷地看他哥一眼，"钱多有个屁用？将来一共产，多少钱还不都是人家的？"

"那依你怎么办？有话就痛痛快快地说，老是蔫屁，憋着！"大狗也不耐烦地瞪二狗一眼。

"人家现在为什么能吆五喝六？就是人家抱团儿！咱们要想重新夺回天下，也得抱团儿！告诉你们，咱们和他们永远不是一条道上的人，早晚有一拼，不是他死，就是我活！"二狗眼里射出凶狠的光。

几个人都被二狗的话镇住了，一时谁都没吭声。

金宝心中暗想，真是咬人的狗不叫唤，这个二狗，够毒！

就在王老奎家的聚会将要结束的时候，在村口站岗的二拴跑来报告，香巧回来了！

"香巧还活着？"河桩起身就往外跑。

河桩跑到香巧家，见香巧呆呆地坐在残破的房屋前，满面憔悴，形销骨立，人仿佛老了十岁。

香巧见了河桩，倏地站起身，往前跨出两步又停住，眼泪无声地落下来。

河桩扑上前，紧紧抓住香巧的手："姐，你还好吧？我们还以为……"

香巧听到一声"姐"，眼里亮了一下，但很快便又黯淡了，使劲挣脱河桩，退到一边。

河桩不理会，又抓起香巧的手，把她拉到眼前，仔细端详。香巧原来那双明亮诱人的眸子，此时已混沌无光，那张艳若桃花的脸蛋也变得苍白瘦削，漆黑如墨的浓发更是枯干稀薄，鬓边竟生出几缕白发！河桩看得心都颤抖了，含着眼泪问："姐，你怎么成了这个样子？"

这时，王老奎和众人也赶了来。柳芽一见香巧，就抱着她大哭："姐，你为了我，可遭了大罪！"

香巧啊的一声长啸，便晕倒在柳芽的怀里。

香巧的命是张娘救下的。张娘在院里待了一阵，见屋内无动静，正担心，听到凳子倒地的声音，忙闯进屋，见香巧正悬在梁上踢蹬。张娘虽然吓得够呛，还能沉住气，拿起炕上的剪刀，剪断了绳子。张娘把香巧扶坐在地上，盘腿，揉胸，掐人中，撅巴了好一阵，香巧才喘出一口气，又活了过来。

张娘给香巧喂了两口水，说："闺女，你年纪轻轻的，哪能走那条路？好死不如赖活着！"

"我这人不是人，鬼不像鬼的，哪儿还有心劲活下去？死了倒干净！"

张娘叹息："这年头，活着真是难！讨生个女人，更是难！"停一停，又问："闺女，往后怎么打算？回家？"

香巧两眼茫然："回家？我哪儿还有家？"

张娘见香巧那孤苦无依的样子，很是心疼，就说："要不，趁那个人没回来，你跟我走吧。我是个无儿无女的寡妇，家里还有两间破房。"

香巧这才开了口："你就这么走了，那个坏种能答应？"

"我就是街上一个缝穷的，那人看我还算利落，就把我叫来伺候你。你不在了，他还管我干什么？再说，他也不知道我是哪村的，想找也找不着。"

见香巧默从了，张娘就自作主张，把屋里的衣服裹巴裹巴，又拉开抽屉找出几块光洋掖进兜里，说是反正不是好来的，不拿白不拿。然后扶起香巧，走了。

夜里很晚，李大裤裆才醉醺醺地回来。见除去屋地上的一摊血迹，两个人都没了影。李大裤裆早对香巧失去了兴趣和耐心，再漂亮的女人如果像块冷石头似的，也引不起男人的情欲。他早就在琢磨怎么处理香巧了，如今她自个儿消失，心里倒觉得清静，也没追究，转身去了翠香楼。

香巧随张娘来到知子营，这知子营也紧靠永定河。张娘家不仅有房，还有几亩盐碱地。两人把破房子收拾了收拾，就住下了。张娘曾试探着问过香巧的身世，香巧光摇头，什么也不说。每天，香巧帮张娘干些活，无活时就背个筐头到村外挖野菜、拾柴火。常常一个人坐在大堤上，望着河水，默默地流泪。独立营返回河北的消息，也曾让香巧兴奋过，她恨不得一下跑到河桩身边。可冷静一想，心就凉了，她还有脸见那个牵肠挂肚的人吗？见了面说什么？倒不如永不见面的好。渐渐的，永定河两岸抗日形势的发展，使香巧那颗濒死的心又活了过来，她下决心回去，哪怕淹死在人们的唾沫里，也要再看看河沿儿，再看看王老奎一家，再看看河桩和独立营。

香巧回来了。她刚下大堤，就在村口遇上了二拴。二拴看了半天，才认出她："香巧姐？你是香巧姐！"两年没见，二拴已长成半大小伙子。香巧突然就胆怯了，绕过二拴就走。二拴在身后喊："香巧姐，我河桩哥也回来了，在老奎大爷那里！"

香巧身子一震，停一停，更加快脚步向自己的破房子走去。

大家七手八脚把香巧救醒。香巧只是流泪，谁问话也不回答。王老奎默了一会儿，说，就香巧眼下的情况，先和柳芽住一块儿，等把房子帮她修好，堤顶上的小吃店恢复起来，再搬出来单住。大家觉得只能这么办了，就都说好。

过了些日子，拴住带领民兵脱的土坯干透，王老奎伐了房周的树，贾知达也贡献出部分木料，大家一齐动手，香巧的房子很快修好。王老奎又买来油面盆碗，小吃店也重新开张了。香巧虽然仍是起五更睡半夜，手脚不识闲儿地忙活，可人们再也看不到她那灿烂的笑脸，再也听不到她那银铃般的笑声了。

李斌和麦穗带着几个区小队员，顺着永定河大堤，朝着胡林店走着。微微的南风吹来滚滚热浪，知了仿佛也禁受不住闷热，趴在堤坡老树上，拼命地鸣叫。麦穗擦擦额上的汗，望着堤外满眼就要长起的秋庄稼，对李斌说："李书记，今年的年景真不赖，风调雨顺的。不光闹了个好麦收，看这庄稼长势，大秋也错不了。咱们的公粮征缴计划，不难完成了。"

李斌也很高兴，说："是啊，看来老天爷也在帮我们的忙。胡林店是个大村子，好地又多，一个村能顶五六个小村，咱们得好好做做工作，争取能多征缴一些。咱们兵精粮足，小鬼子的末日不远了。"

几个人说说笑笑走进胡振山家，还没顾上喝口水，村头就响起枪声。

李斌拔出手枪："鬼子发现了我们？"

"闹不清。"胡振山也有些慌张，"你们先躲躲，我出去看看！"

正说着，一个民兵跑进门："吴部来了！"

"快带群众往外跑！"李斌拔腿就走，被民兵拦住："来不及了，吴部的人把整个村子都围住了。有几个人想往外跑，刚一露头，就让乱枪打了回来。他们嚷嚷着找保长呢！"

"那怎么办？总不能坐以待毙！落在这帮匪徒手里，还不如战死！"李斌着急地说，双眼不由瞄了瞄麦穗。

"别忙，"胡振山冷静了一下，稳住大家，"我想，吴部到这儿来，不是盯上你们了，八成是来抢财。我出去应付应付，糊弄走就完了。"又特别叮嘱李斌："李书记，不到万不得已，千万别弄出响动，一出响动，全村可就遭殃了！"

李斌也怕给村里造成损失，只得听从胡振山的安排，躲在屋里静观变化。见麦穗靠在他身边，手里握着枪，目不转睛地盯着窗外，便故作轻松地笑笑："怎么样，怕不怕？"

麦穗使劲一甩短发："打八鬼子都不怕，还怕土匪？"

"好样的。一会儿土匪要是进了院子，我们就钻地洞。如果被发现，就跟他们拼，宁死不能当俘虏1"

麦穗紧抿着嘴唇，点了点头。

过了好久，胡振山才回来，半边脸明显地肿起老高。

"走了？"李斌急切地问。

"走了。"胡振山颓然坐在炕沿上。

"他们打了你？"麦穗走上来，关心地查看胡振山的伤势。

"挨几下打倒没什么，这些年，少挨鬼子汉奸打了？只是，这吴部太可恶了，变着法遭害老百姓。如今小鬼子都不敢轻易出来，他们倒折腾欢了。"

"他们来干什么？"

胡振山叹口气："应名儿是抓八路，其实就是砸明火。一进村就把几个高门楼里的人捆起来了，说是窝藏八路，要带回礼贤审查，还不就是绑票？我好说歹说，挨了顿打，才把人放了。限定三天之内，要把一百石麦子，两千块大洋送到礼贤。"

"这帮王八蛋，他们该造到头了！我回去向王营长提建议，灭掉吴部！"

"那敢情好！"

李斌赶到独立营驻地，向河桩、志刚历数了吴部的罪恶。河桩立即召开军事会议，决定攻打礼贤，彻底消灭这伙匪徒。

如今独立营已有三百来人，扩建成三个连，金驹当了三连连长。可吴部也不弱，人数虽没有独立营多，但有佐藤过去的支持，武器却比独立营精良。为保一仗成功，河桩找张卫求援。张卫当即派出一个连，协同独立营作战。

一天深夜，河桩带队，悄悄把礼贤围了个水泄不通。

自鬼子龟缩进重镇后，吴家兄弟如释重负。没了日军的监视，也就没了约束，吴部可以肆无忌惮地为所欲为了。他们以前为匪，虽也无法无天，但毕竟心虚，无论绑票、砸窑，都是趁着月黑风高之时。如今他们可以打着搜捕八路、捉拿共党的幌子，明目张胆地闯进村镇，任意抢劫、勒索、杀人，成了大兴、宛平一带最大的祸害。就在吴家兄弟做着称王称霸美梦的时候，怎么也不会想到，覆灭的命运已落到他们的头上。

突然而起的枪声惊飞了树上的鸟雀，也震醒了酣睡中的吴家哥儿俩。吴敬仁披衣下炕，刚从枕头下摸出手枪，吴敬礼就跑了进来："哥，怎么回事？"

"不知道哇！是哪个不知死的鬼，敢来老虎屁股上拔毛？"

"十有八九是独立营。准是胡振山那个兔崽子，把咱们的事告诉了王河桩，独立营报仇来了！"

"报仇？"吴敬仁哼哼冷笑，"独立营那点尿儿咱哥儿们还不知道？如今洪老婆子死了，便衣队解散了，独立营没了帮手，他们能尿出丈二尿去？既然来了，就不能轻易放他们回去，告诉弟兄们，给我狠狠地打！"

"好！"吴敬礼扭头吩咐张运来："把咱的硬家伙都拿出来，不打他个野鸡不下蛋，不算完！"

很快，外面的枪声就更加剧烈起来。

吴敬礼狞笑了："王河桩，你就尝尝老子的厉害吧！"

十几挺机枪，架在栅门口的防御工事上，疯狂地吼叫着，独立营战士在弹雨中接连倒下。

"兔崽子，我让你闹腾！"铁牛半跪在矮墙后，一枪打掉敌人一个火力点。可很快，那挺机枪重又喷出了火舌。

从独立营的攻击地到吴部的栅门，是一片足有百米长的开阔地，净光光的，连棵小树都没有。独立营没有炮，手榴弹又投不到，如果强攻，必然招致重大损失。河桩无奈，只可下达了"停止进攻"的命令。

匪徒们一见独立营停止了攻击，立刻嚣张起来。张运来站在沙袋后，挑衅地喊："土八路，来呀，打呀，怎么不打了？草鸡了吧？"

"是呀，怎么不打了？尿蛋包了吧？哈哈……"众匪徒也挥舞着枪，大喊大笑。

二愣气得抓起两颗手榴弹，就要往上冲："兔崽子，老子就是死了，也要炸你个肉泥烂酱！"

河桩一把拉住："别逞能！做那无谓的牺牲，有用吗？"

"有了！"志刚忽的一拍脑门子："营长，你忘了咱在军分区受训时学的科目？搞土坦克呀！"

"对呀！你瞧我这脑子，真是临事者迷！"

河桩立刻派人到附近民宅，找来八仙桌和浸透水的棉被，选了五个身强力大的战士，由二愣率领，向吴部工事发起攻击。

二愣几个头顶八仙桌，桌上盖着湿棉被，悄悄向前移动。黑暗中，一直移出三十米，才被匪徒发现。

"哎，小队长，你看，那黑乎乎的，是什么东西？"一个小匪朝张运来喊。

张运来也纳闷，这土八路玩的什么花样？猛然醒悟过来："打，快打，八路摸上来了！"

河桩这边也喊："快，火力掩护！"

枪声再次爆豆般响起。

二愣几个听见枪声，立即将八仙桌横放在地上，蹲着身子一点儿一点儿往前推。厚厚的湿棉被如同软甲，把纷飞的子弹挡在了外面。在距匪徒工事还有五十米的时候，二愣停住，把拴在身后的篮子拉过来，一颗颗手榴弹飞了出去。其他几个战士也同样动作，匪徒的工事里腾起一片火光。

河桩抓住时机，振臂一呼，带着战士们猛扑上去。立刻，枪声、铁器的砸碰声、惨叫声，弥漫了整个夜空。

吴敬礼听出声音有异，对吴敬仁说声我去看看，提枪就往外面跑。刚出院门，就被退下来的匪徒裹挟住了。吴敬礼一边挣扎一边怒骂："都他娘给老子站住！谁让你们撤的？回去，回去！"

满头是血的张运来抱住吴敬礼往里推："二当家，快进去，八路追上来了！"

匪徒们涌进院子，咣啷一声关牢了大门。

大厅里的灯都被吹灭了，众匪徒在黑暗中屏住呼吸，战战兢兢地凝听外面的动静。

河桩指挥战士们把院子团团围住，又招呼会武术的几个人上房："压顶！给他来个瓮中捉鳖！"

二愣、铁牛、金驹猛跑几步，蹿跃起来扒住檐头，一个鹞子翻身翻上屋顶，接过下面递上来的机枪，黑洞洞的枪口一齐指向吴家客厅。

吴敬仁看着对面房顶上的幢幢人影，一声长叹，透出道不尽的悲凉和无奈："咱哥们儿英雄一世，今儿可是成了罐儿里的王八，没处跑了！"

"宫崎这个孙子，打了这么半天，就听不见枪响？也不来救援！"吴敬礼怒气冲冲地骂。

"他救援咱？他都是泥菩萨过河，自身难保了！"

吴敬礼也是一声叹息："看来谁也指望不上，还得靠自个儿！我操他小日本的亲娘祖奶奶，真是属骆驼鸡巴的，用着的时候朝前，不用的时候朝后！"

"吴敬仁，你跑不了啦，快投降吧！"河桩也蹿上房，趴在房脊后面喊。

吴敬仁强自镇静了一下，扒着门缝儿朝外喊："对面可是独立营的王营长？"

"正是，王河桩！"

"王营长，我吴家历来和独立营井水不犯河水，今天无缘无故打上门来，不地道吧？"

"井水不犯河水？"河桩冷笑几声，"亏你说得出口！大家都在抗日，你却当汉奸，搜捕、残害我方干部战士，这是井水不犯河水？洪部积极打鬼子，是我们的同盟军，你却杀了洪司令全家，这是井水不犯河水？还有，共产党、八路军是保护人民利益的，你们却劫道、绑票、砸明火，弄得民不聊生，这是井水不犯河水？"河桩越说越气愤，噌地站起身："吴敬仁，你们的末日到了，只有投降，别无出路！"

吴敬礼见吴敬仁被问得说不出话，夺过一挺机枪，拉开门冲到院子里："姓王的，少他娘废话，有种的，就真刀真枪地干！"

铁牛没等吴敬礼扣动扳机，一枪打碎了他的脑袋。

张运来见吴敬礼倒地，吼叫着扑出来，端起机枪猛扫。

"兔崽子，我叫你爹刺儿！"二愣骂着，拉着一束手榴弹，扬手摔进院子里。随着一声巨响，张运来和机枪飞到了半空中。

"打！"河桩一声令下，各种武器一齐开火，吴家客厅顿时成了一片火海。

　　河桩见客厅里没了动静，抬手示意停止射击，纵身跳下房。

　　众人点起火把，冲进客厅。只见地上横七竖八躺满了尸体，吴敬仁蜷缩在桌子底下，早已昏迷过去。志刚探了探他的鼻息，说："还活着。抬回去，先给他治好伤，再交给人民审判！"

张卫带着十几个战士，骑着快马，飞驰在弯弯曲曲的永定河大堤上。战士们一边摇晃着手里的军帽，一边高喊：

"小鬼子投降了！我们胜利了！"

"小鬼子投降了！我们胜利了！"

这兴奋而激越的声音，随着八月的秋风，传遍了田野村庄，弥漫在永定河两岸。

喊声传入独立营驻地，河桩、志刚惊疑地对视一眼，匆匆走出院门。八年来，他们无时无刻不在祈盼着胜利，现在冷不丁听到这个消息，反倒不敢相信了。此时，大街上已站满了人，河桩、志刚不顾人们询问的目光，迎着喊声奔向村口。满街筒子的人见状，乌泱乌泱地随在身后。

十几匹战马一路烟尘飞到近前。河桩等不及张卫下马，就奔上前去："张支队长，小鬼子真的完蛋了？"

张卫骑在马上，兴奋地冲河桩点点头，然后将激动的面孔转向众人："同志们，乡亲们！报告大家一个好消息：就在昨天，八月十五号，日本天皇发表了投降诏书，小鬼子无条件投降，我们胜利了！"

人们先是痴痴地愣住，继而就哄的一声乱了营。人们嗷嗷地喊着，叫着，你搂着我，我抱着你，你拍我的背，我捶你的胸，任凭泪水尽情地流淌。八年了，人们抛家舍命，浴血奋战，见了那么多牺牲，那么多毁灭；经历了那么多苦难，那么多离散，现在，终于胜利了，人们怎能不欢呼，怎能不欣喜若狂！

二愣紧握双拳，孩子似的一耸一耸地蹦高："我们胜了！我们……胜了！"蹦着蹦着，突然身子往下一蹲，两手捂着脸，呜呜地哭起来。

金驹把二愣往起拉："男子汉大丈夫，怎么那么没出息！"

二愣赶紧站起来，不好意思地喃喃："我是乐坏了，乐坏了……"一眼看见金驹脸上的泪，照着胸脯就是一拳："你小子还敢笑话我，你在干什么？"两人哈哈地笑着，紧紧拥抱在一起，眼里的泪水又滚滚地流下来。

李斌把区干部们召集到一起："你们赶快通知各村，把花会、剧团发动起来，我们好好开个庆祝大会！"

张卫说："庆祝大会一定要开，但战斗意志不能松懈！"

志刚敏感地意识到什么，忙低声问："有任务？"

张卫点点头："咱们马上回营部，召开干部会。"

会上，张卫介绍了当前形势。他说，日寇宣布投降后，蒋介石立即派国民党军抢占大城市，做受降准备，而命令共产党领导的八路军、新四军原地待命。

"这不是欺负人吗？"二愣不等张卫说完，就喊起来，"我们拼死拼活打了八年，如今胜利了，倒没我们的事了！还讲理不讲理？"

张卫抬手示意二愣坐下，接着说："所以，我们不能让胜利冲昏头脑，我们面临的形势还很严峻。党中央、毛主席、朱总司令指示我们，要对日寇展开最后一战。解放区内的小鬼子，必须向我们投降，不向我们投降，就坚决消灭他！"

"对，打他个小舅子！"二愣又噌地站起来。

大家都被二愣逗乐了。

金驹捅捅二愣腰眼："你就不会消停点儿？"

二愣意识到自己又莽撞了，也嘿嘿地笑着，坐下了。

固安城里，毛利沮丧地坐在椅子上，面对国民政府派来的特派员，一言不发。他做梦也没想到，战局会逆转得这么快。收听到天皇陛下颁布的投降诏书，他本想剖腹自杀，但想到远隔重洋的老母、妻儿，便失去了勇气。随后，他接到犬养发来的电报，命令他不可向当地共产党投降，随时准备带队到北平集中。他还没醒过神，八路军就把县城围上了。紧接着，国民政府的特派员韩语斋也到了，让他暂时先凭城据守，抗拒八路军，待国民党部队接管后，再去北平集中。搁在以往，他根本不把国民政府放在眼里，那是大日本帝国的手下败将。可如今不同了，历史调了个儿，他成了阶下囚，只得忍受韩语斋的颐指气使。

"大佐先生，你不能总是沉默，请答应韩特派员的要求。"陪坐在旁的汪静仁见毛利不说话，忍不住开口催促。

日本战败，汪静仁惶惶不可终日，他知道自己的汉奸罪，国人不会饶了他。韩语斋找上门时，他料定是死期到了。没想到韩语斋责备了几句后，就承诺只要他协助工作，既往不咎。他感激涕零，立刻孝敬上二十根金条。待韩语斋笑纳了，就带他去找李大裤裆和"镇北关"。这俩人也正坐着没底儿的轿，听了韩语斋的安排，当即满口应承。几个人密谋一番，汪静仁又陪韩语斋来找毛利谈判。

毛利听了汪静仁的话，心里一阵厌恶，暗骂："狗，大大的狗！"但他知道，在此形势下，他不可能有别的选择。于是只得站起身，忍住气，向韩语斋鞠了一躬："特派员阁下，请放心。我大日本军人，与共产党、八路军，仇恨大大的，绝不向他们投降，一切服从特派员的安排！"

抗战的胜利，使娱乐场所更显繁荣。一些有钱人，虽然打鬼子时躲得远远的，但享受胜利的喜悦，却是绝不甘落后的。翠香楼的老鸨满面春风，跑出跑进地招呼着不断涌入的食客和嫖客。李大裤裆和"镇北关"也来了，选个偏僻的雅间坐下。"镇北关"点了菜，又要了两个妓女陪酒。见李大裤裆蔫头耷脑的样子，"镇北关"哈哈地笑："兄弟，还没办事儿就没精神了？看待会儿让小红姑娘把你踹下床去！"

李大裤裆捏着酒杯叹气："你说这小日本子，真他娘邪性了。当初多厉害呀，怎么说完，哗啦一下就完了？真是应了那句老话，世事无常啊！"

"镇北关"喝下一杯酒，咧咧嘴："你这可是咸吃萝卜淡操心！日本人完了，国民党不是又来了吗？谁不得用咱哥们儿撑着？谁能把咱哥们儿怎么样？"

"前几天还真把我吓尿儿了，真按汉奸治罪，喝酒的家伙可就没了！"

"那现在呢？咱摇身一变，又成国民党的治安军了。"

"可几十条黄鱼没了！"

"镇北关"又大笑起来："我说兄弟，就你这抠抠索索的劲儿，什么时候也成不了大事！"说着亲了怀里的妓女翠香一口，"小宝贝，你说，钱是什么？"

翠香是翠香楼的头牌，这座食、嫖两用的小楼，就是以她的名字命名的。翠香回亲了"镇北关"一口，转着眼珠想了半天："钱……钱就是亲爹！"

"镇北关"把嘴里的酒菜都喷出来："你个小婊子，就他娘认得钱！钱是你亲爹？钱是你活祖宗！要不，你娘能盖起这楼？"

"镇北关"和翠香调笑够了，才又把脸转向李大裤裆："兄弟，我告诉你钱是什么。钱，就是王八蛋！挣了，就得花。花完了再挣。历朝历代，只要手里有枪有权，谁他娘缺过钱？"

李大裤裆终于被"镇北关"说得松快起来，端起酒杯："大哥就是大哥，经的多见的广，兄弟佩服！"

"镇北关"更得意了："兄弟就跟着大哥干吧，没你的亏吃！"

"那就再陪国民党玩儿一把！"李大裤裆将杯中酒一饮而尽。

河桩带着金驹和铁牛，来到榆堡。日本政府虽然宣布投降了，但宫崎接到毛利的命令，不向八路军缴械，如遇袭击，坚决抵抗，所以镇里镇外戒备得仍很森严，只是站岗的鬼子个个垂头丧气，没有了往日的骄横。几个人由铁牛领着，来到姑姑家。姑夫、姑姑不再像上次那么害怕，姑夫还挺高兴，说，小鬼子一投降，老百姓就有安稳日子过了。姑姑给每人倒了碗白开水，也说，眼下形势不同了，有事就在家里说，不必再到外面去。河桩问了些镇里的情况，不愿姑夫姑母担风险，让铁牛去约钱千里和马寿山，他和金驹仍到那家小饭店去等。

时间不长，钱千里和马寿山就前后脚到了。钱千里一见河桩，先感谢上次的不杀之恩，然后说："王营长，这下好了，我们再不用给小鬼子当三孙子了！"

马寿山看着钱千里暗笑，心里说，谁把你送进狗肉柜子都不知道，还臭显摆哪！但也不甘落后，说得比钱千里更慷慨："千盼万盼，总算盼到了这一天。有什么事，王营长您就吩咐，我一定照办！"

"好！二位既有这样的认识，我也就不绕弯子了。"河桩告诉两人，独立营接到上级指示，要将顽抗到底的宫崎部坚决消灭，近几天就要采取行动，要求保安团和警察所都要按兵不动，不许支援鬼子。

钱千里一听就叫起来："哎哟，看王营长说的！这些年受小鬼子的气还少哇，还支援他们？都打死才好呢！"

马寿山更积极："王营长，我们能不能跟你们一块儿打？我的弟兄们都恨死小鬼子了！"

"那就更好了！这些年你们帮鬼子干了不少坏事，乡亲们都给你们记着账。你们如果能用实际行动赎你们的罪，人民会谅解你们的！"

钱千里见又被马寿山抢了先，懊悔得直用拳头砸脑袋："你看我，真是浑球儿，怎么就没马所长的脑瓜儿好使？王营长，我也请求参加战斗！"末了还不忘踩咕马寿山一下："我的保安团比警察所的人多多了，作用比他大！"气得马寿山直翻白眼。

河桩不理两人的暗中较劲，问清宫崎的兵力部署情况，又严厉警告二人不准泄密，就撤出镇子。

第二天深夜，独立营对驻扎在榆堡的宫崎部发动了猛烈进攻。鬼子们早已心无斗志，很快，外围防线就崩溃了，纷纷退入队部大院。宫崎接连枪毙了两个士兵，稳住慌乱，凭借围墙和炮楼，拼死抵抗。密集的弹雨阻住了独立营的攻击，双方一时陷入僵持。

钱千里趴在墙头上，静观着战局的发展。刚才枪声一响，他就把队伍集中在院子里，告诉弟兄们，这是独立营在打宫崎，必要时，咱们得助一臂之力，不然，也得让独立营一勺烩喽。保安团们早已知道日本战败了，投降了，此时听钱千里一说，立时就乱喊起来：

"打他，打他个小舅子的！"

"对，打他，也该咱出口闷气了！"

钱千里听出这喊声里有喜悦，有幸灾乐祸，也有墙倒众人推的味道，禁不住感叹：这世道人心啊，真他娘没法说！他盯着这帮乱哄哄的手下，嘿嘿笑几声，把手一挥："都别他娘瞎嚷嚷了！准备好，听我命令！"

保安团部和宫崎的中队部只有一墙之隔，纷飞的枪弹不时从头顶掠过。保安团团副刘子良一边用手护着脑袋，一边催问钱千里："团总，动不动手？"

"不忙。"钱千里意味深长地摇摇头，"还没到火候儿，看看热闹再说。"

钱千里清楚，宫崎的队部里只有七八十人，以独立营的力量，消灭这无援之敌，满有把握，但也不是轻而易举。钱千里看过《三国》，知道何时出兵恰到好处。他要等到八路和宫崎拼得筋疲力尽再出手,那样会更显他的功劳。另外,他要等马寿山,要让警察所先开第一枪,万一将来有什么不测,首先是马寿山在前遮挡。

刘子良哪里明白钱千里的小九九,见独立营有些攻不动了,心里起急:"团总,再不动手,八路一撤,咱可是两边不落人了!"

"放心,八路这回来,是非拿下宫崎不可,哪能撤?"

两人正说着,警察所那边响起枪声,吸引了鬼子的注意。独立营见鬼子的火力分散了,立刻嗷嗷叫着扑上来。

钱千里说声"时候到了",砰砰打出两枪,大喊:"弟兄们,给我上!"

在三面合击下,残存的鬼子全部被歼,宫崎也随着炸毁的炮楼飞上了天。

宫崎的覆灭,使毛利更加恐慌。此时又接到犬养的电报,命他立即到北平集中。他只得硬起头皮,坐进坦克,率领队伍出了固安城北门。离开城门不远,他又让坦克停下,钻出塔盖,望着古老城墙上的"固安"俩字发呆。这座县城,他占据了八年,这一去,恐怕再也无缘返回了。愣了好久,他传下命令,不管遇到任何阻挡,都不许停留,直至北平城下。

毛利来到永定河南堤不远处,就被一条深沟拦住去路。堤顶上,站满了身穿灰色军装的八路军。张卫手按匣子枪,指着堤下大喊:"毛利,放下武器,缴枪不杀!"

毛利乘坐的坦克顿了顿,绕开深沟,继续向前。其他鬼子跳下汽车,乱哄哄跟着坦克往上冲。

张卫闪到一座土牛后面,各种枪支立刻开了火。

毛利费了九牛二虎之力,才冲上堤顶,留下一部兵力掩护,率队扑下永定河。不想刚到河中间,北堤顶上也开了火。

'志刚告诉战士们:"趁着鬼子没有还手之力,恨恨地打。这就是兵法上说的,渡半而击!"

密集的枪弹下,鬼子们一个个躺倒在河水中,黄乎乎的尸体随着翻滚的浪花,漂浮而去。

独立营终于没有挡住坦克的冲击,毛利爬上岸,顺着平大公路向北逃去。

河桩指挥着独立营继续追赶。区小队、民兵组,也在沿途路两旁不停的袭击。王老奎躲在草丛里，掏出两个甜瓜式手榴弹，对磕一下，扔进鬼子群里："兔崽子，这是你们的，还给你们！"

毛利一直跑到黄村，才被当地的鬼子接应进镇。此时，他手下的残兵已所剩无几。

## 七十六

深秋的艳阳虽然仍很烤人，但已没了伏天的湿热，微微的溜河风吹在身上，清爽得说不出的惬意。河堤内外的农田里，散布着收秋的人们。二愣娘放下背玉米棒子的筐头，撩起大襟擦擦脸上的汗，提了盛水的瓦罐，招呼掰棒子的张桂兰和铡棒秸的二愣："喝点水，喘口气再干吧。"

日寇投降后，国民党部队抢占了北平及固安县城，但从黄村北宁铁路以南，直至永定河两岸的广大乡村，却成了共产党的天下。独立营为守卫永定河渡口，也从东南乡移驻到河沿儿。二愣经河桩批准，把桂兰带回家。二愣娘一眼就看上了这个健壮而又泼辣的女子，逢人便夸："没想到我这个苦了一辈子的穷老婆子，能有这样的好儿媳妇！"

"眼下太平了，你们也老大不小了，还不择个日子，把婚事办喽？我可等着抱孙子哪！"二愣娘把水罐递给桂兰，笑眯眯地说。

桂兰接过水罐，含笑不语。

二愣碰碰桂兰的胳膊："咱娘问你话呢。"

桂兰娇嗔地瞪二愣一眼："这事……甭问我！"

二愣咧开大嘴嘿嘿地笑了："那就听娘的。"

二愣娘更乐了："那好。一会儿我就找你老奎叔去，让他给出个章程！"

王老奎一听也很高兴："这是好事呀！我也正琢磨什么时候把麦穗和金驹的事办了呢。干脆这么着，过几天是八月十五，晚上区里要在咱村搞军民联欢会。八月十六是好日子，就把这两对儿的喜事一块儿办，不就齐了吗？"

二愣娘连连说好。

中秋节傍晚，独立营的战士和乡亲们，在王老奎的指挥下，将老爷庙前的空场打扫干净，一溜儿摆开几十张桌子。柳芽把全村妇女都发动起来，烙饼的烙饼，炒菜的炒菜。很快，大盆小碗，就摆满了桌子。

李斌等人们坐好，开始讲话。他首先代表区政府，向全体军民祝贺节日。然后说，抗战胜利了，解放区要实行土地改革，要让广大穷苦农民有地种，有饭吃，有衣穿。他的话引起一片掌声和欢呼声。

王老奎等河桩、志刚也都讲完话，端着酒碗站起来："咱们把小鬼子打跑了，又要土改分地了，这是好事成双啊。我再宣布一件喜事：明天，二愣和桂兰，金驹和麦穗，一块儿成亲。我代表两家的老人，请大伙儿来喝喜酒！"

会场上又是一片欢腾。

金驹趁着军、地双方互相拉歌的混乱，偷偷捅捅麦穗，两人溜出村，爬上永定河大堤，找个"土牛"坐下来。

"明儿咱就结婚了，我可盼到这一天了！"金驹说着，动情地来搂抱麦穗。

麦穗推拒："让巡逻的战士看见，丢不丢人？"

"我搂自个儿的媳妇，有什么丢人的？"

"不害臊，脸皮比城墙拐弯儿还厚！"麦穗假嗔着，那嘴早已迎了上去。

又圆又大的月亮高挂空中，把天地间照得明如白昼。

麦穗从金驹怀里抬起头："这月亮好圆啊！"

金驹心里生出一股压抑不住的豪情，站起身，仰头就来了一嗓子："八月十五哇——月光明——哪啊……"

那激越高亢的声音，顺着永定河道，带着颤颤的水音儿，传出老远老远。

麦穗体内像燃起一团烈火，扑过去，紧紧将金驹搂住。

金驹此时也是激情澎湃，横托起麦穗，轻放在"土牛"上，身子随即压了上去。

"你要干嘛？"麦穗喘喘地问。

"我要让你早点儿生个儿子！"金驹双手不停地忙乱着。

"为什么？"

"小鬼子敢再来，让咱儿子接着跟他们干！"

2014 年 6 月 20 日晨 6 时初稿于河沿儿

2014 年 7 月 20 日凌晨 1 时改毕于黄村